Joke J. Hermsen   Die Gärten von Bloomsbury

Aus dem Niederländischen
von Thomas Hauth

Joke J. Hermsen

Die Gärten von Bloomsbury

Roman

editionLübbe

Der Verlag dankt dem
Nederlands Literair Produktie- en Vertalingenfonds
für die freundliche Unterstützung.

editionLübbe
ist ein Imprint der Verlagsgruppe Lübbe

Die niederländische Originalausgabe erschien 2000
unter dem Titel TWEEDUISTER
bei Uitgeverij De Arbeiderspers, Amsterdam

Aus dem Niederländischen von Thomas Hauth

Schutzumschlag- und Einbandgestaltung: Guido Klütsch, Köln
Umschlagmotive:
Duncan Grant: »Der Teich in Charleston«, Christies,
Vanessa Bell: »Das Gartenzimmer« (Detail), Keynes Library,
Birbeck College, University of London,
Werke von Duncan Grant: © Estate of Duncan Grant,
Werke von Vanessa Bell: © Estate of Vanessa Bell,
beide mit freundlicher Unterstützung von Henrietta Garnett
Satz: Kremerdruck GmbH, Lindlar-Hartegasse
Gesetzt aus der DTL Documenta
Druck und Einband: Friedrich Pustet, Regensburg

Printed in Germany
ISBN 3-7857-1542-0

Sie finden die Verlagsgruppe Lübbe
im Internet unter: www.luebbe.de

5 4 3 2 1

Zum Gedenken an meine Oma,
Maartje C. Nieuwenhuis-Van Vliet (1902–1997)

Vergangene Zeit und künftige Zeit
Beschränken auf ein Kleines das Bewusstsein.
Bewusst sein heißt nicht in der Zeit sein,
Doch ohne Zeit kann jener Augenblick im Rosengarten,
Der Augenblick in der Laube beim prasselnden Regen,
Der Augenblick in der zugigen Kirche, als die Schwaden sanken,
Nicht erinnert werden; einbezogen in Vergangenheit und Zukunft.
Nur durch Zeit wird Zeit überwunden.

T. S. ELIOT

Das, worum es bei allem, worüber wir gesprochen haben, wirklich geht, sagten sie, entzieht sich der Sprache. Wir stoßen ständig auf das Gebiet der Stille, in dem unsere Worte ihre Flügel zusammenlegen müssen und nur noch wie die Saatkrähen in den Wipfeln kahler Bäume sitzen, sich zum Schutz gegen die Kälte aneinander drücken und zuschauen.

VIRGINIA WOOLF

Prolog 1985

Vor ein paar Monaten hat es angefangen, an einem rauen, frostknirschenden Februarmorgen. Ich spürte die Kälte, die mir durch die Fensterscheiben ins Gesicht blies. Ich war gerade ein wenig eingedöst. Es passiert mir in letzter Zeit häufiger, dass ich den ganzen Tag mit dem Schlaf kämpfe. Also griff ich nach der Zeitung und versuchte, mich auf einen weiteren neuen Krieg, eine weitere neue Krankheit, einen weiteren neuen Skandal zu konzentrieren – vergeblich. Irgendwann schnüren die endlosen Wiederholungen des Ewiggleichen jedem den Atem ab. Unruhen, Epidemien, Überschwemmungen in Bangladesch, Hormonskandale. Nie wendet sich etwas zum Besseren.

Mein Blick löste sich von den schwarzen Buchstaben auf dem Papier und blieb an dem Blumenstand auf der gegenüberliegenden Straßenseite hängen. Kees hatte alle Hände voll zu tun. Am Anfang der Woche ist bei ihm nie viel los, am Wochenende aber werden ihm die Chrysanthemen und Freesien geradezu aus den Händen gerissen. Ich bekam Mitleid mit mir selbst. Wann hatte mich zum letzten Mal jemand besucht? Lisa wurde von ihrer Arbeit so sehr in Anspruch genommen, dass sie nun schon seit Weihnachten nicht mehr bei mir gewesen war. Ach, das typische Gejammer alter Leute. Ich blätterte weiter. Die Zeitung raschelte zwischen meinen steifen Fingern.

Die Todesanzeigen übersprang ich. Schon seit Jahren würdige ich sie keines Blickes mehr. Ich habe aufgehört, sie zu lesen, seit die Toten jünger sind als ich. Nie ist jemand in meinem Alter dabei. Als ich das Feuilleton aufschlug, sprang mir sofort die Besprechung des Theaterstücks auf der linken Seite ins Auge: drei Spalten und ein großes Foto.

Unverzüglich machte ich mich an die Lektüre, hastig und ungeduldig, mit vor Aufregung klopfendem Herzen. Nicht, weil ich etwas las, das für mich neu gewesen wäre; nein, meine Nervosität war darauf zurückzuführen, dass ich nur allzu gut wusste, wovon hier die Rede war. Ich hatte alles aus allernächster Nähe miterlebt. Auch wenn meine Anwesenheit mit keiner Silbe erwähnt wurde, verschlang ich die Rezension, als wäre sie ein Kapitel aus meiner eigenen Biografie. Am nächsten Tag ließ ich mir in der Stadtbücherei die englischen Tageszeitungen geben und las die Kritiken, eine wie die andere giftig und entrüstet. Stephen Spender, L. C. Knights, Helen Gardner – alle fielen sie über das Theaterstück her und zerrissen es in der Luft. Wochenlang folgte in der Literaturbeilage der *Times* ein wütender Leserbrief dem anderen. Es kam zu einem ausgewachsenen Eklat. »Eine Schande, unseren großen Dichter so in den Schmutz zu ziehen!« »Üble Nachrede ist das, sonst nichts.«

Das Theaterstück selbst habe ich nie gesehen. Für eine Reise nach London ins Royal Court Theatre bin ich schon zu alt. Stattdessen habe ich in der Theaterbuchhandlung in Amsterdam das Textbuch bestellt und es in einem Zug verschlungen. Ein großartiges Stück! Sogar Louise ist genau getroffen. Ich habe mich an meinen Sekretär gesetzt, um dem Autor einen Brief zu schreiben, da ich mich als unmittelbar Beteiligte angesprochen fühlte. Außerdem wollte ich der Flut des *upper-middle-class*-Hasses, die sich über den

armen Kerl ergoss, etwas entgegensetzen. Der Brief liegt noch immer hier. Ich habe ihn nie abgeschickt.
Aber eine Antwort habe ich trotzdem erhalten. Genauer gesagt, ich fing an, Stimmen zu hören. Vor allem nachts. Noch immer gehe ich jeden Abend ins Bett, ohne zu wissen, ob ich in der darauf folgenden Nacht in Ruhe gelassen werde. Warum haben sie es gerade auf mich abgesehen? Immerhin war ich nur eine Außenstehende. Doch sie geben keine Ruhe, flüstern, rufen, schreien. Manchmal sind sie außer sich vor Wut, dann wieder ergeben, beinahe zärtlich. Und die Bilder folgen den Stimmen auf dem Fuß. Unwillkürlich werde ich von einem aufblitzenden Bild ins andere gezogen.

Mein Zimmer über der Buchhandlung an der Charing Cross Road. Das weiche Licht, das morgens durchs Fenster hereinfällt. Der Geruch der Buchhandlung darunter. Sogar durch die Zimmerdecke kann ich die vergilbten Bände riechen. Der Büchergeruch vermischt sich mit dem Duft frischen Kaffees. Ich frühstücke und schaue hinaus. Sehe das Gedränge der Passanten, die gelbbraunen Blätter, die vor dem Fenster vom Wind hin und her gepeitscht werden, die große Uhr am Giebel von Marks auf der gegenüberliegenden Straßenseite.
Dann meine Cousine Louise, die in ihrem weißen Kittel die Apotheke von Allen & Hanbury verlässt. Ihre schnellen, entschlossenen Schritte klingen hohl auf den Pflastersteinen. Ich renne hinter ihr her. Rufe ihr etwas nach. Doch sie hört mich nicht. »Louise. Louise!«
Oder Tom, der wie ein grün gepuderter Captain auf dem Konferenztisch auf und ab marschiert. Die anderen Redakteure gehen am Tisch entlang und versuchen ihn zu überzeugen, er möge herunterkommen. Ohne Erfolg. Er

grinst sein Mona-Lisa-Lächeln, zieht die Schuhe aus und hält sie wie eine Jagdtrophäe hoch in die Luft. *King Bolo's big black basturd kween had a brightly coloured sphincter.* Er tanzt und singt einfach weiter und macht dazu obszöne Gebärden in Bridgets Richtung, während ihm der Puder vom Gesicht tropft und grüne Streifen auf seinem weißen Hemd hinterlässt. *She wiped her bum with tangerine and swallowed saffron tincture.*

Sie laugen mich aus, diese Bilder, diese Stimmen. Sie machen mich müde, so furchtbar müde. Vor ein paar Tagen hat Els mich in aller Frühe schlafend in meinem Stuhl gefunden. Mit ihrer vorwurfsvollen Miene begann sie natürlich sofort wieder zu nörgeln. Dass es so nicht weitergehe, dass sie unverzüglich einen Termin bei Dr. Romme vereinbaren werde; er soll sich auf Fälle wie meinen spezialisiert haben. Doch was weiß der schon von meinen Stimmen?
Ich erkenne sie sofort. Ich weiß genau, wer mir etwas ins Ohr zischt oder wer am Fußende meines Bettes herumtobt. Louise, Tom, Marlow, Billy, meistens jedoch ist es Vivien. Was war nur in sie gefahren, wie eine Wahnsinnige durch die Straßen Londons zu rennen und gegen alle Türen zu trommeln: »Tom, wo bist du? Tom, komm zurück!« Tom aber machte sich aus dem Staub. Hut auf, Schirm unter den Arm und – schwups – über die Feuerleiter nach draußen.
Es blieb nicht unbemerkt. O nein, alle nahmen Notiz davon, auch Virginia. Sie sah und hörte alles, doch sie redete dem Dichter nach dem Mund und verabscheute die Vogelfrau. Sie hatte Angst, denke ich. Angst, zu versagen. Sie wollte dazugehören, eins sein mit den Aposteln: *Hip hip hurray for the boys!* Und folglich hatte sie kein Mitleid mit weniger ausgeglichenen Frauen. Nicht mit Vivien, nicht mit Katherine, nicht mit der Halbschwester Laura auf dem Dach-

boden. Und jetzt bereut sie natürlich. Fünfzig Jahre später wird mir das ins Ohr geflüstert. Doch was soll ich damit? Am lautesten schreit Billy. Mal ist er außer sich vor Wut, dann wieder stammelt, stottert, fleht er. Es ist unerträglich. Ich werfe mich im Bett hin und her, halte mir mit den Händen die Ohren zu, ziehe mir die Decke über den Kopf, aber er findet kein Ende. Er redet ohne Unterbrechung. Über Schuld und Sühne. Ich weiß genau, was er damit meint – dabei habe ich ihm schon vor ganz langer Zeit vergeben.

Ich muss etwas trinken. Zur Ruhe kommen. Hätte ich nur nicht in die Zeitung geschaut und die Leserbriefe gelesen, sondern gleich dort, wo ich saß, in meinem Stuhl am Fenster, das Zeitliche gesegnet! Jetzt ist es zu spät. Ich kann nicht mehr zurück. Denn es ist nicht bei dem Theaterstück, der Zeitung und den Briefen geblieben. Es wurde noch verrückter. Ich bekam Besuch, aus heiterem Himmel, mitten in der Woche, als ich gerade versuchte, im Aufenthaltsraum diesem alten Bock aus Zimmer 56 zu entkommen. Alle wandten sich dem vor Frische strahlenden Gesicht der jungen Frau mitten im Raum zu, der kastanienbraunen Lockenpracht, die sie wie eine Aura aus Mut, Kraft und Zukunft umgab. Sie zögerte kurz, bevor sie auf mich zukam.
»Mevrouw Thompson?«
Überrascht gab ich ihr die Hand.
»Ich bin Zora.«
Sie legte sofort los. Forschungsprojekt, Filmakademie, Faber & Faber, das Theaterstück. Ich hörte nur halb hin. Macht, alles sei eine Frage der Macht und des *gender*. Wovon redet sie eigentlich, dachte ich, ließ mich aber dennoch durch die Locken betören, die grellgrünen Augen, den langen, weißen Hals, der aus der kurzen Lederjacke heraus-

ragte. Zu alt für diese glühende Begeisterung, hörte ich ihr kaum zu; ihr Gesicht aber faszinierte mich. Auf einmal stieß sie die Namen meiner nächtlichen Quälgeister hervor. Ich erschrak fast zu Tode, doch sie redete einfach weiter. Ein auf Zeitzeugenberichten basierender Dokumentarfilm solle es werden, und ich müsse ihr dabei helfen, solle der Mittelpunkt dieses Filmes werden.

»Sind Sie verrückt geworden?«

Keineswegs. Ich hätte sie nicht richtig verstanden. Sie sehe das Ganze bereits vor sich. Ich sei das verbindende Element zwischen ihnen, das Bindeglied in der Faber-Kette, das Kuckucksei, ich hätte sie schließlich alle gekannt, für sie gearbeitet, die Geschichte müsse doch endlich einmal erzählt werden, oder etwa nicht? Und ich sei nun einmal die Einzige, die das könne. Ich sei zwar eine Außenstehende gewesen, hätte aber zu den Eingeweihten gehört – die ideale Zeitzeugin.

»Vergessen Sie das Ganze«, sagte ich, ohne mich zu fragen, woher sie das alles über mich wusste. »Ich bin zu alt für diesen Unsinn.«

Sie zündete sich eine Zigarette an und redete weiter auf mich ein. Ein literarisches Statement solle das Ganze werden, transponiert in Bilder. Es werde mich bestimmt nicht ermüden. Sie wolle lediglich ab und zu vorbeischauen, um sich mit mir zu unterhalten. Das Drehbuch habe sie bereits größtenteils im Kopf. Und außerdem würde sie gern ein paar Aufnahmen von mir machen. Wenn möglich sofort, hier oder in meinem Zimmer.

»Tut mir Leid«, sagte ich, »aber das kommt überhaupt nicht in Frage.«

Zum ersten Mal erschien eine Spur von Bestürzung auf ihrem Gesicht. Aber sie hatte noch etwas in der Hinterhand. Behutsam spielte sie ihren letzten Trumpf aus.

»Sie dürfen mich nicht wegschicken. Nicht jetzt, da ich Sie endlich gefunden habe.« Ihre Stimme wurde leiser, beinahe ein Flüstern, und sie starrte leicht verlegen an mir vorbei.
»Mich gefunden?«
»Ich habe Ihnen noch nicht alles erzählt«, sagte sie zögernd. »Ich weiß eigentlich erst seit ein paar Monaten, dass es Sie gibt. Meine Oma ist im vergangenen Herbst gestorben, und ich habe meinen Eltern beim Sortieren ihrer Sachen in der Wohnung in der Herengracht geholfen. Dabei haben wir Kartons voller Papiere und Briefe meines Opas gefunden. Unter ein paar an ihn gerichteten Briefen stand Ihr Name als Absenderin. Briefe aus der Zeit kurz nach dem Ersten Weltkrieg. Es stimmt doch, dass Sie seine Gouvernante waren?«
Meine erste Reaktion war: aufstehen und weglaufen. Ich legte die Hände auf die Lehnen und wollte mich hochdrücken, konnte mich aber nicht bewegen. Ich atmete tief ein, schloss die Augen und versuchte, einen roten Faden zu finden, an dem ich mich durch das Chaos der Erinnerungen und Gefühle hangeln konnte, die mich überfluteten. Das durfte doch nicht wahr sein.
»Mein Name ist Zora de Jongh«, sagte sie leise.
Ja, das war mir mittlerweile auch klar geworden!

Wein. Den könnte ich jetzt wirklich vertragen. Ein Glas Wein. Dann aber die Flasche gut verstecken. Und ein paar Häppchen vom Teller nehmen. Els kann jeden Augenblick zurückkommen, um das Tablett zu holen, und wenn ich nichts gegessen habe, wird sie mir wieder Vorhaltungen machen. Doch zuerst muss ich die Pillen verschwinden lassen. Die Dose ist schon fast voll. Was steht für heute Abend auf dem Speiseplan? Kartoffelbrei, ein paar schleimige Endivienblätter und eine Frikadelle. Einen kleinen Bissen wenigstens von diesem Klops und einen Löffel Gemüse. Das reicht. Und jetzt sich mit dem Wein in den Sessel ans Fenster setzen.

Ich kann nicht so tun, als ob es sie nicht gäbe. So einfach ist das. Und folglich habe ich zugestimmt. Was habe ich schließlich zu verlieren? Da ist mir Zora lieber als Dr. Rommes »Stiftung Widerhall«. Vielleicht kann sie mir die Stimmen vom Hals schaffen. Wer weiß, am Ende lassen sie sich von ihrer eigenen Geschichte in die Flucht schlagen. Zora kommt jede Woche am Freitagnachmittag vorbei. Dem weichen, formlosen Brei der Zeit, in dem ich in den vergangenen Jahren umhergetrieben bin, wird auf diese Weise zumindest wieder eine gewisse Struktur verliehen. Ich werde wieder wissen wollen, welchen Tag wir haben, wie spät es ist.

Noch immer ist es nicht ganz dunkel. Kees ist bereits weg. Die Blätter an den Bäumen im Park vor dem Haus verfärben sich. Es wird wieder Herbst. Den wollte ich eigentlich nicht mehr erleben. Dreiundachtzig Mal die Blätter fallen zu sehen reicht im Grunde genommen. Ich hatte alles gut vorbereitet. Eine Dose voller Pillen hatte ich gesammelt und hinter den Büchern im Schrank versteckt. Da aber ist Jacobs Enkelin gekommen und hat mir einen Strich durch die Rechnung gemacht. Monatelang muss ich nun noch an diesem Fenster sitzen und aufmerksam hinausschauen. Wie eine grüne holländische Wiese, die von der Sonne unter dem frühmorgendlichen Nebel hervorgezogen wird, wird der Tag meiner Abreise nach England an die Oberfläche kommen müssen, dieser Tag vor sechzig Jahren. Die alten Geschichten warten auf ihre Wiederentdeckung. Mit den letzten Kräften, die meine alten Arme noch aufzubringen vermögen, werde ich sie aufrühren.

Erster Teil

1924–1925

Eins

Telegrafenmasten, rotweiße Stellwerke und Bauernhöfe mit punktförmigen Hütchen flitzen vorbei. Schwarze, überschwemmte Felder und endlose Schafweiden sind schräg an die welligen Hügel geklebt. Große Wasserlachen glänzen auf den Feldern wie dunkle Spiegel. Was in dieser Nässe noch wachsen will, wird geradewegs an den Himmel projiziert. Die Ouse ist an mehreren Stellen über den Deich getreten. Die Kühe schauen, mit den Beinen tief im Morast versunken, dösig um sich. Die Wolken hängen klebrig an den Baumwipfeln und lösen die Grenze zwischen oben und unten in neblige Wasserschleier auf.

Martha wischt den Beschlag an der Scheibe mit dem Jackenärmel ab. Tja, so ist England. Gestern, bei der Beerdigung ihrer Oma, war es auch nicht besser gewesen. Eine lange Prozession aus wehenden Regenmänteln, Gummistiefeln und großen, schwarzen Regenschirmen hatte sich gleichmütig in Richtung der kleinen Kirche vorwärts geschoben. Vor ihnen her schaukelte der Sarg. Die Einwohner von Rodmell trugen wieder jemanden zu Grabe. Doch sogar nach dem großen Gemetzel wussten sie nicht, wie sie das am besten anstellen sollten. Den Umgang mit dem Tod kann man nicht lernen, denkt Martha bei sich. Er zermürbt einen, aber an ihn gewöhnen kann man sich nicht.

Beim Gang vom Haus ihrer Oma zur Kirche war sie immer weiter zurückgeblieben. Wenn diese Dame sie nicht am

Arm genommen und ihr unter dem Regenschirm Zuflucht geboten hätte, hätte sie sich zwischen den niedrigen Mauern und in den schmalen Gassen bestimmt verirrt. Während des Gottesdienstes waren ihre Gedanken immer wieder abgeschweift. Die Erinnerungen an ihre Oma wurden stets von den Gesprächen überlagert, die sie in den zurückliegenden Tagen mit Nachbarn und Freunden ihrer Oma geführt hatte und die sie auch jetzt, im Zug nach London, nicht zur Ruhe kommen lassen.

Mrs. Wealden, die drei Söhne verloren hatte. »*One after the other, they only left me Jimmy.*« Doch der arme Jimmy, ein verlegener, pickeliger junger Mann von ungefähr sechzehn Jahren, konnte diesen Verlust auf sich allein gestellt nicht wettmachen. Oder Thomas Jameson, der Sohn der Nachbarn, der vor sechs Jahren bei Amiens zusehen musste, wie sein Zwillingsbruder in Stücke gerissen wurde, und der seither kein Wort mehr über die Lippen brachte, dafür aber jede Nacht im Schlaf schrie. Am Anfang hatten die Schlaftabletten noch geholfen, doch in den letzten Monaten waren die Albträume zurückgekommen. Schlimmer als zuvor. Mit ihrem Latein am Ende, hatte seine Mutter einer Elektroschocktherapie zugestimmt. Nächste Woche würde er in London die erste Behandlung über sich ergehen lassen müssen. An der Zunge, am Hals, an den Schläfen. Mrs. Jameson hatte mit ihren Wurstfingern schluchzend auf alle zu behandelnden Stellen gedeutet.

Und so war es weitergegangen. Es gab im Dorf nicht eine einzige Familie, die den Krieg ohne Wunden überstanden hätte. Wie Löschpapier hat sie die Geschichten aufgesogen. Zum ersten Mal seit jenen Jahren wird ihr klar, dass sie nicht allein dasteht, sondern Teil einer großen, auseinander gerissenen Familie von Hinterbliebenen ist.

Der Zug bleibt quietschend stehen. Martha schiebt das Fenster nach unten, streckt den Kopf hinaus und atmet den Geruch von durchnässter Erde ein. Auch hier wieder Hunderte von Schafen, die auf der Suche nach genießbarem Gras vergeblich die Nase ins Wasser stecken.
»Nur noch eine Stunde, dann sind wir in London«, murmelt Louise hinter der Zeitung.
Das Klappern der Milchkannen, die ein- und ausgeladen werden. Menschen, die sich zum Abschied etwas zurufen. Dann das erlösende Pfeifsignal des Schaffners und das langsame Anrollen des Zuges.
Martha zieht ein Buch aus der Tasche, obwohl es eine Sache der Unmöglichkeit ist, in diesem schaukelnden Zug zu lesen. Sie schaut beiläufig zu Louise, der einzigen Tochter der im Wochenbett gestorbenen Cousine ihres Vaters, und versucht, gewisse Ähnlichkeiten zu entdecken, mit ihr selbst, mit ihrem Vater. Louise aber ähnelt den Thompsons nicht im Geringsten. Sie sieht viel älter aus als sie selbst, obwohl der Unterschied nur wenige Jahre beträgt. Auf ihrem flachen Gesicht mit den weit auseinander liegenden dunklen Augen und dem spitzen, kleinen Kinn unter dem breiten Mund liegt immer ein ernster Ausdruck. Martha kann sich einfach nicht an ihr nüchternes Krankenschwesternverhalten gewöhnen. Dennoch hat sie Louises Angebot, sich in London vorläufig bei ihr über der Apotheke einzuquartieren, angenommen. Sie möchte eine Weile in England bleiben, ihr Leben aus der Sackgasse befreien.
Als sie letzte Woche in Amsterdam Louises Telegramm erhielt – *grandma not very well. stop. please come as soon as possible* –, wusste sie, dass jetzt der richtige Zeitpunkt zum Aufbruch gekommen war. Danach ging alles ganz schnell. Überfahrt gebucht, Sachen verkauft, den Mietvertrag ge-

kündigt, die beiden Lederkoffer gepackt, das Kündigungsschreiben für die Familie De Jongh aufgesetzt. Als Eva, das deutsche Dienstmädchen der De Jonghs, sie gefragt hatte, was sie denn für so eine lange Zeit nach England ziehe, hatte sie mit einem ausweichenden »Mal sehen« geantwortet. Sie wollte ihr noch nicht sagen, dass sie hoffte, endlich ein wenig mehr über das Verschwinden ihres Vaters in Erfahrung zu bringen.

Martha legt das Buch wieder zur Seite und starrt aus dem Fenster. Vor acht Jahren hatte sie ihn zum letzten Mal gesehen. Nichts ahnend waren sie damals zum fünfundsechzigsten Geburtstag ihrer Oma nach England gefahren. Ihre Mutter hatte sich gewünscht, dass es eine fröhliche Reise werden sollte, ein Kurzurlaub in Vaters Heimat. Vorgestern ist sie erneut von Ostende nach Dover gefahren. Unsicher, den Blick ständig auf die schäumende Öffnung unter sich gerichtet, hat sie sich über das Fallreep des Schiffs zur Kabine auf dem Oberdeck geschoben. Nachdem sie einen Fensterplatz gefunden hatte, war sie nicht mehr aufgestanden. Durch das starre Stillsitzen waren ihre Erinnerungen an die letzte Schiffsreise auf Distanz gehalten worden. Während der gut fünfstündigen Überfahrt hatte sie nicht ein einziges Mal aufgeschaut.

Erst als die steilen Kreidefelsen von Dover vor ihr aufragten, ebenso weiß und bizarr wie in ihrer Erinnerung, konnte sie sich nicht mehr beherrschen. Sie stand auf und ging hinaus aufs Außendeck. Sie musste sich an der Reling festhalten, um nicht von dem brüllenden Wind umgerissen zu werden. Sie sah das seltsame, diffuse Licht über der schaumenden Gischt und die drei weißen Leuchttürme auf den Kaianlagen. Das Heulen der Schiffssirene in ihren Ohren wurde plötzlich von der Stimme ihrer Mutter übertönt.

»Schau mal, Michael, die stabilen Grenzen deines Vaterlan-

des sind nicht mehr als ein paar abbröckelnde Kreidestückchen!«
Marthas Vater beugt sich zu ihr herunter und legt ihr einen Arm um die Schultern.
»Dort, hinter diesen Hügeln, bin ich geboren.«
Sein Schnurrbart kitzelt sie an der Wange, sie riecht den Duft der Rasierseife an seinem Hals, hört den Wind, der um ihre Köpfe pfeift. Ihre Mutter muss ihren Hut mit beiden Händen festhalten; sie verliert das Gleichgewicht und fällt gegen sie. Ihr Vater, der nun den anderen Arm um ihre Mutter legt. Das langsame Näherrücken des Ufers. Die hölzerne Anlegebrücke. Das schrille Kreischen einer Möwe, die knapp vor ihr ins Wasser taucht.

Wieder wischt sie das Fenster sauber und steckt sich eine Zigarette an. Louise wirft ihr einen besorgten Blick zu, sagt aber nichts. Am Horizont kriecht ein roter Streifen unter dem dicken Stapel tief hängender Wolken hervor. Der Zug hält an einem kleinen Bahnhof. Neben dem Stellwerk steht eine hohe Kastanie. Die bunten Blätter leuchten im unerwarteten Feuer der untergehenden Sonne. Unbewegt unter der Last Hunderter stachliger Früchte steht der Baum da, majestätisch aufrecht. Martha hat eine besondere Beziehung zu Bäumen und zu deren gefügiger Unterwerfung unter die Jahreszeiten. So groß und stark zu sein und sich dann doch immer wieder einem neuen Herbst, einem neuen Frühling zu beugen. Immer wieder die Blätter fallen zu lassen, zum soundsovielten Mal Knospen aus den Zweigen zu treiben.
Sie wird ihren eigenen Baum am Oudezijds bestimmt vermissen. Vier Jahre lang ließ er sie bei schweren Novemberstürmen erschaudern und überraschte sie im Winter mit der weißen Glut von Raureif auf den Ästen. Und wen

noch? Eva wird sie vermissen – und Jacob natürlich. Seine von der Kälte geröteten Wangen, wenn sie nach dem Unterricht zusammen im Vondelpark spazieren gingen. Den glückseligen Blick in seinen Augen, wenn sie bei den Bäumen am Weiher ein Kletterdiplom für ihn ausstellte. Sie fühlt sich schuldig, weil sie seinen Eltern lediglich einen kurzen Brief geschickt und sich nicht persönlich von ihm verabschiedet hat. Weil sie keinen Kuss auf seine schwarzen Locken gedrückt, ihm keine allerletzte Geschichte erzählt hat.

Noch mehr nicht enden wollende Hügel, noch mehr Schafe. Langweilig, denkt sie, furchtbar langweilig. Diese beiden Worte reichen aus, um ihren Vater plötzlich vor ihr auftauchen zu lassen, noch in Hut und Mantel, wohlwollend den Vortrag eines seiner Kollegen beschreibend: »Nette Leute, diese Holländer, aber keine Redner. Durch und durch gründlich, alles, was sie in die Hand nehmen. Aber Ohren und Augen auch nur ein wenig Genuss bieten? Die steifen Gemüter auch nur ein wenig in Begeisterung versetzen? *Boring, terribly boring.*«
Die Landschaft bauscht sich auf, dehnt sich aus, verschwimmt in der salzigen Flüssigkeit, die ihr aus den Augenwinkeln rinnt. Martha wischt sie ungeduldig ab und starrt mit einem getrübten Blick hinaus. Sie erinnert sich an seine Haltung, seinen Körper, lang und steif, doch als er sich umdreht, sieht sie statt seines Gesichtes nur noch einen schwarzen, tanzenden Fleck.
Sie drückt ihre Zigarette in dem Metallaschenbecher aus. Jemanden zu vermissen – das ist genau betrachtet das Grundmuster ihres Lebens. Erst ihren Vater, ein paar Jahre danach ihre Mutter. Sie fühlt sich wie der Topflappen, den sie irgendwann in der Grundschule als Geburtstags-

geschenk für ihre Mutter gehäkelt hatte. Kleine Kreise aus festen, blauen Baumwollfäden, dazwischen überall große Löcher, durch die man die Finger stecken konnte.

»Guten Abend.«
Ein ungefähr vierzigjähriger Mann betritt das Abteil, knöpft den Trenchcoat auf, setzt sich ihnen schräg gegenüber und schlägt die Abendzeitung auf. Unauffällig mustert sie ihn: braune Haare und Schnurrbart, brauner Anzug. Unbedeutend, denkt sie bei sich, bis sie die goldene Medaille, die kleine bunte Fliege und den verwelkten Klatschmohn im Knopfloch seiner Anzugjacke sieht und den Blick nicht mehr von ihm lösen kann. Könnte er auch dort gewesen sein? Könnte er ihren Vater gekannt haben? Sie könnte ihn beschreiben und ihm erzählen, dass ihr Vater eigentlich nicht dorthin gehört habe, dass sie doch nur zum Geburtstag ihrer Oma gekommen waren. Dass man ihn dann aber aufgegriffen und nach Belgien geschickt hatte und dass sie bald darauf nichts mehr von ihm gehört hatten. Dass sie das nicht verstand, weil sonst niemand, den sie kannte, dorthin gegangen war. Die Väter ihrer Klassenkameradinnen nicht, der Nachbar nicht, niemand. Sie waren schließlich »neutral« gewesen.
Ihre Mutter war ganz krank geworden, vom Warten, von den seltenen Briefen, den Berichten in der Zeitung. Sie selbst war damals vierzehn gewesen, hatte das Gymnasium besucht. Ihr Vater hatte darauf bestanden, obwohl ihre Mutter es für Unfug hielt, ein Mädchen auf dem Gymnasium. Zwei Briefe hatte sie von ihm bekommen, mit Skizzen von deutschen Soldaten. Komische Helme auf dem Kopf, darunter ein schmaler Schnurrbart. Nach ein paar Monaten waren keine Briefe mehr gekommen, weder für sie noch für ihre Mutter.

Kein Tag war vergangen, ohne dass jemand gefragt hätte: »Ist die Post schon da gewesen?« Sie konnte es nicht ertragen, wenn ihre Mutter, über die langen Listen mit Namen gebeugt, die die Botschaft ihr schickte, jedes Mal seufzend sagte: »Nein, Maartje, sein Name steht nicht dabei.« Aber wo war er dann geblieben?

»Ich trage sie nur diese Woche, wegen der Gedenkfeier«, sagt ihr Gegenüber. »Nicht, weil ich so stolz darauf wäre.« Er zwinkert stark. Seine Mundwinkel schießen nach oben und legen seine Wangen in tiefe Falten. Er muss wiederholt den Kopf schütteln, um seine Muskeln wieder unter Kontrolle zu bekommen.

»Oh«, sagt sie schnell und schlägt verlegen die Augen nieder.

»Sie sind nicht von hier?«

»Ich nicht, aber mein Vater.«

Ein Nicken im Fenster, in dem ihre Blicke sich kreuzen.

»Ist er auch dort gewesen?«, fragt er kurz darauf.

»Ja.«

Es wird still. Der Mann liest weiter in seiner Zeitung. Schlägt die Seiten unbeholfen mit der rechten Hand um. Sein anderer Arm bleibt schlaff neben dem Körper hängen. Louise schaut sie nachdenklich an. Dann nimmt sie ihre Tasche und holt eine Tüte mit Sandwiches heraus. Natürlich, denkt Martha, etwas essen. Immer wenn es unangenehm wird, essen wir etwas. Widerwillig nimmt auch sie sich ein Brot. Der Zug hält in Haywards Heath.

»Von hier aus fährt ein Bus nach Ashdown Forest«, sagt Louise. »Da kann man herrliche Spaziergänge machen. Hast du schon mal davon gehört?«

Martha schüttelt den Kopf. Den Rucksack voller belegter Brote, flache Schuhe und ab geht's. Das ist Louises Rezept. Sie sieht sich bereits hinter ihrer Cousine hertrotten.

Durch Matsch und strömenden Regen. Sie spürt, wie eine leichte Panik sie ergreift. Ist es wirklich eine so gute Idee, in England zu bleiben? Was will sie eigentlich in London? Wieder wird sie von den Zweifeln überwältigt, die sie auch schon am Tag ihrer Abreise verspürt hatte.

Um sieben Uhr war sie aufgestanden. Bei allem, was sie tat, hatte sie gedacht: zum letzten Mal. Zum letzten Mal hatte sie in ihrer Wohnung am Oudezijds die blauen Vorhänge zurückgezogen, zum letzten Mal in der schmalen Küche Tee aufgebrüht und hinausgeschaut. Es war ein grauer, fader Morgen gewesen. Als hätte die Nacht dem Tag noch keine Genehmigung erteilt, das Kommando zu übernehmen, sodass dieser irgendwo dazwischen stecken geblieben war. Im Grunde genommen war es ein Morgen, an dem man am liebsten im Bett liegen bleibt, doch das war ihr nicht vergönnt gewesen. Sie musste aufstehen, mit der Welt mitmachen. Straßenbahnen, Züge und Boote warteten auf sie. Aber wozu?
Der Zug hält in Redhill, einem Londoner Vorort. Backsteinhäuser, kleine, quadratische Gärten hinter einem niedrigen, schmiedeeisernen Gitterzaun. Alles sieht verdächtig holländisch aus.

Zwei

Die Glocke von Saint Mary Woolnoth schlägt fünfmal. Beim letzten Schlag fällt die Eingangstür der Lloyds Bank mit einem dumpfen Schlag ins Schloss. Tom steht im Freien, keuchend und nach Atem ringend, aber wenigstens im Freien. Nicht eine Minute länger als unbedingt nötig bleibt er in dieser Gruft. Er atmet die kalte Dezemberluft ein und langsam wieder aus. Trotz des Schmerzes macht er weiter. Luft, endlich Luft. Er streckt den Rücken, zieht die Schultern nach hinten und drückt sich mit der linken Hand gegen die unteren Wirbel. Er spürt, wie der Schmerz in seinem Rücken langsam nachlässt, und wagt es, sich wieder gerade hinzustellen. Unschlüssig schaut er sich um.

Das langsame Verstreichen der letzten Stunde seines Arbeitstages hat ihn an den Rand eines Nervenzusammenbruchs gebracht. In dieser einen Stunde hat er mehr geraucht als in allen anderen Stunden des Tages zusammen. Als ob er sich hinter diesen dichten Rauchvorhängen selbst verschwinden lassen wollte. Seine unangebrachte Anwesenheit im klopfenden Herzen von *wealthy* London ausräuchern wollte. Unsichtbar werden wollte. Obwohl die Zigaretten, der Gestank des qualmenden Aschenbechers und er selbst ihn mit zunehmendem Abscheu erfüllten, schaffte er es nicht, auch nur eine Minute ohne einen Glimmstängel zwischen den Fingern am Schreibtisch zu sitzen. Also rauchte er weiter. Über die Kurstabellen amerikanischen Öls und Stahls gebeugt. Mit der linken Hand raufte er sich die Haare, massierte die schmerzenden Stellen auf seiner Stirn, rutschte auf dem Stuhl hin und her, unruhig, gereizt.

Beim ersten Schlag von Saint Mary hat er die Zigarette ausgedrückt und Mantel und Hut vom Kleiderständer gerissen. Jetzt steht er im Freien. Grauer Mantel, grauer Hut, Aktentasche unter dem Arm. Es wird bereits dunkel. Links und rechts schiebt sich eine Prozession identischer grauer Mäntel und Taschen in der Dämmerung an ihm vorbei. Manche nicken ihm zu, andere tippen kurz an den Rand ihres Hutes. Er lächelt zurück. Mit diesem starren Lächeln um seine fein geschnittenen Lippen. Was soll er tun? Er geht die drei Stufen zur Straße hinunter.

»Goodnight.«

Das mechanische Tippen an die Hüte hört nicht auf.

»Evening, Sir.«

Er überquert die Straße und beschließt, noch nicht nach Hause zu gehen, sondern sich eine Stunde voller Stille zu gönnen, eine Stunde Aufschub von dem nicht enden wollenden häuslichen Kampf. Er geht die Lower Thames Street in Richtung des alten Fischereihafens hinab. Eine lange, schmale Gestalt, leicht vornübergebeugt, mit schnellen, nervösen Schritten. Lange wird er es in der Bank nicht mehr aushalten. Tagein, tagaus die gleichen Gespräche, die gleichen Kurstabellen. Er erträgt es nicht mehr. Warum hat er nur die Stelle als Redakteur bei *The Nation* abgelehnt? Die wäre alles in allem doch nicht so schlecht gewesen. Jetzt hat sie sich dieser Woolf selbst unter den Nagel gerissen.

Unterwegs betritt er ein Spirituosengeschäft und kauft einen Flachmann mit Bourbon. Die Aussicht auf das milde, glutvolle Getränk stimmt ihn etwas fröhlicher. Ob er mit diesem Redakteursjob genug verdient hätte? Armut könnte

er jetzt überhaupt nicht brauchen. Das würde zu Hause noch mehr Elend, unbezahlte Arztrechnungen, Auseinandersetzungen um einen Hut, ein Kleid, eine Flasche guten Weines bedeuten. Schlendernd betritt er die Uferstraße, setzt sich auf eine niedrige Steinmauer direkt am Fluss und zieht den Four Roses aus der Innentasche seines Mantels. Missmutig beobachtet er das geschäftige Treiben am Kai. Zwei hohe Kräne hieven braune Fässer und Holzkisten aus den Ladeluken eines Schiffes und setzen sie vor den Lagerhallen ab. Ein paar Männer gehen prüfend um die Ladung herum, öffnen Säcke, notieren deren Inhalt und verschnüren sie wieder. Aus dieser Entfernung ist nicht zu sehen, was sich in den Säcken befindet. Mehl, Gewürze, Tabak? Etwas näher bei ihm stehen sechs Männer und rösten Maronen über einem Feuer in einem rostigen Fass. Eine Flasche wandert von Mund zu Mund. Ehrliche Knochenarbeit, ehrliche Menschen, keine Komödie, keine Speichelleckerei. Die Männer klopfen sich gegenseitig auf die Schulter. Ihr dröhnendes Lachen rollt über den Fluss.
Er öffnet den Schraubverschluss und setzt den Flachmann an die Lippen. In der Ferne sieht er die schwach leuchtenden Laternen auf der Tower Bridge. Dahinter erstreckt sich die Stadt mit ihren hoch in die Luft ragenden Gebäuden, runden Kuppeln und spitzen Kirchtürmen. Über die Brücke strömt das feige Heer der Angestellten heimwärts. Alles ebensolche Idioten wie er. Gelassen lässt er die betäubende Wirkung des Alkohols über sich ergehen. Er lindert seine Angst, steigert dafür aber seine Wut. *Jeder Mann muss das, braucht das, will das*, murmelt er mit einem sardonischen Grinsen, *einmal im Leben ...*
Ob es noch etwas wird, sein neues Sweeney-Stück? Er möchte die Agonie der ganzen Welt hineinwerfen, das ausufernde Herumgestümpere. Es wird höchste Zeit, dass

er wieder etwas Ordentliches zu Papier bringt. Seit *Das wüste Land* hat er nur ganz wenig geschrieben. Ständig wird er zwischen Geldverdienen und Schreiben hin- und hergerissen. Er fühlt sich wie ein zentnerschweres Pendel an der Uhr der englischen Aristokratie. Hin und her. Und Vivien ist es, die das Uhrwerk unermüdlich aufzieht. Wie krank sie auch sein mag, sie wird nicht davon ablassen. Sie gibt nicht einen Zollbreit nach. Wieder setzt er den Flachmann an die Lippen, saugt die letzten Tropfen heraus und steht auf.

Er geht bis zur äußersten Spitze des Kais, ohne zu bemerken, dass die Männer sich nach ihm umdrehen. Leicht schwankend steht er direkt am Rand und schaut auf das gegen die Mauer klatschende schwarze Wasser hinab. Bedrohlich und verführerisch zugleich. Stählerne Kabel blinken auf, hier und da mit Ästen und Treibholz verflochten. Das Wasser schwappt sanft, ja nahezu zart dagegen. Gib 's doch zu, sagt er sich, du kommst nicht weiter. Du hast dich total festgefahren. Sein letzter Artikel, der über Mussolini in der *Daily Mail*, hatte ihm nur hochgezogene Augenbrauen und missbilligende Blicke eingebracht. Obwohl die Botschaft doch wohl klar war. Ein Land braucht einen Führer, wie eine Familie einen Vater braucht. In Italien hat man das wenigstens verstanden. Hier hingegen nicht. Selbst Vivien hat kühl auf den Artikel reagiert. Wahrscheinlich fürchtet sie wieder, er könnte seiner literarischen Karriere schaden. Welcher »Karriere« eigentlich? Er flucht verhalten. Er kommt einfach nicht voran. Keinen Schritt. Er beugt sich leicht vor.

»Are you alright, sir?«

Grinsend dreht er sich zu den Männern um und winkt ihnen elegant zu. Dann wirft er die leere Flasche Four Roses möglichst weit hinaus in den Fluss.

»Bravo!«, ertönt es hinter ihm.
»*Rose des Gedenkens*«, deklamiert er mit erhobener Stimme,
»*Rose des Vergessens,*
Die eine Rose
Ist nun im Fluss.«
Die Männer drehen sich um, tuscheln miteinander und holen die glühenden Maronen mit einer Zange aus dem Feuer. Er starrt ins funkelnde Wasser. Mutter aller Mütter, denkt er, deine Knochen werden vom Salz des Meeres angefressen, unwissend treibst du unter majestätischen Brücken dahin, tastend, suchend, aber es gibt keine Rettung, du fließt geradewegs den dunklen Gewölben der Hölle entgegen, und ich, ich proste dir zu.
Hoohoo, hoohoo!
Über die verschlammte Kaimauer geht er zur Tower Bridge, über die noch immer die Angestellten aus der City heimwärts ziehen. Ich wünschte, ich wäre ein Fischer, denkt er bei sich, während er ein altes Wiegenlied summt, ... *is falling down, falling down*. Vor ihm ragt der Turm von St. Magnus the Martyr wie ein weißer Stern hoch über den schwarzen Gebäuden auf.

Er drückt die schwere Tür der St.-Magnus-Kirche auf und geht zur hintersten Bank. Er schließt die Augen und lässt die Stille auf sich einwirken. Endlich Ruhe. Diese Kirche ist der einzige Ort, an dem er sich nicht wie ein aufgescheuchtes Wild fühlt, an dem die Angst verschwindet, sobald er einen Fuß über die Schwelle setzt. Hier steht die Zeit still – und mit der Zeit das hektische Treiben; und mit dem hektischen Treiben verstummen auch der Lärm, die Menschen, die Erwartungen, die Verpflichtungen. Er öff-

net die Augen wieder, hat für einen Moment das Gefühl, völlig allein in der Kirche zu sein. Erst als sich seine Augen an die Dunkelheit gewöhnt haben, sieht er weiter vorn zwei kniende Frauen. Die stille, ergebene Hingabe der beiden vornübergebeugten Silhouetten rührt ihn.
Dass er so etwas in einer Kirche antrifft. In Boston, in der utilitaristischen Gemeinde seiner Eltern, hatte er immer den Eindruck gehabt, dass die allwöchentliche Messe und das gemeinsame Herunterleiern der Lieder die Konsolidierung eines Gesellschaftsvertrages waren. Hör, wie wir singen. Sieh, wie gut und wie gläubig wir sind. Der puritanische Glaube ist nicht das Erleben des Höheren, sondern ein Mittel zur Kontrolle des Volkes. Er lehnt sich weit zurück und lässt den Blick am Steingewölbe entlangschweifen. Nichts zu wollen, auf nichts aus zu sein. Jede Lust aufzugeben. Sich für dasjenige zu opfern, das unendlich viel größer ist. *God on a rolling ball of fire.* Die sündhafte Glut mit dem kühlen Weihwasser zu löschen. Unpersönlich zu werden.

»Mr. Eliot?«
Ein großer, stämmiger Mann, gekleidet in ein Priestergewand, steht auf einmal neben ihm im Mittelgang.
»Guten Abend. Mein Name ist William Force Stead. Wir sind uns schon einmal begegnet, im Hause des Verlegers Richard Cobden Sanderson.«
»Ach ja«, sagt Tom, »der dichtende Priester?«
»Ja«, antwortet der Mann leicht verlegen, »kommen Sie öfter hierher?«
Tom antwortet nicht gleich. Es widerstrebt ihm, mit seinem amerikanischen Landsmann, der vor kurzem zur anglikanischen Kirche übergetreten ist, über seine religiösen Neigungen zu reden.
»Ab und zu.«

Der Priester lächelt aufmunternd.
»Ich arbeite gern hier.«
»Ist wohl ein ruhiger Job«, sagt Tom und nickt in Richtung der beiden Frauen vorn in der Kirche.
»Wir haben auch viele Kranke, die besucht werden wollen. Junge Männer, die in Belgien und Frankreich gewesen sind und erst jetzt zusammenbrechen.«
»Mit welchen Symptomen?«, fragt Tom zögerlich. Immer wenn sich das Gespräch um den Großen Krieg dreht, fühlt er sich schuldig. Er hat auch noch versucht, sich zu melden. Im allerletzten Moment zwar und in erster Linie, um seiner Mutter einen Gefallen zu tun. Sie hatte sich in Boston auf einmal mit großem Eifer als Rekrutierungsbeauftragte aufgespielt. Er wurde abgewiesen: seine Bandscheiben.
»Blindheit, Hysterie, Gedächtnisschwund, Stottern, Albträume, Lähmungserscheinungen«, zählt Stead auf.
»Also nichts Außergewöhnliches.«
Der Priester schaut ihn verständnislos an.
»Ich mache mich wohl besser wieder auf den Weg«, sagt Tom nach einer kurzen Pause.
»Wenn Sie sich mal länger unterhalten möchten …?«
Tom schüttelt dem Priester die mollige Hand.
»Die Welt ist eine einzige große Granate, Mr. Stead, nur dass niemand weiß, wann Gott den Zünder herauszieht.«

Drei

Mitten in dem hell erleuchteten Raum befindet sich eine spiralförmige Treppe. Sie läuft schnell auf sie zu. Das Klacken ihrer Schuhe auf dem gläsernen Fußboden klingt gehetzt. Sie hat keine Zeit zu verlieren. Sie spürt, dass es noch immer hinter ihr her ist, auch wenn sie es nicht sehen oder hören kann. Neben dem Treppengeländer verlaufen runde, durchsichtige Röhren. Wozu die dienen, ist ihr nicht klar. Ob irgendetwas hindurchgeleitet wird, Wasser, Luft – sie hat nicht die geringste Ahnung. Vorsichtig steigt sie die gläsernen Stufen hinauf. Sie versucht, auf den Zehenspitzen zu gehen, um nicht zu viel Lärm zu machen. Die Treppe wird immer schmaler. Als sie endlich oben, auf dem Treppenabsatz, angekommen ist, sieht sie auf dem Boden, an den Wänden und an der Decke noch mehr Röhren. Aus ihnen dringt ein trockenes, klopfendes Geräusch. Sie versucht, über die Röhren zu kriechen. Irgendwo muss doch der Ausgang sein! Dann hört sie Louises Stimme. »Nein!«, ruft sie. »Wie oft habe ich dir das schon gesagt!« Ihr ist nicht klar, was Louise damit meint. Sie versucht nur, den Ausgang zu finden.

Sie kriecht weiter und stößt auf eine hohe, gläserne Wand. Dahinter pressen sich die nackten Äste eines Baums an die Fensterscheibe. Sie schaukeln im Wind hin und her, wobei sie ein scheußliches, schabendes Geräusch an der Fensterscheibe verursachen. Sie presst die Nase gegen die Scheibe

und versucht zu erkennen, ob Louise vielleicht da draußen unter den Bäumen steht. »Nein, das geht wirklich nicht.« Louises Stimme kommt näher. Sie schaut sich um. Sie hatten sich doch hier verabredet, oder nicht? Sie versucht, die Hände an die Wand zu legen, schafft es aber nicht, die Arme zu heben. Sie hört zwar noch das Schaben der Äste, kann sie aber nicht mehr erkennen. Das weiße Licht wird von einem grauen Nebel erstickt.
»Nein, Vivien. Du kannst die Dosis nicht einfach so erhöhen. Du weißt, dass du …«

Martha wacht auf und sieht sich verwirrt in dem dämmrigen Zimmer um. Es dauert ein, zwei Sekunden, bis sie weiß, wo sie ist.
»Hör auf mich! Was sagst du? Nein, das geht wirklich nicht.«
Sie zieht den eingeschlafenen Arm unter dem Kissen hervor. Der Traum brodelt noch unter ihrer Haut, auch wenn sie sich kaum an ihn erinnert. Sie wischt sich den Speichel von der Wange, massiert den Arm und setzt sich auf. Wenn sie noch ein paar Tage länger auf diesem alten Sofa von Louise schlafen muss, wird sie wie gerädert sein. Sie muss schleunigst ein eigenes Zimmer finden. Und Arbeit. Doch zuerst will sie die Stadt besser kennen lernen. Das ist schon anstrengend genug. Erneut muss sie sich entscheiden, ob sie Parks schöner findet als Plätze. Ob sie noch immer lieber durch rußverschmierte Gassen geht, als auf belebten, sauberen Boulevards zu flanieren. Mit diesen Vorlieben färbt sie die Stadt ein, versucht sie, sich die Stadt anzueignen.
»Sag Tom, dass das Medikament übermorgen für ihn bereitsteht. Ja, am Donnerstag. Leg dich jetzt ruhig hin, nimm ein wenig Veronal und leg dir Kamillenkompressen auf den Kopf. Am Freitag schau ich mal rein. Bis dann.«

In der Diele wirft Louise den Telefonhörer auf die Gabel und betritt händeringend das Zimmer. Ihr weißer Apothekerkittel flattert um sie herum.
»Kaum bin ich mal für eine Woche weg, geht dort gleich alles drunter und drüber«, nörgelt sie. »Eine Tasse Kaffee?«

Sie trinken Kaffee an dem runden Tisch am Fenster. Über den Dächern auf der gegenüberliegenden Straßenseite hängt ein grauer Himmel, hier und dort ein rosafarbener oder violetter Streifen. Heute ist der erste richtige Wintertag. Rau, aber klar. Hinter dem Haus stehen ein paar Bäume, deren oberste Äste genau bis an Louises Zimmer heranreichen.
»Zum Glück sind nicht alle so lästig«, sagt Louise. »Vivien kenne ich bereits seit gut fünf Jahren. Sie holt ihre Arzneimittel immer bei uns. Verschrieben werden sie ihr von Sir Frederick Treves persönlich, dem Leibarzt des Königs.«
Louise wirft ihr einen vielsagenden Blick zu.
»Viviens Vater war Großgrundbesitzer und in seiner Freizeit Hobbymaler. Ihre Mutter, Rose, kümmert sich ausschließlich um ihre Partys und was die Nachbarn davon halten, und ihr jüngerer Bruder Maurice ist brav zur Armee gegangen. Kehrte unverletzt aus Passchendaele nach Hause zurück. Er muss das Glück auf seiner Seite haben. Anders als seine Schwester jedenfalls.«
»Was hat sie denn?«
»Was hat sie nicht! Kopfschmerzen, Blutungen, Neuralgie, Kolitis und so weiter und so fort. Aber sie leidet vor allem unter ihren Nerven. Die liegen sozusagen zu blank. Vivien ist überempfindlich. Zu viel Lärm um sie herum, zu laute Stimmen, der Verkehr – alles kann sie verrückt machen. Früher hat sie getanzt und gemalt, doch diese Zeiten sind vorbei. Sie ist nicht snobistisch oder so. *Free manner, down-*

right opinions. Doch seit sie verheiratet ist, geht es mit ihr bergab. Sie hält ihren Mann für ein Genie und gibt keine Ruhe, bis die anderen das auch einsehen.«

»Was macht er denn?«

»Er ist Dichter und Amerikaner.«

Louise spricht beide Typisierungen mit gleich viel Abscheu aus.

»Ist er bekannt?«

»Ein wenig, glaube ich, aber ich habe ohnehin keine Ahnung von diesen Dingen. Fröhlich ist das Ganze jedenfalls nicht. Eher die Hölle auf Erden. Und warum? Weil er vor Hunger krepiert? Keinen Penny hat, um sich die Schuhe neu besohlen zu lassen? Wieder aus dem Haus geworfen wird? Keineswegs. Weißt du, das ist es, was mich an dem ganzen Literaturzirkus so stört. Wenn er seine Intelligenz wenigstens darauf verwendete, den Kindern von East End das Schreiben beizubringen! Das Einzige, was mir an ihm gefällt, ist diese Mischung aus Cockney und Cambridge. Hat er bestimmt von Vivien. Sie ist hervorragend im Imitieren. Und sie hat wenigstens Humor. Er muss hier irgendwo herumfliegen, dieser Band. Lies ihn selbst einmal! Weißt du, wer ihn verlegt hat? Die Woolfs!«

Martha schaut sie fragend an.

»Diese Leute aus Rodmell, die Frau, die dich bei Omas Beerdigung beim Arm genommen hat. Sie selbst ist auch nicht gerade die Stabilität in Person, *mentally I mean*, aber sie hat wenigstens einen Mann, der für sie sorgt. In dieser Beziehung hat sie es besser getroffen als Vivien. Sie hat auch schon einen Roman geschrieben. Ich habe sogar einmal angefangen, ihn zu lesen, aber irgendwie wird darin nicht wirklich etwas erzählt, weißt du; es folgen nur schöne Wörter und Bilder aufeinander, nichts für mich.«

Martha hört ihrer Cousine mit zunehmendem Erstaunen

zu. Wer hätte das jemals von ihr gedacht? Auf einmal stellt sich heraus, dass Louise lauter Schriftsteller kennt, während Martha immer gedacht hat, dass sie sich nur für die Döschen und Fläschchen von Allen & Hanbury interessiert.

»Ich fand sie ganz nett, diese, wie heißt sie gleich, diese Mrs. Woolf. Sie hatte etwas Schlichtes, etwas Unkompliziertes an sich, als sie mich ansprach.«

Louise muss lachen.

»Mrs. Woolf? Unkompliziert? Das ist gut. Ich kann sie nicht einordnen. Aber was hast du eigentlich in London vor? Wie lange möchtest du bleiben?«

»Ich habe überhaupt nicht gewusst, dass du in Schriftstellerkreisen verkehrst.«

»Ich kenne zufälligerweise ein paar, von Rodmell her, und hier in London durch die Apotheke. Das ist alles.«

»Hast du das Buch von Mrs. Woolf auch hier?«

»Ja. Es handelt von einem jungen Mann namens Jacob, ich glaube, dass er ihrem Bruder nachempfunden ist. Der ist an Typhus gestorben. Hatte er sich beim Urlaub in Griechenland zugezogen, tragische Geschichte. Wie auch immer; ich sagte ja schon, ich kam einfach nicht weiter.«

Martha fährt sich mit der Hand nervös durch die ungekämmten Haare. Sie sieht das große Haus an der Herengracht vor sich, die Küche. Jacob, der am Tisch seine Hausaufgaben macht. Eva, die ihm noch ein Stück Apfelkuchen hinschiebt. Wie er wohl auf ihre plötzliche Abreise reagiert haben mag?

»Ich habe dir doch erzählt, dass ich mich in Amsterdam um den Sohn eines jüdischen Anwalts gekümmert habe. Er heißt auch Jacob. Er war gerade erst elf, als ich wegging. Schlaues und sensibles Bürschchen. Ganz verrückt nach Geschichten. Als er noch kleiner war, musste ich immer so lange erzählen, bis er eingeschlafen war. Dann habe ich gewartet, bis er tief und gleichmäßig atmete, bevor ich mich auf Zehenspitzen davongeschlichen habe. Wenn ich am nächsten Nachmittag wiederkam, schaute er mich ganz vorwurfsvoll an.«

»Ich weiß nicht viel von Kindern«, sagt Louise nach einem kurzen Moment der Stille. »Mir begegnen nur kinderlose, kranke Erwachsene.«

»Hängt das irgendwie miteinander zusammen?«, fragt Martha lachend.

Louise aber wirft ihr unter ihren schweren, herunterhängenden Augenlidern hervor einen ernsten Blick zu.

»Mit kinderlosen Erwachsenen stimmt immer irgendetwas nicht. Ich weiß auch nicht, wieso das so ist. Und schon gar nicht mit Erwachsenen wie Vivien und Eliot und Mrs. Woolf. Mit Schriftstellern, meine ich. Die beschäftigen sich immer nur mit sich selbst, furchtbar. Die grübeln ständig nur und zermartern sich den Kopf. Mit Kindern hat man dazu keine Zeit. Alles in allem doch gar keine so schlechte Therapie.«

»Vielleicht wollen sie überhaupt nicht geheilt werden.«

»Ja, das kenne ich. Und wir müssen ständig Fläschchen füllen und Pillen drehen und uns mitten in der Nacht aus dem Bett klingeln lassen.«

Vier

So leise wie möglich öffnet Tom Eliot die Tür seines Hauses, geht hinein und drückt die Tür behutsam wieder ins Schloss. In der Diele bleibt er stehen und lauscht, ob aus dem Salon Gepolter zu hören ist. Kein Geräusch. Vielleicht liegt Vivien noch im Bett oder ist auf dem Sofa im Salon eingeschlafen. Er kennt niemanden, der so viel schlafen kann wie sie. Manchmal bleibt sie wochenlang ununterbrochen im Bett, verhalten stöhnend. Dann weckt er sie nur, um ihr die vorgeschriebenen Medikamente zu geben und sie ab und zu ein wenig Obst und Custardpudding essen zu lassen. Ihre Ärzte haben ihr vor einigen Monaten eine strenge Diät verordnet. Mit welchem Ergebnis? Kolitis und Entzündungen der inneren Organe. Außerdem riecht sie in letzter Zeit immer mehr nach all den Medikamenten. Wenn er ihr zu nahe kommt, dünstet sie Äther- und Bromiddämpfe aus.

Auf Zehenspitzen schleicht er durch die Diele, hängt den Mantel über das Treppengeländer, legt die Tüte mit den Medikamenten auf den Dielenschrank und geht schnell weiter nach oben. Wenn sie doch nur für immer in diesem Bett liegen bliebe, dann wäre es ja noch auszuhalten, dann herrschte wenigstens Ruhe im Haus, dann nähme er die Rolle des ewigen Krankenpflegers gern auf sich. Aber so ist es nicht. Sobald sie sich etwas besser fühlt, rast sie wie eine Furie durchs ganze Haus und schmiedet einen neuen Plan nach dem anderen. Schreibt zehn Briefe zur gleichen Zeit und versucht währenddessen, ihm die wenigen Seiten seines neuen Buches abzuluchsen: »Du musst in den letzten Wochen doch irgendetwas geschrieben haben? Wo ist es, Tom?« Jedes Mal, wenn er ihr dann, vor Scham ganz steif, die wenigen Zeilen überreicht, macht sie sich daran, diese an *seinem* Schreibtisch, auf *seinem* Stuhl und mit *seinem* Stift zu korrigieren. Er seufzt. Das Knarren der Treppenstufen hat sie nicht geweckt. Es sieht ganz so aus, als könnte er noch ein paar Stunden ruhig arbeiten.

Er betritt sein dunkles Arbeitszimmer, zündet nur die Lampe auf seinem Schreibtisch an und setzt sich. Für diese Korrekturen müsste er ihr eigentlich dankbar sein. Sie durchbricht seine bisweilen etwas zu mystischen Formulierungen, indem sie umgangssprachliche Ausdrücke, einen banalen Schaltsatz, Gesprächsfetzen oder einen derben Ausdruck zwischen die Zeilen schreibt. Er muss zugeben, dass seine Arbeit davon profitiert. Die Strophen atmen wieder. Bei ihm ist alles dicht. So wie seine Haut keine Poren zu haben scheint, so verschlossen kommen ihm seine Gedichte vor. Er ist ein dichtender Dichter, der Viviens lange Fingernägel braucht, um die Zeilen aufzukratzen.
Er steckt sich eine Zigarette an. Womit soll er beginnen? Mit dem überfälligen Schriftverkehr für *The Criterion* oder endlich mit seinem eigenen Buch? Fast seine gesamte Freizeit opfert er der Zeitschrift. Heute nicht. Er wird an *Sweeney* arbeiten. Die ersten Akte sind bereits fertig. An einem Theaterstück kann man nun einmal einfacher zwischendurch weiterschreiben. Er fischt die Anfangsszenen aus der Schreibtischschublade. So muss dieses Stück auch werden, denkt er, ein Entreakt, ein Zwischenspiel, eine

zwischenzeitliche Betrachtung darüber, was zwischen den Kulissen so alles geflüstert wird.

»Tom? Bist du da?«

Eine schläfrige Stimme aus einer Ecke des Zimmers. Auf dem Sofa liegt Vivien, auf dem Kopf ein Tuch mit heißen Kompressen.

»Wo hast du nur so lange gesteckt? Ich habe es unten nicht mehr ausgehalten. Ich habe mir gedacht, ich geh schon mal hinauf. Hab mir selbst ein paar Kamillenkompressen gemacht, die Kopfschmerzen, weißt du, fürchterlich. Hast du meine Medikamente abgeholt? Seit heute Morgen habe ich Migräneanfälle, und meine Nerven sind auch wieder so schlecht heute.«

Er fühlt sich ertappt. In seinem eigenen Zimmer. Was hast du hier zu suchen, will er sie anbrüllen, doch er beherrscht sich.

»Warum hast du Louise nicht angerufen?« Nur mit Mühe kann er die Verärgerung in seiner Stimme unterdrücken.

»Ich rufe Louise jeden Tag an!«

Vivien nimmt das Tuch von der Stirn und richtet sich auf.

»Sie hat mir von den Kompressen erzählt. Und dass sie Bromid für mich bereitgestellt hat. Wo ist es eigentlich? Hast du es überhaupt abgeholt? Wir müssen heute Abend zu den Bells, *the famous Bells are ringing*. Das hast du doch hoffentlich nicht vergessen, oder?«

Er seufzt. Muss das ausgerechnet heute Abend sein?

»Warum bist du nicht im Bett geblieben?«

»Ich kann doch nicht die ganze Zeit im Bett bleiben. Es gibt so viel zu tun. Stapelweise Post, die Druckfahnen deines Essays, meine Skizze für die nächste Ausgabe. Die wird wirklich witzig. Sybilla, du weißt schon, die mit Felice …«

»Kommt Virginia heute Abend auch?«

»Als ob die nicht ständig mit von der Partie wäre. Trainier

schon mal deine Gehirnzellen und lass dir ein paar geistreiche Bemerkungen einfallen.«

»Virginia ist nicht so übel.«

»Natürlich nicht, Liebling. Sie sind alle gar nicht so übel. Wirklich patente Leute. Und sie haben die Zügel in der Hand, wie du weißt. Einen Abend lang Geschwätz und Gerüchte über sich ergehen lassen, und man zählt wieder dazu.«

Tom schaut die schmächtige Gestalt vor sich auf dem Sofa an. Sie ist im vergangenen Jahr abgemagert. Wenn er wollte, könnte er sie mir nichts, dir nichts vom Sofa pusten. Ihre zarten Gesichtszüge sind unter den eingefallenen Wangen verschwunden. Alles, was einmal rund war, ist jetzt kantig. Eigentlich sieht sie aus wie eine ausgehungerte, streunende Katze. Das denken die anderen auch. Sie sind ihm nicht entgangen, die missbilligenden Mienen, das amüsierte Mitleid in ihren Augen.

»Du brauchst nicht hinzugehen, wenn du keine Lust hast«, sagt er einlenkend.

»Lust? Seit wann sind diese Abende voller Verachtung und Demütigung eine Frage der *Lust*?« Vivien zieht die Augenbrauen hoch.

»So schlimm ist es nun auch wieder nicht.«

»Darum starrst du also immer mit dieser Grabesmiene vor dich hin?«

Er greift nach seinen Zigaretten und steckt sich eine an.

»Ach, vergiss es«, sagt sie. »Wir werden es überstehen.«

Sie steht auf und stellt sich direkt vor ihn an seinen Schreibtisch.

Unwillkürlich weicht er zurück.

»Warum sagst du nichts, Tom? Sprich mit mir. Ich weiß nie, woran du denkst.«

Sie geht um den Schreibtisch herum, bleibt neben Tom

stehen und legt ihm eine Hand auf die Schulter. Er kann dem typischen faden Krankenhausgeruch nicht mehr ausweichen.

»Sag was, Tom, bitte. Woran denkst du?«

Keine Antwort.

»Wie war es heute in der Bank?«

Er schweigt und starrt rauchend auf eine unbestimmte Stelle auf der Schreibtischplatte. Alles, was er sagen will, ist: Geh und lass mich allein.

»Tom! Sprich mit mir! Bitte!«

»Wir sitzen wie die Ratten in der Falle, Vivien. Das ist alles, was ich weiß.«

Entgeistert schaut sie ihn an.

»Deswegen liebe ich dich so sehr!«, ruft sie, während sie nervös im Zimmer auf und ab geht. »Weil du mich jedes Mal, wenn es mir mal eine Winzigkeit schlechter geht, so fantastisch aufzuheitern verstehst und immer ein paar aufmunternde Worte für mich hast: ›Kopf hoch, Kleines, ich bin auch noch da, so schlimm ist das Ganze doch nicht.‹ Weil du nicht auch gleich zusammenbrichst und genau weißt, wann ein anderer dich braucht. Das tut richtig gut.«

»Entschuldige.«

»Weißt du, was dein Problem ist?«, höhnt sie.

Doch sie schluckt die Antwort hinunter. Keine Vorwürfe, keine psychologischen Analysen seiner Feigheit oder prüden Borniertheit, keine feinsinnige Darlegung seiner Ängste, seiner Mutterbindung, seines Vaterhasses, nein, kein Wort. Die Stille ist schrecklich. Vivien bleibt einfach vor seinem Schreibtisch stehen, die Hände an die Wangen gepresst und die Augen vor Schreck weit aufgerissen, als hätte sie gerade etwas Schreckliches gesehen.

»Setz dich«, sagt er erschöpft, »bleib doch nicht so da stehen.«

Sie setzt sich zögernd halb auf die Kante seines Schreibtisches. Nicht dorthin, denkt er. Nicht dorthin. Aufs Sofa. Irgendwohin. Aber nicht dorthin. Er drückt die Zigarette im Aschenbecher aus und stützt das Kinn auf die Hände. Er starrt auf die Papierbögen vor sich. Warum lässt sie ihn nicht einfach arbeiten?

»Tom?«

»Es tut mir Leid. Ich weiß, ich bin ein Versager.«

Schroff fegt er die beschriebenen Blätter vom Tisch.

»Es ist alles Mist.«

»Ich rede nicht von deiner Arbeit!«

»Ich habe alles verloren ... mein Sehvermögen, mein Gehör, meinen Tastsinn. Ich bin ein Haufen Knochen in einem dreiteiligen Anzug, kein Fleisch, kein Blut, kein Gefühl. Das geht über meinen Verstand. Ich pendele hin und her, zwischen der Bank und hier, ein verstoßener Geist ohne Nirwana.«

Vivien beugt sich zu ihm vor.

»Ich bin auch noch da. Du wirst sehen, zusammen werden wir es schaffen.«

»Ohne mich wärst du viel besser dran.«

»Scht«, flüstert sie, »wir gehören zusammen, wir sind zwei Pole einer Seele, warm und kalt, hell und dunkel, wir können nicht ohne den anderen leben.«

»Wir drängen einander immer näher an den Abgrund.«

»Unsinn!«, ruft Vivien. »Du wirst sehen, wenn das *Criterion* ein Erfolg wird – und das wird es bestimmt –, dann wirst du eine der wichtigsten literarischen Persönlichkeiten Londons sein. Dann können sie dich nicht länger ignorieren.«

»Wie kannst du nur glauben, dass eine Zeitschrift unsere Rettung sein könnte?«

»Sie ist unser Kind, Tom. Wir haben sie gemeinsam gezeugt und werden sie gemeinsam heranwachsen sehen.«

Er räuspert sich vor Unbehagen, steht auf und geht zum Fenster. Er öffnet es, steckt sich noch eine Zigarette an und schaut hinaus auf die im Dämmerlicht liegende Stadt. Im Dunkeln fühlt er sich wohl. Schwarz in schwarz. Leer in leer. Die unendliche Finsternis legt wenigstens ab und zu tröstend einen Arm um ihn. Zum Dank bläst er ein paar gelungene Rauchringe hinaus in die Luft.

»Wie spät werden wir heute Abend erwartet?«

»Um acht. Wir haben noch genügend Zeit. Ich ziehe das grüne Kleid mit den Perlmuttpailletten an. Was denkst du, wird das die Zustimmung unserer Freunde finden?«

Er geht zurück an den Schreibtisch.

»Bestimmt«, sagt er geistesabwesend.

»Du weißt noch nicht einmal, wovon ich spreche!«, schmollt Vivien, »du siehst kaum den Unterschied zwischen meinem Nachthemd und meinem Abendkleid. Du schaust mich gar nicht mehr an.«

Wenn ich dich anschaue, denkt er bei sich, sehe ich nur farblose Haut. Egal, was für ein Kleid du darüber hängst.

»Was meinst du, habe ich noch einen Augenblick Zeit, um bei Silberberg vorbeizuschauen?«

Fünf

Der laute Hall des Gongs beendet die konzentrierte Stille, die den Lesesaal den ganzen Nachmittag lang erfüllt hat. Stühle werden zurückgeschoben, Bücher zugeschlagen, knarrende Schritte auf dem alten Parkettboden. Martha nimmt ihre Bücher, steckt Eliots Gedichtband und ihre Notizen in die Tasche und knipst die Leselampe aus. Frazers *Der goldene Zweig* unter dem Arm, geht sie zu dem sechseckigen Auskunftsschalter mitten im Raum. Genau genommen geht sie nicht, sondern schwebt im Rhythmus der Verse, sich der Anwesenheit der anderen Leser kaum bewusst. *Da. Datta. Dâmyata.*

Alle Hinweise auf die Anmerkungen am Ende des Gedichtbandes hat sie nachgeschlagen. Jedes Mal, wenn sie das Gedicht von neuem liest, ist sie von den dort benutzten unterschiedlichen Sprachregistern noch mehr beeindruckt. Seher und Soldaten, Stenotypistinnen und Huren ballen Verse aus mehreren Jahrhunderten zu einem einzigen elegischen Gesang zusammen. Nicht lebendig, nicht tot, sondern irgendetwas dazwischen. *Dâmyata. Shantih.* Da sein und zur gleichen Zeit nicht da sein.

Der Rhythmus von *Das wüste Land* klingt noch in ihrem Kopf nach, als sie die Treppen des British Museum hinabgeht. Derselbe Genius wie in den Gedichten von Laforgue oder Valéry, findet sie. Nur anders. Rauer. Und musikalischer. Ein jazziger Rhythmus. Mühelos gehen die Stile ineinander über. Die Szenen folgen aufeinander wie in einem Film. Mystische, realistische und symbolistische Fragmente überlagern sich wie in einem kubistischen Gemälde.

Auf dem Trafalgar Square wimmelt es von Fußgängern, Taxis und Bussen. Im Zickzack überquert sie den Platz. Hier herrscht dasselbe Chaos wie in dem Gedicht. Doch der ganze Lärm führt zu nichts. Das Land bleibt brach, unfruchtbar. Zwischen Tereus und Philomela oder zwischen der Tippmamsell und dem jungen Mann herrscht dieselbe sterile Herzlosigkeit. Das Leben ist eine Wüste der Einsamkeit. Eine Brücke zu schlagen ist eine Sache der Unmöglichkeit. »Kein Wasser hier, nur Fels.« Das Gedicht ist ein Klagelied über die Verlassenheit, sagt sie sich, als sie in die Charing Cross Road abbiegt. Ihr eigener Topflappen in Versform!

Tagelang ist sie wie ein blinder Passagier durch die Stadt geirrt. Zuletzt wusste sie kaum noch, wie sie sich weiterschleppen sollte, so steif und ungelenk fühlte sie sich. Wie sie einen Tearoom betreten, einen Tisch auswählen sollte, ohne dass sich alle Anwesenden gleich ungehalten zu ihr umdrehen. Sich möglichst unauffällig hinsetzen, sich mit der Tasche nicht zu helfen wissen, wieder aufstehen, einen zweiten Stuhl heranziehen, die Tasche fallen lassen, sie aufheben, ein Buch herausnehmen und sich wieder hinsetzen. Spüren, wie einem auf einmal furchtbar warm wird, den Mantel öffnen, nicht schon wieder aufzustehen wagen, um den Mantel einfach auszuziehen, sondern sitzen bleiben, das Buch aufschlagen, kein Wort lesen können. Tee bestellen, nicht verstanden werden, die Bestellung wiederholen, spüren, wie einem noch wärmer wird, das Café wieder verlassen wollen, aber doch auf den Tee warten müssen. Ihre Hände, die die Tasse zitternd

zum Mund führen, ihre Zunge, die sie sich an dem heißen Getränk verbrennt.
Heute Nachmittag im Lesesaal hatte sie, über das Gedicht gebeugt, zum ersten Mal das Gefühl gehabt, hier nicht länger völlig fremd zu sein. Sie bleibt vor einer kleinen Buchhandlung stehen und lässt den Blick über das unaufgeräumte Schaufenster gleiten. *Old and New Books, Mr. Silberberg* steht in mattgoldenen Lettern auf der Fensterscheibe. Sie verspürt den Wunsch, noch mehr Bücher zu kaufen, Bücher, die sie berühren, die sie erheben. Beim Öffnen der Tür fällt ihr das kleine Pappschild auf, das von innen an die Scheibe geklebt ist: *Help wanted.*
Sie murmelt der alten Dame, die hinter einem niedrigen Schreibtisch steht und sich mit einem Kunden unterhält, eine Begrüßung zu. Während Martha die Titel der Bücher auf dem Regalbrett *French literature* überfliegt, bekommt sie zwangsläufig Fetzen des Gesprächs hinter ihrem Rücken mit.
»Sie führen den Laden also weiter?«
»So lange wie möglich. Wenn Sie jemanden kennen, einen Not leidenden jungen Dichter, der sich etwas hinzuverdienen will, denken Sie dann an mich?«
Martha dreht sich halb zu ihnen um.
»Ich werde darüber nachdenken«, sagt der Mann. »Hier sind die neuen *Criterion*-Ausgaben.« Er reicht der Buchhändlerin einen Karton.
»Ich gebe mir alle Mühe, Mr. Eliot, aber Zeitschriften gehen schlecht, das wissen Sie ja.«
Martha dreht sich schnell wieder um und nimmt ein Buch aus dem Regal. Eliot. Sieh an. Da steht sie hier auf einmal dem Dichter höchstpersönlich gegenüber. Louise hat mal wieder übertrieben. Der Mann sieht doch recht freundlich aus. Möglichst unauffällig wirft sie ihm ein paar verstohlene Blicke zu.

»Denken Sie daran, Mrs. Eliot von mir zu grüßen. Ihre Artikel im *Criterion* sind sehr gut. Ich verstehe nur nicht, warum sie jedes Mal ein anderes Pseudonym verwendet. Das ist doch unnötig verwirrend, finden Sie nicht?«
»Ich werde meine Frau von Ihnen grüßen. Auf Wiedersehen.«
Er tippt an seinen Hut und geht zur Tür, wobei er an der in ihre Lektüre vertieften Martha vorbeikommt.
»Guten Abend.«
Wieder diese Hand, die kurz an den hochgebogenen Rand der schwarzen Melone tippt.
Sie lässt die *Jeunes filles en fleurs* bis auf Brusthöhe sinken und schaut ihn an. Jetzt, denkt sie. Mach schon, trau dich. Sie räuspert sich.
»Guten Abend«, sagt sie und streckt ihm eine Hand entgegen. »Ich bin Martha Thompson, ähem, Louise Purdons Cousine. Sie hat mir von Ihren Gedichten erzählt und …«
»Miss Purdon von Allen & Hanbury?« Eliot schaut sie amüsiert an.
Sie nickt.
»Sie meinen, sie hat Ihnen dringend davon abgeraten?«
»So schlimm war es nun auch wieder nicht. Poesie ist einfach nicht ihr Fall.«
»Kommen Sie mir bloß nicht mit Krankenschwestern. Die würden am liebsten immer nur zudecken, wegschmieren und einen Verband anlegen, und schon ist unsere unermüdliche Arbeit wieder zunichte gemacht.«
»Was ich Ihnen sagen wollte«, sagt sie zögernd, »ist, dass ich gerade *Das wüste Land* gelesen und mir die Erläuterungen hintendrin genau angesehen habe. Ich finde das Buch wunderbar!«
»Ah! Endlich jemand, der sich nicht an den Anmerkungen stört. Sehen Sie, Mrs. Silberberg, ich habe sie also doch

nicht vergeblich hineingepackt. Für die meisten Kritiker waren diese Anmerkungen eine willkommene Entschuldigung, den Band ungelesen aus der Hand zu legen.«

»Ohne die Anmerkungen hätte ich nicht viel von dem Gedicht verstanden.«

»Es zu verstehen ist nicht das Wichtigste, es nachzuempfinden, darum geht es, Miss ... äh ...«

»Thompson, Martha Thompson.«

Eliot wendet sich der Buchhändlerin zu.

»Warum stellen Sie nicht Miss Thompson ein, dann könnten Sie von meinem Buch vielleicht noch ein paar Exemplare mehr verkaufen.«

Er grinst ihr zu, tippt nochmals an den Hut und verlässt den Laden.

Mrs. Silberberg kommt lächelnd auf sie zu.

»Diese Dichter sind doch alle gleich. Sie sind davon überzeugt, dass sie ein Meisterwerk nach dem anderen schreiben, aber ich bleibe auf ihren Gedichtbänden sitzen. Sagen Sie, sind Sie wirklich auf der Suche nach Arbeit?«

»Ja, ehrlich gesagt schon. Ich bin erst letzte Woche nach London gekommen.«

»Woher kommen Sie?«

»Aus Amsterdam, aber ich möchte gern eine Zeit lang hier bleiben.«

»Sie sind also mehrsprachig«, sagt Mrs. Silberberg beifällig. »Das trifft sich gut, wir haben nämlich viele Franzosen und Deutsche unter unseren Kunden. Die Familie meines Mannes stammt ebenfalls aus Amsterdam. Meines seligen Mannes, genauer gesagt. Er ist vor sieben Monaten gestorben. Deswegen bin ich jetzt auf der Suche nach einer Aushilfe, da ich das Geschäft nicht allein führen kann.«

Mrs. Silberberg mustert Martha von oben bis unten. Rot-

blonde Haare, helle, grünblaue Augen. Eine charmante junge Frau. Das könnte dem Geschäft gut tun.
»Was halten Sie davon?«, fragt sie in einem Ton, der kaum Widerspruch duldet. »Drei Tage in der Woche, von neun bis sechs, fünfzehn Pfund im Monat, mehr kann ich Ihnen nicht bieten. Dafür bekommen Sie einen Preisnachlass auf alle Bücher. Und über dem Laden ist ein Zimmer frei, falls Sie noch was suchen. Nicht sehr groß, aber komfortabel. Dort dürfen Sie mietfrei wohnen. Eine Tasse Tee?«

Sechs

Vivien dreht sich vor dem Spiegel auf den Zehenspitzen hin und her, mustert sich von links, von rechts, legt anmutig einen Arm hinter den Kopf, lächelt mit zusammengekniffenen Augen. Es hilft nichts. Sie bleibt schattenhaft, kantig. So mager! Gibt man ihr hier eigentlich genug zu essen? Oder verschlingt Ellen die frischen Pasteten und Törtchen, die ihre Mutter für sie mitbringt, etwa selbst? Vivien seufzt. Es ist einfach unmöglich, nach dem Krieg noch anständiges Personal zu bekommen. Sie wirft das Kleid über den Stuhl, der unter der Last der Kleider beinahe zusammenbricht, schleudert die schwarzen Lackschuhe von den Füßen und bleibt nachdenklich vor dem Bett stehen.
Dort liegen zwei weitere Kleider: das rote aus glänzender Seide – das sie am liebsten zum Tanzen anzog und mit dem sie früher alle Blicke auf sich lenkte – und das moosgrüne aus weichem Samt mit den Perlmuttpailletten. In Paris gekauft. *Rive gauche*. Ihr von Mme. Desnais wärmstens ans Herz gelegt. »*Oh chérie*, der talentierteste Couturier der ganzen Stadt!« Und sie müsse auf jeden Fall auch ihre Maniküre aufsuchen, »die aller-, allerbeste«, ihre Hutmacherin, »*une artiste!*«, und ihren Coiffeur, »vertrauenswürdig, *vous comprenez*, wirklich vertrauenswürdig«. Wenn sie Paris nicht früher als geplant verlassen hätte, wäre sie ruiniert nach Hause gekommen. Sie nimmt das grüne Kleid vom Bett, hält es sich vor den Körper und streift es sich

dann über. Zögernd mustert sie sich im Spiegel. Dann geht sie zum Badezimmer und öffnet die Tür.

»Was meinst du?«

»Vivien, ich bin gerade dabei, mich zu rasieren!«

»Das sehe ich. Ich wollte lediglich wissen, ob dieses Kleid …«

»Nicht jetzt. Beim Rasieren will ich allein sein.«

Sie kichert.

»Nach sieben Ehejahren wird mich das bisschen Schaum an deinem nackten Hals bestimmt nicht unter die Erde bringen.«

»Trotzdem ist es mir nicht recht.« Er schiebt sie mit einer Hand voller Rasierschaum aus dem Badezimmer. »Warte bitte draußen, ja?«

»Mein Kleid. Schau doch, was du getan hast«, jammert sie, »jetzt ist ein Fleck darauf, auf dem einzigen Kleid, das ich habe!«

—

Vivien hat sich träge in ihrem Stuhl zurückgelehnt. Das Essen und der Wein haben eine warme Decke über ihre kalten Knochen gebreitet. Die Kerzen in den bunt bemalten Leuchtern werfen ein gelbliches Licht auf das Durcheinander auf dem Tisch und betonen die seltsame Mischung aus Aristokratie und kunstsinniger Armut, die im Hause der Bells herrscht. Weit nach acht hatten Tom und sie schließlich an dem Haus Nr. 46, Gordon Place, geläutet. Auf Toms Drängen hin hatte sie zu Hause noch drei andere Kleider anprobiert, sich letztendlich aber doch für das grüne entschieden. Außerdem hatte sie sich eine schwarze Pelzstola um die nackten Schultern gelegt. Ein Kompromiss – wie ihre ganze Ehe.

Das Dinner hätten sie überstanden. Mr. Bell hatte wie

immer lautstark schwadroniert. Seine Frau Vanessa hatte schweigend neben ihm gesessen. Eine schöne Frau mit sanften, mütterlichen Zügen, nicht so distanziert wie ihre Schwester Virginia. Das Essen war einfach, aber schmackhaft. Mit jedem Bissen hatte sie versucht, ihr ätherisches Spiegelbild zu verjagen. Eine gesunde Ernährung, pflegte Louise zu sagen, das ist die Hauptsache.

Die Gesellschaft erhebt sich von den Stühlen, um sich im Rauchsalon niederzulassen. Die Gäste zieren sich ein wenig bei der Wahl ihrer Sitzgelegenheit. »Möchtest du dich hierher setzen?« »Nein, nimm doch Platz.« »Bist du dir sicher?« Vivien ist auf einem kleinen Sessel in einer Ecke des Zimmers gelandet. Tom sitzt mit ausgestreckten Beinen neben dem Kamin. Lytton Strachey steht an den Kamin gelehnt vor ihm. Er bereitet sich bestimmt gerade auf eine Ansprache vor, denkt Vivien. Das sieht sie an seinem nachdenklichen Blick.

Als alle sitzen, ergreift Lytton das Wort. Im Mittelpunkt seiner Ausführungen steht Katherine Mansfield, die aus Australien stammende Schriftstellerin, die letztes Jahr im Alter von kaum dreißig Jahren an Tuberkulose gestorben ist. In Stracheys Augen trägt ihr Ehemann, der Schriftsteller Middleton Murry, die Schuld. Die Gäste betrachten ihn gefesselt. Wenn Lytton spricht, muss man ihm einfach zuhören.

»Gebt zu, er war schrecklich eifersüchtig auf ihren Genius. Er konnte es nicht ausstehen, dass sie talentierter war als er. Und was tut man in so einem Fall? Ein bisschen schmoren lassen, eine Portion Geringschätzung hinzufügen, den Zweifeln Nahrung geben und schließlich kurz und kräftig in die kleine Flamme blasen.«

»Lytton! Wie kannst du nur so etwas sagen?«, protestiert Vanessa. »Er hat sie geliebt. Er hat sämtliche Ärzte und Kliniken in ganz Europa mit ihr aufgesucht. Er kann doch auch nichts dafür, dass sie unbedingt bei diesem komischen Quacksalber, diesem Gurdjieff, bleiben wollte.«

Ihr Mann ist anderer Meinung.

»Nein, Lytton könnte Recht haben«, sagt Clive Bell nachdenklich, zieht an seiner Zigarre und bläst ein paar dicke Rauchringe in den Raum. »Murry liebt in erster Linie sich selbst, das wissen wir doch.«

Er schaut sich verstohlen zu seiner Schwägerin um. Virginia sitzt neben Tom und hält ihre Hände zum Kaminfeuer hin. »Dennoch ist es sehr, sehr schade um sie«, fügt er hinzu. »Sie hatte ohne Zweifel das Zeug dazu, die größte englische Romanschriftstellerin zu werden.«

Ist es mal wieder so weit?, fragt Vivien sich. Die Kissenschlacht zwischen Brüdern und Schwestern hat begonnen. Sie rutscht vor Unbehagen auf ihrem Stuhl hin und her.

»Vergiss unsere Virginia nicht«, sagt Vanessa, »in meinen Augen ist sie die Allergrößte.«

»Schwesterliche Solidarität sollte freilich kein literarisches Kriterium sein«, murmelt Clive, während er mit dem dicken Aschekegel seiner Zigarre in Richtung des Aschenbechers auf dem Couchtisch zielt. »Nein, diese Katherine war schon sehr außergewöhnlich. Sie hätte es bestimmt noch weit gebracht.«

Vivien sieht, wie Vanessa ihrer Schwester begütigend zulächelt, diese jedoch nicht reagiert und die Füße auf den kleinen Puff vor dem Kamin legt. Ein Moment der Stille tritt ein, ab und zu unterbrochen vom Klirren eines Cognacschwenkers. Komisch, denkt Vivien, sonst ist sie nie um eine Antwort verlegen. Virginia sitzt zurückgelehnt auf ihrem Stuhl und scheint die Sticheleien ihres Schwagers nicht zu hören. Die dunkelblonden, an einigen Stellen bereits ergrauten Haare hat sie hinten locker zu einem Knoten aufgesteckt. Was Vivien am meisten auffällt, sind die tief versunkenen grauen Augen Virginias. Vielleicht hat Tom doch Recht; am Ende ist sie noch die Normalste in der ganzen Runde.

»Wenn ich dich richtig verstehe, Lytton, denkst du demnach, dass eine schlechte Ehe der ideale Nährboden für Tuberkulose ist?«, unterbricht Virginia doch noch die Stille.

»Genau, Ginnie«, sagt Lytton, sichtbar erleichtert, dass das Gespräch eine Wende nimmt. »Der Bazillus sucht sich eine Umgebung, in der er gut gedeiht. Am liebsten eine faule Stelle, die tränenfeucht ist und an der es vor unterdrückter Leidenschaft nur so schwelt und gärt. Es gibt keinen fruchtbareren Boden als eine schlechte Ehe. Was meinst du, Tom?«

Vivien blickt erschrocken zu Tom. Wieso wendet sich Strachey auf einmal so direkt an ihn?

»Ich kenne ihn nicht so gut«, murmelt Tom geistesabwesend.

»Es geht doch gar nicht speziell um ihn! Es ist eine allgemeine Frage. Man könnte es auch eine Bestimmung eines Ehevertrags nennen, wenn du verstehst, was ich meine.«

Tom lässt sich nicht aus der Reserve locken. Vivien sieht, wie das Lächeln auf seinem Gesicht erstarrt. Warum sagt er denn nichts? Er hat doch sonst auch immer eine Antwort parat!

»Es freut mich zu hören, Lytton«, sagt Virginia mit ihrer heiseren, leicht gehetzt klingenden Stimme, »dass du offenbar auch bereit bist, dir an die eigene Nase zu fassen. Schließlich ist unterdrückte Leidenschaft auch das Fundament deiner eigenen Ehe mit Carrington. Sollen wir dich also als Ersten in eine Therapie schicken?«

»Brillante Idee«, gibt Lytton zur Antwort. »Ich hätte absolut nichts dagegen, mich für ein paar Monate an den Genfer See zurückzuziehen, ein wenig im Schilf herumzurudern und dann und wann mit den Paddeln Jagd auf Enten zu machen, um nach meiner Genesung als idealer Gatte nach Hause zurückzukehren.«

Unterdrücktes Lachen der Gäste.

»Was für ein Schwachsinn«, brummt Leonard Woolf. »Diese Theorie gibt sofort wieder dem Patienten die Schuld, obwohl seit dem Ende des Kriegs in Europa Tausende von Viren und Bakterien wuchern.«

»Nicht dem Patienten, sondern dem Ehemann!«, korrigiert Lytton. »Es ist unbegreiflich, dass so viel Geld für Arzneimittel ausgegeben wird, aber nicht ein Penny für die Hauptursache: den ehelichen Terror.«

»Freud und seinen Schülern geht es allerdings nicht gerade schlecht«, bemerkt Clive unterkühlt. »Das Wartezimmer meines Schwagers quillt über von gescheiterten Ehen.«

»Es liegen nur Frauen bei ihm auf der Couch«, erwidert Virginia, während sie den Mann ihrer Schwester nachdenklich mustert. Wie ist es nur möglich, dass sie früher einmal mit ihm geflirtet hat? Das Rosige und Mollige von Clive, seine gezierten Bewegungen stoßen sie nun eher ab.

»Genau das meine ich!«, ruft Lytton.

»Wieso?«, fragt Clive, »*was* meinst du?«

»Dass genau dies das Wahnsinnige an der Situation ist. Frauen haben von klein auf gelernt, zu reden, zu reden und noch mal zu reden. Und trotzdem hat ihnen das ganze Geschwätz nicht einen Schritt weitergeholfen. Und wieso nicht? Weil all die unnütz ausgesprochenen Worte in der Luft hängen bleiben. Sie ersticken in der Wolke ihrer freundlichen, frechen, verzweifelten Worte, weil sie keine Ohren dafür finden. Lass sie doch schwatzen, denken die

Ohren. Oder: Wie schön sie doch war, bevor sie zu reden begann. Und folglich landen ausgerechnet diese Frauen auf Freuds Couch. Dort müssen sie schon wieder reden, dort hört ihnen schon wieder niemand zu. Nein, das Ganze muss ganz anders angepackt werden. Wir Männer müssen in eine Gesprächstherapie!«

Vivien schaut erstaunt von einem zum anderen. Sind ihre Worte ernst gemeint, oder ist es lediglich ein Spiel, um die Zeit totzuschlagen?

»Glaubst du wirklich, dass das hilft?« Die zögernde Stimme Vanessas. »Ist es nicht wahrscheinlicher, dass sie sich umgehend mit dem Arzt einigen werden?«

»Ganz bestimmt«, sagt ihre Schwester. »Ehe man sich versieht, analysieren sie die Ehefrau und nicht sich selbst, machen sie sich ein paar Gesprächsnotizen und lassen sie einbinden – *et voilà*: das soundsovielte Buch über die Frau, das komplexe, aber minderwertige Wesen.«

»Also gut«, sagt Lytton wohlwollend, »sie dürfen über alles reden, nur nicht über Frauen.«

»Dann bleiben nur die Politik oder Pferderennen«, ruft Vanessa laut.

Lytton hebt mit einem Gefühl für Dramatik die Arme hoch über den Kopf und deklamiert laut: »Sprich von dir selbst, o Mann. Trenne den Schatten vom Baum, reiß die Wurzeln heraus, schneide die Rinde auf, erschauere, sieh, sprich!«

Verrückt, total verrückt. Anders kann Vivien es nicht nennen. Höchste Zeit für sie zu gehen. Sie schaut Tom an, der noch immer reglos vor sich hin starrt, und hüstelt, um seine Aufmerksamkeit auf sich zu ziehen; er merkt jedoch nichts.

»Worauf wartest du noch?«, fragt Virginia. »Wir sind ganz Ohr. Das hast du vielleicht noch vergessen. Dass uns vom

Zuhören der Kopf raucht. Und dass sich all diese Stimmen in unseren Köpfen aufeinander türmen und Fangen spielen.«

Clive steht unvermittelt auf und zieht an der Schnur, die neben der Tür hängt.
»Zeit für den Kaffee«, sagt er und gibt Tom im Vorbeigehen einen Klaps auf die Schulter.
»Wir müssen leider gehen«, sagt Tom zu Viviens Erleichterung.
»Ach, trink doch zuerst noch ein Tässchen Kaffee.«
»Ein andermal. Es war mir ein großes Vergnügen, doch es ist schon spät.«
Er nickt allen Anwesenden kurz zu und geht zur Tür. Auch Virginia steht auf und begleitet Vivien zum Ausgang.
»Darf ich dich als F. M., die anonyme Verfasserin von ›Diary of the Rive Gauche‹, aus der jüngsten Ausgabe des *Criterion* demaskieren? Hat mir gut gefallen, deine Skizze. Hast du vor, sie weiter auszuarbeiten?«
Vivien wirft Tom, der ihr von der Tür her zuwinkt, einen schnellen Blick zu.
»O ja, ich …«, stottert sie, »wenn ich nicht so oft krank wäre, dann würde ich bestimmt …«
»Sehr gut. Mach nur weiter. Es geht nur darum, weiterzumachen.«

Draußen schlägt ihnen die Kälte entgegen. Vivien spürt sie jedoch kaum. Ihre Wangen sind noch ganz erhitzt von Virginias Kompliment. Ob sie am Ende doch …? Aber wie soll sie das anstellen: weitermachen, weitermachen? Tom geht mit großen Schritten neben ihr, den Kopf gesenkt. Sie kann kaum mit ihm Schritt halten.
»Doch ganz nett, diese Virginia«, sagt sie außer Atem. »Sie

hat ein paar wohlwollende Worte über meinen Artikel gesagt. Das wäre nicht nötig gewesen.«
Keine Antwort. Tom geht ungerührt weiter, die Hände tief in den Taschen vergraben.
»Und das Essen war auch nicht schlecht.«
Es hat den Anschein, als beschleunigte er sein Tempo noch. Sie stolpert auf ihren hohen Absätzen hinter ihm her, den langen Rock in einer Hand gerafft.
»Tom, nicht so schnell. Es ist glatt.«
Er reagiert nicht, geht mit der gleichen Geschwindigkeit weiter.
»Tom!«
An der Ecke von Clarence Gate Gardens zieht sie ihn am Ärmel.
»Nicht so schnell. Sonst falle ich hin.«
Demonstrativ verlangsamt er sein Tempo. Als sie den matten Blick in seinen Augen sieht, wendet sie das Gesicht ab. Auf der Treppe vor ihrem Haus zieht er die Schlüssel aus der Manteltasche, öffnet die Haustür und lässt sie vorgehen. In der geöffneten Tür dreht sie sich zu ihm um.
»Warum sagst du nichts, Tom? Diesmal war es doch gar nicht so schlimm.«
Er schiebt seine Frau ins Hausinnere.
»Es war genauso todlangweilig wie immer.«
Nachdenklich schaut sie ihn an. Irgendetwas muss ihn fürchterlich gestört haben, doch was? Der Vortrag von diesem Strachey vielleicht?
»Es war unerträglich, wie du sie alle angestarrt hast, wie eine alberne Göre.«
»Ich?«
Er schaltet das Licht in der Diele an und geht zur Treppe.
»Ich glaube, es ist besser, wenn ich das nächste Mal allein hingehe.«

Sieben

Zögernd hält der Frühling Einzug in der Stadt. Trotz des trüben Wetters hat Martha ihn bereits gerochen: prickelnd und süß. Sie stürmt die Treppen zum War Office hinauf und meldet sich beim Pförtner. Sie hat nicht viel Zeit. Der Laden schließt während der Mittagspause nur für eine Stunde.

»Dritter Stock, fünfte Tür links«, brummt ein älterer Mann, der in seiner knappen, von blinkenden Auszeichnungen übersäten Uniform ziemlich possierlich aussieht. »Sie können den Aufzug nehmen.« Er greift wieder zu seiner Zeitung, zum Zeichen, dass er das Gespräch für beendet hält. Sie betritt die weitläufige Marmorhalle und drückt auf den Knopf neben dem Metallgitter. Endlich ist es ihr gelungen, einen Termin mit Mr. Prior zu vereinbaren. Am Telefon war er sehr reserviert gewesen. Wozu einen Gesprächstermin? Es liege schließlich keine Vermisstenanzeige vor. Ihre Großmutter habe seiner Meinung nach bereits im Sommer 1917 ein offizielles Schreiben bezüglich des Ablebens ihres Sohnes Michael Thompson bekommen. Aber Martha hatte nicht lockergelassen. Solch ein Schreiben sei nie eingetroffen. Nicht bei ihrer Oma in Rodmell und ganz gewiss nicht bei ihrer Mutter in Amsterdam. Gestern habe sie nochmals mit dem Notar in Firle telefoniert, und dieser habe ihr versichert, keine Sterbeurkunde ihres Vaters in den Unterlagen der Familie Thompson gefunden zu haben.

Immer mehr Uniformen mit steifem Nacken und »Guten Tag« murmelnde Schnurrbärte steigen zu ihr in den Aufzug. Der Notar hatte ihr außerdem noch mitgeteilt, er habe einen Käufer für das Haus ihrer Oma gefunden. Der Kaufbrief könne noch diese Woche aufgesetzt und das gesamte Inventar am nächsten Samstag versteigert werden. Wenn Martha noch etwas für sich aussortieren wolle, müsse sie unbedingt vor dem Wochenende nach Rodmell kommen. Der Notar schätzte, dass nach Abzug aller Kosten für Louise und sie noch jeweils hundertfünfzig Pfund übrig blieben. Ein enormer Betrag. Dann könnte sie sich endlich Bücher und Hausrat kaufen. Im dritten Stockwerk zwängt sie sich zwischen den Männern hindurch aus dem Aufzug und betritt einen langen, dunklen Korridor. Vor einer Holztür mit der Aufschrift »B. R. Prior« bleibt sie stehen. Sie klopft an.

»Herein!«, hört sie nach wenigen Sekunden. Sie öffnet die Tür und betritt ein kleines quadratisches Zimmer. Hinter dem Schreibtisch sitzt ein ungefähr dreißigjähriger Mann. Das Erste, was ihr auffällt, ist, dass er keinen Schnurrbart hat.

»Ah, Miss Thompson«, sagt er und erhebt sich. Sie schüttelt ihm die Hand. »Nehmen Sie Platz.«

Er deutet auf den Holzstuhl vor seinem Schreibtisch.

»Noch immer auf Urlaubsreise in London?« Am Telefon hatte sie ihm erzählt, dass sie sich erst seit kurzem in England aufhalte. Aber als »Urlaubsreise« hatte sie ihren Aufenthalt nie bezeichnet. Leicht verärgert schaut sie den Mann vor sich an, der lässig in den Akten blättert.

»Ich habe mittlerweile eine Stelle gefunden.«

»Da haben Sie mehr Glück gehabt als andere.«

»Ich arbeite in einer Buchhandlung«, sagt sie schnell, als wäre eine Anstellung in einer Buchhandlung keine ernst

zu nehmende Bedrohung für die Zehntausende von Arbeitern, die seit der Schließung der Munitionsfabriken auf der Straße stehen.
»Hmm«, murmelt Prior zerstreut, während er mit dem Finger über eine endlose Reihe mit Namen fährt.
Ein paar Minuten vergehen ohne ein Wort. Wieso blättert er die ganze Zeit in diesen Ordnern?, fragt sie sich. Er weiß doch, wozu sie hier ist, oder nicht? Sie hat ihn deswegen doch schon dreimal angerufen. Gerade als sie etwas sagen will, schaut Prior sie an, um den Mund ein seltsames Lächeln.
»Es ist ein wenig merkwürdig«, sagt er, »aber ich kann die Akte Ihres Vaters, äh, Michael Thompson, nicht finden. Zwar bin ich auf der Liste der Gefallenen aus dem dritten Quartal 1917 auf seinen Namen gestoßen – jemand hat ihn handschriftlich irgendwo dazwischen gekritzelt –, doch seine Akte, in der sich unter anderem die Sterbeurkunde und die Kopien des Briefwechsels befinden müssten, ist unauffindbar.«
»Deswegen bin ich ja hier. Das habe ich Ihnen bereits am Telefon erklärt.«
»Das muss nichts heißen«, fährt Prior unbeirrt fort. »Es hat hier in den vergangenen Jahren sehr viele Umzüge gegeben. Es ist gut möglich, dass die Akte Ihres Vaters in einer anderen Abteilung gelandet ist. Das Problem ist nur, dass ich keine genauen Angaben zu seiner Person habe, dass ich beispielsweise nicht weiß, welcher Division er angehört hat, wann er seinen Dienst angetreten hat, wann genau er abgereist ist und so weiter. Im Grunde genommen weiß ich nicht, wo ich mit meinen Nachforschungen beginnen soll. Doch vielleicht können Sie mir helfen.«
Entspannt lehnt er sich in seinem Ledersessel zurück, steckt sich eine Zigarette an und schaut sie herausfordernd an.

»Erinnern Sie sich an das genaue Datum seiner Abreise nach Belgien?«
Sie schüttelt den Kopf.
»Nein, aber es muss im Dezember 1916 gewesen sein. Wie ich Ihnen bereits erzählt habe, waren wir im Oktober desselben Jahres zum Geburtstag meiner Oma nach England gekommen. Mein Vater war anschließend für ein paar Tage allein nach London gefahren, zu einem Kongress oder einem Vortrag, glaube ich. Er ist nie mehr nach Rodmell zurückgekehrt. Später haben wir erfahren, dass er in London festgenommen, in ein Ausbildungslager gesteckt und anschließend nach Belgien geschickt worden war.«
»Das kann stimmen. Vom Herbst 1916 an wurden alle Männer zum Kriegsdienst einberufen.«
»Er wurde festgenommen und nicht einberufen.«
»Hm. Aber ich darf doch annehmen, dass er Ihnen aus Belgien geschrieben hat?«
»Im Frühjahr 1917 haben wir ein paar Briefe bekommen.«
»Haben Sie diese Briefe bei sich? Vielleicht können wir auf diese Weise seine Division ermitteln.«
»Nein«, antwortet Martha zögernd, »ich habe die Briefe nicht mitgenommen.«
»Können Sie sich die Briefe schicken lassen?«
»Sie befinden sich äh … nicht mehr in meinem Besitz.«
»Und wo sind sie geblieben, wenn ich fragen darf?«
Irgendetwas gefällt ihr nicht an diesem Mann, der ihr lächelnd gegenübersitzt. Die Art, in der er sie anschaut, seine gespielt lässige Haltung.
»Es war ein Brief aus Ypern dabei«, sagt sie zögernd.
Prior beugt sich über den Schreibtisch zu Martha vor und schaut sie eindringlich an.
»Dort lagen mehrere hundert Divisionen, Miss Thompson. Es wäre schon besser, wenn wir die Briefe sehen könnten.

Wahrscheinlich sind sie die einzigen Hinweise, die wir haben.«

Warum fängt er immer wieder von diesen Briefen an? Erst wird ihr Vater aufgegriffen und kommt nie mehr zurück, dann verschwindet seine Akte, und jetzt versucht dieser Ermittlungsbeamte auch noch, ihr die Schuld in die Schuhe zu schieben. Sie will doch etwas von *ihm* erfahren und nicht umgekehrt.

»Ich verstehe nicht, warum das so wichtig sein soll. Ich bitte Sie um Informationen über den Verbleib meines Vaters. Nach gut sieben Jahren wird es höchste Zeit, dass diese Frage geklärt wird, finden Sie nicht auch?«

»Diese Briefe könnten, wie ich schon sagte, wichtige Informationen enthalten.«

Sie wird es nicht tun, sie denkt gar nicht daran. Es geht ihn doch schließlich nichts an, dass ihre Mutter ihre persönlichen Besitztümer mit ins Grab nehmen wollte. Ein paar Wochen vor ihrem Tod hatte sie Martha zu sich gerufen. »Das da muss auch mit«, hatte sie gesagt und auf ihr Hochzeitsbild an der Wand gedeutet, »und das auch«, ein Foto von Martha auf den Knien ihres Vaters. Danach hatte sie auf den Stapel mit Briefen gedeutet, die auf dem Nachtschränkchen lagen, »und diese Briefe dort, die auch«. Es war noch ein Taschentuch ihres Vaters hinzugekommen, das handsignierte Exemplar seiner Dissertation, eine alte Taschenuhr und ein weißes Spitzenhäubchen, das Martha als Baby getragen hatte. Wie eine ägyptische Königin hatte ihre Mutter im Sarg gelegen, umringt von Fotos und Dingen, die ihr lieb und teuer gewesen waren. Ihre silberne Halskette aber hatte sie Martha hinterlassen, ebenso wie ihre Ersparnisse aus der Schatulle im Schlafzimmer.

»Also gut«, sagt Prior schließlich, »doch ich hoffe, Sie verstehen, dass eine gewisse Kooperationsbereitschaft Ihrerseits erforderlich ist, um die Akte Ihres Vaters wiederzufinden.«

»Sie tun ja gerade so, als ob ich als Hinterbliebene für das Verschwinden meines Vaters und seiner Akte verantwortlich bin«, erwidert sie kühl.

»Ihr Vater war Wissenschaftler, sagten Sie? Erinnern Sie sich daran, welche Funktion er in der Armee hatte?«

»Er war von Haus aus Philosoph. Doch soweit ich weiß, war er ein einfacher Offizier beim Heer.«

»Philosoph?«

»Ja, Spezialist für Descartes, falls Sie das auch noch interessieren sollte.«

»Stand er in Kontakt mit Kollegen in England?«

»Ich habe Ihnen doch gesagt, dass er kurz vor seiner Verhaftung einen Philosophenkongress in London besucht hat.«

»Interessant.«

Wieso ist das interessant? Was will dieser Mann nur von ihr?

»Er war nicht zufällig befreundet mit Bertrand Russell?«

»Das weiß ich nicht. Aber der Name kommt mir bekannt vor.«

Prior macht sich nun auf einem kleinen Zettel Notizen. Sie hat das seltsame Gefühl, zu viel gesagt zu haben.

»Aber was hat das mit der Akte meines Vaters zu tun?«

»Ein Archiv ist eine Aneinanderreihung verschiedener Kategorien, Miss Thompson. Wenn man die richtige Kategorie nicht kennt, ist die Suche nicht so einfach. Also muss ich möglichst viele Informationen über Ihren Vater zusammentragen.«

»Ich verstehe nicht, wovon Sie reden. Mein Vater wird aus heiterem Himmel in London aufgegriffen, gegen seinen Willen zur Armee eingezogen und kommt nie mehr zurück. Ich will wissen, wo er geblieben ist.«

»Gegen seinen Willen, sagen Sie? Sie meinen, er hat Russells Auffassungen geteilt?«
»Ich habe keine Ahnung.«
»Wir suchen weiter, Miss Thompson, machen Sie sich keine Sorgen. Wir schaffen das schon. Ich werde mich so schnell wie möglich wieder bei Ihnen melden.«

Als sie die Tür hinter sich zugeschlagen hat, greift Prior zum Telefon.
»Spencer? Ja, Prior hier. Könntest du für mich einen Namen überprüfen? Ja? Michael Thompson, abgereist im Winter 1916/1917. Keine genauen Angaben zu Dienstverpflichtung, Stationierung und Ableben. Was hast du gesagt? Nein, ich kann seine Akte hier nirgendwo finden. Vielleicht liegt sie bei euch. Kontakte zu Bertrand Russell und so. Wahrscheinlich bei einer seiner Versammlungen aufgegriffen, im Herbst 1916. Na ja, so genau weiß ich es auch nicht. Ich werde seine Tochter nicht los. In Ordnung. Danke.«
Er legt auf. Ein englischer Philosoph? Er könnte sich ja mal bei Siegfried erkundigen. Der kennt die Clique um Russell schließlich. Vielleicht gibt es ja irgendwelche Verbindungen. Er zieht eine Zeitschrift unter dem Aktenstapel hervor, steckt sie zusammengefaltet in die Innentasche seiner Anzugjacke und verlässt das Zimmer. Summend geht er den Korridor hinunter zum *men's room*.

Acht

Im Souterrain der Hogarth Press steht Bernadette Murphy an einem Tisch und packt Bücher in Kartons. Ihr weißes, aufgedunsenes Gesicht ist vor Anstrengung von roten Flecken übersät. Ein Pilz, denkt Virginia bei sich, als sie um die Ecke des Lagerraums schaut. Ihre neue Assistentin sieht wirklich aus wie ein Pilz. Wo sind die Tage geblieben, an denen es noch *flair* und *fashion* gab? Eine strahlende Erscheinung, wie Marjorie eine war? Warum musste sie krank werden? Virginia vermisst sie sehr. Der Pilz trägt flache, schwarze Slipper an den Füßen und hat Ekzeme an den Fingern. Leonard ist mit ihr zufrieden, sie aber sehnt sich nach ein wenig Schönheit. Nett kann jeder sein, witzig ist sie selbst – aber Schönheit? So etwas findet man heutzutage nicht mehr. Sie knöpft ihren grauen Trenchcoat zu.

»Es gibt sonst wohl niemanden in ganz London, dem es einfiele, bei diesem Wetter nach draußen zu gehen«, sagt sie zu Bernadette, »aber ich brauche unbedingt frische Luft, sonst kippe ich um. Kannst du dir die Schlagzeile ›Verlegerin bei der Arbeit zusammengebrochen‹ vorstellen? Da würde unser Freund Affable Hawk gleich wieder ankommen und sagen, dass es seiner Meinung nach ohnehin besser sei, wenn Frauen die Finger von diesen Dingen ließen. Wie gesagt, ich muss unbedingt mal raus. Kommst du heute Nachmittag allein zurecht?«

Bernadette, die, wie es aussieht, selbst auch ein wenig frische Luft vertragen könnte, wischt die Entschuldigungen ihrer Arbeitgeberin beiseite. Sie reagiert auf Mrs. Woolfs Wortkaskaden immer nur mit einem leicht verlegenen Lachen. Als wäre sie unter einen Wasserfall geraten und müsste nun ihre ganze Aufmerksamkeit darauf konzentrieren, sich auf den Beinen zu halten. Ihre Erwiderung ist zumeist praktisch orientiert und freiheraus.
»Gehen Sie in Richtung Tottenham Court? Dann könnten Sie ja vielleicht bei Marks & Jackson und anschließend bei Silberberg in der Charing Cross Road vorbeischauen. Angus hat gesagt, dass die Buchhändler dort Mrs. Sackvilles Roman in ihren Schaufenstern auslegen wollen.«
Virginia, die die Hand schon auf die Türklinke gelegt hat, schaut sie überrascht an.
»Du findest also, dass ich das Angenehme mit dem Nützlichen verbinden sollte, indem ich unterwegs mit unseren Büchern hausieren gehe?«
»Wenn wir nichts tun und die Zensur noch schärfer wird, bleiben wir auf der Hälfte der Auflage sitzen. Das wäre doch schade.«
»Weißt du, was schade ist? Dass man nicht mehr ziellos durch die Stadt schlendern kann. Aber schon gut, gib mir halt einen Stapel *Verführer* mit.«

Es regnet nicht mehr ganz so stark, auch wenn noch immer ein steifer Westwind über den Tavistock Square weht. Die wenigen Fußgänger halten ihre Hüte und Mützen mit beiden Händen fest. Virginia hat sich einen Karton unter den einen Arm geklemmt; an dem anderen baumelt eine Ledertasche. Sie kann nicht verhindern, dass der Wind ihr die billige Regenhaube vom Kopf weht.
Sie hat keine Lust, sie aufzuheben. Lieber lässt sie sich nass

regnen. Vielleicht wächst ihr Haar dann wieder besser. In dieser Beziehung schlägt sie ganz nach ihrer Mutter. Die war mit vierzig schon eine an Haarausfall leidende graue Taube gewesen. Nur Vanessa hat noch das volle Haar der Jugend, obwohl sie drei Jahre älter ist. Ob das irgendwie an ihren Kindern liegt? Halten die einen vielleicht jung? Komm schon, sagt Virginia sich. Nicht nörgeln, nicht schon wieder eifersüchtig sein auf deine Schwester, du musst weitergehen, die Adern der Stadt spüren. Schau, da ist schon der Woburn Square. Diagonal den Platz überqueren, das ist das Beste, ein wenig Schutz gegen den Regen und dennoch den Wind unter den Bäumen rauschen hören.
Sie ist froh, dass sie nach zwölf Jahren Richmond endlich wieder in ihrer Stadt ist. Sie schreitet forsch aus und springt dann und wann über eine große Regenpfütze. Dabei mustert sie alle Vorübergehenden sorgfältig. Jedes Detail der Stadt saugt sie in sich auf wie ein ausgetrockneter Schwamm, der endlich in Wasser eingetaucht wird. Jeder Tropfen wird zu einer Geschichte, einer Anekdote, ohne große Anstrengung, einzig und allein dadurch, dass sie ihre Beine über den Bürgersteig der Bloomsbury Street spazieren lässt. Alles berauscht sie – die Menschen, der Lärm, die Taxis, die Fuhrwerke, die Omnibusse, die Geschäfte.
Sie kommt am British Museum vorbei, gibt ihrem Wissensdurst aber nicht nach; sie muss an praktische Dinge denken, und die lassen sich wohl kaum mit den großen Männern kombinieren, deren Geist dort durch die Säle irrt. Ihr Blick tastet die Fassaden der New Oxford Street ab. Ertappt das spärliche Licht, das zwischen den noch kahlen Ästen der Bäume schwebt. Lauscht dem Stampfen und Traben der Pferde vor den Fuhrwerken, dem Brummen und Brausen der Taxis. Gott sei Dank ist sie nicht länger eine Vorstädterin!

Als Vorstädterin war sie ständig damit beschäftigt gewesen, mit Zügen und Bussen an die Orte zu gelangen, an denen sich das wahre Leben abspielte. In den hohen, dunklen Zimmern hatte sie auf Dinge gewartet, die sich nie ereigneten, sich nach der Gesellschaft von Menschen gesehnt, die sich irgendwo anders aufhielten. Vororte mögen für Amerikaner und Diplomaten das Richtige sein, aber nicht für sie. Da kann Leonard Richmond noch so fabelhaft finden, sie braucht die Stadt; die Stadt ist das Herz ihrer Arbeit.
Der starke Verkehr auf der Fahrbahn und der nicht enden wollende Strom von Fuhrwerken und Fußgängern erzeugen ein seltsames singendes Geräusch. Ich muss verrückt sein, denkt sie, als sie die Charing Cross Road erreicht, dass ich das alles hier liebe, diesen Krach, dieses Chaos. Sie verlangsamt ihre Schritte und wirft ab und zu einen Blick in die Auslagen der Buchhandlungen. Nicht eine einzige Ausgabe der Hogarth Press ist dabei. Margaret Kennedys *Die treue Nymphe* – allein schon der Titel – und natürlich *Der grüne Hut* von Michael Arlen. Immer der grüne dies, die fröhliche das, der blaue soundso, das gelbe irgendwas.
Sie hasst diese nichts sagenden Romane, von denen die Läden überquellen. Hier ist die neue Vita. Sie hat es allen gezeigt. Das hätte sie dieser aristokratischen Draufgängerin nicht zugetraut. *Verführer in Ecuador* ist ein Buch, dessen auch sie sich nicht zu schämen bräuchte, wenn sie selbst es geschrieben hätte. Es ist absurd, dass sich die Buchhandlungen nur wegen des Titels weigern, es zum Kauf anzubieten. Außer Mr. Wilson von Bumpus natürlich und James Bain in der King William Street. Das ist doch wenigstens etwas. Mal sehen, ob auch Silberberg genug Mut aufbringt.
Sie bleibt vor dem kleinen Laden stehen und schaut hinein. Roger! Das gibt 's doch nicht. Was macht der denn da? Er

legt einen Verführungstanz hin, so viel steht fest, das kann sie sogar aus der Entfernung erkennen. Dieses Vornüberbeugen, dieses Lachen und dieses verrückte Schieflegen seines Kopfes. Doch wem gilt dieser Tanz? Sie kann nichts erkennen. Ha! Er verlässt den Laden. Schnell streicht sie sich ein paar Haarsträhnen aus dem Gesicht.

»Roger?«
Zwei weit aufgerissene Augen, die sie überrascht anschauen. Dann das vertraute Lächeln und der Hauch der Begeisterung, der sich über sein zerfurchtes Gesicht legt.
»Ginnie, du hier?« Eine Hand, die sich auf ihre Schulter legt.
»Ja, in höchsteigener Person. Ich schwänze, obwohl ich hier« – sie zeigt bedeutungsvoll auf die Auslage der Buchhandlung – »auch noch etwas Geschäftliches zu erledigen habe.«
Seine Miene verdüstert sich. Trübsal verdunkelt seine Augen.
»Was ist, Roger?«
Er schaut sie verstört an.
»Ich, ach nichts. Die junge Frau da drin erinnert mich an Josette, und das hat mich ganz furchtbar traurig gestimmt. Mit einem Gewehr, *for God's sake*. Ich werde noch immer von Albträumen verfolgt.«
Sie nickt. Sie kennt die Geschichte von Rogers französischer Geliebten, die sich aus Verzweiflung über seine vermeintliche Untreue in der Normandie mit einem Jagdgewehr von den Felsen geschossen hatte.
»Du kannst nichts dafür. Wirklich, du brauchst dir keine Vorwürfe zu machen.«
»Hätte ich ihr häufiger schreiben sollen? Ihr diese Fotos nicht schicken dürfen? Ich weiß es nicht. Ich lasse mich nie

mehr auf irgendwelche Affären ein. Ich hätte bei Vanessa bleiben sollen.«

Er zögert.

»Aber weißt du, was am schlimmsten ist?«

»Was denn?«

»Seit Monaten habe ich keine Buchhandlung mehr betreten, und kaum setze ich zum ersten Mal wieder einen Fuß in einen solchen Laden, fordere ich gleich das Schicksal heraus. Ich glaube, dass ich verflucht bin.«

Sie lächelt. Sie mag die unerschrockene Ehrlichkeit, mit der er alles angeht.

»Was ist bloß dran an Silberbergs neuer Verkäuferin? Sie ist doch erst seit kurzem in der Stadt, und schon reden alle von ihr. Tom, Angus und jetzt auch du. Keine schlechte Idee von Bernadette, hier ein paar Bücher auszulegen, denn wenn ich dich so höre, gibt sich bald ganz London hier die Klinke in die Hand. Höchste Zeit, dass ich mich um sie kümmere. Ohne Zweifel hat sie keine Ahnung, wie viele einsame Wölfe hier auf sie lauern.«

Verschmitzt lächelnd schaut er sie an. Sie ist alt geworden, denkt er. Nicht allmählich, sondern mit einem Schlag, von einem Tag auf den anderen. Sie wird ihrer Mutter immer ähnlicher.

»Tu das, Virginia«, sagt er, »obwohl sie sich bestimmt zu helfen weiß; sie wirkt sehr entschlossen. Fühl doch mal vorsichtig bei ihr vor, ob sie nicht für mich Modell stehen will.«

»Roger! Ich lasse mich doch nicht vor deinen Karren spannen.«

»Schon gut, schon gut.«

Sie drückt ihm einen flüchtigen Kuss auf die Wange, verspricht ihm, dass sie demnächst dies, dass sie ganz bestimmt bald jenes. Doch nie verspricht sie ihm das, wovon sie, nach all den Jahren, noch immer heimlich träumt.

Virginia betrachtet sich kurz in der spiegelnden Glasscheibe der Tür und betritt dann den Laden.

Das Glöckchen schlägt an den hölzernen Türrahmen. Martha, die im rückwärtigen Teil des Ladens an einem Tisch sitzt, schaut auf. Eine große, schlanke Frau mittleren Alters klopft die Regentropfen von ihrem Mantel und kommt nach hinten durch. Martha erkennt sie nicht sofort. Erst als sie unmittelbar vor ihr steht, sieht sie, dass es die Frau von der Beerdigung ist.

»Mrs. Woolf?«, fragt sie unsicher. »Ich glaube, wir sind uns vor ein paar Monaten in Rodmell begegnet, beim Begräbnis meiner Oma.«

Virginia starrt sie ebenso überrascht an. Dann heitert sich ihr Gesicht auf.

»Jetzt, wo Sie es sagen! Nehmen Sie es mir nicht übel, ich habe Sie nicht gleich erkannt.«

»Warum setzen Sie sich nicht für einen Augenblick?«

»Gern«, antwortet Virginia. Sie zieht den Mantel aus und hängt ihn über die Stuhllehne.

»Sagen Sie nur nicht, dass Sie wegen unseres fantastischen Klimas hier geblieben sind.«

»In Holland ist es auch nicht viel besser«, sagt Martha. »Ich wollte mir gerade einen Tee machen. Möchten Sie vielleicht eine Tasse?«

Virginia schaut ihr nachdenklich hinterher, als sie nach hinten geht. Kein Wunder, dass Roger dermaßen beeindruckt ist. Das helle, ovale Gesicht unter den rotblonden Locken ist sehr anmutig. Es gibt eine Schönheit, die einen auf Anhieb, beinahe schlagartig überwältigt, denkt sie bei sich, und Schönheit, die sich einem nur ganz langsam erschließt. Sie selbst ist – besser gesagt, war – von der zweiten Art, aber vielleicht gerade deswegen fasziniert sie die andere Art so sehr. Sie kann schöne Frauen unverschämt lange anstarren. Vielleicht hätte sie doch Malerin werden sollen wie Roger und Vanessa; dann bräuchte sie sich nicht dafür zu genieren.

Komm, entspann dich, denkt sie. Drück den Rücken schön fest ins Kissen, streck die Beine aus, beruhige dich. Sie ist keinesfalls eifersüchtig auf diese junge Frau. Nein, wenn überhaupt, dann ist sie eifersüchtig auf Roger. Wegen seines Verlangens, seiner Verliebtheiten, seiner hingebungsvollen Leidenschaft. Wie lange ist es her, dass sie das letzte Mal verliebt war? Für Leo hat sie immer große Sympathie empfunden – aber Leidenschaft, zügelloses Verlangen? Sie beide haben zum Glück ihre Arbeit, ihre Liebe zur Kunst – kurz: ihren Esprit. Aber das Körperliche? Niemals. Zu gefährlich.

Leo hat das akzeptiert. Er fürchtet sich vor allem, was ihre brüchige Gesundheit in Gefahr bringen könnte. Inzwischen gewinnt sie immer mehr den Eindruck, dass damit nicht ihre Gesundheit, sondern ihre Angst gepflegt wird – und darum ist sie das Ganze satt. Sie verspürt große Lust, jemanden zu begehren. Nur wen?

Martha kommt wieder zurück in den Laden, in den Händen ein Tablett mit Tee und Keksen. Sie setzt sich auf den kleinen Hocker neben sie.

»Erzählen Sie«, sagt Virginia. »Wie gefällt es Ihnen in der Hauptstadt unseres verregneten Königreiches? Ich für mein Teil verehre sie sehr, weiß aber auch, dass diese Stadt so hart sein kann wie ein Diamant.«

Als Virginia eine gute Stunde später die Buchhandlung wieder verlässt, hat sie eine weitere Lektorin für die Hogarth Press gewonnen. Sie hat das Bedürfnis, junge Frauen um sich zu scharen. Nicht nur, weil sie treuer sind und härter arbeiten, sondern auch, weil ihre Gesellschaft ihr gut tut. Sie ist sehr mit sich zufrieden. Für die Jagd, liebste Vita, brauchst du weder Gewehre noch Hunde, denkt sie bei sich. Ein freundliches Wort und entschlossenes Handeln wirken manchmal Wunder. Mit einem zufriedenen Lächeln auf den Lippen schlendert sie zum Gordon Square. Sie muss mal kurz bei Vanessa reinschauen.

Neun

Schranktüren werden geöffnet und wieder zugeschlagen. Hastig und viel zu laut. Vivien zieht die Decke bis über die Ohren, umfasst mit den Händen die Knie und bleibt reglos liegen. Sogar noch durch die Decke hört sie das Poltern, das Fluchen, den Trommelwirbel schneller Schritte auf der Treppe. Sie drückt den Kopf tief ins Kissen. Sie weiß, was gleich kommt, aber sie wird sich schlafend stellen.

»Vivien?« Seine Stimme, keuchend, ungeduldig.

»Vivien, schläfst du noch?«

Tom setzt sich zu ihr aufs Bett. Sie spürt, wie er an der Decke zieht. Ihr eines Knie wird entblößt, sie möchte es wieder zurückziehen, unter der Decke in Sicherheit bringen, traut sich aber nicht, sich zu bewegen. Sie kneift die Augen zusammen.

»Vivien?«

Er zieht die Decke ein wenig nach unten. Sie spürt, wie ihr kühle Luft über die Wange streift, bleibt aber noch immer reglos liegen.

»Es ist schon spät, ich bitte dich!«

Dieser flehende Unterton. Sie bewegt leicht die Schultern, den Kopf, öffnet schläfrig die Augen; eine perfekte Imitation unschuldigen Erwachens.

»Tom?«

»Viv, es ist wirklich schon sehr spät.«

»Was ist los, Tom? Ist etwas passiert?«

Er fährt sich schnell mit der linken Hand durch die Haare. Schaut sie forschend an.
»Nein, nichts Ernstes. Ich kann lediglich ein paar Sachen nicht finden.«
»Suchst du etwas, Tom?«, fragt sie schläfrig, während sie noch immer seinem Blick ausweicht.
»Ja, meinen Hut, meine Tasche und meinen Regenschirm.«
Langsam wendet sie ihm den Kopf zu. Wie bestürzt er aussieht. Als hätte er nicht ein paar Sachen, sondern sich selbst auf dem Weg nach oben verloren.
»Wo hast du sie denn gelassen?«
»Ich habe sie gestern Abend wie immer in der Diele abgelegt.«
»Und dort sind sie jetzt nicht mehr?«
»Nein.« Er seufzt.
»Seltsam, nicht wahr?«
Wie lange werden wir diese Komödie noch weiterspielen, fragt er sich gequält. Sie wissen beide, dass es ein Spiel ist, ein trübsinniges Spiel ohne Bezug zur Wirklichkeit. Drittklassige Schauspieler sind sie geworden, in einem Stück, dessen Plot vollkommen unklar ist. Ihre Gespräche sind bis ins Extreme formalisiert. Jedes Wort, jeder Satz wird nicht von ihnen, sondern von der einen oder anderen obskuren Maschine von Regeln und Normen ausgesprochen. Höflich bleiben. Silben bilden. Wörter aneinander reihen. Mund öffnen und schließen. Doch jeder Satz, den sie produzieren, rutscht hinter ihnen in den Abgrund.
»Ja, sehr seltsam«, sagt er.
Vivien wendet sich wieder von ihm ab und schaut zum Fenster. Die Vorhänge lassen ein fahles, graues Licht durch. Es ist die Farbe ihres Lebens. Von allen Seiten dringt das Grau auf sie ein, versucht, sich einen Weg in ihren Körper zu bahnen, ihr den Hals zuzudrücken, Besitz von ihrem

Kopf zu ergreifen. Es lässt sich nicht aufhalten. Sogar ihr Herz ist nicht mehr rot. Wie konnten sie es nur so weit kommen lassen? Zwei Zirkuslöwen, die ein und denselben Käfig miteinander teilen müssen. Sie streifen ständig vor dem Gitter auf und ab, fauchen sich gegenseitig an, teilen dann und wann einen Hieb aus, lecken sich anschließend aber wieder gegenseitig die Wunden.
»Draußen ist es schon hell«, murmelt sie.
»Ja, es ist beinahe halb neun. Ich muss mich wirklich beeilen.«
»Ja, ich verstehe, was du meinst.«
Sie starrt zur Fensterbank. Soll sie noch länger warten? Oder soll sie die Blumentöpfe einfach alle wegwerfen? Früher hat er sie sein »Hyazinthenmädchen« genannt. In jedem Frühjahr standen die Pflanzen in den kleinen gläsernen Blumentöpfen, voll gestopft mit schwarzer Erde, auf der Fensterbank. Jeden Tag hat sie die Pflanzen betrachtet und sich das Wunder der hellgrünen Stängel angesehen, die sich aus der Erde schoben. Immer größer, immer stärker. Grüne Fahnenmasten, die geduldig darauf warteten, dass die Knospen sich öffneten. Welche Farbe würden sie dieses Jahr haben? Weiß, rosa, vielleicht violettblau? Aber diesmal sind sie eingegangen. Die Zwiebeln sind in den Blumentöpfen vertrocknet. Gerade mal zwei kümmerliche Stängel lugen aus der Erde hervor. Sie hat doch gut für sie gesorgt, ihnen genug Wasser gegeben oder etwa nicht? Streut vielleicht jemand hinter ihrem Rücken Gift auf ihre Blumenzwiebeln? Jemand, der den Duft der Hyazinthen nicht erträgt? Jemand, der denkt, dass es nichts Schamloseres gibt als knospende Blumen?
»Findest du es nicht auch merkwürdig, Tom, dass die Hyazinthen dieses Jahr nicht blühen wollen?«
»Was hast du gesagt? Was will nicht blühen?«

»Die Hyazinthen. Schau doch mal, was für mickrige Stängel.«
Er wirft einen schnellen, verwirrten Blick auf die Blumentöpfe auf der Fensterbank. Wovon redet sie nur?
»Tut mir Leid, aber ich habe wirklich keine Zeit, um mich jetzt über Pflanzen zu unterhalten. Ich muss in die Bank.«
»Ich verstehe nicht, wieso sie dieses Jahr nicht blühen. Dabei habe ich dasselbe gemacht wie sonst auch immer.«
Er wird ungeduldig, steht vom Bett auf und geht im Schlafzimmer auf und ab.
»Dann gehe ich eben ohne. Ich muss jetzt wirklich weg!«
Sie nickt, zieht die Decke wieder etwas höher.
»Schau mal im Blumenladen an der Ecke. Wie die Hyazinthen dort blühen. So schwierig kann das doch nicht sein?«

Was soll bloß diese Litanei wegen der Blumen? Er tritt ans Fenster, nimmt achtlos einen der gläsernen Blumentöpfe in die Hand und stellt ihn wieder zurück. Warum um Himmels willen hat sie nur so viele dieser kleinen Töpfe hier hingestellt? Sie sind ihm früher nie aufgefallen.
»Dann gehe ich halt so«, sagt er schließlich, »obwohl es regnet und in meiner Tasche die Unterlagen für die Sitzung heute Nachmittag stecken. Ich weiß nicht, was ich sagen soll, aber mir wird schon etwas einfallen.«
»Hätte ich sie noch mehr gießen sollen? Was meinst du?«
Er muss doch verstehen, dass es so nicht weitergeht. Schemen sind sie geworden, die aneinander vorbei durchs Haus schweben. Immer auf der Hut, immer einen gewissen Sicherheitsabstand wahrend.
»Keine blasse Ahnung, wirklich nicht. Warum kaufst du nicht einfach ein paar blühende Hyazinthen an der Ecke?«
»Aha!« Ein triumphierender Blick aus dem Bett. »Jetzt sagst du es selbst. Gib es ruhig zu.«

Er starrt sie erschöpft an.
»Was, Vivien, was soll ich zugeben?«
Schmollend wendet sie den Kopf ab.
»Dass hier nichts mehr blühen will.«
»Ganz ruhig, Vivien.«
»Und weißt du, warum nicht?«
»Nein.«
»Weil die Luft hier versauert ist, darum. Sogar diese blöden Pflanzen haben keine Lust mehr.«
Nicht jetzt, denkt er bei sich, jetzt keine Szene. Nicht, solange der Tag noch nicht richtig angefangen hat. Er muss gehen, er ist bereits viel zu spät dran. Er tritt neben das Bett, setzt sich auf die Bettkante und legt eine Hand auf ihre bebende Schulter. Er spürt die spitzen Knochen unter ihrer Haut. Wo ist ihr Körper geblieben? Was hat er ihr angetan? Er erinnert sich an den Anfang. Die Bootsfahrt, die Tanzabende, die Spaziergänge. Zum ersten Mal hatte er den Mut, zu leben, nur weil sie neben ihm ging, keck und zart, unbefangen wie ein Kind. Ein Tanz war es gewesen. Er hatte seinen Körper zum ersten Mal nicht als Last, sondern als etwas Selbstverständliches empfunden. Was ist nur schief gegangen? Er kann das Kapriziöse, das Emotionale nicht ausstehen. Er verabscheut das Chaos, das Grölen und Johlen der Gefühle. Es macht ihn krank. Doch was hat Ezra ihm geschrieben? Er sei seine eigene Krankheit. Vielleicht hat Ezra Recht. Aber er will nicht so schreiben wie er, geil herumtollend im spuckenden Vulkan seines Gemüts. Schreiben ist nicht so etwas Banales wie das Ausdrücken von Emotionen, es ist die Flucht vor ihnen. Emotionen sind animalische Aufwallungen des Blutes. Wenn er schreibt – aber wann kommt er denn noch dazu? –, will er etwas anderes; etwas Intimes, das zugleich über das reine Fühlen hinausgeht. Aber sogar das Schreiben macht ihn krank.

»Mach dir keine Sorgen, es wird schon werden. Heute Abend, dann …«
»Dann bin ich erschöpft. Und du auch.«
»Nein, nicht heute Abend. Dann gehen wir aus, dann gehen wir irgendwohin essen, vielleicht sogar tanzen.«
»Tanzen?«
Sie blickt erstaunt zu ihm auf.
»Mmh. Aber jetzt muss ich wirklich gehen.«
»Du kannst doch überhaupt nicht tanzen, Tom. Du bewegst Arme und Beine, aber tanzen tust du nicht.«
Keine Antwort. Er steht auf und geht zur Tür.

So kann sie ihn nicht gehen lassen. Nein, nicht so.
»Weißt du was, Tom? Ich habe heute Nacht etwas getrunken. Ich konnte vor lauter Kopfschmerzen einfach nicht einschlafen und ging hinaus, auf den Balkon. Es war eine kristallklare Nacht, so schön und friedlich, dass ich einfach nicht begreifen konnte, wie ich in solch einer unglaublich schönen Nacht derartige Schmerzen haben konnte. Das passte einfach nicht zusammen. Man darf in solchen Nächten keine Schmerzen haben. Und dann sah ich den Mülleimer. Erst dachte ich, wie voll dieser Mülleimer wieder mal ist, was hat Ellen nur wieder alles hineingekippt, warum hat sie ihn nicht geleert, wegen der Ratten und so.«
»Im Mülleimer, Vivien?«
»Ja, ich glaube schon. Wirklich, der Deckel ging nicht einmal mehr zu. Das ist doch unvernünftig, den Mülleimer so voll zu stopfen.«
»Ja«, murmelt er. »Schlaf jetzt ein bisschen. Ich muss los.«

Er rennt die Treppe hinunter, durch die Küche, auf den Balkon, angelt Hut, Tasche und Regenschirm aus dem Mülleimer und eilt an seinen Arbeitsplatz.

Zehn

Was für ein Tag. Nörgelnde Kunden, Ofen defekt, die falschen Bücher geliefert bekommen. Martha schmiert sich schnell ein paar Brote, schenkt sich ein Glas Wein ein und setzt sich an den Tisch beim Fenster. Draußen dämmmert es bereits. Sie reißt den Umschlag mit den drei blauen Königinnenbriefmarken auf und bereitet sich auf einen ausgelassenen Bericht über Evas Hochzeit vor; endlich ist es der Guten gelungen, einen niederländischen Verehrer aufs Standesamt zu schleppen. Darauf hatte sie schon seit Jahren gewartet.

Marthas Augen fliegen über die Zeilen. Heirat mit Kees nicht stattgefunden. Seine Eltern haben die Hochzeit im allerletzten Augenblick abgeblasen. Er hat sich inzwischen mit einem anderen Mädchen verlobt. Einem adretten protestantischen *Mädel* aus der Kurzwarenhandlung in der Reestraat. Aber ich kehre bestimmt nicht in meine Heimat zurück. Putz ruhig weiter. Wenn selbst Einstein in die Niederlande flieht, warum sollte ich dann nicht hier bleiben? Ich würde gern meine ganze Familie nach Amsterdam holen, aber mein Vater will seinen Krämerladen nicht aufgeben. Die neue Gouvernante ist eine Nichte von Mevrouw De Jongh. Eine Zimtzicke. Jacob ist noch immer ganz traurig über deine Abreise. Pass gut auf dich auf, dort auf der anderen Seite der Nordsee. Liebe Grüße, Eva.

Unter die letzten Zeilen hat sie noch etwas hingekritzelt.

»P.S. Ich habe dir einen Zeitungsausschnitt aus *Het Leeven* beigelegt. Ein Kreuzworträtsel. In Amerika ist das der letzte Schrei, aber auch in Amsterdam ist man diesem neuen Zeitvertreib hoffnungslos verfallen. Jacob und ich machen jede Woche dieses Wörterpuzzle aus *Het Leeven*!«
Martha zieht eine halbe Zeitungsseite aus dem Umschlag. Ein großes quadratisches Feld mit schwarzen und weißen Kästchen, in denen Ziffern stehen. Links eine Liste mit Wörtern, die mit den Ziffern übereinstimmen. Es dauert eine Weile, bis sie versteht, wie das Puzzle funktioniert. Sie trägt ein paar Wörter ein. Dann dreht sie das Blatt herum und liest in dem zerschnittenen Artikel auf der Rückseite, dass in dieser Woche Jan Hendrik Leopold gestorben ist, der Lieblingsdichter ihrer Mutter.

»Martha!«
Unten wird laut an die Ladentür geklopft. Sie öffnet das Fenster und schaut hinaus. Es ist Louise. Aufgeregt winkt sie zu ihr hinauf. Schnell läuft Martha die Treppe hinunter und öffnet die Tür. Kaum hat Louise den Laden betreten, platzt es auch gleich aus ihr heraus. Sie habe Vivien in einer unmöglichen Verfassung angetroffen. Tom sei noch immer nicht da, obwohl er versprochen habe, Hyazinthen oder so etwas mit ihr holen gehen zu wollen. Eine unverständliche, unzusammenhängende Geschichte. Sie sei völlig mit den Nerven runter. So schlimm habe sie es noch nie erlebt.
Louises Wortschwall findet kein Ende. Viviens Ärzte verschrieben ihr Medikamente in immer höheren Dosen und stellten die merkwürdigsten Experimente mit ihr an. Sie müsse Präparate mit Geschlechtsdrüsen von Kaninchen und Affen, Gott behüte, einnehmen, damit sich ihre Nervenzellen erneuern könnten. Diese Therapie werde in

Berlin von einem gewissen Dr. Zikkel als Verjüngungskur bei Frauen angewendet. Hat man so etwas schon einmal gehört?

»Möchtest du etwas trinken?«, fragt Martha.

»Gern. Was für ein Theater! Von diesem Mist bekommt sie irgendwann noch einmal Rheuma. Ich bin bei ihr geblieben, bis sie schlief. Aber wer weiß, was sie tut, wenn sie wach wird und Tom noch immer nicht zu Hause ist? Ich habe bei Lloyds Bank angerufen, aber dort ist er um Punkt fünf Uhr weggegangen. Wo mag dieser Mann nur stecken?«

»Mrs. Silberberg sagt, er habe hier in der Nähe ein Arbeitszimmer.«

»Ein Arbeitszimmer?«, fragt Louise erstaunt. »Ich weiß von nichts. Wovon kann er sich das denn leisten? Er kann doch nie etwas bezahlen. Weder Viviens Arztrechnungen noch einen Umzug. Schon seit Jahren möchte sie irgendwo anders hin, aber nie ist genug Geld da. Und dann kann er auf einmal die Miete für ein Arbeitszimmer aufbringen?«

»Die Adresse liegt unten im Laden«, sagt Martha. »Wir sollen künftig seine Bücher dorthin bringen. Ich hole sie dir.« Gleich darauf ist sie wieder da und hält Louise seine Visitenkarte hin. »Mr. T. S. Eliot, c/o Burleigh Mansions, 18 Charing Cross Road. *Strictly private.*«

»Es muss ein Vermögen kosten, sich dort ein Zimmer zu mieten«, sagt Louise ungläubig.

»Und was jetzt?«

Louise zieht die Augenbrauen hoch.

»Was meinst du?«

»Es ist ganz in der Nähe. Wir könnten hingehen und ihn über den Gesundheitszustand seiner Frau informieren«, schlägt Martha vor.

»Du hast Recht. Geheimadresse oder nicht, so geht es nicht weiter.«

»Weißt du was? Ich habe hier noch drei Bücher für ihn. Die geben wir bei der Gelegenheit gleich dort ab.«

—

Es ist kurz nach acht, als sie vor dem Haus mit der Nummer 18 stehen bleiben, einem großen, stattlichen Gebäude, zu dem eine Steintreppe hinaufführt. Sie öffnen die schwere Eingangstür und melden sich an der Pförtnerloge.

»Wir haben ein Paket für Mr. Eliot«, sagt Martha.

Der Pförtner legt seine Zeitung aus der Hand.

»Captain Eliot, meinen Sie wohl.«

»Captain? Nein, einfach Mr. Eliot.«

»Wir haben hier nur einen Captain Eliot. Müssen Sie zu ihm oder nicht?«

»So nennt er sich manchmal«, flüstert Louise ihr ins Ohr.

»Ja, Captain Eliot.«

»Zwei Treppen hoch, zehnte Tür links. Aber denken Sie daran, Sie müssen dreimal laut an die Tür klopfen.«

»Warum um Himmels willen nennt er sich Captain?«, flüstert Martha. »Er ist doch nie bei der Armee gewesen!«

Louise zuckt mit den Schultern.

»Es gibt so viele Dinge an diesem Mann, die ich nicht verstehe.«

Im zweiten Stock gehen sie einen langen Korridor entlang und zählen sorgfältig die Türen. Vor der zehnten bleiben sie stehen. Kein Namensschild.

Sie zögern. Louise legt ein Ohr an die Tür und schüttelt den Kopf.

»Nichts zu hören.«

Ein wenig unsicher schauen sie einander an. Als Louise erneut die Augenbrauen hochzieht, lacht Martha auf. Louise klopft dreimal laut an die Tür.

Ein paar Sekunden später geht die Tür auf. Sie stehen Auge

in Auge Captain Eliot gegenüber. Er trägt einen dunkelblauen Anzug und eine steife, weiße Mütze mit Goldband. Sein Gesicht ist dunkelgrün gepudert, und seine Lippen sind kräftig violett geschminkt. Sie starren ihn mit offenem Mund an. Will er etwa auf einen Kostümball, fragt Martha sich.

»*Ladys?*«, lallt Eliot mit schwerer Zunge und verbeugt sich tief. »Was kann ich für Sie tun?«

»Guten Abend, Mr. Eliot«, sagt Martha, »wir haben ein Paket für Sie.«

»Ein Paket? Furchtbar aufmerksam«, sagt er mit einem breiten Grinsen um seinen violetten Mund. »Kommen Sie herein.« Er macht eine weit ausholende, einladende Handbewegung in Richtung Zimmer.

Sie folgen dem leicht wankenden Eliot ins Zimmer. Überall liegen Bücher, Flaschen und Papiere. Auf dem runden Tisch an der Seite stehen noch immer die Überreste eines Dinners für mehrere Personen, umgefallene Gläser und volle Aschenbecher.

»Entschuldigen Sie die Unordnung«, sagt Eliot, während er sich in einen hohen Lehnstuhl am Fenster setzt, »ich habe noch keine Zeit gehabt, die Spuren des vorzüglichen Soupers von letzter Woche zu beseitigen. Setzen Sie sich.«

Zögernd bleiben sie in der Mitte des Zimmers stehen. Die Stühle sind mit Kleidungsstücken, Zeitungen und Büchern übersät.

»Werfen Sie das Gerümpel ruhig auf den Boden.«

»Ich glaube nicht, dass das nötig ist, Mr. Eliot«, sagt Louise.

»Captain Eliot ist mein Name. Setzen Sie sich!«

Sie schaffen sich auf dem Ledersofa ein wenig Platz.

»So habe ich das gern«, sagt er zufrieden. »Zwei junge Damen, die dem alten Captain einen Besuch abstatten. Was darf ich Ihnen anbieten? Einen Bourbon?«

»Nein, danke«, sagt Louise.
»Ja, gern«, sagt Martha im selben Augenblick.
Eliot schaut von der einen zur anderen.
»Was jetzt: Ja oder Nein?«
»Ja, bitte«, sagt Martha noch einmal, Louises verärgerten Blick ignorierend.
Schwerfällig steht er auf, geht zum Büfett und findet zwei saubere Gläser, die er voll gießt und ihnen höflich anbietet.
»Und wem verdanke ich diese Ehre?«
»Ihre Frau ...«, sagt Louise einleitend.
»Meiner Frau? Habe ich diesen Besuch meiner Frau zu verdanken? Das, wertes Fräulein, kann ich kaum glauben.«
»Wir bringen Ihnen die Bücher, die Sie bestellt haben«, sagt Martha und reicht ihm das Paket.
Eliot legt es auf einen Stapel auf dem Boden.
»Sie denken bestimmt, dieser Eliot, der sollte endlich wieder ein paar Kritiken verfassen, der tut den ganzen Tag keinen Handschlag, nicht wahr?«
Louise wirft Martha einen bedeutungsvollen Blick zu. Sie müssen gehen. Das hier hat absolut keinen Sinn. Sie stellt ihr Glas ab und steht auf.
»Wir müssen wieder gehen, Mr. Eliot, ich möchte Ihnen nur ...«
»Captain!«
»Ich möchte Ihnen nur noch sagen, dass es Ihrer Frau nicht gut geht. Ich komme gerade von ihr und ...«
»Setzen Sie sich doch!«, ruft er. »Und erzählen Sie mir, wann es meiner Frau jemals gut geht.«
»Heute Abend war sie jedenfalls in sehr schlechter Verfassung. Es wäre besser, wenn Sie nach Hause gingen.«
»Setzen Sie sich«, sagt er noch einmal und starrt verstört vor sich hin.

Aber Louise bleibt regungslos stehen. Martha leert ihr Glas und steht ebenfalls auf.
»Sie hat Recht«, sagt sie, »Sie müssen nach Hause, bevor sich Ihre Frau ...«
»Jetzt habe ich endlich mal Besuch von zwei jungen Damen, und dann fällt ihnen nichts Besseres ein, als mir die ganze Zeit wegen meiner Frau in den Ohren zu liegen.«
Louise zieht Martha am Arm zur Tür.
»Auf Wiedersehen«, sagt sie.
Eliot muss sich schwer ins Zeug legen, um auf die Beine zu kommen. Er stolpert ein paar Schritte nach vorn, um sich dann an einer Stuhllehne festzuhalten. Er starrt Martha eindringlich an.
»Möchten Sie nicht noch ein wenig bleiben?«, fragt er. »Wir könnten uns über die englische Dichtkunst unterhalten.«
Wieder macht er ein paar Schritte nach vorn, kommt aber ins Schwanken und lehnt sich mit einer Schulter an den Geschirrschrank.
»Wir wissen über das Jenseits Bescheid«, keucht er, »der Übergang von hier nach dort ist für uns ein Kinderspiel, wir können das Dunkle sehen. *The cat and the undertaker*, was für ein wunderbares Paar wir doch sind. Wir sehen uns auf den Friedhöfen der Welt, während der letzten ungewissen Stunden vor dem Morgen ... Wir tollen fröhlich um die Grabsteine herum, wir kennen keine Angst, da der Mond uns begleitet, der bittere Mond ...«
Er ist noch zwei Schritte von Martha entfernt und starrt sie an, während ihm die grüne Schminke vom Gesicht tropft. Er streckt ihr den linken Arm entgegen.
»Bleiben Sie doch noch ein wenig!«
»Tut mir Leid«, sagt Martha und dreht sich um. Sie kann es nicht länger ertragen. Dieses verzweifelte Gesicht. Den ver-

zerrten, violetten Mund. Den Blick in seinen Augen. »Wir müssen wirklich gehen.«
»Bitte …«
Er macht noch einen Schritt auf sie zu. Es gelingt ihm, er bleibt auf den Beinen, beim nächsten Schritt verliert er jedoch das Gleichgewicht. Er rudert zwar noch kurz mit den Armen, sackt dann aber in sich zusammen.
Louise öffnet die Tür und schiebt Martha hinaus auf den Korridor. Hinter sich hören sie Eliot noch rufen:
»Goodnight, Ladys, Ladys, Goodnight.«

Elf

»So ein Idiot«, sagt Louise, als sie wieder im Freien stehen.
»Er war einfach betrunken.«
»*Ich* kann jemanden, der sich und seine Frau willentlich zugrunde richtet, nicht ›einfach betrunken‹ finden«, sagt Louise vorwurfsvoll.
Martha bindet sich das Tuch fester um den Kopf. Es schneit. Obwohl es doch schon beinahe Frühling ist. Sie geht schnell. Die ganze Zeit steht ihr das grün geschminkte Gesicht vor Augen. Eine Totenmaske. Furchtbar. Wie er dort auf dem Boden lag. Ein erlegter Rothirsch, der sein Geweih noch ein letztes Mal gegen den Jäger richtet. Das weiche Maul bereits vom Tod gezeichnet. Ein zu Fall gebrachter Riese, erniedrigt und dennoch stolz. Ohnmacht, das war es. Zuschauen müssen, wie alles immer schlimmer wird, und nichts dagegen tun können. Dieses Gefühl kennt sie. Von ihrer Mutter her, die tagsüber im Bett geschlummert hatte und nachts im Haus schlafwandelnd herumgeirrt war. Von ihrem Gepolter aus dem Schlaf gerissen zu werden und aufzustehen, um sie wieder ins Bett zu bringen. Der traurige Wahnsinn in ihren Augen.
Eines Nachts war es ganz ruhig geblieben. Keine knarrenden Treppenstufen, keine Türen, die geöffnet und wieder geschlossen wurden. Kein Wasserhahn, der im Badezimmer aufgedreht wurde. Gegen Morgen spürte sie, wie sich eine seltsame Unruhe in ihr breit machte. Sie war ins Wohnzim-

mer gerannt, in dem Mutters Bett vor dem Fenster stand, und hatte sich über sie gebeugt. Halb offene Augen starrten an die Zimmerdecke. Augen ohne Licht.
Die Erinnerung setzt ihr zu. Das graue, leblose Gesicht ihrer Mutter wird von Eliots geschminkter Fratze überlagert. Sie geht schneller. Sie will nie mehr warten. Was in ihrem Leben auch geschehen mag – nie mehr warten. »Ist die Post schon da? Hast du auch richtig geschaut, Maartje?«
Sie muss sich beeilen, weitergehen, nicht mehr stehen bleiben. Eins, zwei, drei … Sie summt eine Melodie vor sich hin. Louise schaut sie erstaunt an.
»Pass auf, Martha, es ist glatt.«

Sie überqueren die Charing Cross Road bei einem kleinen Kino, vor dem eine lange Besucherschlange steht, die sich nur ganz langsam vorwärts schiebt. Auf die Mäntel und Hüte hat sich eine dünne Schneeschicht gelegt. Unvermittelt bleibt Martha stehen, mitten auf dem Bürgersteig, und starrt die Menschenschlange vor sich an. Der Schnee legt einen weißen Kranz auf den schwarzen Pelzkragen einer älteren Dame. Martha spürt, wie ihr Tränen in die Augen schießen. Sie nimmt sich nicht die Mühe, sie abzuwischen.
»Martha?«
Louise zupft sanft an ihrem Ärmel, aber sie rührt sich nicht.
»Warum hört das nie auf, Louise? Es ist schon so lange her, aber es hört einfach nicht auf.«
Louise legt ihr tröstend einen Arm um die Schulter.
»Wir sind vielleicht ein seltsames Paar«, seufzt Martha, »zwei Cousinen, zwei Waisen, vogelfrei. Niemand, der uns an die Hand nimmt, uns hierhin oder dorthin führt, kein einziger Richtpunkt, nichts. Nur die Vergangenheit, sie setzt uns nach wie vor zu.«

Sie deutet auf die Spuren, die an ihren Füßen enden. Louise hakt sich bei Martha unter und zieht sie mit sich mit. Vor dem Kino stehen noch ungefähr zehn Wartende. Die beiden möchten hinter ihnen vorbei, verhalten aber ihre Schritte, als ihnen ein Mann plötzlich wild mit den Armen zuwinkt.

»Stopp!«, schreit er. »Pass auf!«

Die ältere Dame mit dem schneebedeckten Pelzkragen legt ihre Arme um ihn, aber er reißt sich los und schreit weiter:

»Stopp! Bleib stehen!«

Martha sieht die Panik in den Augen des schreienden Mannes. Er lässt sich vornüber in den Schnee fallen und trommelt mit beiden Fäusten auf den Boden. Die Frau versucht ihn aufzurichten, aber er stößt sie jedes Mal weg. Mit dem Gesicht nach unten wälzt er sich über den weißen Boden.

»Schützengrabenneurose«, murmelt Louise in Marthas Ohr. »Komm, wir können doch nichts für ihn tun.«

Sie hört sie nicht, will zu dem Mann, denkt mit einem Mal, dass sie ihn versteht. Louise zieht sie jedoch an den Wartenden vorbei. Noch ein letztes Mal dreht sie sich um. Es ist der Frau gelungen, dem Mann wieder auf die Beine zu helfen. Jetzt humpeln die beiden mehr schlecht als recht zusammen davon.

—

In Marthas Zimmer leeren sie die Flasche Wein. Die Schneeflocken leuchten im Licht der Laternen gelb auf.

»Ich habe einen Brief von Eva bekommen«, sagt Martha. »Ihre Hochzeit hat doch nicht stattgefunden.«

»Da hat sie aber Glück gehabt.«

»Wieso?«

Louise wirft ihrer Cousine, die gedankenverloren aus dem Fenster schaut, einen schnellen Blick zu. Vor sich hinträumen, sich ganz ihren Tagträumen hingeben, das kann sie. Aber das bringt uns auch nicht weiter.

»Ich kann beim besten Willen nicht in Tränen ausbrechen, nur weil deine Freundin keinen Ring um den Finger hat. Wieso halten Frauen nur so hartnäckig an der Überzeugung fest, es wäre Ziel und Zweck ihres Lebens, zu heiraten? Es gibt keinen ungerechteren Vertrag als die Ehe. Dennoch wird er jedes Jahr von Zehntausenden Frauen freiwillig unterschrieben.«

»Eva will doch nur in Amsterdam bleiben. Sie will nicht nach Deutschland zurück. Sie schreibt, dass die Feindseligkeiten gegen Juden dort jeden Tag zunehmen; sie macht sich Sorgen um ihre Familie. Sie möchte sie gern in die Niederlande nachkommen lassen, sobald sie verheiratet ist. Das ist alles.«

»Eine Ehe ist niemals die Lösung.«

Martha schaut ihre Cousine nachdenklich an.

»Bist du noch immer in dieser Frauengruppe?«

»Natürlich. Wir hören erst auf, wenn alle Frauen Stimmrecht haben, die Universitäten auch für Frauen zugänglich sind, sie durch die Eheschließung nicht ihr Eigentum verlieren, es Kinderkrippen und Kindergeld für Arbeiterfrauen gibt und die Hälfte der Politiker im Parlament Frauen sind.«

»Dann habt ihr ja noch eine ganze Menge zu tun.«

»Jetzt, da die Torys an der Macht sind, müssen wir wieder von vorn anfangen. Sie haben gerade den jahrelang vorbereiteten Entwurf für ein allgemeines Wahlrecht für Frauen verworfen! Wenn man sich ihre Argumente anhört, weiß man nicht, ob man lachen oder weinen soll. Sie behaupten, junge Frauen könnten eventuell die gefährlichen kommunistischen Neigungen ihrer Freunde übernehmen. Oder das Frauenwahlrecht könnte die britische Vorherrschaft in

den Kolonien untergraben. Dabei würde die mohammedanische Kultur, in der die Frauen nicht nur keine Stimme, sondern dank des Schleiers auch kein Gesicht haben, wie Colonel Applin das vor kurzem noch neidisch formulierte, nie zulassen, dass die britische Vorherrschaft von Frauen ausgeübt wird. Das ist nämlich genau das Problem, verstehst du. Seit dem Krieg sind die Frauen gegenüber den Männern in der Überzahl. Ein allgemeines Wahlrecht bedeutet damit automatisch die politische Mehrheit für die Frauen. Davor haben die Torys Angst!«
Sie ist nicht zu bremsen, denkt Martha bei sich. Wahrscheinlich hat Louise Recht, sie selbst hingegen verspürt jedes Mal den Wunsch, wegzulaufen, sobald irgendetwas im Namen einer Gruppe verkündet wird. Natürlich hat sie sie schon einmal gehört, im Hyde Park, die Suffragetten. Aber sie ist weggelaufen. Für kein Geld der Welt schlösse sie sich Pankhursts Töchtern an, um mit ihnen zusammen die Fensterscheiben in den Häusern der Torys einzuwerfen.
»Es ist schon spät, ich muss gehen«, sagt Louise enttäuscht, als Martha beharrlich schweigt. Es ist einfach, denkt sie bei sich, das Ganze aus sicherer Entfernung zu beobachten und hier und da ein paar magere moralische Bedenken zu äußern; das kennt sie. Auch Vivien ist in dieser Beziehung eine wahre Meisterin. Jedes Mal schaut sie leicht pikiert weg, wenn Louise ihr klar zu machen versucht, was so alles im Argen liegt. Sie steht auf, murmelt einen undeutlichen Abschiedsgruß und geht nach unten. Martha trottet hinter ihr her und schließt hinter Louises gequältem Gesichtsausdruck die Tür. Hat sie vielleicht etwas Falsches gesagt?

Martha wirft sich in ihrem Bett hin und her. Ihr Vater ist schuld daran. Der ewige Solipsist. »Du musst selbst denken, Martha, und nie einen anderen für dich denken lassen, das ist gefährlich.« Und sie hat ihm natürlich geglaubt, wie sie überhaupt immer alles, was er sagte, kritiklos hingenommen hat. Ihr Vater, die intellektuelle Respektsperson, der schlaue Kopf der Familie. Bevor sie Gelegenheit zum Widerspruch hatte, war er schon zu den Schützengräben in Belgien aufgebrochen. Um nie mehr zurückzukehren. Seither wiederholt sie seine Wahrheiten.

Ob er am Ende etwas übersehen hat? Hat Louise etwa Recht? Wenn die Zeiten schlecht sind, müssen sich alle am Riemen reißen. Doch sie lässt sich so leicht von jedem einschüchtern, der lauter schreit als sie selbst.

Ihr Kopf ist so abscheulich klar. Dabei muss sie schon in vier Stunden den Laden wieder öffnen. Sie wirft die Bettdecke zurück und geht zum Fenster. Zunächst muss sie sich einen eigenen Platz erobern, dann erst kann sie Partei ergreifen. Sie schiebt die Vorhänge zur Seite und schaut die verlassen daliegende Straße hinauf und hinab. Eliots grünes Gesicht blitzt in der Dunkelheit auf. Was hat er gleich wieder gesagt? Dass sie in der Nacht sehen können?

Ach, was für ein Unsinn. Sie als Katze zu bezeichnen, nur weil sie grüne Augen hat. Sie fühlt sich vielmehr wie ein Pferd, das zu lange im Stall gestanden hat. Oder wie ein Fisch, der in einem schmalen Bach herumschwimmt und ständig hofft, die Strömung möge ihn in ein breiteres Flussbett mitnehmen. Sie muss die Trümmer beseitigen, ein paar Erinnerungen in den Ausverkauf geben. Allerdings sind ihre Erinnerungen die Füße, auf denen sie durch die Welt schreitet.

Zwölf

Zweimal bimmelt das Glöckchen am Gordon Square. Virginia stellt die Blumenvase auf den Esstisch und wirft einen nervösen Blick auf die Uhr. Tom, denkt sie, leider überpünktlich. Schnell rückt sie eine schräg stehende Rose gerade, bevor sie zur Tür geht. Sie mag es nicht, wenn Gäste pünktlich oder, noch schlimmer, ein paar Minuten zu früh kommen und sie mit klammen Händen, vollen Aschenbechern oder ungekämmten Haaren ertappen. Eine Viertelstunde Verspätung, das mag sie am liebsten.

Wie kann Vanessa nur so ruhig hinter ihrer Staffelei stehen bleiben? Sie muss das Glöckchen doch auch gehört haben und weiß ebenso gut wie sie selbst, dass Louie nicht öffnen kann, da sie mit Angelica zum Einkaufen gegangen ist. Sie zählt auf mich, sagt sie sich, sie verlässt sich ganz darauf, dass ich die Honneurs mache. Auch Duncan, der in seinem abgewetzten Morgenmantel auf dem Sofa sitzt und in einem Katalog blättert, macht keine Anstalten, den Gast zu begrüßen. Auch wenn der Besuch mehr für mich ist, denkt sie, so ist es doch ihr Haus. Tom hatte nachdrücklich darauf bestanden, sie heute Nachmittag noch zu sprechen. Warum, weiß sie nicht.

Als sie die Diele im Erdgeschoss erreicht, läutet das Telefon. Auch das noch. Tagelang ist es still, und dann strömt die ganze Welt zur gleichen Zeit herein. Schnell öffnet sie die Tür, bittet Tom einzutreten und deutet mit einer entschul-

digenden Geste auf den Telefonapparat auf dem Schränkchen. Er nickt verstehend und zieht den Mantel aus. Als sie den Hörer abnimmt, sieht sie, wie er zögert; er weiß nicht, ob er weitergehen oder auf sie warten soll. Sie bedeutet ihm mit einem kurzen Nicken, er solle ruhig weitergehen, aber er nimmt ihre Kopfbewegung nicht wahr.
»Hallo?«, ruft sie in den Hörer.
»Wer ist da? Das Middlesex Hospital?«
Tom dreht sich überrascht zu ihr um. Das Krankenhaus? Hat Vivien etwa wieder einen ihrer Zustände?
»Wir kommen sofort, ja, wir sind gleich da.«
Virginia legt den Hörer zurück auf die Gabel.
»Schrecklich. Wir müssen sofort los. Angelica hatte einen Unfall. Sie liegt im Middlesex Hospital.«
Es dauert einen Augenblick, bis Tom vor seinem geistigen Auge nicht mehr seine Frau, sondern Vanessas Tochter in einem Krankenhausbett liegen sieht.
»Ist es etwas Ernstes?«, fragt er.
»Offenbar«, murmelt Virginia verstört. »Oh mein Gott. Wie soll ich das Vanessa sagen?«
Widerwillig gehen sie die Treppe hinauf nach oben.

»Ah, Tom, da bist du ja«, sagt Vanessa und wischt sich die Hände an einem weißen Tuch ab.
»Komm herein. Setz dich.«
Virginia und Tom bleiben unschlüssig mitten im Raum stehen.
»Vanessa?«, sagt Virginia sanft. »Ich muss dir etwas sagen.«
»Was ist denn, Ginnie? Du bist ja ganz blass, was ist denn los?«
Virginia legt eine Hand vor ihren Mund. Noch eine Sekunde, denkt sie, gib mir noch eine Sekunde, um meine Schwester anzuschauen, so wie sie in diesem Augenblick

ist, so strahlend, so voller Vertrauen. Vielleicht sehe ich sie so zum letzten Mal – die Ruhe und Liebe in Person, der gefasste und sichere Mittelpunkt unseres Lebens.
Auch Duncan hat sich mittlerweile erhoben.
»Virginia?«, fragt er sanft, »wer war das gerade am Telefon?«
Tom dreht sich in seinen Schuhen hin und her. Warum sagt sie es nicht einfach? Worauf wartet sie noch? Er räuspert sich. Virginia dreht sich kurz zu ihm um.
»Nessa, Liebling«, sagt sie dann, »der Anruf gerade eben kam aus dem Middlesex Hospital.«
»Wieso? Was ist denn los?«
Virginia geht auf ihre Schwester zu und legt ihr einen Arm um die Schulter.
»Angelica ist etwas zugestoßen. Der Arzt sagt, es wäre besser, wenn wir sofort zu ihr fahren.«
Vanessa schaut sie ausdruckslos an, als hätte sie sie nicht richtig verstanden. Es dauert nicht lange, höchstens ein paar Sekunden, dann dringt ihr das Gehörte ins Bewusstsein. Ihr Gesicht verkrampft sich.
»Angelica?«, ruft sie aus. »Was ist mit ihr? Was ist ihr zugestoßen?«
»Sie ist von einem Auto angefahren worden, Louie auch.«
Vanessa reißt sich aus Virginias Armen los und geht, den Kopf vor- und zurückwerfend, im Raum auf und ab. »Angelica!«, ruft sie dabei immer wieder. Virginia läuft hinter ihr her und versucht sie zu beruhigen. Tom und Duncan schauen den beiden Frauen verstört zu. Was tun? Ein Taxi rufen, sagt Tom sich.

—

Zu dritt sitzen sie nebeneinander auf dem Rücksitz des Taxis. Virginia hält Nessas Hand in der ihren. Niemand spricht ein Wort. Sie fürchten das Schlimmste. Weil jedes

Mal das Schlimmste eingetroffen ist. Das Schicksal hat sich noch nie mit weniger zufrieden gegeben. Erst ihre Mutter, dann ihr Vater, anschließend Stella und zuletzt Thoby. Jedes Mal das Schlimmste. Das Taxi kriecht durch den lebhaften Verkehr in der Oxford Street. Virginia spürt, wie sie sich allmählich versteift. Ihre Knochen fühlen sich an wie Bretter, über denen ihre Haut in trockenen Falten hängt. Sie starrt durch das kleine Fenster hinaus und sieht den Turm des Post Office, die weißen Flocken, die über der Turmspitze tanzen und sich vor dem strahlenden Blau des Himmels gegenseitig in die Höhe treiben. Es ist ein herrlicher, klarer Frühjahrstag. Lass es nicht wahr sein, denkt sie bei sich.

Das Taxi hält vor dem Middlesex Hospital. Duncan zahlt, und sie steigen aus. Vanessa geht zwischen ihnen, aschfahl im Gesicht. Ergeben melden sie sich beim Empfang in der Halle. Virginia erklärt, weswegen sie hier sind. Die junge Krankenschwester nickt und sucht die Zimmernummer im Patientenbuch. Da kommt Louie auf einmal, einen Fuß verbunden, hinkend auf sie zu. Sie ist kaum zu verstehen.

»Hierhin«, schluchzt sie und deutet in Richtung des linken Pavillons. »Es war ein Taxi, ein Taxi auf dem Bürgersteig. Aus der Kurve getragen. Nicht gesehen. Wirklich nicht.«

»Schon in Ordnung, Louie«, sagt Virginia tröstend. Schweigend folgen sie der Krankenschwester durch die weißen Krankenhausgänge. Das kann doch nicht wahr sein, denkt Virginia bei sich. Wir gehen hier nicht zu dritt hinter einer Krankenschwester her, während von draußen die Sonne durch die hohen Fenster des Pavillons hereinscheint. Es ist ein Irrtum. Es darf nicht wahr sein. Wenn es wahr wäre, trüge es sich anders zu. Nicht so leicht, so beiläufig, so unwesentlich.

Die Krankenschwester öffnet eine Tür auf der linken Seite

und legt einen Finger auf die Lippen. »Nicht sprechen«, flüstert sie.

Hinter einem weißen Wandschirm liegt Angelica, ganz ruhig, das Gesicht abgewandt. Erstaunt mustert Virginia den reglosen Körper ihrer Nichte. Ihre dünnen, verletzlichen Mädchenarme liegen wie gefrorene Zweige auf der glatten, weißen Bettdecke. Vanessas Hände, die mit grünen und blauen Farbflecken übersät sind, liegen direkt daneben. Der Gesichtsausdruck ihrer Schwester verrät nichts von dem Sturm, der in ihr wütet. Duncan schaut Angelica aus seinen braunen, tränenüberströmten Augen an. Sein einziges Kind. Er sieht noch kleiner, noch unbedeutender aus als sonst. Woran mag er denken? Dass Angelica sterben könnte, bevor sie erfährt, dass er ihr Vater ist?

»Sie ist nicht tot«, flüstert Duncan auf einmal. »Schau, sie bewegt ihren Arm!«
Virginia betrachtet Angelicas Arme, kann aber nichts erkennen.
»Hast du es auch gesehen?«, fragt sie ihre Schwester.
Vanessa nickt.
»Ja, den linken Arm, ganz kurz.«
Ein junger Arzt betritt mit ernster Miene den Raum. »Das Taxi ist quer über sie hinweggefahren«, sagt er flüsternd. »Der Chirurg ist unterwegs. Sie muss so schnell wie möglich operiert werden. Ich möchte keine falschen Hoffnungen wecken. Ihr Magen ist schwer geschädigt. Die inneren Blutungen lassen sich kaum stillen. Sie müssen sich auf das Schlimmste gefasst machen.«
»Aber sie hat sich doch bewegt«, sagt Vanessa nach einem kurzen Moment der Stille. »Wir haben es gerade gesehen, sie hat den linken Arm bewegt.«

Vanessa wirft ihrer Schwester einen flehenden Blick zu, und diese nickt, obwohl sie nichts gesehen hat. Virginia schaut den Arzt nochmals beschwörend an, wie um auch ihn zu überzeugen, doch es hilft nichts. Sie sieht den betretenen Blick in seinen Augen. Sie hat etwas falsch gemacht. Sie muss überzeugender nicken.

»Alles wird gut, Nessa«, flüstert sie, »alles wird gut.«

Der Arzt verlässt den Raum, um nachzuschauen, ob der Chirurg inzwischen eingetroffen ist. Sie sind wieder allein und starren Angelica unter der weißen Bettdecke an. Ihre langen, blonden Haare liegen fächerförmig auf dem Kissen. Ihr Gesicht ist eine Oase der Ruhe. Virginia schaut und schaut. Sie weiß nicht, was sie glauben soll. Es geschieht, sagt sie sich. Der Tod streckt schon wieder seine Krallen nach uns aus. Aber spüren tut sie es nicht. Sie kann es nicht begreifen, nur konstatieren: Meine Nichte, mein Augenstern, verlässt uns. Ihre Jugend verlässt uns. Unser Leben verlässt uns.

»Virginia«, fragt Vanessa, »würdest du bitte Clive holen?«

—

Als sie gut eine Stunde später mit ihrem Schwager wieder das Krankenzimmer betritt, sitzt Vanessa lächelnd neben ihrer Tochter am Bett. »Es war ein Irrtum«, flüstert sie, »eine Fehldiagnose. Der Chirurg sagt, sie hat nur eine leichte Gehirnerschütterung.« Virginia fällt ihrer Schwester um den Hals. Ihre Freude wird von einer enormen Trauer überlagert.

»Thank God«, sagt sie weinend.

Vanessa streicht sanft über die Haare ihrer Tochter. Virginia schaut der mit Farbflecken übersäten Hand zu, die immer wieder in den dunkelblonden Locken ihrer Nichte wühlt. Sie selbst wird so etwas niemals tun können. Ein schneller Kuss, ein neckischer Stoß, mehr ist für sie nicht drin.

Dreizehn

Es ist warm für Anfang April. Martha lässt ihren alten Wintermantel offen, zieht die Ladentür hinter sich ins Schloss und überquert die Straße. Sie schlüpft zwischen den Taxis und den Doppeldeckerbussen hindurch und kann gerade noch einer hellbraunen Limousine ausweichen, die hinter einem Bus hervorschießt. Beiläufig nimmt sie die seltsame Zeichnung eines Baums auf der Fahrertür und das mysteriöse, mit einem grauen Vorhang verhängte Fenster wahr. Sie geht weiter. Der Brief an Eva muss bis spätestens sechs Uhr auf dem Postamt sein.

Vor ein paar Tagen hat Prior sie angerufen. Er habe noch immer nichts gefunden. Dafür bedrängte er sie mit Fragen über das Verhältnis zwischen ihrem Vater und Russell. Seinen Worten zufolge sei es Russell gewesen, der den Kongress organisiert hatte, bei dem ihr Vater aufgegriffen worden war. Er wollte wissen, ob sie vielleicht den Briefwechsel zwischen den beiden aufbewahrt habe. Oder ob diese Briefe etwa auch spurlos verschwunden seien? Sie hatte ihm kühl zur Antwort gegeben, dass die Briefe höchstwahrscheinlich bei den anderen Besitztümern ihres Vaters in einem Tresor in Amsterdam lägen, dass sie aber nicht verstehe, was sie mit dem Verschwinden seiner Akte zu tun hätten. Prior hatte noch einmal die Bedeutung dieser Briefe unterstrichen. Jetzt will sie erst einmal selbst wissen, was darin steht. Eva kann sie vertrauen. Martha wird sie bitten, für sie nachzuschauen.

Sie geht schnell weiter, biegt in die erste Querstraße links ab, wirft einen schnellen Blick auf die neuen Restaurants, die in der Shaftesbury Avenue ihre Pforten geöffnet haben, und sieht in einiger Entfernung den Piccadilly Circus. Sie kommt an der Regent Street vorbei, wo sie sich kurz überlegt, ob sie bei Liberty einen Seidenschal für Eva kaufen soll – nein, das ist nichts für sie, so etwas Vornehmes –, und bleibt dann an der Ecke zur Old Bond Street stehen. Das warme Frühlingswetter hat einige Fahrgäste dazu verführt, auf dem Oberdeck der Omnibusse Platz zu nehmen. Hier und da ragt ein gelber oder grüner Sonnenschirm in die Höhe. Als Martha das Postamt erreicht hat und den Brief einwerfen will, hört sie hinter sich einen Tumult.
Aus der St. James Street kommen berittene Polizisten. Einige Fußgänger bleiben neugierig am Straßenrand stehen. Taxis hupen. Hinter den Polizisten tauchen in einem langen Zug unzählige Frauen auf, die in skandierten Losungen das Wahlrecht fordern. Manche von ihnen tragen schwarze Masken vor dem Gesicht. Andere haben sich weiße Sandwichplakate umgehängt. Die Frauen biegen nach links in Richtung Hyde Park ab. Sie winken den Zuschauern zu, aber kaum einer winkt zurück. Auf den weißen Plakaten und den Transparenten steht: *Vote For All Women.*
Es sind ältere Frauen darunter mit schwarzen Hüten auf dem Kopf und junge Frauen mit weiten, unförmigen Kleidern und kurzen, rund geschnittenen Frisuren. Auf beiden Seiten der Prozession marschieren Polizisten mit. Sie starren unter ihren hohen, runden Helmen mürrisch vor sich hin. Einige ältere Frauen haben einen Spazierstock in der Hand. Eine von ihnen droht damit ein paar Männern, die am Straßenrand stehen und sich das Ganze anschauen. Als einer von ihnen vor Schreck zusammenzuckt, ertönt lautes Lachen. Dann erblickt Martha inmitten der Menge einen

abgetragenen, dunkelgrünen Trenchcoat. In ganz London gibt es nur eine einzige Frau mit solch einem Mantel. Früher hat er einmal dem Jagdaufseher von Rodmell gehört. Louise marschiert untergehakt mit zwei anderen Frauen. *»Vooooote for all women!«,* ruft sie laut. Martha duckt sich im letzten Augenblick. Wieder hört sie den Schlachtruf, der die ganze Prozession durchläuft: *»Vooooote.«* Ein Jahr vor ihrer Abreise war es in Amsterdam ähnlich zugegangen. Sie erinnert sich an die Menschenmassen auf der Straße und an die großen schwarzen Transparente: »Das Elend des Krieges«. Und an die Plakate mit einem Totenschädel, der eine Marinemütze trägt. »Demonstriert gegen das Flottengesetz«. An dasselbe Grölen von Frauen mit schwarzen Schals und schwarzen Mänteln: »Keine grööößere Flooootte«. Sie spürt, wie es ihr kalt über den Rücken läuft, dreht sich um und verschwindet schnell in die Old Bond Street.
Die Rufe werden bald vom Brummen der Taximotoren übertönt. Die einkaufslustigen Passanten scheinen aus einem anderen Jahrhundert zu stammen als die Frauen, die sie gerade eben gesehen hat. Teure Kleider, ungerührte Mienen, unzählige Sonnenschirme. Warum ist sie weggelaufen? Sie hätte mitmachen können. Dazugehören können. Louise wenigstens grüßen können. Ab und zu wirft sie einen schnellen Blick in ein Schaufenster. Juweliere, Modegeschäfte, Hutläden. Mein Gott, diese Louise. Wie fröhlich sie da mitmarschiert ist. Diese Begeisterung. Die hätte sie ihr gar nicht zugetraut.
Sie bleibt bei Hatchfords stehen und betrachtet die Auslage. Ein illustriertes Buch über die Jagd, Lady Asquiths Memoiren, ein Reisebericht über eine Expedition durch Nigeria, ein Hemingway und gleich zwei neue Bücher von Bertha Rucks. Was für ein Sammelsurium, nein, so etwas will sie nicht. Alle Koch- und Gartenbücher hat sie

trotz der Einwände von Mrs. Silberberg hinausgeworfen. Der Laden soll ein eigenes Profil bekommen. Also viele Gedichtbände, auch von ausländischen Autoren. Sie hat gleich drei Exemplare der englischen Übertragung der Gedichte von Leopold eingekauft. Den Laden hat sie auch besser aufgeteilt, sodass mehr Platz ist und sie neben den Bücherregalen noch zwei zusätzliche Tische mit flach ausgelegten Büchern aufstellen kann. Dann kann man viel leichter suchen.

Sie geht weiter und kommt am Schaufenster eines Juweliers, in dem lange Perlenketten auf roten Samtpolstern drapiert sind, an einem Blumenladen, an Atkinsons Parfümerie und an einem weiteren Juwelier vorbei. Wonach sucht sie eigentlich? Nach einer neuen Sommerjacke? Die wird sie hier bestimmt nicht finden. Sie bleibt vor einem kleinen Antiquitätenladen stehen und schaut hinein.

Der Laden ist voll gestopft mit Geschirr, Lampenschirmen, kleineren Möbelstücken und Gemälden. Auf einem niedrigen Holzbüfett steht zwischen einer Pendeluhr und einem Kerzenständer eine Holzschatulle, eine rote chinesische Lackarbeit, in deren Deckel schwarze Ornamente eingelassen sind. Wozu sie wohl dienen mag? Zum Aufbewahren von Schriftstücken womöglich? Oder ist es eine Tabakdose? Sie hat keine Ahnung. Was soll sie denn auch mit so etwas? Über ihre eigene Unschlüssigkeit verärgert, dreht sie sich abrupt um und prallt mit einer Dame zusammen, die prompt eine Papiertüte fallen lässt. Martha hebt sie auf und sieht, dass es sich um Arzneimittel handelt, von Allen & Hanbury, Louises Apotheke. Sie murmelt schnell ein paar Entschuldigungen und reicht ihr die Tüte.

»Tut mir Leid. Ich habe nicht aufgepasst.«

Die kleine, elegant gekleidete Frau, die einen knöchellangen, hellgrünen Rock und einen großen Hut mit einem

Schleier aus grünem Voile auf ihren dunklen Haaren trägt, schaut sie herablassend an.
»Das merkt man.«
Martha mustert sie nachdenklich. Ist das nicht Vivien Eliot?
»Tut mir Leid. Sind Sie nicht Mrs. Eliot? Ich bin Louise Purdons Cousine.«
»Sie irren sich«, sagt die Dame. »Mrs. Eliot ist eine Frau, die mir das Leben unheimlich schwer macht. Es wäre mir lieb, wenn ich von ihr erlöst würde, aber ich werde ständig mit ihr verwechselt. Sogar die erstbeste Fußgängerin, die mich über den Haufen rennt, nimmt ihren Namen in den Mund. Haben Sie nichts Besseres zu tun?«
»Verzeihen Sie vielmals«, antwortet Martha erstaunt. »Haben Sie sich wehgetan?«
»Ich habe immer Schmerzen, junge Frau. Daran ändert auch Ihre Tollpatschigkeit kaum etwas. Und von wem habe ich die Ehre, umgerannt zu werden?«
»Martha Thompson. Ich war der Meinung, wir seien uns schon einmal in Mrs. Silberbergs Buchhandlung begegnet.«
Vivien beugt sich leicht zu ihr vor und flüstert verschwörerisch: »Wissen Sie, dass diese Frau die Bücher meines Mannes unter der Ladentheke versteckt? Als ob es sich um irgendwelche Schundhefte handelte.«
»Unter der Ladentheke? Aber nein. Da irren Sie sich.«
»Und dass sie sich ebenfalls weigert, unsere Zeitschrift so auszulegen, dass sie gleich jeder sieht? Sie lässt sie einfach in einem Karton in der Küche stehen! Ich bitte Sie, wie sollen die Leute sie dann kaufen?«
Vivien schaut sie triumphierend an. Da erinnert Martha sich an den Tag, als Vivien mit einem Karton voller Zeitschriften unter dem Arm in den Laden gekommen war. Mrs. Silber-

berg hatte damals mit ihr gesprochen. Aus Platzmangel hatte sie den Karton vorübergehend in den Gang gestellt.

Vivien lässt den Blick über Marthas alten Wintermantel gleiten. Ein herablassendes Lächeln umspielt ihre Lippen. »Bringen Sie Ihren Kunden die Bücher immer nach Hause?«, fragt sie kühl. »Ich kann mich nicht erinnern, dass Mrs. Silberberg früher diesen Service angeboten hätte.«

Wieder muss sich Martha geschlagen geben. Hat Eliot Vivien erzählt, dass sie bei ihm gewesen ist? Das hätte sie nicht erwartet.

»Sagen Sie jetzt bloß nicht, dass Sie ein Trinkgeld erwartet hätten. Mein Mann ist furchtbar knauserig. Wie es sich für einen guten Bankkaufmann geziemt, hockt er auf seinem Geld. Wenn ich Sie wäre, sparte ich mir in Zukunft diese Mühe.«

»Wenn ich doch nichts für Sie tun kann«, erwidert Martha ruhig, »gehe ich jetzt weiter. Noch einen schönen Tag, Mrs. Eliot.«

»Gehen Sie! Gehen Sie ruhig. Tun Sie so, als ob es mich nicht gäbe! Das tun alle. Es ist sozusagen zu einem guten Brauch geworden, so zu tun, als ob es mich nicht gäbe. Ich selbst gehe mit gutem Beispiel voran. Mrs. Eliot führt mein Leben. Mit ausnehmend geringem Erfolg übrigens.«

Vierzehn

Tom fischt Woolfs Brief aus dem Briefkasten, geht hinaus und wird draußen von der Sonne überrascht. Er beschließt, kein Taxi zu nehmen und gemütlich zum Russell Square zu schlendern. Er hat Zeit genug. Außerdem kann er nun seine Gedanken über George Fabers Angebot ordnen. Eine Stelle als Redakteur in einem Verlag ist natürlich besser, als sich den ganzen Tag mit den finanziellen Angelegenheiten fremder Leute herumzuschlagen; trotzdem hat er so seine Bedenken. Ihn stört beispielsweise, dass Faber & Gwyer darauf besteht, auch seine eigenen Bücher herauszugeben. Dann müsste er die Hogarth Press verlassen. Das wird Virginia nicht gefallen. Die Woolfs sind mit seinem ersten Gedichtband ein gewisses Risiko eingegangen und werden es bestimmt nicht zu schätzen wissen, wenn er jetzt, da die Geschäfte allmählich etwas besser laufen, den Verlag wechselt. Außerdem weiß er nicht, ob er überhaupt Lust hat, die Arbeiten anderer zu beurteilen. Wird man davon nicht ganz pedantisch? Ihm graut bei dem Gedanken an weitere Konflikte. In diesem Fach ist es ohnehin schwierig genug, Freunde zu gewinnen und als Freunde zu behalten.

In der Tottenham Court Road kauft er eine Zeitung bei einem Zeitungsverkäufer, der, auch als er ihm das Geld gibt, nicht aufhört zu schreien: »Mord in Chicago!« Es sind viele Leute unterwegs. Immer wieder muss er einkaufslustigen Damen ausweichen, die fünf, sechs Tüten und Taschen am

Arm hängen haben. Sogar auf dem Bürgersteig werden Sachen zum Kauf angeboten. Karren mit Blumen, Fisch und Gemüse. Ein Junge hält sogar Schildkröten feil. Tom schaut auf seine Armbanduhr. In einer Dreiviertelstunde erwartet man ihn bei Faber. Wenn sie ihm ein vernünftiges Gehalt bieten, wird er zusagen. Bei der Lloyds Bank hält er es nicht mehr aus, und auch die Situation mit Vivien wird allmählich unerträglich. Sie leidet jetzt auch schon an Wahnvorstellungen, denkt, dass er sie mit anderen Frauen betrügt. Es wird höchste Zeit, dass sie wieder für ein paar Monate in ein Sanatorium geht, damit er endlich ein wenig Ruhe hat. Aber das kostet Geld, viel Geld.

Und folglich muss etwas geschehen. Er tastet mit der Hand in die Innentasche seines Mantels, wie um sich zu vergewissern, dass der Brief noch da ist. Es interessiert ihn, was Woolf ihm zu sagen hat. Vor einer Woche hat Tom ihn wegen Vivien um Rat gefragt. Leonard und er sitzen schließlich im selben Boot; und Virginias Mann verfügt über viel Erfahrung mit Ärzten und Arzneimitteln.

Hinter dem Senat biegt er in den Park, setzt sich auf eine Bank gegenüber dem Teich und zieht den Brief aus der Manteltasche. Aufmerksam mustert er die feste, gleichmäßige Handschrift. »Wenn du dir wirklich sicher bist, dass ein Nervenleiden die Ursache von Viviens Krankheit ist, würde ich ihr in der Tat von jeder Schreibarbeit entschieden abraten. Schreiben kann sehr gefährlich sein. Es versetzt Frauen in einen Erregungszustand, der für ihre Gesundheit fatal sein kann. Ihre ohnehin schwache Konstitution kann die Anspannung und den Druck des Schreibens kaum ertragen. Mit Virginia ist es nicht anders. Immer wenn sie einen Nervenzusammenbruch hat, verbiete ich ihr jede kreative Tätigkeit. Ich verordne ihr völlige Ruhe, lasse sie lediglich Spaziergänge an der frischen

Luft machen und bestehe darauf, dass sie genug isst und jeden Morgen ein Glas Milch trinkt. Wenn es ihr nach ein paar Wochen wieder etwas besser geht, darf sie morgens höchstens eine Viertelstunde schreiben oder lesen. Erst wenn das keine Probleme mehr macht, steigern wir das Tempo allmählich. Auch für Vivien erscheint mir dies die einzig richtige Behandlung.«

Tom steckt den Brief wieder ein. Woolf hat leicht reden. Virginia lässt sich offenbar von ihrem Mann Vorschriften machen. Bei Vivien wird ihm das nicht gelingen. Aber er wird ihr gegenüber nicht mehr nachgiebig sein. Wie Woolf wird auch er darauf achten, dass sie vorläufig nicht mehr schreibt. Zuerst waren es nur Briefe, dann hin und wieder kurze Artikel für *The Criterion*, und jetzt will sie gleich die ganze Zeitschrift mit Kurzgeschichten und Buchrezensionen füllen. Das geht nicht. Er wird sie mit Woolfs Brief überzeugen. Ein langer Zeitraum völliger Ruhe. Das ist das Beste. Am liebsten irgendwo außerhalb Londons.

Er schlägt die Zeitung auf. »Mord mit Typhusbazillen in Chicago« steht fett gedruckt auf der ersten Seite. Morde haben ihn schon immer sehr interessiert, und der hier verdient ganz besondere Aufmerksamkeit. Der amerikanische Anwalt William D. Shepherd wird in Chicago des Mordes an seinem schwerreichen Stiefsohn bezichtigt. Die Typhusbazillen, die er für ein Zehntel des Millionenerbes von dem Bakteriologen Dr. Faiman erstanden haben soll, habe er seinem Stiefsohn injiziert, worauf der junge Mann sechs Wochen später gestorben sei. In der Zeitung ist von großer moralischer Entrüstung in Amerika die Rede; der Handel mit Krankheitserregern habe, wie es heißt, »solche Ausmaße angenommen, dass praktisch jeder derart gefährliche Bakterienkulturen in seinen Besitz bringen kann«.

Ihm wird ganz warm in der prallen Frühlingssonne. Er

rutscht an den Rand der Bank, der gerade noch im Schatten der Bäume liegt, zieht ein Taschentuch hervor und wischt sich den Schweiß von der Stirn. So einfach ist das also. Eine Spritze reicht. Aber teuer ist es schon: mehrere zehntausend Dollar für ein paar Bazillen. Das müsste sich doch billiger machen lassen. Er nimmt die Zeitung wieder zur Hand und betrachtet eingehend die Fotos. Der des Mordes Verdächtige ist ein gepflegter, ein wenig fülliger Mittfünfziger, grauer Hut, tadelloser Anzug.
»Shepherd befindet sich momentan in einem Zustand der Hysterie«, liest er. »Er verweigert die Nahrungsaufnahme und hat den Wärtern mitgeteilt, es sei ihm nicht möglich, ruhig zu schlafen.« Der Bakteriologe hingegen ist ein mickriges Männlein mit einem dünnen, schwarzen Oberlippenbart und dem Ansatz einer Glatze. »Erst nach einem stundenlangen Verhör durch Richter Olson hat Dr. Faiman seine widerwärtige Transaktion zugegeben.« Es wird nach der Todesstrafe verlangt. Für beide. »Wenn der Volkswille in dieser Frage entscheiden könnte, lautete das Urteil unerbittlich: Auge um Auge, Zahn um Zahn! Doch der elektrische Stuhl tut es auch …«

Er schaut auf seine Armbanduhr: beinahe vier Uhr. Er muss gehen. Er wirft die Zeitung in einen Papierkorb und begibt sich zum westlichen Ausgang des Parks, wo sich das Bürogebaude von Faber & Gwyer befindet. Noch immer ist ihm beklemmend warm. Er öffnet den obersten Knopf seines Hemdes und schlendert zu der grünen Umzäunung. Schweißtropfen perlen unter seinem grauen Filzhut hervor. *Jeder Mann muss das, braucht das, will das, einmal im Leben ein Mädchen kaltmachen.* Eine Spritze, das reicht schon. In seinem Kopf dreht sich alles. Ein Schauder läuft ihm den Rücken hinunter. Eine einzige Spritze. Und dann?

Freiheit, Ruhe, Leere. Er lehnt sich an einen Baum, schließt die Augen und holt tief Luft.
Zeit und noch mal Zeit – und keine Veränderung. Eine Jahreszeit nach der anderen, während er sich durch dichte Rauchschwaden fortbewegt, ohne Richtung, ohne Ziel, in den unbestimmten Übergängen zwischen Dämmerung und Nacht umherirrend. Kein Frühling. Kein Licht. Weder sieht er die Bäume im Park, die ihre grellgrünen Knospen der Sonne darbieten, noch hört er die kreischenden Vögel, die um ihn herumflattern. Er ist taub und blind geworden. Unmittelbar neben der Umzäunung spürt er, wie er beinahe umkippt, als träte ihm jemand von hinten in die Kniekehlen. Er hält sich an einem Laternenpfahl fest und legt das erhitzte Gesicht an das kühle Metall. Auf der gegenüberliegenden Straßenseite steht das hohe, graue Gebäude von Faber & Gwyer. Liegt dort die Lösung seines Problems? Er flucht kaum vernehmbar. Warum hat er es so weit kommen lassen? Stets hat er geglaubt, er könnte allem entfliehen, wenn er nur beharrlich schweigt, wenn er nur kühle Distanz an den Tag legt, wenn jeder von ihnen beiden nur seinen eigenen Weg geht. Aber es hat nichts genutzt. Von allen Seiten schlägt ihm Kritik und Schuld und Einsamkeit entgegen. Er hat abgewartet und zugeschaut, so wie ein Seemann entmutigt zuschaut, wie der Sturm die Segel zerfetzt.
Er hat immer gedacht, das Leben wäre einfach, wenn man nur hart genug arbeitet. Wenn man nur genug Distanz wahrt. Wenn man nur den Mund hält. Aber er hat sich geirrt. Er wollte aus dem einen Leben in das andere fliehen, muss aber jetzt einräumen, dass es nur dieses eine Leben gibt. Und dieses Leben ist die Hölle, ein Gefängnis. Alle anderen Türen sind vor seinen Augen zugeschlagen worden – wie diese rostige Parkpforte.

Noch immer fixiert er das imposante Verlagsgebäude, als könnten die an einigen Stellen rußschwarzen Steine ihm sagen, was er zu tun hat. Doch was macht es schon aus, welche Entscheidung er trifft? Diese Stelle oder eine andere, überall herrscht doch nur die gleiche Aussichtslosigkeit. Nein, er wird nicht dort hingehen. Er ist jetzt nicht in der Lage, ein Gespräch zu führen, geschweige denn, sein Gehalt auszuhandeln. Mit dem Taschentuch wischt er sich den Schweiß aus dem Gesicht, aus dem Nacken. Nein, danke, er …

»Thomas!« Die heisere Stimme seiner Mutter im Ohr. Er stöhnt auf und starrt verwirrt in den vor ihm liegenden Park. Nie mehr Rührung. Nie mehr Farbe. Nur noch Schuld, flackernd in seinen Augenwinkeln.

»Thomas!«

»Schon gut«, murmelt er, »ich geh ja schon.« Er versucht sich zu konzentrieren. Füße gerade in den Sand. Rücken gegen den Laternenpfahl. Sich langsam vorwärts schieben. Die Glocken von Saint George schlagen vier Uhr. Wenn die Welt ihn zur Ordnung ruft, dann lässt er sich in die Pflicht nehmen. Er schließt den obersten Hemdenknopf wieder, zieht die Anzugjacke gerade und überquert die Straße. Ihr könnt mich haben, denkt er, ein grimmiges Lächeln auf den Lippen, solange ihr mich ordentlich bezahlt.

Fünfzehn

»Diese Schmutzfinken! Was für eine Sauerei! Es ist eine Schande, was die sich alles erlauben. Da ist es ja im Londoner Zoo noch sauberer. Sich kurz die Schuhe abzutreten kostet wohl zu viel Mühe. Sitzen den lieben langen Tag auf ihren faulen Hintern, rauchen, spielen sich auf und stellen teure Rechnungen aus, aber sich die Schuhe abtreten – das ist wohl zu viel verlangt!«

Martha bleibt mitten auf der Treppe stehen. Die Frau im Souterrain hatte sie in den zweiten Stock geschickt. Doch wer schreit da nun im ersten Stock so laut?

»Die glauben wohl, die könnten mit einem für die paar Shilling alles machen. Jetzt ist Schluss, die sollen sich eine andere suchen. Ich bin doch nicht auf den Kopf gefallen. Ich werd denen Bescheid sagen, ich werd es ihnen einfach direkt ins Gesicht sagen: Mir reicht 's, hören Sie, ich habe die Schnauze voll! Die Yankees haben die Sklaverei abgeschafft, aber hier wird man noch schlechter behandelt als ein Neger. Ein Nichts ist man in ihren Augen, 'ne Null, alles muss man sich von denen gefallen lassen. Aber jetzt habe ich den Kanal gestrichen voll. Die werden sich vor Angst in die Hosen scheißen, wenn ich denen die Meinung geige.«

Eine dicke Frau in einer weißen Schürze biegt um die Ecke, eine Fußmatte in der einen, einen Teppichklopfer in der anderen Hand. Sie wirft die Fußmatte über das Treppengeländer.

»Der ist für Sie, Mr. Prick«, sie holt weit aus, »und der für Ihren bleichgesichtigen Sohn, mein Gott, was für ein Schlappschwanz, was für ein Schleimscheißer«, und sie schlägt mit voller Kraft drauflos. »Euch müsste man mal Respekt vor Menschen wie uns beibringen, damit ihr künftig draußen den Dreck von den Schuhen abstreift, während ich mich hier wie eine Bekloppte abschinde, bis mir die Arme abfallen. Wer hat euch eigentlich erzogen? Wahrscheinlich niemand, dann werde ich das jetzt übernehmen. Für jeden dreckigen Schuh einen Hieb. Hier. Und hier.«
Martha duckt sich hinter das Treppengeländer und betet, dass sie der Frau nicht ins Visier gerät. Die dicke Mappe mit den Druckfahnen hält sie hinter dem Rücken versteckt. Gleich zweimal hat sie alles korrigiert. Mit Wörterbüchern neben sich. Ihren ersten Auftrag für die Hogarth Press wollte sie fehlerfrei abliefern.
»So ist es besser. Das erleichtert, nicht wahr? Ziehen Sie die Hose ruhig wieder in die Höhe, Mr. Prick, es reicht für heute. Doch wehe Ihnen, wenn ich Sie morgen wieder mit schmutzigen Schuhen erwische. Dann werde ich nicht so freundlich sein. Nein, darauf können Sie sich verlassen. Ich habe ohnehin zu viel Geduld mit euch gehabt. Grünschnäbel seid ihr. Muttersöhnchen.«
Die Frau legt die Fußmatte vor die Tür und geht in die Wohnung. Martha wartet noch einen Moment, bevor sie die Treppe hinaufeilt, wobei sie zwei, drei Stufen auf einmal nimmt. Außer Atem klingelt sie. Ein schweigsamer Dienstbote öffnet ihr und führt sie in den Salon.

Über dem Kamin hängen drei riesige Paneele. Auf dem linken ist ein Tisch abgebildet, auf dem Bücher und Papier liegen, auf dem mittleren ein Klavier und eine Gitarre; auf dem Tafelbild ganz rechts schließlich sind ein Blumenstrauß und eine Mandoline zu sehen. Es sind vor allem die Farbtöne des Triptychons – rot, braun, ocker und blau –, die dem Zimmer eine verträumte, südländische Atmosphäre verleihen.

»Martha«, sagt Mrs. Woolf, die mit ausgestreckten Händen auf sie zukommt. »Komm herein. Setz dich.« Neben ihr steht ihr Mann, gut einen Kopf kleiner als sie.

Martha schüttelt beiden die Hand und entschuldigt sich für die Verspätung.

»Macht nichts«, lächelt Mrs. Woolf und bedeutet ihr, auf dem grünen Sofa Platz zu nehmen. »Wenn ich etwas nicht ausstehen kann, dann ist es Besuch, der unerwartet oder zu früh kommt. Als ob ich nichts Besseres zu tun hätte, als den ganzen Tag hier im Ohrensessel zu sitzen und auf Gäste zu warten. Aber du bist ja ganz außer Atem!«

»Ich bin die Treppe hinaufgerannt, wegen der Mattenklopferin im ersten Stock.«

»Ach so, Mrs. Giles!«, sagt Leonard Woolf. »Sie ist in der Tat eine außergewöhnliche Erscheinung. Sie ist geradewegs Dickens' Unterwelt entsprungen. MacDonald hätte sie als Redenschreiberin nehmen sollen. Dann hätte sich seine Regierung vielleicht etwas länger halten können. Mrs. Giles liest der *upperclass* jeden Tag im Alleingang die Leviten.«

»Mir hat sie Angst eingejagt.«

»Ja, sie ist sehr beeindruckend«, murmelt seine Frau, »trotzdem ist sie kein schlechter Mensch. Ihre einzige Sünde besteht darin, dass sie laut sagt, was andere nur denken.«

Martha bekommt ein Glas Portwein in die Hand gedrückt.

»Lasst uns um Himmels willen nicht über das Personal reden«, seufzt Mrs. Woolf. »Du hast ohne Zweifel die ersten fehlerfreien Druckfahnen in der Geschichte der Hogarth Press mitgebracht.«

Martha legt den Stapel mit den Druckfahnen auf den Tisch im Salon.

»Ich habe noch ziemlich viele Fehler gefunden.«

»*Wonderful.* Ich hoffe, dass du nicht zu viel Arbeit damit hattest?«

»Es ging«, sagt Martha zögernd.

»Schön. Wir haben nämlich noch ein Buch für dich, eins von Edwin Muir. Ich selbst muss *Mrs. Dalloway* druckfertig machen.«

»*Mrs. Dalloway?*«

»*Yes dear.* Mein neuer Roman ist fertig. Zum Wohl!«

Sie hebt ihr Glas und prostet Martha und Leo zu.

»Und wer ist Mrs. Dalloway?«, fragt Martha.

»Oh, das ist eine Dame, die sich in erster Linie furchtbar langweilt und ihr ganzes Leben lang von dem unbestimmten Gefühl gequält wird, etwas verpasst zu haben. Du weißt schon: Hätte ich doch dies, hätte ich doch das. Das ist alles. Ja, im Grunde genommen passiert in meinem Buch überhaupt nichts.«

»Glauben Sie Schriftstellern kein Wort«, brummt Leonard Woolf, »und schon gar nicht, wenn sie von ihren eigenen Büchern sprechen.«

Seine Frau nippt an ihrem Portwein und schaut Martha schelmisch an.

»Übrigens, Leo, willst du nicht Martha endlich ihren wohlverdienten Lohn geben, statt mich hier der Lüge zu bezichtigen?«

Mr. Woolf kramt in der obersten Schreibtischschublade herum, nimmt etwas heraus und stellt sich vor Martha. Zwei Zettel flattern in seiner Hand.

»Das hier ist der Scheck vom Verlag und dies die Berechnung der Zahl der Wörter, multipliziert mit dem vereinbarten Tarif. Wenn Sie das kurz überprüfen würden?«

Der Betrag ist geringer, als sie erwartet hatte, viel geringer. Aber sie hat auch zu lange für das Redigieren gebraucht. Beim nächsten Mal muss sie wirklich schneller arbeiten.
»Sie können hier unterschreiben.«
Er hält ihr ein längliches Haushaltsbuch hin, das mit winzigen Zahlen voll gekritzelt ist. Ungefähr in der Mitte der Seite muss sie ihr Namenszeichen an das Ende einer Zeile setzen.
»Räum den Nonsens jetzt bitte weg«, sagt Mrs. Woolf. »Ich möchte mich endlich in aller Ruhe mit unserer neuen Mitarbeiterin unterhalten.«
»Wenn ich das hier nicht mache, wird uns das Finanzamt bald wieder einen Besuch abstatten«, wendet ihr Mann ein, während er die Kladde wegräumt. »Virginia denkt immer, dass das Finanzamt arme Schriftsteller und Verleger in Ruhe lässt, aber leider ist das nicht wahr.«
»Nein, wahrscheinlich werden sie sogar wegen der zwanzig Pfund Gewinn, die die Hogarth Press abwirft, eine Hausdurchsuchung bei uns machen«, sagt seine Frau höhnisch. »Wenn sie kommen, bin ich wenigstens gut vorbereitet.«

Jemand klopft an die Tür. Die Woolfs schauen sich erstaunt an, als schlössen sie nicht aus, dass das Finanzamt Leonards Worten auf der Stelle Taten folgen lässt. Doch es ist Nelly, die zögernd in der Türöffnung stehen bleibt.
»Was gibt es, Nelly?«
»Zwei Herren stehen vor der Tür. Soll ich sie hereinlassen?«
»Erwarten wir denn noch jemanden?«
Ein erschöpfter Blick des Dienstmädchens.
»Das wissen Sie besser als ich.«
»Ich weiß von nichts. Leo, erwarten wir noch jemanden?«
Er schüttelt den Kopf.

»Wer ist es?«
»Ich glaube, Mr. Eliot in Begleitung eines älteren Herrn.«
»Tom?«, fragt Virginia ihren Mann verwundert. »Was will der denn? Hast du ihn eingeladen?«
»Nein, ich habe seit Wochen nichts mehr von ihm gehört«, brummt er. »Wahrscheinlich geht es um seine neue Stelle bei Faber & Gwyer. Dass er deswegen nicht mehr bei uns veröffentlichen kann. Und für den Fall, dass wir ihn mit körperlicher Gewalt zur Loyalität zwingen, hat er jemanden mitgebracht.«
»Es ist gut, Nelly«, seufzt Mrs. Woolf, »lass sie herein.«

Leonard Woolf ist aufgestanden und geht am Fenster auf und ab. Mrs. Woolf hat sich eine Zigarette angezündet und trommelt nervös mit den Fingern auf die Stuhllehne. Martha schaut sich leicht verloren um. Überall stehen volle Aschenbecher. Auf dem Boden verstreut liegen überall Zeitungs- und Zeitschriftenstapel. Die Sitzfläche des Sofas ist voller Hundehaare. Wenn das Monster von unten das hier sehen würde, denkt sie bei sich. Der Gedanke an Eliot macht auch sie nervös. Sie erinnert sich an sein grün gefärbtes Gesicht und seine violetten Lippen. Sie nimmt einen kräftigen Schluck von ihrem Portwein und steckt sich anschließend ebenfalls eine Zigarette an. Mrs. Woolf starrt gedankenverloren vor sich hin. Es scheint, als hätten die Woolfs sie vergessen. Aber das ist nicht der Fall.
»Mach dir keine Sorgen«, flüstert Mrs. Woolf. »Du kennst Tom Eliot doch. Ein Amerikaner, gute Manieren. Wir werden ganz schnell mit ihm fertig sein.«
Schritte auf dem Gang. Die Tür wird geöffnet. Eliot betritt, gefolgt von einem kleineren Mann von gut fünfzig Jahren, das Zimmer. Erstaunt sieht er Martha an und wendet sich dann den Woolfs zu.

»Wir waren zufällig in der Nähe«, sagt er, »und haben uns gedacht, wir sagen kurz Guten Tag.«
Mrs. Woolf steht auf und begrüßt die beiden Männer.
»Bertie!«, sagt sie zu Eliots Begleiter. »Es ist Jahrhunderte her, dass wir uns das letzte Mal gesehen haben. Wie geht es dir?«
»Ausgezeichnet, ganz ausgezeichnet. Ich bin Tom auf der Straße begegnet und habe vorgeschlagen, ihn zu begleiten, da es in der Tat unerhört lange her ist. Aber falls wir ungelegen kommen …?«
»Das ist Miss Martha Thompson«, sagt Virginia und führt ihre Gäste zur Sitzecke.
»Aber ich glaube«, sagt sie und dreht sich halb zu Eliot um, »dass ihr euch schon mal begegnet seid.«
Tom hat sich in dem hohen Lehnstuhl schräg gegenüber Martha niedergelassen.
»Gewiss, ich hatte bereits das Vergnügen. Wie geht es Ihnen, Miss Thompson?«
Martha murmelt »gut« und nimmt ihr Glas vom Tisch. Dabei lugt sie seitlich zu Eliot hinüber. Er kann sich bestimmt nicht an ihren Besuch erinnern, sonst säße er nun nicht so entspannt in den Sessel zurückgelehnt vor ihr.
»Und wie geht es dir, Tom?«, fragt Mr. Woolf. »Wie ich höre, wird sich einiges ändern.« Er reicht ihm ein Glas Portwein.
»Tja …«, sagt Eliot grinsend.
»Martha«, sagt Virginia, »darf ich dir einen alten Freund von uns vorstellen? Bertrand Russell.«
Martha starrt Virginia ungläubig an und wirft einen flüchtigen Blick auf den kleinen, energischen Mann neben ihr. Russell? Der Freund ihres Vaters? Er nickt ihr freundlich zu und setzt sich neben sie auf das Sofa.
»Angenehm«, sagt er und hebt das Glas.
Marthas Gedanken überschlagen sich. Das ist also der

Philosoph, mit dem Prior sie die ganze Zeit nervt. Der Mann, der den bewussten Kongress organisiert hat, nach dem ihr Vater festgenommen wurde. Ob er mehr über das Verschwinden ihres Vaters weiß? Mit zitternden Händen drückt sie ihre Zigarette im Aschenbecher aus. Sie muss ihn danach fragen. Fragen, warum das War Office derartiges Interesse an seinem Briefwechsel mit ihrem Vater zeigt. Ob er vielleicht etwas über die Verhaftung ihres Vaters weiß. Da ihre Hand leicht bebt, stößt sie mit dem Glas, das sie an ihre Lippen führt, leise gegen ihre Zähne. Tick tick tick, kracks; sie fühlt einen Glassplitter mitten auf ihrer Zunge.

Ihre Eltern sind seit zwölfeinhalb Jahren verheiratet. Zu dritt sind sie in ein schickes Restaurant gegangen, um dies zu feiern. Sie trinkt Limonade aus einem dünnen Kristallglas. Ihre Mutter lacht und unterhält sich übermütig mit ihrem Vater. Sie stoßen miteinander an und prosten sich zu. Die orangefarbene Limonade funkelt im Weinglas. Ihre Mutter trägt ein Sonett von Shakespeare vor: *Die Liebe trotzt der Zeit, ist auch die Glut* … Ihr Vater gibt ihrer Mutter einen Kuss, sie lachen, sie trinken. Martha ist ganz aufgeregt. Dass sie hier sitzt, in ihrem neuen Kleid, mit all den vornehmen Leuten um sie herum!
Sie möchte ihrem Vater auch etwas sagen, sie möchte auch einen Kuss haben. Mit der Zunge fährt sie über den glatten Rand des Glases. Was für ein prachtvolles Glas. Aber da ticken ihre Zähne gegen das teure Glas. Sie zerbeißt es. Einfach so. Sie traut sich nicht, etwas zu sagen, und behält die Scherbe im Mund, bis ihre Mutter sieht, wie ihr eine schmale Blutspur übers Kinn läuft.

Vorsichtig stellt sie das Glas so neben das Sofa, dass man es nicht sehen kann. Russell unterhält sich angeregt mit

Mrs. Woolf. Niemand hat etwas bemerkt. Sie zieht ein Taschentuch aus der Tasche, hält es sich vor den Mund und untersucht es auf Blutspuren. Nichts zu sehen. Sie räuspert sich ein paarmal und steckt das Taschentuch mit der Glasscherbe zurück in die Tasche.

»Erkältet?«

Eliot schaut sie neugierig an.

»Letzten Winter habe ich mir viermal die Grippe geholt.«

Sie nickt. Hat er etwas gesehen, oder denkt er wirklich, dass sie gehustet hat?

Mrs. Woolf hält die Karaffe mit dem Portwein in die Höhe. »Das hier ist eine fabelhafte Medizin. Noch ein Gläschen, Martha?«

Sie schüttelt den Kopf.

»Wirklich nicht?«

»Nein, vielen Dank.«

»Weißt du, Bertie«, sagt Virginia, »dass Martha aus den Niederlanden kommt? Da bist du doch auch regelmäßig, nicht wahr?«

»Sicher, sicher. Vor einiger Zeit war ich noch in Den Haag, zusammen mit Wittgenstein. Er wollte zum Internationalen Gerichtshof, weil sein Vater während des Krieges sein ganzes Vermögen in die Niederlande transferiert hatte, aber am Tag des Waffenstillstands gestorben war. Ludwig musste das gewaltige Erbe in Den Haag regeln. Und ich habe ihm dabei ein wenig geholfen.«

Er dreht sich zu Martha um.

»Stammen Sie auch aus Den Haag?«

»Nein, aus Amsterdam.«

»Da wohnt es sich angenehmer, glaube ich. In Den Haag ist es abends noch ruhiger als auf dem Indischen Ozean. Finden Sie nicht auch, Miss ...?«

»Thompson.«

»Das hört sich nicht sehr holländisch an.«
»Mein Vater stammt aus Lewes«, sagt sie zögernd. »Nach dem Studium ist er in die Niederlande gezogen. Wegen meiner Mutter, sie lebte dort. Sie waren sich bei einer Theatervorstellung in Chichester begegnet.«
»Dein Vater war doch Philosoph?«, fragt Virginia.
Russell schaut sie nachdenklich an.
»Thompson?«, fragt er überrascht. »Doch nicht etwa Michael Thompson, der Descartes-Spezialist?«
Martha nickt.
»Virginia!«, ruft Russell aus. »Ich weiß, dass du immer Überraschungen für mich in petto hast, aber diesmal übertriffst du dich selbst. Du hast hier mir nichts, dir nichts Michaels Tochter für mich aus dem Hut gezaubert!«
Martha starrt noch immer vor sich hin. Warum zögert sie? Sie muss ihn fragen, jetzt. Aber Russell kommt ihr zuvor.
»Er hat es nicht überlebt, nicht wahr?«, fragt er nach einem ein wenig peinlichen Moment der Stille. »Ich habe nie verstanden, warum er überhaupt dorthin gegangen ist. Es wäre nicht nötig gewesen.«
Marthas Zunge liegt wie ein ausgetrocknetes Stück Leder in ihrem Mund.
»Brillanter Kerl«, murmelt Russell. »Ich erinnere mich, wie er sich einmal mit Ludwig auf eine Debatte einließ. Die beiden waren sich in gewissem Sinn ähnlich. Leidenschaftliche Dickköpfe. Und so stolz wie ein Pfau.«
»Er musste gehen«, stammelt Martha. »Er wurde aufgegriffen, nach einem Kongress in London.«
»Ich weiß noch, wie er zu einer unserer Versammlungen kam, die vom Bund der Pazifisten und Kriegsdienstverweigerer organisiert worden war. Danach habe ich nie wieder etwas von ihm gehört.«
»Wir auch nicht«, sagt Martha. »Keine Nachricht von seinem

Tod, nichts. Ich stelle gerade Nachforschungen darüber an, was eigentlich geschehen ist.«

Russell zieht die Augenbrauen hoch.

»Sind Sie schon im War Office gewesen?«

»Ja, aber seine Akte ist verschwunden. Im Grunde genommen wissen sie nicht, wo und wie und wann genau er gefallen ist.«

Sie schweigen. Virginia blickt erstaunt zu Russell, der mit leichtem Unbehagen vor sich hinstarrt. Warum sagt er nichts? Sonst gibt er sich bei schönen Frauen immer so viel Mühe.

»Ist das nicht seltsam, meine Herren?«, fragt sie.

»Ja, natürlich. Das müsste sich doch herausfinden lassen«, brummt ihr Mann.

»Im War Office behandelt man ihn eher wie einen Verdächtigen, unter anderem wegen der Korrespondenz, die er vor dem Krieg mit Ihnen geführt haben soll«, sagt Martha mit einem Mal.

»Wie einen Verdächtigen? Wieso?«, fragt Mrs. Woolf.

»Keine Ahnung. Sie wollen alles über seine Beziehungen zu ehemaligen Kollegen aus Cambridge in Erfahrung bringen.«

»Diese Idioten«, brummt Russell, »sie sind dermaßen auf ihre imaginären Staatsfeinde fixiert, dass sie sich auch der einfachsten Angelegenheiten nicht mehr ordentlich annehmen. Mit wem haben Sie denn gesprochen?«

»Mit Mr. Prior.«

»Mit Billy Prior? Hmm.« Russell steht auf. »Den kenne ich. Ich werde mit ihm reden. Machen Sie sich keine Sorgen. Das Kriegsministerium wird Sie nicht mehr belästigen.«

»Ich will doch nur wissen, was genau damals geschehen ist. Könnte ich mit Ihnen mal darüber reden?«

»Natürlich, natürlich. Hier haben Sie meine Karte. Ich wer-

de mich für Sie erkundigen. Aber allem Anschein nach ist es nichts anderes als ein Ablenkungsmanöver. Komm, ich muss gehen.«
Er nickt Eliot auffordernd zu, der ebenfalls aufsteht.
»Wir finden selbst hinaus«, sagt Russell. »Bis bald.«

Martha starrt den beiden Männern überrascht hinterher.
»Die hatten es auf einmal aber eilig«, sagt Mrs. Woolf.
Ihr Mann zuckt mit den Schultern.
»Ach, Bertie lebt mehrere Leben zur gleichen Zeit. Ich weiß noch immer nicht, was ihn am meisten beschäftigt, sein Geist, sein Gewissen, sein Geld oder seine Libido. Ich kenne keinen entschiedeneren Pazifisten als ihn! Aber all diese außergewöhnliche Energie wird von einem außergewöhnlichen Maß an Eitelkeit angefacht, um seine eigenen Worte zu gebrauchen.«
Virginia wirft einen flüchtigen Blick auf Martha, die geistesabwesend vor sich hinstarrt. Höchste Zeit, die junge Dame ein wenig aufzumuntern und dabei etwas über ihren Vater in Erfahrung zu bringen.
»Ich werde Nelly bitten, für drei zu decken«, sagt sie zu Martha. »Du bleibst zum Essen bei uns. Du hast uns noch nichts über Amsterdam erzählt. Und da wir nie etwas von der Welt zu sehen bekommen, weil wir noch weniger reiselustig sind als die Holzwürmer in diesem Tisch, wird es höchste Zeit, dass du uns ein wenig einweihst. In Amsterdam blitzen und blinken alle Bürgersteige, die Fensterscheiben glänzen, und in den Fußböden kann man sich spiegeln, wie ich gelesen habe. Und weil man aus diesem Grund keine Zeit zum Ausgehen hat, hängen die Frauen Spiegel an die Wand, damit sie beim Putzen das Leben auf der Straße beobachten können. Stimmt das?«
»So ungefähr«, sagt Martha lächelnd.

»Vielleicht sollten wir Mrs. Giles aus dem ersten Stock mal dorthin in Urlaub schicken«, sagt Leonard.
»Aber nur, wenn sie Nelly mitnimmt«, erwidert Virginia seufzend, »eine Weile ohne sie wäre das Paradies. Doch wer soll dann für uns kochen? Du kannst doch nur Marmelade und Honig machen.«
»Mein Vater war ein guter Koch«, sagt Martha, »er hat fast immer gekocht.«
»Ein Engländer ein guter Koch?« Virginia schaut sie erstaunt an. »Davon musst du uns mehr erzählen. Hörst du gut zu, Leonard?«

Zweiter Teil
Sommer 1927

Eins

»Warum gibst du keine Antwort, Tom? So schwierig ist das doch nicht. Du öffnest einfach den Mund, bildest eine Silbe, presst ein wenig Luft hinterher und bläst sie heraus. Das ist alles. *Just pretend, darling!*«

Er stopft ein paar Hemden in die Reisetasche und legt zwei schwarze Krawatten obendrauf. Sonst noch was? Abwesend starrt er die Kleiderstapel auf den Regalbrettern des Wäscheschranks an. Die einfachsten Dinge – er kann sie nicht. Und schon gar nicht, wenn Vivien ihm dabei auf die Finger schaut. Er hatte gehofft, er könnte schnell und unbemerkt ein paar Sachen aus dem Schlafzimmer holen, aber nein, so etwas ist in seiner Ehe undenkbar. Schon das geringste Quietschen einer Tür lässt sie aus dem Schlaf auffahren. Kein Abschied ohne Szene.

»Sag mir endlich, was du dort vorhast, in den Cotswolds«, quengelt Vivien.

Sie liegt im Bett, die Füße auf ein dickes Kissen gebettet. Als Tom nicht reagiert und unbeirrt weiter packt, reibt sie sich mit der Hand über einen Oberschenkel und kneift in eine der Schwellungen, die wie Quallen unter ihrer Haut das Bein entlang nach oben kriechen. Sie drückt die blau geäderten Schwellungen mit den Fingern platt, doch sie blasen sich wie elastische Gummibälle immer wieder auf. Das Ganze tut weh, aber das ist ihr lieber als das quälende Jucken, das sie nachts um den Schlaf bringt. Als marschiere

ein Ameisenstaat durch ihre Adern; es macht sie ganz verrückt.
Verärgert zieht sie die Hände wieder unter der Decke hervor und verschränkt sie hinter dem Kopf. Argwöhnisch folgt sie den trägen Bewegungen ihres Mannes vor dem Kleiderschrank. Tom stopft zwei Unterhosen in die Reisetasche.
»Wofür brauchst du denn so viel saubere Unterwäsche?«, kichert sie.
Er dreht sich abrupt um, will sie anherrschen, dass sie den Mund halten soll. Doch als er ihren mageren Körper sieht, der sich unter der weißen Bettdecke abzeichnet, verkrampft sich sein Gesicht. Eine alte Schuld schabt an seinem Herzen vorbei. Er starrt Vivien mit einem erschöpften Blick an, aus dem zwölf Jahre Versagen sprechen, einem getrübten Blick voller Abscheu und schmerzhaftem Mitleid.
»Ich muss einfach mal für ein paar Tage raus, das ist alles.«
»Ganz allein?«
»Du kannst ohnehin nicht laufen, mit deinen Beinen. Du musst dich ausruhen. Vergiss nicht, was der Arzt gesagt hat.«
Sie stöhnt.
»Komm schon, Tom. Du willst mir doch nicht wirklich weismachen, dass du ganz allein durch die endlosen Cotswolds streifen willst? Das hast du doch noch nie gemacht!«
»William kommt mit«, räumt er widerwillig ein.
»William? William Force Stead? Dein Landsmann, dieser Schlappschwanz, der seine Stelle in der amerikanischen Botschaft zugunsten der anglikanischen Kirche aufgegeben hat?«
»Hmm.«
Ungläubig schaut sie ihn an.
»Was willst du denn von diesem albernen Bischofsknecht und seinem ewigen Geschwafel von Trost und Erlösung? Es

würde mich weniger stören, wenn du mit Richard Aldington einen Streifzug durch ein paar Bordelle unternehmen würdest.«

»Vivien!«

»Ehrlich gesagt traue ich diesem Kerl nicht über den Weg. Wie soll man auch jemandem vertrauen können, der eine wunderbare Karriere im Außenministerium aufgibt und sich der in den letzten Zügen liegenden Institution der anglikanischen Kirche verschreibt? Einen jungen Mann, der freiwillig in die flachen Wellen englischen Weihwassers springt, kann man einfach nicht ernst nehmen.«

»Diese Diskussion brauchen wir nicht noch einmal zu führen. Ich habe nicht viel Zeit. Mein Zug fährt in einer Stunde.«

Nachdenklich schaut sie ihn an.

»Du bist immer in Eile, nicht wahr, Tom? Schon seit zwölf Jahren beeilst du dich, von mir fortzukommen. Weil du zu einem Zug, einer Bank, einem Priester musst. Und was soll *ich* unterdessen machen? Warten, bis du zurückkommst. Ärzten zuhören. Arzneien schlucken. Nicht essen, mich nicht bewegen, nicht sprechen, nicht ausgehen. Warten. Worauf eigentlich? Auf den Moment, in dem der Hirte auch mich in seine Herde aufnimmt? Ist es das, Tom? Hast du vor, mit William zu berechnen, welche Chance ich habe, mein Seelenheil zu finden?«

»Mach dir keine Sorgen«, brummt er, »das ist das Letzte, was ich …«

»Du brauchst dir keine Mühe zu geben. Ich bin in diesem Leben schon so weit in Rückstand geraten, dass kein einziger Prophet mich noch finden könnte.«

Tom zieht den Reißverschluss der Reisetasche zu und wendet sich zur Tür.

»Ich muss jetzt wirklich gehen. In drei Tagen bin ich wieder da. Du kommst doch ohne mich zurecht, oder?«
»Ohne dich komme ich überhaupt nicht zurecht, Tom. Das weißt du doch.«
»Louise schaut morgen vorbei, um vier Uhr. Ellen kümmert sich um den Rest. Wenn etwas sein sollte, kannst du mich in Oxford immer erreichen. Die Telefonnummer liegt oben auf meinem Schreibtisch.«
»Wo in den Cotswolds willst du gleich wieder hin?«
»Finstock, Oxfordshire. In drei Tagen bin ich wieder da. Bis dann.«
»Sei kein Idiot, Tom. Mach nichts, was dir später Leid tut. Bewahr einen kühlen Kopf. Und halt ihn vor allem gerade. Steck ihn nicht zufällig irgendwo hinein.«
»Auf Wiedersehen, Vivien.«

Die Tür fällt hinter ihm ins Schloss. Für einen kurzen Augenblick bleibt er auf dem Bürgersteig vor dem Haus stehen und schaut sich um. Es ist ein wundervoller, frisch knisternder Junimorgen. Für ein paar Tage ist er vom eisernen Panzer seiner Ehe befreit. Er schaut sich nach einem Taxi um, sieht aber keines und beschließt, zu Fuß zu gehen. Wenn er sich beeilt, kommt er noch rechtzeitig zum Bahnhof. Ein allzu englischer Engländer, so wie er da auf dem Bürgersteig ausschreitet. Schwarze Melone, schwarzes Jackett, schwarzweiß gestreifte Hose und Weste; noch nicht einmal der Spazierstock fehlt.
Er geht schnell und gleichmäßig. Jeder Schritt, der ihn weiter von Clarence Gate Gardens wegführt, macht ihn leichter. Sein Stock gibt den Rhythmus vor. Gehen, gehen. Er denkt an die Geschichten der Pilger, seine Lieblingslektüre in den vergangenen Monaten. Hunderte von Kilometern in offenen Sandalen oder barfuß zurückzulegen, von Hagel-

stürmen gepeitscht oder unter einer gnadenlosen Sonne verbrennend. Auf dem Weg zu der einen Stelle an der Mündung ins Meer, wo die Sünden abgewaschen werden. Wer macht ihnen das noch nach?
Er biegt in die Park Lane ein. Der Verkehr kommt langsam in Gang. Holzkarren mit Lebensmitteln werden über das Kopfsteinpflaster geschoben. Omnibusse bringen Verkäuferinnen und Angestellte an ihren Arbeitsplatz. Ihn aber nicht. Nicht heute. Er hat sich drei Tage freigenommen, um seinem Leben endlich eine Wende zu geben. In aller Heimlichkeit hat er mit William Stead alles vorbereitet. Er muss zur Ruhe kommen, sich von der Stadt und ihren lärmenden Ambitionen befreien. Eine Hand wäscht die andere; das ist die gängige Moral. Wenn ich dies tue, dann tust du das. Tauschvieh, das ist der moderne Mensch. Und die Preise werden von den von Gott und der Welt verlassenen Rindern immer weiter in die Höhe getrieben, den Rindern, die nur grasen wollen, grasen und wiederkäuen, bis ihre vier Mägen einer nach dem anderen zerplatzen.
Grimmig stößt er mit dem Spazierstock auf. Oh, die Illusion eines Kopfes voller goldener Scheiße. Eines Ichs, das kraftvoll die Flügel ausbreitet und nicht bemerkt, wie es gegen die Gitterstäbe seines eigenen Käfigs prallt und zerschmettert. Er aber nicht. Nein, er nicht mehr.

Unter den in voller Pracht erblühten Eichen geht er die Baker Street hinab. Die Läden, die gerade öffnen, und die Verkäufer, die die Obst- und Gemüsekisten aufstellen, nimmt er nicht wahr. Die Holzkisten voller Kirschen, Salatköpfe und Karotten sieht er nicht. Er hört noch nicht einmal die Zeitungsverkäufer, die die aktuellen Neuigkeiten über die Straße rufen. Zu Staub und Asche und Sand will er werden. Zu einem Pilger mit Blasen an den Füßen,

der durch die Welt irrt, um von ebendieser Welt erlöst zu werden.
Im Augenblick aber sieht man da einen tadellosen Mittvierziger, mit Tasche und Hut und einem unbestimmten Grinsen auf den schmalen Lippen. Den Fußgängern auf der Charing Cross Road weicht er rechtzeitig aus, sodass er weitergehen, immer im selben Rhythmus weitergehen kann, im Rhythmus seiner eigenen Strophen: *Weil ich nicht hoff, ich kehre nochmals um / Nicht wünsch, was dieser hat und der vermag.*
Seine Schuhe klacken leise auf dem Pflaster. Er hat den ersten Schritt getan und wird weitergehen. Mit jedem Schritt entfernt er sich weiter von sich selbst und nähert sich dem Ende. Dem Ende seiner Scheinexistenz. Er wird sie aus sich herauslaufen. Sie achtlos auf den Pflastersteinen liegen lassen. Sich nicht ein einziges Mal umdrehen. Es ist nichts, was da liegt. Von nun an wird er es dankend ablehnen, sein eigener Festtagsbraten zu sein. Voll gestopft mit Sehnsüchten, Ambitionen, Eitelkeiten. Er will leer werden, ausfließen, zum Krater werden. Und aus dieser Finsternis heraus nach oben schauen, um zu sehen, ob irgendwo noch ein Funken Licht am schwarzen Himmel aufblitzt. Die Flügel abwerfen. *Weil dieser Fittich kein Flieg-Fittich mehr, / Nur Schwinge ist, die Luft zu schlagen.*
Nicht denselben Fehler wie Ikarus begehen.

Zwei

Martha hebt den Holzkasten mit den im Preis herabgesetzten Büchern vom Boden und stellt ihn draußen vor dem Laden ab. Mit den Fingern fährt sie über die vergilbten Rücken. Das eine oder andere Buch zieht sie heraus, um es mit dem Rücken nach oben zurückzustellen. Die Passanten müssen schon draußen auf der Straße dazu verführt werden, stehen zu bleiben, hatte sie zu Mrs. Silberberg gesagt, die von solch einem Ausverkaufskasten zunächst nichts wissen wollte. Aber Martha hatte sich durchgesetzt, wie immer. Mehr und mehr hatte Mrs. Silberberg ihr die Einrichtung der Buchhandlung überlassen.

Kritisch mustert Martha die Auslage. Die Gesamtausgabe der Gedichte von Pound liegt wohl schon lange genug da. Und auch *Die Sieben Säulen der Weisheit* von Lawrence könnte sie allmählich durch ein anderes Buch ersetzen. Ihr Blick fällt auf das jüngste Buch von Roger Fry, das sie letzte Woche ins Schaufenster gelegt hat. Marlow war dagegen gewesen. Martha muss lachen, als sie sich den empörten Kommentar der jungen Frau in Erinnerung ruft. Aufgebracht war sie durch den Laden gestampft. Eine Penthesilea in einem englischen Reitanzug. Braun gebrannt vom »sonnensprühenden Licht« der Lamorna Bay. Makellos weiße Bluse, beige Hose, auch die Reitpeitsche hatte nicht gefehlt. Nach jedem Satz hatte sie sich damit an die Reitstiefel geschlagen. Dass es eine Farce sei, zu behaupten, die Psychoanalyse könne Künstlern etwas bedeuten. Ein Knall mit der Peitsche. Ob Martha denn nicht wisse, dass Freud wie ein Dieb in der Nacht daherkomme und als Arzt verkleidet dem Künstler dessen Material hinterlistig entwende. Nein, sie, Marlow, bewache ihre geheime Schatzkammer lieber selbst.

Jedes Mal, wenn Martha sie wiedersieht, trägt sie das blonde Haar noch kürzer. Es wunderte sie nicht, wenn Marlow den Laden das nächste Mal mit einem kahl rasierten Kopf beträte. Sie ist energisch und kämpferisch, hat zu allem und jedem eine Meinung. Martha mag sie, obwohl sie selten einer Meinung sind. Bloomsbury beispielsweise lehnt Marlow ab. Zu idyllisch, zu naturalistisch, eine honigsüße Imitation von Cézanne und Matisse, mehr nicht. Die Gegenwart verlange radikalere Experimente, hatte sie gesagt. Die Malerei müsse endlich aus der Sklaverei der Imitation befreit werden, müsse den Mut haben, autonom zu werden, müsse die Spannung einer bestimmten Linie, einer bestimmten Fläche in Bezug auf eine andere sichtbar machen. Unabhängig von der Repräsentationsneurose.

»Aha!«, hatte Martha erwidert. »Also doch Freud?«

Dafür hatte sie einen spielerischen Schlag mit der Peitsche bekommen. Und musste anschließend den Laden schließen, um auf der Stelle mit Marlow zu verreisen, nach Paris, Florenz, Siena.

Martha dreht das Schild an der Tür auf »Geöffnet« und bleibt noch einen Moment an den hölzernen Bücherkasten gelehnt stehen, das Gesicht der Sonne zugewandt. Sie könnte auch ein wenig »sonnensprühendes Licht« vertragen. Vielleicht sollte sie Marlows Angebot, sie im Sommer in Cornwall zu besuchen, annehmen. Es ist ein verführerischer Vorschlag, wie sie überhaupt vieles an ihr verführerisch findet. Eine sinnliche Brise von Freiheit und Abenteuer umweht Marlow. Martha ließe sich gern davon mitreißen. Durch die Toskana reisen und lernen, mit ihren Augen zu sehen. Marlow sieht Dinge, an denen sie selbst achtlos vorübergeht. Am Samstag wollen sie zusammen ins Kino gehen und sich den schlechtesten Film des Jahres anschauen. Jedenfalls den Kritiken in der Zeitung zufolge. Aber denen dürfe man nicht glauben, sagt Marlow, sie verstünden nichts von Kunst.

Martha späht die Charing Cross Road hinab und hinauf. Es ist nicht viel los. Die Damenwelt unternimmt offenbar lieber Bootsfahrten auf dem Serpentine, als Einkäufe zu machen. Ihr Blick fällt auf einen Fußgänger, der in aller Gemütsruhe, ohne die Busse und Taxis eines Blickes zu würdigen, die Straße überquert. Als er auf der Höhe der Buchhandlung den Bürgersteig erreicht, erkennt sie ihn. Sie zögert kurz, ob sie nicht schnell zurück in den Laden huschen soll, überlegt es sich dann aber anders.

»Mr. Eliot. Guten Morgen!«

Irritiert schaut er auf. Er möchte nicht angesprochen und aufgehalten werden, doch die blonden Locken, die in der Morgensonne rötlich glänzen, veranlassen ihn, sein Tempo zu drosseln. Er tippt an seinen Hut.

»Guten Morgen, Miss Thompson.«

»So früh schon unterwegs?«

Er nickt und wirft unter zusammengezogenen Augenbrauen hervor einen Blick auf den Holzkasten mit den Büchern und auf das Schild an der Tür. »Geöffnet« liest er. Aber natürlich. Das ist es: GEÖFFNET, offen legen, sich öffnen, Hingabe.

»Haben Sie bereits geöffnet?«, fragt er zerstreut.

»Es ist neun Uhr.«

Sein Zug fährt in fünfundzwanzig Minuten. Er schaut sie

zweifelnd an. Wie soll er jetzt wieder in Bewegung kommen? Wie soll er seinen Rhythmus wiederfinden?
»Tut mir Leid, ich muss zum Bahnhof.«
»Na dann, auf Wiedersehen.«
Wieder das kurze Tippen an die schwarze Melone, eine eckige halbe Drehung seines Körpers. Da geht er, zackig und steif. Sein Spazierstock tickt in regelmäßigen Abständen auf das Pflaster. Der Captain, denkt sie. Das Einzige, was noch fehlt, ist, dass er die Hacken zusammenschlägt. Tadellos gekleidet. Distanziert und formvollendet wie immer. Und dennoch irgendwie anders. Diese Zerstreutheit, der merkwürdige Glanz in seinen Augen. Und vor allem: nicht ein kleiner Scherz, nicht eine spöttische Bemerkung. Sie zuckt mit den Schultern.
Auf der gegenüberliegenden Straßenseite werden bei Marks, dem Schreibwarenladen, die Markisen heruntergelassen. Sie geht in den Laden zurück, setzt sich an ihren Schreibtisch und nimmt sich einen Stapel mit Druckfahnen vor. *Fugitive Beliefs* von Mary Hutchinson, ein etwas überhastet zusammengestellter Band. Martha verspürt noch keine Lust, Punkte und Kommata zu vergleichen, und zieht ihr neues Heft aus der Schublade. Außen ein fester, brauner Ledereinband, innen cremefarbenes Papier. Ein Heft, um das Chaos zu beschwören. Schon seit Monaten hat sie das Gefühl, ihrem Leben hinterherzurennen. Dieses Heft muss das Durcheinander ordnen. Sie notiert das Datum oben auf der Seite und fängt an zu schreiben. Über Marlow, die Amazone.

Drei

Das Sonnenlicht strömt, von grauen Vorhängen gedämpft, ins Zimmer. Vivien blinzelt, schüttelt den Kopf und schlägt die Decke zur Seite. Wie spät ist es? Sie langt nach dem kleinen Wecker, der neben ihrem Bett auf dem Nachttisch steht. Erst elf. Ihr Kopf ist so schwer, dass sie den Eindruck hat, nicht drei Stunden, sondern drei Tage geschlafen zu haben. Sie seufzt und blickt sich gelangweilt im Zimmer um. Was für einen Tag haben wir eigentlich? Ein Gefühl der Unruhe beschleicht sie. Dann fällt es ihr wieder ein: Es ist Montag. Tom ist weggefahren.

Sie quält sich aus dem Bett, geht ins Badezimmer und dreht den schwergängigen Wasserhahn auf. Der 26. Juni, denkt sie bei sich, das ist *unser* Tag. Vor dem Spiegel bindet sie sich die Haare nach hinten. Sie spitzt die Lippen, zieht die Augenbrauen hoch, was aber auch nicht hilft. Sie dreht sich um, gießt einen ordentlichen Schuss Badeöl ins Wasser und setzt sich auf den Rand der Badewanne. Juni, das ist unser Monat. Sie erinnert sich an die ersten warmen Sommertage des Jahres 1915, an die Boote, die durch das grüne Wasser des Oxford River pflügten. An das Picknick, die Lampions, den Duft der Magnolien. Daran, wie sie für ihn tanzte. Barfuß im Gras. Der grüne Rock, der um ihre Beine flatterte. Tom, der laut Dante zitierte: *Ma solo un punto fu quel che ci vinse.*

Es war Krieg. Am Ufer des Flusses, unter den rauschenden

Ahornbäumen, erzählte Tom ihr von seinem französischen Freund, sie ihm von ihrem Bruder, beide durch den Morast der Dardanellen stapfend. Sie glaubten, etwas von sich selbst im anderen zu erkennen. So außergewöhnlich. Und deswegen heirateten sie, von einem Tag auf den anderen, in Hampstead, mit Tante Lillia als Trauzeugin.
Sie lässt sich vorsichtig ins Wasser gleiten und genießt die wohlige Wärme, die durch ihre Haut dringt. Sie schließt die Augen. Warum ist es schief gegangen? Hat sie nicht genug für ihn getanzt? Oder gar *zu* ausgelassen? Jetzt geht er zurück, zwölf Jahre danach, an ihre Stelle, ihren Fluss, und lässt sie hier allein zurück, eingetaucht in die Badewanne, sich in dem französischen Badeöl rekelnd, das er so widerlich findet, die Schaumblasen eine nach der anderen mit den Zehen zerstechend. Sie macht sich lang, lässt sich das Wasser über die Ohren laufen. Hört das Knistern des Schaums. Sie wird von weißen Blumen umringt. Weiß auf grün. *Ophelia drifting away.*
Sie setzt sich wieder gerade hin, beugt den Kopf weit nach vorn und murmelt unter Wasser: *The amorous Fresca stretches, yawns and gapes / Aroused from dreams of love in curious shapes.* Blitzschnell richtet sie sich wieder auf. Die Haare hängen ihr in nassen Strähnen vor dem Gesicht. Sie wischt sie ungeduldig weg. Und warum wurde das alles von dem lieben Pound weggeschnitten? So schlecht war es nun auch wieder nicht gewesen. Tom hatte es sehr gefallen. Warum hat er dann zugelassen, dass ihre Worte wie eine faule Stelle an einem Pfirsich entfernt wurden? *Das wüste Land* hätte in noch weitaus höherem Maße ihr gemeinsames Werk sein können. Der Titel, die Dialoge – das waren ihre Ideen gewesen. Warum also nicht auch diese wunderbaren Verse? Warum, warum, fragt sie sich. Wenn sie es nur wüsste. Warum diese Mühe, sagte die Stenotypistin

zu dem Schreiber. Warum Tante Lillia von ihrem Teekränzchen wegreißen? Was ist es doch, das sie nicht hat?
Entschlossen wischt sie sich die Tränen aus den Augen. Sie hat ihr Bestes getan, aber die Hyazinthen wollen einfach nicht blühen. Sie hat nicht den richtigen Hyazinthen-*touch*. Und er ist kein Apollo. Die Lilien von Tante Lillia waren die erste Enttäuschung gewesen. Viele andere sollten noch folgen. Sie war niemals seine Helena gewesen. Aber wer sonst? Jemand, der in den Schützengräben der Dardanellen krepiert war, während ihr Bruder springlebendig wieder heraussprang. *Every bullet missed.* Es sind immer die Dummen und Lahmen, die überleben. Schönheit überlebt nicht, Liebe nicht, und die Mutigen kommen als Erste zu Fall. Wie Jean Verdenal.
»A girl is a girl is a girl«, murmelt sie. Daran kann auch sie wenig ändern. Sie steigt aus der Badewanne, trocknet sich ab, mit kurzen, heftigen Bewegungen.
Aber wir lassen uns damit nicht abspeisen, Fresca und ich, denkt sie. Ich lasse mir nicht alles wegnehmen. Meinen Tanz, meine Poesie, meinen Hochzeitstag, Papas Erbe. Wenn sie nur daran denkt! Wie sie damals in die Anwaltskanzlei gestürmt war und Mama dasitzen sah, ganz in Schwarz, ihr Brüderlein, das sich nervös auf dem Schreibtischstuhl hin- und herdrehte, und Tom, der eiskalt und vollkommen entspannt mit den Herren plauderte. Sie hatte es sofort gerochen: Geld stinkt. Also hatte sie bei sich gedacht: Nur Mut, Vivie, vergiss die Höflichkeitsfloskeln und komm zur Sache.
»Wie viel hat Daddy hinterlassen? Wie hoch ist mein Anteil?«
Alle hatten sie erschrocken angeschaut.
»Vivie!«, rief ihre Mutter als Erste.
Danach legte Maurice los. Dass sie an ihre Mutter denken

solle. Wie einsam sie jetzt sei. Dass sie schon genug Sorgen habe. Das musste gerade er sagen. Dabei war er noch nicht einmal in der Lage, ein kleines Grundstück in Afrika zu ersteigern! Also wiederholte sie: »Wie viel?«

Worauf Tom Daddys Häuser in Dublin aufzuzählen begann und das Haus in Anglesey und in Compayne Gardens. Das Ganze dauerte ihr zu lang, und sie wiederholte ihre Frage: »Wie viel ist das insgesamt?«

»Wir zählen es nicht zusammen«, sagte Tom, ohne eine Miene zu verziehen. »Alles bleibt in einem Fonds. Die Familie wird das Vermögen verwalten, und zwei Treuhänder bekommen eine Vollmacht.«

»Und wer wird das sein, wenn ich fragen darf, die beiden Treuhänder?«

»Maurice und ich.«

Aber natürlich. Maurice konnte einen steilen, unfruchtbaren Hügel nicht von einer Kaffeeplantage unterscheiden, und trotzdem hatten sie ihn zum Bevollmächtigten gemacht.

»Und ich?«

Mama, die ihr eine zitternde Hand auf die Schulter legte.

»Daddy wollte dich nicht damit belasten, *dear*, das hat er den Jungs überlassen. Der Fonds wird für deine Arztrechnungen und die Arzneimittel aufkommen. Glaub mir, so ist es am besten.«

Nichts hatte sie bekommen. Überhaupt nichts. *Not a penny.*

Und dabei war es geblieben. Kein Auto, kein eigenes Konto bei Selfridge, keine ordentliche Haushaltshilfe. Für jeden Penny, den sie ausgeben will – das Geld ihres leiblichen Vaters wohlgemerkt –, muss sie sich an ihren durch die Gegend streifenden Gatten wenden. Der gerade dabei ist,

Gott weiß was anzustellen. Aber es gibt Grenzen. Sie kann immer noch laufen, jedenfalls von der Tür bis zum Taxi. Weiter ist nicht nötig. Auf ihren geschwollenen Beinen wird sie zu ihm hinkriechen. Schließlich ist es ihr Monat. Ihr Fluss. Ihr Karthago. Zum Glück gibt es Taxis und Züge und Kutschen. Sogar in den Cotswolds. Er wird staunen. Ja, er wird große Augen machen.
Sie geht in ihr Schlafzimmer und zieht einen leichten Leinenhosenanzug an. Dreht sich vor dem Spiegel hin und her. Wählt einen Hut aus. Steckt ihn fest. Er wird doch nicht böse werden? Sie tut es für ihn. Er hat nichts bemerkt, aber sie sind hinter ihm her. Und dabei ist er so schwach; jemanden, der noch handzahmer wäre als er, gibt es kaum. Aber sie ist bereits unterwegs. Solange sie am Leben ist, kann der Herr seine Hände weiter in Unschuld waschen. Und irgendwo anders nach neuer Beute suchen. Nur nicht hier. Nicht bei ihnen.
Sie steckt den Kopf durch die Tür und ruft nach Ellen. Gleich darauf kommt ihre Hausangestellte die Treppe herauf, in den Händen ein Holztablett mit Kaffee und Toast.
»Nur Kaffee, Ellen. Ich hab 's eilig. Muss zum Bahnhof. Würdest du mir bitte ein Taxi rufen, ja?«
Ellen schaut sie zögernd an.
»Mr. Eliot hat mir aufgetragen, gut aufzupassen, dass Sie sich richtig ausruhen.«
»Mecker nicht und ruf mir ein Taxi.«
Vivien stopft ein paar Sachen in eine kleine Ledertasche und geht langsam, Stufe für Stufe, die Treppe hinunter. Jeder Schritt tut ihr weh, aber sie schafft es. Ellen kommt hastig herbeigelaufen, nimmt ihr die Tasche aus der Hand und stützt sie am Arm.
»Ist das Taxi noch nicht da?«
»Nein. Wie lange werden Sie wegbleiben?«

»Keine Ahnung. So lange, wie es dauert, meinen Mann zurückzuholen.«
Sie nimmt die *Morning Post* von dem Tischchen in der Diele.
»Meinen Mantel, Ellen, meinen Trenchcoat. Man weiß nie.«
Sie faltet die Zeitung auseinander und liest erstaunt die Schlagzeile auf der ersten Seite.
»Das ist doch nicht …«
Ellen reicht ihr den Mantel und einen Regenschirm.
»In drei Tagen, Ellen«, sagt sie verstört. »Ohne Zweifel. Dann tut er es. Ich werde rechtzeitig da sein.«
Es klingelt. Das Taxi steht vor dem Haus.
Sie drückt dem Dienstmädchen die Zeitung in die Hände und zieht dic Tür hinter sich ins Schloss.

Vier

Eine graue Menschenmenge wuselt zwischen gewaltigen, zylinderförmigen Maschinen sowie größeren und kleineren gusseisernen Rädern hin und her. Die Menschen tun ihr Möglichstes, ihr schwitzendes Möglichstes, können aber einfach nicht mit ihnen mithalten. Um sie her zischt und klappert und dröhnt es. Sie rennen von einer Ladeklappe zur nächsten, drücken auf Knöpfe und lassen sich wie Feuerwehrleute an einer Stange nach unten gleiten. Sie haben keine Zeit zum Nachdenken. Sie müssen immer weitermachen. Die Maschinen diktieren ihr Leben.
Die stampfenden und quietschenden Bestien dürfen keine Minute allein gelassen werden. Sie brauchen Öl und Kohlen und Wasser. Sie dürfen sich nicht überhitzen. Aber auch nicht zu sehr abkühlen. Die Menschen arbeiten in Schichten. Rollen direkt vom Arbeitsplatz ins Bett. Zu müde zum Träumen. Zu erschöpft zum Nachdenken. Sie stehen auf, wenn der Gong sie weckt. Angeln sich einen Teller vom Band, füllen den Becher mit hellbraunem Wasser, setzen sich mit leerem Blick an einen langen Tisch. Noch bevor sich eine Frage in ihrem Kopf einnisten kann, stehen sie auf, gehen die langen Treppen hinunter, ins hämmernde Herz der Welt.
Weiße Rauchfahnen entweichen diesen gigantischen Konstruktionen aus Eisen und Stahl. Martha muss an die Heizkessel von Ozeandampfern denken. Mit dem Unterschied,

dass das Oberdeck hier aus einem riesigen Wolkenkratzer besteht, in dem eine kleine Elite die Zügel zur Unterwelt fest in den Händen hält. Kurz schaut sie zur Seite. Neben ihr hat Marlow sich entspannt zurückgelehnt und sieht sich mit einem Lächeln auf den Lippen den Film an. Sie ist so klein, dass ihr Kopf kaum über die Stuhllehne hinausragt. Eine Frau im Publikum schreit kurz auf. Martha wendet sich schnell wieder der Leinwand zu. Da erscheint Maria auf der Treppe. Sie trägt ein langes, weißes Kleid. Ihre Miene verkündet Entschlossenheit. Ihr Geliebter, Freder, folgt ihr auf dem Fuß. Sie schaffen es. Gemeinsam mit dem Sohn des Diktators werden sie es zu verhindern wissen, dass der elektrische Roboter des Professors, der ihr ähnelt wie ein Tropfen Wasser einem anderen, sich die Unterwelt untertan machen wird. Der Fetisch wird zerstört, und Maria und Freder schlagen mit ihrer Liebe eine Brücke zwischen oben und unten.

»*So much for the Herrenmoral*«, sagt Marlow, als sie draußen auf der Straße eine Zigarette rauchen und auf ein Taxi warten. »Die Liebe vermag sogar die Tyrannei der grausamsten Diktatoren zu durchbrechen. Dieser Fritz aber auch.«
Martha blickt Marlow direkt in die spöttischen Augen. Marlow nimmt sie am Arm und schiebt sie in ein Taxi.
»65, Baker Street«, ruft sie dem Fahrer zu.
»Ich werde dich mit neuer Musik bekannt machen. Fritz Lang, das ist das Testament der Vergangenheit. Gut gemacht, ohne Frage, aber keine Überzeugungskraft. Ein ganz traditionelles Heldenpärchen, das die Welt verbessert. Falsche Emotionen. Der Film hat höchstens das Niveau eines lieblosen Wachsfigurenkabinetts.«
»Die Liebesgeschichte mag ja ein wenig fad sein«, sagt Martha, die von dem Film beeindruckt ist und sich ihre

Gefühle nicht gleich wieder nehmen lassen will, »aber seine Idee von einer Ober- und einer Unterwelt, die durch Maschinen voneinander getrennt sind, die hat er meiner Meinung nach gut umgesetzt.«
»Bist du schon einmal in einem Bergwerk gewesen? Oder in einer Munitionsfabrik? Oder hier in der Stadt in einem Konfektionsatelier oder einem Bürogebäude? Überall ist es dasselbe: Im untersten Geschoss stehen die Maschinen, und oben rackert man sich ab, um an Macht und Geld zu gelangen. Nichts Neues unter der Sonne.«
»Und dieser Roboter?«
»Ach, schon seit hundert Jahren wird über den Maschinenmensch geschrieben. Das ist nicht gerade eine revolutionäre Idee. Lediglich die Möglichkeiten der Technik sind hier weiter ausgebaut worden. Es hat nicht schlecht ausgesehen, aber es stellt nichts auf den Kopf. Das Heil muss mal wieder von einem traditionellen Liebespaar kommen.«
Martha möchte den Film aber nicht als banale Romanze abtun. Dafür ist er ihr zu direkt, zu beklemmend.
»Wenn man zeigt, *wie* das Ganze funktioniert«, sagt sie starrköpfig, »dann ist das auch ein Verdienst. Außerdem sieht diese Roboter-Maria, die das Volk einlullen soll, den Marien-Ikonen der katholischen Kirche sehr ähnlich. Die Maschine als Religionsersatz.«
»Hmm«, murmelt Marlow, die eine weitere Zigarette in die silberne Spitze steckt und Martha einen schnellen Blick zuwirft. »Damit könntest du den Nagel auf den Kopf getroffen haben.«

Das Taxi hält vor dem Haus Nr. 65, Baker Street. Marlow zahlt, und sie steigen vor einem Lokal aus, über dem eine Leuchtreklame mit dem Schriftzug *The Storyville Club* ununterbrochen aufleuchtet und wieder ausgeht. Vor dem

Eingang stehen ein paar Männer und rauchen. Martha liest das Plakat neben der Tür: *Tonight: The Piron-Williams Orchestra.*

Drinnen ist es voll und verraucht. Zwischen der Theke und dem kleinen Podium, auf dem ein neunköpfiges Orchester aufspielt, stehen ungefähr zwanzig Tische, die alle besetzt sind. Marlow zieht Martha hinter sich her zur Theke und schreit ihr ins Ohr: »Wir nehmen hier schon mal einen Drink. Es wird bestimmt gleich was frei. Einen Whiskysoda?«

Mit einem gewissen Unbehagen lehnt Martha sich an die Theke. Der Wechsel von dem Film zu diesem ausgelassenen Lärm ist ihr zu abrupt. An den Tischen sitzen Männer und Frauen in Abendkleidung und bewegen sich im Rhythmus der Musik. Es ist das erste Mal, dass sie eine Band aus New Orleans hört. Die ungewöhnliche Kombination der Instrumente ist zwar aufregend, aber sie vermisst den Gesang. Ein *cornet-à-pistons* kann diesen Mangel ihrer Meinung nach nicht wettmachen.

Marlow drückt ihr ein Glas in die Hand.

»Prost«, ruft sie, »auf unsere Freundschaft!«

Vorn wird ein Tisch frei. Von dort können sie die Musiker gut sehen. Der Mann in der Mitte fällt am meisten auf; er ist der einzige Weiße, auch wenn er versucht hat, diese Tatsache mit schwarzer Schuhcreme zu verschleiern. Er spielt Geige. Neben ihm sitzen zwei junge Banjospieler, die mit grinsenden Gesichtern ihre Instrumente zupfen. Hinter ihnen stehen vier ältere Männer mit Klarinetten und Posaunen. Links neben diesem Quartett steht ein groß gewachsener Mann, der das Kornett spielt. Nach ein paar Minuten hat Martha den Film vergessen. Wie alle anderen rutscht auch sie auf ihrem Stuhl hin und her; mit den Füßen klopft sie auf dem Boden den Rhythmus mit.

»Warum tanzt denn niemand?«, ruft sie Marlow zu. »Bei dieser Musik kann man doch nicht sitzen bleiben!«
»Wer hindert dich daran?«
»Kommst du mit?«
Zwischen ihrem Tisch und dem leicht erhöhten Podium sind höchstens zwei Meter frei. Martha nimmt Marlow bei der Hand, zieht sie mit auf die Tanzfläche und fängt an, eine Art Charleston-Variation zu tanzen. Die Musiker lachen und nicken ihnen begeistert zu. Martha dreht und verrenkt sich, während Marlow mit der Zigarette in der Hand ein paar sehr gemessene Schritte macht. Die Leute an den anderen Tischen schauen ihnen zögernd zu. Ein paar Minuten lang tanzen nur Martha und Marlow. Dann erst wagen sich auch andere auf die Tanzfläche.
Sie stehen nun dicht aneinander gedrängt. Marthas Füße sind selbst zu einem Schlaginstrument geworden; sie stampfen nicht, sie schlagen. Mit den Händen folgt Martha den Schwingungen von Oboe und Klarinette. Sie lässt die Hände spielerisch in alle Richtungen flattern. Sie besteht nur noch aus den Muskelsträngen in ihren Armen und Beinen, die sich strecken und wieder zusammenballen, um sich an den Noten entlang nach oben und nach unten zu schlängeln.
»You're wonderful«, keucht Marlow ihr ins Ohr. *»Just wonderful.«*
Martha legt eine Hand auf Marlows Schulter.
»Nicht ich, die Musik.«
»Ihr beide«, japst Marlow. »Aber ich kann nicht mehr.«
Erschöpft? Selten hat Martha so viel Energie verspürt. Es ist unmöglich, diese rollende Lawine ihrer Bewegungen zu bremsen. Warum hat sie so lange nicht mehr getanzt? Sie wusste kaum noch, was das ist: tanzen.
»Martha, komm!«

Nur mit größter Mühe reißt sie sich von der Musik los. Auf ihrem Tisch stehen zwei neue, bis zum Rand gefüllte Gläser. Marlow wirft einen fragenden Blick über die Schulter. Der junge Mann hinter der Theke deutet auf den Bandleader. Quer über die tanzende Menge hinweg prosten sie ihm zu. Eine laute Einlage der Banjos erwidert ihren Toast.
»Du machst sie ganz verrückt«, sagt Marlow lachend.
»Ich?«
»Ja, *honey*. Du!«

Fünf

James Benlowes, der Küster der Finstock Church, hält die Arme abweisend vor der Brust verschränkt und schaut den Priester, der neben ihm vor dem Kirchenportal steht, verärgert an.
»Glauben Sie wirklich, dass das alles nötig ist?«
»Ich fürchte, ja«, antwortet William Force Stead. »Wir können nicht vorsichtig genug sein. Lassen Sie die Tür bitte zu.«
»Aber warum?«, murrt Benlowes. »Ich verstehe das nicht. Normalerweise ist diese Zeremonie doch öffentlich.«
»Wir möchten nicht, dass jemand die Messe stört.«
»Wer sollte das denn tun?« Benlowes lässt nicht locker.
Stead zieht die beiden schweren Flügel der Kirchentür hinter sich ins Schloss und schließt ab.
»Ein zufällig vorbeikommender Passant, der nicht versteht, warum ein erwachsener Mann dort steht.«
Benlowes zieht die Augenbrauen hoch.
»Ich bin jetzt schon seit zwanzig Jahren in der Finstock Church, aber so etwas habe ich noch nicht mitgemacht.«
»Tun Sie einfach, was ich Ihnen sage«, erwidert Stead schroff. »Öffnen Sie nur, wenn Mr. Eliot klopft.«

Stead dreht sich um und geht zum Altar, vor dem die Taufpaten, zwei befreundete Professoren aus Oxford, in ihren schwarzen Togen schon auf ihn warten. Zwischen ihnen

steht ein kleines hölzernes Betpult. Von Eliot selbst fehlt noch jede Spur.
Benlowes setzt sich widerwillig neben den Eingang. An einem Mittwochmorgen die Kirche fest verschließen – was ist das nur für ein Schwachsinn? Und auch noch ausgerechnet heute. Am 29. Juni! Gerade heute ist so ein Tag, an dem der eine oder andere Besucher unvorhergesehenerweise hereinschauen könnte. Ein Tag, an dem sich der Mensch angesichts der dunklen Mächte der Natur seiner Nichtigkeit bewusst wird und nach Schutz und Trost verlangt. Wie viele dieser verlorenen Seelen werden ihm jetzt entgehen? Er liebt es, neue Gäste zu begrüßen. Sie durch seine Kirche zu führen. Ihnen die wunderbaren Holzschnitzereien im Chorgestühl zu zeigen, sie auf das Licht aufmerksam zu machen, das durch die hohen Bleiglasfenster hereinfällt. Wie beispielsweise gestern diese nette Dame aus London, die so viel Interesse gezeigt hatte und die heute wiederkommen wollte. Nein, er ist ganz und gar nicht damit einverstanden. An Tagen wie dem heutigen sollte die Kirche allen offen stehen.
Stead geht neben dem Chorgestühl unruhig auf und ab. Dabei schaut er ständig auf seine Armbanduhr. Gleich acht. Gestern Abend hat er noch mit Eliot gesprochen und ihm klar gemacht, dass er spätestens eine halbe Stunde vor Beginn der Zeremonie in der Kirche erscheinen müsse. Er setzt sich in eine Bank und blättert in seinen Papieren. Er hatte lange für das Abfassen der Predigt gebraucht. Es war ihm bewusst gewesen, dass er seine Worte sorgfältig wählen muss und dass er Eliot nicht einfach mit irgendwelchen Standardformulierungen und Kirchendogmen kommen kann. Sie hatten gemeinsam ein Zitat des heiligen Johannes vom Kreuz als Taufspruch ausgewählt: *Daher kann die Seele nicht besessen sein von der Einheit mit Gott, eh sie sich der Liebe zu Geschöpfen entkleidet hat.*

Er selbst hat so seine Schwierigkeiten mit diesem Zitat. Aber Eliot hatte darauf bestanden, und letztendlich hatte er zugestimmt. Zunächst hatte er noch versucht, es so zu erklären, dass Einsamkeit und Verzicht auf irdische Sehnsüchte zwar eine Voraussetzung für den heiligen Bund darstellen, dass dann aber die Beziehungen zu den Mitmenschen gerade infolge der Inspiration durch Gottes Liebe einen neuen Impuls bekämen, reiner seien. Aber als er diesen Gedanken gestern Abend Eliot unterbreitet hatte, hatte dieser ihn entschieden zurückgewiesen. »Keine Halbwahrheiten«, hatte er ihn angeherrscht, »und schon gar nichts, um die Wunden zu lecken.«

Erschrocken hatte Stead sich hingesetzt, um eine neue Predigt zu schreiben. Er versteht ihn nicht. Wenn Eliot seine religiösen Bedürfnisse unbedingt derart radikal formulieren will, warum geht er dann nicht einfach in ein Kloster? So wie er selbst auch. Das ist die einzige Möglichkeit, der absoluten Forderung des heiligen Johannes Genüge zu tun. Er schließt die Mappe mit den Papieren wieder. Letzten Endes hatte er sich für die Predigt dann auf den Aspekt der Hingabe konzentriert. Das war der Weg, den Eliot selbst vorgegeben hatte. Absolution kann nicht empfangen werden ohne das *absolvere*, ohne sich vom Materiellen und Weltlichen zu lösen. Nur dann kann die Seele von Sünde und Lust gereinigt werden. Wie auch Wein erst gefiltert und von Fruchtfleisch und Kernen gereinigt werden muss, bevor er getrunken werden kann. Ja, diese Metapher gefällt ihm.

Wieder schaut er auf seine Armbanduhr. Die beiden Gelehrten werfen ihm einen fragenden Blick zu. Sie sind auf seine Bitte hin vor Tau und Tag aufgestanden und warten nun schon über eine Stunde. Stead geht zum Altar, auf dem eine dünne weiße Kerze brennt. Keine Blumen, hatte Eliot

gesagt. Und keine Musik. Auf die letzte Bitte ist er nicht eingegangen. Aber das Ganze wird schlicht bleiben. Nur zwei Psalmen, hat er mit dem Organisten vereinbart.
Zehn nach acht. Was soll er tun? Eliot anrufen? Er hört, wie leise an die Tür geklopft wird, worauf der Küster aufspringt. Stead atmet erleichtert auf. Die Blicke der beiden Professoren sind ebenfalls zum Eingangsportal gerichtet, als sich der linke Flügel öffnet und Eliot, in einem schwarzen Anzug mit einem weißen Kragen und mit einer schwarzen Melone auf dem Kopf, die Kirche betritt. Stead nickt dem Organisten zu, der sofort die ersten Noten von *Der Herr ist mein Hirte* anschlägt.

Tom blickt verärgert zur Empore. Keine Musik, hatte er doch gesagt. Wütend geht er durch den Mittelgang. Noch so ein Affront, und er geht wieder. Sein Blick gleitet über die Fenster und die romanischen Seitenschiffe. Er versucht sich zu konzentrieren. Dies könnten die wichtigsten Schritte seines Lebens werden. Die zwei Professoren haben sich mittlerweile auch von ihren Plätzen erhoben und zu beiden Seiten des Betpultes postiert. Leise singen sie den Psalm mit. Stead steht mit gefalteten Händen vor dem Altar und singt aus voller Kehle. Eliot versucht, es zu überhören. Langsam geht er nach vorn. Es ist so weit, denkt er. Mein Aschermittwoch ist angebrochen. Jeder Schritt, den er im Mittelgang macht, dröhnt in seinem Kopf nach. *Hier, der Jahre Reihn, tritt zwischenein.*
Vierzig Schritte muss er zurücklegen, um den Altar zu erreichen. Vierzig Jahre müssen im Nichts versinken. Er hat inzwischen über die Hälfte hinter sich. Langsamer, sagt er sich. Nicht zu schnell. Er geht langsamer, verhält seine Schritte. Schaut wieder hinauf zu den Fenstern. Das frühe Morgenlicht fällt in roten, gelben und blauen Bahnen auf

den Steinboden. Noch ein paar Minuten, dann wird das Licht erlöschen. Er hat es exakt berechnet. Also heißt es langsam gehen. Jedes Jahr an sich vorbeiziehen zu lassen und es dann zu begraben. Erst dann wird er auferstehen. Ex nihilo. Mit einer gereinigten, weißen Seele. Noch zehn Schritte.

Er ist wieder in Saint Louis. Er ist zehn Jahre alt und trägt einen großen, geflochtenen Korb voller Blumen für seine Mutter. Der Korb ist so groß, dass er kaum über den Rand schauen kann. Dennoch schafft er es, den Korb über die Wiese zu tragen und ihn mit einem sachten Plumps vor den Füßen seiner Mutter auf den Boden fallen zu lassen. Sie lacht. *»Well done!«*

Noch neun Schritte, noch acht. Er steht neben seinem Vater und schreit etwas in das große Kupferhorn, das dieser sich ans Ohr hält. Sein Vater hört ihn nicht, schüttelt den Kopf. Er schreit noch einmal. So laut, dass es in seiner Brust wehtut. Sein Vater lacht ein wenig mitleidig und enttäuscht. Es ist nicht genug. Es ist nie genug.

Noch sieben Schritte, noch sechs. Er geht immer langsamer. Wie lässt man etwas verschwinden, das man nicht mehr festhalten kann? Noch fünf Schritte. Er hebt den Fuß und lässt ihn ein paar Sekunden in der Luft schweben, bevor er ihn auf den Boden presst. Eine große, weiße Schleife kitzelt ihn unter dem Kinn. Nurse Annie schiebt ihn in die kleine, katholische Kirche. Er ergreift ihre Hand. Er sieht Hunderte von Kerzen, die im Dunkel leuchten, riecht den beißenden Duft des Weihrauchs. Er verspürt Angst und Verlangen und kriecht auf Annies Schoß. *Herr, ich bin 's nicht wert.*

Noch vier Schritte. Die Sandbank am Fluss. Mücken summen um seinen Kopf herum. Er verjagt sie mit Schlägen. Die Mulde füllt sich mit braunem, schlammigem Wasser. Er gräbt die Mulde noch tiefer. Immer mehr Sand sammelt

sich unter seinen Fingernägeln. Er wischt sich die Hände an der weißen Hose ab. *Nicht wert.*
Noch drei Schritte. Ein Schauder überläuft ihn. Er kann nicht mehr weitergehen. Er fixiert die Spitzen seiner schwarzen Schuhe. Folgt mit dem Blick dem Zickzackmuster, das in sie hineingestickt ist. Er hat nicht den Mut, Stead anzuschauen. Die letzten drei Schritte muss er allein zurücklegen. Er hebt die blitzende Kappe seines Schuhs und steht am Ufer des tosenden Missouri. *Geist der Ströme.* Sein Blick folgt den Strudeln in dem schäumenden Wasser, bis sie in dem runden Loch verschwinden. Ihm wird schwindlig. Er taumelt. »Thomas!« Die Stimme seiner Mutter. Er setzt den Fuß auf. *O Herr, lass nicht zu, dass ich getrennt werd.*
Noch zwei Schritte. Er strengt sich an, presst das Gehirn zusammen, um ein letztes Bild, einen letzten Duft, einen letzten Klang heraufzubeschwören. Aber es kommt nichts. Er hat die Grenze überschritten. Er hat den Panzer seiner Erinnerungen durchbrochen. Eine schwarz glänzende Leere legt sich ihm wie eine Kette ums Herz, lähmt ihm die Beine. Er will den Fuß heben, schafft es aber nicht. Ganz kurz leuchtet das spöttische Gesicht Viviens auf. Dann nichts mehr. Unter seiner Melone perlen Schweißtropfen hervor. Er wischt sie ab. Dann sieht er einen Mund. Die Lippen öffnen sich halb. Er hebt den Fuß. *Sei mir gnädig.*
Der letzte Schritt. Er lässt sich auf die Knie fallen, berührt den kalten Steinfußboden und zieht sich auf das Betpult.

Einer der beiden Professoren räuspert sich unangenehm berührt. Dann dröhnt der laute, schwere Bass von William Force Stead durch die Kirche.
»*Daher kann die Seele nicht besessen sein von der Einheit mit Gott, eh sie sich der Liebe zu Geschöpfen entkleidet hat.* Wir

haben uns heute hier versammelt, um vor Gottes Angesicht Thomas Stearns Eliot zu taufen und in den Schoß der Kirche aufzunehmen. Es ist ein besonderes Ereignis; vor uns steht nämlich kein kleines Kind, das in den Armen seiner Mutter der Liebe und Treue Gottes teilhaftig wird, sondern ein erwachsener Mann, der …«

Tom hebt den Kopf und richtet den Blick auf die Kirchenfenster. Jetzt kann es nicht mehr lange dauern. Er achtet nicht auf Steads Worte. Sie interessieren ihn nicht.

»Mr. Eliot?«

Er schaut Stead verwirrt an. Faltet dann die Hände und murmelt:

»Sprache ohne Wort und
Wort keiner Sprache:
Dank sei der Mutter
Für den Garten,
da alles Lieben endet.«

»Der Vers des Heiligen Johannes vom Kreuz«, fährt Stead zögernd fort, »den Mr. Eliot selbst ausgewählt hat, um heute Zeugnis von seinem Glauben abzulegen, ist ein Wort der Erlösung. Es zeigt, wie der Mensch Gottes Licht erlangen kann, wenn er in der Lage ist, von Eigenliebe, Eitelkeit und Stolz abzulassen, fürwahr die drei größten Hindernisse auf unserer Suche nach Gottes Gnade.«

Keine Musik, keine Reden und auch keine Predigt. Das hatte er doch deutlich gesagt. Jedes Wort ist zu viel und zu wenig. Nur die Stille kann ihn auf diesem Weg begleiten. Stead aber fährt in aller Ruhe mit seiner Predigt fort, während Toms Blick immerzu auf die Fenster der Kirche gerichtet ist. Er sieht, wie die grünen und blauen Lichtstrahlen sich allmählich verwischen. Rot und Gelb schimmern noch leicht hindurch, nehmen aber auch immer mehr ab. Ganz langsam. Man könnte glauben, dass sich gerade eine Wolke vor die Sonne schiebt und dass die Kirche gleich wieder in ihrem Licht baden wird. Aber das geschieht nicht. Es wird immer dunkler.

Steads Stimme kommt ins Stocken. Auch er schaut nun erstaunt zu den Fenstern hinauf, ebenso wie die zwei Professoren, die sich verständnisvoll zunicken; für sie stellt dies keine Überraschung dar. Nur vereinzelt leuchten noch ein paar goldene Flecken ganz schwach in den schwarzen Fenstern auf. Stead stottert noch einige Worte und verfällt dann in Schweigen. Die vier Männer, die im Dunkel der Kirche nicht mehr voneinander zu unterscheiden sind, betrachten die letzten dunkelvioletten Punkte, die in den Bleiglasfenstern aufflackern. Dann aber erlöschen auch sie. Jetzt sind die Fenster vollkommen dunkel. In der Kirche ist nur noch die kleine, flackernde Flamme der einen dünnen Kerze auf dem Altar zu sehen.

Eine Minute lang herrscht in der Kirche vollkommene Stille und Dunkelheit. So muss es sein, denkt Tom, so und nicht anders. Bete für uns in der Stunde unseres Todes. Bete für uns Sünder. Er faltet die Hände, schließt die Augen und murmelt: *O Herr, sei uns gnädig.*

Dann schlägt jemand dreimal laut gegen die Tür. Benlowes, der die Sonnenfinsternis mit offenem Mund beobachtet und wie Eliot die Hände gefaltet hat, um ein Gebet zu sprechen, erschrickt so, dass er von seinem Stuhl rutscht und hart auf den Steinfußboden fällt.

»*Almighty Lord*«, murmelt er und richtet sich mühselig wieder auf. Wieder schlägt jemand laut gegen die Tür. Er dreht sich zum Altar um, sieht dort aber nur Steads Gesicht wie einen fahlen Fleck oberhalb des Tisches. Was soll er machen? Das Pochen nimmt kein Ende. Dann eine Stimme. »Tom!«, ruft eine hohe Frauenstimme. »Mach auf!«

Die beiden Professoren flüstern sich leise etwas zu. Tom steht von seinem Betpult auf und tastet sich zum Altar vor. Er flüstert Stead etwas ins Ohr. Dieser nickt und bedeutet ihm, er solle sich wieder hinknien. Währenddessen pocht noch immer jemand heftig gegen die Tür. Benlowes betritt den Mittelgang und versucht ebenfalls, zum Altar zu gelangen. Er stößt mit dem Knie gegen eine Bank und kann einen Fluch nicht unterdrücken. Stead räuspert sich vernehmlich und sagt hastig:

»Wir fahren mit dem Gottesdienst fort. Mr. Eliot möchte gern sein Gelübde ablegen.«

»*Chaplain*«, ruft Benlowes aus dem Mittelgang, »es steht jemand vor der Tür.«

»Das hören wir«, brummt Stead. »Gehen Sie zurück auf Ihren Platz und lassen Sie die Türen zu.«

»TOM! MACH AUF!«

Benlowes versucht, so gut es eben geht, sich einen Weg zurück zur Tür zu bahnen. Was für ein Theater, brummt er. Hat er nicht Recht behalten? Auf diese Weise provoziert man Probleme geradezu. Noch einmal stößt er schmerzhaft mit dem Knie gegen eine Bank.

»TOM!«, hört er nun direkt vor sich. Mit einem Finger findet er das Schlüsselloch.

»Ruhe bitte!«, ruft er hinaus.

»Lass mich rein!«

Das Schwarz der Fenster reißt auf, und ein zögerndes Stückchen Grau erscheint, bald gefolgt von gelben und orangefarbenen Vierecken. Aus der Dunkelheit schälen sich die Umrisse der vier Männer im vorderen Teil der Kirche heraus, einer kniend auf einem Pult, zwei schwarze Schatten daneben und vor dem Altar das weiße Gewand von Stead. Tom späht angestrengt zu den Fenstern hinauf; die Farben tanzen ihm vor den Augen. Auch Rot hat sich

nun darunter gemischt. Es ist vorbei, denkt er, es ist geschehen.
»Thomas Stearns Eliot«, sagt Stead mit schallender Stimme, »sind Sie bereit?«
»Ja, das bin ich«, antwortet Tom, gefolgt von einem dröhnenden Schlag gegen die Tür.
Er steht auf, die Melone unter dem Arm.
»TOM!«
»I, Thomas, renounce the devil and all his works, the vain pomp and glory of this world, and the carnal desires of the flesh.«
»MACH AUF!«
»Ich glaube an Gott den Vater, den Sohn und den Heiligen Geist. Ich glaube an die Auferstehung des Fleisches und das ewige Leben.«
»TU ES NICHT!«
»Es ist mein Wunsch, in diesem Glauben getauft zu werden.«
»AAHH!«
Das Sonnenlicht fällt in breiten Bahnen in die Kirche. Noch ein letztes Mal ist zu hören, wie jemand laut an die Tür pocht. Dann nichts mehr. Stead führt Tom am Arm zu dem steinernen Taufbecken, nimmt eine Hand voll Wasser und lässt es über die schwarzen, zurückgekämmten Haare tröpfeln.

Sechs

Die Hitze hängt in Nebelschleiern über der Stadt. Die Blätter der hohen Kastanien in der Charing Cross Road reiben wie trockene Papierfetzen gegeneinander. Auf der Straße wimmelt es von weißen und gelben Sonnenschirmen. In der Buchhandlung ist es noch kühl. Martha hat bereits am Vormittag die blauen Markisen heruntergelassen. Im hinteren Teil des Ladens sitzt sie zurückgelehnt auf ihrem Stuhl, hält eine Tasse Zitronentee in der Hand und lauscht der melodiösen Stimme von Mrs. Woolf.

»Wir standen alle in langen Reihen auf der Kuppe von Bardon Fell und schauten äußerst würdevoll und gelassen zum Himmel, die gerußten Brillen im Anschlag. Wir sahen aus wie Druiden in Stonehenge. Die Wolken wurden immer blasser. Unten im Tal herrschte ein außergewöhnliches Wirrwarr aus Rot und Schwarz. Die Dunkelheit griff immer weiter um sich, als braue sich ein wilder Sturm zusammen. Das Licht nahm mehr und mehr ab. Nur ein kleiner Funke Diamant sprühte noch immer hinter dem Mond. Dann verschwand auch dieser Funke.«

Mrs. Woolf lehnt sich kurz zurück, nippt an ihrem Zitronentee und steckt sich eine Zigarette an.

»Ständig wiederholten wir: Das ist der Schatten, das ist der Schatten, als das Licht mit einem Mal ganz weg war. Wir waren in die Tiefe gefallen. Es gab keine Farbe mehr. Die Erde war tot. Das war der überraschendste Moment;

und im nächsten Augenblick, als pralle ein Ball zurück, kam das Licht wieder. Ich hatte sehr stark das Gefühl, es hätte sich etwas hingekniet, das sich gleich darauf wieder aufrichtete … Dann kamen auch die Farben langsam wieder. Die frischesten Farben, die man sich vorstellen kann, Blau und Braun und Gold, als hätte man sie abgewaschen und von neuem aufgetragen. Ein starkes Gefühl der Erleichterung erfasste uns alle. Wir hatten die Welt tot gesehen. Wir waren den Launen des Universums ausgeliefert gewesen. Danach wurden wir einfach wieder Ray in einer Decke und Saxon mit einer Kappe auf dem Kopf. Das Ganze war zu Ende – bis zum nächsten Mal im Jahr 1999. Die Mühe hatte sich gelohnt. Du hättest mitkommen sollen.«

Martha nickt unbestimmt. Bisschen spät, diese Einladung. Sie war den Woolfs zufällig über den Weg gelaufen, am Tag vor deren Abreise. Wenn die beiden sie wirklich hätten einladen wollen, hätten sie doch schon früher …

»Und wie steht es mit Marys Fahnen? Was hältst du von ihren *Beliefs*? Nicht allzu *fugitive*, wie ich hoffe?«

»Die Erzählungen sind jede für sich ganz nett«, sagt Martha und hebt den Stapel mit den Druckfahnen in die Höhe, »aber insgesamt gesehen halte ich die Zusammenstellung für ein wenig willkürlich.«

»Oh, ich weiß, was du meinst. Hogarth entwickelt sich allmählich zu einem Stall für alte Arbeitspferde statt zu einem Verlag mit jungen und unverbrauchten Talenten. Du schreibst nicht zufälligerweise gerade klammheimlich an einem faszinierenden kleinen Meisterwerk? Wir könnten ein paar neue Fohlen gut gebrauchen.«

»Das Einzige, was ich schreibe, sind Rechnungen und Bestellungen«, lügt Martha und überreicht Mrs. Woolf die Druckfahnen. Erst wenn sie ihren eigenen Essay über

Katherine Mansfield überarbeitet hat, wird sie ihn ihr vielleicht zeigen. Nicht früher.

—

Billy Prior zieht einen Zettel aus der Hosentasche und faltet ihn auseinander. Verflucht. Er ist an der falschen Haltestelle ausgestiegen und muss jetzt noch ein ganzes Stück zu Fuß gehen, und das bei diesen Temperaturen. Er hätte nach Hampstead oder nach Epping Forest fahren sollen und nicht in die vor Hitze dampfende Innenstadt. Er zieht den Sakko aus, rollt die Ärmel seines Hemdes auf und geht weiter. Aber er muss ihr seine Entdeckung unbedingt persönlich mitteilen. Nicht am Telefon. Wer weiß, vielleicht könnte er sie dann endlich zu einem kühlen Bier in einem Pub überreden. Sein Arbeitseifer in dieser Angelegenheit wird von dem ständig zunehmenden Verlangen nach der Amsterdamerin angefacht. Er muss geschickt vorgehen. Nicht alles gleich am Anfang preisgeben. Sie ein wenig hinhalten. »Sie hatten doch Recht, Miss Thompson, es haben sich neue Tatsachen ergeben, die ich gern in aller Ruhe mit Ihnen besprechen möchte.« So etwas in der Art. Er schaut auf seine Armbanduhr. Halb sechs. Sehr schön. Er wird kurz vor Ladenschluss bei ihr auftauchen. Der Zeitpunkt ist perfekt.

—

»Ich muss los«, sagt Virginia und nimmt den Umschlag mit den Druckfahnen von Mary Hutchinsons Buch entgegen. »Vergiss nicht, uns eine Rechnung hierfür auszustellen! Und schau nächste Woche mal bei uns rein. Dann sind wir so weit und haben die Druckfahnen eines neuen Buches für dich fertig.«
»Ist es eilig?«

»Nein, wir brauchen die Fahnen erst im Spätsommer. Es handelt sich um eine biografische Fantasie über Voltaire. Ich habe mir gedacht, das könnte dir gefallen. Ihr Niederländer habt doch eine besondere Beziehung zu den Franzosen, nicht wahr?«
Martha nickt. Das stimmt. Die meisten Kurse, die sie bei Mevrouw Gudingh-Boemans an der Volkshochschule belegt hatte, waren französischen Schriftstellern und Dichtern gewidmet gewesen, wohingegen sie kaum ein Wort über die englische Literatur verloren hatte. Sie pflegte die Kursteilnehmer in anmaßendem Tonfall darauf hinzuweisen, dass sie zumindest für eine gewisse Weile nach Paris ziehen müssten, wenn sie auf literarischem Gebiet etwas erreichen wollten.
»Er ist recht gut gelungen, der Essay über Voltaire«, sagt Virginia gedankenverloren, »ein wenig langweilig vielleicht. Man müsste noch daran feilen ...«
Sie steht auf.
»Jetzt gehe ich aber. Ich muss noch ganze Stapel Post von Verehrern beantworten. Noch ein Buch, und ich werde dich auf den Knien anflehen, meine Sekretärin zu werden.«
Martha gibt ihr lachend die Hand.
»Könnten Sie Angus bitten, mir noch einen Karton mit der *Fahrt zum Leuchtturm* vorbeizubringen? Mein Vorrat ist schon wieder erschöpft.«
»Ich werde es ihm ausrichten, kann aber nicht garantieren, dass er es auch tut. Angus fasst jede Frage als persönliche Beleidigung auf. Gestern, als wir alle gemeinsam im Souterrain an der Arbeit waren, habe ich ihn beiläufig gefragt, ob er vielleicht wisse, wie spät es sei. ›Das kann Leonard dir auch sagen‹, hat er mir wütend geantwortet. Worauf Leonard, in höchstem Maße erregt, erwiderte: ›Frag nicht mich, frag Angus.‹ Die Stenotypistin senkte den Kopf; ich

konnte sie durch das Rattern der Schreibmaschine lachen hören. Ich schaute von einem zum anderen und beschloss, dass es wohl am vernünftigsten sei, zu gehen. Später hat Leonard mir erzählt, dies sei der Beginn eines fürchterlichen Streits gewesen. Angus sei zornig weggerannt, und er, Leonard, habe gedroht, ihn rauszuschmeißen. Und alles nur, weil ich mich nach der Uhrzeit erkundigt habe!«

Das Glöckchen an der Tür bimmelt. Ein verschwitzter Prior betritt die Buchhandlung, winkt beiden Damen freundlich zu und beugt sich abrupt über einen der Büchertische. Martha starrt ihn erstaunt an. Was will der denn hier?

»Ende des Monats fahren wir nach Rodmell«, sagt Virginia. »Denk daran, du hast versprochen, uns zu besuchen. Wir werden von angemessenem britischem Zorn ergriffen, wenn du dein Versprechen nicht hältst.«

Und weg ist sie.

»Mr. Prior? Was für eine Überraschung!«

»Einen wunderbaren Laden haben Sie da.«

»Suchen Sie etwas Bestimmtes?«

»Nein, ich möchte gern kurz mit Ihnen reden.«

»Wieso? Haben Sie etwas herausgefunden?«

Prior nimmt sich eine Zigarette und bietet ihr auch eine an.

»Ich glaube, ich habe einen wichtigen Hinweis gefunden.«

»Endlich«, seufzt Martha.

»Ich weiß, die Nachforschungen sind schwierig, aber dafür haben wir jetzt endlich etwas.«

»Und was ist das genau, wenn ich fragen darf?«

»Die Angelegenheit ist heikel und komplex. Es wäre besser, wenn wir sie irgendwo unter vier Augen besprechen könnten.«

Sie schaut ihn spöttisch an.

»Mehr als vier Augen sehe ich hier nicht. Und Sie?«

Prior lächelt. Im Vergleich zu den Mauern, die diese Dame um sich herum errichtet, waren die Verteidigungslinien bei Ypern gar nichts. Aber es wird ihm schon noch gelingen. Er hat die ganzen Akten schließlich nicht durchgeackert, nur um jetzt klein beizugeben.

»Ich möchte es einmal so formulieren: Die Fakten sind streng vertraulich. Es wäre mir gar nicht lieb, wenn ein Kunde diese zufällig mitbekäme.«

»Worum geht es, Mr. Prior?«

»Es besteht Anlass zu der Vermutung, dass Ihr Vater im Herbst 1917 nicht gefallen ist, sondern mit schweren Verwundungen in ein Krankenhaus in Nordfrankreich eingeliefert wurde.«

Also doch. Auch sie hat schon häufiger an diese Möglichkeit gedacht. Es könnte erklären, warum ihre Mutter und sie nie eine offizielle Todesnachricht erhalten haben.

»Und er ist nicht gleich an den Folgen seiner Verwundungen gestorben?«

»Das ist es eben, was ich mit Ihnen besprechen möchte. Was glauben Sie, können Sie den Laden jetzt schon schließen, damit wir das Gespräch woanders fortsetzen können? Ich weiß nicht, wie es Ihnen geht, aber ich sehne mich nach einem kühlen Bier.«

Sieben

Der Kellner des Pubs in der Shaftesbury Avenue stellt zwei hohe Gläser mit hellbraunem Bier vor sie auf den Tisch. Prior stößt mit seinem Glas leicht gegen ihres und trinkt es gleich halb leer.

»Das tut gut.«

Wenn er nur nicht ständig so blöd grinste, denkt Martha bei sich, dann könnte er mir vielleicht gefallen. Die hohe Stirn mit den graublauen Augen unter den schweren, dunkelblonden Augenbrauen ist faszinierend. Federnder Gang, muskulöser Körper. Natürlich war ihr unterwegs nicht entgangen, dass er die Blicke von Frauen und Männern auf sich zog. Aber was soll das? Komm zur Sache, denkt sie.

»Was ist über seinen Aufenthalt in diesem Krankenhaus bekannt?«

»Erwarten Sie nicht zu viel. Es war ein behelfsmäßiges Lazarett direkt hinter den britisch-französischen Linien, irgendwo zwischen Menen und Ypern. Dort konnte man nicht viel tun, höchstens erste Hilfe leisten und die allernötigsten chirurgischen Eingriffe vornehmen, Amputationen und so. Anschließend wurden die Verwundeten in andere Krankenhäuser verlegt oder, wenn sie die Operationen nicht überstanden, an Ort und Stelle begraben. Ihr Vater steht auf der Liste der Patienten, die am 26. Oktober 1917 eingeliefert wurden. Verwunderlich ist allerdings, dass darauf nicht vermerkt ist, wohin man ihn anschließend gebracht hat. Sein Name ist auch nicht auf der Liste der gestorbenen Patienten zu finden. Wir stehen also vor einem Rätsel. Er ist nicht als geheilt entlassen worden – dafür waren dem medizinischen Gutachten zufolge die Verwundungen an Rücken und Schultern zu schwer –, aber er ist auch nicht in diesem Lazarett gestorben. Immerhin wissen wir nun, dass er an der Menen-Offensive teilgenommen hat. Das ist ein wichtiger Hinweis.«

Martha starrt ihn fassungslos an.

»Wieso haben wir nicht eine einzige Mitteilung aus diesem Lazarett bekommen?«

»Dort herrschte das komplette Chaos. Es gab kaum genügend Personal, um die Verwundeten zu versorgen, geschweige denn, um Briefe zu schreiben.«

»Mein Vater war also gar nicht tot, sondern nur verwundet, und man hat lediglich vergessen, uns das mitzuteilen?«

Alles dreht sich vor Marthas Augen. Wir hätten ihn retten können, denkt sie. Eine einzige Mitteilung hätte genügt.

»Das Problem, Miss Thompson, besteht darin, dass er aus dem Krankenhaus verschwunden ist, wir aber nicht wissen, warum und wohin. Es ist nicht ganz einfach, den zuständigen Stellen von hier aus Informationen zu entlocken. Das Beste wäre, jemand durchsucht höchstpersönlich die Archive in Belgien und Nordfrankreich. Obwohl auch diese Suche ergebnislos bleiben könnte. Viele Akten sind spurlos verschwunden. Aber da ist noch etwas anderes, was ich Sie fragen wollte. Sie haben doch einmal erwähnt, dass Ihre Mutter russisches Blut in den Adern hatte, nicht wahr?«

»Was hat das denn mit meinem Vater zu tun?«

»Ich suche nur nach einer möglichen Erklärung für sein Verschwinden. Hatte Ihre Mutter damals noch Kontakt zu Verwandten oder Freunden in Russland?«

Martha versteht nicht, worauf er hinauswill: »Nicht dass

ich wüsste«, sagt sie zögernd. »Mein Großvater hat als Kulissenmaler für das Russische Ballett gearbeitet. Während einer Europatournee ist er in Amsterdam meiner Großmutter begegnet. Sie war Tänzerin. Sie hatten eine leidenschaftliche, aber kurze Liebesaffäre. Meine Oma wurde schwanger, wollte aber nicht mit ihm nach Russland gehen. Er trank zu viel, glaube ich. Meine Mutter ist bei ihren Großeltern aufgewachsen. Aber nochmals: Warum möchten Sie das wissen?«

»Es hätte doch sein können, dass Ihre Eltern irgendwelche Beziehungen zu russischen Revolutionären hatten. Ihr Vater war schließlich auch ein Bekannter von Bertrand Russell. Und der wiederum war ein erklärter Anhänger der russischen Revolution und hat als solcher im Jahre 1917 die ›Anglo-Russian Democratic Alliance‹ gegründet. In diesem Bündnis arbeiteten englische Pazifisten mit revolutionär gesinnten Russen zusammen. Im März 1917 organisierte Russell eine große Versammlung in der Albert Hall, in deren Verlauf wohlgemerkt zwölftausend Personen, von denen die meisten den Kriegsdienst verweigert hatten, den russischen Revolutionären zujubelten. Dies alles geschah ein paar Monate vor dem Zeitpunkt, zu dem Ihr Vater von der Front verschwunden ist.«

»Und was wollen Sie damit sagen?«

»Meinen Informationen zufolge hatten sich Ihre Eltern in der pazifistischen Bewegung der NCF, der ›No-Conscription Fellowship‹, engagiert, einer politischen Organisation, die Kriegsdienstverweigerer unterstützte, Versammlungen organisierte und die sich gegen die Regierung verschworen hatte. Ihr Vater hat im Herbst 1916 eine dieser Versammlungen besucht, wie ich Ihnen bereits gesagt habe. Was mich interessieren würde, ist, ob Ihnen der Name Catherine Marshall etwas sagt.«

»Nein.«
»Nun, Catherine Marshall war eine der führenden Vertreterinnen der ›National Union of Women's Suffrage Society‹, die an der internationalen Frauenkonferenz im April 1915 in Den Haag teilgenommen hat. Den Eintragungen auf der Besucherliste zufolge ist auch Ihre Mutter dort gewesen, in Begleitung Ihres Vaters.«
Martha starrt ihn erstaunt an. Ihre Mutter eine Suffragette? Unmöglich. Er muss sich irren.
»Catherine Marshall hat sich später gemeinsam mit Russell zur treibenden Kraft in der NCF entwickelt. Verstehen Sie? Frauenrechtlerinnen, Pazifisten und Revolutionäre vereinigten sich in ihrem Kampf gegen die liberale Regierung unter Lloyd George. Dank der Kontakte Catherine Marshalls innerhalb der internationalen Frauenbewegung ergaben sich neue Verbindungen zu politischen Gruppierungen in anderen Ländern, vor allem in Deutschland und in Frankreich. Sie dürfen das nicht unterschätzen. Diese Leute wollten tatsächlich eine russische Revolution in Europa auslösen.«
»Das Ganze ist ja recht interessant«, murmelt Martha, »aber ich kann noch immer keinen Zusammenhang mit dem Schicksal meiner Eltern erkennen.«
Prior leert sein Glas.
»Vielleicht gibt es ja auch gar keinen Zusammenhang. Ich halte es lediglich für bemerkenswert, dass Ihre Eltern irgendwie in dieses Netzwerk verstrickt waren. Ein Netzwerk, das nicht nur die Kriegsdienstverweigerer finanziell unterstützte, sondern auch Fahnenflüchtige befreite, um sie von den Kriegsschauplätzen weg an einen sicheren Ort zu bringen. Außerdem wurde im Sommer 1917 wiederholt gemeutert, nicht nur bei den französischen Divisionen. Auch bei den britischen und belgischen Truppen kam es immer wieder zu Unruhen.«

Endlich beginnt es ihr zu dämmern. Offenbar glaubt er, dass ihr Vater von irgendeiner politischen Gruppierung aus Ypern verschleppt wurde. Einen Augenblick greift sie unwillkürlich nach diesem Strohhalm. Schließlich trifft es zu, dass ihr Vater kurz vor seiner Verhaftung Russells Versammlung besucht hat. Aber dann schüttelt sie den Kopf.

»Mein Vater war kein Deserteur«, murmelt sie.

»Was weiß ein Kind schon von den politischen Überzeugungen seines Vaters?«

Sie schaut ihn fragend an.

»Halten Sie es wirklich für möglich, dass er entführt wurde?«

»Alles ist möglich, Miss Thompson. Vor allem in Kriegszeiten.«

Er wendet den Blick von ihr ab und hebt zwei Finger, um beim Kellner noch zwei Gläser zu bestellen. Es war nicht ganz einfach, aber die Mauern sind jetzt gefallen, genau wie er sich das gedacht hatte. Dennoch hat er auf einmal keine Lust mehr, zuzuschlagen. Das Bier ist ihm in den Kopf gestiegen; er fühlt sich fehl am Platz. Wie er sie mit seinen wenig glaubhaften Geschichten zu umgarnen versucht, mit Geschichten, die aber auch stimmen könnten. Dieser Mann ist schließlich einfach im Nichts verschwunden.

Er spürt, wie er von Schwindel erfasst wird. Zu viel Alkohol auf leeren Magen. Er zieht eine Zigarette aus der Schachtel und steckt sie an. Abscheu fühlt er, eine tiefe Abscheu vor sich selbst. Wie er es sich jeden Tag aufs Neue erkaufen muss mit Lügen, Gewalt, Alkohol, Sex. Jeden Tag von neuem. Um nicht unterzugehen. Um nicht vor Angst verrückt zu werden. Er braucht den Sex, um schlafen zu können, um die Bilder zu vertreiben. Ihm gegenüber sitzt die schönste Frau von *downtown* London. Bei ihr würde es ihm noch nicht einmal gelingen. Er braucht den Geruch von *fish and chips*, von billigem Parfüm, von *lower-class*-Unterwäsche.

Wieder schaut er sie an; er sieht ihr ovales Gesicht, die glänzenden grünen Augen, die rotblonden, goldschimmernden Haare. Am liebsten würde er sie in die Arme nehmen und sie sanft wiegen, mehr nicht. Dieser verfluchte Krieg. Wird er denn nie enden?

»Wir w-wissen es nicht, Miss T-thompson«, stottert er. »Es war lediglich ein Gedanke. Aber es lässt sich auch nicht ganz ausschließen …«

»Martha«, sagt sie, »ich heiße Martha.«

»Ich werde mich bemühen, äh, Martha«, murmelt er schwerfällig, während sein Bewusstsein wegkippt. Er taumelt hinter einem seiner Freunde her durch den glitschigen Schlamm, während ihnen die Kugeln um die Ohren pfeifen. Er will Wilfred zurufen: »Nicht dorthin! *Steady on the left!*« Aber seine Kehle ist wie zugeschnürt. Kein Laut kommt über seine Lippen. Dann der Einschlag. Schlamm spritzt ihm ins Gesicht. Der Gestank von versengtem Fleisch dringt ihm in die Nase. Etwas klebt an seiner Stirn. Er wischt es weg.

»Vergiss es«, stammelt er. »Ich …«

Martha starrt das halb abgewandte Gesicht ihr gegenüber erstaunt an. Was ist auf einmal mit ihm los? Er hält den Kopf gesenkt, seine Hände auf der Tischplatte zittern. Zum ersten Mal verspürt sie eine gewisse Zuneigung für den Mann, der ihr gegenüber in seinem Stuhl hängt. Sie sieht, wie seine Kiefer sich verkrampfen; das ohnehin kantige Profil seines Gesichtes wird dadurch noch ausgeprägter. Er ist leichenblass. Seine Augen haben sich zu Schlitzen verengt.

»Fühlen Sie sich nicht gut?«, fragt sie. »Möchten Sie gehen?«
Er nickt und ist schon an der Tür. Martha folgt ihm nach draußen. In einiger Entfernung sieht sie ihn über den Bürgersteig rennen. Ohne sich noch einmal umzublicken, biegt er in die erste Seitenstraße links.

Acht

Schon seit einer Stunde halten Louise und Martha auf zwei Stühlen neben dem Bett bei Vivien Wache. Unmittelbar nach Ellens Anruf waren sie mit einem Taxi zu ihr gefahren. Sie hatten sie in der Küche angetroffen, noch im Mantel, Schürfwunden an den Händen, einen geistesabwesenden Blick in den Augen. Louise hatte sie vorsichtig am Arm genommen. Martha war unbeholfen hinter ihnen hergetrottet; sie wusste nicht recht, was von ihr erwartet wurde. Unschlüssig war sie in der Diele auf- und abgegangen, während Louise Vivien im Badezimmer auszog. Die Tür zu Eliots Arbeitszimmer war einen Spaltbreit geöffnet gewesen, und sie hatte kurz hineingespäht.

In Viviens dämmrigem Schlafzimmer hängt der muffige Geruch von Arzneimitteln und Kamille. Martha schaut Louise dabei zu, wie sie die Kompresse von Viviens Kopf nimmt und ihr etwas zu trinken gibt. In ihrem blauen Seidenpyjama sieht Vivien noch zerbrechlicher, noch schwächer aus als sonst. Ihre Miene hingegen ist nicht mehr so angespannt, und auch der seelenlose Blick in ihren Augen ist verschwunden. In kleinen Schlucken trinkt sie das Glas mit dem warmen Getränk leer und schiebt dann Louises Hand beiseite.

»Genug«, sagt Vivien und richtet sich halb auf. »Jetzt erzähle ich, wo ich gewesen bin.«

»Versuch zu schlafen, Vivien«, sagt Louise, die sie wie-

der sanft aufs Bett zurückdrückt, »du darfst nicht so viel reden.«
»Nicht so viel reden«, wendet Vivien ein, »du hast mich doch selbst gefragt, wo ich gewesen bin. Dann erzähl ich es dir auch. Wenn ich es nicht erzähle, kann ich nicht schlafen. Ich bin bestimmt nicht einfach so durch die Gegend gezogen, ich hatte ein ganz bestimmtes Ziel vor Augen. Finstock Church, ganz in der Nähe von Oxford. Hotel schnell gefunden, Kirche angeschaut und mir die schwachsinnigen Geschichten des Küsters angehört. Stolz wie ein Pfau auf seine Fenster. Aber ich spiele meine Rolle gut. Innerhalb kürzester Zeit hatten sich meine Vermutungen über das, was sich am Mittwoch dort abspielen sollte, bestätigt. Ich also, so schnell ich kann, nach Oxford, zwischen Fakultäten und anderen Universitätsgebäuden hin- und hergelaufen, überall Erkundigungen eingezogen. Habe versucht, diesen Stead zu finden, aber alles ohne Erfolg. Keine Spur, weder von Tom noch von diesem Priester.«

Sie schließt die Augen und streicht sich erschöpft durchs Haar. Martha fixiert ihr schmales Gesicht, das fast genauso weiß ist wie der Kissenbezug. Wenn sie nicht so mager wäre, wäre sie mit ihren halblangen dunklen Haaren und den grauen Augen mit dem wachen Blick eine schöne Frau.
»In der Nacht davor habe ich kaum ein Auge zugemacht«, fährt Vivien fort. »Wie hätte ich auch, wenn der eigene Mann kurz davor steht, sich selbst zu ersäufen? Nicht etwa im Meer, Louise – diesen Mut hätte ich vielleicht noch respektieren können –, nein, in einem Weihwasserbecken!«
Sie seufzt. Wieder streift ihr Blick ruhelos über die Zimmerdecke.

»Am nächsten Morgen stehe ich in aller Frühe auf. Zu früh, um etwas zu essen, aber das ist mir egal. Ich kriege in letzter Zeit ohnehin kaum einen Bissen hinunter. Weißt du, was das ist, Louise? Essen? Ich hab es nie richtig verstanden. Man steckt sich einen Flügel in den Mund, ein Bein, eine Flosse. Und dann? Was muss man dann tun? Zermahlen und runterschlucken? Du kannst es, nicht wahr? Ich nicht. Ich habe es nie gekonnt. Obst, das geht gerade noch. Und Brei. Vanillepudding. Und Pralinen. Schachtelweise.«
Sie wirft Martha einen schnellen Blick zu, als würde sie am liebsten auch sie nach ihren Essgewohnheiten fragen, nimmt dann aber doch den Faden ihrer Geschichte wieder auf.
»Mein Hotel liegt also an dem Weg, der zur Kirche führt. Ich brauche nur aus dem Fenster zu schauen, um ihn kommen zu sehen. Seit sechs Uhr sitze ich wartend am Fenster. Sehe zuerst den lächerlichen Priester und die beiden Schwarzröcke vorbeigehen, dann, viel später, Tom. Der Schock, als ich meinen Mann vorbeigehen sehe. Ich habe zwei Stunden lang gehofft, gefleht, dass er nicht auftauchen möge. Dass es nur ein Scherz sein möge, dass er sie mal so richtig an der Nase herumführen will. Aber da ist er, mein Mann, und schreitet an einem frühen Junimorgen freiwillig in Finstock seinem Untergang entgegen. Und ich bin die Einzige, die ihn retten kann.
Also nehme ich meinen Mantel vom Bett, verlasse das Hotel und biege nach links in den Stichweg, der zur Kirche führt. Gegenüber der Kirche liegt der Friedhof. Graue, moosbedeckte Steine, die sperrig und schief aus dem Boden ragen. Ich gehe zur Tür, lege ein Ohr daran und höre den dröhnenden Bass von diesem Stead. Ich drücke die verrostete Metallklinke hinunter, aber die Tür lässt sich nicht öffnen. Nicht eine Handbreit. Ich bin ausgesperrt. Ihr dürft jetzt

nicht glauben, dass mich das irgendwie gewundert hätte. Ich bin es nicht anders gewohnt. Mein ganzes Leben ist eine einzige langwierige Exkommunikation.«

Sie atmet keuchend, streicht mit den Händen nervös über das Betttuch.

»Vivien?«, fragt Louise besorgt und beugt sich zu ihr vor. Diese aber winkt ungeduldig ab.

»Dann geschieht es. Ich habe es gewusst, ich hatte es in der Zeitung gelesen, bin aber dennoch überrascht. Die Farben verwischen sich allmählich. Dunkelheit fällt über den Kirchplatz, so furchterregend, als würde Gott höchstpersönlich von da oben aus Regie führen. Ich trommele mit den Fäusten gegen die Tür, rufe, dass ich hineinwill.«

Sie schaut Louise durchdringend an.

»Siehst du die Szene vor dir, Louise? Eine verlassene Kirche in einem kleinen Ort, irgendwo in den Cotswolds, und eine Frau, die wie wahnsinnig auf die hölzernen Kirchentüren einschlägt. Großartig, nicht wahr? Jeder hat so seine eigene Bestimmung im Leben, und das hier ist meine. Dann die heisere Stimme des Küsters: Ich solle nicht länger durchs Schlüsselloch schreien. Ich schaue zum Himmel hinauf, der schwärzer und schwärzer wird, denke noch, dieses Ende überschneidet sich mit dem Ende der Welt, und brülle zum letzten Mal: Lass mich rein!

Aber ich bin die Letzte, die sie dabeihaben wollen. Die Einzige, die sein Leben mehr liebt als ihr eigenes. Alles haben wir geteilt, unseren Geist, unser Lachen, unsere Stifte, unseren Spott. Aber er hat alles fortgespült – mit ein paar Wassertropfen. Als wäre es nichts Besonderes, dass man mit einer Zunge reden kann, mit einem Blick den anderen versteht. Er hat es weggeworfen, einfach so. Und warum?«

Sie schaut von einer zur anderen, als erwartete sie von ihnen beiden die Antwort.

»Weil er glaubt, dass er damit seine Schuld abstreifen kann. Aber er hat sich getäuscht. Eine neue Schuld wird auf die alte getürmt und noch eine und noch eine. Es gibt keinen Ausweg, wir sind immer schuldig, was wir auch tun. Das Leben selbst ist es, das uns diese Schuld aufbürdet. Daran kann keine Bekehrung etwas ändern.«

Louise legt ihr eine Hand auf den Arm.

»Und dann?«, fragt sie.

»Und dann? Und dann? Was willst du eigentlich? Ich weiß es nicht mehr. Bin ins Hotel zurückgegangen. Habe, glaube ich, mich von einem Taxi zum Bahnhof fahren lassen. Das Erste, was ich sehe, als ich nach Hause komme, ist Ellens erschrockenes Gesicht. Und dann steht ihr zwei auf einmal in der Küche. Und jetzt ist es vorbei, nicht wahr, Louise? Das willst du doch damit sagen. Aber du sagst ja nie etwas. Du pflegst, salbst, tröstest und beschwichtigst. Aber niemand sagt irgendetwas zu mir. Eine Kompresse auf die Stirn, ein Verband, der gewechselt werden muss. Aber das, was ich hören will, wird nicht gesagt. Warum nicht, Louise? Oder hast du etwa Angst?«

»Morgen«, sagt Louise, die Vivien ein Glas Wasser reicht, »morgen reden wir weiter. Jetzt nimm erst einmal diese Schlaftablette und versuch, dich ein wenig auszuruhen. Ich bleibe bei dir, bis du eingeschlafen bist. Morgen, wenn du ausgeruht bist, schaue ich wieder vorbei.«

Neun

Ein dunkler quadratischer Raum, der an der zur Straße gelegenen Seite zwei schmale Fenster hat. Braun gestrichene Wände, ein glänzender Parkettboden, zwei Ledersessel, eine Stehlampe und ein großer Schreibtisch, von Manuskriptseiten übersät. Tom rutscht unruhig auf seinem Stuhl hin und her. Vor ihm liegt der neue Verlagskatalog von Faber & Gwyer. In den vergangenen Wochen hat er praktisch alle Begleittexte zu den gut fünfzig neuen Titeln verfasst. Einer gelungener als der andere. Dass er eines Tages zur Feder greifen würde, um über Kricket, das Anlegen von Teichen im Countrystil oder den Aufbau einer Tabakplantage in Virginia zu schreiben! Es befinden sich nur einige wenige belletristische Werke darunter, die darüber hinaus noch von zweifelhafter Qualität sind. Gut, seine Zeitschrift, die jetzt *The Monthly Criterion* heißt, wird auch erwähnt, ansonsten aber stimmt das Ganze eher traurig. Faber verlegt keine Bücher, sondern Broschüren. Die zudem noch schlecht geschrieben sind.

Er steht auf und tritt ans Fenster. Trotz der wunderbaren Aussicht auf den Woburn Square sehnt er sich nach der Bank. Dort musste er sich wenigstens nicht prostituieren. Wenn auch das Produkt verwerflich gewesen sein mag, so konnte man dies keinesfalls vom Engagement und der Einsatzbereitschaft der Angestellten sagen. Aus viel Geld noch mehr Geld machen – eine ebenso eindeutige wie klare Ausgangslage. Während man hier sein Bestes gibt, der Kultur im Namen der Kultur den Garaus zu machen. Mit Ausnahme von Geoffrey Faber besteht die gesamte Verlagsleitung aus einem Haufen armseliger Amateure und aufgeblasener Kaufleute, die gerade noch wissen, wie ein Buch aussieht.

Freie Hand bei der Zusammenstellung eines neuen Verlagsprogrammes hatte man ihm versprochen. Geoffrey Faber hatte die Zusicherung mit schwerem englischem Akzent gegeben. Dann mal los. Tom hatte sich gleich darangemacht und seinen Einstand mit einer Reihe literaturkritischer Abhandlungen gegeben, über Bergson, Rimbaud, Maurras. Aber *critical studies* verkaufen sich nun einmal nicht. Er braucht dringend Primärliteratur. Eine neue Auswahl aus Ezras Gedichten wäre nicht schlecht, aber dann? Die besten Autoren sind bei der Hogarth Press. Herbert Read hat er ihnen schon abspenstig gemacht, sich selbst natürlich auch, doch Virginia würde es ihm nie verzeihen, wenn er sich so etwas noch einmal leistete.

Tom steckt sich eine Zigarette an und setzt sich wieder an seinen Schreibtisch. Er schlägt den Katalog zu und schiebt ihn in die äußerste Ecke seines Schreibtisches. Es ist besser, Wurst zu verkaufen, als schlechte Bücher zu verlegen. Er nimmt den obersten Umschlag vom Stapel und öffnet ihn. *How to learn Bridge in 24 hours.* Er blättert ein wenig in dem Manuskript und legt es dann zur Seite. Den nächsten Umschlag trennt er mit dem messerscharfen Brieföffner aus Ebenholz auf, den ihm sein Schwager Maurice aus Afrika mitgebracht hat. Auf dem Titelblatt steht: *Everything you always wanted to know about horses.* Gelangweilt fängt er an zu lesen, legt den Papierstapel aber schon nach dem ersten Absatz verärgert aus der Hand. Der Nächste bitte, murmelt er und reißt einen braunen Umschlag auf. *Me-*

mories of Lady Ashton-Wellingbridge. Die wievielten Erinnerungen des vergangenen Jahres sind das? Mindestens fünfzehn Umschläge voll von elitärem, autobiografischem Genäsel hat er bereits in den Papierkorb befördert. Haben die englischen Ladys denn nichts Besseres zu tun? Wenn sie wenigstens den Premierminister verführt oder sich notfalls mit dem Kutscher eingelassen hätten, dann wären ihre Memoiren zumindest etwas spritziger. Er liest ein paar Zeilen und legt die voll geschriebenen Seiten dann beiseite. *So long, Lady Ashton.*

Da klopft es an die Tür.

»Herein!«

Bridget, seine Sekretärin, betritt zögernd das Arbeitszimmer.

»Ihre Frau ist am Telefon, Sir. Das ist heute schon das dritte Mal. Soll ich sie jetzt durchstellen?«

Er schüttelt den Kopf.

»Sagen Sie ihr, ich bin zum Lunch.«

Sie macht ein betretenes Gesicht.

»Es ist schon kurz nach vier.«

»Zu einem späten Lunch, Bridget.«

Die Sekretärin verschwindet wieder. Tom reibt sich stöhnend über die Schläfen. Wenn er hier überhaupt etwas schaffen will, dann muss er die Hände frei haben und nicht tausend Mal am Tag angerufen werden. Viviens Verfassung verschlechtert sich zusehends. Er sollte sie mal wieder nach Divonne-les-Bains oder nach Malmaison schicken. Das täte ihr sicher gut. Er nimmt den kupfernen Hörer von der Gabel und lässt sich mit der Klinik in der Nähe von Genf verbinden. Brummende Stille, dann die nasale Stimme einer französischen Krankenschwester. Nein, bis Ende Oktober ist kein Platz mehr frei. Er sucht in seinem Kalender nach der Nummer der Klinik in Malmaison. »Aber natürlich sind noch Zimmer frei«, antwortet eine helle Frauenstimme am anderen Ende der Leitung. Erleichtert legt er auf. Malmaison ist teurer, zum Glück kann er aber über das Geld aus dem Haighwood-Erbe frei verfügen.

Achtlos durchblättert er die druckfrische Ausgabe seines eigenen Gedichtes *Die Reise aus dem Morgenland*, das letzte Woche mit Illustrationen von E. McKnight Kauffer bei Faber erschienen ist. Wenn sie ihm keine ordentlichen Manuskripte zuschicken, muss er eben sein eigenes Buch in die Hand nehmen. Zum wiederholten Mal liest er die etwa dreißig Zeilen seines Gedichtes. Nicht gerade viel, aber immerhin. *Wohl einen kalten Anweg hatten wir, War grad die schlimmste Zeit im Jahr.* Das sind die Worte von Lancelot Andrewes, des Bischofs von Chichester aus dem 17. Jahrhundert; ihm, dem ersten großen Redner der englischen Hochkirche, will er auch seinen neuen Essayband über Religion und Literatur widmen. In diesen Essays versucht er, sich selbst davon zu überzeugen, dass es möglich sein muss, gleichzeitig zu glauben und zu schreiben. Dass beides überdies untrennbar miteinander verknüpft ist. Ohne Übersteigerung sind die Worte nämlich lustlos. Solange sich der Dichter an die graue Materialität des Daseins klammert, wird sich seine Stimme nicht von dem banalen Chor der Masse abheben. Dichten ist die Gratwanderung zwischen dem Sichtbaren und dem Unsichtbaren, zwischen dem Sagbaren und dem Unsagbaren, zwischen dem Sein und dem Nichtsein – und nicht diese saftlose Alltagsanekdotik, mit der seine Kollegen so viel Erfolg haben. Schon seit längerem sucht er auch bei früheren Dichtern nach den Spuren ihres Ringens an den Grenzen. Und er hat sie gefunden, sogar bei Baudelaire. Aber natürlich! Das ist der einzige Ausweg aus dem *spleen*. Er sucht, um sich selbst zu überzeugen. Er, der neue Augustinus, die Reinkarnation von John Donne. Jedem Dichter seine spirituelle Reise. Warum sollten nur die elisabethanischen Dichter Mystik und Poesie miteinander verknüpfen dürfen?

Er sammelt Argumente, verteidigt hingebungsvoll die religiöse Komponente der Dichtkunst und stößt dabei lediglich auf Hohn und Verachtung. »Eliot hat die Moderne zugunsten der Mediävistik aufgegeben«, stand spöttisch in einer Zeitung. Das Ganze sei eine Flucht, ein letztes Aufbäumen seines »erschöpften Geistes«. Niemand hat erkannt, dass es ein neuer Weg ist, ja sogar ein dringend notwendiger Weg.

Er schiebt den Stuhl zurück, nimmt den Hut von der Garderobe und verlässt das Zimmer. Er muss kurz an die Luft. Einen Spaziergang machen. Im Club einen Whisky trinken. Das ist eines der wenigen Dinge, die er an England noch zu schätzen weiß: die Grauzone zwischen privat und öffentlich, die im Club herrscht. Die Ledersessel, das zuvorkommende Personal, die Diskretion der anderen Mitglieder. Keiner, der etwas von einem verlangt, keiner, der sich nach irgendetwas erkundigt. Man hält sich dort auf, ohne sich erklären zu müssen oder vom aufdringlichen Verhalten anderer gestört zu werden. Manchmal lässt sich nebenher ein Geschäft tätigen. Genauso, wie es sich gehört: beiläufig und distinguiert.

Vor dem Haus wird Tom von der grellen Sonne geblendet, sodass er mit den Augen blinzeln muss. Er setzt sich die Melone auf den Kopf und geht mit entschlossenen Schritten die Treppe hinunter. Ein paar Whiskys und dann nach Hause, um Vivien mitzuteilen, dass sie nach Malmaison fahren wird. Und dann weiterarbeiten. An seinem neuen Gedicht: *Ein Lied für Simeon.* Er überquert den Woburn

Square und bleibt kurz stehen, um ein paar Kindern zuzusehen, die im Teich ein Boot zu Wasser lassen. Er muss an sein eigenes kleines Segelboot denken, hellblau mit weißen Streifen. Er geht weiter, kommt an einem gut besuchten Pub vorbei, in dem ein paar Männer an der Theke stehen, wirft einen Blick hinein und zögert. Warum sollte er nicht hier schon einen Drink nehmen? Um ein wenig in Stimmung zu kommen. Er geht hinein, bestellt an der Theke einen Bourbon und nimmt die Zeitung in die Hand, die ein früherer Besucher liegen gelassen hat. *In memoriam: Sacco und Vanzetti* steht in großen Lettern auf der ersten Seite. Und direkt darunter die Unheil verkündende Schlagzeile: »Der elektrische Stuhl: Sitz des Todes«.
Er hebt das Glas mit dem Bourbon an die Lippen und betrachtet die Fotografien. Eine ist dabei von einer Massendemonstration in New York, eine andere zeigt Mrs. Sacco nach dem letzten Besuch bei ihrem Mann. Das Gesicht des Gouverneurs von Massachusetts, Fuller, ist auf einem kleinen eingeschobenen Foto zu sehen. Tom hört das Rauschen eines Radios und blickt sich um. Die Männer stehen im Kreis um einen hellbraunen Röhrenempfänger, den der Wirt am Ende der Theke aufgestellt hat. Das Radio macht einen ohrenbetäubenden Lärm, dann aber erschallt auf einmal eine gehetzte Männerstimme aus dem runden gelben Lautsprecher. Neugierig nimmt Tom sein Glas und geht ein paar Schritte auf die Männer zu.
»Liebe Hörer! Jetzt folgt der versprochene Bericht, den unser Mann in Boston uns heute Morgen übermittelt hat, direkt aus dem streng bewachten Charlestown-Gefängnis, vor dem sich schon den ganzen Tag eine gewaltige Menschenmenge aufhält, um die Hinrichtung aus nächster Nähe mitzuerleben.« Wieder ist das schrille Pfeifen des Radioapparates im ganzen Lokal zu hören. Der Barkeeper

justiert die kreisförmige Antenne. Die Männer schauen ihm gespannt zu. Dann wird die Stimme wieder verständlich.

»In der Nacht von Montag auf Dienstag wird endlich das Todesurteil für Sacco und Vanzetti vollzogen. Ihr Reporter ist für Sie dabei. Ich befinde mich gegenüber der Kammer des Todes, in der der elektrische Stuhl steht und Hinweisschilder zur Ruhe mahnen, als würde hier nicht ohnehin die Stille des Todes herrschen, der diese beiden Männer demnächst ereilen wird. Der Tür gegenüber hat man auf den Zementfußboden den Metallstuhl mit den langen Armlehnen und der grünen, hohen Rückenlehne montiert. Auf der linken Seite befindet sich die elektrische Schalttafel, die gleich von einem amerikanischen *executioner* bedient werden wird. Die Würdenträger betreten den Raum. Vom Korridor her ist ein gemurmeltes Gebet zu hören. Da kommt der Priester, in Begleitung des ersten Verurteilten: Sacco. Das Gebet wird lauter. Ein trauriger Zug nähert sich. Voran der Geistliche, ein Kruzifix in der Hand. Dann sehen wir die mageren Hände von Sacco und sein Gesicht, in das Todesangst gemeißelt ist. In den vorschriftsmäßigen Gummischuhen betritt er die Todeskammer und fixiert wie in Trance den Stuhl. Dann küsst er das Kruzifix …«

Nervöses Murmeln der Männer an der Theke. Tom langt in seine Jackentasche und holt ein silbernes Etui heraus. Er steckt sich eine Zigarette in den Mund und wühlt auf der Suche nach dem Feuerzeug in seinen Taschen. Ein älterer Mann an der Theke dreht sich zu ihm um.

»Feuer, mein Herr?«

»Danke schön.«

»Schrecklich, diese Sache, nicht wahr?« Der Mann nickt in Richtung Radioapparat. Tom nickt verwirrt und schaut ir-

gendwo anders hin. Sein Gegenüber zuckt mit den Achseln und gesellt sich wieder zu der Gruppe der Zuhörer. Wieder dringt ein gellender Pfeifton aus dem Lautsprecher.
»He, Dick, was ist denn mit deinem Radio los?«, ruft einer der Umstehenden. Dick dreht an den Knöpfen. Auf einmal ist die Stimme wieder da.
»Die Wärter ergreifen Sacco an den Armen und drücken ihn in den Stuhl. Ohne auch nur einen Augenblick zu zögern, schieben sie ihm einen breiten Gurt über die Brust, die metallischen Kontakte über die Handgelenke, Ellbogen und Waden. Schließlich streifen sie ihm eine braune Maske über den Kopf, die lediglich die Nase freilässt. Sacco gibt keinen Ton von sich, stößt keinen Angstschrei aus. Nur das Summen des elektrischen Stroms ist zu hören. Der Geistliche hebt die Stimme, damit der Unglückselige dieses grausame Geräusch nicht hört.«
Die Männer stehen nun dicht aneinander gedrängt da und hören zu. Kein Wort ist zu hören. Wie betäubt starren sie den braunen Kasten an.
»Der Strom hat mittlerweile die erforderliche Spannung. Der amtierende Arzt gibt das Zeichen. Der *executioner* schaltet die Anlage ein. Saccos Finger verkrampfen sich zu einem katzenartigen Griff, sein Kopf schlägt nach hinten. Eine kleine Rauchwolke steigt aus der Gesichtsmaske auf. Für einen kurzen Augenblick ist Brandgeruch wahrzunehmen. Der *executioner* schaltet die Anlage wieder aus. Der Arzt beugt sich über die reglose Gestalt auf dem Stuhl. Das Opfer lebt noch!«
An der Theke wird geflucht. Einige Zuhörer haben die Arme um die Schultern ihrer Nebenmänner gelegt. Tom steht noch immer ein paar Meter von ihnen entfernt. Dick schenkt allen noch einmal nach. Auf Kosten des Hauses. *Bastards*, diese Amerikaner. Keine Kultur. *Not like us.* Auch

Tom bekommt Bourbon nachgeschenkt. Dann das Rauschen und Krächzen des Radioapparats.
»Noch einmal wird der Griff umgelegt. Noch einmal jagt der Tod durch die elektrischen Drähte. Wieder dieser widerliche Brandgeruch, die verkrampften Hände, das Zurückwerfen des Kopfes. Der *executioner* schaltet die Anlage zum zweiten Mal aus. Der Arzt tritt heran, beugt sich über Sacco und ruft: ›Meine Herren, ich erkläre diesen Mann für tot.‹ Die Wärter lösen die Riemen und die Maske. Kurz ist Saccos Gesicht zu sehen. Seine Augen sind geschlossen, die Lippen in der blassen Totenmaske scheinen noch zu beten. Auf einem Karren wird er aus dem Raum gebracht …«

Tom zittert am ganzen Körper. Er kippt den Inhalt seines Glases auf einmal hinunter, wirft die Zigarette auf den Boden und zertritt sie mit der Schuhsohle. Er fährt sich mit der Hand über die Stirn und legt ein paar Münzen auf die Theke. Er kann jetzt nicht in den Club gehen. Vor seinem geistigen Auge sieht er schon, wie sie ihn alle anstarren, ihn, den einzigen Amerikaner, der zudem aus Boston, New England, stammt. Er hört schon ihr Flüstern. *Not like us.* Nein, vielen Dank! Nur noch ein paar Monate, dann wird ihm endlich die englische Staatsbürgerschaft verliehen. Aber ob ihm das helfen wird? Er verlässt die Kneipe. Eine englische Frau, ein englischer Hut, eine englische Kirche und demnächst auch ein englischer Pass. Das alles wird nicht genug sein. Er wird hier immer ein Fremder bleiben.
Worüber ist er eigentlich so entsetzt? Er ist doch schließlich ein Befürworter der Todesstrafe. Doch je nachdrücklicher er seine Überzeugungen verkündet – *classicist in literature, royalist in politics, Anglo-Catholic in religion* –, desto unsicherer wird er. Schnell geht er weiter. Er geht ganz einfach

nach Hause. Zu Vivien. Sie ist die Einzige, die ihn nicht vorwurfsvoll anstarren wird, als hätte er verdammt noch mal eigenhändig den Hebel umgelegt. Sie wird ihm zustimmen. Dass Amerika durch diesen linken, liberalen Haufen geschwächt wird und dass es gut ist, endlich mal wieder für Ordnung zu sorgen. Aber eine grauenerregende Reportage war es trotzdem. Man muss sich nur einmal vorstellen, was wäre, wenn dieser Sacco unschuldig gewesen sein sollte und wenn man das eines Tages zufällig herausfände. Die Beweise waren äußerst spärlich gewesen. Man hatte lediglich ein paar anarchistische Flugblätter in seinem Haus gefunden, jedoch keine Spuren, die auf einen Raubmord hingedeutet hätten. Nicht so weichlich, Thomas, denkt er bei sich, während er seine Schuhe laut auf die Pflastersteine klacken lässt. Ein Volk muss homogen bleiben, sonst ist es verloren. Ein Volk, eine Kirche, eine Tradition. Vivien wird ihm zustimmen. Vielleicht sollte er sie nach Malmaison begleiten. Er braucht Ruhe. Ruhe, um endlich wieder arbeiten zu können.

Zehn

Die Sonne brennt auf die baumlosen Hügel. Nirgendwo ist auch nur der kleinste Schatten zu sehen. Schon den ganzen Nachmittag lang wandert sie über einen leicht hügeligen Teppich aus grünen Rasenstücken, durch eine eintönige, öde Ebene, die sich in zwei Flächen aufteilt: oben blau und unten grün. Ihr Geist nickt bisweilen zwischen all den gleichförmig aufgeschüttelten Hügelkissen ein, wird dann vom Kreischen einer Möwe aber plötzlich wieder aufgeschreckt. Einzelne Fetzen aus dem Gespräch mit Prior gehen ihr durch den Kopf: »ernste Verwundungen an Rücken und Schultern«, »Kontakte zur NCF«.

Martha hat den Hügelkamm fast erreicht, als Priors Stimme langsam in das Stöhnen ihres Vaters übergeht. Er klettert die stählernen Wände des Schützengrabens hinauf, verlässt den Schutz der hölzernen Pfähle und Zeltplanen und marschiert in das Niemandsland zwischen den beiden Frontlinien. Sie sieht ihn dort stehen, ungeschützt, genau in der Mitte, von allen Seiten von Heckenschützen ins Visier genommen. Und dann? Was hat er dann gemacht? Das Gewehr angelegt, auf den unsichtbaren Feind geschossen? Oder hat er etwas gerufen, hat er eine Kanonade – nicht von Kugeln, sondern von Worten des Friedens – auf die andere Seite abgefeuert, bei einem letzten Versuch, das unvermeidliche Gemetzel doch noch zu verhindern? Und ist er anschließend niedergemäht worden? Sie weiß es nicht genau, aber sie kann sich nicht vorstellen, dass er auch nur ein einziges Mal auf irgendjemanden geschossen hat.

Sie geht den Mount Caburn hinunter in Richtung des Flusses, der sich durch die grüne Landschaft windet. In einiger Entfernung sieht sie den Kirchturm von Rodmell. Es kommt mir gerade so vor, denkt sie, als spazierte ich schon den ganzen Tag in einem der Bilder von Marlow herum. Die großen farbigen Flächen werden von einer doppelten schwarzen Linie durchschnitten, die wie zwei lange Schützengräben über die Leinwand kriechen. Sie muss auf einmal an Marlows Lektion in Kunstgeschichte denken, die sie ihr während ihrer ersten gemeinsamen Ausstellung mit der London Group gegeben hatte. Maler hätten schon immer die Formen verwendet, die in der Natur zu finden waren, hatte sie in strengem und belehrendem Ton gesagt, es sei ihnen aber nicht klar genug gewesen, dass sich hinter der Vergänglichkeit der Natur eine unveränderliche, universelle Wahrheit verberge, die sich viel schwerer fassen lasse.

Martha schaut sich um. Die Wahrheit dieser Landschaft, denkt sie bei sich, als sie zum Fluss hinuntergeht, ist die Isolation. Du kannst sie durchstreifen, du kannst sie endlos betrachten, aber du bist trotzdem dazu verdammt, an deiner eigenen Linie zu verharren. Du kannst nicht zur anderen Seite gelangen. Wie sehr du dich auch bemühst, wie laut du auch schreist. Das muss damals auch ihr Vater gefühlt haben, als er im Dunkeln den Laufgraben verließ. Gewehre wurden abgefeuert, er trug eine Schussverletzung davon und wurde auf einer Bahre in dieses behelfsmäßige Lazarett eingeliefert – und dann? Wo ist er geblieben? Sie bleibt stehen, sieht unter sich die kleine Brücke über den Fluss und dahinter den Weg, der quer durch die Wiesen nach Rodmell führt. Genau so, wie Mrs. Woolf es ihr beschrieben hat. Er ist aufgestanden, sagt sie sich, er ist einfach wieder aufgestanden und weggelaufen. Die letzten Meter hügelabwärts rennt sie.

—

Vor einer niedrigen, von Wacholderbeeren und wilden Kletterrosen überwucherten Steinmauer bleibt sie stehen. Vor ihr liegt ein graues, längliches, schiefergedecktes Haus versunken im Boden. Sie ist enttäuscht, sie hatte ein schöneres Gebäude erwartet. An der verfallenen Gartenpforte hängt ein Schild: *Monks House*. Kein Irrtum möglich. Du kannst es ruhig glauben, sagt sie sich, hier ist es. Offenbar leben nicht alle englischen Schriftsteller in großen Landhäusern. Sie drückt die Pforte auf und blickt vorsichtig um die Ecke des Hauses auf eine düstere Terrasse. Sie geht weiter und fühlt sich wie ein Eindringling, der ohne Zustimmung ein Heiligtum betritt. Klamme Feuchtigkeit steigt vom Boden auf. Die beschädigte Kopie einer griechischen Statue ist von oben bis unten mit grünem Moos bedeckt. Hohe Bäume schirmen das Sonnenlicht ab. Sie erschaudert und geht zögernd weiter zur Rückseite des Hauses.

Mit einem Mal öffnet sich vor ihr ein großer Garten, der im Licht badet, ein wahres Labyrinth aus Beeten mit Rosen, Azaleen und gelben Iris, die von schmalen, mit Klinker gepflasterten Wegen umrahmt werden und mit steinernen Vasen und Statuen geschmückt sind. Links wölbt sich eine Rasenfläche auf, die unmerklich in die Ausläufer der Downs übergeht. Hinter der Gartenmauer hebt sich der graue Kirchturm streng von der verschwenderischen Farbenpracht des Gartens ab. Martha hört Gelächter. Ein Mädchen in einem weißen Kleid rennt vorbei, um gleich wieder hinter den Büschen zu verschwinden. Ein Kind?

Ist sie am Ende doch im falschen Haus? Zögernd betritt sie den mittleren Pfad. Ab und zu muss sie sich, da, wo die Rosen den Weg überwuchern, bücken. Sie kommt an einer Rabatte mit Klatschmohn und Fingerhut vorbei und geht weiter in Richtung Gartenhaus. Wieder hört sie Gelächter. Ein tiefes, vibrierendes Lachen, unverkennbar Mrs. Woolf. Langsam wandelt sie durch das Blumenmeer den Stimmen entgegen.

Elf

»Von diesen Rosenstöcken habe ich allmählich genug; ich finde, man muss auch noch normal in seinem Garten umhergehen können. Und diese Schreibhütte will ich dorthin haben.«

Mrs. Woolf deutet auf die hohe Mauer, die den Garten abschließt.

»Aber Leonard hält es für Unsinn, sie zu versetzen. Irgendwann in diesen Tagen werde ich meinen Kopf durchsetzen. Obwohl ich zugeben muss, dass die Glocken manchmal störend sind. Jedes Mal, wenn ich endlich weiß, wie ich einen Satz beginnen muss, fängt dieser Küster an zu läuten. Aber die Aussicht von dort drüben ist einfach herrlich. Man kann bis zum Mount Caburn schauen.«

Mrs. Woolf trägt ein blaues Kleid mit weißen Blumen und einen breiten Strohhut; entspannt hat sie sich auf der Chaiselongue zurückgelehnt. Neben ihr auf der Terrasse sitzt ihre Nichte. Angelicas Baumwollkleid bauscht sich im Wind. Ihre Tante hat ihr erlaubt, die Himbeerlimonade in die hohen Gläser einzuschenken.

Martha blickt hinüber zur Kirche. Vor fast drei Jahren hatte sich dort die lange Prozession durch den strömenden Regen vorwärts geschoben. Sie muss an Mrs. Jameson, die Nachbarin ihrer Oma, denken. Vielleicht sollte sie nachher kurz bei ihr vorbeischauen. Louise hatte ihr erzählt, dass Mrs. Jamesons Sohn Thomas dank der Elektroschocktherapie fast ein halbes Jahr lang verständlich geredet hatte, um dann allmählich wieder die alten Symptome zu zeigen. Letzten Endes mussten sie ihn in eine Anstalt einweisen lassen, weil sie ihm zu Hause nicht mehr helfen konnten.

»Du musst wissen«, sagt Virginia und reißt Martha aus ihren Gedanken, »Angelica ist extra deinetwegen hierher gekommen, um alles über die *Dutch flying princess* zu erfahren.«

Das Mädchen reicht ihr ein Glas Limonade.

»Ja«, sagt Angelica mit ernster Miene. »Prinzessin Löwenstein. Das ist doch niederländisch, Löwenstein, nicht wahr?«

»Eher deutsch, denke ich«, erwidert Martha und nimmt einen ordentlichen Schluck von dem kühlen Getränk.

»Oh, ich dachte, sie sei Niederländerin, genau wie Sie«, sagt Angelica enttäuscht.

»Die Prinzessin vermutlich nicht, aber ganz bestimmt das Flugzeug, mit dem sie abgestürzt ist«, sagt Virginia. »Eine Fokker-Monoplane, um genau zu sein. Sie hatte es St. Raphael genannt. Das beschwört Probleme natürlich geradezu herauf. Ich meine, wer den Ozean überqueren will, sollte besser nicht auf den Erzengel zurückgreifen, der immer zusammen mit einem Fisch abgebildet wird.«

»Ist sie abgestürzt?«, fragt Martha überrascht.

»Prinzessin Löwenstein hat letzte Woche zum ersten Mal versucht, den Atlantik zu überqueren. Sie ist von Irland aus gestartet, aber leider bereits nach achthundert Meilen abgestürzt.«

»Aber sie hatte doch das ganze Flugzeug mit Benzin voll gepumpt«, sagt das Mädchen empört.

»Angelica will sich später auch durch die Luft fortbewegen statt auf dem Land. Daher auch ihre intensive Anteilnahme.«

»Was könnte denn geschehen sein, Tante Ginnie?«
Mrs. Woolf streicht ihr kurz mit der Hand über die langen blonden Haare.
»Tja«, sagt sie und richtet sich ein wenig auf. Ihre Nichte schaut sie erwartungsvoll an. »Ich bin mir natürlich nicht ganz sicher, aber höchstwahrscheinlich war auf einmal kein Treibstoff mehr da, sodass das Flugzeug an Höhe verlor, um schließlich sanft auf den Wellen des Ozeans zu landen.«
»Und dann?«, Angelica klettert ihrer Tante auf den Schoß.
»Dann sind die Prinzessin und der Pilot vorsichtig aus dem Cockpit geklettert. Das war nicht ganz einfach, da die Prinzessin nicht für derartige Kletterpartien angezogen war. Ihr langes Seidenkleid blieb an der Glasscheibe hängen.«
»Nicht wahr!«, Angelica schüttelt heftig den Kopf. »Das hast du dir ausgedacht. Wenn sie mit dem Flugzeug unterwegs war, trug sie kein Kleid.«
»Also gut«, sagt Virginia lächelnd. »Die Prinzessin hatte es also geschafft, aus dem Flugzeug zu klettern, das ruhig und würdig auf den Wellen schaukelte. Es war eine ruhige, windstille Nacht. Über ihnen funkelte der Sternenhimmel. Die Prinzessin dachte wehmütig an all ihre Juwelen zu Hause, die ebenso herrlich glänzten wie die gelben Pünktchen am pechschwarzen Himmel. Der Pilot hatte einen Flachmann mit Cognac aus seiner Lederjacke geholt, den sie zusammen leerten. Er murmelte etwas von *fortune against us*, aber die Prinzessin hörte ihn nicht und musterte besorgt die dünnen Flügel ihres Flugzeugs, gegen die die Wellen schlugen.«
»Sie hätten sicherheitshalber auch Ruder mitnehmen sollen«, sagt Angelica.
»Kannst du dir die Prinzessin vorstellen, wie sie die achthundert Meilen bis zur Küste an einem Stück rudert? Das ist ungefähr zweihundert Mal von hier nach Lewes und zu-

rück. Außerdem fing es plötzlich an zu stürmen. Der Pilot öffnete den Erste-Hilfe-Koffer, in dem sich eine Flasche Wasser, eine Schachtel mit Pflastern, eine Schwimmweste, eine Streichholzschachtel und ein paar Leuchtkugeln befanden. Widerwillig band sich die Prinzessin die Weste um; das leuchtende Orange harmonierte nicht gerade mit ihrem roten Prinzessinnenkleid …«

»Jetzt sagt du es schon wieder. Das stimmt nicht!«, ruft Angelica.

»Gut, gut. Ich meine, sie war eigentlich der Meinung, dass die Weste ihr prima stand, und schnallte sie sich über die lederne Pilotenjacke.«

Das Mädchen nickt zufrieden.

»Der Pilot zündete mit einem Streichholz die erste Leuchtkugel. Wie ein langer, weißer Pfeil flog sie zum Himmel hinauf. Ein paar Sekunden lang war alles um sie herum hell erleuchtet. Die Prinzessin konnte zum ersten Mal ihr Flugzeug auf dem großen, schwarzen Meer liegen sehen. Auch die nächste Leuchtkugel flog gen Himmel. Und noch eine. Doch unterdessen nahm der Sturm immer mehr zu. Die Wellen krachten gegen das Flugzeug. Nach einer Weile hörten die beiden unmittelbar neben sich ein scharfes Knacken. Der linke Flügel war abgebrochen und verschwand in den Wellen. Jetzt wurde die Prinzessin erst richtig traurig. Ihr schönes Flugzeug war kaputt. Ihr eigener Raphael hatte einen Flügel verloren.«

Angelica seufzt tief und legt ihrer Tante die Arme um den Hals.

»Ach, und dann«, fährt Virginia in mitfühlendem Ton fort, »dann war es bald vorbei. Nach einer weiteren Welle brach auch noch der andere Flügel ab, und kurz darauf wurde der Pilot über Bord gespült. ›*Just bad luck*‹, waren seine letzten Worte, bevor ihn die Wellen verschlangen. Die Prinzessin saß nun mutterseelenallein auf dem schaukelnden Rumpf ihres Eindeckers. Ein bleicher Halbmond beobachtete von oben die Szene. Dann überrollte eine ungeheuer große Welle das kleine Flugzeug. Die Prinzessin stieß einen Fluch aus, als das salzige Meerwasser ihre Lippen benetzte und sie in die dunklen Tiefen gerissen wurde. Das Meer nahm sich, was ihm zustand, und schloss sich wieder über ihr. Nichts war mehr zu sehen, nichts außer dem fahlen Licht des Mondes auf den Wellen.«

Mrs. Woolf schaut ihre Nichte verstohlen an.

»Wir wissen nur eins, nämlich dass seither eine Meerjungfrau im Ozean lebt, die dann und wann auf den Wellen reitet. Wenn die Seeleute sie erblicken, rufen sie einander zu: ›Schaut, da ist die Prinzessin Löwenstein. Sie versucht zu fliegen.‹«

Angelica gibt ihrer Tante einen Kuss, klettert von ihren Knien herunter und bleibt, die Arme herausfordernd in die Seite gestemmt, vor ihr stehen.

»Aber trotzdem will ich später auch fliegen«, sagt sie. »Und du wirst mit mir mitfliegen.«

»Da wäre ich mir aber nicht so sicher, Miss Lindbergh«, erwidert ihre Tante lachend. »Würdest du jetzt bitte Annie fragen, ob noch etwas Limonade da ist? Und etwas zu essen? Geschichten, die unglücklich enden, machen mich immer ganz hungrig.«

Mrs. Woolf wendet sich Martha zu.

»Mrs. Silberberg hat dir also endlich freigegeben?«

»Genau genommen hat sie mich sogar entlassen. Sie will den Laden verkaufen. Sie hält sich für zu alt, und ich habe nicht das Geld, ihn von ihr zu übernehmen. Ich muss mich nach etwas anderem umsehen.«

Mrs. Woolf schaut sie prüfend an.

»Tom Eliot sucht eine Redaktionsassistentin für seine Zeit-

schrift. Er muss jetzt jeden Monat eine neue Nummer zusammenstellen, aber die Arbeit wächst ihm über den Kopf. Ich habe ihm geraten, bei dir einmal nachzufragen. Was hältst du davon?«
»Tom Eliot?«, fragt Martha erschrocken.
»Du siehst aus, als redete ich vom Teufel!«, sagt Virginia lachend. »Zugegeben, er ist ein wenig bizarr, unser Tom, aber kein schlechter Mensch. Typisch Neu-Engländer, würde ich mal sagen. Du wirst schon mit ihm auskommen. Es ist ja schließlich nur für einen Tag in der Woche, und du verdienst gut. Besser als bei unserer Press!«

Angelica und Annie kommen aus dem Haus. Annie trägt ein Tablett mit einer Karaffe und einer großen Schale mit Sandwiches. Hinter ihnen eilt Mr. Woolf in den Garten. Er schwenkt eine Zeitung und bleibt keuchend vor ihnen stehen.
»Sie haben es doch getan. Ich kann es gar nicht glauben!«, ruft er und schaut Martha ein wenig verwirrt an.
»Was haben sie getan?«, fragt Virginia.
»Sacco und Vanzetti hingerichtet!«
»Das ist nicht wahr«, murmelt seine Frau.
»Doch, gestern, am 23. August. Noch nicht einmal der Vermittlungsversuch des Papstes hat geholfen. Alle Protestaktionen waren vergeblich. Die Briefe von Einstein, Shaw, Rolland: alle vergeblich. Was fällt diesen Amerikanern bloß ein? Wollen sie, dass noch mehr Botschaften in Flammen aufgehen? Reichen die in Paris und Rom noch nicht? Das hier wird für viel Aufruhr sorgen, das sage ich euch.«
Er lässt sich auf einen Stuhl fallen und schaut Martha an.
»Der Anwalt der beiden heißt William Thompson, ist er mit Ihnen verwandt?«
Martha schüttelt den Kopf.

»Nicht, dass ich wüsste.«
»Scheint einer der besten Anwälte von New England zu sein. Er hat seinen Namen und seine Stellung geopfert, um diese armseligen Fischverkäufer von jeglichem Vorwurf zu befreien. Aber gegen diese Massenhysterie und Dummheit und gegen diesen Fremdenhass hatte er allein keine Chance. Dabei gibt es nicht einen einzigen Beweis dafür, dass sie die Raubüberfälle verübt haben. Das Einzige, was man gefunden hat, ist eine anarchistische Zeitung in Saccos Wohnung. Diesmal kann Amerika sich nicht herausreden. Das prophezeie ich euch.«
Im Haus klingelt das Telefon. Annie stellt das Tablett auf dem Rasen ab und will hineingehen.
»Lass nur«, sagt Leonard. »Das wird für mich sein.« Und mit großen Schritten eilt er über den Rasen zurück ins Haus.
»Nimm dir ein Sandwich, Martha«, sagt Virginia. »Du musst wissen, Leo engagiert sich schon den ganzen Sommer in dieser Angelegenheit. Für kurze Zeit hatte es danach ausgesehen, dass Sacco und Vanzetti begnadigt würden. Aber offenbar ist das Gnadengesuch abgelehnt worden. Man hat zwei Sündenböcke für die sozialen Unruhen in Amerika gesucht und gefunden.«
Aus dem Haus ruft Mr. Woolf Marthas Namen.
»Martha! Telefon. Für Sie.«
Für sie? Niemand außer Louise weiß, dass sie hier ist. Sie schaut Mrs. Woolf erstaunt an, entschuldigt sich und steht auf.

Der Telefonapparat befindet sich auf dem Sekretär im Wohnzimmer, einem kleinen Raum mit tief hängenden Holzbalken und grün gestrichenen Wänden. Dort ist es düster und kühl. Das Zimmer erinnert sie ans Meer. Sie greift nach dem Hörer.

»Hallo?«
»Martha? Tut mir Leid, dass ich dich stören muss, aber ich glaube, ich habe wichtige Neuigkeiten.«
Billy Prior? Woher weiß er, dass sie hier bei den Woolfs zu Besuch ist?
»Wie hast du mich gefunden?«
»Deine Cousine hat mir die Nummer gegeben. Es ist ziemlich wichtig. Wir müssen miteinander reden. Ich habe das Krankenhaus ausfindig gemacht, in dem dein Vater versorgt worden ist. Und ich weiß jetzt auch mehr oder weniger, was sich zugetragen hat.«
»Wirklich?«
»Ja. Ich dachte, wir könnten uns vielleicht irgendwo treffen. Ich fahre morgen in Urlaub, nach Cornwall, für eine Woche. Du hast doch gesagt, du müsstest auch in diese Richtung?«
»Ja, nach Mousehole, aber …«
»Mein Gasthof liegt ganz in der Nähe, in Penzance. Hast du etwas zu schreiben da, ich gebe dir die Adresse.«
»Einen Augenblick«, sagt sie, während sie den Schreibtisch nach Stift und Papier absucht.
»The Harbour Inn. Liegt direkt am Hafen von Penzance. Sagen wir, in drei Tagen? Gegen sechs Uhr abends?«
»Gut. Ja, das müsste zu schaffen sein.«

Langsam geht sie zurück zum Gartenhaus. Priors Stimme hat sich recht nervös angehört. Was mag er wohl über ihren Vater in Erfahrung gebracht haben? Als sie das Häuschen erreicht, findet sie die Terrasse verlassen vor. Sie schaut sich um und erblickt rechter Hand Mr. Woolf, der ihr vom Apfelbaumgarten aus zuwinkt.
Mitten im Obstgarten liegt Mrs. Woolf, die Augen geschlossen, ausgestreckt auf dem Rücken. Ein Arm liegt

auf ihrem Bauch, der andere, beinahe graziös, oberhalb ihres Kopfes. Auf ihren Lippen liegt die Andeutung eines Lächelns. Angelica sitzt neben ihr im Gras und schaut sie gespannt an. Mr. Woolf kniet neben seiner Frau und fächelt ihr mit seinem Hut kühle Luft zu.

»Wir sind nur mal kurz in den Obstgarten gegangen«, erklärt er, ohne aufzuschauen. »Sie hat uns noch einen Schmetterling gezeigt, einen weißen mit blauen … Na, wie heißen die gleich wieder? Nun ja, ist auch nicht wichtig. Sie kann sich riesig darüber freuen, über so einen Schmetterling. Er verschwand zwischen den Bäumen, Angelica lief hinter ihm her, und dann …«

Er schaut zu ihr auf.

»Dann erhoben sich auf einmal drei Krähen aus dem Baum, neben dem wir gerade standen. Ein wenig unerwartet, das muss man schon sagen, drei dieser schwarzen Schatten über uns und dann auch noch dieses röchelnde Krächzen direkt am Ohr. Na ja, das sind wir gewohnt, es wimmelt hier nur so von Krähen. Trotzdem ist sie furchtbar erschrocken. Sie hat sich gegen den Baumstamm gelehnt und voll Ekel nach oben geschaut. Sie murmelte noch etwas, ich konnte es aber nicht richtig verstehen, *black jack* oder so, nein, das war es nicht, aber irgendetwas mit *black*, und dann sank sie, ganz langsam und allmählich, zu Boden; man hatte fast den Eindruck, sie hätte es geübt.«

Er seufzt. »Ich muss den Arzt rufen. Sie passen doch kurz auf sie auf? Vielleicht kommt sie gleich wieder zu sich. Es ist nichts Ernstes, glaube ich. Ich bin gleich wieder da, hoffe nur, dass der alte Spencer nicht beim Fischen ist. Bis gleich. Eine Minute. Nicht länger.«

Martha setzt sich neben Angelica und mustert das friedvolle, längliche Gesicht direkt vor sich im Gras. Die schmale Stirn, darunter die tief liegenden Augenhöhlen und die spitze Nase. Ihr sensibler, leicht geschürzter Mund lächelt matt; zugleich wirkt ihre Miene dadurch irgendwie gekränkt. Angelica hat einen Kranz aus Gänseblümchen geflochten und möchte ihn nun ihrer Tante über das Handgelenk schieben. Als ihr das nicht gelingt, wirft sie die Blumenkette unwillig ins Gras.

Derselbe Mund, denkt Martha bei sich.

»Soll ich dir helfen?«, fragt sie. »Du musst mit deinem Fingernagel vorsichtig eine Öffnung in einen Stängel machen, dann kannst du den Kranz leichter umlegen.«

Zusammen flechten sie einen neuen Kranz und bemerken zunächst nicht, dass Virginia wieder zu sich kommt und mit großen Augen um sich schaut.

»Tante!«, ruft Angelica, »bist du wieder wach?«

Ihre Tante lächelt und will schon wieder aufstehen. Martha ist ihr behilflich, sich vorsichtig an den Stamm des Apfelbaums zu lehnen.

»Hattest du Angst vor diesen Krähen?«, fragt Angelica neugierig.

»Könntest du Leo holen?«, bittet Mrs. Woolf das Mädchen. Angelica rennt weg.

»Ich bin ja eine schöne Gastgeberin«, murmelt Mrs. Woolf.

Martha setzt sich neben sie ins Gras.

»War es die Hitze?«

»Vielleicht.«

»Kann ich Ihnen etwas bringen?«

»Nein, Leo wird gleich da sein. War ich lange weg?«

»Nur ein paar Minuten«, sagt Martha.

Mrs. Woolf streicht einige Locken, die sich gelöst haben, zurück.

»Es waren nicht die Krähen an sich«, sagt sie dann, »die sehen wir hier häufig zwischen dem Obstgarten und der

Kirche hin- und herfliegen. Nein, es waren ihre seltsamen Flugbewegungen, ihr Flügelschlag über meinem Kopf, die Bögen, die sie in der Luft beschrieben, als wüssten sie nicht, wo sie sich niederlassen sollten. Nur nicht auf mir, dachte ich, bitte, nicht auf mir!«
Sie hält kurz inne und starrt geistesabwesend vor sich hin. Dann schaut sie Martha wieder an, zwischen den zusammengezogenen Augenbrauen eine tiefe Falte.
»Dann kam die Angst. Wie eine Welle überströmte sie mich. Ich verwandelte mich in ein Stück Seetang, das mitgerissen wird, nicht in der Lage, selbst den Kurs zu bestimmen. Ein unbedeutendes Stück Seetang, den Launen des Ozeans ausgeliefert. Ich dachte noch: Seltsam, dass die Sonne scheint; ich selbst spüre nur Dunkelheit. Es war, als befände ich mich in einer Art Unterwasserhöhle, in der die Wellen über mir zusammenschlugen und mit mir machten, was sie wollten. Ich träumte, dass ich eine Hand voll Muscheln aus dem Sand auflas und sie mir an den Mund drückte. Ich genoss es, die Härte der Muscheln an meinen Lippen zu fühlen. Doch als ich sie mir ans Ohr hielt, hörte ich lediglich das Rauschen des Meeres, von dem ich umgeben war. Ich warf die Muscheln zurück und überließ mich dem Wellengang. Allmählich wurde die Angst von meinen Schultern gespült. Alles kehrte in sich selbst zurück. Und dann bin ich wieder zu mir gekommen, denke ich.«
Martha nickt.
Leonard und Angelica eilen über den Rasen herbei.

Zwölf

Vivien hockt auf den Knien vor einem geöffneten braunen Koffer. Um sie herum liegen stapelweise Kleider, Bücher und Bettwäsche.

»Warum kommst du nicht mit, Tom? Ein paar Wochen von allem weg. Du bist so angespannt.«

Tom sitzt auf der Kante ihres Bettes und blättert in einer Zeitschrift.

»Ich kann nicht weg. Nächste Woche muss *The Criterion* in den Druck.«

Sie seufzt und dreht sich zu ihrem Ehemann um.

»Warum hast du auch eine Monatsschrift daraus gemacht? Ich verstehe nicht, was an einer vierteljährlich erscheinenden Schrift schlecht sein soll. Es gibt ein Maximum an Literatur, das allmonatlich zu verkraften ist.«

»Faber ist der Meinung, das häufigere Erscheinen sei besser für das Geschäft«, brummt er. »Kundenbindung, ein eigenes Profil … Du kennst diesen Unsinn doch.«

»Das haltst du nicht lange durch, Tom. Das ist heller Wahnsinn.«

»Diese Zeitschrift ist das einzig Interessante, das wir verlegen. Außerdem bekomme ich demnächst eine Redaktionsassistentin. Faber wird sie bezahlen.«

Vivien erhebt sich schwerfällig und reibt sich die schmerzenden Knie.

»Ich weiß nicht, was ich mitnehmen soll. Ich lasse Ellen

die Koffer für mich packen. Und wer ist das, diese neue Assistentin?«

»Ich weiß noch nicht. Virginia hat mir ihre neue Lektorin empfohlen.«

»Louises Cousine?« Sie schaut ihn erstaunt an.

»Ja.«

»Warum gerade sie? Sie ist noch nicht einmal Engländerin. Hast du ihr die Stelle schon angeboten?«

Er schüttelt den Kopf.

»Sie ist für ein paar Wochen verreist.«

Vivien geht ziellos im Zimmer umher und setzt sich dann zu ihm aufs Bett. Er rutscht ein Stückchen zur Seite.

»Was liest du da?«

»The Adelphi.«

»Ah, Middleton Murry. Die Konkurrenz!«

Er legt die Zeitschrift neben sich aufs Bett.

»John ist kein Konkurrent«, sagt er verärgert.

»Schreibt er noch etwas Nettes über dich? Oder zerreißt er auch dein neues Gedicht in der Luft?«

Er steckt sich eine Zigarette an. Langsam bläst er den Rauch in Ringen ins Zimmer.

»Nun?«

»Er schreibt, dass ich die klassischen Prinzipien der Literatur nur deswegen beachte, weil sie mir die philosophische Gewissheit böten, nach der ich mich schon seit Jahren sehnte, über die ich aber noch immer nicht verfüge.«

»Er ist eifersüchtig, das ist alles«, sagt Vivien munter.

»Für dich ist das Leben so einfach. Irgendjemand sagt etwas, und – hoppla – gleich hast du ein psychologisches Klischee zur Hand.«

»Er *ist* eifersüchtig.«

»Auf die anderthalb Gedichtbändchen, die ich veröffentlicht habe?«

»Auf dein Talent, dein Genie.«
»Hör doch endlich damit auf. Mir gelingt nichts mehr. Schon seit Jahren nicht mehr.«

Vivien steht auf, geht zu ihrer Frisierkommode hinüber und schenkt sich ein Glas Wasser ein. Jetzt bloß keinen Streit. Nicht so kurz vor ihrer Abreise. Sie setzt sich auf den runden Hocker und beobachtet im Spiegel ihren Mann, der vom Bett aufgestanden ist und sich gelangweilt an den Fensterrahmen lehnt. Seine Miene ist verschlossen.
»Und das ist alles? Schreibt John sonst nichts?«
Er starrt mürrisch vor sich hin.
»Tom?«
»Er gibt mir noch einen tollen Tipp.«
»Eine Nachhilfestunde in Poesie von einem Kollegen?«
»Nicht ganz«, erwidert er widerwillig. »Er schlägt mir vor, zur anglikanischen Kirche überzutreten. Dort fände ich von selbst die Autorität und die Tradition, nach der ich mich so sehr sehnte.«
Erschrocken blickt sie ihn im Spiegel an.
»Weiß er etwas?«
»Nein. Niemand weiß es, niemand außer dir und William.«
»Und die zwei Professoren aus Oxford. So etwas verbreitet sich schnell, Tom. Wie ein Lauffeuer, weißt du.«
»Das glaube ich nicht. Dann hätte er es anders formuliert. Er vergleicht mich mit Huysmans, bezeichnet mich genau wie ihn als desillusionierten, dekadenten Romantiker.«
»Das widerspricht sich doch: eine romantische Seele, die auf der Suche nach klassischen Prinzipien sein soll.«
Er brummt etwas Unverständliches und starrt hinaus. Diese Gespräche ermüden ihn immer mehr. Ihre Worte peitschen ihn auf, fordern ihn heraus, zwingen ihn, Stel-

lung zu beziehen, gegen die Welt, gegen seine Kollegen. Als nutze es etwas. Er will doch nur in aller Ruhe seiner Arbeit nachgehen. Wann wird ihm das endlich möglich sein?

»Weißt du, was im Grunde genommen ganz witzig ist?«, fragt Vivien nach einem kurzen Moment der Stille. »Du und John, ihr seid euch viel ähnlicher, als ihr glaubt.«
Erschöpft schaut er sie an.
»Wie soll ich das denn verstehen?«
Sie fährt sich mit einer Bürste langsam durch die Haare.
»Na ja, ihr seid beide als Dichter mit einer Vorliebe für die Philosophie in ein ewiges Gefecht zwischen Verstand und Gefühl verwickelt. Ihr leitet beide eine ambitionierte Zeitschrift, in der ihr eine neue literarische Tradition prägen wollt, und drittens …« – sie hebt drei Finger – »habt ihr beide eine schreibende Gattin, die ihr bevorzugt in Kliniken und Sanatorien schickt!«
»Vivien, ich bitte dich.«
»Ich weiß, Katherine war es, die durchgedreht ist. *Poor thing.* Aber es war John, der sie wegzuschicken pflegte, der es nicht ertragen konnte, dass sie …«
»Ich verstehe nicht, wieso du von ihr anfängst. Sie ist schon seit Jahren tot.«
Sie legt die Bürste aus der Hand und schaut ihren Mann nachdenklich an.
»Mach dir nur keine Sorgen. Ich bin noch nicht ganz so verrückt wie Katherine. Ich verspreche dir, dass ich brav in Malmaison bleiben werde, bis ich nur noch hundert Gramm wiege. Was übrigens nicht mehr allzu lange dauern dürfte. Aber selbst dann werde ich mich nicht in die Arme des einen oder anderen russischen Halbidioten werfen, der in dem Glauben lebt, man könnte die Tuberkulose bekämpfen, indem man endlos Möhren schabt.«

Sie redet sich in Rage. Er kennt diesen Ton und schaut sie beunruhigt an.
»Sie war doch ganz verzweifelt, wegen all der Ärzte, der Kliniken, der Röntgenstrahlen, der Arzneimittel, ihres Mannes. Jahrelang hat sie sich dahingeschleppt. Ohne dass sich ihre Verfassung auch nur eine Spur verbesserte. Sie musste wieder an irgendetwas glauben. Und wenn dir dann jemand wie Gurdjieff über den Weg läuft und dir erzählt, dass die Schulmedizin alles falsch macht und lediglich die Symptome bekämpft, dafür aber den Menschen und dessen Beziehungen zur Umwelt völlig ignoriert, und dich anschließend tröstet, dir Mut zuspricht und dich zu einer Kur in sein fantastisches Institut nach Fontainebleau einlädt, dann, dann ...«
Sie hält kurz inne, um wieder zu Atem zu kommen. »Dann musst du schon über eine sehr gefestigte Persönlichkeitsstruktur verfügen, um *nicht* an ihn zu glauben. Es ist deine letzte Chance. Du glaubst daran, ob du willst oder nicht.«
Sie schaut ihn im Spiegel fragend an, doch er weicht ihrem Blick aus. Er weiß nur allzu gut, was dies zu bedeuten hat. Es ist wie eine Vorlage, wie das Anzünden einer Lunte. Jedes Wort von ihm könnte die Explosion auslösen. Er sagt nichts. Er wird sich hüten.
»Und so läuft alles doch wieder auf den Glauben hinaus, nicht wahr, Tom? Genau besehen macht es nicht viel aus, ob man sich für Gurdjieffs ›Institut für die harmonische Entwicklung des Menschen‹ oder für die anglikanische Kirche entscheidet.«
Er starrt sie niedergeschlagen an. Meine Ehe, denkt er, ist wie ein außer Kontrolle geratener Zug. Man braucht nur zu warten, bis er aus den Schienen springt. Man braucht nichts zu tun. Es geht ganz von selbst. Was er auch versucht, Ver-

ständnis, Mitleid, Aufmerksamkeit – seine Ehe entgleist. Jeden Tag von neuem.

»Ich meine, wo ist der Unterschied?«

Er kann sich nicht länger beherrschen.

»Mir ist der Geruch von Weihrauch lieber als der von Kuhscheiße.«

Sie kichert.

»Da wäre ich mir gar nicht mal so sicher.«

»Was ist los, Vivien? Hast du noch einen guten Rat für mich in petto? Ist einer am Tag nicht genug? Ich kann wirklich nicht zur gleichen Zeit in Finstock und Fontainebleau sein.«

Sie kniet sich wieder neben ihrem Koffer auf den Boden und stopft willkürlich ein paar Kleider hinein.

»Ein wenig Harmonie würde uns gut tun, dachte ich«, murmelt sie vor sich hin. »Uns fällt nichts anderes mehr ein, als uns gegenseitig zu teuren Ärzten und in Sanatorien zu schicken.«

»Wir mögen es nicht, Möhren oder Rüben essen zu müssen. So einfach ist das.«

»Ja.«

»Außerdem mögen wir es nicht, in Kuhställen zu schlafen.«

»Ja.«

»Genauso wenig wie wir eine Gruppentherapie, spirituelle Tänze um ein geschlachtetes Ferkel oder ungeheizte Räume im Winter mögen.«

»Ja, aber was mögen wir denn dann?«

Er geht an ihr vorbei zur Tür.

»Ich weiß es nicht.«

»Du könntest dir doch etwas einfallen lassen.«

Er drückt die Klinke hinunter, öffnet die Tür, zögert.

»Nun?«

»Unsere Einsamkeit.«

Er betritt den Flur und wirft die Tür hinter sich ins Schloss.

»Ja, du schon«, ruft sie wütend und stopft den letzten Stapel mit Kleidern in ihren Koffer. »Und darum muss ich wieder nach Malmaison.«

Dreizehn

In der Bahnhofsgaststätte von Okehampton, einem alten, verlassenen Gebäude mit hellbraunen Stockflecken an den früher einmal weiß gekalkten Wänden, sitzt eine ältere Dame zusammengekauert auf einer Bank an der Wand, die Hände um einen geflochtenen Korb geklammert, aus dem einige Lauchstängel und Gladiolen herausragen, die kraftlos ihre Blütenstauden herunterhängen lassen. Martha setzt sich an einen der wackeligen Holztische und zieht Stift und Notizblock aus ihrer Tasche. Der Tisch wackelt dermaßen, dass sie noch einmal in die Tasche greift, um etwas zu finden, das sie unter eines der Tischbeine legen kann. Sie holt die letzten drei Zigaretten aus einer Players-Schachtel, reißt die Vorderseite ab und schiebt das Kartonstückchen unter. Dann nimmt sie eine Zigarette von der Tischplatte und wühlt erneut in ihrer Tasche, bis sie die Streichholzschachtel findet. Sie seufzt. Warum hat sie sich nicht einfach draußen auf den Bahnsteig gesetzt, um diesen Brief zu schreiben? Nein, sie muss ja unbedingt immer zuerst optimale Bedingungen schaffen, und das beschäftigt sie dann so lange, bis sich der Drang zum Schreiben wieder gelegt hat. Sie schiebt den Notizblock zur Seite und steckt sich eine Zigarette an.

Seit einer Woche ist sie jetzt unterwegs. Je weiter nach Westen sie kommt, desto verlassener und mysteriöser wird das Land. Kahle Hügel und Steine bestimmen die

Landschaft von Devon und Dartmoor. Dolmen mit Namen wie Spinster Rock oder Trethevy Quoit. Man stolpert über heilige Orte und Quellen; St. Cleer, St. Gulval, St. Breward, es nimmt kein Ende. Heilquellen als Mittel gegen Blindheit, Hautkrankheiten, Unfruchtbarkeit. Gegen jedes Gebrechen gibt es eine Quelle. Wenn sie nicht am Abend mit Billy verabredet wäre, würde sie nicht hier sitzen bleiben, sondern auf die Hügel mit den geheimnisvollen Steinhaufen auf den Kuppen hinaufsteigen. Diese Hügel üben eine seltsame Anziehungskraft auf sie aus. Vielleicht kann sie sie ja auf dem Rückweg noch erkunden.
Sie tritt ihre Zigarette auf dem Boden aus und nimmt den Notizblock zur Hand. Sie muss Eva unbedingt von der Fahrt nach Charleston in dem neuen, blauen Singer der Woolfs berichten. Das Haus von Mrs. Woolfs Schwester hatte sie nicht enttäuscht.

»Stell dir vor«, beginnt sie, »ein alter Bauernhof aus hellem Kalkstein und mit einem Dach aus orangefarbenen Ziegeln. Auf der Vorderseite vier große Fenster, die auf einen runden Teich mit Seerosen hinausgehen. Über dem Eingang wuchern rote und weiße Rosen an den Fensterrahmen entlang. Rechts neben dem Haus liegt ein von Rotem Eibisch und Efeu eingefasster Garten voller summender Insekten und zwitschernder Vögel, wild und prachtvoll zugleich. Statuen von einer Meerjungfrau, einer mexikanischen Bäuerin, einer Griechin lugen durch die Blumen. ›Göttlich‹ ist das Erste, was einem dazu einfällt. Und dann das Haus selbst. Jeder Raum atmet die Atmosphäre der Bewohner. Vanessa, ihr Mann Clive Bell, ihre drei Kinder und Duncan Grant, Freund des Hauses. Selbst die Küche, ein tief gelegener, niedriger Raum mit bemalten Schränkchen und Körben voller Obst und Blumen, ist *purely Vanessa.*

Was genau ist das, wirst du dich jetzt wohl fragen. Es ist bunt und unordentlich, jedes Bett, jeder Stuhl und jeder Tisch ist mit Blumen, Pflanzen, Stillleben oder Akten bemalt. Überall an den Wänden hängen Gemälde, und die Zimmer sind voll gestopft mit Bücherregalen und Schnickschnack: kleinen Büsten, hölzernen Schatullen, ebenfalls bemalt, Muscheln, Lampen und Fotorahmen. Es ist ein prachtvolles Chaos, wenn auch ein wenig erdrückend: Es gibt nicht eine leere Fläche. Alles trägt Vanessas Handschrift. Deswegen kam ich mir fast vor wie ein Voyeur. Ich hatte die ganze Zeit das Gefühl, nicht durch Vanessas Haus, sondern durch ihr Tagebuch zu gehen.

Wir sind bis zum späten Abend geblieben. Grace, die Köchin, servierte uns eine ›einfache‹ Mahlzeit im Garten – wenn man das ›einfach‹ nennen kann: kalte Gurkensuppe mit Angostura, mit Champignons gefüllte Eier und gebratene Lammkeule mit Minze. Von ihr könntest sogar du noch etwas lernen. Dann hätte De Jongh keinen Grund mehr zu klagen. Vanessa aß nicht viel und sprach noch weniger. Wohl aber trank sie eine Tasse Kaffee nach der anderen und rauchte eine ganze Schachtel französischer Zigaretten. Ihr Mann war nicht zu Hause. Zufällig hörte ich, wie Mrs. Woolf in der Küche mit ihrer Schwester über seine neue Geliebte tuschelte. Es ging weniger um die Liebhaberin, die sie bedauerte, glaube ich, sondern eher um die Tatsache, dass weder sie noch Virginia wusste, wer es diesmal war.

Die Liebesverhältnisse der beiden Schwestern sind mir ohnehin ein großes Rätsel. Die Woolfs gehen sehr kameradschaftlich miteinander um, auch wenn das Ganze mehr wie ein Bruder-Schwester-Verhältnis wirkt. Ich habe sie mittlerweile schon ein paarmal zusammen erlebt, aber nur selten bei einer Zärtlichkeit überrascht, die über einen

Ausdruck der Fürsorge hinausgeht. Mr. Woolf tippt seiner Frau bei jedem Glas Wein auf den Arm: ›*Your last one, dear*‹, worauf sie ihn mit großen Augen ansieht, sich beim nächsten Mal aber doch wieder nachschenken lässt. Und dann Vanessa. Fürsorglich, verträumt und voller Aufmerksamkeit gegenüber Duncan, der sich das alles gern gefallen lässt, aber nie den Eindruck macht, sich selbst irgendwie zu engagieren.

Anschließend haben mich die Woolfs zurück nach Lewes gebracht. Vanessas Angebot, bei ihnen zu übernachten, musste ich abschlagen, weil ich am darauf folgenden Tag in aller Frühe weiterreisen wollte. Trotzdem hätte ich gern eine Nacht in Charleston verbracht, in dem apfelgrünen Badezimmer ein Bad genommen und in einem der Räume geschlafen, in denen sich inmitten all der pastellfarbenen Bilder der Übergang zwischen Wachen und Träumen nahezu unbemerkt vollziehen muss.

Noch eine Viertelstunde, dann reise ich nach Penzance weiter, wo ich mit Billy Prior verabredet bin. Er will ein weiteres Krankenhaus ausfindig gemacht haben, in dem mein Vater behandelt worden sein soll. Er hat mich deswegen sogar bei den Woolfs angerufen. Fehlendes Interesse kann ich ihm nicht gerade vorwerfen, aber seit einer Woche frage ich mich, ob es vernünftig ist, sich mit ihm zu treffen. Er übt nämlich einen merkwürdigen Einfluss auf mich aus, wirkt anziehend und abstoßend zugleich. Vor einiger Zeit, als ich ihm erzählte, dass du keinen einzigen Brief von oder an Russell im Schließfach meines Vaters finden konntest, reagierte er derart misstrauisch, als meinte er, wir hätten die Briefe verschwinden lassen. Wahrscheinlich hat meine Mutter einfach nicht alles aufgehoben. Letztendlich hat er sich damit zufrieden gegeben. Mir ist mittlerweile klar geworden, warum er so an diesen Briefen interessiert ist.

Meine Eltern scheinen früher Anhänger des Pazifismus gewesen zu sein. Und Prior vermutet, dass das Verschwinden meines Vater etwas damit zu tun hat. Mir kommt das ziemlich übertrieben vor, trotzdem bin ich recht neugierig auf das, was er mir zu sagen hat. Nach und nach schließen sich die Lücken in der Geschichte meines Vaters. Das Verrückte dabei ist, dass mir das einerseits natürlich gut tut, andererseits aber leider mein Verlust, mein Gefühl der Einsamkeit, verstärkt wird und ich mich manchmal frage, warum ich überhaupt noch weitersuche. Aber ich kann nicht anders. Dieser Drang ist stärker als ich.«

Vierzehn

Billy Prior trommelt mit den Fingern auf die schiefe Tischplatte. Es ist Viertel vor sieben. Durch die Fenster des Pubs fällt ein schwaches, gelbliches Licht. Vor einer halben Stunde ist er im »The Harbour Inn« angekommen. Dem Barkeeper zufolge war Miss Thompson noch nicht in dem Gasthof eingetroffen. Nein, sie habe ihre Zimmerreservierung auch nicht rückgängig gemacht. Zwei Krüge Penzance Ale hat er hintereinander geleert. Diese Hitze! Der Sommer macht ihm schwer zu schaffen. Die schwitzenden Körper, die Fliegen, der Gestank faulender Lebensmittel. Ein Geruch, der die Erinnerung auffrischt.

Er hätte sich nicht hier mit ihr verabreden sollen, nicht in diesem Viertel mit den engen Gassen, verfallenen Häusern und dem alles beherrschenden Gestank des Fischmarktes. Aber dies ist der einzige Gasthof, den er in Penzance kennt. Er hebt den Finger in Richtung des jungen Mannes an der Bar. Noch eins, bitte.

Billys Onkel hatte auf dem Fischmarkt gearbeitet. Früher hatte er ihn oft in diesen Gasthof mitgenommen. Vorsichtig an seinem ersten Krug Bier nippend, hatte Billy voller Bewunderung den lärmenden Männern an der Theke zugeschaut, Männern wie Kranwagen, mit langen, muskulösen Armen und roten, sonnenverbrannten Gesichtern; mühelos hatten sie die trübe Flüssigkeit in den Bierkrügen hinuntergekippt. Sein Onkel hatte ihn immer allein hinter seinem riesigen Krug sitzen lassen. Jedes Mal, wenn er einen kleinen Schluck genommen hatte, hatte er das Bier eine Weile im Mund behalten. Dann erst hatte er es voller Ekel hinuntergeschluckt. Um den Brechreiz zu verdrängen, hatte er versucht, die Namen, die an der Wand standen, zu entziffern.

William Brewster, James Hawkins, William Bradford, John Eliot. Als Junge hatte er geglaubt, es handelte sich um Seeräuber. Sein Onkel hatte ihm erzählt, im Hafen von Penzance habe es früher von Piraten nur so gewimmelt. Mittlerweile ist er klüger. Es sind die Namen der Pilgrim Fathers; religiöser Fanatiker, die im siebzehnten Jahrhundert von hier aus in die Neue Welt aufbrachen, Puritaner, die sich mit der anglikanischen Kirche angelegt hatten und nun anderswo ihr Heil suchten.

Er schaut auf seine Armbanduhr – es ist Punkt sieben. Seit seiner Kindheit ist er nicht mehr hier gewesen. Die Geschichte, die er Martha erzählt hatte – er sei hier ohnehin zufällig auf Urlaubsreise –, war gelogen. Wie beinahe alles eine Lüge ist, was ihm über die Lippen kommt. Er öffnet die obersten Knöpfe seines Hemdes. Sogar in diesem zum größten Teil verdunkelten Pub lässt sich die feuchte Hitze kaum ertragen. Er hatte wirklich nicht damit gerechnet, dass sie einer Verabredung zustimmen würde, und als sie es überraschenderweise tat, war ihm auf die Schnelle lediglich »The Harbour Inn« eingefallen. Aber vielleicht hat sie es sich mittlerweile anders überlegt.

Das von ihrem Vater ist zumindest keine Lüge. Er hat Thompsons Namen tatsächlich auf der Patientenliste eines psychiatrischen Krankenhauses in Reims gefunden. Doch wie es ihn dorthin verschlagen haben soll, ist Billy ein Rätsel. Reims liegt keineswegs in der Nähe von Passchendaele.

Von noch größerer Bedeutung ist die Tatsache, dass er endlich herausgefunden hat, dass Thompson im Oktober 1917 in der 11. Royal Sussex Division als Kompaniechef im 1. Bataillon von Major Forrester gedient hat. Er hatte den Lagebericht über die Nacht, bevor Thompson verwundet wurde, wieder gefunden. Aussichtslose Lage irgendwo zwischen Ypern und Menen. Thompsons Auftrag: das deutsche Bataillon anzugreifen, das in einer Entfernung von ein paar hundert Yard seinem eigenen gegenüberlag.

In der Nacht vom 25. auf den 26. Oktober 1917 war Thompsons Kompanie aus der Reserve nach vorn gerufen worden und hatte Wartestellung in den schlammigen Schützengräben bezogen. Es regnete unaufhörlich. Thompson schickte eine fünfköpfige Patrouille auf Erkundung, von der nur ein Leutnant schwer verwundet zurückkehrte und meldete, dass in den Granattrichtern im Niemandsland deutsche Soldaten mit Maschinengewehren lägen, die die angreifenden Truppen im gesamten Frontabschnitt von zwei Seiten unter Beschuss nehmen könnten. Eine Kompanie nach der anderen würde niedergemäht werden, bevor sie die deutschen Stellungen erreicht hätte. Erneut würde Passchendaele das Ende eines vollständigen britischen Bataillons bedeuten. Thompson vereinbarte mit dem Brigadekommandeur, den Angriff abzublasen und die neuen deutschen Stellungen zunächst von der Artillerie beschießen zu lassen. Der Divisionsstab weigerte sich – wie so oft –, auf seinen Vorschlag einzugehen, und gab den Befehl, den Angriff wie geplant auszuführen.

Bloody fools. Es belastete sie nicht im Geringsten, siebenhundert Mann niederschießen zu lassen. Im Bericht des Leutnants kommt nicht ganz klar zum Ausdruck, was genau geschehen ist. Jedenfalls hat Thompson sich nicht an die Anweisungen des Divisionsstabes gehalten; stattdessen

hat er seinen Männern befohlen, die Laufgräben nicht dem Zeitplan gemäß zu verlassen, sondern abzuwarten, bis er dies persönlich anordnete.
Ohne von jemandem bemerkt zu werden, war Thompson allein die Leiter des Schützengrabens hinaufgestiegen, um sich in das Schussfeld zu wagen. Der Leutnant berichtet, dass sie nicht nur die deutschen Maschinengewehre, sondern auch Thompsons rufende Stimme hören konnten, die das Rattern übertönte. Er hatte sich als Zielscheibe dargeboten, um seine Kompanie zu retten und den deutschen Soldaten vorzutäuschen, sie würden gleich von den Engländern überrannt werden. Mutig, aber unvernünftig, denkt Billy bei sich. Als Thompsons Soldaten schließlich doch noch aus den Schützengräben kletterten, fanden sie ihren verwundeten Kompaniechef und brachten ihn auf einer Trage weg.

Thompson hatte also den Helden gespielt. Aber warum hat er dann nicht das Victorian Cross verliehen bekommen? Irgendetwas stimmt hier nicht. In irgendeiner entlegenen Ecke seines Gedächtnisses ist der Name Thompson gespeichert, aber wie sehr Billy auch tastet und kramt, er kann kein Gesicht, kein Ereignis damit verknüpfen.
Er bestellt noch ein Glas Bier und zieht seinen Notizblock heraus. Mr. M. Thompson, *»entrée de clinique: 12 novembre 1917«* – das heißt drei Wochen nach dem Angriff. *»Graves blessures de crâne et de dos, traumatismes, hystérie.«* Tag der Entlassung nicht bekannt. Schon zweimal hat er in seinem mangelhaften Französisch um genauere Informationen gebeten. Der heutige *chef de clinique* weigert sich, telefonisch Auskünfte zu erteilen. *Code de profession.* Billy müsse erst einen offiziellen Nachforschungsantrag einreichen, mit Stempeln und Unterschriften seines Ministeriums. Diese

Vorliebe für Stempel. Während der Menen-Offensive waren sie zu Tausenden niedergestreckt worden, aber die Franzosen wollten Stempel – für Tragen, zusätzliche Munition und Verpflegung. Wenn sie nicht gerade meuterten, waren sie mit Stempeln zugange.

Zu genau der Zeit, als diese französische Meuterei stattfand, landete Thompson in einem Krankenhaus in Reims. Zufall? Die Divisionen wurden von Berichten über die russische Revolution erschüttert. Und nicht nur die französischen Soldaten waren dafür empfänglich. *Mutinous spirit*, auch in den eigenen Reihen. Es ist nicht auszuschließen, dass Thompson dabei irgendwie die Finger im Spiel hatte. Wie sonst ist es zu erklären, dass ein schwer verwundeter britischer Offizier drei Wochen später in einem weit von der Front entfernten nordfranzösischen Krankenhaus landet? Ein Offizier, der darüber hinaus Kontakte mit revolutionären Organisationen pflegte, die immer heftigeren Widerstand gegen den Krieg leisteten und die öffentliche Meinung hinter sich wussten, ja sogar das House of Commons? Und das alles dank seinem Freund Russell.

Nur noch die Generale Haig, Milner und Robertson glaubten daran, dass die britisch-französische Offensive von 1917 bei Passchendaele für einen Durchbruch sorgen würde. Die belgische Küstengegend wollten sie zurückerobern. Die Deutschen weit ins Landesinnere zurückdrängen. Aber es lief anders. Nach drei Monaten wahnwitziger Scharmützel konnten sie sieben Kilometer Geländegewinn verbuchen, die sie mit vierhunderttausend gefallenen Soldaten bezahlt hatten. Passchendaele, ein Dorf mit kaum ein paar hundert Bauern, hatten sie erobert, die belgische Küste aber befand sich noch immer in deutscher Hand.

Billy war auch dabei gewesen. Zum dritten Mal. Er hatte zurückgewollt, er konnte in England nicht länger den Zivi-

listen spielen. Sein Gewissen machte ihm zu schaffen. Solange seine Kumpel noch dort waren, musste er auch dabei sein. Die Armee nahm wirklich jeden, auch die körperlich und geistig Untauglichen wie ihn. Es blieb keine Zeit, um eine anständige Strategie zu entwickeln. Es galt nur eine Devise: Töte den Gegner. *Reduce his morals*, wie Haig dies auszudrücken pflegte. Überall Leichen. Und Ratten, fett und frech wie der Teufel. Schießen, um die eigene Haut zu retten. *Kill, kill, kill.*
Mit bebenden Händen steckt er sich noch eine Zigarette an. In diesem Gestank essen zu müssen. Die Kehle zugeschnürt vor Angst. Die anderen nicht ansehen. Dem animalischen Blick in ihren Augen ausweichen. Betrunkene Tommys. Manche von ihnen waren schon seit vierzehn, fünfzehn Monaten dabei, ohne einen einzigen freien Tag.

Viertel nach sieben. Wie lange soll er noch warten? Allmählich wird ihm ganz schwindlig im Kopf. Noch fünf Minuten, dann wird er gehen. Er hätte sich denken können, dass er die ganze Strecke von London nach Penzance vergeblich zurücklegen würde. Höchste Zeit, dass er Martha gegenüber mit offenen Karten spielt. Dass er all seine Lügen abstreift. Irgendwie hofft er, dass sie ihm dabei behilflich sein wird. Doch warum sollte sie? Als Dank für seine Bemühungen? Ja, darum. Eine Hand wäscht die andere, das ist das Gesetz der Welt. Er schiebt den Bierkrug zurück und steht auf.
Er drängt sich zwischen den verschwitzten Körpern der Fischer hindurch zum Ausgang. Der säuerliche Geruch von Schweiß und Fisch lässt seinen Magen revoltieren. Er hält sich kurz an der fettigen Lederkante der Theke fest und schließt die Augen. Von allen Seiten wird gedrückt und geschoben. Er hört sie lachen. Dann sucht er in den Taschen nach seinem Portemonnaie und legt schnell ein paar Mün-

zen auf die Theke. An ein paar leeren Barhockern vorbei bahnt er sich den Weg in Richtung Ausgang. Da spürt er eine Hand auf der Schulter. Nicht die Pranke eines Fischers, sondern eine sanfte Hand.

»Billy?«

Er dreht sich um und sieht das rot glänzende Gesicht von Martha. Die Haare kleben ihr auf der Stirn.

»Tut mir Leid, dass ich erst jetzt komme. Mein Zug hatte Verspätung.«

Sie stellt ihre Reisetasche neben sich auf den Boden und klettert auf einen der hohen Barhocker an der Theke. Verblüfft blickt er ihr in das lächelnde Gesicht. Er hatte Misstrauen erwartet und kühle Distanz. Doch nichts von alldem. Ein alter Fischer an der Theke blinzelt ihm vielsagend zu.

»Was möchtest du trinken?«, fragt Billy verwirrt.

Er bestellt zwei Gläser Bier und bietet ihr eine Zigarette an. Gierig trinkt sie und mustert unauffällig sein Gesicht. Seine graublauen Augen unter den glatt gekämmten blonden Haaren weichen ihrem Blick aus. Er raucht schweigend. Die spitze Nase, das leicht vorragende Kinn. Ein Kopf von Michelangelo, aus Stein gemeißelt.

»Ich sterbe vor Hunger«, murmelt er. »Was möchtest du essen?«

»Fisch natürlich«, antwortet sie. »Gibt 's hier überhaupt etwas anderes?«

Fünfzehn

Das Geräusch über den Kai rollender Fässer. Das Trappeln von Pferdehufen auf dem Pflaster. Schrille, sich überschlagende Stimmen, die die Handelsware anpreisen. Die gellende Sirene eines Dampfschiffes. Martha liegt im Bett und lauscht dem morgendlichen Lärm im Hafen. Sie wagt es kaum, sich zu bewegen. Vorsichtig dreht sie den Kopf nach links und sieht ein Stück einer Schulter, die unter der Bettdecke hervorlugt, und ein kleines, spitz zulaufendes Muttermal direkt unter dem Haaransatz. Sie achtet auf seine Atemzüge, tief und regelmäßig, und beschließt, das Risiko einzugehen.

Langsam erhebt sie sich. Kurz quietschen die Federn des alten, durchgelegenen Bettes, doch der Mann neben ihr bewegt sich nicht. Sie hört ihn leise stöhnen. Dann ist es wieder still. Sie dreht sich auf die Seite und steigt aus dem Bett. Hebt ihre Kleider vom Boden auf und geht ins Badezimmer. Sie schließt die Tür hinter sich ab und lässt Wasser in die Wanne ein. Sie wartet nicht, bis sie voll ist, sondern setzt sich sofort hinein. Mit zusammengelegten Händen fängt sie ein wenig Wasser auf und wirft es sich ins Gesicht. Das Klopfen in ihrem Kopf hört nicht auf. Direkt über ihren Augen hängen zwei eiserne Gewichte. Sie massiert sich die Schläfen und legt sich ganz zurück, sodass das Wasser über ihren Bauch läuft.

Sie schließt die Augen und versucht, sich an die vergangene

Nacht zu erinnern. Von Anfang an. Von dem Augenblick an, als sie gemeinsam »The Harbour Inn« verließen und den Kai hinab zu einem kleinen Fischrestaurant im Hafen gingen. Auf der Straße drängten sich die Menschen. Die Einwohner von Penzance suchten auf dem Boulevard die Kühle des Abendwindes. Die salzig-süßen Gerüche des Meeres kitzelten sie in der Nase. Die Möwen, die im kreisenden Lichtstrahl des Leuchtturms über der schwarzen Wasseroberfläche blütenweiß aufblitzten, kreischten ihr in die Ohren. Das Wasser schlug sanft gegen die Kaimauer. Alles trug dazu bei, sie zu verzaubern.

Schließlich fanden sie einen freien Tisch in einem Restaurant mit einer schmalen Terrasse zur Straße hin. Sie mussten gut eine Stunde auf den gedämpften Kabeljau warten. Die erste Flasche Weißwein hatten sie bereits geleert, bevor sie einen Bissen zu sich nehmen konnten. Darauf sind natürlich diese Kopfschmerzen zurückzuführen – Alkohol auf leeren Magen. Doch noch immer hängt ihr auch der Rausch der Sommernacht über den Augen. Atemlos hatte sie zugehört. Von einem Augenblick auf den anderen hatte sich ihr Vater aus einem Deserteur in einen Helden verwandelt. Die Gerüche des Meeres waren in ihren Körper eingedrungen und hatten sie so lange betäubt, bis der letzte Rest Widerstand gebrochen war und sie die Geschichte glauben konnte.

Sie zieht den Stöpsel heraus und angelt sich ein Handtuch vom Tisch. Bei der nächsten Flasche Wein erzählte Prior ihr von dem Krankenhaus in Reims, in das ihr Vater eingeliefert worden war. Von dem Direktor, der am Telefon keine weiteren Informationen erteilen wollte. Von seinen Plänen, vor Ort Nachforschungen anzustellen, weil noch immer ein paar Wochen in der Geschichte fehlten, und zwar der Zeitraum zwischen der ersten Einweisung in das behelfsmäßige Lazarett und der zweiten in Reims. Sie hatte nur halb zugehört. Sogar die Aufzählung der Verwundungen ihres Vaters schien sie kaum zu berühren. Ihre Ohren hallten noch von der Geschichte über ihren Vater wider, der als Einziger den Laufgraben verlassen hatte. Erst als Billy erwähnte, dass nicht bekannt sei, wann er aus dem Krankenhaus in Reims entlassen wurde, hatte sie wieder die Ohren gespitzt. Aber auf seine Anspielung, folglich bestehe theoretisch auch die Chance, dass ihr Vater noch lebte, hatte sie heftig den Kopf geschüttelt. Nein, das konnte nicht sein.

Sie zieht sich an und stellt sich vor den Spiegel. Als ob sie sich schuldig fühlte, dass sie die Möglichkeit, ihr Vater könnte irgendwo anders weiterbehandelt worden sein, derart entschieden ablehnte, hatte sie ihm ununterbrochen etwas über ihre Jugend in Amsterdam vorgeplappert. Der Wein war ihr zu Kopf gestiegen. Sie weiß nicht mehr, was sie ihm erzählt hat, doch Billy schien alles ungeheuer interessant zu finden. Er nickte und lächelte die ganze Zeit, sodass sie kein Ende mehr fand und sich selbst in zunehmendem Maße für geistreich hielt.

Grässlich. Sie schüttelt sich vor dem Spiegel. Wie konnte sie sich nur so gehen lassen? Sie wird ihn um die Adresse des Krankenhauses bitten und sich selbst schriftlich an die Direktion wenden. Leise öffnet sie die Tür des Badezimmers und schaut zum Bett. Billy liegt noch immer in derselben Haltung da. Unschlüssig bleibt sie in der geöffneten Tür stehen. Er hatte sie stützen müssen, als sie zum Gasthof zurückgingen. Alles hatte sich in ihrem Kopf gedreht. Er hatte sie die Treppe hinaufgeführt und sie in ihr Zimmer gebracht. Sie hatte sich aufs Bett gesetzt und um ein Glas Wasser gebeten. Da hatte er ihr von seinem Onkel erzählt, der ihn früher in diesen Gasthof mitgenommen habe, und dass er heute zum ersten Mal seit zwanzig Jahren wieder hier sei. Dass er sie angelogen habe und erst an diesem Morgen aus London angereist sei, nur um sie wiederzusehen. Sie hatte kaum auf sein Geständnis reagiert, sondern nur gefragt, ob er überhaupt irgendwo eine Übernachtungsmöglichkeit habe. Auf sein Kopfschütteln hin hatte sie anschließend mit einer weit ausholenden Bewegung auf das Bett gedeutet: *»Be my guest.«*

Nach langem Hin und Her waren sie zu Bett gegangen. Sie hatte sich erst ausgezogen, als er bereits im Bett lag, mit dem Rücken zu ihr. Mucksmäuschenstill hatte sie sich neben ihn gelegt, »Gute Nacht« gemurmelt und danach bestimmt noch eine Stunde wach dagelegen. Er schlief oder tat wenigstens so. Sie roch seinen Körper, fühlte durch die dünne Bettdecke seine Wärme. Sie hoffte, er würde sich im Schlaf plötzlich umdrehen, aber nichts geschah. Einmal überlegte sie kurz, ob sie sich mit einem Bein an ihn schmiegen solle. Sie wusste, dass das genug wäre. Aber sie wagte es nicht. Ihre Unentschlossenheit wiegte sie schließlich in den Schlaf.

Einmal war sie erwacht. Seine Hand lag auf ihrem Arm. Eine Zeit lang betrachtete sie die Hand und fragte sich, ob sie etwas damit tun solle. Sie streicheln, sie weglegen. Sie war von selbst wieder eingedämmert.

Auf Zehenspitzen schleicht sie ins Zimmer, legt ein Blatt Papier neben das Bett, nimmt ihren Koffer und geht, ohne sich noch einmal umzudrehen, hinaus.

Dritter Teil

Herbst 1928

Eins

Sie mag keinen Champagner. Das Kribbeln auf der Zunge, die prasselnden Bläschen, die gegen den Gaumen schlagen. Wie will man da noch den Wein herausschmecken? Zugegeben, das Knallen des Korkens und das Perlen in den schmalen Kelchen haben etwas Festliches, aber sonst? Die erhitzten Gesichter, die einander verschwörerisch zunicken. Das gespannte Warten auf das Zeichen des Geburtstagskindes, bevor das Glas an die geschürzten Lippen gesetzt werden darf. Hände, die linkisch die Entfernung zwischen dem hohen Glas und dem Mund abmessen und den anderen dabei unbeholfen zuprosten, woraus sich ein seltsames Spektakel von auf- und abtanzenden Ellbogen ergibt. Nein, denkt Martha bei sich, wenn man sich die Bläschen wegdenkt, bleibt lediglich etwas Fades übrig.

Sie löst den Blick vom Zugfenster, von der Aussicht auf endlose Hügelketten mit bereits gepflückten Champagnerreben und verblassten Blättern, die in der tief stehenden Herbstsonne goldgelb aufleuchten.

»Magst du eigentlich Champagner?«

Billy schaut von seiner Zeitung auf.

»Ich bin nicht gerade ein Experte.«

»Schmeckt er dir denn?«, bohrt sie nach.

»Mir ist Bier oder Whisky lieber, und wenn es schon Trauben sein müssen, dann Rotwein.«

»Ich glaube, dass die Bläschen nur hinzugefügt werden, um den langweiligen Geschmack zu tarnen.«
»Und damit es knallt. Wenn etwas gefeiert wird, muss es auch knallen. Jetzt verstehst du die Verwirrung in Flandern. Es knallte an einem Stück, und trotzdem konnte man nirgendwo einen guten Drink kriegen.«

Sie seufzt. Welches Thema sie auch anschneidet, ein paar Minuten später hocken sie wieder in den Schützengräben. Billy hat endlich die Zustimmung des War Office erhalten, in Belgien und Frankreich rund zwanzig Fälle genauer zu untersuchen, in denen jemand vermisst wird. Ihr Vater ist einer dieser Fälle. Aus diesem Grund begleitet sie ihn. Danach will sie allein nach Paris weiterreisen. Marlow hat sie schon ein paarmal in die Stadt eingeladen, in der das Leben so aufregend war.
Eliot war mit allem einverstanden. Solange sie nur mit einem Stapel Essays von französischen Schriftstellern für *The Criterion* zurückkommt. Seine Liste mit Zeitschriften und Redaktionsadressen steckt in ihrer Tasche. Noch nie waren sie so dringend auf der Suche nach neuen Manuskripten gewesen. Das kommt davon, wenn der Chefredakteur hauptsächlich Rezensionen von Kriminalromanen schreibt, denkt sie. Fünfundzwanzig an der Zahl, allein im vergangenen Jahr! Man kann eine literarische Zeitschrift doch nicht mit Wilkie Collins und Sherlock Holmes füllen! Seine Leidenschaft für den perfekten Mord geht ihr allmählich ganz schön auf die Nerven. Jeden Montagmorgen tischt er ihr die Einzelheiten des nächsten sinistren Mordfalls auf. Vor allem perfekte Alibis und einfallsreiche Methoden, die Spuren zu verwischen, fesseln ihn sehr.
Schon seit fast einem Jahr arbeitet sie einen Tag pro Woche als Toms Redaktionsassistentin bei Faber. Am Anfang gin-

gen sie sich scheu aus dem Weg. Er traute sich kaum, sie anzuschauen, so nervös und unruhig war er, als hätte er Angst davor, dass ein einziger Blickwechsel ihm zum Verhängnis werden könnte. Möglichst viele schwierige Worte verwenden, das hilft, sagte sie sich wiederholt. In letzter Zeit schaut er sie wenigstens an, wenn er mit ihr spricht, sonst jedoch hüllt er sich nach wie vor in förmliche Höflichkeit. Den Rest der Woche bestreitet sie ihren Lebensunterhalt mit Korrekturarbeiten. Die meisten Manuskripte, die ihr vorgelegt werden, sind nichts Besonderes. Seit einigen Monaten versucht sie, ihre eigenen Essays bei verschiedenen Zeitschriften unterzubringen, doch ohne Empfehlungsschreiben hat man in London keine Chance. Eliot will sie um nichts bitten. Keine Abhängigkeit, bitte. Trotzdem ertappt sie sich bei dem Gedanken, dass sie gern seinen erstaunten Gesichtsausdruck sähe, wenn sie ihm eines Tages beiläufig eine Zeitschrift hinschiebt, in der ein *»Essay on modern poetry«, by Martha Thompson* abgedruckt ist.

»Was glaubst du, wie lange noch?«
»Noch eine halbe Stunde, d-dann sind wir d-da.«
Wieder dieses Gestotter. Seit sie England verlassen haben, hat er schon zwei Anfälle von heftigem Stottern und Stummheit gehabt. Den ersten beim Abendessen während der Überfahrt nach Calais. Auf einmal hatte er kein einziges Wort mehr herausgebracht. Sein Unterkiefer klappte bei weit geöffnetem Mund zwar krampfartig auf und ab, aber es kam kein Laut mehr über seine Lippen, nur noch ein Stöhnen. Dabei hatten sie noch nicht einmal vom Krieg gesprochen, dessen ist sie sich ganz sicher. Als er ihren erschrockenen Blick sah, riss er ein Stück vom Papiertischtuch ab und kritzelte ein paar beruhigende Worte darauf: *»Don't worry. Had it before.«*

Ihre erste Reaktion war gewesen, selbst auch eine Antwort auf das Tischtuch zu schreiben. Als wäre es das Normalste auf der Welt, während des Abendessens das Kommunikationsmittel zu wechseln und das Gespräch schreibend fortzusetzen. Sie hatte den Stift vom Tisch genommen und ihn erst wieder hingelegt, als sie sein grinsendes Gesicht sah.
»Möchtest du zurück?«, hatte sie ihn gefragt, doch er hatte den Kopf geschüttelt und aufs Tischtuch geschrieben: *»Just tired.«* Als sie bezahlt hatten, war das ganze Tischtuch voll gekritzelt gewesen.
»Für wann haben wir uns morgen mit dem Direktor des Krankenhauses verabredet?«
»Um vier Uhr. Gen-n-nügend Zeit, um uns die Ruinen der Stadt anzuschauen.«
»Wird dir das nicht zu viel?«
»Wenn ja, darfst du das Gespräch führen. Mein Französisch ist sowieso miserabel.«
»Aber ich habe doch keine Ahnung von den anderen Fällen.«
»Du zeigst ihm die Liste.«
Sie nickt. Billy vermutet, dass mindestens zehn britische Offiziere im Militärkrankenhaus von Reims gelandet waren. Viele Patienten mit Schützengrabenneurose litten an Gedächtnisschwund; Tage, manchmal ganze Wochen waren aus ihrer Erinnerung gelöscht worden. Sie waren einfach drauflosmarschiert und konnten anschließend nicht mehr sagen, wie sie irgendwo hingekommen waren. An den unmöglichsten Orten in Nordfrankreich tauchten britische Soldaten auf. In Kellern von Kirchen, in Schweineställen, auf verlassenen Bauernhöfen, wo sie sich vor dem Artilleriefeuer an der flämischen Front verkrochen hatten. Wenn die französische Gendarmerie sie fand, wurden sie in Kliniken eingewiesen. War es ihrem Vater auch so ergangen?

»Ich will nur die A-akten haben.« Er legt seine Zeitung aus der Hand. »Keine inhaltliche Diskussion. Diese Ärzte haben keine Ahnung von Schützengrabenneurose.«
Sie weiß, was ihn wurmt. Schützengrabenneurose – ernste Lähmungserscheinungen und Stummheit – war vielen Militärärzten zufolge ein Krankheitsbild, dem nur einfache Soldaten zum Opfer fielen; Offiziere litten fürnehmer. Die hatten höchstens neurasthenische Beschwerden wie Schlaflosigkeit und Stottern; Stummheit kam bei ihnen nicht vor. Außer bei Billy. Er hatte monatelang nicht sprechen können. Erst nach mehreren Behandlungen bei Dr. Rivers war seine Sprache zurückgekehrt. Er konnte nun wieder so schnell und flüssig reden wie zuvor. Aber vor einiger Zeit hatte das Stottern wieder angefangen; und manchmal bekam er überhaupt keinen Laut mehr heraus.
»Der Klassenkampf findet in meinem Innern statt«, pflegte er scherzhaft zu sagen. Billy war von einfacher Herkunft, hatte es jedoch als Einziger seiner Klasse bis zum Leutnant gebracht. Die englischen Ärzte waren davon überzeugt, dass nur *lower-class*-Soldaten eine Schützengrabenneurose bekommen konnten, und zwar wegen ihrer schwächeren mentalen Verfassung. Captain Dunn, Bataillonsarzt bei den Royal Welsh Fusiliers, war vor dem von Prior geleiteten *Committee of Inquiry into Shell-Shock* erschienen und hatte trocken bemerkt, dass Schützengrabenneurose schlicht eine hervorragende Alternative zur Fahnenflucht gewesen sei. Die Soldaten hätten sich selbst weisgemacht, dass sie verrückt seien, um sich vor dem Kampf zu drücken. Alles Einbildung. So etwas tun Offiziere nicht. Die haben mehr Verantwortungsbewusstsein.
Bloody nonsense in Billys Augen. Schuld seien nicht nur die Granaten, sondern auch das ganze aussichtslose Vegetieren in den Schützengräben gewesen. Im strömenden Regen zu

Hunderten aneinander gedrängt der ununterbrochenen Beschießung lauschen zu müssen. Bombardements, Gasangriffe, Ratten und der Gestank der verfaulenden Leichen. Das Wimmern der verwundeten Soldaten, die nach einem zurückgeschlagenen Angriff in den Granattrichtern zwischen den Linien Deckung suchten. Ihnen konnte niemand helfen. Zu gefährlich. Sie konnten sich selbst jedoch an der glitschigen Rutschbahn aus Schlamm nicht festklammern, während sich der Trichter mit Regenwasser füllte, und ertranken, noch nicht einmal zwanzig Meter von ihren Kameraden entfernt.
Die verdrängten Gefühle von Schuld, Angst und Sinnlosigkeit brachten das Nervensystem häufig erst viel später durcheinander, in Albträumen oder durch einen zufällig wahrgenommenen Duft.

In einiger Entfernung erblickt Martha die Silhouette von Reims.
»Soll schrecklich sein«, sagt sie. »Reims, meine ich. Angeblich ist kaum etwas von der Stadt übrig geblieben.«
»*Ville martyre*, wie die Franzosen sagen. Fünfzig Monate lang unter Dauerbeschuss der Deutschen. Die meisten T-trümmer müssten mittlerweile weggeräumt sein, aber die Kathedrale ist fast ganz zerstört.«
»Ich habe in der Zeitung gelesen, dass selbst das Bleidach in dem Flammenmeer geschmolzen ist.«
»Nicht nur dieses D-dach. Sieben Millionen sind unter dem dickköpfigen Stolz der Generale und Politiker zermalmt worden, die fünf Kilometer hinter den Frontlinien Karten gespielt haben.«
Ein wütender Blick in seinen Augen. Manchmal hat sie das Gefühl, dass sie nicht mit dem Patienten, der an Schützengrabenneurose leidet, sondern mit der Granate selbst

unterwegs ist. Sie kann die Explosionsgefahr geradezu spüren. Was muss sie tun, wenn es bei ihm zum großen Knall kommt? Gestern Abend waren sie an der Gare Montparnasse in Paris angekommen. Ein paar Grüppchen französischer Soldaten in rotblauen Uniformen und mit viereckigen Mützen hatten sich auf dem Bahnhof herumgetrieben. Billy hatte Martha angestoßen und ihr etwas sagen wollen, aber keinen Laut über die Lippen gebracht. Er hatte verzweifelt in seinen Taschen gewühlt, aber nichts gefunden, worauf er ein paar Worte hätte schreiben können. Sie waren zu ihrem Hotel am Boulevard Raspail gegangen. Auf dem Flur hatte er ihr unbeholfen einen Kuss auf die Wange gedrückt und war eilig in sein Zimmer verschwunden. Heute Morgen war er recht spät zum Frühstück heruntergekommen. Sein Gesicht war gräulich blass gewesen, und unter den Augen hatte er schwarze Ringe. Doch seine Sprache hatte er wiedergefunden.
»Albträume. Ziemlich grausame«, hatte er über seiner Schale mit *café au lait* gemurmelt. Erneut hatte sie ihn gefragt, ob es nicht besser sei, wenn er nach England zurückkehre.

Die ersten Straßen von Reims kommen in Sichtweite. Große schwarze Lücken klaffen zwischen den einzelnen Häusern. Häuser ohne Dach, ohne Mauern, die von jungen, noch dünnen Bäumen und Sträuchern überwuchert werden. Vor den Häusern stehen Holzgerüste. Überall liegen Berge von Sand und Steinen.
»Schau dir das an«, murmelt Martha.
»So etwas gibt 's bei euch nicht, was, in den Niederlanden«, sagt Billy spöttisch.
»Es war unsere moralische und intellektuelle Pflicht, uns nicht an der Gewalt und der Aggression der Nachbarländer zu beteiligen, wie es unser damaliger Ministerpräsident

Van der Linden formuliert hat. Das habe ich bestimmt tausend Mal im Radio gehört. Und ich habe mich ständig gefragt, wieso mein Vater dann gegangen ist.«

»Ihr seid schon ein gewieftes Volk.«

»Hättest du lieber noch mehr Opfer gehabt?«

»Ach, komm. Ihr wolltet euch nur nicht die Hände schmutzig machen. Dafür seid ihr zu r-reinlich. Stattdessen aber britische Kriegsgefangene in deutsche Internierungslager stecken und auf Bitten von General Ludendorff Kriegsgerät stationieren, deutsche T-truppen über niederländisches Hoheitsgebiet marschieren lassen und als krönenden Abschluss dem besiegten Kaiser einen wunderbaren Unterschlupf in Doorn anbieten.«

»Was ist denn daran nicht in Ordnung, wenn ein Land seine Bürger schützt? Ist dir diese vorgetäuschte Kriegsrhetorik von Lloyd George etwa lieber?«

»Es war ein aristokratisches Komplott. Vergiss die königlichen Beziehungen zu Deutschland nicht, all die Nachfahren von Willem I.«

»Für uns war es auch kein Zuckerschlecken. Immerhin haben die Engländer meinen Vater einfach so in den Krieg gejagt. Meine Mutter hatte zwar gehofft, dass er wegen seiner Ausbildung eine Verwaltungstätigkeit ausüben könnte, aber weit gefehlt. Dazu kamen noch der Hunger und die Armut und das idiotische System der Nahrungsmittelzuteilung. Was sollte man mit einem Zettel anfangen, auf dem stand: ›Bezugsschein zwei zu Fleischkarte Grün-D – 100 gr Kalbfleisch‹? Zwei Stunden Schlange stehen, und wenn man dann endlich an die Reihe kam, war nicht ein Gramm Kalbfleisch mehr da. Doch unsere Königin hat dafür gesorgt, dass wir nicht aufgegeben haben. Sie inspizierte hoch zu Ross die Verteidigungsstellungen an der Staatsgrenze. Ich erinnere mich an ihre Worte in der

Zeitung: ›Wir wollen wir selbst sein und bleiben.‹ Meiner Mutter und mir ist das leider nicht gelungen.«

»Einfach schlau. Das ist meine Meinung. Ihr seid ein schlaues Völkchen. Kein Gespür fürs Militärische, dafür aber Geschäftssinn. Habt in aller Ruhe weiter Güter an das Land geliefert, gegen das der Rest von Europa Krieg führte. Das hatten die Deutschen einkalkuliert. Glaub nur nicht, dass sie euch sonst in Ruhe gelassen hätten. Der Form halber verbietet ihr den Transport von Transitgütern nach Deutschland, macht währenddessen aber fette Gewinne durch illegalen Handel. Der Krieg hat den Niederlanden große Vorteile eingebracht. Ein Freund von mir hat ausgerechnet, dass das Sozialprodukt zwischen 1914 und 1917 um fünfzig Prozent gestiegen ist. Ihr habt ein paar B-boote und F-fischer verloren. Das ist alles.«

»Vielleicht sind wir zu klein, um an Größenwahn zu leiden.«

»Ja, das kenne ich. Die Kleinen müssen es den Großen recht machen und selbst a-außer Schussweite bleiben.«

Die Bremsen des Zuges knirschen und quietschen. Verärgert nimmt Martha ihr Gepäck aus der Ablage. Durch das linke Fenster sieht sie gerade noch die gepressten roten Strahlen der untergehenden Sonne oberhalb der übel zugerichteten Türme der Notre-Dame.

Zwei

»Nein! *Merci beaucoup.*« Vivien schiebt die Hand der Krankenschwester beiseite.
»Dieses Laudanum und Veronal können Sie Ihrer Katze geben. Ich nehme es nicht mehr. Ich habe mehr Opium und Barbitursäure in den Adern als Blut. Das Einzige, das ich davon habe, sind fürchterliche Schwellungen. Ich dachte, dies hier sei ein Erholungsheim, in dem man Ruhe findet? Dann lassen Sie mich auch in Ruhe und geben Sie mir nicht dieses Zeug oder diese lächerlichen Malaria-Injektionen. Ich bin hier in Frankreich und nicht in Indien. Was soll das eigentlich? Es gibt hier doch überhaupt keine Mücken. Fiebrig bin ich außerdem sowieso. Erblich belastet. Mein Vater war auch so ein fieberhafter Typ. Hat dreihundert Mal dieselbe Kuh auf derselben Brücke gemalt. Ist auch nie in Indien gewesen. Nein, der Weltenbummler in unserer Familie ist Maurice. Den hat auch das Fieber ergriffen, er fantasiert. Nur so zum Spaß hat er das trockenste und unfruchtbarste Stückchen Afrika gekauft. Und das von meinem Erbe!«
»*Calmez-vous, madame.* Wegen der Medikamente müssen Sie sich an den behandelnden Arzt wenden. Er macht heute Abend seine Runde.«
Die Krankenschwester schüttelt die beiden Kissen auf Viviens Bett auf, während sie sie vorsichtig unter der schmalen Schulter festhält.

»Besser so?«
»Ja, so ist es in Ordnung. Bin ja schon froh, dass ich wieder in einem Bett liege. Für mich keine Hydrotherapie mehr. Schluss mit dem Unsinn. Ich kann kein Bad mehr sehen. Ich fühle mich wie ein Weichtier. Als verwandele sich meine Haut allmählich in einen Schwamm. Mein ganzer Körper wird sumpfig. Nur mein Kopf ist hart geblieben. Der Rest ist schlapp, widerspenstig und glitschig. So war es schon immer: mein Kopf und mein Körper, unvereinbar und nur infolge eines Irrtums unseres Schöpfers aufeinander gelandet. *Bien étonnés de se trouver ensemble.* Um das zu merken, brauche ich aber wirklich nicht eine Woche lang in einer Badewanne zu liegen. In so ein albernes Tuch eingewickelt. Ich habe absolut nicht den Ehrgeiz, eine Meerjungfrau zu werden. Warum sollte ich auch? Ich lebe schon seit Jahren in meiner eigenen Unterwasserwelt. Dazu brauche ich keine Flossen. Nur ein paar Schlaftabletten …«
Vivien seufzt, während die Krankenschwester unbeirrt die Laken an beiden Seiten des Bettes glättet. So ein hübsches Ding. Findet sie keine bessere Stelle als das hier?
»Die Frage ist natürlich, ob ich jemals wieder auftauche. Ich hätte gern wieder einmal festeren Boden unter den Füßen. Auf einem großen Felsblock stehen und spüren, dass man lebt. Doch der Felsen in *meiner* Brandung ist selbst auch untergetaucht. Und kennt seitdem den Unterschied zwischen Himmel und Erde nicht mehr. Schickt mich deswegen alle naselang hierher. Und hier taucht man mich auch wieder ins Wasser. Wozu soll das denn gut sein, all das Wasser? Ich will Boden, notfalls noch Muscheln. Meine Füße im Sand. Ich war Tänzerin, müssen Sie wissen. Und gar nicht mal die schlechteste. Tänzer darf man nicht ins Wasser stecken, sie wollen die Erde spüren, sich die Haare

vom trockenen Wind zerzausen lassen. Aber Haare habe ich auch keine mehr.«

»Jetzt übertreiben Sie aber. Wenn Sie möchten, schicke ich nachher den Friseur vorbei.«

»Den Friseur! Möchten Sie den Guten zur Verzweiflung treiben? Es gibt hier nichts mehr zu frisieren. Geben Sie mir nur ein wenig Somnifen.«

Die Krankenschwester geht zum Fenster und zieht die Vorhänge auf.

»Wie wäre es mit einem Liegestuhl im Pavillon? Die Sonne scheint. Ein wenig frische Luft wird Ihnen gut tun.«

»Lassen Sie die Vorhänge lieber zu. Ich will Ruhe. Schlafen. Somnifen. Mehr nicht.«

»Sie haben schon den ganzen Morgen verschlafen. *Il faut sortir.* Ein bisschen Bewegung, eine Weile in die Sonne, ein wenig plaudern.«

Vivien ächzt.

»Was soll ich in diesem Park? Ich kann fallende Blätter nicht ausstehen.«

Die Krankenschwester öffnet ein Fenster und lehnt sich hinaus.

»So weit ist es doch noch nicht. Obwohl ...«

»Sag ich doch. Jetzt kommen wieder die hektischen Zeiten.«

»Ich kann Sie mit dem Bett ans Fenster schieben.«

»Bemühen Sie sich nicht. Wenn ich die Sonne sehen will, dann denke ich an sie.«

Murrend verlässt die Krankenschwester das Zimmer. Vivien dreht sich halb zu ihrem Nachttisch um und starrt auf das Tablett mit dem Frühstück. Warme Milch und ein Croissant. Sie will Kaffee, einen großen Becher mit stark duftendem Kaffee. Doch den bekommt sie hier nicht. Nicht gut für ihre

Nerven. Nur diese widerliche Milch. Sie schließt die Augen und versucht, an Kaffee zu denken. An schwarzen, bitteren Kaffee. Es gelingt ihr nicht. Auch ihre Geschmackspapillen haben das Erinnerungsvermögen verloren.
Sie nimmt das Croissant, bricht ein Stückchen davon ab und hält es über das Glas mit der warmen, schal riechenden Milch. Schließt wieder die Augen. Versucht noch einmal, an Kaffee zu denken, an das durchdringende Aroma von frisch gemahlenen Bohnen. Sie tunkt das Croissant-Stückchen in die Milch und führt es zum Mund. Die knusprige Kruste liegt schlapp und mehlig auf ihrer Zunge. Der süßsaure Geschmack der Milch kitzelt sie in der Nase. Sie würgt und spuckt das Croissant-Stückchen in ihre Hand.
»O, hell!«
Sie muss weg hier, heute noch. Sie will nicht länger in Malmaison bleiben. *What's in a name.* Auch wenn es Joséphine hier wunderbar gefallen haben mag, sie, Vivien, hat nun mal leider keinen Napoleon an ihrer Seite. Sie ist schon seit fast zwölf Wochen hier. Was treibt Tom unterdessen in London? Warum lässt er nichts von sich hören? Kein Brief, kein Anruf. Nichts. Sie braucht neue Strümpfe, Strümpfe, um die blauen Schwellungen an den Beinen zu verbergen. Das hat sie ihm doch geschrieben? Noch ein Tag ohne neue Strümpfe, und sie wird verrückt.
»Doch das bist du ja schon, Liebling«, sagt sie laut zu sich selbst.
Sie öffnet die untere Lade des Nachttisches und nimmt das Glas mit den Somnifen-Tabletten heraus. Ihre Reserve aus den vergangenen Wochen. Sie stopft sich drei Tabletten in den Mund und greift nach dem Glas Milch. Mit der linken Hand hält sie sich die Nase zu und spült die Pillen hinunter.
»Qu'il fait bon de dormir«, murmelt sie, »schlafen.«

Drei

Zur selben Zeit, doch bei völlig anderen Wetterverhältnissen – in London ist nämlich nichts heiter und schon gar nicht das Wetter –, sitzt Tom Eliot zusammengesunken unter der Schirmlampe in seinem Arbeitszimmer. Schon den ganzen Nachmittag ist er in seine Lektüre vertieft.

Die Haustür fiel ins Schloss, und Schritte kamen die Treppe hoch. Dann war aus dem Nebenzimmer eine gedämpfte Unterhaltung zu vernehmen. Die Spannung erreichte ihren Höhepunkt. Es schien eine Ewigkeit zu dauern, bis endlich die Tür zu ihrem Raum aufging und McMurdo hereintrat, einen Finger auf die Lippen gelegt. Er ging zum Tisch und sah sie der Reihe nach an, sagte aber kein Wort. Sein Gesicht war wie aus Granit gemeißelt. Seine Augen hinter den Brillengläsern funkelten stolz und aufgeregt. Alle starrten ihn neugierig an, aber er sagte noch immer kein Wort.

»Was ist los!«, rief McGinty schließlich. »Ist er hier? Ist Birdy Edwards hier?«

»Ja«, sagte McMurdo mit eisiger Stimme, »Birdy Edwards ist hier. Ich bin Birdy Edwards!«

Nach dieser kurzen Mitteilung herrschte sekundenlang Totenstille im Raum. Sieben aschfahle Gesichter blickten zu dem Mann auf, der über ihnen aufragte. Vor Schreck konnte keiner einen Laut hervorbringen. Plötzlich wurden mit einem lauten Klirren die Fensterscheiben von Gewehrläufen durchstoßen.

In der Diele erklingen vier schwere Schläge. Tom klappt das Buch zu, nimmt einen letzten Schluck Brandy und knipst die Leselampe aus. Wenn er vor seinem Besuch heute Abend noch die St.-Cyprian-Kirche aufsuchen will, muss er sich beeilen. Dann wird er *Das Tal der Furcht* eben heute Nacht zu Ende lesen. Wieder ein fantastischer Doyle. Welcher Dichter macht ihm das nach? Niemand kann die Saiten der Furcht so schön zum Klingen bringen wie er. Tom kichert, während er in der Diele in seinen Mantel schlüpft. Dieser McMurdo hat das Ganze wieder mal wunderbar gedeichselt. Wenn er, Tom, nicht vom Glauben gepackt worden wäre, wäre er auch Detektiv geworden. Die Menschen in den tiefsten Winkeln ihrer Seele zu ertappen. Den Hass zu entwirren. Die Spuren zu verfolgen, mit größter Sorgfalt.

Er schlägt die Tür hinter sich zu und späht die Straße hinauf und hinab. Genau aufpassen. Jede verdächtige Bewegung registrieren. Er schlägt den Mantelkragen hoch und schleicht behutsam die wenigen Stufen zum Bürgersteig hinunter. Ein Hut, der ein wenig zu tief in die Stirn gezogen wurde, Schritte, die eine Spur zu schnell sind – nichts entgeht ihm. Er muss jetzt erst mit dem Witwer sprechen. Ihm freundlich und gespielt lässig unter die Augen treten. »Ich war zufällig in der Nähe, und da habe ich mir gedacht ...« Damit kommt man am sichersten zum Ziel. Er weiß genau, dass dieser Mann etwas im Schilde führt.

Tom schielt unter seiner schwarzen Melone hervor in die Gesichter der Passanten. Der Blick verrät alles. Jeder Tropfen Schuld ist darin gespeichert. Blinzeln nutzt nichts. Die Augen sind die Seen der Seele. An ihrem Funkeln erkennt man, was sie zu verbergen versuchen. Aber ihm können sie nichts weismachen. Er verlässt Clarence Gate Gardens und biegt nach links ab, die Hände tief in die Manteltaschen geschoben. Es regnet wieder etwas stärker. Bestens. Perfekte Wetterverhältnisse. Wenn das Wasser vom Himmel strömt, tröpfeln die Halunken ins Freie.

Am Ende der Straße liegt St. Cyprian, die aus grauen Steinen erbaute Kirche. Tom geht langsam auf sie zu. Auf dem kleinen Kirchplatz stehen ein Mann und eine Frau zusammengekauert unter einem Regenschirm und deuten auf das Gebäude. Er verlangsamt seine Schritte, schaut sich schnell um und geht dann in einem Bogen um den Platz herum. Hinter einem Baum verborgen, der unmittelbar neben der Kirche steht, beobachtet er heimlich das Pärchen, das jetzt die Köpfe zusammengesteckt hat. Was haben die beiden vor? Das ist verdächtig. Niemand schaut sich im strömenden Regen eine Kirche an. Was führen sie im Schilde?
Tom sieht, wie der Mann ein Päckchen aus der Tasche zieht und es der Frau gibt. Aha. Spione, Kuriere. Er flucht verhalten. Die Frau steckt das Päckchen in ihre Tasche und verschwindet schnell. Der Mann geht in die andere Richtung. Tom schaut unschlüssig zwischen den beiden hin und her. Wem soll er folgen? Was würde McMurdo tun? Der Frau mit dem Päckchen hinterhergehen? Oder doch lieber dem Mann, der es ihr gegeben hat? Er kann sich nicht entscheiden. Dann geht er eben in die Kirche.

—

»Forgive me Father, for I have sinned.«
»Sprich, mein Sohn«, ist von der anderen Seite des Holzgitters zu hören.
Tom gibt keine Antwort, sondern klopft die Regentropfen

von seinem Hut und legt ihn anschließend neben sich auf das Betpult.
»Ich höre.«
Er senkt den Blick.
»Sie sind zu gütig.«
»Das Gute ist Gott, und nur Gott ist das Gute«, flüstert der Priester.
»Und wir sind das Böse«, sagt Tom, »bar aller Güte.«
»Fürwahr, der Mensch. *Privatio boni.* Aber vergiss nicht, mein Sohn – Gott ist geduldig und rechtschaffen.«
Die schleppend gesprochenen Worte des Priesters sickern gedämpft durch die Gitterwand des engen Beichtstuhls. Tom rutscht auf den Knien über das Filzkissen.
»Wir sind allesamt Umherirrende und wollen in die Herde aufgenommen werden.«
Ihn schaudert. Er zieht den Mantel ein wenig fester um sich und starrt dann eine Zeit lang schweigend vor sich hin. Am liebsten bliebe er für immer hier. Umringt von dunklem Holz, die Erlösung in Gestalt des weiß gekleideten Priesters in Reichweite. Aber nicht sprechen. Das verlorene Wort verloren lassen. Das ungesagte Wort ungesagt.
»Ich höre«, sagt der Priester schließlich. »Sprich doch, mein Sohn.«
»Ich bin sündig«, stammelt Tom, »da meine Gedanken sündig sind. Sie spuken Tag und Nacht durch meinen Kopf. Mit ihren grässlichen Bildern stellen sie mich auf die Probe.«
»Was erzählen sie denn?«
»Sie wiederholen ständig dasselbe.«
»Was denn?«, lispelt der Priester.

Tom schweigt. Er ist noch nicht so weit. Er vertraut sich selbst nicht. Vertraut seinen eigenen Worten nicht. Er hat das Gefühl, dass seine Worte zu einem anderen gehören.

Jemandem, der nichts mit ihm zu tun hat. Aber er ist zu schwach, sich dagegen zur Wehr zu setzen. Zu erschöpft.

»Schilder mir deine Gedanken.«

»Ich …«

»Ja?«

Tom schaut sich verzweifelt um. Durch den Spalt neben dem Vorhang kann er gerade noch das Innere der spärlich erleuchteten Kirche sehen. Er erkennt die kahlen Bänke, die wenigen Kerzen auf dem Altar. Außer ihnen beiden ist niemand in der Kirche. Ganz London ist beim Essen. Er sollte auch etwas zu sich nehmen. Sein Körper schmerzt vor Hunger. Er verträgt nur noch Alkohol und Schokolade.

»Ja?« Die Stimme des Priesters klingt ungeduldig. »Denk an Hiob, mein Sohn. Ich wollte alle meine Schritte Ihm ansagen.«

»Ich kann sie nicht loswerden. Immer wieder werde ich zu ihnen hingezogen. Ich bin wie besessen. Ich …«

Tom zögert und starrt die verschwommenen Umrisse des Gesichtes auf der anderen Seite des Fensters an. Er sieht die große Nase, die sich fast an das Gitter drückt, riecht den Atem des Priesters. Tote Mäuse. Faulendes Fleisch. Modrige Kellerräume. Ihm graut, und er weicht ein wenig zurück.

»Sie haben mich ausgewählt«, stößt er mühevoll hervor.

»Gott liest all deine Gedanken. Auch in der tiefsten Finsternis achtet er auf deine Taten.«

»Ich weiß, aber ich begreife es nicht.«

»Die Zahl seiner Jahre ist unergründlich, da er die Wassertropfen in die Höhe zieht, die den Nebel zu Regen verdichten.«

»Ich kann nicht.«

»Erzähl, mein Bester, Gott ist gnädig. Selbst die schlimmste Heimsuchung hat die Bekehrung zum Ziel.«

»Sie wollen …«, sagt Tom ächzend, »sie wollen das Unmögliche. Sie wollen, dass ich das Messer an die Kehle setze und sie durchschneide. Das Kissen auf den Mund lege und zudrücke.«

Der Schweiß bricht ihm aus. Er reißt die obersten Knöpfe seines Mantel auf, zieht sein Einstecktuch hervor und tupft sich damit die Stirn.

»Sie geben sich nicht mit halber Arbeit zufrieden«, flüstert er. »Sie treiben mich zum Unumkehrbaren. Aber sie wissen nicht, wie schwierig es ist. Keine Spuren zu hinterlassen, nicht gesehen zu werden, die Hände zu waschen. Ich kann nicht, es darf nicht sein ...«

Der Priester klopft mit seinem Ring an das Gitter, aber Tom hört ihn nicht.

»Gottes Zorn wird auf mich herabgerufen werden ... Es darf nicht sein, nicht jetzt, da ich ihn gefunden habe, nicht jetzt, da ich mein Bett in sein Haus gestellt habe, seine Arme um mich spüre, sein Blick auf mir ruht. Es darf nicht sein, ich muss sie loswerden, sie von mir abschütteln ...«

Tom nimmt den Kopf in beide Hände. Wenn man erst einmal angefangen hat zu reden, dann findet man kein Ende mehr. Die Worte brennen mit dir durch, fordern dich heraus, noch ein Wort zu sagen, noch einen Satz zu formulieren. Du kannst nicht mehr aufhören.

»Es ist bereits zu viel Blut vergossen worden. Blut an meinen Kleidern, Blut an meinen Fingern. Ich habe sie nicht mehr berührt, die blutrote Rose, und trotzdem wurden mir die Dornen tief ins Fleisch gedrückt. Wir sind Verbannte unserer Liebe. Und ich bin schuldig, ich habe gesündigt, ich habe eine Strafe verdient.«

»Sie ist nicht gut für dich.«

»Sie ist weg, schon seit drei Monaten. In ihrem weißen Nachthemd, über ihren weißen Knochen, unter ihrem weißen Gesicht. Sie ist weg, und das Ganze wird nur noch schlimmer.«

»Entzieh dich nicht dem Blick des Herrn.«

»Ich kann nicht ihnen beiden dienen.«

»Sie wird zurückkommen. Sei davor auf der Hut. Wohl dem, der nicht wandelt im Rat der Gottlosen. Sie wird die großen Werke, die du für unsere Kirche tust, behindern. Sie missbilligt den Herrn.«

»Sie ...«

Tom greift sich mit den Händen an die Kehle. Es ist sinnlos, alles ist sinnlos ...

»Sie ... ist das Leben, ich bin der Tod«, murmelt er.

»Gott ist das ewige Leben, und du in ihm.«

»Sie ist die Rose, die blühende Rose, ich bin das verdorrte Gras, das sie erstickt ... Gott hat sie aus meiner Rippe genommen und gefragt: Soll sie leben? Und ich? Ich habe geantwortet: Nein! Sie kann neben dem Tod nicht leben.«

»Sie ist eine Heidin. Wandle den Weg nicht mit ihr, wehre deinem Fuß vor ihrem Pfad.«

»Sie ist ... alles. Sie ist all das, was ich habe und nicht habe.«

»Du wirst nicht befreit werden, wenn du sie nicht loslässt.«

»Ich kann nicht mehr.«

»Komm zum Herrn. Er wird dir gnädig sein. Bete mit mir.«

Tom schließt die brennenden Augen, faltet die Hände. Aber als der Priester leise das Vaterunser vor sich hinleiert, »wie im Himmel, so auf Erden«, schleicht er sich aus dem Beichtstuhl. Er geht nach draußen und rennt, so schnell er kann, weg. Mit der einen Hand hält er seine Melone fest, mit der anderen rudert er wild im strömenden Regen.

Vier

Nach einem trostlosen Fußmarsch durch die zerstörte Innenstadt von Reims – die Häuser heben sich wie schwarze Krähen gegen den verschleierten Herbsthimmel ab – erreichen sie den Eingang des Militärkrankenhauses, wo sie sich ausweisen müssen. Sie folgen den Anweisungen der Wache, die ihnen den Weg ins Direktionszimmer beschrieben hat, und überqueren den Hof. Martha schaut sich angespannt um. Ist ihr Vater wirklich hier entlanggegangen, über diesen Holzboden, durch diese kahlen, weiß getünchten Gänge, in denen es nur quadratische Gitterfenster hoch unter der Decke gibt? War er wirklich wochenlang hier eingesperrt gewesen, ohne dass sie eine Ahnung davon gehabt hatten?

Billy schreitet entschlossen neben ihr aus. Extra aus diesem Anlass hat er seine Uniform angelegt, einen grünen Lodenmantel mit breiten Revers, breiten Schultern, breitem Lederkoppel – alles breit und stark. Er macht einen unverwüstlichen Eindruck. Es ist kaum vorstellbar, dass solch eine Uniform in wenigen Sekunden von Schüssen zerfetzt werden kann. Am Ende des Korridors sitzt ein Soldat hinter einem kleinen Holztisch. Auch ihm zeigt Billy seinen Ausweis und darüber hinaus Gaillards Brief.

»Un instant«, sagt der Soldat und verschwindet durch die Tür. Billy blickt angespannt vor sich. Er hat wieder diese nervösen Zuckungen um den Mund. Ab und zu knirscht

er so stark mit den Zähnen, dass sie es aus ein paar Metern Entfernung hören kann. Die Tür geht auf.
»*Suivez-moi.*«

Martha muss blinzeln; das rote Sonnenlicht, das gerade noch durch die Fenster in das großzügige Büro des Direktors fällt, scheint ihr direkt in die Augen. Es dauert einen Augenblick, bis sie Gaillard hinter einem hohen Stapel Unterlagen wahrnimmt, einen kleinwüchsigen, gedrungenen Mann in dunkelblauer Uniform. Er zeigt einladend auf die beiden Ledersessel vor seinem Schreibtisch. Billy schlägt die Hacken zusammen und tippt an seine Mütze.
»Danke sehr.«
Sie wirft ihm einen überraschten Blick zu und setzt sich. Ist es nicht ein wenig übertrieben, so zu salutieren? Gaillard ergreift das Wort; auf Französisch betet er in atemberaubendem Tempo die Geschichte des Krankenhauses herunter. Früher sei es ein Sanatorium für Tuberkulose-Kranke gewesen, seit Kriegsende aber habe es sich zu einem Militärkrankenhaus entwickelt, das sich auf kriegsbedingte Neurosen spezialisiert habe. Er nennt die Zahl der Patienten und beschreibt ausführlich die unterschiedlichen Patientengruppen sowie die verschiedenen Behandlungsmethoden.
Außerstande, dem Wortfluss des Direktors zu folgen, hat Billy bereits aufgegeben; Martha aber versteht gerade noch, dass die Ärzte mit der *thérapie coercitive*, die sie von La Salpêtrière in Paris übernommen hätten, in den vergangenen Jahren die größten Erfolge erzielt haben. Richtiges Verhalten und Fortschritte werden belohnt, falsches Verhalten und Rückfälle bestraft. *Très simple et efficace.* Der Patient lerne auf diese Weise, sich für seine Krankheit verantwortlich zu fühlen.

»Aber wenn er dafür zu krank ist?«, fragt sie in dem beherzten Versuch, das Plädoyer des Direktors zu unterbrechen.
»Für diese Fälle sind leichtere und schwerere Strafen vorgesehen. Zimmerarrest, ohne Essen ins Bett, Isolation. Was gut ist für Kinder, ist auch gut für unsere Patienten.«
»Soldaten sind doch keine Kinder.« Sie ärgert sich über den autoritären Tonfall ihres Gegenübers.
Gaillard hat jedoch eindeutig keine Lust auf diese Diskussion, die er schon so oft führen musste.
»Kommen wir zur Sache«, sagt er zu Billy. »Sie sind also vom britischen Verteidigungsministerium hierher geschickt worden, um die Akten verstorbener britischer Offiziere durchzusehen. Ich war damals noch nicht in diesem Krankenhaus, habe aber unseren Archivar gebeten, die Namensliste, die Sie mir geschickt haben, mit unseren Unterlagen zu vergleichen. Und siehe da: Er hat sieben Patienten gefunden, deren Daten mit denen der von Ihnen gesuchten Offiziere übereinstimmen. Diese Informationen sind jedoch streng vertraulich und dürfen nur denjenigen, denen Sie Bericht erstatten, zu Ohren kommen.«
Gaillard nickt Martha kurz zu.
»Ich muss Sie deswegen ersuchen, das Zimmer zu verlassen.«
Was meint er? Sie soll gehen? Sie schaut ihn verständnislos an.
»Was sagt er?«, zischt Billy ihr ins Ohr.
»Er möchte, dass ich gehe. Vertrauliche Informationen.«
»Sag ihm, du bist meine Dolmetscherin.«
Das tut sie, aber Gaillard zeigt sich davon nicht gerade beeindruckt.
»Ich habe die strikte Weisung vom Verteidigungsministerium, die Informationen einzig und allein den Beamten des britischen Ministeriums vorzulegen.«

»Monsieur Gaillard«, sagt Martha kühl, »ich habe im vergangenen Jahr in dieser Angelegenheit mehrmals mit Ihnen telefoniert. Sie wissen ebenso gut wie ich, dass mein Vater möglicherweise hier behandelt wurde. Ich habe das Recht, zu erfahren, was mit ihm geschehen ist.«
Gaillard gibt keine Antwort, sondern schiebt seinen Stuhl zurück.
»*Excusez-moi*«, brummt er und verlässt den Raum.

Sie schaut Billy fragend an. Er nickt spöttisch in Richtung der zahlreichen Diplome, die die Wand schmücken.
»Wieder so ein prämierter Schreibstubenhengst, der noch nie einen Schützengraben von innen gesehen hat.«
»Soll ich die Akten schnell durchsehen?«, flüstert sie und will sich erheben, doch er streckt den Arm aus und drückt sie mit aller Bestimmtheit zurück auf den Stuhl.
»Keine Witze, Martha. Wir sind hier bei der Armee.«
Sie hat keine Angst vor Uniformen. Als sie erneut versucht, sich zu erheben, betritt Gaillard in Begleitung eines dicken Mannes mit grauen Haaren das Zimmer.

»Monsieur Mercadier, unser Archivar«, stellt Gaillard ihn mit einem knappen Nicken vor. »Er kann Ihnen mehr von unseren Akten erzählen, jedoch nur unter der strikten Bedingung, dass Sie nichts von dem, was Sie in diesem Raum hören, an Dritte weitergeben.«
Dieser Wichtigtuer, denkt sie. Uniformen bewirken bei ihr immer das Gegenteil von dem, was sie eigentlich bezwecken sollen – sie verspürt weder Respekt noch Angst, sondern Widerstand und Missfallen.
Mercadier steht ein wenig unbeholfen neben dem Schreibtisch seines Vorgesetzten. Er hält die Hände auf dem Rücken, verschränkt sie dann feierlich vor dem Schritt, um

sie schließlich wie zwei Fremdkörper schlapp neben sich hängen zu lassen.

»Nun ja«, hebt er zögernd an, »es geht also um sieben britische Offiziere, deren Identität wir mit Sicherheit ermitteln konnten. Sie müssen wissen, dass es damals ziemlich viele umherirrende Soldaten gab. Sie wurden in verwahrlostem Zustand hier eingeliefert, oft sogar ohne gültigen Ausweis. Meistens schwer verwundet, auch im Gesicht. Dieser Umstand erschwerte die Identifizierung beträchtlich, das werden Sie verstehen. Sie waren darüber hinaus vollkommen verwirrt. Sofern sie überhaupt noch reden konnten, kam kaum etwas Zusammenhängendes über ihre Lippen. In vielen Fällen war es uns nur aufgrund ihrer Uniformen möglich, ihre Nationalität zu ermitteln. Für genauere Nachforschungen war keine Zeit. Uns stand nur ein kleiner Stab zur Verfügung, mit dem wir sie mit knapper Not medizinisch versorgen konnten. Insgesamt haben wir hier, vorsichtig geschätzt, ungefähr hundert britische Mannschaftsdienstgrade und an die zehn britische Offiziere behandelt.«

Er schaut Martha an. Es dauert einen Augenblick, bis sie versteht, dass er auf ihre Übersetzung wartet. Schnell fasst sie das Gesagte für Billy zusammen. Gaillard schaut argwöhnisch zu.

»Die Offiziere, nach denen Sie suchen, verschlug es im Herbst 1917 in den Raum südöstlich der flämischen Frontlinien, wie, wissen wir nicht genau, und …«

»Es überschreitet unsere Befugnisse, uns dazu zu äußern«, unterbricht ihn Gaillard.

»Richtig«, fährt Mercadier fort. »Was allerdings feststeht, ist, dass diese Offiziere geraume Zeit umhergeirrt sind. Sie kamen vollkommen erschöpft und unterernährt hier an. Natürlich nicht alle zur gleichen Zeit, sondern in Abständen von einigen Tagen. Sie hatten nicht nur schwere Gra-

natverwundungen, sondern litten darüber hinaus auch an kriegsbedingter Hysterie, wie wir es nennen. Albträume, Wahnvorstellungen, Lähmungserscheinungen, Sprechstörungen, bei zwei Offizieren wurde sogar völlige Stummheit konstatiert.«
Wiederum wartet Mercadier Marthas Übersetzung ab.
»Was habe ich dir gesagt?«, flüstert Billy ihr ins Ohr. »An Stummheit leidende Offiziere.«
Sie nickt ungeduldig. Jetzt ist nicht gerade der richtige Zeitpunkt, darauf hinzuweisen, dass er mit seiner Klassentheorie Recht gehabt hat. Das Einzige, das sie wissen will, ist, ob ihr Vater sich unter diesen sieben Offizieren befunden hat.
Mercadier nimmt einen Aktenstapel vom Tisch, zieht seine Lesebrille aus der Westentasche, wischt sich ein paar Schweißtropfen von der Nase und setzt die Brille auf.
»Nun gut, dann in chronologischer Reihenfolge. Ende Oktober 1917 wurde hier ein britischer Offizier namens Lewis, Henry Lewis, hospitalisiert.«
Billy hört aufmerksam zu und macht sich Notizen in seinen Unterlagen. Martha wird mit einem Mal ganz fahrig und nervös. Sie spürt, wie ihr das Herz bis zum Hals hinauf pocht.
»Monsieur Lewis starb bereits ein paar Tage nach seiner Ankunft an subkutanen Blutungen. Sie können nachher selbstverständlich die vollständigen Angaben aus seinem Krankenblatt übernehmen.«
Mercadier blättert wieder in seinen Unterlagen, hüstelt und fährt fort: »Anfang November kam ein weiterer britischer Offizier. Er hieß Bramhall, John Bramhall, und litt an Wahnneurosen, Stummheit und der Neigung zur Selbstverstümmelung. Ein ernster Fall. Fügte sich selbst Verwundungen an Armen, Beinen und an mehreren Stellen im Gesicht zu. Er musste äh … wiederholt festgebunden

werden. Leider hat er es dann doch geschafft, sich in einem unbewachten Augenblick in seinem Zimmer – mitten in der Nacht, wissen Sie – das, *pardon, mademoiselle*, das Geschlechtsteil abzuschneiden. Schreckliche Geschichte. Er ist noch in derselben Nacht gestorben, am 9. November.«
Mercadier räuspert sich, schaut sie leicht geniert an und wartet auf die Übersetzung. Doch die lässt diesmal auf sich warten. Martha starrt den schwitzenden dicken Mann vor sich ungläubig an.
»Höchst ungewöhnlich, in der Tat«, unterbricht Gaillard die Stille. »Jedenfalls vom militärpsychiatrischen Standpunkt aus. Das männliche Geschlechtsteil musste nämlich um jeden Preis geschützt werden. Lieber Arme und Beine verlieren als das. Die Deutschen haben sich das übrigens geschickt zunutze gemacht, indem sie Minen entwickelten, die genau auf der Höhe der Geschlechtsteile zur Detonation kamen. Ein Musterbeispiel für eine Strategie, mit der man die Kampfmoral des Gegners untergräbt.«

Mercadier muss husten, beugt sich leicht nach vorn und hält sich mit einer Hand an der Tischkante fest; mit der anderen Hand nimmt er die Brille ab, wischt sich den Schweiß aus dem Gesicht und stellt sich wieder gerade hin. Verärgert schaut Gaillard ihn an.
Billy tippt Martha leicht gegen den Ellbogen.
»Um was geht es?«, flüstert er.
»Das erzähle ich dir später«, murmelt sie.
»Gut, äh …«, sagt Mercadier schwer atmend, während er Martha leicht verlegen anschaut, »der dritte Offizier wurde knapp zwei Wochen später eingeliefert, ja, hier steht es, am 12. November 1917. Ein Gendarm hatte ihn in der fast völlig zerstörten Kirche eines Dorfes hier ganz in der Nähe gefunden. Angeblich hat er dort, inmitten der Trümmer, auf

der Kanzel gestanden und so geschrien, dass die Einheimischen herbeigelaufen kamen und äh …«
»Fakten, Mercadier, nur die Fakten«, sagt Gaillard.
»Gut, gut. Ich dachte nur, dass ich in diesem Fall vielleicht etwas ausführlicher … Es tut mir Leid, Mademoiselle, doch in meinen Akten steht, dass der Name dieses Offiziers Michael Thompson war.«
Billy ergreift Marthas Arm. Kurz schaut sie ihn an, dann wendet sie den Blick wieder Mercadier zu. Also doch. Ihr Vater ist wirklich hier gewesen. Ihre Hände, die auf ihren Knien liegen, zittern wie unruhige neugeborene Kätzchen. Die Herren vor ihr wechseln einen schnellen Blick.
»Äh, Monsieur Thompson«, fährt Mercadier nahezu im Flüsterton fort, »hatte den Akten zufolge schwere Verwundungen an Schultern und Rücken, war aber ansonsten bei sehr klarem Verstand, soll heißen, im Gegensatz zu den anderen hörte er überhaupt nicht auf zu reden. Vor allem nachts raste und tobte er in einem fort, hielt eine Rede nach der anderen, meinte, er sei der große Friedensstifter. Das war nicht ganz äh … ungefährlich. Jedenfalls war es unerwünscht. Sie müssen wissen, dass unsere eigene Armee in jenen Tagen ziemliche Probleme mit meuternden Divisionen hatte. Sein Verhalten erfreute sich bei den obersten Stellen nicht gerade großer Wertschätzung. Subordination wurde hart …«
»Kommen Sie zur Sache, Mercadier«, brummt Gaillard.
»Wir haben alles Mögliche versucht, das war selbstverständlich, aber wir konnten ihm seine Ideen nicht austreiben. Schließlich sind die Briten selbst gekommen, um ihn abzuholen.«
Er bricht ab und schaut Gaillard fragend an.
»Stimmt«, sagt dieser. »Wir haben die Angelegenheit letzte Woche noch einmal genau geprüft. Unseren Angaben zu-

folge ist er am 24. November 1917 von hier abgereist und über Calais nach England zurückgefahren. Das ist der letzte Vermerk in unseren Akten. Selbstverständlich sind wir davon ausgegangen, dass London Ihre Familie davon in Kenntnis setzt.«

Billy legt ihr eine Hand auf den Arm.
»Hast du alles verstanden?«, fragt er.
Sie nickt, starrt erst ihn und dann die Männer vor sich an. Es summt ihr in den Ohren. Oberhalb von Gaillards Kopf sieht sie Hunderte von Staubpartikeln im Sonnenlicht tanzen. Sie verfolgt sie aufmerksam mit dem Blick, von oben nach unten, bis zu Gaillards Händen, die auf der Schreibtischplatte liegen. Sie starrt den goldenen Siegelring am Finger der kleinen, schmalen Hand vor sich auf dem Tisch an. Ein Staubkorn landet direkt neben dem Ring und verfehlt dabei den glänzenden schwarzen Stein nur knapp.
Sie umklammert mit beiden Händen die Armlehnen des Stuhls. Sie ist nach England gefahren, nach Frankreich; und noch immer ist er nicht tot. Ein zweites Mal wurde er aufgegriffen und weggebracht, ohne dass sie etwas davon erfahren hätten. Sie begreift das Ganze nicht. Billy sagt etwas zu ihr, aber sie versteht ihn nicht. Sie beißt sich mit den Zähnen auf die Unterlippe. Gaillard, Mercadier, Billy – die Gesichter der drei Männer verschwimmen und fließen ineinander. Sie bemüht sich, das Bild in Schärfe zu sehen.
»Martha!«

—

In dem kleinen Krankenzimmer befinden sich nur ein hohes eisernes Bett und ein hölzerner Hocker. Billy beugt sich über die Bettdecke und flüstert Martha ihren Namen ins Ohr. Gespannt wartet er auf eine Regung in ihrem

Gesicht, doch noch nicht einmal ihre Augenlider flattern. Marthas Gesicht liegt völlig starr auf dem weißen Kissen. Er setzt sich neben sie aufs Bett.

Sie ist bereits seit einer Stunde bewusstlos. Die beträufelten Tücher, die Billy ihr auf Gaillards Geheiß unter die Nase hält, helfen nicht. Mit allem hätte er gerechnet, damit jedoch nicht. Nicht mit der Möglichkeit, dass ihr Vater gesund und munter nach England zurückgekehrt sein sollte. Warum hat er diesbezüglich nichts in Erfahrung bringen können? Wahrscheinlich wurde er gleich nach seiner Ankunft verhaftet. Aber dann, was ist danach mit ihm passiert? Gefängnis wahrscheinlich. Doch dann müsste es Aufzeichnungen darüber geben. Das muss er nach seiner Rückkehr sofort überprüfen.

Er starrt ihr ins Gesicht. *Une vapeur*, Hitzewallungen, wie Gaillard es genannt hatte, nichts Ernstes. Die Anspannung, die Enttäuschung, alte Wunden, die plötzlich wieder aufgebrochen sind – Frauen verlieren nun einmal schnell den Boden unter den Füßen, so lautete Gaillards Erklärung. Billy ist der Meinung, dass diese *vapeur* mittlerweile schon verdammt lange dauert.

Er nimmt ihre auf der Bettdecke ruhende Hand.

»Nur Mut, Martha«, flüstert er. »Wir schaffen es. Ich werde die Sache für dich weiterverfolgen. Bitte, ich bringe dich schnell weg von hier. Und wir werden keinen Tropfen Champagner trinken, das verspreche ich dir.«

Nachdenklich schaut er sie an. Ihr Vater hatte sich also auf der Rückfahrt nach Folkestone befunden. Billy hatte wiederholt dort zu tun gehabt, als er beim Nachrichtendienst des War Office gearbeitet und der Desertion bezichtigte Offiziere ins Gefängnis begleitet hatte. Den Namen Thompson aber hatte er in den Archiven des Nachrichtendienstes, die er schon vor einem Jahr diesbezüglich durch-

forstet hatte, nicht gefunden. Sollte er etwas übersehen haben?
Schritte auf dem Korridor. Billy legt ihre Hand zurück auf die Bettdecke und setzt sich auf den Hocker neben dem Bett. Die Tür geht auf; Gaillard, gefolgt von einer Krankenschwester, betritt das Zimmer.
»Keine Veränderung?«, erkundigt sich Gaillard. »Dann versuchen wir es mit etwas Stärkerem.«
Er gibt der Krankenschwester ein Zeichen, die daraufhin eine Injektionsnadel mit einer blauen Flüssigkeit aus einer kleinen Flasche füllt.
»Was ist das?«, fragt Billy.
»Nur ein Muntermacher.«
Gaillard tritt mit der Spritze ans Bett und entblößt Marthas Unterarm.
»Muss das wirklich sein?«
»Es ist ein unschuldiges Mittel, Sie können ganz beruhigt sein.«
»Warten Sie.«
Billy beugt sich zu Martha hinunter, flüstert ihr erneut ihren Namen ins Ohr, nimmt ihre Hand und drückt sie ein paarmal. Gespannt schaut er ihr ins Gesicht. Ihre Augenlider flattern leicht. Abermals kneift er sie in die Hand und spürt, wie sie ganz sanft seine umklammert. Sie öffnet die Augen und schaut ihm direkt ins Gesicht.
»Du hast geschlafen«, sagt er.
»Geschlafen? Ich?«, fragt sie erstaunt.
»Ja, Mademoiselle«, sagt Gaillard, »doch wir sind froh, dass Sie wieder wach sind.«
»Billy«, murmelt sie, »haben wir ihn gefunden?«
Er nickt.
Die Krankenschwester schiebt ihr ein Fieberthermometer in den Mund.

»Ich verordne Ihnen eine Woche Bettruhe«, sagt Gaillard. »Nicht hier, wir sind kein Kurort, doch in der Nähe von Paris gibt es ausgezeichnete Sanatorien. Die Krankenschwester hat sich bereits für Sie erkundigt. Wir messen nur noch schnell Ihre Temperatur.«

Er zieht das Glasstäbchen aus Marthas Mund und wirft einen schnellen Blick darauf.

»Viel zu hoch. Mindestens eine Woche Bettruhe, hören Sie?«

Er dreht sich zu Billy um.

»Monsieur Mercadier hat die Angaben zu den anderen Offizieren schriftlich fixiert. Die Krankenschwester wird sie Ihnen gleich aushändigen. Ich nehme an, dass Ihre Nachforschungen damit abgeschlossen sind?«

»Ich würde gern einige Fälle mit Ihnen persönlich besprechen.«

Gaillard beugt sich weiter zu ihm vor.

»Ich glaube, das ist nicht nötig. Außerdem halte ich es für vernünftiger, keine Zeit mehr zu verlieren. Es ist wohl am besten, wenn Sie Miss Thompson noch heute Abend ins Sanatorium begleiten.«

Er dreht sich um, bedeutet der Krankenschwester, ihm zu folgen, und verlässt den Raum.

Fünf

Wenn das verlorene Wort verloren, das verbrauchte Wort verbraucht ist,
Wenn das unvernommene ungesagte
Wort ungesagt ist, unvernommen,
Ist noch das ungesagte wort, das wort, das unvernommene,
Das wort ohn Wort …

Virginia schielt über das Blatt, das sie sich direkt vor die Nase hält, hinweg heimlich nach den anderen Gästen. Mary hört voller Ernsthaftigkeit und Konzentration zu, McKnight wippt mit dem Fuß im strengen Rhythmus der Verse. Und was macht Leo? Hah! Als ob sie es geahnt hätte! Leonard betrachtet gelangweilt seine Schuhspitzen. Was für eine grässliche Litanei über Worte, sieht sie ihn denken. Sie sitzen zu fünft im Kreis im Salon. Es ist dunkel und kühl. Der Kamin hätte ein wenig mehr angefacht werden dürfen, denkt sie bei sich. Und eine Schirmlampe wäre auch kein überflüssiger Luxus gewesen. Lang gezogene Rauchschwaden ziehen langsam unter der schmutzigen Zimmerdecke dahin. Auf dem Tisch im Salon stehen fünf leere Gläser.
Tom räuspert sich und liest die letzte Strophe des fünften Gedichts vor. Sie nimmt das gottlob letzte Blatt Papier von ihrem Stapel und liest wieder mit.

Wo wird das Wort fündig werden, wo wird das Wort
Mündig werden? Nicht hier, hier ists nicht still genug.

Nicht still genug? Das kann man nicht gerade behaupten. Immer wieder kommt es zu langen, peinlichen Phasen der Stille, die niemand zu durchbrechen vermag. Virginia hat selten einen derart schweigsamen Abend wie diesen erlebt, während sie sich doch ein wenig Fröhlichkeit versprochen hatte. Ein Glas Champagner, darauf hätte sie jetzt Lust. Auf ein wenig Licht und Leichtigkeit statt dieser bedrückten Stimmung.

Gedichte sind doch auch dazu da, dass man sie vortanzt. Los, beweg dich. Dass man springt, sich dreht, dahinschwebt. Aber mitnichten. Man braucht sich ja nur anzusehen, wie Tom dahängt. Ganz erfüllt von seinem eigenen Inferno. Blind für alles und jeden um sich her. Und wie er in die Flammen murmelt. Virginia hat den Geschmack von Asche im Mund. Nein, sein neuestes Gedicht sagt ihr nichts. Tom hat seine Dichterseele irgendwo zwischen Chorgestühl und Altar verloren.

Bitt für die, so gewählt und gefehlt.
O mein Volk.

Die letzten Worte ersticken in einem leisen Stöhnen des Vortragenden. Tom bleibt vornübergebeugt sitzen, das Gedicht bebt in seinen Händen. Die Gäste runzeln die Stirn. Leonard schaut nicht begreifend auf das Blatt Papier, das auf seinen Knien liegt. Hat er etwas verpasst? Schnell überfliegt er die letzten Zeilen noch einmal. Er wird aus ihnen nicht klug. Seit Toms Bekehrung kann er ihm nicht mehr folgen. Vor seinem geistigen Auge sieht er Tom in Rodmell neben dem Feuer im Kamin, als dieser ihnen von seinem

Eintritt in die anglikanische Kirche erzählt hatte. Virginia und er waren zu überrascht gewesen, um etwas zu erwidern. Anschließend hatte Virginia zu ihm gesagt, dass sie es schlicht für eine Obszönität halte, wenn ein Lebewesen in ihrem Wohnzimmer über Gott und die Unsterblichkeit predigt. Leonard wirft Tom einen schnellen Blick zu, aber der Dichter mit seiner Mission hängt noch immer vornübergebeugt in seinem Stuhl. Fahlgelbes Gesicht, herunterhängende Schultern. *Good Lord*, was ist denn eigentlich noch von ihm übrig?

»Jemand noch einen Whisky?«, fragt Tom nach einer langen Pause.
Die Gäste nicken erleichtert. Tom schenkt ihnen nach und setzt sich wieder. Er schaut sie erwartungsvoll an.
»Tja, Tom«, sagt Virginia vorsichtig, »in diesem Gedicht hast du das *present participle* viel seltener verwendet als sonst. Ich glaube, das ist besser.«
Er springt auf und blättert in seinen Papieren.
»Du hast Recht«, sagt er. »Danke, Virginia. Ich werde mir die anderen Gedichte noch einmal daraufhin anschauen.«
Virginia nippt an ihrem Whisky. Hat sie wirklich nichts Konkreteres für ihn? Etwas Inhaltliches vielleicht? Doch sie weiß, dass für einen Dichter nichts so unschuldig ist wie eine Bemerkung über die Grammatik. Dafür sind sie immer dankbar. Ja, damit können sie etwas anfangen. Aber oh weh, wenn man sich zum Stil oder zum Inhalt äußert. Sie seufzt. Was sind wir doch für ein grässliches Völkchen.
Leonard hat die empfindsame Poetenseele noch nicht so richtig verstanden. Er schlägt – wirklich gut gemeint – vor: »Ich hab mir gedacht, Tom, dass du diese Zeile mit *O mein Volk* vielleicht nicht so endlos wiederholen solltest.«
Tom schaut ihn entgeistert an.

»Diese Wiederholung ist das Scharnier des Gedichtes. Sie ist das Gerüst, an dem die anderen Worte aufgehängt sind. Diese drei Worte drehen das Gedicht auf, versetzen es in Schwingungen. Ist dir das nicht aufgefallen?«

»Doch, ja«, murmelt Leonard. Du aufgeblasener Fatzke, denkt er bei sich. Hoffentlich bleibt dir dein pathetischer Nonsens im Halse stecken!

Der amerikanische Maler, der den ganzen Abend noch kein Wort gesagt hat, steht unvermittelt auf und schüttelt Tom die Hand.

»Brillant. Wirklich, einfach brillant. Aber jetzt muss ich leider gehen. Wenn Sie wollen, dass ich Illustrationen dazu mache, sagen Sie einfach Bescheid.«

Virginia stößt mit dem Fuß Leonards Schuh an und macht eine schnelle Kopfbewegung zur Tür.

»Ich fürchte, wir müssen auch gehen«, sagt Leonard, während er seine Papiere zusammenschiebt. »Noch viel zu tun, Druckfahnen und so. Vielen Dank für den fesselnden Abend, Tom. Richte Vivien herzliche Grüße von uns aus, wenn du sie anrufst. Wann kommt sie wieder?«

»Ich rufe sie nie an.«

»Oh?«

»Nein, nie.«

Virginia nimmt Leonard am Arm.

»Also auf Wiedersehen. Wir finden schon hinaus. Bis bald. Adieu, Mary.«

Doch Mary Hutchinson steht auch schon an der Tür.

»Ich komm mit euch mit«, flüstert sie.

»Das war das letzte Mal, dass ich mich zu einem Urteil über Toms Gedichte hinreißen ließ«, sagt Mary Hutchinson empört, als sie im Freien sind. »Es hatte den Anschein, als

ob nicht er, sondern wir eine Prüfung bestehen mussten. Nichts war gut genug. Was beseelt diesen Mann eigentlich?«
»Er will Missionar werden«, brummt Leonard. »Und als solcher macht er sich immer besser.«
Virginia schweigt. Sie will nicht mehr an Tom oder seine Gedichte denken. Ihre Gedanken sind bei ihrem eigenen Buch. Was Vita wohl davon halten wird? Virginia hat *Orlando* speziell für sie geschrieben. Wenigstens ihr Buch ist ein Fest, und sie ist entschlossen, dieses Fest zu genießen.
»Was machen wir: Nehmen wir ein Taxi, oder gehen wir ein Stück zu Fuß?«, fragt Leonard.
»Gehen ist billiger«, sagt Virginia, die sich bei Mary unterhakt. »Und ein wenig frische Luft wird uns gut tun.«
»Was höre ich da von Clive?«, fragt Mary sie. »Wirst du wirklich bei diesem Prozess aussagen?«
»Das ist noch nicht ganz klar«, brummt Leonard. »Wir wollen uns zuerst noch erkundigen, inwiefern ...«
»Natürlich sage ich aus. Gemeinsam mit vierzig weiteren Experten für Literatur und Obszönitäten. Du weißt, das Letztere ist eine meiner Spezialitäten.«
Mary schaut sie unter ihrem braunen Hütchen hervor neugierig an.
»Hast du denn keine Angst, dass dich das kompromittieren könnte?«
»Ich hoffe es sogar«, erwidert Virginia kämpferisch.
»Ich bin damit nicht einverstanden«, sagt Leonard scharf, »und deine Schwester auch nicht. Das Ganze wird noch einen Schatten auf Bloomsbury werfen.«
»Wo Schatten ist, ist auch Licht«, lächelt Virginia. »Außerdem: Wer redet mir denn immer zu, ich solle eine politischere Haltung einnehmen? Jetzt, da ich das endlich tue, bist du immer noch nicht zufrieden.«

Schweigend gehen sie an Clarence Gate Gardens vorbei.
»Gefällt dir das Buch denn?«, fragt Mary.
»Nein, natürlich nicht. Aber es geht hier um die Meinungsfreiheit. Wenn wir jetzt nichts unternehmen, gibt es kein Halten mehr.«
»Und ist es wirklich obszön? Ich meine, hat dieser schreckliche Staatssekretär, wie heißt er gleich wieder, dieser Joynson-Hicks, hat der überhaupt eine Chance mit seinem Obscene Publications Act?«
»Nur, wenn der Satz ›Sie küsste sie auf den Mund‹ dessen schuldig befunden wird. Nein, die einzige Obszönität des Buches ist seine unendliche Langweiligkeit. Man kann die Augen einfach nicht auf die Seiten gerichtet halten.«
»Oh dear«, kichert Mary, »ich bin gespannt, wie das endet.«
»Miss Hall auch.«

Es fängt leicht an zu regnen. Leonard geht schmollend weiter. Er findet, dass dem Buch mittlerweile zu viel Aufmerksamkeit gewidmet wird. *Der Quell der Einsamkeit* ist eine literarische Fehlleistung; zu wenig Form, zu wenig Stil, tendenziös und voll christlichen Märtyrertums. Die Autorin sollte sich mal mit Tom unterhalten, denkt er grimmig bei sich. Dann könnten sie gemeinsam in ihrem Fatum schwelgen. Warum ist Tom eigentlich nicht als Zeuge benannt worden? Die ganze Londoner Literaturszene hat ein Schreiben der Verteidiger von Radclyffe Hall bekommen.
Der Regen wird stärker. Die beiden Frauen neben ihm tratschen noch immer über Clive und welche junge Liebhaberin er jetzt wieder abgeschleppt hat. Leonard versteht seinen Schwager auch nicht mehr. Alles deutet darauf hin, dass sich Europa am Vorabend einer enormen politischen Krise befindet, aber das Einzige, worüber Clive sich auf-

regt, ist seine Libido. Er selbst ist allmählich der Letzte in ihrer Runde, der noch politisch-soziologische Abhandlungen schreibt. Aber dafür wird seine jüngste Arbeit ein Meisterwerk. *Nach der Sintflut* wird ein für alle Mal klarstellen, dass ein Krieg nicht nur von den politischen Bedingungen abhängig, sondern in die gesamte Psyche und Moral eines Landes eingebettet ist. Seine Definition der demokratischen Psychologie wird ein völlig neues Licht auf das Phänomen Krieg werfen. Sie wird ihm endlich die Anerkennung verschaffen, auf die er schon so lange wartet. Dann wird man auch wieder einmal auf *Mr.* Woolf hören wollen.

Sechs

»Délicieux!«, ruft Marie mit vor Genuss glucksender Stimme, während sie beide Fenster in Viviens Zimmer weit aufreißt.

»Wirklich wahr, Madame, dieser Tag ist ein Geschenk.«

Zwei Tage lang hatte es ununterbrochen geregnet, nun aber blinzelt eine hellgelbe Sonne durch die goldenen Blätter der Bäume. Es ist Anfang November; und dem Park wird überraschend noch eine glänzende Krone aufgesetzt. Die Regentropfen verdampfen in den frivolen Lichtbahnen, die die Herbstsonne auf die Äste der Kastanien wirft. Es ist, ja, es ist …

»Délicieux!«

Mürrisch folgt Viviens Blick dem aufgeregten Hopsen der Krankenschwester. Es sieht nicht danach aus, dass man sie heute ruhig im Bett liegen lassen wird. Alles atmet Störung. Marie schnattert genauso begeistert über das Wetter wie die Vögel im Park. Sie zieht den hölzernen Rollstuhl, der als stiller Zeuge von Viviens Gebrechen neben dem Waschbecken steht, aus der Ecke hervor und rollt ihn ans Bett.

Vivien seufzt.

»Los geht 's, Madame Eliot, wir gehen nach draußen. Das Wetter ist herrlich, es wird Ihnen gleich viel besser gehen.«

Sie legt einen Arm unter Viviens Schultern und hilft ihr beim Aufstehen.

»Das klappt doch hervorragend«, sagt sie munter. »Wir schaffen das schon, keine Angst.«
Wir werden kurz dies, wir werden kurz jenes. Oh, wie sie dieses Theater hasst! Sie ist nicht krank, und das Personal kann ihr auch nicht helfen. Und schon gar nicht mit einer Spazierfahrt durch den Park.
»Das müssen Sie selbst wissen, ob Sie mich unbedingt in den Garten schleppen wollen, wo ich mir außer einer simplen Erkältung auch gleich noch eine Bronchitis holen kann«, brummt Vivien, »aber ich verlange, dass Sie mich spätestens um drei Uhr wieder abholen. Ich habe keine Lust, die Bäume und Vögel länger als eine Stunde anzuglotzen. Die Natur ist nichts für mich. *If you have seen one tree, you have seen them all.*«
Die Krankenschwester schaut sie verständnislos an.
»Pardon?«
Vivien seufzt. Niemand spricht hier ordentlich englisch. *»Si vous avez vu un seul arbre ...«*
Ach, lass nur, warum sollte sie sich unnötig anstrengen?

Die Krankenschwester hilft ihr in den Mantel, lässt sie in den Rollstuhl sinken und packt sie in eine Decke warm ein. Wie ist es nur möglich, dass diese Marie so gesund bleibt? Hängt das mit ihrer Arbeit zusammen? Vivien kann sich nur schwer vorstellen, dass diese Arbeit für irgendjemanden gut sein kann. Mit ihrem Mann vielleicht? Nein, sie ist nicht verheiratet. Das ist es wohl. Wer hat gleich wieder gesagt, dass das Zölibat die größte Chance auf ein langes und gesundes Leben bietet? Rousseau? Kant? Wer auch immer es war, er hatte auf jeden Fall Recht.
Sie kommen in die große Halle; hier stehen noch mehr Patienten in Rollstühlen und warten darauf, dass jemand sie hinausschiebt. Vivien wird am Ende der Schlange geparkt.

»Es kommt gleich jemand, um Sie nach draußen zu schieben«, sagt Marie. »Ich muss wieder zurück auf die Zimmer.«
Glaubt sie wirklich, dass ich hinter diesem Haufen sabbernder Idioten stehen bleibe, bis sich jemand dazu herablässt, mich hinauszuschieben? Vivien denkt gar nicht daran. Sie legt die Hände auf die Räder und versucht, sie in Bewegung zu setzen. Zuerst will es nicht so recht klappen, doch als sie sich noch mehr anstrengt, schafft sie es.
Mit einem triumphierenden Lächeln auf den Lippen rollt sie an den anderen Patienten vorbei, die ihr stumpfsinnig hinterherstarren. Da sind bereits die großen, weit offen stehenden Terrassentüren. Sie hat ein ordentliches Tempo drauf. Nie gedacht, dass diese Dinger so gut rollen. Sie flitzt zufrieden auf den breiten Treppenvorbau hinaus und sieht erst dann, dass der Garten drei Stufen tiefer liegt. Hastig versucht sie, das Tempo zu drosseln, indem sie die Hände auf die Räder presst. Im letzten Moment schafft sie es, den Rollstuhl zum Stehen zu bringen. Die Vorderräder ragen einen Zentimeter über die erste Stufe hinaus.
Uff! Das war knapp. Sie reibt sich die Hände, die ihr von dem ganzen Pressen und Ziehen wehtun, und versucht, die Lage einzuschätzen. Nirgendwo kommt sie rollend hinunter. Da stopfen sie ein ganzes Sanatorium voll mit Rollstuhl fahrenden Patienten und bauen dann eine Freitreppe davor! Dieses Landhaus wurde natürlich für Joséphine, die Frau des Kaisers, gebaut, und die schöne Joséphine konnte laufen wie ein kleiner Vogel Strauß, die war natürlich nicht auf einen Rollstuhl angewiesen. Und Napoleon ebenso wenig. Ein Pferd, ja, das schon, sehr gern sogar, er war ja auch so klein, aber keine *chaise roulante*. Sie muss kichern. Was für eine Vorstellung! Waterloo im Rollstuhl! Vielleicht wäre dann alles ganz anders gekommen. Eine Frage des

Blickwinkels. Manchmal ist es ein Vorteil, den Kriegsschauplatz von unten zu betrachten.
Aber wie steht es nun um ihr eigenes Schlachtfeld? Kein Feldherr, der ihr zu Hilfe eilt. Kein Napoleon, der ihr aus dem Rollstuhl hilft. Ihr General sitzt lieber auf dem Schoß des Bischofs. Bis er … Gott weiß was! Die Seligkeit auf den Lippen schmeckt? Während sie hier mit ihrem Rollstuhl auf der Terrasse festsitzt? Jetzt muss sie doch noch auf jemanden vom Personal warten. Sie seufzt. Diese Abhängigkeit kann sie nicht ertragen. Vielleicht sollte sie erst einmal selbst versuchen, die Stufen ganz vorsichtig hinunterzufahren. Nein, ein gebrochenes Bein hilft ihr jetzt auch nichts. Dann kommt sie nie mehr hier weg. Was wäre, wenn sie einfach aufstünde?
Die logischste Lösung fällt einem immer erst ganz zum Schluss ein. Sie schlägt die Decke zur Seite und stellt den linken Fuß behutsam auf die oberste Stufe. Nicht schlecht. Jetzt das andere Bein. Wie lange ist her, dass sie auf eigenen Beinen einfach gelaufen ist? Mehrere Tausend Pfund haben sie für Ärzte und Krankenhäuser aufgewendet – mit dem Ergebnis, dass sie jetzt nicht mal mehr gehen kann. Sie stellt nun den rechten Fuß auf den Boden, während sie sich krampfhaft am Rollstuhl festhält. Wie auch immer: Sie steht!
Ihre Beine sind von oben bis unten bandagiert, doch sie tragen sie. Jetzt muss sie es nur noch schaffen, den Rollstuhl loszulassen. Sie späht in den Park, als wolle sie sich vergewissern, dass niemand ihre Turnerei sehen kann. Auf beiden Seiten der Freitreppe dösen Patienten auf langen hölzernen Liegebänken in der Sonne vor sich hin. Niemand beachtet sie. Auf geht 's. Sie lässt mit einer Hand los, wackelt ein wenig, behält aber das Gleichgewicht. Jetzt nur noch die andere Hand. Sie holt tief Atem.

»Kann ich Ihnen helfen, Mrs. Eliot?«

Ein perfekter englischer Satz. Keine Spur von einem französischen Akzent. Vivien dreht sich um und verliert beinahe doch noch das Gleichgewicht. Schnell hält sie sich an dem braunen, glockenförmigen Cape fest, das der jungen Frau über den Schultern hängt. Aber das ist doch …? Ja, sie ist sich sicher. Diese rotblonden Locken. Ein Irrtum ist ausgeschlossen. Louises Cousine. Hat Tom sie etwa geschickt?

»Was tun Sie denn hier?«, stößt sie schwer atmend hervor.

Martha gibt keine Antwort, sondern nimmt Vivien am Arm und geht langsam mit ihr die drei Stufen zum Garten hinunter. Sie gehen den Kiesweg entlang und lassen sich auf der ersten Bank des Parks nieder. Martha zieht eine Schachtel Zigaretten aus der Tasche ihres Capes und bietet Vivien eine an; diese schüttelt empört den Kopf. Die beiden Frauen beobachten eine Zeit lang schweigend die an ihnen vorbeirollenden Greise.

»Martha Thompson, nicht wahr?«, fragt Vivien schließlich.

Martha nickt.

»Ich möchte nicht, dass Sie mich für unhöflich halten, aber wie sind Sie um Himmels willen hierher gekommen?«

»Ich musste mich ein paar Tage ausruhen und meine Gedanken ordnen. Man hat mir diese Klinik empfohlen.«

Vivien schaut sie nachdenklich an.

»Ich dachte, Ihr Leben sei so ruhig und spiegelglatt wie ein im Wald versteckt liegender Moortümpel.«

Martha reagiert nicht, sondern bläst schweigend den Rauch in die Luft.

»Tom erzählt mir nie etwas«, sagt Vivien schmollend.

»Ihr Mann weiß von nichts. Er glaubt, ich sei in Paris.«

»Kommen Sie denn nicht von dort?«

»Nein, ich war in Reims. Da wurde ich unpässlich. Ich bin

vor zwei Tagen hier angekommen. Aber mir reicht 's. Morgen fahre ich nach Paris.«
Vivien blickt neugierig zur Seite.
»Und weshalb waren Sie in Reims?«

Martha zögert. Vivien ist wohl die Letzte, der sie ihr Herz ausschütten möchte. Es ist ihr allerdings schon häufiger aufgefallen, dass die Menschen, deren Pfad man in den Augenblicken kreuzt, in denen man gern mit jemandem reden würde, desto unpassender sind, je dringender man eines Zuhörers bedarf. Nachbarinnen, weitläufige Bekannte – man kann sich seine Gesprächspartner nicht auswählen.
»Ich war in Reims, um etwas über meinen Vater in Erfahrung zu bringen. Er ist vor zehn Jahren in der Nähe von Ypern an der flämischen Front verschwunden, ohne dass wir damals eine Todesnachricht erhalten haben. Ich habe in London Nachforschungen betrieben, und ein Freund von mir hat herausgefunden, dass er in einem Krankenhaus in Reims gewesen ist. Dort hat man mir in aller Gemütsruhe erklärt, dass er im Herbst 1917 nach England zurückgeschickt wurde. Aber meine Mutter und ich haben nie mehr etwas von ihm gehört.«
Es ist eine ganz einfache Geschichte, ein paar Sätze, mehr nicht. Trotzdem spürt sie wieder diesen Druck in der Brust, als presste jemand die Rippen in ihrem Brustkasten zusammen. Das Blut steigt ihr blitzschnell in den Kopf, und in den Ohren beginnt es zu rauschen. Als hätten die wenigen Worte sie mit dem Kopf nach unten in die Höhe gezogen und als hinge sie jetzt mit den Füßen nach oben in der Kastanie und säße nicht in aller Ruhe auf einer Bank darunter. Sie zieht mit den Füßen ein paar Kreise in den Kies, um ihren Körper davon zu überzeugen, dass er sich wieder im Normalzustand befindet.

»Dass fremde Menschen die ganze Zeit etwas über meinen Vater wussten und wir überhaupt nichts – das war für mich ein Schock. Genau wie die Entdeckung, dass er nicht als Held an der Front gefallen ist, sondern als Verdächtiger aufgegriffen und nach England verbracht wurde. Was hat das zu bedeuten? Warum ist er nicht einfach nach Amsterdam gekommen? Was hatten sie in England mit ihm vor, verwundet wie er war? Mein Bekannter will das für mich klären, aber ich werde das Gefühl nicht los, dass ich die ganze Zeit an der Nase herumgeführt werde.«

Sie schweigt und atmet die kühle Luft tief ein. Das Rauschen in den Ohren legt sich. Auch ihr Herz beruhigt sich allmählich. Irgendetwas stimmt nicht. Billy hatte so seltsam reagiert. Er hatte sie hierher gebracht, war aber sofort wieder abgefahren, um seine Nachforschungen in Belgien fortzusetzen. Sie hatten sich erst wieder für nächste Woche in Paris verabredet.

»Das müsste man doch herausfinden können. Ich könnte Bertie danach fragen, er hatte damals mit solchen Angelegenheiten zu tun.«

»Russell? Ich habe ihm schon ein paarmal geschrieben, aber er kann mir nichts über die Geschichte mit meinem Vater sagen. Doch ich gebe nicht auf. Ich werde die Wahrheit herausfinden.«

»Gut«, murmelt Vivien. »Das ist genau das, was man nicht gern sieht. Man soll sich abfinden und den Kampf aufgeben. Die Niederlage akzeptieren. Habe ich auch nie gekonnt. Warum sollte man sich erniedrigen lassen? Man darf niemals aufhören, alles ganz genau zu beobachten. Das ist auch meine Devise.«

Sie schaut kurz zu Martha hinüber.

»Wissen Sie beispielsweise, dass hier die schrecklichsten Dinge geschehen?«, fragt sie geheimnisvoll.

Martha schaut sie überrascht an.
»Nein. Wieso?«
Vivien deutet auf einen blauen Lieferwagen, der gerade in den Park fährt.
»Transport de couilles«, murmelt sie.
»Wie bitte?«
»Da, schauen Sie.« Vivien deutet wieder auf den Wagen, der zu einem niedrigen Pavillon direkt neben dem Hauptgebäude fährt. »Der Eierwagen, wie er hier genannt wird. Unterwegs zum Herrenpavillon, wo die Patienten abgeholt werden, die zur ›Behandlung‹ müssen. Das ist so ungefähr die einzige Therapie, der sie mich noch nicht unterzogen haben.«
»Ich fürchte, dass ich Ihnen nicht ganz folgen kann.«
Ein grausames Lächeln umspielt Viviens Lippen. Dann deutet sie auf das niedrige Gebäude aus weißem Palisander.
»Dieser Pavillon dort, Miss Thompson, ist die psychiatrische Männerabteilung von Malmaison. Sie wird schon seit Jahren von ein paar strengen katholischen Priestern und Psychiatern geleitet. Und diese Herren haben nur eine einzige Obsession: Sex. Am liebsten von der perversen Spielart. Sie bemühen sich nach Kräften, diese Obsession auch bei ihren Patienten zu entdecken, und wenn ihnen das nicht auf Anhieb gelingt, spritzen sie ihnen Insulin.«
»Warum Insulin?«
»Das ist eine Art Schlafkur, die zwei, drei Wochen lang dauert, wobei der Blutzuckerspiegel auf einem möglichst niedrigen Wert gehalten wird. Die Patienten, die aus dieser Kur erwachen, legen dann oft ein homosexuelles Verhalten an den Tag. Interessant, nicht wahr? Tauche einen Mann lange in sein Unterbewusstsein, und du kannst dir sicher sein, dass er als Tunte erwacht. Und genau das ist es, was die Ärzte dort wollen. Erst beschwören sie die widernatür-

lichen Neigungen ihrer Patienten herauf, um anschließend bei ihnen sexuelle Perversionen zu diagnostizieren. Und dann wird geschnitten.«

»Was?«

»Ja, meine Liebe, Kastrationstherapie. Wird im großen Stil angewandt. Bei Sittlichkeitsverbrechern, aber auch einfach bei anderen Patienten. Wenn sie mit Aquatherapie und Stromschlägen nicht mehr weiterkommen, wird nach einer so genannten strukturellen Lösung gesucht. Die Eier fliegen einem hier geradezu um die Ohren. Wirklich, nicht gelogen!«

Eine Welle der Übelkeit steigt Martha in die Kehle. Sie schlägt eine Hand vor den Mund und starrt Vivien mit großen Augen an.

»Das Ganze ist schon gut durchdacht. Wenn man da unten alles wegschneidet, so meinen die katholischen Ärzte, wird der Mann von seinen sexuellen Lustzwängen, die natürlich die Quelle seiner psychischen Probleme sind, befreit. Der Eingriff ist einfach. Früher, auf den Landgütern meines Vaters, habe ich gesehen, wie man das bei jungen Hengsten gemacht hat. Der einzige Unterschied ist, dass die Männer hier örtlich betäubt werden. Aber die Wirkung der Betäubung lässt natürlich bald nach. Ich habe sie herumgehen sehen, zu Beginn, als ich noch das ein oder andere Mal in den Park kam. Sie verreckten beinahe vor Schmerzen. Bei manchen hatte man den Eindruck – wie soll ich mich ausdrücken –, dass sie femininer wurden. Kein Bartwuchs mehr, seidiges Haar auf dem Kopf wie ein Baby. Nicht mit anzusehen. Und ununterbrochen kichernd. Ja, ich schwöre Ihnen, die Männer werden über kurz oder lang zu kleinen Mädchen und können überhaupt nicht mehr aufhören zu kichern.«

Martha schaut sich erschrocken um. Auf den Bänken am

Teich sitzen jedoch keine kichernden Männer, sondern nur strickende oder lesende alte Leute. Die Krankenschwestern umschwirren sie mit flatternden Schürzen. Der Park bemüht sich nach Kräften, einen idyllischen Eindruck zu erwecken, aber sie hat auf einmal das Gefühl, hinter jedem Baum könnte ein Arzt in einem blutüberströmten Kittel stehen. Sie muss an Billys Geschichten von deutschen Soldaten denken, die ebenfalls dieser Behandlung unterzogen wurden. Er hatte das für eine gar nicht mal so schlechte Form der Therapie gehalten. Krieg und Sex seien sich viel ähnlicher, als sie glaube, hatte er behauptet.

»Nicht wir, *sie* sind verrückt«, sagt Vivien an ihrer Seite. »Ich meine, wer lässt sich schon so etwas einfallen? Wenn ich etwas essen will und mir werden die Hände abgeschnitten, dann habe ich doch immer noch Hunger, oder sehe ich das falsch?«

»Ich frage mich eines«, sagt Martha nachdenklich, »man hört manchmal von Leuten, denen ein Bein amputiert wurde, dass sie da doch noch Schmerzen haben. Ob das bei denen«, sie nickt zu dem Pavillon hinüber, »auch so ist?«

Vivien muss laut lachen.

»Köstlich. Ja, gut möglich. Obwohl natürlich nicht alles abgeschnitten wird. *Just the balls, dear.*«

Sie legt eine Hand auf Marthas Arm.

»Nehmen Sie mich mit nach Paris«, flüstert sie ihr ins Ohr. »Lassen Sie mich hier nicht allein zurück. *Let's have some fun.*«

Sieben

Es ist der Morgen des 8. November, und vor dem Gerichtsgebäude an der Bow Street hat sich eine beachtliche Anzahl Frauen versammelt. Ältere Damen in strenger, schwarzer Kleidung, die behuteten Köpfe stolz erhoben, haben sich bei der jüngeren Garde untergehakt. Nur mit Mühe können die vier Polizisten am Eingang die Damen zurückhalten.

»Die Zuschauertribüne ist voll. Gehen Sie nach Hause.«

Aber die Damen lassen sich nicht abweisen.

»Wir wollen rein!«, ruft eine junge Frau, die ihren Regenschirm furchterregend vor dem Kopf eines Polizisten schwenkt. »Niemand hält uns auf!«

Die Polizisten verschränken die Arme vor der Brust und postieren sich breitbeinig vor dem Eingang.

Aus ein paar Metern Entfernung überblickt Virginia ängstlich die Szenerie. Die Aussicht, sich einen Weg durch diese hysterische Masse bahnen zu müssen, lässt sie erschaudern. Was hat sie nur hierher geführt? Wäre sie nur zu Hause geblieben. Hätte sie sich nur eine Ausrede einfallen lassen. Ihre Anwesenheit hat doch überhaupt keinen Sinn.

Seufzend zieht sie das Schreiben der Anwälte aus der Tasche und mischt sich unter die Menge. Sie tippt auf Schultern, weicht Regenschirmen aus und murmelt Entschuldigungen; doch kaum jemand achtet auf sie. Keine verstohlenen Blicke oder geflüsterten Worte des Erkennens. Überhaupt

nichts. Vielleicht sollte ich mein nächstes Buch auch eine Spur obszöner machen, sagt sie sich, sonst wird es nichts mit Ruhm und Unsterblichkeit.
Erst als sie einem der Polizisten das Schreiben unter die Nase hält, fällt einigen Frauen auf, wen sie da vor sich haben. »Virginia Woolf«, hört sie ein paar Stimmen in der Menge. Die Schultern etwas mehr gestrafft, betritt sie das Gerichtsgebäude.

Sie ist eine der Letzten, die in der Zeugenbank des zum Bersten vollen Gerichtssaales Platz nehmen. Die anderen Vertreter der britischen Intelligenz – Journalisten, Wissenschaftler und gut und gern zwanzig Schriftsteller – blicken starr vor sich hin. Offenbar nehmen sie die Sache äußerst ernst. Virginia erkennt Forster, der am anderen Ende der Bank sitzt, und winkt ihm lebhaft zu; seine Erwiderung beschränkt sich jedoch auf ein knappes Nicken. Sie zuckt mit den Schultern und lässt den Blick über die anderen Kollegen schweifen. Sheila Kaye-Smith ist natürlich anwesend, Rosa Macaulay und das alte Monster Edward Garnett. Desmond McCarthy wirkt aber sehr selbstsicher, denkt sie bei sich. Als eminenter Gegner von Frauen im Allgemeinen und Schriftstellerinnen im Besonderen müsste er sich als Zeuge der Hall doch wenigstens ein bisschen unbehaglich fühlen. Aber nicht die Spur: Wie ein unnahbarer Falke späht er mächtig und gerissen im Saal umher.
In der vorderen Reihe sitzen die Anwälte Rubinstein und Birkett, die einen nervösen Eindruck machen, und die kleine, ein wenig steife Radclyffe Hall. Nur mit dem Lächeln, das sie ihrer Freundin Una zuwirft, verrät sie ihr Geschlecht. Den Rest hat sie hinter einem Herrenanzug, einer Herrenfrisur, ja sogar einem Herrenblick versteckt. Virginia fragt sich, warum diese Sapphistinnen immer unbedingt

wie Männer aussehen wollen. Glauben sie etwa, dass ihre Liebesbeziehungen dadurch weniger Anstoß erregen? Sie selbst hat gerade fünfhundert Seiten lang versucht, solch eine geschlechtliche Metamorphose nachzuempfinden, aber begreifen kann sie sie noch immer nicht. Darum hat sie aus ihrem eigenen Buch eine Komödie gemacht. Sie hat die Geschlechtsverwandlung ganz leichtfüßig darin verwoben und ihre Hauptperson so märchenhaft angelegt, dass selbst der größte Reaktionär nicht im Traum daran denken kann, einen Prozess gegen sie anzustrengen. Aber jetzt sitzt sie hier, um für eine Frau in den Zeugenstand zu treten, die all das für eine große Tragödie hält und sich heute am liebsten zur Jeanne d'Arc des dritten Geschlechts schlagen ließe.
Sie selbst ist für solch ein verwegenes Heldentum nicht geschaffen; statt die bestehenden Verhältnisse mithilfe von Felsblöcken umzustoßen, versucht sie lieber, im stillen Quell des Denkens kleine Kräuselungen hervorzurufen. Aber dennoch. Aber dennoch. Ist sie nicht zu sehr die gehorsame Tochter ihres intellektuellen Vaters geblieben? Noch immer spürt sie den kritischen Blick, mit dem er über ihre Schulter mitliest, hört sie die Irritation in seiner Stimme, wenn sie ihre Meinung eine Spur zu deutlich äußert. Für immer von ihm erlöst zu sein. Nicht mehr um seine posthume Zustimmung kämpfen zu müssen. Sich der halbherzigen Ironie zu entledigen, die doch nur den Zweck hat, die Männer als Freunde zu behalten. Komm, komm. Dank dieser Ironie gibt es in *Orlando* wenigstens auch etwas zu lachen, während *Der Quell der Einsamkeit* im brackigen Sumpf aus Unrecht und Selbstmitleid nur so vor sich hindümpelt.

Die Menge im Gerichtssaal erhebt sich. Virginia fährt aus ihren Gedanken auf, als Sir Chartres Biron hereinkommt und unter dem handgemalten Emblem mit dem Löwen und dem Einhorn Platz nimmt. Wie zutreffend, denkt sie. Biron als Löwe und Radclyffe als Einhorn. Unmittelbar darauf schweifen ihre Gedanken zu den Wandteppichen im Musée de Cluny in Paris, zu diesem nervösen Tier mit dem spielerischen Phallus auf der Stirn, mit dem es tollpatschig die schicke Dame umkreist, die verloren und einsam in ihren Gärten steht, zu den prachtvollen, wenn auch etwas verblassten Farben des Stoffes, zu der mysteriösen Spannung, die dort hineingeknüpft ist, zu dem düsteren Schleier aus Verlangen und Melancholie, der über diesen Teppichen hängt – weitaus erregender als das ganze Buch der Hall.

Sir Biron mit weißer Perücke und glänzendem, wächsernem Gesicht über einer eindrucksvollen schwarzweißen Robe verliest inzwischen die vollständige Anklageschrift, die mit Auszügen aus dem Obscene Publications Act aus dem Jahre 1857 durchsetzt ist.

»Das Gericht muss darüber befinden, ob der obszöne Charakter des vorgenannten Buches, *Der Quell der Einsamkeit*, die moralisch und geistig Schwächeren unter uns zu anstößigem Verhalten verleiten kann. Es unterliegt schließlich keinem Zweifel, dass die widernatürlichen Annäherungsversuche der weiblichen Personen in diesem Buch in Handlungen zum Ausdruck kommen, die von einer abscheulichen Obszönität zeugen.«

Stimmengewirr im Saal. Virginia muss lachen. Sie kann nichts dafür. Sie weiß, dass unglaublich ist, was hier vor sich geht, aber sie muss dennoch lachen, als sie Birons jetzt stark gerötetes Gesicht erblickt, mit dem er diese Worte ausspuckt, während die übrigen Angehörigen des Gerichts zustimmend nicken.

»Aber was das Schlimmste ist«, fährt Biron lauter und von

dem Lärm auf der Tribüne sichtlich irritiert fort, »das Schlimmste dabei ist, dass in dem ganzen Buch, von der ersten bis zur letzten Seite, nicht ein einziges Wort zu finden ist, das den Schluss nahe legen könnte, dass Frauen mit diesen Neigungen sich deswegen schuldig fühlten, geschweige denn, dass sie versuchten, diese Perversität in sich zu unterdrücken. Sie werden sogar so beschrieben, dass wir als Leser gar nicht anders können, als sie sympathisch zu finden. Wird von uns etwa erwartet, dass wir den Beschreibungen dieser widernatürlichen Liebe Beifall spenden? Wenn das keine Aufwiegelung zu unmoralischem und verwerflichem Verhalten ist! Dieses Buch verstößt gegen das moralische Empfinden unserer Jugend. Es ist ein Schlag ins Gesicht Englands!«

Der Lärm auf den Zuschauerrängen nimmt zu. Sir Chartres Biron trinkt davon unbeeindruckt ein paar Schlucke Wasser, mahnt zur Ruhe und erteilt dann der Verteidigung das Wort.

Norman Birkett, der eine der beiden Anwälte, schaut seine Mandantin kurz an; die Hall nickt ihm aufmunternd zu, und er beginnt etwas zögernd mit seinem Plädoyer.

»Das Buch, das heute zur Diskussion steht, *Der Quell der Einsamkeit* der hier anwesenden Mrs. Hall, ist in den Literaturzeitungen und -zeitschriften von angesehenen englischen Kritikern sehr gelobt worden. Niemand hat das Buch auch nur ein einziges Mal als obszön bezeichnet. Wir halten deshalb die Erklärung, das Gesetz von 1857 sei auf dieses Buch anwendbar, für nicht berechtigt. Um die Missverständnisse aus dem Weg zu räumen, die bezüglich des Wortes ›obszön‹ entstanden sind, habe ich rund vierzig Kritiker und andere Literaturkenner vorgeladen, die ...«

»Das ist nicht nötig«, unterbricht ihn Sir Biron.

Birkett schaut empört von seinen Unterlagen auf.
»Wie bitte?«
»Wie ich schon sagte: Das ist nicht nötig. Die Zeugen, die Sie aufrufen wollen, können lediglich die literarische Qualität dieses Buches beurteilen. Doch um die geht es hier nicht. Das Buch mag ja einen gewissen künstlerischen Wert haben, aber Kunst und Obszönität gehen leider oft Hand in Hand. Ich werde die Zeugenaussagen dieser Fachleute deshalb nicht zulassen.«
»Aber sie kennen wie sonst niemand das englische Lesepublikum«, wirft Birkett ein, »und sind somit in der Lage, die Wirkung dieses Buches einzuschätzen. Ich versichere Ihnen, keiner von ihnen hält das Buch für obszön.«
»Es sind keine Experten für Obszönität, sondern für Literatur. Deswegen sind sie hier unnötig.«
»Aber …«, erwidert Birkett aufgeregt, da er befürchtet, seine überfüllte Zeugenbank nicht zum Einsatz bringen zu können.
»Genug«, brummt Biron kurz angebunden. »Ich habe mich klar ausgedrückt. Wenn Sie keine Sachverständigen aufrufen können, steht dem Gericht das Urteil zu.«
»Es sind auch Ärzte und Wissenschaftler darunter, deren Meinung nach das Buch nicht obszön ist«, sagt Birkett in einem letzten Versuch.
»Sie verraten selbst die Voreingenommenheit ihres Standpunktes. Antrag abgelehnt.«

Virginia betrachtet das Ganze mit großen Augen. Das Lachen ist ihr vergangen, auch wenn sie eine gewisse Erleichterung darüber empfindet, dass sie nicht auszusagen braucht. Aber dieser Mann, dieser Biron, ist unverbesserlich. Er ist die sprichwörtliche Verkörperung des schwerfälligen, unerschütterlichen Apparates, den man Rechtsprechung nennt. Er höchstpersönlich bestimmt, wer moralisch ist und wer nicht. Was für eine Farce, denkt sie bei sich. Die arme Radclyffe. Oder sollte sie ihr vielleicht gratulieren? Ihr Märtyrertum ist jetzt perfekt. Sie bekommt noch nicht einmal einen ehrlichen Prozess.

»Bevor das Hohe Gericht sich zurückzieht, um ein Urteil zu fällen, werde ich Ihnen noch ein Beispiel geben, aus dem hervorgeht, dass dieses Buch obszön ist«, brummt Biron. »In dem Buch kommen unzulässige sexuelle Handlungen zwischen Frauen vor, rundheraus verwerflich aber ist die Tatsache, dass diese Neigungen auch jenen jungen Frauen angedichtet werden, die während des Großen Krieges Englands Ehre an der Front verteidigt haben. Loyalen, vaterlandsliebenden Frauen, die in Feldlazaretten und Krankenhäusern ihr Leben aufs Spiel gesetzt haben, sagt die Verfasserin verderbliche Untugenden nach. Es ist unverzeihlich, dass noch nicht einmal diese tapferen englischen Frauen vor der perversen Fantasie der Verfasserin sicher sind.«

Virginia hat es bereits seit einer Weile erwartet, und nun scheint es so weit zu sein. Während der ganzen Verhandlung hat Radclyffe Haltung bewahrt, jetzt aber sitzt sie zitternd auf ihrem Stuhl. Virginia verfolgt angespannt ihre Bewegungen. Ja, jetzt, jetzt steht sie auf. Sie tut es!

»Ich protestiere! Ich bin diese Verfasserin.«

»Ich muss die Angeklagte ermahnen, das Gericht nicht zu unterbrechen«, sagt Biron.

»Ich bin die Verfasserin dieses Buches«, ruft Radclyffe Hall erneut.

»Wenn sich die Angeklagte nicht beherrschen kann, werde ich sie aus dem Gerichtssaal entfernen lassen.«

»Es geht um mich! Es ist eine Schande!« Verzweifelt schaut Miss Hall ihre Anwälte an, die ohnmächtig vor sich hinstarren.

»Ja, eine Schande!«, klingt es jetzt auch von der Tribüne herunter.
Sir Chartres Biron schlägt mit dem Hammer mehrmals auf die Balustrade.
»Order please!«, ruft er mit erhobener Stimme, doch der Lärm nimmt immer mehr zu.
»Gleiche Rechte für Frauen!«, erschallt es von oben.
»Geschlechterjustiz!«
»Shame! Shame! Shame!«
Die Zuschauer stampfen mit den Füßen auf den Boden. Biron beschließt, die Verhandlung zu beenden. Mit einem letzten Schlag seines Hammers erhebt er sich. Unmittelbar darauf folgen die anderen Angehörigen des Gerichts seinem Beispiel.
»Das Hohe Gericht zieht sich zur Beratung zurück!«, ruft er.
Polizisten stürmen in den Saal und machen sich daran, die Zuschauertribüne unter dem Johlen der Anwesenden zu räumen. Virginia beeilt sich zu verschwinden. Sie will das Urteil nicht abwarten. Sie hat genug gehört – mehr als genug.

Acht

Natürlich ist er nicht zu diesem Prozess gegangen. Er war zwar als Zeuge vorgeladen worden, hatte sich aber herausgeredet. Dass er Marthas Bitte, nach Paris fahren zu dürfen, um mehr über französische Schriftstellerinnen zu erfahren, stattgegeben hat, dürfte vorläufig von einem ausreichenden Maß an Mitgefühl mit dem anderen Geschlecht zeugen.
Er weiß noch immer nicht genau, was er von ihr halten soll. Sie ist entweder sanft und gefügig oder hart und unnahbar. Folglich hat er den Namen dieser berüchtigten französischen Sapphistin beiläufig fallen lassen, um sie bei einem Aufflackern der Zuneigung in ihrem Blick zu ertappen, doch sie hat keine Miene verzogen. Sie hatte sofort wieder eine literarische Episode in petto. Dass sie von einer befreundeten Malerin den Gedichtband von Renée Vivien bekommen habe, der in der Tat etwas ganz Besonderes sei. Blablabla. Er kann die geheimnisvolle Nüchternheit dieser jungen Niederländerin einfach nicht einordnen. Doch wird er bald persönlich einmal nach Paris fahren, um nachzuschauen, was sie da so treibt. Beach hat ihn bereits wiederholt um einen Vortrag gebeten. Jetzt ist der richtige Zeitpunkt für eine Überfahrt.
Tom legt Williamsons Manuskript beiseite und reibt sich übers Gesicht. Die Schmerzen in seinem Oberkiefer sind kaum zu ertragen. Die linke Hälfte seines Gesichts ist völlig geschwollen; er muss sich unbedingt um einen Termin

beim Zahnarzt kümmern. Sein Gebiss ist genauso heruntergekommen wie die moderne Kultur.

Die Zahnschmerzen werden nur teilweise von dem Stolz gemildert, den er empfindet, wenn er sich die Titelseite des Manuskripts vor sich anschaut. *The Talent of T. S. Eliot* ist das erste Buch, das sich ausschließlich mit seiner Dichtkunst beschäftigt. Williamsons These ist gut. Tom wird als der Dichter beschrieben, der die Desintegration der modernen Kultur am überzeugendsten belege. Seine Gedichte seien der Mörtel des Kulturbauwerkes, das schon seit ein paar Jahrhunderten vor dem Zusammenbruch stehe. Wenn nur dieser Titel nicht wäre! Tom ächzt. Sein Talent ist in einer ebenso schlechten Verfassung wie sein Gebiss. Es klappert an allen Ecken und Enden und ruft einen bohrenden Schmerz hervor, der ihn zur Verzweiflung treibt. Sein jüngstes Buch, *Aschermittwoch*, ist nicht mehr als eine Zusammenstellung einer Hand voll pathetischer Verse, die seine Freunde ebenso wenig überzeugt hat wie ihn selbst.

Schwerfällig steht er auf und geht zur Tür.

»Bridget, vereinbaren Sie bitte für mich einen Termin beim Zahnarzt. Möglichst bald, bitte.«

»Vormittags oder nachmittags?«, fragt sie gelangweilt.

»Ist mir egal. Und kaufen Sie ein paar neue Strümpfe für meine Frau. Ständig liegt sie mir deswegen in den Ohren. Schicken Sie sie nach Frankreich. Sie kennen ja die Adresse.«

»Wird gemacht«, erwidert Bridget steif.

Warum trauen diese Frauen sich nicht, nett und freundlich zu ihm zu sein? Immer tragen sie diese Sprödigkeit und diesen Widerwillen zur Schau. Seine Sekretärin, seine Frau, Virginia, Martha. Immer blinkt dieses leichte Misstrauen in ihren Augen auf, stets sind sie auf der Hut. Ein wenig normalen Anstand hat man ihnen wohl nicht beigebracht. Er ist ein ungehobelter Klotz – bis zum Beweis des Gegenteils. Er kichert. Vielleicht sollte er sich mal so verhalten, wie sie denken, dass er ist. Vor allem Martha reizt ihn zu unzulässigem Verhalten. Das Rosige, das warme Klopfen ihres Busens, das intelligente Heimweh in ihrem Blick – es schnürt ihm die Kehle zu. Fürs Erste hat er sie jedoch wie eine Spionin in die verdorbene Lichtstadt geschickt. Um ein paar Artikel für *The Criterion* aufzuspüren; wenn er weiterhin nur auf englische Manuskripte angewiesen ist, wird nie etwas aus seiner Zeitschrift.

Gelangweilt blättert er in seinen Papieren. *The Criterion* sei zu klassisch, lautet die gängige Meinung, und darüber hinaus zu christlich. Die alte Leier vom Dichter des *Wüsten Landes*, der seine zukunftsorientierten Erkenntnisse gegen die der anglikanischen Kirche eingetauscht haben soll. Dieses Gedicht hat er verdammt noch mal vor zehn Jahren geschrieben! Außerdem hat auch dieser Band einen religiösen Unterton. Sein Glaube ist schon immer der eines Suchenden gewesen. Der Zweifel ist seine Wahrheit. Es gibt keine größere Poesie als die eines verzweifelt Tastenden. In seinen Augen gibt es keine areligiöse Kunst. Dieses atheistische Gefasel ist ideologische Rechthaberei. Wenn man sich nicht für das Immaterielle interessiert, wird man Bankkaufmann oder Metzger und nicht Künstler.

Doch er steht allein auf weiter Flur. Niemand, der auch nur versucht, ihn zu verstehen. Es interessiert ihn nicht. Er kann allein eine Zeitschrift nach seinen eigenen Maßstäben machen. Wie sein französischer Freund Charles Maurras auch, das gefällt ihm. Religiöses Bewusstsein und treffsicheres politisches Urteilsvermögen mit dem Künstlerischen verbinden. Als Schriftsteller muss man zuerst den eigenen Platz bestimmen, bevor man eine Leuchtkugel über der Welt abschießt. Sonst wird nichts daraus. Ein Brei aus schönen Worten und wundervollen Bildern, aber nichts davon bleibt hängen, sodass er wie ein Plumpudding in sich zusammenfällt. Es muss etwas geben, das das Ganze zusammenhält. Eine Erkenntnis, eine Überzeugung, eine zwingende Perspektive. In Frankreich begeistern sich die Schriftsteller wenigstens noch für eine politisch-kulturelle Gemeinschaft. In England sitzt man lieber auf der eigenen Burg in Sussex und produziert überflüssige Texte. Einzige Ausnahme: wenn ein Prozess stattfindet. Ja, dann drängeln sie sich vor. Aber er nicht – für diesen Bekenntniskitsch klettert er nicht in den Zeugenstand.

Er muss mal raus. Eine Runde um den Woburn Square drehen. Eine Zeitung kaufen. Er zieht ein paar Zigaretten aus der Schachtel und steckt sie in das silberne Etui. Vivien hat es ihm geschenkt. Gleich wieder dieses Schuldgefühl. Wie es ihr wohl gehen mag? Er kennt die Antwort. Ellenlange Klagegesänge schickt sie ihm zu. Was soll er ihr zurückschreiben? In den Berichten, die man ihm jeden Monat aus Malmaison zukommen lässt, steht kein Wort über eine Besserung. Sie haben alles versucht. Nichts hilft. Es ist aussichtslos. Wie lange kann er das noch ertragen?

Er geht zur Tür, den schwarz glänzenden Telefonapparat im Augenwinkel. Er könnte sie natürlich kurz anrufen und ihr sagen, dass die Strümpfe unterwegs sind. Er hat auf jeden Fall diese praktische Mitteilung. Sie wird sich darüber freuen. Er zögert. Es ist zwar nur eine Kleinigkeit, doch fällt sie ihm furchtbar schwer. Wenn er nur ihre Stimme hört, riskiert er gleich eine Depression, während er doch endlich an die Arbeit muss. Er steckt sich eine Zigarette an, setzt sich auf die Kante seines Schreibtisches und starrt den

Apparat an, der die Verbindung herstellen kann. Er braucht nur den Hörer von der Gabel zu nehmen und die Nummer anzumelden – dann ist es geschehen. »Tom? Oh, endlich rufst du an, Tom!«

Ihm graut bei dem Gedanken, also beugt er sich über den Schreibtisch und öffnet die oberste Schublade. Er nimmt einen Flachmann heraus, schraubt den Deckel ab und setzt sich die Flasche an die Lippen. Warum ist es so schwierig? Er will überhaupt keine Verbindung. Er will nichts. Aber das darf nicht sein. Er ist verheiratet. Für manche Albernheiten muss man sein Leben lang büßen. Doch viel länger kann es so nicht weitergehen. Endlich nimmt er den Hörer von der Gabel und meldet ein Gespräch nach Malmaison, Frankreich, an.

»Hallo?«

»Monsieur Eliot hier. Ich möchte gern mit meiner Frau sprechen.«

»Madame Eliot, einen Augenblick. Tut mir Leid. Sie ist gestern abgereist.«

»Abgereist? Wie meinen Sie das?«

»Nach Paris.«

»Paris? Sie kann doch nicht gehen.«

»Sie hat gestern in Begleitung einer Freundin den Zug genommen.«

Einer Freundin? Wer soll das denn sein? Tom starrt den schwarzen Hörer in seiner Hand an. Ihm schwindelt. Er kann zwar Viviens Nähe nicht ertragen, aber das heißt noch lange nicht, dass sie tun und lassen kann, was ihr gerade einfällt.

»Und wer hat sie zu dieser verantwortungslosen Tat ermutigt?«

»Das kann Ihre Frau Ihnen besser selbst sagen.«

»Ich bin ihr Ehemann!«

»Tut mir Leid, Monsieur, aber es ist der ausdrückliche Wunsch Ihrer Frau, Ihnen das selbst zu sagen.«

Er wirft den Hörer auf die Gabel. Ja, ja, seine Schecks kassieren, aber keine Informationen herausrücken. Was jetzt? Irgendjemand muss doch wissen, wo sie steckt. Mit großen Schritten und ohne einen Abschiedsgruß an seine Sekretärin verlässt er das Büro.

—

»Sonst noch einen Wunsch?«

Louise legt die Schachtel mit den Schmerztabletten auf die Theke.

»Nein, danke.«

Tom steckt die Schachtel in die Tasche seines Mantels und bleibt zögernd vor der Theke stehen. Er nimmt ein Päckchen Kräutertee für eine »himmlische Nachtruhe« in die Hand und legt es wieder hin. Unangenehme Angelegenheit. Kann er sie einfach so danach fragen?

»Haben Sie mal wieder etwas von Ihrer Cousine gehört?«, fragt er möglichst beiläufig.

Louise schaut ihn betrübt an.

»Es geht ihr mittlerweile wieder etwas besser. Sie hätte nicht nach Reims fahren sollen. Ich habe es ihr noch auszureden versucht. Dieser Mann macht sie mit seinen Nachforschungen noch ganz verrückt.«

»Ist sie denn nicht nach Paris gefahren?«, fragt er verwirrt. Ein Mann? Welcher Mann? Sie wollte doch allein nach Paris?

»Sie sollte die Vergangenheit ruhen lassen«, sagt Louise.

»Oh?«

»Na ja. Es geht ihr jedenfalls wieder etwas besser. Gestern ist sie in Paris angekommen. Ich hoffe, dass sie es genießt.«

»Mit diesem Mann?«
»Nein, mit Vivien, das hat sie Ihnen doch gesagt, oder nicht?«
Sie schaut ihn erstaunt an.
Er nickt. Also doch.
»Ich verstehe Vivien nicht. Es ist verantwortungslos von ihr, die Klinik einfach zu verlassen«, sagt Louise.
»Die Wege meiner Frau sind unergründlich, liebe Miss Purdon. Und die Pariser Adresse, haben Sie die zufälligerweise?«
»Hôtel d'Angleterre oder so ähnlich. Kann das sein? Sie soll vor allem mit Ihren Medikamenten aufpassen.«
»Wieso?«
»Wenn sie das Bromid und das Valium so einfach absetzt, kann sie ins Koma fallen. Oder noch schlimmer, ihr Herz könnte versagen. Sie muss die Medikamente unbedingt weiter nehmen. Vielleicht können Sie sie ihr schicken. Oder, warten Sie, ich stelle Ihnen ein neues Rezept aus, dann kann sie sich die Medikamente in einer Pariser Apotheke selbst besorgen.«
»Herzlichen Dank«, sagt er. »Ich werde es ihr sofort schicken.«

Draußen bläst ihm ein rauer Wind ins Gesicht. Er schlägt den Mantelkragen ein weniger höher und geht zurück nach Clarence Gate Gardens. Mit einer Hand fährt er in die Tasche und umklammert das zusammengefaltete Stück Papier. So einfach kann es also sein, denkt er, keine Blutspuren, noch nicht einmal ein Alibi ist erforderlich. Er presst die Hand zusammen, knüllt das glatte Papier zu einer Kugel und geht zu einem Papierkorb aus Metall an der Straßenecke. Er starrt auf seine Hand, die die Kugel in den Papierkorb wirft, als wäre es nicht seine eigene, sondern die eines anderen. Schnell zieht er sie zurück und bringt sie in seiner Manteltasche in Sicherheit. Als er tief vornübergebeugt weitergeht, hallen die Worte von Julius Cäsar in seinen Ohren: »Bis zur Vollführung einer furchtbarn Tat, vom ersten Antrieb ist die Zwischenzeit wie ein Phantom, ein grauenvoller Traum.«

Neun

Um den Teich im Jardin du Luxembourg stehen Dutzende von dunkelgrünen Parkstühlen in einem unordentlichen Kreis. Über den verblassten Kastanien hängt ein blauer Himmel, an dem der Westwind dicke Wolkenknäuel entlangjagt. Martha geht die Freitreppe hinauf und setzt sich auf die Terrasse des hölzernen Teehauses. Von hier aus kann sie gerade noch den Teich mit den spielenden Kindern sehen. Sie bestellt eine Tasse Kaffee und zieht *Les Cahiers Mensuels* van Jean-Pierre Maxence aus ihrer Tasche.

Sie blättert ein wenig darin und liest den Anfang des einen oder anderen Artikels. Merkwürdige Zeitschriften hat Eliot ihr da empfohlen. Die Redakteure nennen sich »revolutionäre Katholiken« und setzen dem Leser Sätze wie diesen vor: »Wir wollen die moderne Welt mithilfe der spirituellen Gewalt des Opfers töten.« Schwülstige Worte von sich heftig ereifernden Gläubigen. »Wir werden die ersten Anarchisten der Liebe sein. Die Poesie ist Wort und Blut; sie trägt einen Namen: den Namen Christi.«

Dieser Maxence sei ein Epigone von Maurras, hatte Eliot zu ihr gesagt, und spiele eine führende Rolle in der »Action française«. Ein feiner Herr! Seine spirituelle Revolution ist vor allem eine nationalistische Säuberungsmaßnahme, soweit sie das beurteilen kann. Frankreich muss wieder von den Franzosen selbst regiert werden und nicht von den Parlamentariern in Genf. Eine neue Ordnung muss her, antidemokratisch, antiinternationalistisch, antipangermanisch, nun ja, im Grunde genommen anti alles, nur nicht antifranzösisch, antirevolutionär und antipapistisch. Enthalten diese reaktionären Zeitschriften wirklich den intellektuellen Reichtum, den Eliot in höchsten Tönen zu loben pflegt? In ihnen wimmelt es jedenfalls von verkappten Kriegserklärungen an die Adresse Deutschlands. In Paris kann man es offenbar schon wieder kaum noch erwarten, Blut zu vergießen. Und die Dichtkunst muss dabei behilflich sein, die pangermanische Gefahr abzuwehren, die Kommunisten fern zu halten und die französischen Bürger vor dem demokratischen Untergang zu retten. Was für ein hochgestochener Schwachsinn. Und das soll sie auf Eliots Geheiß nach England bringen? Sie denkt gar nicht daran. Sie möchte ein anderes Paris den Ärmelkanal überqueren lassen.

Sie lässt die Zeitschrift auf dem Tisch liegen und verlässt den Park am Ufer des Teiches entlang in Richtung Odéon. Der Weg ist mit Blättern übersät, die der Wind zu Hunderten von den Bäumen schüttelt. Sie tritt mit ihren hohen Lederschuhen in die wirren Haufen. Es knirscht und raschelt unter ihren Füßen. Sie versteht nicht, warum Deutschland so gedemütigt wird. Zweihundert Milliarden Reichsmark Entschädigung muss das Land als Kriegsschulden ausspucken. Eine Sache der Unmöglichkeit. Damit provoziert man geradezu neue Schwierigkeiten. Das ist jetzt schon die dritte Zeitschrift, die kein anderes Ziel zu haben scheint, als die ideologische Kriegsmaschinerie zu ölen. Prahlerei heiserer Raufbolde. Sie hat ihren Vater noch nicht einmal beerdigen können, und schon werden wieder die Waffen gezückt. Wird es denn nie ein Ende nehmen? Sie kann es nicht mehr ertragen. Sie muss etwas anderes hören, etwas

anderes sehen. Marlow hat gesagt, es wimmele hier nur so von Künstlern, die für eine andere Welt, ein anderes Leben eintreten. Sie hat noch nicht einen entdeckt.
Unter den Arkaden des Theaters biegt sie in die Rue de l'Odéon ein. Die Straße wird von Geschäften gesäumt, in die sie ab und zu einen kurzen Blick wirft. Von Paris hätte sie mehr erwartet. Vielleicht liegt es an ihr selbst. Immer wieder wird sie von Spukerscheinungen ihres Vaters verfolgt. Immer wieder sieht sie ihn auf der Kanzel in der zerbombten Kirche. Was hat man nach seiner Rückkehr in England mit ihm gemacht? Warum haben ihre Mutter und sie nie mehr etwas von ihm gehört? Kaum ist sie in Frankreich, will sie schon wieder zurück nach England, um herauszufinden, was mit ihm geschehen ist. Sie muss versuchen, den Gedanken an ihn von sich abzuschütteln und an etwas anderes zu denken. Vivien ist ihr auch keine Hilfe; sie geistert nachts im Hotel herum und kommt tagsüber nicht aus den Federn. Martha muss lernen, sich auf sich selbst zu konzentrieren, ihren eigenen Weg zu finden.
Nach einigen Metern bleibt sie vor dem Schaufenster einer Buchhandlung stehen, in dem ungefähr zwanzig Bücher den Blicken dargeboten werden. »La maison des amis des livres« steht in großen Lettern über der Ladenfront. Viele Gedichtbände. Valéry, Aragon, Eluard und *Anabase* von Saint-John Perse. Arbeitet Eliot nicht gerade an einer Übersetzung dieses Bandes? Auf dem mittleren Regalbrett stehen ein paar Romane. *Nadja* von Breton. Davon hat Marlow ihr geschrieben. Auch Proust liegt da, mit dem gerade erschienenen *Die wiedergefundene Zeit*. Direkt daneben *Die Tat der Therese Desqueyroux* von François Mauriac. Kennt sie bereits. Dann, auf dem untersten Brett, Colettes *Geburt des Tages*. Und – wie ist es möglich – eine illegale französische Übersetzung von Radclyffe Halls Buch: *Le*

puits de solitude. Martha hat keine Ahnung, wie der Prozess in London ausgegangen ist. Sie muss morgen unbedingt Marlow danach fragen. Ihr Blick fällt auf einen prachtvollen Band: *Ladys' Almanack, »by a Lady of Fashion«*. Ihre Neugier ist geweckt. Sie drückt die Tür auf und betritt die Buchhandlung.

Eine kleine, mollige Frau mit einem runden, blassen Gesicht und straff zurückgekämmten Haaren sitzt rauchend und schreibend an einem Holztisch. Martha geht auf den einzigen hohen Bücherschrank zu, den es in der Buchhandlung gibt. Keine teuren, in Kalbsleder gebundenen Ausgaben der Klassiker, wie in den meisten Pariser Buchhandlungen, sondern billige Exemplare der zeitgenössischen Dichter und Prosaschriftsteller. Außerdem ein paar Regalbretter mit Philosophie, Politikwissenschaften und Theologie. Die Wände sind mit Fotos und Porträtzeichnungen verschiedener Schriftsteller übersät. Sie fühlt sich immer ertappt, wenn sie solche Porträts zu lange anschaut. Als zieme es sich nicht, das Gesicht eines Schriftstellers zu betrachten statt seine Bücher zu lesen. Der Geruch der Bücher, der Zigaretten und des Bohnerwachses führen sie zurück in den Laden in der Charing Cross Road. Dort hing kein einziges Foto an der Wand. Kurz bedauert sie, nicht alles darangesetzt zu haben, den Laden der Silberbergs zu übernehmen, doch dann schüttelt sie diesen Gedanken ab. Sie wollte frei sein, selbst denken, selbst schreiben.
Sie nimmt das Buch von Proust und das der »Lady of Fashion« aus dem Schrank und legt sie auf den Tisch.
»Kaufen oder ausleihen?«, fragt die Frau, als sie die Bücher in braunes Papier einwickelt.
»Kaufen«, sagt Martha erstaunt. »Kann man sich hier auch Bücher ausleihen?«

»Für ein paar Tage, ja. Aber ich freue mich über jeden Käufer. Das macht siebzehn Franc.«
Martha legt das Geld auf den Tisch.
»Sie sind nicht aus Paris?«
»Nein, aus London.«
»Ah. Dann müssen Sie auch mal gegenüber reinschauen. Meine Freundin, Silvia Beach, hat dort eine englische Buchhandlung, ›Shakespeare & Co.‹. Nur kann sie ihre Bücher nicht mehr ausleihen, fürchte ich. Sie ist beinahe bankrott wegen der viel zu teuren Korrekturen an Joyces *Ulysses*.«
Martha dreht sich um und schaut durch die Schaufensterscheibe.
»Schreiben Sie selbst auch?«, fragt die Frau neugierig.
»Äh, ja«, erwidert Martha zögernd.
»Romane? Erzählungen? Gedichte?«
»Im Moment noch Essays, aber …«
»Dann müssen Sie unbedingt unser Bulletin abonnieren. Wenn Sie hier Ihre Adresse eintragen, erhalten Sie automatisch die Einladungen zu den literarischen Soirées.«
»Aber ich werde nicht lange hier bleiben, höchstens einen Monat.«
»Das macht nichts. Wir organisieren jede Woche ein Treffen. Nächste Woche steht Eliot auf dem Programm. Den kennen Sie doch bestimmt?«
Martha nickt und schreibt, durch diese Mitteilung ziemlich aus der Fassung gebracht, ihren Namen und die Adresse ihres Hotels in ein graues Heft. Davon, dass er selbst auch nach Paris fahren werde, hatte Eliot ihr nichts gesagt.
»Mein Name ist Adrienne Monnier«, sagt die Frau. »Wenn Sie sich noch ein wenig umschauen wollen – bitte. Sie dürfen sich auch ruhig setzen. Ich habe diese Stühle nicht umsonst vom Land hierher geschleppt.«

Freundliche Worte, die sich für Martha jedoch mehr wie ein Befehl anhören.

»Danke schön«, sagt sie und schlendert der Form halber noch ein wenig vor dem Bücherschrank auf und ab. Wieder wird ihr Blick auf die Schriftstellerporträts an der Wand gelenkt. Prousts gelangweilter Augenaufschlag, Mauriacs strenge Miene, ein Foto von Joyce, sogar eine Aufnahme von Eliot hängt dazwischen. Unten ein etwas unscharfes Gruppenbild mit ungefähr zwanzig Frauen und Männern, die vor der Albert Hall posieren. London, 1916, steht mit der Hand geschrieben darauf. Sie beugt sich näher zu dem Foto vor. In der Mitte steht Bertrand Russell, einen Arm jovial um die Schultern seines Nebenmannes gelegt. Im Hintergrund flattert eine Fahne. Martha kann nicht erkennen, was darauf steht. Ihr Blick gleitet über die Gesichter der anderen Personen. Dann erstarrt sie. Ganz links in der hinteren Reihe steht ihr Vater; sie erkennt seine schwarzen, leicht welligen und zurückgekämmten Haare, seine hohe, fast quadratische Stirn, seine hellen Augen mit dem klaren Blick.

»Schönes Foto, nicht wahr?«

Martha dreht sich erschrocken um. Madame Monnier steht direkt hinter ihr und schaut ihr über die Schulter.

»Ich habe es vor ein paar Jahren von Monsieur Russell bekommen. Netter Mann, *très sympathique*. Kennen Sie ihn? Das Foto steckte in einem der Bücher, die er mir zugeschickt hatte. Es muss hier noch irgendwo liegen.«

Sie geht vor dem Schrank in die Hocke und zieht ein dünnes Bändchen hervor.

»Ja, das ist es. Möchten Sie es sehen?«

Martha nimmt das Buch und setzt sich auf einen der Stühle, die an der Wand stehen. *Peace now! Lectures by the ncf. Edited by Bertrand Russell* steht auf dem Umschlag. Mit zitternden Händen schlägt sie den schmalen Band auf und liest das Inhaltsverzeichnis. Eröffnungsrede von Russell persönlich, dann folgen Vorträge von Catherine Marshall und Jeffrey Lawrence; und dann sieht sie den Namen ihres Vaters. »To live and let live, by Michael Thompson«. Nervös blättert sie die Seiten um, bis sie den Text gefunden hat, und beginnt zu lesen.

Zehn

Vivien schiebt die Gardine zur Seite und schaut hinunter auf die Rue Jacob. Wo Martha nur bleibt? Sie wollte nur eine Stunde wegbleiben. Mittlerweile ist es schon nach eins. Vivien will nicht noch einmal allein im Speisesaal zu Mittag essen. Das Getuschel des Hotelpersonals, die misstrauischen Blicke – sie erträgt es nicht länger. Gerade hat sie sich eine Viertelstunde unten in dem engen Salon aufgehalten, weil ihr Zimmer sauber gemacht, soll heißen, unter dem Bett geputzt werden musste. Die lauernden Blicke von Madame, der Besitzerin des Hôtel d'Angleterre, gehen ihr auf die Nerven. In diesem Hotel, in dem einst die britische Botschaft untergebracht war, soll 1783 die amerikanische Unabhängigkeitserklärung unterzeichnet worden sein. Für Vivien wäre das beinahe ein Grund, sofort auszuziehen. Aber das weiß Madame natürlich nicht. Madame kommt nämlich aus Tours, einem Provinznest, in dem »das beste Französisch gesprochen wird«. Sie seufzt. Einen um den anderen Tag begegnet sie jemandem aus irgendeinem Ort in Frankreich, in dem das beste Französisch gesprochen wird.

Sie öffnet das Fenster einen Spaltbreit und atmet die kühle Luft ein. Wenn es nicht so stürmisch wäre, ginge sie nach draußen. Der Wind in Paris ist unerträglich. Er nimmt einem in den schmalen Gassen den Atem und weht Spaziergänger, die nichts Böses ahnen, von den Brücken in die

Seine. Da bleibt sie lieber drinnen, auf ihrem Zimmer, in dem es nach ihrem eigenen Parfüm duftet, weil Victorine sich wieder einmal an ihrer Flasche gütlich getan hat. Als Vivien im Badezimmer den Inhalt kontrolliert hatte, war die Flasche natürlich genauso voll gewesen wie zuvor. Diese französischen Bediensteten halten sich wohl für schlau. Sie füllen ein wenig Wasser nach, vergessen aber, das Fenster zu öffnen.

Vivien kann die Essensvorbereitungen in ihrem Zimmer hören und riechen; allem Anschein nach gibt es heute Mittag wieder Fischsuppe. Es wird viel geflucht und geschrien. Reisende, die in diesem Augenblick eintreffen, könnten auf den Gedanken kommen, dass gerade ein Festmahl, eine wahrhaft lukullische Mahlzeit zubereitet wird, die Hotelgäste aber wissen, dass sie, wenn sie den triumphierenden Ruf: »*Le déjeuner est servi!*« hören und in den kleinen Speisesaal eilen, um sich an einen der winzigen, mit Geschirr und Besteck überladenen Tische zu setzen, nicht mehr als eine einzige Sardine auf ihrem Teller antreffen werden, »*le hors-d'œuvre du jour!*«

Sie schließt das Fenster wieder und setzt sich auf das schmale Einzelbett. Wo Martha nur bleibt? Wenn sie nicht kommt, wird Vivien das Essen ausfallen lassen und sich wieder ins Bett legen. Wenn sie nur daran denkt, dass sie im Speisesaal erneut von diesem unmöglichen Amerikaner angesprochen wird. Wie heute Morgen, beim Frühstück. Sie hatte die ganze Zeit schon das Gefühl gehabt, dass er etwas sagen wollte. Deswegen hatte sie eisern irgendwo anders hingeschaut und ihr Frühstück so schnell wie möglich in sich hineingeschaufelt. Na ja, das war ihr nicht sonderlich schwer gefallen. Endlich richtigen Kaffee und ein knuspriges Croissant. Als sie nach gut zehn

Minuten von ihrem Tischchen aufgestanden war, hatte er sie aufgehalten.

»*Pardon, madame.* Kennen Sie vielleicht Miss Newton, eine englische Dame, die sich in diesem Hotel aufhält?«

»Nein«, hatte sie matt geantwortet und schon weitergehen wollen. Aber so einfach hatte er sich nicht zufrieden gegeben. Noch hartnäckiger als Terrier, diese Amerikaner.

»Sind Sie nicht auch Engländerin?«

Na und? Ist ihre Nationalität etwa ein Freibrief, um sie anzusprechen?

»Ich bin nämlich Amerikaner.«

Die tiefere Logik dieser Bemerkung entging ihr völlig. Darüber hinaus war es in ihren Augen eine überflüssige Bemerkung. Wenn dieser Mann mit den glänzenden Brillantinehaaren und der deplatzierten Festkleidung kein Amerikaner war, dann war der ganze Kontinent ein Hirngespinst.

»Ich habe Miss Newton bei einer Soiree im Konsulat kennen gelernt, und als sich herausstellte, dass wir im selben Hotel wohnen, habe ich sie eingeladen, heute Abend einen dieser Quartier-Latin-Bälle zu besuchen.«

Und was hatte sie damit zu tun? Reichte die Tatsache, dass er hinter einer Frau her war, die aus demselben Land kam wie sie, etwa schon aus, sie damit zu belästigen? Oh, dieses amerikanische Wir-Gefühl. Ich bin ein Mensch, du bist ein Mensch, folglich darf ich dich ansprechen. Sie hatte ihn ausdruckslos angestarrt, doch selbst das hatte ihn nicht entmutigt.

»Ich habe mir schon gedacht, dass Sie auch Engländerin sind, und darum habe ich mich gefragt, ob Sie diese Bälle vielleicht kennen und ob es sich überhaupt geziemt, eine englische Dame dorthin mitzunehmen. Ich möchte keine Karten kaufen, bevor ich mir nicht sicher bin. Können Sie mir einen Rat geben?«

Das wäre ja noch schöner, wenn er sein Geld vergeblich investierte. Sah sie etwa so aus, als wäre sie eine Expertin in Sachen Pariser Bälle? Trug sie etwa noch ihr Abendkleid statt dieses verblichenen *home dress* mit Slippern?
»Tut mir sehr Leid, aber ich bin mein Lebtag noch nicht auf einem Ball in Paris gewesen«, hatte sie kurz angebunden erwidert, worauf dieser Amerikaner sie ungläubig angestarrt hatte. Als hätte sie ihn gerade ohne mit der Wimper zu zucken angelogen. Also hatte sie der Deutlichkeit halber hinzugefügt, dass sie von was für einem Quartier-Latin-Ball auch immer ganz bestimmt keine blasse Ahnung habe, und anschließend den Speisesaal verlassen.

Sie streckt sich auf dem Bett aus. Sie versteht diese Amerikaner nicht. Früher auch schon nicht. Wenn noch einmal ein Amerikaner auf sie zukommt, wird sie ihn gleich warnen: »Sprechen Sie mich bitte nicht an, denn ich werde Sie nicht verstehen. Ich werde Sie nie verstehen. Gehen Sie bitte weiter!«
Wie kommen sie zum Beispiel darauf, dass englische Frauen alles über Tugenden und Untugenden wissen? Genießen sie selbst etwa keine Erziehung? Der amerikanische Ehemann kommt solo nach Paris, stürzt sich in den erstbesten Nachtklub, am liebsten mit jungen schwarzen Frauen, um bloß nicht an die Gottergattin zu Hause erinnert zu werden, und will dann von ihr wissen, wie es sich gehört.
Und was die Amerikanerinnen betrifft: Alle, die ihr bisher in Paris begegnet sind, sind entweder lesbisch oder geschieden. Eine wahre Kolonie dieser Art von Frauen hat sich nach dem Krieg hier an der *Rive Gauche* niedergelassen. Sie vergnügen sich ausschließlich miteinander und versuchen, in möglichst kurzer Zeit möglichst viele

Untugenden anzuhäufen. Die reine Rachsucht, denkt sie bei sich. Sie hatte einige von ihnen kennen gelernt, vor ein paar Jahren, noch nicht einmal fünfzig Meter von diesem Hotel entfernt. Sie hatten Männerkleider getragen, ständig gequasselt und auf interessant gemacht. Oder sie wirkten geradezu betont mädchenhaft, fast wie eine Fee. Miss Barney beispielsweise, die Amazone der Clique, die geglaubt hatte, ihren Mangel an Talent dadurch kompensieren zu können, dass sie möglichst viele pseudokünstlerische Pagen um sich scharte.

Leise klopft jemand an die Tür. Vivien richtet sich schwerfällig auf. Das wird wohl Martha sein. Wurde auch höchste Zeit. Sie schlüpft in ihre Slipper und geht zur Tür. Doch es ist Victorine, das Zimmermädchen, in der Hand einen Scheuerlappen und einen Eimer.
»Madame sagt, da sei jemand aus England für Sie am Telefon. Ob Sie mal hinunterkommen können.«
»Telefon für mich?«
»Ja.«
Vivien geht die Holztreppe hinab. Ob das Tom ist? Vorgestern hat sie seiner Sekretärin ihre neue Adresse gegeben, es wäre also nicht ausgeschlossen. Weswegen er sie wohl anrufen mag? Das macht er doch sonst nie. Ist am Ende etwas mit seiner Mutter? Die ist schon eine ganze Weile krank.
An der Rezeption steht Madame, den Telefonhörer in der Hand. Sie schaut Vivien über ihr goldenes Pincenez hinweg diskret an, reicht ihr wichtigtuerisch den Hörer und dreht sich halb zur Seite.
»London, Madame. Etwas Offizielles, ich weiß nicht genau. *Je n'ai pas très bien compris.*«
Vivien nimmt den Hörer entgegen.

»Hallo?«
»Miss Thompson?«
»Nein, hier ist Mrs. Eliot, eine Freundin von Miss Thompson.«
»London, War Office, Leutnant Jenkins. Miss Thompson hat uns heute Morgen angerufen und diese Nummer hinterlassen. Wären Sie so nett und würden ihr sagen, sie soll uns sofort zurückrufen? Es ist dringend.«
»Ja, äh ... Das War Office, haben Sie gesagt? Worum geht es denn, wenn ich fragen darf?« Was hat Martha um Himmels willen mit dem britischen War Office zu tun? Sie ist doch nicht Spionin geworden?
»Tut mir Leid. Dazu kann ich nichts sagen. Richten Sie Miss Thompson aus, sie soll uns bitte zurückrufen.«
Vivien reicht den Hörer wieder zurück an Madame, die über einen Papierstapel gebeugt an der Rezeption stehen geblieben ist.
»Es war für Miss Thompson.«
»O, excusez-moi«, erwidert Madame, »mein Englisch ist noch nicht ganz ...«
»Macht nichts«, murmelt Vivien verwirrt.
»Einen Augenblick noch«, ruft Madame mit hoher, sich überschlagender Stimme. »Dies wurde gerade eben vom Postboten abgegeben.«
Sie reicht Vivien eine weiße Pappschachtel, auf der in schwarzen Buchstaben steht: »Mrs. T. S. Eliot, Hôtel d'Angleterre, 44 Rue Jacob«.

Sie öffnet das Päckchen oben auf ihrem Zimmer. In weißes Seidenpapier eingewickelt findet sie drei Paar neue Strümpfe. Vivien kramt zwischen den Strümpfen, entfernt das raschelnde Papier, dreht die Schachtel über dem Bett auf den Kopf. Ein dünnes Röhrchen mit Valiumtabletten fällt auf das weiße Betttuch. Sonst nichts. Kein Brief, noch nicht einmal eine Karte. Nur drei Paar glänzende, hellbraune Strümpfe und eine Hand voll Tabletten. Sie wirft die Strümpfe auf den Boden, geht mit dem Röhrchen ins Badezimmer und schluckt mit einem Glas Wasser zwei Tabletten. Dann legt sie sich ins Bett und zieht sich die Bettdecke übers Gesicht.

Elf

Es ist ein milder Novembernachmittag, als Virginia am Tavistock Square die Tür hinter sich ins Schloss zieht. Es fällt so ein typischer Londoner Regen, kaum von Nebel zu unterscheiden. Den Regenschirm braucht sie erst gar nicht aufzuspannen; das dunkelgraue Regenhütchen muss ausreichen. Sie schaut sich um und gibt der schlaffen Tasche, die an ihrem linken Arm hängt, einen spielerischen Stoß. Auf dem ausgefransten Taschenboden liegt ein gut gefülltes Portemonnaie. Sie will sich selbst etwas spendieren. Zum ersten Mal in zwanzig Jahren wird sie es sich so richtig gut gehen lassen. Ein neuer Wintermantel ist angesagt. Folglich marschiert sie in Richtung Regent Street.

Sechstausend Exemplare von *Orlando* sind bereits verkauft. Jeden Tag treffen um die fünfzig neue Bestellungen bei ihnen ein. Auf eine dritte Auflage wird sie wohl nicht mehr lange warten müssen. Dass ausgerechnet dieses Buch, das sie mehr als lockere Fingerübung für zwischendurch betrachtet hatte, solch ein Kassenerfolg wird! Ihr Ansehen beim breiten Publikum hat jedenfalls um einiges zugenommen. Sie kann nun von sich behaupten, dass sie zu den bekannten Schriftstellern gehört. Wenn sie alle Einladungen annähme, könnte sie jeden Tag – mittags und abends – essen gehen.

Doch ob sie selbst stolz auf diesen Erfolg ist? Diese Frage ärgert sie. Sie beschleunigt ihre Schritte. Als könnte sie der

Frage durch das höhere Tempo entfliehen. Warum eigentlich? *Orlando* ist ein brillant und flott geschriebenes Buch. Sie hat bei der Niederschrift gelernt, wie sie eine spannende und amüsante Geschichte erzählen muss und wie sie der Realität ungestraft Gewalt antun kann. Man kann tatsächlich alles mit seinen handelnden Personen anstellen, solange man nur überzeugend und mitreißend schreibt. Ist das nicht eine fantastische Erkenntnis? Ja, schon, aber muss sie nicht auch zugeben, dass sie jedem Problem gezielt aus dem Weg gegangen ist? Dem der gleichgeschlechtlichen Liebe beispielsweise, um nur eines zu nennen. Ach, sie hat es spielerisch angeschnitten, die Tragödie daraus weggeschrieben – sie ist schließlich keine Radclyffe Hall. Sie möchte keine Märtyrerprosa.

Virginia geht quer durch den Park am Russell Square und setzt sich auf halber Strecke auf eine Bank. Noch fünf Minuten, dann wird sie den Verkäuferinnen einheizen. Mittlerweile hat der Regen aufgehört. Durch die tief hängende Wolkendecke sieht sie vage das Licht der Sonne. Um sie her trudeln rote und gelbe Blätter herab. Die Bäume lassen alles, wofür sie gelebt haben, seelenruhig von ihren Ästen fallen. Es scheint ihnen egal zu sein. Loslassen, die Last. Das sollte sie auch tun. Jedes Buch müsste ihr wie ein rot gefärbtes Blatt aus den Händen gleiten. Alles Geschriebene sollte sie sich zersetzen, zu Kompost werden lassen – fruchtbarer Boden für das nächste Buch.

Wenn sie die Blätter malen könnte, würde sie nie mehr zur Feder greifen. Wenn sie imstande wäre, dieses Kirschrot und dieses Vanillegelb auf die Leinwand zu bringen, gäbe sie die Literatur ein für alle Mal auf. Doch dazu ist sie nicht imstande. Sie wüsste nicht, wie sie das scharf gezackte rote Blatt oder das sahneweiche, gelbe Blatt mit einem Pinsel-

strich zum Leben erwecken sollte. Folglich muss sie mit den kapriziösen Worten auskommen. Aber es darf nicht so sein, dass ihre Sätze die Köpfe ihrer Leser wie Wasser durchfließen – eine Formulierung, zu der sich ein Rezensent einmal verstiegen hat. In ihrem nächsten Buch wird sie die Gehirnzellen dieser Leser wieder mal ein wenig mit Schmirgelpapier bearbeiten.
Ein Buch muss das andere ablösen. Sie möchte mehrere Stile und Themen ausprobieren. Ihr nächster Roman wird ein abstraktes und mystisches Buch sein. Augen zu und drauflosschreiben. Jeden noch so kleinen Bewusstseinsstrom, jeden Bruchteil eines Bildes, jeden Schnipsel eines Satzes erhitzen und zu einem wahrhaftigen Moment umschmelzen. Unsinn, Tatsachen, Niedertracht, Schönheit wird sie zu etwas Transparentem verstreichen.

Sie steht auf und geht langsam zum Ausgang des Parks, als bereitete es ihr Mühe, die kahl werdenden Bäume gegen die Mäntel von Marshall einzutauschen. Eigentlich findet sie Einkaufen grässlich. Vor allem Kleidung. Sie weiß nie, für was sie sich entscheiden soll. Sie müsste jemanden mitnehmen. Aber nicht Leo. Er hält grundsätzlich den hässlichsten Mantel im ganzen Laden für »ganz nett«.
Sie hat die Umzäunung des Parks beinahe erreicht, als sie seitwärts, in den Sträuchern links neben sich, ein leises Wimmern hört. Sie schaut die fettgrünen Blätter des blütenlosen Rhododendrons an. Als sie für sich in Worte zu fassen versucht, wieso sie diese Sträucher, von denen ganz England überwuchert ist, nicht mag, hört sie es erneut. Ein lang gezogenes Stöhnen. Sie unterdrückt nur mit Mühe den Impuls, wegzulaufen. Für Menschenleid gerade keine Zeit, es warten tausend neue Wintermäntel auf sie. Sie zögert, schiebt dann aber doch ein paar Zweige auseinander.

»Aaahhh.«
Sie schreckt zurück.
»*Bloody …*«
»Ähem«, räuspert sie sich möglichst neutral. »Kann ich vielleicht etwas für Sie tun?«
Ein leises Wimmern ist die Antwort.
Sie schaut sich um. Normalerweise begegnet man hier unzähligen Spaziergängern, jetzt aber ist weit und breit keiner zu sehen. Die Dämmerung hat bereits eingesetzt. Nicht mehr lange, dann steht sie hier allein im Stockdunkeln mit einem stöhnenden Mann im Gebüsch.
»Hallo?«, versucht sie es noch einmal.
Es bleibt still. Sie späht durch die Zweige, kann aber nichts erkennen. Weitergehen, sagt sie zu sich selbst. Vielleicht läuft ihr auf der Charing Cross Road ein Polizist über den Weg, den sie hierher schicken kann. Außerdem fängt es wieder an zu regnen. Erneutes Rascheln im Gebüsch. Sie dreht sich um. Das Erste, was sie erkennt, ist die runde Oberseite einer schwarzen Melone, die schief durch die Zweige lugt. Erschrocken schaut sie den Mann mit dem Hut an, der nun auf allen vieren auf den Weg kriecht.
»Fühlen Sie sich nicht gut?«, fragt sie laut.
Fantastische Frage, Ginnie. Ganz im Gegenteil, das sieht man doch auf den ersten Blick, dieser Herr fühlt sich einfach glänzend. Er hat mittlerweile die Mitte des Weges erreicht. Das Gesicht nach unten gekehrt, fällt er auf seine linke Seite in den Dreck, während ihm der Hut vom Kopf rollt und in einer Pfütze vor der Umzäunung landet. Dämmriges Licht fällt auf sein fahles Gesicht.
»Tom!«, ruft Virginia fassungslos.

Sie hebt die Melone auf und kniet neben Eliot nieder. Er hat die Augen geschlossen, nur seine Lippen bewegen sich. Sie

hört ihn undeutlich etwas murmeln und hält ihr Ohr an seinen Mund.
»*Bloody bitches …*«
Sie versucht, ihn an den Schultern aufzurichten.
»Tom, hörst du mich? Ich bin es, Virginia. Ich helfe dir beim Aufstehen, komm.«
Er erkennt sie nicht, rudert wild mit einer Hand und legt den Kopf auf den schlammigen Weg.
»Geh weg«, stöhnt er. »Lass mich allein.«
Erneut zerrt sie an ihm.
»Kommt nicht in Frage. Du bist sternhagelvoll, und es regnet. Das geht nicht. Hilf ein bisschen mit.«
Er lässt sich jedoch nicht zur Mitarbeit bewegen. Ratlos blickt sie sich um. Ist denn niemand in der Nähe, der ihr helfen könnte? Der Park liegt einsam und verlassen da. Dann halt der Trick mit dem Flakon. Sie schraubt ihr Par fümfläschchen auf, hält es Tom unter die Nase und wartet gespannt ab.
»Komm schon«, murmelt sie. »Du sollst aufstehen.«
Das Parfüm tut seine Wirkung. Tom öffnet die Augen und starrt sie an. Er hebt den Kopf und versucht, sich aufzusetzen. Virginia ist ihm dabei behilflich; mit einer Hand stützt sie ihn an der Schulter, mit der anderen versucht sie, ihren Regenschirm zu öffnen, um Tom vor dem Regen zu schützen, der nun heftig niederprasselt.
Er wischt sich mit einer Hand über die Stirn, wobei er sich noch mehr Schlamm ins Gesicht schmiert.
»Verdammt«, murmelt er, »wir sind verdammt.«
»Ja, ich weiß, Tom, aber kannst du aufstehen?«
»Aufstehen?« Er schüttelt den Kopf. »Ich kann gar nichts mehr. Ich bin gelähmt, zerstört. Sie übernehmen das Ganze. Sie schrecken vor nichts zurück. Wir können es nicht mehr. Es ist vorbei. Sie übernehmen das Ganze.«

»Wovon redest du, Tom?«
»Bloody …«
»Ist ja gut, Tom, jetzt müssen wir aber zunächst versuchen …«
Mit beiden Händen fasst er ihr an den Kragen ihres Trenchcoats.
»Wir sind nämlich zum Tode verurteilt. Also übernehmen *sie* das Ganze. Nur eine Revolution kann uns noch retten. Aber dann müssen wir uns beeilen. Nichts mehr hinnehmen, hörst du. Nichts mehr! Keine Einmischung von außen. Unser Wort muss rein sein, sonst erstickt es in Sünde. Von Anfang an haben sie den Schmutz hineingebracht. Wir müssen auf der Hut sein, sonst sind wir bald die übrig gebliebenen Knochen, die man den Hunden zum Fraß vorwirft!«
Virginia reißt sich los.
»Jetzt hör aber auf mit diesem Unfug! Beruhige dich, Tom. Hör mir zu.«
Doch er bringt sein Gesicht noch näher an ihres heran. Seine Alkoholfahne ist unerträglich.
»Schau, es wird Nacht. Wir werden keinen Trost finden, ehe die Nacht vergangen ist; ehe die Raserei der Nacht ihr eigenes Feuer verzehrt hat. Hüte dich vor der Nacht, der Stadt der Dunkelheit, denn sie kehrt dich um, setzt die grässlichsten Sünden in dir frei. Jedes Mädchen spreizt im Takt von Morpheus' Hammerschlägen die Beine. Oh, schreckliche Nacht, Katzengeschrei, Ratten und Gesindel; sie ist ein Allesvertilger, Alleszerstörer …«
»Nach Hause, Tom! Auf der Stelle!«
»Nein, nicht nach Hause«, stöhnt Tom, »dort ist es noch dunkler. Das Schwarze dominiert und überwältigt mich im Schlaf. Es gibt kein Entrinnen. Alles, wonach ich tagsüber gesucht habe, wird nachts ungeschehen gemacht. Der

Traum ist das Pinkelbecken meines Lebens. Nein, nicht nach Hause …«

»Wir bleiben hier ganz bestimmt nicht sitzen«, sagt Virginia mit aller Bestimmtheit. »Wir gehen.«

»Mütterlein, hilf mir«, flüstert Tom, während er die Arme um Virginia schlingt. »Erlöse mich von mir selbst. Töte mich, wie du mich gebäret hast. Nimm zurück, was du gegeben hast. Ich bin verloren. Mein Leben ist ein einziger stinkender Schützengraben, auch wenn ich nicht nach Belgien gegangen bin. Aber jetzt werde ich mitkämpfen. Auf mich kannst du rechnen. Mein Wort wird sie zur Einkehr bringen. Wird das Böse verjagen. Die Sünde verbannen. Mütterlein, hilf mir. Nimm mich mit …«

Sie macht sich vorsichtig von ihm los und steht auf.

»Genug, Tom. Genug! Jetzt hörst du mir mal zu. Du wirst jetzt aufstehen. Erst in die Hocke. Prima. Jetzt stellst du dich gerade hin. Ich gehe mit dir zur Straße und setze dich in ein Taxi. Sehr gut. Nichts ist so einfach wie Gehen. Einfach einen Fuß vor den anderen setzen. Ja, so.«

Während sie weiter leise auf ihn einredet und er, den Kopf an ihre Schulter gelegt, mühsam weiterhumpelt, gehen sie den Bürgersteig entlang. Kein Taxi weit und breit. Vielleicht an der Ecke. Gebe Gott, dass dort ein Taxi steht, fleht sie in Gedanken, viel länger schaffe ich das nicht.

»Dreimal verraten«, flüstert er.

Virginia schaut zur Seite.

»Wir gehen bis zur Ecke. Dort finden wir bestimmt ein Taxi.«

»Und alles wegen ein paar Strümpfen.«

»Strümpfe?«

»Bridget hat Vivien, ohne mich zu fragen, Strümpfe geschickt. Darüber habe ich mich geärgert, und das habe ich ihr auch gesagt.«

»Was gefällt dir denn daran nicht?«, fragt sie erstaunt.
Er schaut sie wütend an.
»Was mir daran nicht gefällt? Alles. Erst verlässt mich meine Frau, dann macht sie mir meine Assistentin abspenstig, und dann schickt Bridget ihr auch noch ohne mein Wissen Strümpfe und Arzneimittel. Das haben diese Weibsbilder gemeinsam ausgeheckt. Plan fehlgeschlagen. Und als ich etwas dazu sage, haut sie auch noch ab. Soll ich jetzt meine Briefe etwa wieder selbst tippen? Und selbst die Ärzte anrufen? Ich bin doch nicht verrückt, ich …«
»Taxi!«, ruft Virginia laut. Gott sei Dank, es hält. Sie hält Tom den Regenschirm über den Kopf und bugsiert ihn auf den Rücksitz.
»68, Clarence Gate Gardens«, sagt sie zum Fahrer, bevor sie die Tür zuschlägt. Dann macht sie, dass sie wegkommt. Der Sekretärin die Hölle heiß zu machen, nur weil sie Strümpfe und Arzneimittel für seine Frau gekauft hat! Nicht zu glauben. Saufen, wirres Zeug reden, jammern.
Jetzt aber erst einmal einen Mantel. Sie wird sich den teuersten Mantel spendieren, den Marshall im Angebot hat.

Zwölf

Dir gebe ich meine Tausend, meine Schönchen, meine Immerwährenden, meine Päonien und meine abgehärteten Perennen. Für dich reserviere ich jenes Keuchen unterm Keuchen, jenes Seufzen hinterm Seufzen, jene Aufmerksamkeit hinterm Anschein: Das Silber jener Wolke ist dein – nimm es hin! Was kümmert 's mich, auf wen es herabregnet!

Das aufgeregte Stimmengewirr im Raum, die klirrenden Gläser und die barsche Stimme des Kellners, der sich mit einem überfüllten Tablett einen Weg zwischen den Tischen hindurchzubahnen versucht, vermischen sich mit den pathetischen Sätzen der »Lady of Fashion«. Das Café Flore ist bevölkert von Männern und Frauen in Abendgala; Schwarz, Grau und glänzendes Silber dominieren. Viele Hüte, Stolen, Halstücher und Federn. Lautes Gelächter. Martha hat das Gefühl, dass sie mit ihrer hellbraunen Hose und dem gleichfarbigen Jäckchen etwas blässlich wirkt. Sie sitzt auf einem der vielen roten Ledersofas und schaut sich verloren den Freitagabendtrubel um sich herum an. Marlow ist spät dran. Sie wollte sie um sieben hier abholen, aber mittlerweile ist es bereits halb acht. *»London is misery, Paris is joy«*, hatte sie am Telefon gerufen. Heute Abend werde Martha selbst sehen, wieso. Sie, Marlow, werde sie ausführen und ihr das »andere Paris« zeigen. Nun, das wird auch höchste Zeit, denkt Martha bei sich, als sie den Band wieder zur Hand nimmt und gelangweilt darin blättert.

Ihr Blick fällt auf eine mittelalterlich wirkende Illustration auf der linken Seite. Eine Frau in einem Kreis mit astrologischen Zeichen bietet wollüstig ihren nackten Körper den Blicken dar. »Das kniende Knie«, »das sehnsuchtsvolle Herz« und »die bezaubernde Brust« steht zur Erklärung daneben. Martha weiß noch immer nicht, was für eine Art Buch sie eigentlich liest. Irgendetwas von einer Frau, die heilig gesprochen wird, weil sie, »als sie gute dreißig war, eine Dirne aus einer anständigen Frau machte«. Spaßvogelprosa, ein Text für Eingeweihte.
Was für ein Unterschied gegenüber dem Text ihres Vaters. Sie hatte nicht gewusst, dass er so schön, so überzeugend schreiben konnte. Über das Leben, das in der Verweigerung zur Blüte kommt. Über Individualität, die sich in Widerstand und Ungehorsam verbirgt. Über den Wahnsinn des Krieges und die Kraft des Pazifismus. Auserwählte sind nur die, die ehrlich sich selbst gegenüber sind und nicht kritiklos die Befehle ihrer Vorgesetzten ausführen. Jeder Satz hatte ihren Verlust sowohl gelindert als auch verschärft. Auf dem Papier bekam sie einen Vater wieder, den sie nicht gekannt hatte.

Ein Kniff in ihre Schulter lässt sie aufschauen: Marlow. In den zwei Jahren hat sie sich überhaupt nicht verändert. Der gleiche Reitanzug und das gleiche weiße Halstuch, das sie sich hoch um den Hals geknotet hat. Der gleiche Bürstenhaarschnitt und noch immer eine Zigarette in einem silbernen Mundstück in der rechten Hand. Sie begrüßen sich mit zwei zaghaften Küssen. Marlow lässt sich lächelnd ihr gegenüber nieder.
»Ich sehe, dass du die neue Bibel bereits gefunden hast.«
»Ich weiß ehrlich gesagt nicht, was ich davon halten soll.«
»Ist auch nicht nötig«, sagt Marlow. »Sich davon mitreißen

zu lassen, das ist alles. In die weite Welt hinein. Sich mal woanders umschauen.«
»Wo denn?«
»In den Gärten der anderen«, sagt Marlow lächelnd.
Sie bestellen eine Karaffe Wein.
»Ich halte es zu sehr für ein Buch für Eingeweihte«, sagt Martha. »Wenn man diese Damen nicht kennt, wird es schnell langweilig.«
»Das wird sich bald ändern«, sagt Marlow und steckt eine neue Zigarette in das Mundstück. »Heute Abend wirst du alle handelnden Personen bei lebendigem Leib kennen lernen.«
»Wie das?«
»Heute ist Freitag, mein Schatz, und freitags öffnet Dame Evangeline Musset ihren *temple de l'amitié*, und alle *copines* laden zum Empfang, und zwar auf so gediegene Weise, dass du nach einem einzigen Besuch Prousts Version des Frauenlandes ins Reich der Fabeln verweisen kannst.«
»Hast du da etwa auch deine neue Freundin kennen gelernt?«
»Netty? Nein, die hat in einem Gartencafé ihren kleinen Sohn mit einem Zettel zu mir geschickt. Sehr originell.«
So geht das hier also. Keine verstohlenen Blicke, sondern einfach mit einem Zettel.
»Ist sie auch Malerin?«
»Sie ist alles Mögliche, Landfahrerin, Pensionsinhaberin, Abenteurerin, Mutter, rechtmäßige Gattin eines Dichters, aber keine Malerin.«
»Eines bekannten Dichters?«
Marlow winkt ab.
»Nijhoff heißt er. Kennst du ihn? Sie leben schon seit Jahren getrennt.«
Der Wein wird serviert. Die Frau von Martinus Nijhoff? So,

so, denkt Martha. Das ist nicht gerade irgendwer. Vor nicht allzu langer Zeit hatte sie Eliot vorgeschlagen, Übersetzungen seiner Gedichte im *Criterion* zu veröffentlichen. Sie findet, dass die beiden, Eliot und Nijhoff, einander ähneln. Nachdem sie ihm das erklärt hatte, hatte er wohlwollend reagiert, dann aber nichts unternommen.
»Und dieser niederländische Maler, von dem du mir geschrieben hast?«
»Ein früherer Nachbar von Netty aus den Niederlanden. Ein großer Künstler. Der wird seinen Weg gehen. Denk an meine Worte. Letztes Jahr habe ich zum ersten Mal eines seiner Bilder gesehen – majestätisch. Strahlend weiß. Brillante Farbwahl, ganz primär, und von einer architektonischen Klarheit. Genau, was mir selbst auch vorgeschwebt hat. Geometrische Figuren, die, von allen überflüssigen Nebensächlichkeiten befreit, konkrete Form geworden sind. Es läuft einem kalt den Rücken herunter. Jetzt versuche ich gerade, ihn von der Suggestionskraft der Doppellinie zu überzeugen, aber so weit fühlt er sich noch nicht.«
Martha weiß um ihre Begeisterung für die Doppellinie. Marlow hatte sie ihr noch vor kurzem in allen Einzelheiten beschrieben.
»Und wieso fühlt er sich noch nicht so weit?«
»Ich weiß nicht. Für mich ist die Doppellinie eine Revolution in der abstrakten Malerei. Sie verleiht den statischen Flächen eine neue Dynamik, weil sie sie miteinander verbindet. Die Leinwand soll den Satz von Pythagoras veranschaulichen, du weißt schon, dass das ganze Universum auf einigen arithmetischen Proportionen basiert, die sich allesamt aufeinander beziehen. Na ja, ich habe dir doch geschrieben, dass ich mich von den Ideen Matila Ghykas habe inspirieren lassen, aber Mondrian mag die Mathematik offenbar nicht besonders.«

Marlow schaut sie lachend an.
»Genug der Malerei. Was treibst du denn hier so? Du willst mir doch nicht weismachen, dass du die Touristin markierst.«
»Ich wollte für eine Weile weg aus London. Mich mit eigenen Augen davon überzeugen, dass es wahr ist, was man sich von Paris erzählt. Außerdem bin ich auf der Suche nach neuen Essays für das *Criterion*, habe aber bisher kaum etwas gefunden. Die Zeitschriften, die Eliot mir empfohlen hat, sind miserabel. Ehrlich gesagt hoffe ich, dass du mir ein paar Vorschläge machen kannst.«
»Ich werde dir heute Abend ein paar Leute vorstellen. Und wie war es in Reims? Dort bist du doch auch gewesen, nicht wahr?«
Martha nickt und nimmt einen Schluck von ihrem Wein. Was soll sie darauf antworten? Dass ihr Vater von den Toten auferstanden ist? Dass er sicher in einer dunklen Grotte ihres Hirns gelegen hatte, doch dass ein Militärarzt in Reims dies ungeschehen gemacht und ihrem Vater ein Leben nach dem Tod geschenkt hat?
»Was ich erfahren habe«, sagt sie langsam, »ist, dass mein Vater wochenlang durch die französische Provinz vagabundiert ist, um letzten Endes in einem Krankenhaus in Reims zu landen. Dort versuchten sie ihn loszuwerden, weil er einfach nicht aufhören wollte, den Frieden zu predigen. Das passte ihnen nicht. Er ist von den Briten abgeholt und nach England zurückgebracht worden. Was danach geschehen ist, weiß ich nicht, aber das will Billy für mich herausfinden.«
»Unglaublich«, murmelt Marlow. »Aber dieser Billy – der ist doch auch ein britischer Offizier. Traust du ihm?«
»Nicht von Anfang an. Ich hatte zunächst das Gefühl, dass er lediglich meinem Vater selbst die Schuld geben wollte,

weil er ständig auf seine Kontakte zu Russell und zu dieser pazifistischen Bewegung hinwies. Gestern habe ich jedoch, hier in Paris wohlgemerkt, herausgefunden, dass dies nicht ganz unbegründet ist. Ich habe einen schmalen Band mit Vorträgen gefunden, die 1916 während eines NCF-Kongresses gehalten wurden. Darin ist auch die Rede meines Vaters abgedruckt. Wahrscheinlich handelt es sich um den Kongress, den er besucht hat, bevor er festgenommen und nach Belgien geschickt wurde. Es ist und bleibt ein Rätsel, warum er gegangen ist – möglicherweise unter Zwang. Damals ging es nicht gerade sanft zu.«
Sie zögert und steckt sich eine Zigarette an.
»Und was Billy betrifft: Er hat wirklich alles getan, um das Verschwinden meines Vaters aufzuklären. Und zum Teil ist ihm das ja auch gelungen. Dass es für mich nicht leichter geworden ist, dafür kann er nichts. Er ist im Moment in Belgien. Um vor Ort weitere Nachforschungen anzustellen. Das War Office will allerdings, dass er zurückkehrt. Ich weiß nicht genau, was los ist.«
»Einmal Soldat, immer Soldat«, sagt Marlow und verteilt den restlichen Wein aus der Karaffe. »Dieser Billy ist völlig besessen von seiner Vergangenheit, von all seinen Kameraden, die er im Stacheldraht zurücklassen musste. Er wird nie mehr klar sehen, geschweige denn eine gerade Linie ziehen können. Komm, es wird Zeit, dass du auf andere Gedanken kommst. Trink dein Glas aus, dann nehm ich dich mit zum neuen Evangelium.«

—

»Du musst wissen«, sagt Marlow, als sie die Rue Saint-Benoît in Richtung der Rue Jacob hinuntergehen, »dass diese Stadt mit jedem Viertel, mit jeder Straße, manchmal sogar mit jedem Haus anders aussieht. Die Strecke von der Rue de Fleurus Gertrude Steins bis zur Rue Jacob von Natalie Barney beispielsweise kann man zu Fuß in zehn Minuten zurücklegen, aber wenn du den künstlerischen Abstand zwischen diesen beiden Salons misst, landest du auf der anderen Seite der Welt. Miss Barney greift zurück auf das präneolithische Matriarchat, sage ich mal. Sie predigt nicht mehr und nicht weniger als *die* Frau: die weibliche Erscheinung, das weibliche Talent, die weibliche Seele. Gäbe es nur Frauen, wäre das Leben auf Erden ein Paradies. Keine Kriege und keine Unterdrückung. Sie schwebt auf einer rosa Wolke über den qualmenden Trümmerhaufen Europas und trägt uns singend ihre Lösung aller Probleme vor: *Werde Frau!*«

Leise kichert sie in sich hinein, während sie dann und wann mit der Peitsche an ihre hohen Reitstiefel schlägt.

»Miss Stein hingegen steht bereits mit einem Bein im nächsten Jahrtausend. Sie macht, was das Geschlecht betrifft, keinen Unterschied der Person. Außerdem hat sie der neuen Malerei in ihrem Salon viel Platz gewidmet. Sie ist es, die Picasso entdeckt hat. Doch heute Abend schauen wir zunächst bei Miss Barney vorbei. Einen größeren Gegensatz zur maskulinen Hegemonie, wie sie in London herrscht, wirst du in ganz Europa nicht finden.«

Martha geht schweigend neben Marlow. Gegensatz hin oder her, diese Redegewandtheit haben die Engländer jedenfalls mit den Franzosen gemein, sagt sie sich. Im Vergleich dazu sind wir Holländer nur drittrangige Stümper. Als ob wir weniger Worte zur Verfügung hätten. Nein, das ist es nicht, denkt sie. Wir wollen nur einfach nicht mehr Worte verschwenden als unbedingt nötig.

»Natalie verabscheut alles Männliche«, fährt Marlow neben ihr unbeirrt fort, »auch jede Form der Parodie. Unsere Herrenanzüge und Kurzhaarschnitte beispielsweise stellen in ihren Augen eine Besudelung der reinen Frauenseele dar. Ihr missionarischer Eifer, alle Frauen zu mobilisieren, kennt keine Grenzen. Unterdessen wird ihr die Rolle der Gastgeberin zum Verhängnis. Sie kommt selbst kaum noch zum Schreiben.«

Sie biegen in die Rue Jacob ein. Martha kann kaum mit ihrer viel kleineren Freundin Schritt halten, die ein ordentliches Tempo vorlegt. Sie versucht, sich Natalie Barneys Salon vorzustellen. Singende und tanzende Frauen mit Blumen in den Haaren und flatternden weißen Gewändern um die Schultern. Sie kommen an dem Haus mit der Nummer 44, dem Hôtel d'Angleterre, vorbei. In Viviens Zimmer im zweiten Stock brennt kein Licht.

»Hier wohnen wir.«

»Das meinst du doch nicht im Ernst«, sagt Marlow erstaunt. »Da bist du in Paris und nimmst dir ein Zimmer in solch einem klassischen englischen Hotel?«

»Vivien wollte es so. Wir haben ungelogen fünf verschiedene Blumenmuster in unseren Zimmern.«

»Furchtbar«, quietscht Marlow.

Alle paar Meter kommt der starke Verkehr in der Rue Jacob zum Erliegen. Taxis und Pferdekutschen versuchen einander links und rechts zu überholen. Die Fahrer steigen aus ihren Wagen, um ihre Schimpfkanonaden auf der Straße fortzusetzen. Hier wird unter freiem Himmel alles nur Erdenkliche zum Kauf angeboten. Zeitungen, Blumen, Waffeln und *crêpes bretonnes.* Der süße Duft der dünnen Pfannkuchen ist zu verführerisch, um daran vorüberzugehen. Martha bestellt zwei mit Schokoladenfüllung.

»Eine Sache muss ich dir noch ans Herz legen«, sagt Marlow. »Nimm um Himmels willen nicht den Namen Renée Vivien in den Mund. Ich weiß, dass du gerade an einem Essay über sie arbeitest, aber versuche trotzdem, dich zurückzuhalten. Wir wollen diese alte Wunde nicht wieder aufreißen. Sonst müssen wir wieder stundenlang Natalies Wehklagen über uns ergehen lassen. Die Einzelheiten kenne ich auch nicht, aber es heißt, Renée habe ihretwegen Selbstmord begangen.«

»Waren sie ein Liebespaar?«

»Und wie. Vor zwanzig Jahren sind sie nach Lesbos gereist, einzig und allein um dort auf Sapphos Spuren zu wandeln. Aber daraus ist nichts geworden, weil eine steinreiche holländische Baroness Renée nach Paris zurückgeholt hat. Das war der Anfang vom Ende. Im Nu verfielen die Damen in die alten heterosexuellen Beziehungsmuster von Eifersucht, Seitensprung und Betrug. Das hat man davon, wenn man nicht weiter kommt als bis zu den Werken eines Rosetti oder eines Baudelaire. Renée Vivien hat in dem, was sie selbst geschrieben hat, deren dekadentes Pathos lediglich wiederholt, ohne dass ihr dessen perverser Charakter aufgefallen wäre. Vollkommen naiv.«

»Hast du Renée Vivien früher nicht mal bewundert?«, fragt Martha erstaunt, den Mund voll mit süßer Crêpe. »Du hast mir letztes Jahr doch noch ihren Gedichtband geschickt.«

»Die Zeiten ändern sich, mein Schatz«, gibt Marlow kühl zur Antwort, während sie sich die klebrigen Finger an einer Serviette abwischt. »Ich bin für immer von diesem homosexuellen Selbsthass, diesem Gefühl der Sünde und der Schuld geheilt. Ich weigere mich, noch länger mit der männlichen Obsession von Tod und Verderben zu kokettieren. Was glaubst du, warum dieser widerliche Maurras ganz verrückt nach Viviens Dichtkunst ist?«

»Charles Maurras?«, fragt Martha erstaunt. »Das ist doch so ein konservativer Altphilologe. Eliot veröffentlicht einen Essay nach dem anderen von ihm in seiner Zeitschrift.«

»Genau! Warum ist er also solch ein Fan von Vivien? Weil ihre Gedichte diesen krankhaften Blick auf Frauen lediglich wiederholen. ›Ganz im Stil‹ Baudelaires nennt man das. Dass ich nicht lache. Nein, da ist mir Gertrude Stein viel lieber, sie versucht sich wenigstens an etwas Neuem. Zerstört die Tradition erst, bevor sie ihr etwas hinzufügt. Dank der Stein erlebt die abstrakte Kunst solch einen gewaltigen Aufschwung. Sie pflegt zu sagen: ›Male das, von dem du weißt, dass es da ist, auch wenn du es nicht sehen kannst. Es gibt nämlich mehr Anhaltspunkte als nur die Wirklichkeit.‹ Das nenne ich eine wahrlich revolutionäre Auffassung. Für die Literatur gilt im Prinzip das Gleiche.«
»Das Buch, das ich im Café Flore gelesen habe und das dir so gut gefällt, ist aber auch ziemlich pathetisch«, sagt Martha, während sie weitergehen.
»*King Elizabeth* pflege ich sie zu nennen, weil diese amerikanische Journalistin in gewisser Weise den Elisabethanischen Barden des sechzehnten Jahrhunderts ähnelt. Eine Art Geistesverwandtschaft mit Joyce. Natalie ist ganz verrückt nach ihr. Sie bezeichnet sie als rohes, diamantartiges Genie, das alles unter seiner Feder zerschmettert, dann aber über den Trümmern in Tränen ausbricht. Ich glaube, dass es ihr gerade um die Trümmer geht, aber ich kann mich natürlich auch irren. Wie auch immer, wir sind da.«
Sie bleiben vor dem Haus mit der Nummer 20 stehen. Martha schaut neugierig nach oben, ist dann aber ziemlich enttäuscht, da man unauffällige fünfstöckige Gebäude wie dieses in Paris beinahe überall findet.
»Nicht gerade ein Tempel«, sagt sie.
Marlow schüttelt den Kopf.
»Nicht die Fassade, Liebes, sondern das, was sich dahinter verbirgt«, sagt sie und stößt die bogenförmige Tür auf.
Sie betreten einen dunklen Gang, gehen an dem Glasfens-

ter des Pförtners vorbei, der an seinem Tischchen sitzt und die Abendzeitung liest, und gelangen in einen großen, quadratischen Innenhof, der von Bäumen und Sträuchern überwuchert wird.
Links, an die hohen Mauern geschmiegt, steht ein kleiner dorischer Tempel mit vier Säulen und davor eine schmale Terrasse. Aus dem niedrigen, nur zweistöckigen weißen Nachbarhaus fällt ein strahlend helles Licht. Martha sieht die Silhouetten von mehreren Dutzend Köpfen und Körpern, die sich hinter den Fensterscheiben hin und her bewegen. Es wird ausgelassen getanzt. Musikfetzen dringen in den Garten. Die dunklen Wipfel der Bäume heben sich deutlich vom mondhellen Himmel ab. Der Garten ist mit toten Ästen und abgefallenen Blättern übersät. Nicht ein Geräusch aus der Stadt ist hier zu hören. Hier, mitten in Paris, liegt ein vernachlässigtes Stückchen Urwald.

Dreizehn

Es ist Nacht. In einiger Entfernung, in südwestlicher Richtung, funkeln am Horizont die Lichter von Ypern. In Passchendaele leuchtet nichts. Dort stehen keine Häuser mehr, nur Ruinen. Er hat das bandförmige Dorf gerade in seiner ganzen Länge durchquert, von einem Ende zum anderen. Nur in der Dorfmitte steht noch das eine oder andere verlassene Gebäude, hohle Gerippe ohne Dächer oder Fenster, eingerüstet. Die Ortschaft wird vom Herzen aus wieder aufgebaut.

Billy stiefelt durch die Schlammpfützen, die der Dauerregen auf den Feldern hinterlassen hat. Plitsch, platsch. Die Sohlen seiner Gummistiefel saugen sich jedes Mal fest und lassen, wenn er die Füße hebt, nur widerwillig los. Plitsch. Platsch. Ab und zu lugt der Halbmond hinter den Wolken hervor und taucht die kahle Landschaft in ein fahles Licht. Billy kriecht unter dem Stacheldraht hindurch, der das Feld von dem kleinen Waldstück trennt, das sich an den Hügel schmiegt. Dort, direkt am Waldrand, hatten sie sich damals eingegraben. Er geht an dem Baum vorbei, von dem aus er wochenlang Ausschau gehalten hatte, indem er auf das düstere Niemandsland hinausstarrte und den Himmel nach den wenigen Sternen absuchte, denen es gelang, den dichten Qualm zu durchdringen. Wie von selbst findet er den Weg. Die Brücke aus Wellblech liegt noch immer da. Die Holztreppe ist vermodert.

An den Wänden aus Erde lässt er sich hinabgleiten. Hier ist das Ende des Schützengrabens. Hierher ist er nachts häufig gekrochen, wenn die anderen Männer möglichst dicht aneinander gedrängt zu schlafen versuchten. Keiner schlief für sich allein. Kaum war die Nacht angebrochen, drückten sie sich wie junge Füchse in ihrem Schlammloch aneinander.
Nur er löste sich aus dem Haufen stinkender Uniformen und kroch ans andere Ende. Dort war der Schützengraben nicht ganz so tief, sodass man manchmal noch eine trockene Stelle finden konnte.
Jetzt ist der Boden zwar feucht, aber frei von Pfützen. Er steckt sich eine Zigarette an, lehnt den Kopf gegen die Wand und starrt die kahlen Bäume an, die sich sanft im Wind wiegen. Der Geruch von nasser Erde vermischt sich mit dem Rauch der Zigarette. Sonst nichts. Kein Rascheln, kein Pfeifen – nur beklemmende Stille.

»Noch nicht! Wartet! Noch nicht!«
Die Männer sehen ihn an, mit großen, weit aufgerissenen Augen. Was denn: Sollen sie oder sollen sie nicht?
Nein. Er traut dem Ganzen nicht: Es ist zu still.
»Wartet!«, ruft er noch einmal. »Jeder zurück in seine alte Stellung!«

Er drückt die Zigarette auf dem Boden aus und steht auf. Im Zickzack läuft er durch den Schützengraben. Auf halbem Weg bleibt er stehen und legt die Hände an die Wand, wühlt die Erde zwischen den Metallplatten auf und riecht daran. Muffig. Feucht. Mehr nicht. Der Geruch ist weg. Der Hain sieht aus wie ein ganz normaler Wald. Aber die Bäume mit ihren blattlosen Ästen sind genauso tot wie damals. Und auch die Trichter sind immer noch da. Er stellt sich auf die

Zehenspitzen, um über den Grabenrand die von Erdwällen umgebenen Löcher im Boden zu betrachten.

»Aaaaaahhh!«

Billy hält sich die Ohren zu und hockt sich wieder auf den Boden. Regungslos wartet er ab. Er wartet darauf, dass es vorübergeht. Er blickt hinauf in den schwarzen Himmel. Das Schreien wird leiser und geht in ein Brausen über. Er nimmt die Hände von den Ohren und sucht in der Manteltasche nach seinen Zigaretten. Er steckt sich eine an und inhaliert tief, um den Rauch in den Lungen festzuhalten; es ist, als legte sich ein Panzer um seine Brust. Erst nach ein paar Sekunden stößt er den Rauch aus. Es fängt wieder an zu regnen.

Er schlägt den Mantelkragen hoch und steht auf. Ein paar Meter weiter befindet sich, wie er weiß, der unterirdische Gang zum Aufklärerausstieg an der Nordseite. Vor der Öffnung angekommen, geht er in die Knie und späht in den dunklen Gang. Der modrige Geruch von Erde und morschem Holz schlägt ihm ins Gesicht. Er kriecht in den Tunnel und setzt sich auf halbem Wege auf den Boden. Er kann die Hand nicht mehr vor den Augen sehen. Nur die rote Spitze seiner Zigarette glimmt im Dunkeln. Er beschreibt damit rote Kreise in der Luft. Direkt neben ihm raschelt etwas. Er erschrickt. Lässt sein Feuerzeug aufflammen, sieht aber nichts. Nur Erde, ein paar Holzpfähle und Schlamm. Es ist wieder still. Nur seine eigenen Atemzüge rauschen ihm in den Ohren.

»Jetzt! Raus jetzt! Alle Mann!«

Die Männer kriechen hintereinander aus dem Schützengraben und rücken in Zweierreihen zum Waldrand vor, in

Richtung der deutschen Stellungen, die sich in einer Entfernung von nicht einmal dreihundert Metern vor ihnen befinden.
»Halt!«, brüllt er. »Bleibt auf dieser Seite!«
Er rennt hinter seinen Männern her und holt die vordersten Soldaten ein. Sie bleiben zwischen den letzten Bäumen am Waldrand stehen. Der Spähtrupp ist nicht zurückgekehrt, warum macht er das also? Ganz einfach: Weil sie hier nicht länger bleiben können; überall schlagen Granaten ein. Er hat bereits die Hälfte seiner Männer verloren. Er muss irgendetwas versuchen. Außerdem ist es ein Befehl von oben. Er hätte schon am Vortag die Stellung verlassen sollen.
Ungefähr zwanzig Soldaten umringen ihn. Einige haben sich erschöpft an die Bäume gelehnt. Keiner sagt ein Wort. Sie warten ab. Sie können schon lange nicht mehr denken. Bei jedem Beschuss ist ein Stück ihrer Gehirnsubstanz verloren gegangen. Es kümmert sie nicht mehr. Das Einzige, worauf sie noch hoffen, ist eine Schusswunde an Arm oder Bein.
»Jetzt!«, ruft er. »Jetzt. Jetzt!«
Er verlässt als Erster das Waldstück und betritt das schlammige, freie Feld. Kein Gewehrfeuer. Er hält seine Waffe im Anschlag. Die übrigen Soldaten folgen ihm in zwei Linien. Er schaut sich um. Jetzt sind Schüsse zu hören, aber weiter weg. Er gestikuliert mit dem Arm.
»Nach vorn! Haltet euch links, nicht abbiegen! *Steady on the left!*«
Die Männer folgen ihm widerwillig. Am Horizont sind Lichtblitze zu sehen. Der Himmel bricht auf und bestrahlt die graue Schlammmasse vor ihnen. Die Blitze kommen nicht näher. Also stolpern sie weiter, Meter um Meter, bis sie die Hälfte der Strecke hinter sich gebracht haben. Vor und hinter ihnen gleich viel ödes Schlammland. Wieder

blitzt es am Himmel. Einer seiner Soldaten hält es nicht mehr aus und eröffnet plötzlich das Feuer.
»Nein!«, schreit Billy und dreht sich um. »Noch nicht!«
Aber er hat seine Männer nicht mehr unter Kontrolle. Einer nach dem anderen legt das Gewehr an und schießt in die Dunkelheit, in den Rauch, in das unsichtbare Nichts des Feindes. Wütend dreht er sich um.
»Feuer einstellen!«
Aber sie hören ihn nicht. Wie blinde Roboter gehen sie schießend und knatternd über das Feld; manche von ihnen heulen vor Angst, andere stolpern fluchend und tobend durch den Schlamm. Sie haben es selbst herausgefordert: das pfeifende Brausen der ersten Granate.
»Stellung!«, brüllt er.
Sofort werfen sie sich auf den Boden. Das Brausen wird zu einem scharfen, ohrenbetäubenden Kreischen und schlägt ein paar Meter rechts hinter ihnen mit einem enormen Dröhnen in den Boden. Bevor er aufstehen kann, schwillt es wieder an und pfeift ihm um den Kopf. Der Boden dröhnt und bebt. Schlamm spritzt ihm ins Gesicht. Er drückt sich in den Boden und presst die Hände auf die Ohren. Wieder hört er ein Dröhnen direkt hinter sich. Es regnet Schlamm und Steine. Etwas Scharfkantiges trifft ihn am Kopf. Er tastet mit einer Hand – und dann nichts mehr. Er ist weg. Er ist erlöst.

Auf allen vieren kriecht er zum nördlichen Ausgang des Schützengrabens. Durch die Öffnung sieht er ein Stückchen des blauschwarzen Himmels. Er zieht sich nach oben und klettert über die drei Stufen nach draußen. Dann fällt er hin, am Rande eines tiefen, runden Trichters, gefüllt mit Gras und Schlamm. Mit den Fäusten trommelt er auf den nassen Boden.

Vierzehn

Schon seit einer halben Stunde sitzen sie, vom *vin d'orange* leicht beschwipst, auf einem niedrigen grünen Sofa und schauen den tanzenden Frauen zu. Miss Barney haben sie noch nicht entdeckt. Ab und zu flüstert Marlow ihr ein paar wissenswerte Details über die vorbeischwebenden Frauen ins Ohr. Die elegante ältere Dame, die ihren Blick eine Spur zu lange auf Martha ruhen ließ, hat sie als die Schriftstellerin Rachilde identifiziert. Vor gut dreißig Jahren hatte sie mit dem undogmatischen, dekadenten schmalen Band *Monsieur Vénus* für Furore gesorgt. Die Dichterin Lucie Delarue-Mardrus ging in einem langen Gewand aus lila Seide an ihnen vorbei. Martha hatte das Foto ihres sinnlichen, romantischen Porträts an der Wand der »Amis des Livres« gesehen und kann sich nun davon überzeugen, dass dieses Gemälde vor langer Zeit entstanden sein muss. Die dicke Schicht *fond de teint*, die jetzt im Gesicht der Dichterin klebt, verleiht ihr die Ausstrahlung eines erschöpften Pierrots. Lediglich das kokette Winken und Verdrehen der Arme verrät noch eine gewisse Jugendlichkeit.
»Ist das hier ein Empfang für alte Jungfern?«, flüstert sie Marlow ins Ohr.
Marlow kichert.
»Auf Lesbos sind alle Zeitgrenzen aufgehoben, mein Schatz. Man ist hier so jung, wie man sich fühlt.«
Die Musik, eine seltsame Mischung aus orientalischen

Klängen und Music-Hall-Melodien, klingt aus. Die Gäste begeben sich in das Vestibül, in dem sie sich zu einem großen Kreis scharen. In einer kleinen Nische links neben dem vorderen Raum stehen drei Personen vor einem alten Wandteppich, auf dem, soweit Martha es aus der Entfernung erkennen kann, eine Jagdszene abgebildet ist.

»Ich kann überhaupt nichts sehen«, regt Marlow sich auf. »Siehst du, wer da eine Rede halten will?«
Martha stellt sich auf die Zehenspitzen.
»Eine ungefähr fünfzigjährige Frau mit einem rotblonden Wuschelkopf und einem langen, weißen Kleid …«
»Natalie. Wie sie leibt und lebt.«
»Neben ihr steht ein dicker Mann in einem schwarzen Anzug, der gerade einer kleinen Frau ein Buch überreicht, die meines Erachtens eines deiner Kostüme trägt.«
»Mmm«, murmelt Marlow. »Das muss Ford Maddox Ford sein, der Kritiker, der hier schon öfter Vorträge gehalten hat. Und eine Frau in einem Reitanzug, sagst du?«
»Ja, ganz kurze Haare, genau wie du. Nur dass sie ein französisches Barett trägt.«
»Kannst du hören, was gesagt wird?«
»Nicht genau. Irgendetwas über die Übersetzung ihres Buches, kann das sein?«
»Radclyffe?«, fragt Marlow überrascht. »In Paris?«
»Offenbar«, murmelt Martha. In der ersten Reihe erblickt sie eine faszinierende junge Frau von einer stolzen und zugleich fragilen Schönheit. Wie ein Fohlen, das sowohl Kraft als auch Zerbrechlichkeit ausstrahlt. Sie hält den Kopf leicht schräg nach oben, als würde sie die Worte am liebsten durch ihre prägnante, leicht aufwärts gebogene Nase aufsaugen. Die heruntergeklappte Krempe des schwarzen Hutes, den sie auf ihren roten Haaren trägt, berührt

beinahe spielerisch die Spitze ihrer Stupsnase. Dadurch entsteht ein faszinierendes Spiel von Bögen und Linien in ihrem ansonsten völlig ruhigen Gesicht.
»Ein schreckliches Buch«, zischt Marlow ihr zu.
Bevor Martha etwas erwidern kann, erklingt wieder Musik; die Frauen verteilen sich erneut über die beiden Räume.
»Jedenfalls war es kurz«, brummt Marlow. »Komm, wir sagen Natalie Guten Tag.«

Sie bahnen sich einen Weg durch die raschelnden Kleider, das girrende Lachen, die süßlich duftenden Parfümwolken und die klirrenden Ketten und Armbänder. In einer Ecke des Zimmers steht Miss Barney neben ein paar jungen Frauen, die sie atemlos anhimmeln. Gerade als Martha und Marlow zu ihr hingehen wollen, werden sie von einer kleinen Frau mit weit abstehenden graubraunen Haaren und runden, molligen Armen, die aus einer Art Zigeunerkleid herausragen, aufgehalten. Ihr Gesicht ist ein perfektes Dreieck: oben sehr breit und zum Mund und Kinn hin spitz zulaufend. Die schmalen, feuerrot geschminkten Lippen drohen wie zwei hauchdünne Bleistiftstriche in ihrem schmalen Kinn zu verschwinden.
»Miss Moss«, sagt sie mit funkelnden Augen. »Sagen Sie ehrlich, was halten Sie von meinem *vin d'orange*?«
»Sehr überraschend«, antwortet Marlow. »Heute ist es das erste Mal, dass ich hier Alkohol auf der Zunge spüre. Ich habe mir schon gedacht, dass Sie dahinter stecken.«
»Natürlich. Meine Landsleute schreien Zeter und Mordio, wenn ich aus unserem Nationalgetrank einen Cocktail mixe, aber ewig denselben Tee und dieselbe Limonade, die Natalie serviert – nein, da sehnt man sich irgendwann nach Abwechslung. Folglich habe ich einen sehr guten Weißwein mit Armagnac gemischt, ein paar frische Orangenscheiben,

ein wenig Vanille und Kandiszucker dazugegeben – *et voilà*. Genau das Richtige an solch einem trüben Herbstabend. Das Einzige, was gegen eine laufende Nase, einen steifen Hals und Grippe hilft.«

»Mein Kompliment«, lächelt Marlow artig.

»Und wer ist Ihre liebreizende Begleiterin? Oder muss ich mich selbst vorstellen?«

»Bitte verzeihen Sie. Das ist Martha Thompson aus London. Gerade in Paris angekommen und noch nicht überwältigt. Martha, darf ich dir Colette vorstellen? Seit Marcels Tod gilt sie als größter lebender Schriftsteller Frankreichs.«

»My pleasure«, brabbelt Colette mit schwerem französischem Akzent, während sie Marthas Hand betont lange festhält. »Sind Sie zum ersten Mal hier?«

Martha nickt und schaut ihr abwartend in die hellgrauen Augen. Trotz ihrer geringen Körpergröße hat Colette das Charisma einer großen Schauspielerin.

»Haben Sie schon Natalie kennen gelernt?«

»Dazu hatten wir noch keine Gelegenheit.«

»Dann bringe ich Sie jetzt zu ihr.«

—

Eine gute Stunde später lässt sich Martha wieder auf das niedrige grüne Sofa fallen. Wo Marlow abgeblieben ist, weiß sie nicht. Der warme Wein hat sie ganz schläfrig gemacht; am liebsten legte sie sich jetzt hin. Kaum jemand tanzt noch. Die meisten Frauen stehen oder sitzen in Gruppen beieinander und unterhalten sich. Miss Barney flattert wie eine große, blonde Glucke unermüdlich zwischen ihren Gästen hin und her. Ein gewisses geschäftliches Talent kann man ihr ebenfalls nicht absprechen: Martha hatte noch keine drei Sätze mit ihr gewechselt, als sie ihr auch schon versprechen musste, ihr einige ihrer Essays zuzuschicken; sie, Miss Barney, werde schon dafür sorgen, dass sie irgendwo veröffentlicht würden.

Martha schaut sich um und steckt sich eine Zigarette an. Im Vergleich zu London, wo man sich gegenseitig mit Spitzfindigkeiten zu übertrumpfen pflegt, ist man hier überaus liebenswürdig zueinander – so liebenswürdig, dass es sie fast beklommen macht. Dieses verschwörerische Kichern, all diese Frauen, die so rührend einer Meinung sind. Sie klopft ihre Zigarette in einem Kupferaschenbecher ab, der neben dem Sofa steht und von einer Negerpuppe aus Holz in einem rotweiß gestreiften Anzug gehalten wird, und spürt auf einmal, dass jemand sie anschaut. Möglichst unauffällig lässt sie den Blick über die Gäste schweifen. Die Frau, die ihr während der Präsentation von Radclyffe Halls Buch in der ersten Reihe aufgefallen war, steht an den Bücherschrank ihr gegenüber gelehnt. Rasch schaut Martha weg.

Sie ist größer, als Martha gedacht hatte. Ihre langen Beine werden von einer eng anliegenden schwarzen Hose umhüllt. Die rotbraunen Haare hat sie zu einer schwungvollen Rolle zurückgesteckt. In ihrem linken Ohrläppchen steckt eine große, weiße Perle. Wieder fällt Martha die schmale, leicht aufgeworfene Nase mit den deutlich hervortretenden Nasenflügeln auf. Aber nun sieht sie auch, dass die Unbekannte keine perfekte Schönheit ist. Ihre Unterlippe steht merkwürdig weit vor, als könnte ihr jeden Moment etwas aus dem Mund laufen. Ihre Haltung, der gerade Rücken und der leicht erhobene Kopf, erinnern sie an die stolze und strenge Leidenschaft einer spanischen Flamencotänzerin. Es würde Martha nicht wundern, wenn die Unbekannte aus heiterem Himmel mit ihren Absatzen auf den Boden stampfen und einen lauten Wirbel hinlegen würde.

Langsam kommt die Frau, ein Glas *vin d'orange* in der Hand, auf Martha zugeschlendert.
»*Vous permettez?*«, fragt sie mit schwerem amerikanischen Zungenschlag und deutet auf den freien Platz auf dem Sofa.
Martha nickt.
Die Frau schlägt die langen Beine übereinander, steckt sich eine Zigarette an und starrt schweigend vor sich hin. Das Einzige an ihr, das sich bewegt, ist ihr linker Fuß. Martha folgt den nervösen Bewegungen des schwarzen Schuhs mit dem dünnen Schnürsenkel in V-Form über dem schmalen Rist, bis ihr schwindlig wird.
»Sind wir uns nicht schon einmal begegnet?«, fragt die Frau nach einer Weile, während sie weiter vor sich hinschaut und an ihrem Glas nippt.
Warte, bis sie dich anschaut, geht es Martha mahnend durch den Kopf. Sie unterdrückt für ein paar Sekunden den Wunsch, etwas zu erwidern. Die Frau wirft ihr einen schnellen Blick zu, wobei ein spöttisches Lächeln um ihre Lippen spielt.
»Nein. Ich bin heute zum ersten Mal hier.«
»Und, wie gefällt es Ihnen?«
»Ich kann mich gar nicht satt sehen.«
»So, so«, murmelt die Frau.
Und wieder blickt jede von ihnen eine Zeit lang schweigend vor sich hin. Die Frau trinkt Colettes Cocktail in einem Zug aus, worauf sie ein wenig zur Seite rutscht und an Marthas Schulter stößt.
Es dauert einen Augenblick, bis sie das Gleichgewicht wieder gefunden hat. Betrunken, sagt Martha zu sich selbst. Man merkt es ihr nicht sofort an, aber sie ist voll bis oben hin.
»Es geht hier ziemlich fröhlich zu«, sagt Martha.

Die Frau lacht kurz und schrill auf.
»Hier werden mehr Morde begangen, als Sie sich vorstellen können.«
Das wird ein kompliziertes Gespräch, denkt Martha bei sich.
»Wieso? Ich meine, mit welchen Waffen?«
»Es gibt nur eine Waffe, mit der man andere derart gnadenlos in die Knie zwingen kann. Es ist eine Krankheit, gegen die kein Kraut gewachsen ist.«
»Und diese Krankheit droht hier?«
Wieder wirft ihr die Frau einen schnellen Blick zu. Ihre grünlichen Iriden schwimmen in dem von roten Linien getrübten Weiß ihrer Augen.
»Spürst du es denn nicht? Den klammen Schweiß, der dir über die Schultern kriecht? Die fiebrige Glut auf den Wangen? Das seltsame Kitzeln im Bauch? Man nennt das Schmetterlinge. Ha! Flöhe sind es, die sich mit Blut voll saugen. Und wenn sie genug haben, hüpfen sie einfach weiter auf ein anderes Opfer.«
Die Frau neben ihr fährt sich kurz mit der Hand über die Nase.
»Nicht auszurotten«, murmelt sie, »es ist eine Krankheit, glaub mir. Je schneller eine Arznei dagegen entwickelt wird, desto besser. Vielleicht kann uns ja dieser Schimmelsaft von Dr. Fleming helfen. Es soll bei Eiter produzierenden Bakterien besonders wirksam sein. Mir scheint, dass keine andere Bakterie so viele eiternde Wunden hervorgerufen hat wie diese.«
Ach, Martha hatte absolut nichts dagegen, sich von der Niedergeschlagenheit der Frau neben ihr anstecken zu lassen, im Gegenteil: Es wäre eine angenehme Abwechslung von all der ausgelassenen Fröhlichkeit hier im Raum. Aber sie kann es trotzdem nicht lassen, ihr Kontra zu geben.

»Ist das Leben für die, die nicht an dieser Krankheit leiden, nicht sinnlos?«

Die Frau stützt die Arme auf die Knie und bewegt den Oberkörper im Takt ihres wippenden Fußes vor und zurück; ihre Nasenflügel beben.

»Sie sind ein seltsamer Mensch. Meistens findet man Leute wie Sie nicht hier, sondern in den Urwäldern Afrikas, wo sie mit ihrem Frohmut Burschen wie den hier« – sie klopft erbittert auf den Aschenbecher – »zur Liebe bekehren wollen. Aber bei mir brauchen Sie sich keine Mühe zu geben.«

»Ich möchte niemanden bekehren. Ich stelle nur eine Frage.«

»Ich habe DIE LIEBE gekannt. Sie aber beschloss eines bösen Tages, mich zu betrügen. Und konnte kein Ende finden. Sie machte so lange weiter, bis sie sich für immer von mir zurückzog und lediglich die grausame Erinnerung an sich zurückließ. Wie eine Hand, die amputiert worden ist, die ich aber noch immer jeden Tag die Leere betasten fühle. Das ist meine Krankheit. Ständig folge ich den Spuren, die sie im weißen Schnee hinterlassen hat, doch sie führen mich nirgendwohin – nur noch tiefer in die Nacht.«

Wieder fällt sie auf die Seite, gegen Marthas Schulter. Martha will gerade etwas erwidern, als sie von einem Tumult am Eingang abgelenkt wird. Eine Frau schwenkt einen Spazierstock in Richtung der Gäste.

»Habt ihr noch nicht genug gefeiert? Lasst mich durch!«

Martha zieht den Kopf ein.

»Martha!«

Vivien, einen schwarzen Mantel über ihrem Morgenrock, steuert mit dem Stock in der Hand entschlossen auf das Sofa zu.

»Martha, da bist du ja! Ich hatte mir schon gedacht, dass ich dich hier finden würde. Obwohl du versprochen hattest, vor Mitternacht nach Hause zu kommen. Ich muss dir etwas sagen.«

Sie verbeugt sich vor der Frau, die sich neben Martha gerade wieder schwerfällig aufzurichten versucht.

»Vivien Eliot, angenehm.«

Die Frau steht ohne ein Wort auf und schwankt auf ihren langen Beinen zum Ausgang. Vivien zieht die Augenbrauen hoch.

»Bestimmt Amerikanerin. Aber dafür haben wir jetzt keine Zeit. Rat mal, wer angerufen hat!«

Martha schaut sie mit glasigen Augen an.

»Ich weiß nicht, Vivien. Wer denn?«

»Eigentlich waren es sogar zwei Anrufer.«

»Oh.«

»Ja, du wirst es nicht glauben, aber als Erster rief Tom an. Er kommt morgen nach Paris. Er ist eingeladen worden, um seine neuen Gedichte vorzulesen, in der Rue de l'Odéon. Bei einer Bekannten von ihm, die dort eine englische Buchhandlung führt. Na, was sagst du dazu?«

»Schön, ja«, sagt Martha geistesabwesend.

»Ein wenig mehr Begeisterung könnte nichts schaden. Wie auch immer, der zweite Anruf war weniger angenehm. Es war dein Freund, dieser Prior. Aus Belgien, glaube ich. Wenn du mich fragst, stimmt da irgendetwas nicht. Ich wusste nicht, was ich machen sollte. Er faselte an einem Stück, er müsse dich sofort sprechen. Mitten in der Nacht, stell dir das vor. Er ließ sich einfach nicht abwimmeln. Ich habe ihm gesagt, er soll in einer halben Stunde noch mal anrufen.«

Vivien schaut auf ihre Armbanduhr.

»Wir müssen uns also beeilen. Komm mit.«

Fünfzehn

Im Schritttempo rollt der Zug in die Gare Montparnasse. *»Paris Montparnasse. Dernier arrêt«,* schallt es über den Bahnsteig. Tom nimmt seine Reisetasche aus der Gepäckablage und schaut auf seine Armbanduhr: halb acht. Wegen des stürmischen Wetters hat sein Zug zwei Stunden Verspätung; er muss sich beeilen. *»Paris Montparnasse. Veuillez tous sortir du train.«* Türen werden geöffnet und wieder zugeschlagen. Schreiende Stimmen. Das dumpfe Dröhnen der Gepäckstücke, die von den Kofferträgern aus dem Zug geworfen werden. Kaum setzt er seinen Fuß auf die Stufe, als er auch schon den staubigen, süßen Geruch von Paris einatmet. Geröstete Nüsse und Waffeln mit Puderzucker.

Auf dem Bahnsteig hat der Wind freies Spiel; Tom kann kaum das Gleichgewicht halten. Weit vornübergebeugt stapft er, den Hut mit der Hand festhaltend, in Richtung Bahnhofshalle. Rechter Hand erblickt er das Café de la Gare. Er zögert, ob er dort nicht noch schnell einen zur Brust nehmen soll, bevor er ins Taxi steigt. Während der Reise hat er kaum einen Tropfen Alkohol getrunken. Wenn er gleich seine Gedichte vortragen will, muss er allerdings einen klaren Kopf haben. Danach kann er etwas trinken. Mit Ezra, der bestimmt auch da sein wird. Vielleicht auch Joyce. Obwohl man sich bei ihm nie sicher sein kann. Aber jetzt, da er ihm versprochen hat, sein neues Buch zu veröffentlichen,

ist der irische Gott vielleicht ein wenig milder gestimmt. Er wird sicher kommen, trotz des Wetters.
In der Bahnhofshalle wird eine ältere Dame, die direkt vor ihm geht, vom Wind gegen ihn gedrückt. Er streckt ihr einen Arm entgegen, da aber drängelt sich der Wind frech zwischen seinen Kopf und seinen Hut und bläst Letzteren wie eine wehrlose Marionette in die Luft. Nach ein paar eindrucksvollen Salti prallt der Hut gegen einen Zug, der gerade eingefahren ist, und rollt über den Bahnsteig. Der erste Reisende, der aussteigt, bückt sich, um die Melone aufzuheben.
»Hier!«, ruft Tom und winkt. »Das ist mein Hut!«
Der Mann dreht den Hut um, drückt eine Delle heraus und schnippt ein paar imaginäre Staubpartikel weg. Erst dann gibt er Tom die Melone zurück.
»Ordentlicher Wind, was?«
»Windstärke neun, hieß es im Zug. Danke«, erwidert Tom gehetzt. Er hat keine Zeit für einen gemütlichen Plausch mit diesem britischen Offizier.
»Jetzt würde ich nicht gern auf diesem T-turm stehen.«
Turm? Ach ja, natürlich.
»Nein, wirklich nicht. Aber Sie entschuldigen, ich muss weiter.«
»Sind wir uns nicht schon einmal begegnet?«, fragt der Mann, während er Tom nachdenklich anschaut. »Mein Name ist Billy Prior.« Er streckt Tom eine Hand entgegen.
»Tom Eliot, angenehm.«
»Aber natürlich«, lächelt Billy. »Jetzt erinnere ich mich wieder. Vor einigen Jahren, bei einer Abendgesellschaft im Hause von Siegfried Sassoon. Russell war auch da, wissen Sie noch? Sie haben ein leidenschaftliches P-p-plädoyer für die Beteiligung Amerikas am Krieg gehalten, wenn ich mich recht entsinne. Sie wollten doch zur Marine, oder

nicht? Und? Ist es Ihnen gelungen, den Schlamm in Flandern zu probieren?«
Tom schaut ihn verwirrt an.
»Nein, nein, obwohl ich es versucht habe. Aber äh ... meine Bandscheiben, wissen Sie, unmöglich.«
»Hmmm«, murmelt Billy, »Glück gehabt, also.«
»Ja, das kann man wohl sagen. Jedenfalls haben sie es auch ohne mich geschafft.«
»Geschäftlich in Paris?«
»Geschäftlich? Nein, ich muss hier heute Abend etwas vortragen und bin bereits zu spät dran. Sie haben sicher Verständnis ...«
»Gedichte?«
Tom nickt.
»Ja, bei Shakespeare & Co., Rue de l'Odéon. Kommen Sie doch auch, wenn Sie Lust haben.«
Nicht dass er glaubt, die britische Armee könnte an Gedichten interessiert sein, aber er muss diesen Mann loswerden. Er schüttelt ihm die Hand.
»Danke für die Einladung«, sagt Billy. »Vielleicht komme ich nachher darauf zurück. Zuerst aber« – und er deutet auf das Café – »muss ich mir einen genehmigen. In diesem Zug gab es nichts Anständiges zu trinken.«
Tom schaut zögernd in Richtung Café. Einen wenigstens? Um sich zu akklimatisieren? Sie werden schon warten. Denn ein guter Dichter kommt nicht zu früh. Das ist etwas für Romanschriftsteller wie Joyce – immer pünktlich. Wer sechshundert Seiten für die Beschreibung eines einzigen Tages benötigt, weiß genau, wie viele Minuten eine Stunde hat.
»Etwas dagegen, wenn ich mich anschließe?«
»Im Gegenteil«, lächelt Billy, »ich fühle mich sehr geehrt.«

Zwei Stunden hat Martha in der Brasserie in der Rue Mouffetard auf Billy gewartet. Sie versteht das Ganze nicht, sie hatten sich doch eindeutig hier verabredet. Dabei hatte sie ausdrücklich hinzugefügt, dass sie um acht noch anderswo hinmuss. Sie steckt die Hände tief in die Taschen ihres braunen Capes und geht in Richtung Panthéon. Sie kann wirklich nicht noch länger warten. Vivien ist imstande, sich alle Fingernägel abzuknabbern, wenn sie nicht rechtzeitig zur Lesung ihres Mannes kommt. Vivien war in den vergangenen Tagen einfach unmöglich gewesen. Sie war mit den Nerven vollkommen fertig, und alles nur, weil ihr Göttergatte ein paar Gedichte vortragen wird. Noch immer hofft sie, dass sein literarischer Ruhm die faulen Stellen aus ihrer Ehe herausschneiden wird, dass alles wieder so wird wie früher.

Martha überquert den Boulevard und bleibt kurz stehen, um zu überlegen, ob sie durch den Park gehen soll, um zur Rue de l'Odéon zu gelangen. Der Park ist zu dieser späten Stunde zwar menschenleer, dafür ist der Weg jedoch kürzer. Durch den Sturm, der in den vergangenen Tagen gewütet hat, haben die meisten Bäume ihre Blätter verloren; auf diese Weise ist der Park im Handumdrehen bereits in die nächste Jahreszeit geschoben worden. Hinter den schweren Wolken taucht immer wieder der eiförmige Mond auf, der das Wasser im Teich in ein silbernes Licht taucht. Martha hält kurz inne, um diesen Anblick zu genießen. Der Wind hat die steinernen Blumentöpfe auf der niedrigen Mauer umgeweht. Die geknickten Chrysanthemen sind über den Kies verstreut.

Als Kind hat sie, wenn es draußen stürmte, gern nachts am Fenster gestanden. Die unerwarteten Linien, die vor ihr auftauchten, wenn sich ihre Augen an die Dunkelheit gewöhnt hatten: der Schuppen der Nachbarn, der hölzerne

Taubenschlag auf dem Dach – Linien, die plötzlich abbrachen und an anderer Stelle weitergingen. Hier aber, unter den sich wiegenden Kastanien, fühlt sie sich nicht wohl. Sie schlägt den Kragen ihres Capes hoch und geht weiter. Als sie auf eine harte Kugel tritt, bückt sie sich und sieht eine zertretene Kastanie auf dem Weg liegen.

»Martha! Schau mal. Überall Maronen.«
Ihr Vater steckt ihr eine Marone nach der anderen in die Manteltasche.
»Das wird ein Fest heute Abend. Wir werden sie bei Oma im Kamin zerplatzen lassen.«
Sie wühlt in ihren Taschen, sucht sich die dickste Marone aus, wischt den Dreck am Ärmel ab und steckt sie sich in den Mund.
»Noch nicht!«, warnt ihr Vater sie. »Wir müssen sie erst rösten und schälen.«
Sie beißt in das bittere Fruchtfleisch. Ihre Zunge reibt über den rau gewordenen Gaumen. Sie spuckt die Marone wieder aus.
Ihr Vater bleibt neben ihr stehen und flüstert ihr etwas ins Ohr.

Was hat er damals gesagt? Sie weiß es nicht mehr. Sie hebt die zertretene Marone auf und wirft sie weg. Dann sucht sie zwischen den Blättern und Ästen nach einer anderen, einer unversehrten, mit einer harten, glänzenden Schale.
»Haben Sie etwas verloren, Mademoiselle?«
Sie erschrickt, richtet sich auf und dreht sich um. Eine dunkle Gestalt kommt den Weg entlang auf sie zu.
»Nein, nein«, ruft sie schnell.
»Kann ich Ihnen helfen?«
Sie schüttelt den Kopf und geht hastig in die andere Rich-

tung weiter. Schwer atmend erreicht sie den grünen Zaun. Sie schaut sich nicht um, sondern überquert sofort die Straße. Unter den Arkaden neben dem Theater schaukeln die gläsernen Laternen wild hin und her. Ihr gelbes Licht fällt wie der Strahl eines Leuchtturms auf die sandfarbenen Steine.

—

Kann dieser Typ wirklich nicht schneller fahren? Es ist doch nicht zu glauben. Das macht er sicher absichtlich. Dabei hatte sie doch deutlich gesagt, dass sie es eilig habe. Warum biegt er jetzt nach rechts in die Rue Bonaparte? Sie muss doch in die andere Richtung! Vivien tickt ein paarmal ärgerlich mit ihrem Ehering an die Scheibe. Der Fahrer öffnet das Fensterchen und schaut über die Schulter nach hinten.

»Warum biegen Sie hier nach rechts? Ich muss nach links, in die Rue de l'Odéon.«

»Machen Sie sich keine Sorgen«, brummt der Mann. »Wir sind gleich da. Vor der Eglise St. Germain staut sich der Verkehr. Ein Unfall. Also fahre ich über den Quai Malaquais und die Rue de Seine zum Odéon. Zehn Minuten, mehr nicht.«

»Hauptsache, Sie beeilen sich. Ich darf keinesfalls zu spät kommen!«

Der Fahrer schließt das Fensterchen wieder.

Man kann diesen Pariser Taxifahrern einfach nicht über den Weg trauen. Sie denken bei jedem Touristen, dass sie einen amerikanischen Emigranten vor sich haben, dessen Taschen von Dollarscheinen überquellen. Anders als bei ihr, sie hat fast ihr gesamtes Bargeld ausgegeben. Zum Glück ist Tom jetzt da. Dann kann er ihre Hotelrechnung begleichen.

Schade, dass er sie vom Bahnhof aus nicht angerufen hat.

Dabei hat sie die ganze Zeit auf einen Anruf gewartet. Aber sie hat nichts von ihm gehört, obwohl er schon seit Stunden in Paris sein muss. Sie schaut aus dem Fenster, wo sie gerade sind. Ah ja, da ist das Café Cluny. Hervorragend, sie kommen gut voran. Sie nimmt einen kleinen Spiegel aus ihrer Tasche und zieht sich die Lippen nach. Zwei feuerrote Linien in einem fahlweißen Gesicht. Schnell zieht sie weitere zwei Linien über ihre Wangen und verreibt sie. Kneift sich dann in die Haut. Sie sollte häufiger an die frische Luft gehen. Wie Martha. Die ist den lieben langen Tag damit beschäftigt, eine frische, rosige Farbe auf ihre Wangen zu zaubern, um ihren Neid zu erregen. Warum wollte sie nicht zusammen mit ihr zur Buchhandlung fahren? Das ist doch lächerlich, dass jetzt jede von ihnen ein Taxi bezahlen muss!
Sie schaut auf ihre Armbanduhr: zehn nach acht. Sie nestelt noch ein wenig an ihren Haaren. Hoffentlich hat Tom sich für seinen Vortrag ein paar ordentliche Gedichte ausgesucht. Schon seit Monaten hat sie nichts mehr von ihm gelesen. Hoffentlich nichts über seine lächerliche Bekehrung. Damit braucht er hier gar nicht erst anzufangen. Warum hat er sie nicht gefragt? So wie früher immer. Keine Zeile, die sie nicht korrigiert, heiterer, weniger pathetisch gemacht hatte.

Das Taxi hält vor dem Haus mit der Nummer 12, Rue de l'Odéon. Vivien holt schnell ein paar Francs aus der Tasche und schaut durchs Fenster zur Buchhandlung. Ziemlich viel los. Schau an, Miss Beach unterhält sich mit Ezra. Tom kann sie noch nicht sehen. Martha übrigens auch nicht. Der Fahrer öffnet ihr die Tür. Möglichst würdevoll steigt sie aus. Sie strafft die Schultern, hebt den Kopf, lächelt dem Fahrer freundlich zu und schreitet dann, als wäre sie Zarah Leander persönlich, zur Buchhandlung. Das wird ein fantastischer Abend, denkt sie bei sich, ganz Paris ist nur Toms und ihretwegen hierher gekommen. Tom wird sich geschmeichelt fühlen und sie in die Arme schließen. Vor der Tür bleibt sie stehen, als erwarte sie, dass man auch diese für sie öffnet. Sie sieht, dass Miss Beach kurz zu ihr herüberblickt. Doch als sie ihr Gespräch einfach fortsetzt und keine Anstalten macht, ihr die Tür zu öffnen, holt Vivien tief Luft und öffnet sie eben selbst. Wahrscheinlich hat Miss Beach sie im Dunkeln nur nicht sofort erkannt.

Sechzehn

Martha sitzt ganz vorn, in der ersten Reihe, und schaut besorgt zu Vivien, die mit verzerrter Miene nervös an ihrem weißen Taschentuch zupft. Wenn er nicht bald kommt, weiß sie nicht, wie sie Vivien noch länger beruhigen kann. Er kommt gleich, hat sie schon zehnmal gesagt, mach dir keine Sorgen. Aber es hilft nicht mehr. Vivien starrt reglos vor sich hin. Ihre schmalen Schultern beben. Während der ersten halben Stunde ist Eliots Abwesenheit nicht weiter aufgefallen. Die Gäste standen gemütlich beieinander und unterhielten sich. Außerdem war Miss Beachs Büchertisch so reichlich ausgestattet, dass man mindestens eine Viertelstunde blättern konnte. Aber nun, da die Besucher schon seit fast einer Stunde dicht gedrängt in dem engen Raum warten und ihnen der Zigarettenqualm in dichten, blaugrauen Schwaden über den Köpfen hängt, werden sie allmählich unruhig. Miss Beach sieht sich immer häufiger fragenden Blicken ausgesetzt.

»Wir könnten im Hotel anrufen und fragen, ob er schon angekommen ist«, flüstert sie.

Vivien reagiert nicht.

»Was meinst du? Soll ich Miss Beach darum bitten?«

Vivien nickt unbestimmt mit dem Kopf. Gerade als Martha aufstehen will, ergreift Miss Beach, eine kleine Frau mit dicken, dunkelblonden Haaren und spitzem, vorstehendem Kinn, das Wort.

»Verehrte Gäste, liebe Freunde. Wir warten auf T. S. Eliot, der sicher jeden Augenblick zur Tür hereinkommen wird, um uns seine jüngsten Gedichte vorzutragen. Es heißt zwar, dass die Seele eines Dichters den Pegasus reitet, doch offenbar ist das bei einer Kanalüberquerung nicht von Vorteil.«

Allgemeine Heiterkeit.

»Wir möchten Sie jedoch nicht noch länger warten lassen. Ezra Pound hat sich bereit erklärt, zur Einstimmung ein paar Gedichte zu lesen.«

Aus dem rückwärtigen Teil der Buchhandlung heraus tritt ein gedrungener Mann mit weit abstehenden schwarzen Haaren nach vorn. Er verneigt sich leicht vor dem Publikum und zieht einen schmalen Band aus der Jackentasche.

»Diesen Band habe ich immer bei mir«, sagt er lächelnd. »Das ist keine Eitelkeit, sondern meine Art, meinen Landsleuten in Ausnahmesituationen wie dieser beizustehen. Man könnte es als meinen praktischen amerikanischen Geist bezeichnen. Ich weiß, dass ich nicht mit Tom konkurrieren kann, doch in Ermangelung der Stimme des Meisters werden Sie mit mir vorlieb nehmen müssen.«

Er schlägt den Band auf und beginnt mit erhobener Stimme seinen Vortrag.

Martha kann sich nicht richtig konzentrieren. Billy ist nicht gekommen; Eliot ebenso wenig. Ob die Eisenbahn mal wieder streikt? Das passiert hier ständig. Sie kann sich nicht vorstellen, dass Eliot einfach wegbleibt, ohne Bescheid zu sagen. Sie wagt es kaum, Vivien anzuschauen, die reglos und mit ineinander verhakten Händen neben ihr sitzt. Es wird geklatscht; automatisch klatscht sie mit. Der Vortragende verbeugt sich tief.

»Ich könnte Ihnen noch einige Leckerbissen darbieten,

möchte aber nicht unbescheiden wirken. Nur, da wir heute Abend ohnehin ein Alternativprogramm haben, möchte ich Ihnen gern ein neues amerikanisches Talent vorstellen. Was meinst du, Sylvia, wäre es nicht schön, das Publikum mit der Verfasserin von *Ryder* und *The Ladys' Almanack* bekannt zu machen?«

Martha ist auf einmal ganz Ohr. Sie folgt den Blicken von Pound und Miss Beach und sieht zu ihrer Überraschung, wie sich die Frau, der sie letzten Freitag in Barneys Salon begegnet war, von ihrem Stuhl in der hintersten Reihe erhebt und den Applaus mit einer Handbewegung beiseite schiebt.

»Sehr verehrte Damen und Herren!«, ruft Pound im Tonfall eines Zirkusdirektors, »es ist mir ein großes Vergnügen, Ihnen die Königin der nächtlichen Niederschrift, den Sherlock Holmes des Unbewussten und die Reinkarnation des alten Blake anzukündigen: unsere *Lady of Fashion*, Miss Djuna Barnes aus New York!«

Miss Barnes, die Pound um Haupteslänge überragt, schaut ihn mit einem spöttischen Lächeln an und schüttelt den Kopf.

»Tut mir Leid, Ezra«, sagt sie kühl. »Sehr freundlich von dir, aber *ich* trage meine eigenen Bücher nicht Tag und Nacht mit mir herum.«

Pound sieht sie leicht verdutzt an; Sylvia Beach rettet die Situation und reicht der Schriftstellerin ein Exemplar des *Ladys' Almanack*. Sie nimmt das Buch entgegen und betrachtet den Titel, als hätte sie ihn noch nie gesehen. Die Gäste sind verstummt und blicken die lange, schlanke Gestalt, die das Buch achtlos aufschlägt und ein wenig darin blättert, erwartungsvoll an. Dann hebt sie den Kopf und schaut auf. Ihr Blick kreuzt den Marthas. Sie zieht kurz die schmalen Augenbrauen hoch.

»Nun denn«, sagt Miss Barnes. »Ich werde Ihnen das Ende vorlesen, dann können Sie selbst von vorn beginnen.«
Sie fängt an zu lesen, wobei ihre Nasenflügel wie Schmetterlinge auf und ab flattern.

In diesem kalten und kühlen Dezember, dem Monat des Jahres, in dem der Gottesbeweis starb, starb die hl. Musset, der Erdenbeweis, denn sie war auf dem Liebespfad, auf dem sie so lange gediehen war, schütter geworden und hatte sich entwurzelt. So geschah es also, dass es, als sie zum Sterben kam, viele gab, die waren so ausgelaugt vom Wehklagen, dass volle achtundvierzig Stunden ein Gezänke zu hören war. Und sie gruben ihr viele Gräber, und viele Sprüche und viel Poesie wurden für sie ersonnen, und am Ende legten sie sie auf einen großen Scheiterhaufen und verbrannten sie bis ins Innerste und wärmten ihr die Urne mit den Händen vor wie ein rechter Weinsüffler sein …

Stimmen auf der Straße und Gepolter am Eingang. Miss Barnes schaut von ihrem Buch auf. Martha dreht sich zur Tür um, die sich äußerst schwungvoll öffnet. Der Wind nutzt sofort die gute Gelegenheit und bläst die Prospekte vom Lesetisch, sodass sie durch den Laden fliegen. Zwischen den hin und her flatternden Prospekten hindurch stolpert eine durchnässte Gestalt herein. Das wird er sein, denkt Martha bei sich.
»Tom«, ruft Vivien neben ihr.
Eliot schaut die Vortragende überrascht an, tippt an seine Melone und lässt auch seinen Weggefährten, der noch immer in der geöffneten Tür steht, eintreten. Aber das ist ja Billy! Was will der denn hier? Miss Beach, die im hinteren Teil des Raumes steht, winkt Tom zu und bedeutet ihm, er möge sich setzen; dieser bemerkt sie jedoch nicht

und bleibt, sich schwer auf Billy stützend, an der Tür stehen.

Und wärmten ihr die Urne mit den Händen vor wie ein rechter Weinsüffler sein Weinglas. Und als sie dann vor der Asche standen, die von ihr übrig blieb, war alles verbrannt bis auf die Zunge, und die flammte und wollte keine Asche dulden und spielte über die Hand voll hinweg, die wirklich sie gewesen war.

»Was? Eine spielende Zunge?«, sagt Tom kichernd. Aber dann ruft er laut mit wackliger Stimme: »He, Miss! Ich bin der Redner des heutigen Abends!«

Und als man das mitansah, entstanden eine gewaltige Unruhe und das Geräusch von hastig gerafften Röcken und das Klappern von vielen laufenden Füßen, doch Señorita Fly-About war als Erste an jener Urne, und Glückseligkeit spielte und flackerte über ihr Gesicht.

Tom schaut die Vortragende entsetzt an und macht, von Billy noch immer galant gestützt, ein paar Schritte auf den Lesetisch zu. Das Stimmengewirr im Publikum schwillt an. Martha schaut mit großen Augen zu. Was hat Eliot vor? Wo hat er Billy aufgegabelt? Eliot steht schwankend neben dem Lesetisch. Verschämt hält Vivien sich die Hände vors Gesicht. »He! Diesen Schund kannst du woanders verkündigen«, ruft Tom. »Das ist mein Abend.« Er dreht sich um und grinst Billy zu. Die Barnes liest, ohne mit der Wimper zu zucken, mit eintöniger, schleppender Stimme weiter vor:

Unter ihren Röcken drang langsam ein Rauch hervor, obwohl nichts brannte, und die Trauernden kläfften begierig um sie herum, und die ganze Nacht hindurch, so wurde verbreitet, habe das Gekläff angehalten, wie das klagende Bellen von Jagdhunden in den Hügeln, wenn auch bei Morgengrauen kein Ton zu hören war, und als der Tag kam, sah man die etlichen Frauen im Gebet gebeugt.

»Hörst du nicht, was ich sage?«
Doch die Vorlesende würdigt Eliot keines Blickes. Kurz flattert ihre Hand auf sein Gesicht zu, als wollte sie eine aufdringliche Fliege verjagen, doch dann strafft sie die Schultern noch ein wenig mehr; ihre Lippen werden von einem grausamen Lächeln umspielt.

Und noch ein bisschen später hoben sie die Asche und das Feuer in ihrer Urne hoch hinauf in ihrer Mitte und setzten sie auf den Altar im Liebestempel. Dort züngelt sie angeblich bis zum heutigen Tage, und man kann immer noch die Zeilen unterhalb ihrer Henkel entziffern:

Miss Barnes wirft einen schnellen Blick in die Runde, beugt sich leicht zu Eliot vor und schmettert ihm den letzten Satz entgegen:

Oh ihr Kleingläubigen!

Tom schlenkert mit einem Arm in ihre Richtung, als wollte er ihr das Buch aus den Händen schlagen, gerät aber ins Schwanken und wird von Billy aufgefangen. Miss Barnes schaut ihn hochmütig an und wendet sich dann an ihr Publikum.
»Ich danke Ihnen vielmals. Ich glaube, dass das Wahre Wort letzten Endes doch noch eingetroffen ist.«
Sie dreht sich um und geht, den Rücken kerzengerade, an

den beiden Männern vorbei. Das Publikum ist so bestürzt, dass es vergisst zu klatschen. Unter ihrem schwarzen Hütchen hervor zwinkert die Barnes Martha zu. Ein wildes Stimmengewirr wird laut. Einige Gäste erheben sich und bedenken die Vortragende mit einem späten Applaus, den diese mit einem kühlen Nicken entgegennimmt. Andere haben die Köpfe zusammengesteckt und tuscheln miteinander.

Martha nimmt ihr Cape vom Stuhl, steht auf und geht auf Billy zu, der noch immer neben dem Tisch steht. Eliot wird jetzt von Miss Beach gestützt und stolpert mühsam zwischen den Stuhlreihen hindurch nach hinten.

»Was hat das zu bedeuten?«, zischt Martha Billy ins Ohr.

Er nimmt ihr das Cape aus der Hand und legt es ihr um die Schultern.

»Komm mit.«

Sie dreht sich um und beugt sich zu Vivien vor.

»Ich muss gehen. Soll ich dir ein Taxi rufen?«

Vivien schüttelt den Kopf.

»Tom wird gleich vorlesen.«

»Das glaube ich nicht, Vivien.«

»Ich werde nachher zusammen mit meinem Mann gehen.«

»Gut. Wie du willst.«

Im hinteren Teil der Buchhandlung steht Miss Barnes und unterhält sich mit Ezra Pound und ein paar weiteren Gästen. Als sie Martha bemerkt, lächelt sie ihr schalkhaft zu. Martha hebt eine Hand zum Gruß und verlässt hinter Billy die Buchhandlung.

—

Draußen heult der Wind um ihre Köpfe. Ärgerlich schüttelt sie seinen Arm von ihrer Schulter.

»Erzähl schon«, ruft sie. »Wo ist dir Eliot über den Weg gelaufen?«
Sie gehen in Richtung Theater, die Köpfe zum Schutz vor dem Wind zwischen die Schultern gezogen. Zeitungen und Blätter flattern über den verlassen daliegenden Vorplatz.
»Auf dem B-bahnsteig.«
Sie kann ihn kaum verstehen. Ein Pappkarton fliegt vor ihnen über den schmalen Bürgersteig. Billy tritt dagegen. Der Karton rutscht wieder zurück auf die Straße.
»Hast du ihn betrunken gemacht?«
Er gibt keine Antwort, sondern biegt nach links in eine schmale Seitenstraße, in der runde Mülltonnen und aufeinander gestapelte Holzkisten stehen. Keine Laternen. Es ist völlig dunkel. Er lehnt sich gegen eine der Kisten und steckt sich eine Zigarette an. Martha bleibt vor ihm stehen.
»Also? Was ist geschehen?«
»Vergiss diesen Mann. Er hat keine grauen Zellen, sondern D-dämonen im Kopf.«
»Wie du?«
»Ich hatte einfach Lust auf einen Schnaps. Mein Z-zug hatte ein paar Stunden Verspätung, zu unserer Verabredung wäre ich ohnehin nicht pünktlich gekommen.«
Sie zögert und versucht, im Dunkeln die Umrisse seines Gesichtes zu erkennen. Das ausgeprägte Kinn, die hohe Stirn.
»Hast du in Belgien noch etwas herausgefunden?«
Er schüttelt den Kopf. »Nichts Besonderes.«
»Was will das War Office von dir?«
»Keine Ahnung.«
Er streicht ihr eine Haarsträhne aus dem Gesicht, umfasst ihre Taille und zieht sie sanft zu sich heran.

»Martha, es tut mir Leid. Ich muss morgen zurück. Glaub mir, ich werde dieser Sache auf den G-grund gehen.«
Sie spürt plötzlich, wie seine Fingerspitzen ihr über die Wange streichen. Seine Nase gleitet an ihrer entlang. Sie nimmt einen stechenden Geruch von Seife, Schweiß und feuchter Erde wahr. Ihr Gesicht glüht. Er küsst sie auf den Mund, ergreift ihre Hände und legt sie sich um den Hals. Unterdessen pfeift ihnen der Wind durch die Haare, lässt hier und dort einen Knopf aufspringen und regt die ungeduldigen Hände an, an diesen Stellen hineinzugleiten. In einiger Entfernung hört Martha die Glocken der Eglise St. Sulpice elf Uhr schlagen.

Vierter Teil

1931–1932

Eins

Der schmale Küstenstreifen, der die Felsen vom Meer trennt, ist mit Steinen übersät. Manche sind einfach weiß, andere haben kleine graue und grüne Flecken. Martha kämpft gegen den Wind an, die Hände hat sie zu Fäusten geballt in die Manteltaschen gestopft. Ihre Daumen liegen wie Säuglinge sicher eingemummelt in den anderen Fingern. Nebeltröpfchen haften an ihrem Gesicht. Ab und zu wischt sie sie mit einer ungeduldigen Handbewegung fort. Sie ist bereits an drei Klippen vorbeigekommen und fragt sich nicht, ob sie die nächste Klippe noch rechtzeitig schafft. Sie nimmt weder das Donnern der Wellen noch das schrille Kreischen der Möwen wahr, die in der Luft Fangen spielen. Noch nicht einmal die Kreidefelsen, die sich deutlich von dem grünen Meer abheben, fallen ihr auf. Die Augen zu Boden gerichtet, geht sie immer weiter. Sand, Steine, Wasser, Sand.

»Morgen kommt Bep«, murmelt sie kaum hörbar vor sich hin. An sich ein relativ nichts sagender Satz, doch die Wiederholung der runden Labiale verleiht ihren Schritten einen gewissen Rhythmus. Kein anderer Spaziergänger hat sich bei diesem rauen Herbstwetter ins Freie gewagt. Selbst der Busfahrer hatte mitfühlend den Kopf geschüttelt, als sie als einziger noch übrig gebliebener Fahrgast am Meer ausgestiegen war.

»Es ist Unwetter angesagt, Miss. Der nächste Bus kommt erst am späten Nachmittag.«

Links neben der Bushaltestelle hatte sie ein verlassen daliegendes Haus erblickt, mit Fensterrahmen, an denen die Farbe abgeblättert ist, und im Wind klappernden Fensterläden. Rechts das »Seven Sisters Inn« war geschlossen. Im Sommer des letzten Jahres waren sie und Bep zusammen hierher gekommen; in den hohen Rohrstühlen auf der Terrasse hatten sie sich einen Becher Vanilleeis mit Erdbeeren gegönnt. Bep hatte ihr von ihrer Dissertation über Jacques Rivière erzählt. Die langen Beine lässig auf den Stuhl vor sich gelegt, die dunklen Haare im Nacken zu einem Knoten zusammengebunden, hatte sie mit der zaudernden Entschiedenheit einer Aristokratin gesprochen.

Los, weitergehen. Die Schlaffheit der vergangenen Monate aus dem Körper stampfen. Sich vom Wind treiben lassen. So leicht wie der Nebel werden. Der Nebel, der in ätherischen Schleiern das Land überzieht, die Bauernhöfe umkreist, die Schafe und Kühe auf der Weide beschnuppert und sich wieder auflöst. Der kein Dach über dem Kopf hat und sich somit auch keine Sorgen über Mietrückstände, vor Kälte steife Finger, miserable Druckfahnen oder ein halbes Dutzend Mal gestopfte Strümpfe machen muss. Und schon gar nicht über verwirrende Telefonanrufe an einem Bahnhof in Lewes.

»Hatten wir nicht heute Nachmittag ausgemacht, Mr. Woolf? Oh, ich verstehe. Wünschen Sie ihm bitte gute Besserung … Ja, ein anderes Mal. Ich melde mich wieder. Nein, ich nehme einfach den nächsten Zug zurück.«

Der wiederholte vergebliche Versuch, Arbeit zu finden. Noch nicht einmal die Woolfs konnten Zeit für sie freimachen. Obwohl sie sich schon vor Wochen für heute verabredet hatten. Die Fahrkarte vergeblich gekauft. Dann eben ans Meer. Sie will sich endlich mal wieder auf etwas freuen können. Auf Beps Besuch. Vielleicht kann sie Martha helfen. In ihrer nüchternen holländischen Art wird sie sich etwas für sie überlegen. Erst dies, dann das, versuch es mal bei dem oder bei der. Martha selbst weiß nicht mehr weiter. Sie hat fast kein Geld mehr, ist drei Monate mit der Miete im Verzug, und Ausländer fliegen immer und überall als Erste raus.

Das Wasser klatscht bereits an die Felsen der vierten Klippe, ohne dass sie es bemerkt. Eigentlich müsste sie jetzt umkehren, wenn sie die Bushaltestelle mit trockenen Füßen erreichen will. Aber nein, sie möchte lieber zu Wasser werden, zu einer lang gezogenen Kette aus Hunderttausenden von winzigen Tröpfchen, die nirgends verweilt, sondern immer weiterzieht. Dann sind trockene Füße natürlich das Letzte, worüber man sich Gedanken macht. Ihr Blick fällt auf einen kleinen, perlweißen Stein am Strand. Sie bückt sich, wischt ein wenig Sand ab und hebt noch einen Stein auf, der ein wenig größer, aber genauso weiß ist. Sie steckt beide in die Manteltasche. Als sie weitergeht, ticken die Steine leise gegeneinander. Sie lässt sie durch die Finger gleiten, presst sie aufeinander und lässt sie wieder los.

Sie denkt an Louise, mit der sie schon seit Wochen nicht mehr geredet hat. Nach dem soundsovielten Streit um Vivien sind sie im Zorn auseinander gegangen. Jedes Mal hatte Louise ihr denselben Vorwurf gemacht – sie habe zu viel Verständnis für Tom und zeige sich gegenüber Vivien nicht solidarisch genug. Was für ein Quatsch! Mit Vivien kann man nicht mehr vernünftig reden. Zurzeit hat sie ständig ein Messer bei sich, mit dem sie ihre Freunde bedroht. Mrs. Morrell, Mrs. Woolf, sogar ihr selbst ist diese zweifelhafte Ehre zuteil geworden. Letzte Woche Montag, als Martha die Geschäftsräume des Faber-Verlages verließ, war Vivien hinter einem Laternenpfahl hervorgekommen und hatte ihr ein Messer an die Brust gehalten. »Das wird dir eine Lehre sein«, zischte sie, »meinen Mann zu verführen.« Die Spitze des Messers drückte sich leicht in ihre Brust, schnellte dann aber zurück in die Scheide. Eine Attrappe. Viviens schallendes Lachen jedoch war furchterregend gewesen.

Und dann Billy. Nachdem er ihr an Heiligabend in einem Pub in der Finley Road einen Heiratsantrag gemacht und sie ihn nicht angenommen hatte, war er wütend aufgesprungen und hatte ihr vorgeworfen, sie habe keinen Respekt vor ihm. Sie habe ihn lediglich ausgenutzt, damit er für sie nach ihrem Vater suche; er könne doch auch nichts dafür, dass seine Nachforschungen in England zu keinem Ergebnis geführt hätten. Sie hatte ihm versichert, das habe nichts damit zu tun und sie bliebe gern mit ihm befreundet. Er hatte ihr nicht glauben wollen. Schon seit Monaten hat sie nichts mehr von ihm gehört. Dafür hat sie endlich eine Antwort von Russell erhalten. Er ist bereit, sie zu empfangen, wenngleich sie sich nicht allzu viel von diesem Gespräch verspricht. Hauptsache, sie bringt endlich in Erfahrung, was genau nach diesem Kongress in London vorgefallen ist. Sie kann England erst verlassen, wenn ihr Vater friedlich in einem Grab liegt.

Die ganze Zeit über spielt sie mit den Steinen in ihrer Manteltasche. Allmählich nehmen sie die Wärme ihrer Hände an. Martha sieht, wie das Wasser vor ihr an die Felsen klatscht. Sie verspürt keine Angst, sondern matte Ergebenheit. Sie nimmt die Steine aus der Tasche. Warm, weiß und hart. Der eine Stein, der eine Spur größer ist, sagt: Geh weiter. Der andere: Kehr um. Sie betrachtet die beiden Steine in ihrer Handfläche und schaut dann hinaus auf Meer: eine endlose graugrüne Fläche, deren vorderste Ausläufer gegen ihre Schuhe schwappen.

Das Meer und die Steine sind sich selbst genug. Sie brauchen nur das zu sein, was sie sind. Mal glatt und beherrscht, dann wieder bizarr und ungestüm. Sie fühlt, wie ihr das kalte Wasser in die Schuhe läuft. Und sie selbst? Ihre Chancen, die zu werden, die sie sein möchte, sind fast schon erschöpft. Fehlgeschlagen, denkt sie bei sich, alles ist fehlgeschlagen. Die Suche nach ihrem Vater ist im Sand verlaufen. Von den Essays, die sie verfasst hat, sind nur zwei veröffentlicht worden, in unbedeutenden Zeitschriften, die im ersten Jahr ihres Erscheinens gleich wieder eingestellt wurden. Wirf doch alles hin! Geh doch über das Meer zurück in die Niederlande!

Martha steckt die Steine wieder in ihre Tasche. Doch was soll sie dort, in den Niederlanden, in diesem großen, stillen Teich, der sich mit seinen Deichen nicht nur gegen das Meer, sondern vor allem gegen die Moderne schützt, wie Bep einmal gesagt hat? Letztes Jahr im Sommer, als sie Bep im Lesesaal des British Museum kennen gelernt hatte, hatte dieses Gefühl des Scheiterns sie nicht belastet. Endlich hatte sie eine ihr seelenverwandte Schicksalsgefährtin gefunden. Bep übersetzte und schrieb selbst, musste in London aber, genau wie sie auch, ihr Geld mit dem Korrigieren von Manuskripten verdienen. Na ja, ihr Taschengeld jedenfalls, da Papa De Roos ihr jeden Monat eine nicht unbeträchtliche Zuwendung anwies.
Sechs Wochen hatten sie miteinander verbracht. Sie waren gemeinsam durch die Stadt gestreift, hatten sich gegenseitig auf dem verdorrten Rasen im Hyde Park Gedichte vorgelesen, Ausflüge nach Cambridge und an die Küste gemacht. Sie hatte Bep in groben Zügen ihren Essay über Pascal und Eliot erklärt. Dann allerdings musste Bep plötzlich in die Niederlande zurückkehren, da ihre Mutter erkrankt war. Ein langer Winter ohne Inspirationen hatte sich angeschlossen, in dem Martha immer weniger Auf-

träge erhielt und in immer kleinere Zimmer umziehen musste.

Eine Möwe taucht direkt neben ihr ins Wasser und erhebt sich kreischend wieder in die Luft. Martha schreckt zurück und bemerkt, dass nur noch ein Meter Strand zwischen den steilen Felswänden und dem Meer liegt. Sie zögert. Erneut hört sie das feindselige Kreischen der Möwe über sich. Sie sieht den spitzen Schnabel, den orangefarbenen Fleck darunter und die heftig funkelnden Knopfaugen in dem weißen Kopf. Wenn sie in den Wellen läge, würde die Möwe sich auf sie stürzen, ihr Löcher in die Haut stoßen und ihre Augen herauspicken. Los, weitergehen. Morgen kommt Bep.

Zwei

»Die Post!«
Tom schaut ungehalten von seinem Schreibtisch auf. Marjorie, seine neue Sekretärin, steht lächelnd in der geöffneten Tür, einen Stapel Briefe und Päckchen in der Hand.
»Sind die Druckfahnen des neuen Verlagsprogramms auch dabei?«
»Ich glaube nicht. Sonst noch etwas?«
»Nein, danke.«
Marjories Rock, der mit einem Muster aus roten Rosen bedruckt ist, flattert zur Tür hinaus; ihre hohen Absätze klacken auf dem Parkettboden. Der subtile Parfümhauch, den sie an seinem Schreibtisch zurückgelassen hat, schlängelt sich langsam in seine Nase. Er steckt sich eine Zigarette an und zieht die aus dem Ausland kommenden Umschläge aus dem Poststapel. Heute sind zwei darunter, ein kleiner Umschlag aus Frankreich und ein größerer, brauner Umschlag aus Italien, genauer aus Florenz. Er nimmt den Brieföffner und reißt den Umschlag aus Florenz auf. Es steckt lediglich ein dünnes, graues Buch darin, ohne ein Begleitschreiben. G. Orioli, Firenze 1931, steht auf der Rückseite. Tom dreht den Band um und liest die Aufschrift auf der Vorderseite. *Stepping Heavenward, a record*, by Richard Aldington.
Tom starrt den Titel erstaunt an, wie um sich davon zu überzeugen, dass wirklich das dasteht, was dasteht. Aldington ist also eigens nach Italien gefahren, um eine

Veröffentlichung zu erreichen. Auch wenn Geoffrey Faber im Londoner Literaturbetrieb über nicht geringen Einfluss verfügt – die Herausgabe dieses Bandes in Florenz hat er nicht verhindern können. Der Titel grinst Tom ins Gesicht: *Stepping Heavenward.* Natürlich: Hauptsache, Aldington kann sich über seinen, Toms, Glauben lustig machen. Tom lockert den Knoten seiner Krawatte und mustert mit zusammengekniffenen Augen den schmalen Band mit dem grauen Umschlag vor sich, der trotz seines geringen Umfangs das ganze Arbeitszimmer ausfüllt. Vielleicht ist es gar nicht so schlimm, denkt Tom bei sich. Aldington ist schließlich ein alter Freund von ihm. Vielleicht hat Geoffrey übertrieben.

Blessed Jeremy Cibber war ein schweigsamer, bedächtiger und vor allem ängstlicher Mensch, aber trotz allem müssen wir in ihm einen Menschen mit feststehenden Idealen und Ambitionen erkennen, der jeden Schritt auf seiner Karriereleiter vorausgesehen und vorherbestimmt hat. Am meisten musste uns denn auch seine Ehe überraschen, die nichts anderes war als ein großer Sprung ins Dunkle und nur aus einer grässlichen Fügung des Schicksals heraus erklärt werden kann – oder als Hand der Vorsehung, die auf diese seltsame Weise Gott eine große Seele zuführen wollte.

Tom sucht in der Westentasche nach seinem Feuerzeug. Nein, es ist genau das, als das Geoffrey es bezeichnet hatte: eine Spottschrift. Er inhaliert tief und stößt den Zigarettenrauch in dichten Wolken aus. Gequält blättert er weiter.

Diese Ehe ist und bleibt dennoch eines der größten Mysterien in Cibbers Leben. Von Adèle Palealogues Warte aus betrachtet kann man das Ganze noch verstehen. Jeder Mann

ist besser als das einsame Dasein einer Gouvernante; doch wie sah das eigentlich bei Cibber aus? Wie konnte sich ein dermaßen kalter Fisch zu einem solch hohen Maße an unvermuteten Sentiments verführen lassen?
Wie dem auch sei, diese Ehe wurde ein Katastrophe, und natürlich gab man ihr, wie allen Ehefrauen großer Männer, die Schuld. Für eine intime Beziehung mit einer unsterblichen Seele muss man nun einmal büßen. Aber man vergisst dabei, dass Adèle eine der Ersten war, die das große Genie ihres Mannes entdeckten. Kann man ihr dann vorwerfen, dass sie in den düsteren Höhen seiner stets weiter zunehmenden Größe nicht glücklich werden konnte? Kann sie etwas dafür, dass allein schon seine Anwesenheit – selbstredend mit Gottes Hilfe – sie schließlich in die wildeste Neurasthenie verschlug? Sie glaubte, mit einem flotten Amerikaner verheiratet zu sein. Woher sollte sie wissen, dass sie das Bett mit einem Heiligen teilen musste? Was folglich auch nicht geschah.

Jetzt reicht 's! Tom wirft das Buch zur Seite, steht auf und stellt sich an das hohe, quadratische Fenster, das auf den Park am Woburn Square hinausgeht. Er öffnet es und streckt den Kopf hinaus. Was er einatmet, kann man wohl kaum als frische Luft bezeichnen. Er atmet Wasser ein, Tausende von unsichtbaren Wassertropfen, die in den bizarren Verästelungen seiner Lungen nicht weiterwissen. An den Fensterrahmen gelehnt, prustet er die Feuchtigkeit wieder aus.
Dies ist also das Ergebnis seiner Emigration, seiner unermüdlichen Arbeit, seines Versuches, die englische Literatur zu erneuern. Vom erstbesten nachtragenden Idioten wird er verspottet und lächerlich gemacht. Und nicht seine Schriften, nein, seine Person, seine Ehe werden aufs Korn

genommen. Toms Gesicht ist noch grauer geworden als der Einband des Buches. *Damn you, Aldington.* Irgendwann einmal wird Tom es ihm zeigen. Er wird nachher im Club mit Geoffrey und ein paar anderen eine Strategie aushecken.

Aber kann er sich überhaupt noch in der Öffentlichkeit zeigen? Kann er sich denn noch im Club sehen lassen? Werden ihn nicht alle voller Schadenfreude mustern? Menschen sind wie Aasgeier. Wenn sie Blut wittern, schlagen sie zu. Das Beste wäre, London für eine Weile zu verlassen. Ja, er wird den Bischof von Chichester anrufen. Er muss zur Ruhe kommen. Er muss für ein paar Wochen aus allem raus. Gerade als er den Telefonhörer abnehmen will, klopft jemand an die Tür: Marjorie.

»Ihre Frau auf der Amtsleitung, Sir.«

Wieder dieses süße Lächeln, diese hohe, schrille Stimme.

»Ich bin nicht da, das weißt du doch.«

»Es hörte sich ziemlich dringend an.«

»Ich bin nicht da.«

»Tut mir Leid, Sir. Ich kenne Ihre Weisungen, aber diesmal hab ich mir – mit Verlaub – gedacht, dass ich eine Ausnahme machen darf. Ich habe den Eindruck, dass sie ...«

Sie zögert kurz, während sie den Blick nachdenklich über den Bücherschrank gleiten lässt, »... dass sie wegen irgendetwas sehr erschrocken ist. Sie hat sich recht nervös angehört, sogar – wenn ich es mal so sagen darf – panisch.«

»Ich bin nicht da.«

Das Lächeln verschwindet. Marjorie schaut ihren Chef bestürzt an. Sie zieht die zu schmalen Linien epilierten Augenbrauen bis zur Mitte der Stirn hoch.

»Dann sagen Sie ihr das bitte selbst.«

Er schaut auf. Nicht in ihr Gesicht, sondern zu ihrem Rock, der jetzt in reglosen Falten um ihre Knöchel hängt. Er hat nicht zugehört. Nur die Veränderung in ihrem Tonfall ist ihm aufgefallen.

»*Sorry*«, murmelt er, »was haben Sie gesagt?«

»Ihre Frau am Telefon, Sir!«

Sie dreht sich um und verlässt mit entrüsteten Schritten den Raum. Die Tür fällt mit einem lauten Schlag hinter ihr ins Schloss.

Was hat sie denn auf einmal?, fragt er sich erstaunt. Nachdenklich starrt er den Telefonapparat an. Ob Vivien den Band auch schon gesehen hat? Nein, das ist nicht sehr wahrscheinlich. Aber er muss ihr noch sagen, dass er die Stadt verlassen wird, für ein paar Wochen, vielleicht sogar einen ganzen Monat. Seine Hand greift zum Hörer. Seufzend nimmt er ihn von der Gabel. Das schwarze gebogene Ding liegt bleischwer in seiner Hand.

»Ja?«

»Tom? Ich muss mit dir reden. Marianne Moore war gerade hier und hat mir von Aldingtons Buch erzählt. Es liegt in allen Buchhandlungen Londons. Ein fürchterliches Buch, sagt sie. Hast du es schon gesehen?«

»Ich habe jetzt keine Zeit, ich ...«

»Du musst nach Hause kommen. Wir müssen darüber reden. Wie kann er sich nur unterstehen? Einer unserer Freunde, Tom!«

»Beruhig dich, Vivien. Ich fahre für ein paar Wochen weg, nach Chichester, um zu arbeiten. Ruf Louise an, ob sie bei dir vorbeischaut. Ich kann jetzt wirklich nicht ...«

»Wovon redest du? Du kannst jetzt nicht wegfahren. Wir müssen irgendwie darauf reagieren. Du kannst dir das nicht einfach so gefallen lassen. Diese Schande. Sonst können wir uns nirgendwo mehr sehen lassen. Wir werden ihn verklagen. Das wird ihm eine Lektion sein. Ich werde Mama anrufen. Sie kennt genug Anwälte. Hörst du, Tom?«

»Du machst überhaupt nichts«, zischt er durchs Telefon. »Du rufst Louise an und bittest sie um eine zusätzliche Dosis Veronal. Ich bin in zwei oder drei Wochen wieder da.«

»Was sagst du? Denk nach. Unternimm endlich etwas. Du kannst nicht immer nur tatenlos zusehen. Du musst irgendwie reagieren. Ich rufe sofort Mamas Anwalt an. Marianne war auch der Meinung, dass wir etwas unternehmen sollten.«

»Wir tun nichts, überhaupt nichts. Und du wirst schon gar nicht deine Mutter anrufen.«

»Warum nicht? Was ist los mit dir? Du kannst jetzt nicht wegfahren. Das sieht zu sehr nach Flucht aus. Du musst etwas unternehmen. Ich weiß gar nicht, was ich sagen soll. Alles, was du aufgebaut hast … Du kannst doch schreiben. Du hast doch eine spitze Feder. Du kannst ihn doch ganz leicht fertig machen.«

»Eine Fliege verjagt man, Vivien, darüber schreibt man nicht.«

»Aber diese Fliege ist und bleibt lästig. Diese Fliege wird noch monatelang um unser aller Köpfe herumsummen. Komm nach Hause. Dann reden wir über alles. Soll ich dich abholen?«

»Ich geh jetzt zum Bahnhof.«

»Tom!«

Den grauen Filzhut tief ins Gesicht gezogen, stiefelt Tom aus dem Büro. Auf der Straße ist er sich unschlüssig, welche Richtung er einschlagen soll. Zu welchem Bahnhof muss er doch gleich? Victoria Station. Zu Fuß zu weit. Am Tottenham Court muss er ein Taxi nehmen. Er kann es nicht lassen, jeden Fußgänger beim Vorbeigehen prüfend anzuschauen. Wird er erkannt? Sieht er ein spottendes

Lachen in ihren Augen? Aber nein, sie werden von ganz anderen Sorgen geplagt. Sie eilen nach Hause, denken an ihre Einkäufe, ihre lästigen Kinder, ihre Geliebten oder an den Sommerschlussverkauf bei Tiffany's, aber ganz bestimmt nicht an das verletzte Ego eines Dichters. Dennoch fühlt er sich wie ein aufgescheuchter Fuchs, hinter dem alle Literaturkritiker aus ganz England her sind. Irgendwann musste es ja geschehen. Er war darauf vorbereitet. Aber jetzt, da es so weit ist, fällt ihm nichts ein. Das dicke Fell, das er mit größter Sorgfalt gehegt und gepflegt hat, erweist sich nun als dünne Haut. Jeder kann sie mit Leichtigkeit durchstoßen, sogar dieser Idiot von Richard.

Feige, unaufrichtig und eitel ist der Mensch. Pascal hat Recht behalten. Die Desillusion über die *conditio humana* ist der Schlüssel zur Erlösung. Darüber wird er schreiben. Er wird aufzeigen, dass der Hass auf das Leben eine notwendige Erfahrung ist, weil Glauben ohne tief verwurzeltes Unbehagen nicht möglich ist. Dieser Gedanke lässt ihn schon etwas beschwingter in Richtung Tottenham Court gehen; doch als ihm erneut Aldingtons sarkastische Stimme in den Ohren klingt, stolpert er über seine eigenen Füße. Mit letzter Mühe kann er gerade noch verhindern, dass er auf dem Bürgersteig vor dem British Museum hinfällt. Als er eine Hand hebt, um ein Taxi anzuhalten, das sein Tempo allerdings nicht verringert und langsam an ihm vorbeifährt, als wäre er unsichtbar geworden, merkt er, wie ihn die Verzweiflung an Armen und Beinen lähmt. Wenn ich nur Geschehenes ungeschehen machen könnte, denkt er bei sich, als er dem Taxi bestürzt hinterherschaut, wenn ich nur das Gestern zurückrufen könnte.

Drei

»Nein, nein. Genau das will ich damit nicht sagen!«
Martha betont jedes einzelne Wort, in der Hoffnung, Bep überzeugen zu können, die ihr, beide Ellbogen auf den Tisch gestützt, in einem Café gegenübersitzt und achtlos den kleinen Stapel bereits gesetzter Seiten durchblättert, der zwischen ihnen liegt. Ab und zu streicht sie sich mit einer erschöpften Bewegung eine Haarsträhne aus dem Gesicht.
»Schau: Was ich in diesem Essay sagen will«, fährt Martha fort, während sie auf den Papierstapel vor sich klopft, »ist, dass Eliot ein typischer Jansenist ist. Genau wie Pascal. Daher auch seine grenzenlose Bewunderung für den Franzosen. Er will sich von dem irdischen Leben distanzieren, will jedes menschliche Handeln als Eitelkeit und Sünde abtun. Für ihn ist es eine Sache der Unmöglichkeit, im Hier und Jetzt Genugtuung zu erfahren. Er ist besessen von Sünde und Schuld und tritt in Nachfolge von Pascal für eine Absage an die Welt ein, in der Hoffnung, dass Gott ihn von seiner Verzweiflung erlösen wird. Liest man seine jüngsten Gedichte aus diesem Blickwinkel, wird man das bestätigt finden.«
»Die Erde ist ein Jammertal«, seufzt Bep, »und man kann nur Erlösung finden, wenn man auf sein menschliches Verlangen und seinen Ehrgeiz verzichtet.«
»Genau!«
Endlich hat Martha wieder einmal das Gefühl, dass sich ihre

Gedanken nicht endlos im Kreise drehen, sondern dass jemand anders sie aufgreift, dass doch noch eine Verbindung hergestellt werden kann.
»Aber ist es denn nicht so?«
»Wie meinst du das?«
»Na, dass das Leben ein Jammertal ist?«
»Doch«, sagt Martha, »aber ich habe festgestellt, dass es nicht hilft, den Kopf in den Sand zu stecken, dass Gott dir keine helfende Hand reicht, egal, wie oft du ihn darum bittest.«
»Das weiß ich auch«, erwidert Bep verstimmt, »aber das heißt noch lange nicht, dass wir den Laden dann einfach übernehmen können.«
»Das werden wir wohl müssen. Wie sollen wir denn sonst aus dem Schlamassel herauskommen?«
Bep lächelt und steht auf.
»Ein Drink kann dabei manchmal behilflich sein. Ein Glas Portwein?«

Bep stellt die Getränke auf den Tisch. Eine peinliche Stille tritt ein. Nach ein paar Minuten, in denen sie aneinander vorbeigeschaut haben, ergreift Bep als Erste wieder das Wort.
»Ich kann mir vorstellen, dass Menno daran interessiert ist«, sagt sie zögernd. »Er will eine neue Zeitschrift gründen, und dein Essay könnte vielleicht dafür geeignet sein.«
»Menno wer?«
»Ter Braak, ein Freund von mir. Wir waren zusammen bei der Filmliga.«
»Könntest du ihn darauf ansprechen?«, fragt Martha, erleichtert, dass Bep wieder einen Schritt auf sie zu macht.
»Ich glaube, es wäre besser, wenn du ihm selbst einen Brief schreibst. Du kannst meinen Namen ruhig nennen.«

Martha kritzelt enttäuscht Ter Braaks Namen und Adresse auf einen Zettel. Ist es etwa zu viel verlangt, dass Bep sie ihrem Bekannten empfiehlt? Martha kennt sich, was Zeitschriften betrifft, mittlerweile aus – überall herrscht dieselbe Vetternwirtschaft.

»Wie hältst du es bei diesem Eliot eigentlich aus?«, fragt Bep. »Ich meine, eure Standpunkte sind doch wirklich sehr unterschiedlich.«

»Ganz einfach: Wenn er da ist, bin ich weg, und umgekehrt. Außerdem brauche ich das Geld dringend, auch wenn es nicht viel ist. Und manche seiner Gedichte finde ich sehr gut, nicht nur *Das wüste Land*, sondern auch einzelne seiner späteren Gedichte. Darum geht es in meinem Essay im Grunde genommen auch. Dass man die Werke eines Dichters bewundern kann, obwohl man seine Einstellung zum Leben entschieden ablehnt.«

Bep muss lachen.

»Was findest du denn daran so lustig?«

»Tut mir Leid, aber diese Frage – ob wir ein Gedicht wegen seiner Form schön finden sollen oder ob auch die Person hinter dem Gedicht genehm sein muss – beschäftigt die ganzen niederländischen Kulturschaffenden schon seit Jahren. Dass ausgerechnet du diese Diskussion hier in England erneut anstößt! Ich halte das ehrlich gesagt für ein bisschen übertrieben. Erst sind sich Kloos und Coster deswegen in die Haare geraten, und jetzt wiederholt sich das gleiche Spiel mit Menno und Eddy auf der einen und Marsman auf der anderen Seite. Ich finde, es geht ziemlich weit, die persönliche Auffassung eines Autors als Hauptkriterium zur Beurteilung seines Werks heranzuziehen. Taugt ein Gedicht nichts, nur weil der Verfasser seinen Hund misshandelt? Ich finde das Ganze so engstirnig und so typisch niederländisch.«

»Weißt du, was ich finde«, sagt Martha ernsthaft, »Schönheit ohne einen eigenen Standpunkt ist hohl, und ein eigener Standpunkt ohne Schönheit ist so platt wie eine Münze. Was mich jedoch verwirrt, ist, dass mir manchmal ein Gedicht furchtbar gut gefällt, obwohl es mit meinen eigenen Auffassungen auch nicht einmal ansatzweise übereinstimmt. Eliot ist dafür ein gutes Beispiel. Sein Zynismus und das Anrufen Gottes widern mich an. Und trotzdem lassen mich seine Gedichte nicht kalt.«
»Dieser Zynismus muss sich in dem jeweiligen Gedicht widerspiegeln. Man muss beim Lesen merken, dass nichts mehr zu machen ist.«
»Ja, aber manchmal entspringen gerade der sich daraus ergebenden Verzweiflung die verblüffendsten Sätze.«
Bep schaut auf ihre Armbanduhr.
»Können wir ein anderes Mal weiter darüber reden? Ich muss jetzt in den neuen Hitchcock. Morgen muss ich meine Rezension einwerfen.«

Vier

Der Teppich in Viviens Schlafzimmer ist ein unruhiges Meer, in dem zwölf Hutschachteln dümpeln, große Inseln aus festem, cremefarbenem Pappkarton und andere, ein wenig kleinere Inseln, gesäumt mit dunkelroter Seide. Das Zimmer ist so schmal, dass sie sich kaum einen Weg zwischen den Hutschachteln hindurchbahnen kann. Von Insel zu Insel springen geht auch nicht: Angenommen, der Karton knickt ein oder die teure Seide reißt, was dann? Dann bekommt sie Probleme mit Mr. Pebbles; und er lässt ihr nie mehr Hüte zur Ansicht nach Hause bringen. Aus diesem Grund laviert sie jedes Mal äußerst behutsam zwischen Bett und Spiegel hin und her.

Auf dem Bett liegen zwölf Hüte, die sie der Größe nach angeordnet hat. Sie kann nicht abstreiten, dass das Ganze – das chaotische Meer aus Hutschachteln auf dem Teppich und die systematische Anordnung der Hüte auf dem Bett – ein merkwürdiges Schauspiel bietet. Sie hüpft unablässig zwischen ihnen hin und her, nimmt mal den einen, dann wieder den anderen Hut in die Hand. Sie hat alle Hüte mittlerweile bestimmt schon sechs- oder siebenmal aufprobiert, kann sich aber für keinen entscheiden. Nur die braune Baskenmütze, die am Fußende liegt, ist definitiv ausgeschieden: zu klein.

Zum wiederholten Mal geht sie nickend und prüfend um ihr Bett herum. Nachdenklich mustert sie den großen tintenblauen Hut, an dem vor allem die anmutig geschwungene Linie auffällt. Der Vorteil dieses Exemplars ist neben seinem Umfang der hauchdünne Schleier aus Voile, der ihr weit über die Augen reicht. Der Schleier ist vielleicht ein wenig *démodé*, ansonsten ist der Hut genau das, was sie sucht. Sie drückt ihn sich wie ein Baby an die Brust und stellt sich dann vor den Spiegel.

Ein einziger nervöser Blick reicht, um ihr zu sagen, dass der Hut nicht passt. Sie seufzt. Dieses Modell eignet sich wohl eher für ältere Damen mit kugelrunden Köpfen und Wasserwellenfrisuren. Er rutscht ihr so weit über die Ohren, dass der Schleier ihre Lippen berührt. Beim Versuch, ihn so zu drapieren, dass er doch noch auf den Ohren sitzen bleibt, drückt und schiebt sie das blaue Monstrum ungeduldig hin und her. Vielleicht kann sie den Hut ja mit ein paar Haarnadeln feststecken, da er ansonsten genau ihren Anforderungen entspricht.

Sie dreht sich noch ein wenig vor dem Spiegel hin und her, untersucht das prägnante, leicht vorgeschobene Kinn, das gerade noch so unter dem Hut hervorlugt, und geht dann zurück zum Bett. Mit ein paar Nadeln müsste es doch klappen. Die sieht man doch nicht. Und selbst wenn: Es wüsste doch niemand, dass sie es ist, die mit diesem wagenradgroßen Ding auf dem Kopf gerade vorbeikommt. Die Leute sollen denken, was sie wollen: »Die kauft ihre Hüte bestimmt im Ausverkauf« oder »Die hat ja den Hut ihrer Großtante auf dem Kopf« – sie kümmert das nicht. Niemand wird sie erkennen. Sie kann tun und lassen, was sie will.

Gut, den hier wird sie nehmen. Sie wirft noch einen letzten Blick auf die anderen Hüte, dreht sich dann aber entschlossen um. Sie wird Pebbles sofort anrufen und ihm sagen, dass sie sich für dieses Exemplar entschieden hat. Als sie zum Telefonapparat im Arbeitszimmer gehen will, läutet es an der Tür. Wer ist denn das schon wieder?, fragt sie sich ärgerlich und geht nach unten.

»Guten Tag.«
Ein junger Mann in einem abgetragenen dunklen Anzug schaut sie unter seiner Schirmmütze hervor freundlich an und hält ihr eine Hand hin.
»Julian Bell, angenehm.«
Vivien mustert ihn kühl, antwortet nicht und lässt auch seine ausgestreckte Hand in der Luft hängen. Mit einem betretenen Gesichtsausdruck zieht er sie zurück und hüstelt.
»Guten Tag«, sagt er noch einmal, »Ist Mr. Eliot zu Hause?«
»Nein.«
Der junge Mann zieht die Augenbrauen hoch.
»Komisch. Wissen Sie das genau? Ich bin mit ihm verabredet.«
»Sie meinen, ich wüsste nicht, ob mein Mann zu Hause ist?«, fragt sie höhnisch.
»Nein, nein«, sagt der Mann hastig. »Natürlich nicht. Entschuldigen Sie bitte, aber ich bin wirklich heute Nachmittag mit ihm verabredet.«
»Da sind Sie nicht der Einzige.«
»Ich versichere Ihnen, dass es stimmt, gnädige Frau«, er zieht einen Lederkalender aus seiner Tasche. »Wir haben den Termin schon vor mehreren Wochen vereinbart. Sehen Sie?«
»Sie sind heute Nachmittag schon der Dritte, der behauptet, mit meinem Mann verabredet zu sein. Und ich soll Ihnen das glauben?«
Der junge Mann ist offensichtlich verwirrt. Er schaut noch einmal verzweifelt in seinen Kalender, tritt von einem Fuß auf den anderen, als könnte er damit die Situation wieder

in den Griff bekommen, und strafft dann die Schultern. Jemand, der nicht gern als unglaubwürdig gilt. Erneut hebt er seinen Taschenkalender in die Höhe, damit Mrs. Eliot sich selbst davon überzeugen kann, dass er ihr keinen Bären aufbindet. Doch Vivien ignoriert den triumphierend erhobenen Terminkalender und schaut den Mann nach wie vor starr an.

»Können Sie mir vielleicht sagen, warum den lieben langen Tag Leute klingeln und meinen Mann sprechen wollen?«, fragt sie nach einer kurzen Pause. »Was ist denn nur an meinem Mann, dass die ganze Welt auf einmal mit ihm reden muss?«
»Ich kann Ihnen nur den Grund für *meinen* Besuch nennen«, erwidert Bell zögernd.
»Hat er etwa angefangen, mit lukrativen Aktien von Unternehmen aus der Rüstungsindustrie zu handeln? Das scheinen die einzigen Aktien zu sein, mit denen man momentan noch Gewinne erzielen kann. Oder hat er sich mit dem Bischof arrangiert und bietet jetzt Holzkruzifixe zu reduzierten Preisen an? Nun sagen Sie schon, jetzt will ich es wissen.«
Vivien hat beim Reden einen Schritt nach vorn gemacht, sodass sie dem jungen Mann bedrohlich nahe gekommen ist. Dieser möchte seine Mütze lüften, um sich zu verabschieden, aber so einfach wird er sie nicht los. Sie hält ihn am Ärmel zurück.
»Ich … äh«, stammelt er.
»Ja?«
»Ich bin hier, um ein paar Gedichte mit ihm zu besprechen.«
Vivien wirft den Kopf in den Nacken und prustet los.
»Gedichte? Das ist ja zum Lachen.«

Sie versetzt ihrem Gegenüber einen Schlag auf die Schulter, dass dieser ins Wanken gerät.
»Was Sie nicht sagen! Gedichte! Sind die denn momentan noch etwas wert? Darf ich fragen, was er Ihnen dafür bietet? Einen, zwei, drei Shilling pro Strophe? Das ist doch ein Klacks, junger Mann, ein Pappenstiel. Davon können Sie doch Frau und Kinder nicht unterhalten.«
»Die habe ich nicht. Ich, meine Eltern …«, stammelt der junge Mann.
Viviens Gesicht hat mit einem Mal wieder einen tief ernsten Ausdruck angenommen. Sie beugt sich so weit vor, dass ihr Gesicht fast das seine berührt, und flüstert ihm zu:
»Hören Sie auf mich. Vergeuden Sie Ihre kostbare Zeit nicht länger mit der Poesie. Schreiben Sie Theaterstücke, die bringen Ihnen wenigstens etwas ein, jedenfalls, wenn Sie einen gut betuchten Auftraggeber finden. Aber das dürfte kein Problem sein. Sie müssen sich lediglich in den richtigen Kreisen bewegen. Diesbezüglich könnte ich Ihnen die Bischöfe von Chichester und Canterbury empfehlen. Die schwimmen im Geld, glauben Sie mir. Eine Konversion ist momentan die beste Geldanlage.«
»Ich werde es mir merken, gnädige Frau«, antwortet der junge Mann matt. »Aber wenn Sie mich jetzt bitte entschuldigen. Ich muss wirklich gehen.«
»So viel Aufwand ist das doch nicht!«, tobt Vivien weiter. »Sie brauchen Ihren Kopf nur ein einziges Mal in eine Schale mit Wasser zu stecken, und – hoppla – schon lacht Ihnen das Glück zu. Wer wird sich denn über solch eine Kleinigkeit beschweren? Einmal in der Woche in den Beichtstuhl stürzen, die eigene Seele verkaufen, die eigene Frau verfluchen, die eigene Ehe verleugnen, und Sie sind von allem erlöst. Keine Schulden mehr, keine Schande, keine Sünde, keine Verpflichtungen. Befreit. Niemand wird Ihnen mehr

die Ohren voll jammern, niemand wird Ihrer göttlichen Inspiration den Garaus machen. Denken Sie darüber nach! Die Mühe lohnt sich. Loben Sie den Herrn, und Ihnen wird unsterblicher Ruhm zuteil werden!«

Julian Bell tippt zweimal nervös an seine Mütze.

»Auf Wiedersehen, Mrs. Eliot«, murmelt er. »Auf Wiedersehen.«

»Vergessen Sie nicht, was ich Ihnen gesagt habe!«, ruft sie ihm im Treppenhaus hinterher. »*Gloria.* Verstehen Sie? *In excelsis Deo!*«

Der Besucher ist verschwunden. Viviens Arme hängen schlapp neben ihrem Körper herunter. Sie hebt den Kopf, ein einfältiges Lächeln legt sich auf ihre Lippen. Dann ballt sie die Hände zu Fäusten und trommelt gegen die hölzernen Türpfosten.

»*Gloria*«, stöhnt sie, während ihr die Tränen über die eingefallenen Wangen laufen, »*Gloria, gloria, gloria.*«

Fünf

Nervös kramt Martha zwischen den Kleidern, Röcken und Mänteln, die an der Kupferstange im Schrank hängen. Ein muffiger Geruch steigt auf, als ihre Hände ein Kleid nach dem anderen ungeduldig zur Seite schieben. Sie sucht den Anzug, den Marlow ihr vor ein paar Jahren geschenkt hat. Auch wenn man noch nie auf einem Pferd gesessen hat, kann man durchaus einen Reitanzug tragen, überlegt sie sich grimmig und kniet sich vor dem Schrank auf den Boden, um zwischen den Pullovern auf dem untersten Regalbrett zu suchen. Außerdem ist dieser Anzug ihrer Meinung nach genau das richtige Kleidungsstück für ihre erste Begegnung mit Russell. Als notorischen Schürzenjäger hatte Billy ihn einst charakterisiert. Dann eben einen Hosenanzug.

Sie schleift ihren Koffer aus dem Schrank und zieht zwischen den Büchern und Kleidern die kleine Kassette aus Kirschholz mit den elfenbeinernen Intarsien heraus, in der sie Ketten und anderen Schnickschnack aufhebt. Auf der samtroten Polsterung liegt das ovale silberne Medaillon ihrer Mutter. Sie nimmt es, betrachtet die graziös eingravierten Blumen auf dem Deckel und klappt es auf. Rechts das vergilbte Foto ihres Vaters, links das ihre, das sie als Fünfjährige zeigt, mit langen Korkenzieherlocken und einer großen weißen Schleife auf dem Kopf. »Amsterdam 1908« steht in winzigen Buchstaben in der rechten unteren

Ecke. Sie rechnet zurück. Damals war er also dreißig gewesen, ein Jahr älter als sie jetzt.

Sie sitzt neben ihrem Vater in der Pferdebahn. Es ist Winter. Er trägt seinen langen, grauen Mantel, den er eigentlich nur an Heiligabend aus dem Schrank holt oder wenn es sehr, sehr kalt ist, und einen dunkelgrauen Filzhut. Sie sitzt am Fenster, muss ihn aber immer wieder anschauen, um seine schwarzen Haare, die ein wenig unter dem Hut hervorlugen, und seine glatt rasierten Wangen zu bewundern. Er ist der schönste Mann auf der ganzen Welt. Wissen die anderen Menschen eigentlich, dass er ihr Vater ist?
Alle anderen Passagiere starren vor sich hin. Es schneit. Mit dem Blick folgt sie den dicken Flocken, die sanft herunterrieseln, und schmiegt sich noch ein wenig fester an ihren Vater. Ein klein wenig fester nur, damit es nicht zu sehr auffällt. Sie riecht seine Rasierseife, einen Hauch Eau de Cologne und den vagen Duft nach Zigarettenrauch. Sie spürt den steifen Stoff seines Lodenmantels, der an ihr reibt. Seine breiten Schultern reichen ihr bis an die Wange. Kurz, ganz kurz nur, presst sie die Wange ein wenig fester an seinen Mantel. Es pikst in ihrer Haut. Schnell schaut sie wieder hinaus. Die Straßen werden immer weißer. Ein Mann taucht auf, der einen Holzkarren vor sich herschiebt; die Kartoffeln darauf sind mit einer dünnen Schneeschicht bedeckt. Der Mann trägt eine alte Anzugjacke, deren Schöße im Wind flattern. Eine schwarze Mütze sitzt schräg auf seinem Kopf. Die Pferdebahn überholt ihn langsam.
Sie schaut wieder kurz zu ihrem Vater auf, der ein Buch aus der Tasche gezogen hat und darin liest. Seine Hände mit dem Buch liegen vor ihm auf den Knien. Sie versucht, einen Satz zu lesen. Sie möchte ihn fragen, was für ein Buch es ist,

stattdessen zieht sie eine Hand aus ihrem Muff und legt sie ihm aufs Knie. Ihr Vater schaut sie lächelnd an.
»Wir sind gleich da«, sagt er und kneift sie leicht in die Hand.
Sie schaut ihn überrascht an. So hat sie es nicht gemeint! Sie will, dass diese Fahrt niemals zu Ende geht. Sie will für immer und ewig neben ihrem Vater in dieser Pferdebahn sitzen, während es draußen schneit.

Martha wischt sich mit einer ungeduldigen Handbewegung die emporsteigenden Tränen aus den Augen. Sie lässt den Deckel des Medaillons zuschnappen und hängt es sich um den Hals. Jetzt aber erst Marlows Reitanzug. Sie findet ihn auf dem untersten Regalbrett, hinter einem Stapel mit Pullovern. Sie schlüpft schnell hinein, sucht dazu eine passende weiße Bluse und einen Seidenschal, um sich dann vor den Spiegel zu stellen. Genau das hat sie sich vorgestellt: Amazonenkleidung.
Sie nimmt ihre Reisetasche und schleicht auf Zehenspitzen nach unten. Sie fürchtet, dass Graves sie hören könnte. Wenn er seine Chance wittert, wird er aus der Wohnung stürmen, um sich zu beklagen. Dass es so nicht weitergehe, dass er das Geld wirklich dringend brauche, dass seine Frau dies, seine Kinder das. Dass er seinen Laden für gebrauchte Einrichtungsgegenstände nur mit knapper Not weiterführen könne. Sein Wohlergehen scheint völlig von der Miete für ihre armselige Mansarde abzuhängen. Er werde sie natürlich nicht sofort auf die Straße setzen, aber sie dürfe auch nicht glauben, er sei die *welfare* persönlich. Wenn sie diese Woche nicht zahle, müsse sie sich eine andere Unterkunft suchen.
Doch sie hat das Geld nicht, und folglich geht sie mit angehaltenem Atem die vier Treppen hinunter und schlüpft

möglichst schnell und unauffällig auf die Straße hinaus. Wie gehetzt läuft sie die trostlose Chicksand Street hinab. Ihre Zimmer liegen in immer größerer Entfernung zum Zentrum. Als vertriebe eine unsichtbare Hand sie unermüdlich aus dem Herzen der Stadt in die immer ärmlicheren Viertel Spital Fields und Whitechapel. Aber auch dort wird sie wie ein Geschwür herausgeschnitten. Mr. Graves wird der Nächste sein, der zum Messer greift.
Nach links in die Lane Osborne. Die tief hängenden grauen Wolken geben ihr das Gefühl, sie müsse den bleischweren Himmel ganz allein tragen. Nur ganz wenige Menschen sind unterwegs. Die Köpfe gesenkt, schleppen sie sich an ihr vorbei. Manche schauen sie, die junge Frau in dem leichten, dreiteiligen Anzug, einen braunen Glockenmantel locker um die Schultern gelegt, befremdet an. Mit jedem weiteren Schritt, den sie macht, spürt sie, wie ihr Mut, Russell die Hölle heiß zu machen, immer weiter schwindet. Was war es gewesen, das sie gerade eben noch auf die Straße getrieben hatte? Welche Hoffnung, welche Erwartung hat sie bewegt, sich für diesen albernen Anzug zu entscheiden?

Immer schwerer werden ihre Beine, immer langsamer schleppt sie sich weiter. Wie ist es nur möglich, fragt sie sich, dass die Welt von einem Augenblick zum anderen ihr Farbenkleid gewechselt hat und so erblasst ist? Dass die überschwänglichen silbernen, goldenen und gelben Farbtöne verschwunden sind und an ihrer Stelle jetzt Grau, Braun und Schwarz dominieren. Der Börsenkrach in Amerika hat dem grenzenlosen Optimismus mit einem Schlag ein Ende bereitet. Nirgendwo hatte man Derartiges erwartet, auch nicht in England. Ploff. In sich zusammengefallen wie ein Plumpudding. Nicht mehr lange, dann kann sie sich

der Schar Arbeitsloser anschließen. Oder wie die Männer dort eine Drehorgel bedienen.
An der Vorderseite des Instruments hängt ein Pappschild: *Unemployed disabled ex-officers*. Darunter werden die Heldentaten der Invaliden aufgeführt: *South-Africa & Great War*. Die fröhlichen Music-Hall-Melodien werden von dem Ausdruck auf ihren grauen Gesichtern überschattet, einem Gemisch aus Verzweiflung, Stolz und Scham. Die drei Männer tragen ihre alten Uniformen und versuchen, aus der Tatsache, dass ihnen ein oder mehrere Körperteile fehlen, wenigstens ein paar Pennys herauszuschlagen. Das entstellte Gesicht eines der drei Männer ist hinter einer Ledermaske verborgen; dort, wo ihm das linke Ohr abgerissen wurde, sind jedoch noch Narben zu sehen.
Auf dem Bürgersteig neben der Orgel sitzt ein kaum achtjähriger Junge, dessen nackte Füße schwarz von Staub sind. Er hält eine Mütze in der Hand, in die die Passanten ihr Kleingeld werfen können. Bisher hat er noch nicht sehr viel bekommen. Schüchtern schaut er sie an. Unter einer Augenbraue hat er einen blauen Fleck. Als Dank dafür, dass er das Geld einsammeln muss, bekommt er also einen Schlag ins Gesicht, denkt sie bei sich, während sie einen Penny aus der Tasche angelt. Als sie die Münze in die Mütze des Jungen werfen will, beugt sich der Mann mit der schwarzen Maske nach vorn und nimmt sie ihr aus der Hand.
»Thank you, Miss.«
Sie geht weiter und kommt an einer langen Reihe wartender Frauen vorbei, die mit quengelnden Kindern an der Hand vor der Ausgabestelle für Brot und Kartoffeln stehen. Ein Junge geht mit einem Stapel Zeitungen herum, auf denen sie Hitlers Porträt erkennen kann. Schon vor einigen Jahren hat Eva sie vor diesem Mann gewarnt, und seit seinem überraschenden Wahlsieg wird er immer dreister. Was für ein

Glück, dass er aus Österreich kommt und deswegen nicht dem deutschen Parlament angehören darf. Das wäre eine Katastrophe. In England versucht Mosley es ihm gleichzutun, indem er an arme Burschen schwarze Uniformen und glänzende Gürtel austeilen lässt. Eine Witzfigur, heißt es, niemand, dessentwegen man sich Gedanken machen muss. Nein, das hat man anfangs von Hitler auch gesagt. Eliot hat ihr erzählt, dass allerlei führende Persönlichkeiten wie Harold Nicholson Mitglied von Mosleys faschistischer Partei geworden seien.
Sie überquert die stark befahrene Aldgate Highstreet und geht zum neuen Busbahnhof auf dem Tower Hill. Ihre Schritte werden immer langsamer; in Gedanken übt sie das Gespräch mit Russell. Diesmal möchte sie klare Antworten. Sie wird erst wieder gehen, wenn sie genau weiß, was nach diesem Kongress vorgefallen ist.

Sechs

Tausende Sterne funkeln am schwarzen Himmel ihres Schädels. Virginia legt sich eine Hand aufs Gesicht und drückt leicht auf die Knochen um ihre Augenhöhlen. Es hilft nichts. Jeden Tag, jede Stunde kämpft sie gegen die Schmerzen. Immer wieder redet sie sich zu: Kämpfe, Virginia, kämpfe. Sie hat noch nicht aufgegeben. Mit der rechten Hand hebt sie das dunkle Umschlagtuch auf, das vom Bett gefallen ist, und bindet es sich wieder vor die Augen. Aber der gleißend helle Lichtstrahl, der immer wieder in ihrem Kopf aufblitzt, kommt nicht von außen. Es ist, als wäre ihr die Wintersonne in den Kopf gekrochen, um von dort aus die Welt zu bestrahlen. Manchmal nimmt das Licht ab und gönnt ihr einen kurzen Moment der Erholung, dann aber schwenkt es wieder zurück, wie ein Leuchtturm, dessen Strahl in stockfinsterer Nacht über das schwarze Meer gleitet.

Stöhnend dreht sie sich auf die Seite. Sie muss an ihre Träume aus der vergangenen Nacht denken. Katherine war von einer Wolkendecke zu ihr heruntergestiegen und hatte ihr, die Füße in weiße Tücher gehüllt, leise zugemurmelt: »Komm zu mir, komm.« Katherine, die Einzige, die ihr Buch verstanden hätte. Aber ausgerechnet sie musste sterben. Und sie, Virginia, hat ihr nicht geholfen. Sie hat ihr nicht die Hand gereicht. Ihre einzige Konkurrentin, vom Erdboden verschwunden. Jetzt nicht daran denken. Jede

Anstrengung verschlimmert die grelle Glut in ihrem Kopf. Ihre Arme liegen steif neben ihrem Körper. Sie versucht sich zu konzentrieren. Auf das Nichts. Aber jedes Mal schlüpft doch wieder ein Gedanke herein. Sie lassen sich nicht aufhalten, ihre Gedanken. Sie attackieren einander ohne Unterlass, fallen übereinander her, gönnen einander nicht eine Sekunde Ruhe.
»Es sind diese Korrekturen.«
»Es ist Ethel. Diese selbstsüchtige alte Kratzbürste.«
»Es ist Nessa. Sie sieht dich nicht. Sie hängt nur an ihren Kindern.«
»Es ist Leonard.«
»Es sind die Kinder. Es sind all die Kinder, die du nicht bekommen hast.«
»Es ist Katherine.«
»Es ist deine Mutter.«
»Es ist dein Buch.«
Kämpfe, Virginia, kämpfe. Sie dürfen nicht zurückkehren, die Stimmen. Dann wäre alles vergeblich gewesen. Denk an die Dinge. Noch nie war jemand so von den Dingen erfüllt gewesen wie du. Sie brauchen dich. Sie sind so verletzlich. Sie erregen keinen Anstoß und werden aus diesem Grund von niemandem bemerkt. Dinge weinen nicht, schreien nicht, kreischen nicht. Dinge sind still, wunderbar still, tun mir nicht weh. Und sie erwarten keine Gegenleistung. Sie liegen einfach nur da, um aufgehoben, bewundert und gesammelt zu werden. Um Worte auf ihnen aufzubauen.
Mit einer erschöpften Bewegung zieht sie das Tuch von ihrem Gesicht. Sie blinzelt, faltet das Tuch zusammen und legt es neben sich aufs Bett. Sie dreht sich auf den Bauch und drückt die Nase ins Kissen, wie Rehe an warmen Nachmittagen die Schnauze aufs Moos legen. Sie bleibt reglos

liegen und wartet ab. Jetzt an gar nichts denken, vor allem nicht an ihr Buch.

»Es wird nichts.«

»*Die Wellen* ist ein Fehlschlag.«

»Keiner wird mehr als die ersten fünfzig Seiten lesen.«

»Du hast Wolle gesponnen, keine Geschichte. Das kommt nicht an. Die Leser möchten, dass man sie an die Hand nimmt. Das weißt du doch! Sie wollen nicht in einem Brei nichts sagender Worte ertrinken. Sie wollen Erzähllinien, Zusammenhänge, das ist doch wohl das Mindeste!«

Sie drückt den Kopf noch tiefer ins Kissen und atmet den Geruch von Seife und Lavendel ein. Wenn es doch aufhörte. Denk an etwas anderes. An Frankreich. An die Hügel voller zarter Mimosen. An den Mont Ventoux. Doch die sanft ansteigenden Berghänge voller gelber Sträucher wollen nicht erscheinen, ebenso wenig wie die dürren Felder mit blühendem Thymian und Lavendel. Sie werden von bösen, schrillen Stimmen weggeekelt.

»Das Ganze ist so abgehoben. Sie stehen nicht mit beiden Füßen auf dem Boden.«

»Nur die Wellen sind echt. Man kann sie hören und riechen. Ebenso wie das Meer, die Vögel, die Morgendämmerung. Aber die sechs jungen Leute? Sie werden nicht lebendig. Bronzebusten sind es, mehr nicht! Eine schöne Farbe, zugegeben, und auch die Schatten und Lichtflächen, die auf die Büsten fallen, sind nicht schlecht, aber sie stehen auf Sockeln, hörst du. Auf Sockeln!«

»Sie sprechen alle mit derselben Stimme. Als hättest du ein Grammophon hinter ihre Köpfe gestellt, auf dem immer wieder dasselbe Streichquartett von Beethoven abgespielt wird. Atemberaubende Musik, da gibt 's nichts zu deuteln. Aber wir wollen auch einmal etwas anderes hören. Eine

Arie von Mozart, ein Menuett von Schubert. Ein bisschen Abwechslung, weißt du.«
»Das Buch wird ein Fiasko werden. Menschen sind keine Dinge. Die Press wird keinen Penny daran verdienen.«

Es blitzt in ihrem Kopf. Virginia stöhnt auf und fasst sich mit beiden Händen an die Schläfen. Sie drückt mit den Fingerspitzen auf die Haut, wühlt in den Haaren. Steh auf, redet sie sich zu. Versuch aufzustehen. Sie schlägt die Bettdecke zur Seite und hebt vorsichtig erst das eine, dann das andere Bein aus dem Bett. Halb verrückt vor Schmerzen, bleibt sie auf der hölzernen Bettkante sitzen, mustert mit zusammengekniffenen Augen die langen, dünnen Haare zwischen ihren Fingern und lässt sie dann auf den Boden fallen. Vorsichtig steht sie auf und geht mit wackligen Knien ans Fenster.
Tief atmet sie die frische Winterluft ein. Die Muskeln um ihre Augen entspannen sich. Sie schaut hinaus, zuckt aber wegen des funkelnden Lichts zurück, das auf die Terrasse fällt. Dennoch schaut sie eigensinnig weiter in den Garten hinaus, zwingt sich, dieses Draußen zu betrachten.
Es funktioniert: Langsam lassen die Blitze in ihrem Kopf nach. Gut oder schlecht, es ist vollbracht. Sie hat ihre Vision eingefangen. Es ist ihr Buch. Das Blitzen hat aufgehört. Nur eine sanfte, ockergelbe Glut schwebt noch immer hinter ihren Augen.
Es ist ein Meisterwerk.

Sieben

»Und dann, was hat er dann gesagt?«
Bep hängt vornübergebeugt über dem Tisch und schaut sie gespannt an. Martha wartet, bis die Bedienung die Teller mit den Brötchen und Kuchenstücken vor ihnen abgestellt hat, bevor sie fortfährt.
»Zuerst gab er mir nur ausweichende Antworten. Er rutschte auf seinem Stuhl hin und her. Murmelte ein paar undeutliche Äußerungen des Lobes über meinen Vater, dass er von seinem Vortrag besonders beeindruckt gewesen sei und so. Als ich meine Frage wiederholte, wie ein so überzeugter Pazifist wie mein Vater nach Belgien gehen konnte, rückte er endlich mit zwei Erklärungen heraus. Seinen Worten nach sei der Druck, der auf die Kriegesdienstverweigerer ausgeübt wurde, im Herbst 1916 enorm gewesen. Sie wurden verhaftet, ins Gefängnis geworfen, nackt in eiskalte Zellen gesperrt, wobei ihnen als einzige Möglichkeit, sich zu wärmen, die Uniform blieb, die ordentlich zusammengefaltet für sie auf der kahlen Matratze bereitlag. Um da standhaft bleiben zu können, müsse man wirklich zutiefst von seiner Sache überzeugt gewesen sein. Dennoch sei es Russell zufolge nicht dieser Umstand gewesen, der meinen Vater veranlasst habe, seine Meinung zu ändern.«
Sie hält kurz inne und steckt sich eine Zigarette an. Vor ihrem geistigen Auge sieht sie, wie Russell ihr gegenüber-

sitzt, die Hände mit gespreizten Fingern aneinander gelegt, auf den Lippen ein leicht überlegenes Lächeln.
»Nur derjenige, der ohnehin gewisse Zweifel gehabt habe, sei unter diesem Druck zusammengebrochen, sagte er. Es sei ihm damals schon aufgefallen, dass mein Vater unmittelbar vor dem Kongress Vorbehalte gegen den radikalen Pazifismus zum Ausdruck gebracht habe. Er erzählte mir, dass es bei ihm zu Hause im Rahmen einer Diskussion über Hegel deswegen noch zu einem heftigen Wortwechsel zwischen ihnen beiden gekommen sei.«
Bep zieht fragend die Augenbrauen hoch.
»Ja, an dem fraglichen Abend in Russells Haus seien auch Befürworter des Krieges anwesend gewesen oder jedenfalls Menschen, die der Regierung in dem Punkt zustimmten, dass der Kampf nicht aufgegeben werden dürfe. Dann sei Hegel zur Sprache gekommen. Wenn ich Russell richtig verstanden habe – das war nicht so einfach, weil er ständig seiner Abscheu Ausdruck verlieh –, ist der Krieg demnach eine notwendige Phase in der Geschichte der Menschheit. Es kommt aber noch stärker: Der Mensch wird erst dann wirklich Mensch, wenn er sein Leben aufs Spiel setzt. Während des Krieges kann sich der Einzelne von seinem Hang nach irdischen Gütern befreien und vom Gegner als Mensch anerkannt werden. Hegel zufolge gibt es zwei Typen von Menschen: den Helden oder Meister, der sich zutraut, den Kampf um Anerkennung durch den Gegner aufzunehmen, und den Feigling oder Knecht, der ängstlich davor zurückschreckt, um sein Leben zu retten.«
»Und dann soll dein Vater auf einmal Angst bekommen haben, er habe eine Sklavenmoral?«, fragt Bep ungläubig.
»Ach nein, das denke ich nicht. Hegels Philosophie war ihm bestimmt nicht neu, aber er hat, wie Russell sagte, immer mehr an seinem eigenen Standpunkt gezweifelt, je länger

sich die Diskussion hinzog. Und als anschließend Eliot noch in die gleiche Kerbe schlug …«

»Eliot?«

»Ja, Eliot«, seufzt Martha, »was sagst du dazu? Russell wippte auf jeden Fall ganz nervös mit dem Fuß, als er mir erzählte, dass Eliot und Vivien damals bei ihm wohnten und Tom bei seinen Abendgesellschaften hereinzustürmen pflegte, um ungefragt seine Ansicht über den Krieg zum Besten zu geben. Er sei der Meinung gewesen, dass England seine kulturellen Werte schützen müsse und sich nicht einfach so von den Deutschen einwickeln lassen dürfe, dass die Armee entschieden gegen Deutschland vorgehen müsse und dass der Krieg im hegelschen Verständnis die einzige Möglichkeit sei, von der Eitelkeit befreit zu werden und das Verlangen auf immaterielle Dinge zu richten. Angeblich soll mein Vater von Eliots Ausführungen ziemlich beeindruckt gewesen sein. Möglicherweise sei er trotz allem aus einer Art Patriotismus in den Krieg gezogen. Am nächsten Tag habe er zwar noch diesen Vortrag gehalten, aber anschließend kaum protestiert, als die Militärpolizei kam, um ihn festzunehmen.«

»Um ein Jahr später wieder als Pazifist aufgegriffen zu werden?«, fragt Bep erstaunt. »Das finde ich sehr merkwürdig.«

Martha nickt.

»Russell vermutet, dass er in Belgien zur Besinnung gekommen ist, nachdem er den Wahnsinn des Kriegs mit eigenen Augen gesehen hat. Das würde jedenfalls mit der Information übereinstimmen, die mir der Militärarzt in Reims gab, wonach mein Vater in diesem Hospital nächtelang Predigten für den Frieden und gegen den Krieg gehalten hat. Russell hat mir außerdem mitgeteilt, dass Militärangehörige, die der Subordination bezichtigt wurden, nach ihrer

Rückkehr nach England in Gefängnissen in Schottland, Wales und entlegenen Gegenden wie Dartmoor und Exmoor inhaftiert worden seien. Er habe zwar noch versucht, herauszufinden, wohin sie meinen Vater gebracht haben, doch ohne Erfolg.«

»Und du sitzt jetzt also immer noch mit leeren Händen da.«

»Tja.« Martha schaut traurig zur Seite. »Ich möchte jetzt nicht mehr daran denken. Ich werde London für ein paar Tage verlassen und eine Freundin in Cornwall besuchen. Es wäre schön, wenn du mitfährst.«

»Ich weiß nicht«, sagt Bep zögernd. »Nicht dass ich keine Lust hätte, aber Eddy, mein Verlobter, steckt in Schwierigkeiten und möchte, dass ich zu ihm zurückkomme.«

»Wer?«, ruft Martha, »dein Verlobter?«

»Er ist noch verheiratet, weißt du. Im Moment hat er große Probleme am Hals. Die Scheidung zieht sich ewig in die Länge, wegen ihres Kindes und wegen des Geldes natürlich.«

»Verheiratet? Und ein Kind?«

»Ja. Sie passen einfach nicht zueinander. Sie mussten heiraten, verstehst du. Aber es ist nicht gut gegangen. Sie war früher Dienstmädchen in seinem Elternhaus.«

»Dienstmädchen?«

»Ja.«

»Das ist ja wie in einem Groschenroman!«

Bep schaut sie empört an.

»Wie bitte?«

»Warum hast du mir nie etwas davon erzählt?«

Der Turm mit den Kuchen- und Tortenstückchen und den Minisandwiches steht unangerührt zwischen ihnen. Die süßen Farben der Backwaren stehen im Widerspruch zur

Stimmung am Tisch. Die beiden Frauen starren verloren ins Leere. Bep trommelt mit ihren langen Fingern auf das Damasttischtuch. An der linken Hand trägt sie einen Silberring mit einem roten Stein.

»Ich wollte dich nicht damit belästigen«, sagt Bep nach einer langen Pause.

»Belästigen? Übertreibst du nicht ein bisschen? Ich erzähle dir alles über meinen Vater, über Billy und seine Heiratsanträge, und du verschweigst deine Verlobung! Das ist doch keine Freundschaft!«

Bep blickt schweigend vor sich hin. Zwischen ihren Augenbrauen steht eine schräge Furche, die ihr schiefes Gesicht noch mehr betont. Der Stolz und die Dickköpfigkeit machen es auch nicht schöner, denkt Martha bei sich. Sie hat das Gefühl, dass sie eine griechische Büste betrachtet, die vor ihren Augen auseinander bricht.

»Ich habe dir doch schon wiederholt gesagt, dass Freundschaften mit Frauen nicht meine Stärke sind«, murmelt Bep.

»An deiner Stelle würde ich daran arbeiten«, sagt Martha mit einer Entschiedenheit, die sie selbst überrascht. »Du kommst einfach mit. Ich werde dir Marlow vorstellen, eine Schülerin Mondrians. Eine bemerkenswerte Frau. Und Netty, ihre Freundin, du weißt schon, Nijhoffs Frau.«

»Nijhoffs Frau?«, fragt Bep nicht wirklich interessiert.

»Hmm.«

»Ich wusste gar nicht, dass sie in England ist. Ich dachte, sie lebt in Paris.«

»Sie machen hier Urlaub.«

»Und sie wohnt mit einer englischen Malerin zusammen?«

»Das habe ich doch gesagt.«

»Komisch.«

Martha seufzt.

»Du kommst also mit? Wir fahren nächste Woche.«

»In Ordnung. Aber ich kann nicht lange bleiben. Weißt du übrigens, dass Netty Nijhoff gerade erst ein Buch veröffentlicht hat? Mein äh … Freund, sag ich mal, hat mir davon geschrieben. Er hat es als ›kosmopolitische Erbsensuppe‹ bezeichnet.«

»Ich erinnere mich nur, dass Marlow mir gesagt hat, sie schreibe daran. Ich wusste nicht, dass es bereits auf dem Markt ist.«

»Doch, es heißt *Zwei Mädchen und ich.* Ist im Frühjahr erschienen.«

»Für Erbsensuppe ist jetzt nicht die richtige Jahreszeit. Was hältst du von einem Stück Torte?«

Acht

Durch die hohen Fenster der Kathedrale von Chichester fällt das Licht staubig auf den Steinboden. Die Sonne steht im Zenit, drinnen aber, zwischen den schweren Mauern aus dem 13. Jahrhundert, bleibt es immer kühl. Zu dieser Tageszeit ist die Kirche leer. Noch nicht einmal alte, schwarz gekleidete Frauen, die in den Holzbänken auf den Knien vor sich hinmurmeln, sind da. Von draußen dringt kein einziges Geräusch herein. Nur die Kerzen unter dem Marienbild knistern kurz, als ihre Dochte in dem geschmolzenen Wachs versinken. Ansonsten ist es vollkommen still in der Kirche. Der kühle Raum wirkt wie eine gigantische Krypta, und dieser Eindruck wird durch den schalen Geruch von Blumen und verdampftem Weihrauch noch verstärkt.

Mitten in der Kirche sitzt mit geschlossenen Augen ein Mann, noch im Mantel, den Hut auf den Knien. Es ist nicht klar zu erkennen, ob er betet, da seine Hände unter dem Mantel verborgen sind. Seine Lippen bewegen sich zwar ab und zu, doch mit welcher Absicht – um zu atmen oder um Worte zu formen –, wird ebenso wenig deutlich. Mal durchläuft seine Augenlider ein leichtes Beben, mal zuckt ein Muskel an seinem Unterkiefer.

Die Haare hat er mit Brillantine zurückgekämmt. Seine breiten Schultern sind allerdings leicht gekrümmt. Er hat den Kopf erhoben, der ab und zu jedoch vornüberkippt, um sofort danach wieder zurückzuschnellen. Es sieht aus, als schliefe er: ein erschöpfter Geschäftsmann, der seine Mittagspause dazu nutzt, in der Kirche ungestört ein Nickerchen zu machen.

Nein, er schläft nicht, denkt Tom bei sich, der schon seit gut fünf Minuten neben dem Taufstein im hinteren Teil der Kirche steht und den Mann beobachtet. Dafür ist seine Haltung zu eindringlich, auf gewisse Weise sogar erhaben. Tom blickt den Unbekannten in der Mitte der Kirche an. Seine Verärgerung über die Tatsache, dass die Kirche nicht leer ist, wie er es eigentlich erwartet und gehofft hatte, hat sich gelegt. Er kann den Blick nicht von dem Mann wenden. Er wirkt auf ihn wie der letzte Mensch auf Erden, der dem Einzigen, was ihm noch geblieben ist, von Angesicht zu Angesicht gegenübersteht: Gott.
Eine Wolke schiebt sich vor die Sonne. Die gleißenden Lichtbündel, die sich gerade eben wie Scheinwerfer den Steinboden entlanggetastet haben, verdampfen in der Dunkelheit. Im selben Augenblick schlagen die Glocken im Turm laut Mittag: zwölf Uhr. Der Mann in der Kirchenbank rührt sich nicht. Von der plötzlichen Veränderung des Lichts und der Geräuschkulisse unberührt, bleibt er kerzengerade sitzen. Als hätten die Bedingungen menschlicher Existenz auf Erden für ihn jede Bedeutung verloren: Licht oder Dunkelheit, Lärm oder Stille – sie spielen für ihn keine Rolle mehr.
Sein Körper wirkt wie eine durchsichtige Hülle, die dem heiligen Bund nicht mehr im Weg steht. Tom schaut eifersüchtig zu, während er sich leise auf der hintersten Bank niederlässt. Dies ist sein letzter Nachmittag in Chichester. Am Abend wird er den Zug zurück nach London nehmen. Er muss sich jetzt entscheiden; es lässt sich nicht länger hinauszögern. Ihm stehen zwei Möglichkeiten offen, zu

diesem Schluss ist er in den vergangenen Wochen gekommen: Er kann entweder in ein Kloster gehen oder London definitiv verlassen.

In ein Kloster zu gehen bedeutet, seine Freunde zu verlieren, da er mit diesem Entschluss bei ihnen nur auf Hohn und Spott stoßen wird. Nicht zu gehen heißt, seinen Glauben zu verlieren, da es keinen halben Glauben gibt. Seine religiöse Überzeugung und sein gesellschaftliches Leben haben sich zu weit voneinander entfernt. Damit könnte er zwar gerade noch leben, aber seine Arbeit ginge daran zugrunde. Er spürt, dass er seine Poesie nur noch innerhalb der Mauern der Kirche zum Erglühen bringen kann. Er muss sein Vorstellungsvermögen mit seiner religiösen Sehnsucht verbinden, wenn seine Dichtkunst überhaupt noch irgendeinen Nutzen haben soll. Wieso zögert er dann noch?

Er seufzt. Er zögert, weil er nicht weiß, ob er jemals über den selbstlosen Seelenfrieden des Mannes vor ihm verfügen wird. Er kennt sich doch. Er wird von zwei sich widersprechenden Sehnsüchten angetrieben: von dem Verlangen nach reiner, kontemplativer Stille und von dem Verlangen nach Lärm und Chaos. In den vergangenen Tagen ist ihm diese Atmosphäre der Demut und der Heiligkeit wieder dermaßen auf die Nerven gegangen, dass er am liebsten die beiden Kerzen auf dem Altar auf dem Boden zerschmettert oder die alte Frau, die jeden Tag in Begleitung ihres Enkels nach den Blumen sieht, aus der Kirche geworfen hätte. Unerträglich, wie dieser Junge zu ihm aufgeschaut hatte, mit dieser verlegenen Unschuld im Blick.

Er kann ohne den wüsten, brummenden Lärm der Stadt nicht leben. So wie ein heftiger Sturm ihm jedes Mal Erleichterung verschafft, so nimmt ihm die Stadt mit ihrem nicht enden wollenden Strom von Stimmen, Autos, Kut-

schen und Pferden seine Gefühle der Unruhe und seine gewalttätigen Neigungen.
Aber es kommt auch immer wieder der Moment, an dem der Lärm ihm zu viel wird. An dem er darüber den Verstand zu verlieren droht. Er umklammert mit zitternden Händen die Lehne der Bank vor sich. Zwingt sich zur Ruhe, versucht, sein Verlangen nach der Stille des Klosters erneut hervorzurufen. Ein Verlangen, das so stark ist, dass er manchmal kein einziges Geräusch, keine einzige Stimme, keinen einzigen Menschen mehr ertragen kann. Und schon gar nicht Vivien. Wie oft bringen ihre Worte ihn auf die Palme? Jedes Gespräch mit ihr kommt einem Mordanschlag gleich. Deswegen ergreift er die Flucht. Chichester ist sein Zufluchtsort. Doch kaum setzt er einen Fuß über die Schwelle des Gotteshauses, fängt es in seinem Kopf an zu gären, und das Lächeln des kleinen Jungen schleicht sich wieder in seine Gebete. Noch immer starrt Tom den Mann in der Mitte der Kirche an. Ob er verheiratet ist? Kinder hat? Tom seufzt und schließt die Augen.

Am Ufer des breiten Mississippi stehen ein Mann und ein ungefähr achtjähriger Junge. Der Junge trägt eine Mütze und eine braune Tweedjacke, die zur Hälfte zugeknöpft ist. Die Hose reicht ihm nur bis an die Knie. Darunter trägt er dicke, braune Strümpfe, über denen ein schmaler Streifen seiner nackten Beine zu sehen ist. Der Mann erklärt dem Jungen geduldig, wie er die Angel auswerfen muss. Er macht es ihm ein paarmal vor. Die Sonne breitet eine silberne Glut über die Wasseroberfläche aus. Der Mann holt die Angel wieder ein und gibt sie dann weiter. Er legt seine rauen Hände auf die des Jungen. Zusammen werfen sie die Angel erneut aus. Gespannt schauen sie hinaus aufs Wasser. Mit einem Mal wiegt der Schwimmer auf und ab und wird dann unter Wasser gezogen. Der Junge schaut ängstlich zu seinem Vater. Der Mann umfasst die Hände des Jungen noch fester und reißt die Angel ruckartig nach rechts. Sie ziehen einen fetten Fisch heraus.

Tom legt den Kopf in den Nacken und starrt hinauf in die hohe, graue Kuppel über dem Altar, eine Kuppel, die ihn in die endlosen Ebenen von Trost und Erlösung entführen soll. Aber er spürt nichts. Stattdessen wallt hinter seinen Augen ein dumpfer Schmerz auf. War er der Junge gewesen, der dort am Ufer gestanden und geangelt hatte? Und was war dann geschehen? Er weiß es nicht mehr. Warum haben sie die Möglichkeit verpasst, Kinder zu bekommen? Ein Kind hätte sie von diesem ewigen Kampf gegen die eigene Unvollkommenheit befreien können. Warum war das völlig unmöglich, völlig undenkbar gewesen? Aber es ist noch nicht zu spät. Er kann immer noch gehen. Und irgendwo anders von vorn anfangen.
Er setzt sich wieder gerade hin. Jetzt weiß er es genau. Die Lösung ist einfach und wunderbar zugleich. Einfach weg. Eine Einladung irgendwohin. Zu einer Gastdozentur, weit weg von London und Vivien. Vielleicht sogar nach Amerika. Er könnte sein Vaterland wiedersehen. Und Emily, seine alte Freundin, die noch immer auf ihn wartet.
Der Mann in der Mitte der Kirche steht auf und geht auf steifen Beinen den Mittelgang hinab. Als er an Tom vorbeikommt, nickt er ihm steif zu und tippt an seinen Hut. Komischer Kauz. Aber er, Tom, muss auch fort. Er muss das Theaterstück mit Bell besprechen, seine Sachen holen und dann zum Bahnhof. Sein Entschluss steht fest. Er hat bereits die Hand auf die Türklinke gelegt, als er zögert und sich umdreht.
Klar doch, warum auch nicht? Er geht zurück zum Taufstein

und schaut in die tiefe Schale, in der noch ein wenig Wasser steht. Diesen Entschluss muss man ordentlich absegnen. Statt vorsichtig einen Finger ins Wasser zu tauchen, legt er gleich beide Hände hinein. Er wirbelt das Wasser auf, dass es an die beschädigten Ränder spritzt, und streckt dann die Hände mit gespreizten Fingern theatralisch in die Luft, sodass ihm die Tropfen aufs Gesicht fallen.
Durch das Bleiglasfenster in der Rosette über dem Eingang fällt ein rot gefärbter Lichtstrahl auf seine Fingerspitzen. Erschrocken schaut er sie an, steckt die Hände in die Taschen und verlässt schnell die Kirche.

Neun

Nur selten trifft sie auf dieser Bank am Teich im St.-James-Park jemanden an. Vielleicht liegt es daran, dass die Bank wegen der abgeblätterten Farbschicht ein wenig traurig aussieht; außerdem liegt sie halb hinter hohen Sträuchern verborgen. Aber dort kann Martha wenigstens ungestört lesen. Ab und zu wirft sie einen besorgten Blick nach oben. Wie riesige Vögel ziehen die Wolken am Himmel entlang und hindern die ohnehin schwache Herbstsonne daran, ihre dünnen Strahlen in den Boden zu pflanzen. In der Ferne hört Martha den Big Ben vier Uhr schlagen. Sie muss sich beeilen. In einer halben Stunde ist sie in einem Pub in Holborn mit Billy verabredet.

Sie schlägt Menno ter Braaks *Hampton Court* zu, steckt das Buch in ihre Manteltasche und verlässt den Park. Ist das nun die Prosa eines »richtigen Kerls«? Was für ein pathetisches und sentimentales Geschwätz. Dieser Roman ist praktisch das Gegenteil der Parkbank: Der Verfasser hat so viele Liter Farbe darauf geschmiert, dass man das Rohmaterial darunter nicht mehr sieht. Warum steckt die Hauptperson eigentlich in solch einer enormen existenziellen Krise? Gut, er hat sich von einer Frau getrennt, aber warum? Sie kann Bücher nicht ausstehen, die auf Gefühlen beruhen, ohne den Boden, in dem diese wurzeln, zu untersuchen. Aus welchem Grund Bep diesen Roman für einen großartigen Wurf hält, ist ihr ein Rätsel.

Es fängt an zu regnen. Sie beschleunigt ihre Schritte und biegt in die Parliament Street. In der Whitehall könnte sie eventuell den Bus nehmen. Ter Braak hat auf ihren Essay noch immer nicht reagiert. Ob das ihr Urteil vielleicht beeinflusst hat? Was wäre, wenn er ihr postwendend einen völlig begeisterten Brief geschrieben hätte? Vielleicht hätte ihr sein Buch dann um einiges besser gefallen. Ist doch etwas dran an der Redensart: »Wie du mir, so ich dir«? Jedes Mal, wenn jemand ablehnt, einen Essay von ihr zu veröffentlichen, fühlt sie sich wie eine Bleistiftzeichnung, von der wieder ein Teil ausradiert wird.
Sie überquert die Downing Street und bleibt zögernd stehen, als sie vor der Amtswohnung des Premierministers eine große Menschentraube erblickt. Ungefähr zwanzig berittene Polizisten überholen sie im Trab. Martha kann ihre Neugier nicht zügeln und geht in Richtung des Hauses mit der Nummer 10.

Sie stellt sich auf die Zehenspitzen und versucht, über die hohen Hüte und erhobenen Regenschirme hinweg etwas zu erkennen. Ein Grölen wird laut. Die Melonen lachen spöttisch, doch hier und dort ruft eine etwas schäbigere Mütze »Bravo«. Es gibt kein anderes Land auf der Welt, in dem sich die politische Einstellung so leicht an der Wahl der Kopfbedeckung ablesen lässt. Sie drängt sich weiter nach vorn.
»Immer mit der Ruhe, Miss«, brummt ein Mann, dem es nicht gelungen ist, den Trenchcoat über seinem enormen Bauch zuzuknöpfen. »Wir alle wollen dieses Weltwunder sehen.«
Ganz vorn erblickt sie einen kleinen, weißen Schemen, der quer durch die Menge geht. Die Bobbys halten die Masse zurück, sodass er die drei Stufen bis zum Treppenabsatz

hinaufgehen kann. Wie eine weiße Taube, die sich langsam aus einem Feld mit schwarzen Krähen erhebt, kommt er oben an. Verlegen lachend dreht er sich zum Publikum um, nickt und verbeugt sich ein paarmal. Um den mageren braunen Körper trägt er nichts als ein weißes Stofftuch. Er ist so klein, dass er noch nicht einmal die Metallspiralen der Umzäunung neben sich überragt. Seine wenigen, kurz geschnittenen Haare über den Ohren sind genauso weiß wie das Tuch, das er in komplizierten Falten am Körper trägt. Er faltet die Hände vor der schmalen Brust und lächelt den Zuschauern nochmals schüchtern zu, so wie ein kleines Kind es manchmal tut, wenn es abends aus dem Bett kommt und den Gästen seiner Eltern vorgestellt wird. Das Publikum schaut atemlos zu, wie der zerbrechliche, fast wie eine Märchenfigur wirkende Mann sich von den Fotografen nicht beeindrucken lässt, die sich zwischen den das Gebäude abriegelnden Polizisten hindurchdrängeln. Noch immer verbeugt er sich freundlich lächelnd.

»Haben Sie keine kalten Füße?«, ruft jemand direkt hinter Martha.

Die Umstehenden fangen an zu lachen. Auch Martha schaut zu den offenen Sandalen, die unter den dünnen, nackten Beinen des Mannes hervorragen. Aber er schüttelt verneinend den Kopf und verbeugt sich nochmals tief vor den schwarzen Hüten, Regenschirmen und Trenchcoats.

Neben dem weiß gekleideten Mann taucht nun Ramsay MacDonald auf, der Premierminister des gerade neu gebildeten Kabinetts. Wie ein Riese überragt er seinen Gast. Er ergreift die schmale, runzlige Hand des lächelnden Mannes neben sich und hält sie lange fest, während er streng und kerzengerade vor den Fotografen posiert. Verblüfft betrachtet Martha diese beiden Extreme der Menschlichkeit, die mit ineinander gelegten Händen auf dem verregneten

Treppenabsatz stehen – das eine steif und zeremoniell in seinem langen Trenchcoat und mit Hut, das andere mit krummen Schultern unter dem weißen Tuch.
Dann zieht der kleine Mann seine Hand plötzlich zurück. Er bläst kurz hinein und lässt sie anschließend ganz nachdrücklich durch die Luft flattern. Sein Gesicht ist zu einer fröhlichen Grimasse verzogen. Seine dunklen Augen funkeln hinter den Brillengläsern. Das Publikum lacht aus vollem Hals.
»Lass dich nicht übers Ohr hauen!«, ruft eine junge Frau. »Wir stehen hinter dir!«
Er lächelt, verbeugt sich ein letztes Mal tief vor den Zuschauern und trippelt dann hinter dem Premierminister her.

—

»Gandhi, ich habe Gandhi gesehen!«, sagt Martha schwer atmend, als sie sich gegenüber Billy auf einen Stuhl an einem der runden Tische des »Lion's Pub« fallen lässt.
»Es war unglaublich. Er ist so klein, so winzig klein, dass man ihn am liebsten in die Arme nehmen und vor den englischen Haien schützen möchte, aber«, sie schnappt nach Worten, »zugleich strahlt er eine solche Kraft aus, dass man wirklich glaubt, er mit seinem albernen weißen Tuch könne einen anderen und viel schöneren Weg hin zum Frieden finden. Er stand einfach nur da, barhäuptig, und verbeugte sich die ganze Zeit auf dem nassen Treppenabsatz vor dem Meer aus Hüten und aufgespannten Regenschirmen. Es sah so aus, als wäre er der Einzige, der den Regen nicht spürte.«
»Da wäre ich mir aber nicht so sicher«, antwortet Billy spröde und spielt mit dem Bierglas, das er in der Hand hält. »Sie geben sich nur zum Schein mit diesem Mann

ab. Sie wiegen ihn in der Illusion, dass auch seine Stimme zählt, laden ihn ein, an der Konferenz am runden Tisch teilzunehmen, empfangen ihn wie einen bedeutenden politischen Würdenträger, aber ich versichere dir, dass es noch sehr lange dauern wird, ehe Indien die versprochene Unabhängigkeit erhält.«

»Du hast ihn nicht gesehen«, sagt sie unbeirrt. »Er ist wirklich sehr beeindruckend. Er wirkt hilflos, aber genau das ist seine Stärke. Indien hat ohnehin eine schwächere Armee als England und muss demnach zu anderen Mitteln greifen. Ich glaube, dass Gandhi ein nicht zu unterschätzender Gegner ist.«

»Nicht mehr lange, dann machen sie mit ihm, was deine Regierung mit ihren Freiheitskämpfern macht: einbuchten, unschädlich machen. Es steht viel zu viel auf dem Spiel.«

»Was, ist Sukarno verurteilt?«

»Ja, zu vier Jahren Gefängnis. Hast du das noch nicht gewusst?«

Sie schüttelt den Kopf.

Billy mustert die blonden Locken, die an ihren Wangen kleben, und schaut ihr dann in die vor Aufregung funkelnden Augen. Er steckt sich eine Zigarette an. Er hat sie nicht vergessen können. Alkohol, andere Frauen – nichts hilft. Sie hat sich ihm unauslöschlich eingeprägt, ist unersetzlich. Woran es wohl liegen mag? Er weiß es nicht. Es gibt genug andere schöne Frauen in der Stadt. Aber er spürt, dass er nie mehr von ihr loskommen wird. Sie ist für ihn so etwas wie ein Bindeglied zwischen heute und damals.

»Können wir jetzt das Thema wechseln? Ich habe dich seit über einem halben Jahr nicht mehr gesehen.«

»Schon so lange?«

Ihr Ton gefällt ihm nicht. Zu locker, zu lässig. Wenn sie

ihn auch nur ein kleines bisschen vermisst hätte, redete sie nicht so leicht daher.

Dennoch gibt er die Hoffnung nicht auf – wider besseres Wissen. Wie ein zum Tode Verurteilter, der hofft, dass der Strick im entscheidenden Moment reißen wird.

»Acht Monate, ja, um genau zu sein.«

»Und wie geht 's dir? Was hast du in letzter Zeit so alles angestellt?«

Angestellt! Als wäre er ihr kleiner Bruder! Nicht ein Hauch von Sehnsucht. Kein leichtes Zögern, das ein vorsichtiges Erkunden ihrer Beziehung verriete. Kein Stocken, das Spielraum lässt für einen Verführungsversuch. Überhaupt nichts. Das Beste wäre, er ginge, jetzt sofort, einfach weg, bevor er sie über den Tisch zu sich heranzieht und sie so fest umklammert, dass sie diese Gleichgültigkeit ein für alle Mal sein lässt.

»Nichts Besonderes.«

»Oh. Wollen wir noch etwas bestellen?«

Eine halbe Stunde später hat Martha den Auftritt Gandhis vor dem Haus in der Downing Street Nummer 10 wieder vergessen. Nur mit allergrößter Mühe hat sie ein Gespräch mit Billy in Gang bringen können. Die wichtige Neuigkeit, die er ihr angeblich mitteilen wollte, ist eine neue Variante der alten Geschichte. Ihr Vater sei von einer Spezialabteilung der Militärpolizei verhaftet und wahrscheinlich in ein Arbeitslager verbracht worden. Das hat sie bereits gewusst.

»Wohin denn?«

Billy zuckt mit den Schultern.

»Das habe ich noch nicht herausgefunden.«

»Wie ist es nur möglich, dass noch nicht einmal du mehr erfährst als Russell, der doch keinen Zugang zu den Militärarchiven hat?«

»Russell, wieso?«
»Ich habe mit ihm gesprochen, letzte Woche. Er meint auch, dass mein Vater in ein Lager nach Schottland oder Dartmoor gebracht wurde.«
Er schaut sie nervös an.
»Der sagt doch alles, um seine eigene Haut zu retten.«
»Wie kannst du so etwas behaupten? Ich habe ehrlich gesagt keine Lust mehr auf diese vagen Hypothesen und Beschuldigungen. Irgendwie habe ich den Eindruck, dass du mich mit dieser Geschichte nur hierher gelockt hast. Wenn du mich sehen willst, kannst du das doch einfach sagen.«
Billys Kiefer mahlen.
»Irgendetwas stimmt hier nicht ...«, murmelt er. »Ich weiß nicht genau, was, aber irgendetwas s-stimmt hier nicht.«
»Können wir jetzt damit aufhören? Ich muss weg.« Sie steht unvermittelt auf, nimmt ihre Tasche und geht zum Ausgang. Gerade als sie in der schmalen Eingangshalle die Tür öffnen will, hält Billy sie von hinten an den Schultern fest. Sie dreht sich um und erschrickt über seinen verbissenen Gesichtsausdruck. Seine zu Schlitzen verengten Augen schauen sie nicht an, sondern brennen auf ihrem Gesicht.
»Du glaubst wohl, du kannst dir alles erlauben?«, zischt er und drückt sie an die Wand.
»Ich gebe mir die größte Mühe, suche Leute zu Hause auf, sitze tagelang in irgendwelchen Archiven, weil ich ... weil du ...«
Er schweigt und wischt sich mit einer nervösen Handbewegung den Schweiß von der Stirn.
»Ja, warum eigentlich?«, fragt sie herausfordernd. Sie verspürt keine Angst, kein Mitleid, sondern nur Widerwillen gegen das gequälte Gesicht vor sich.
»Weil ich ...«

Er hält ihren Kopf fest und küsst sie grob auf den Mund.
»Hör auf!«
Sie schiebt ihn zurück, aber er drückt sie noch fester an die Wand; die Hände hat er wie eine Klammer um ihr Kinn gelegt. Mit aller ihr zur Verfügung stehenden Kraft tritt sie ihm so lange mit ihrem Absatz auf den Fuß, bis er flucht und sie loslässt. Sie überlegt keine Sekunde und rennt auf die Straße hinaus.

Zehn

Die lobenden Rezensionen in den Zeitungen haben ihr Flügel verliehen. So wie sie jetzt den Gang entlang zum Frühstückstisch schwebt, den *Manchester Guardian* locker in der linken Hand, berühren ihre Füße den roten Teppich nicht. Ihren alten, steifen Beinen ist die Spannkraft einer Anna Pavlova verliehen. Sie geht nicht ins Frühstückszimmer, in dem Leo sie mit Kaffee und Toast erwartet, nein, sie tanzt, und die Zeitung, die drei Spalten zählende Eloge auf *The Waves* mit der fett gedruckten Schlagzeile »The Rhythm of Life«, tanzt mit ihr mit.

Ihr Buch wird als selten tiefsinniges Poem bezeichnet, das noch weiter in das menschliche Herz vorstoße als *Die Fahrt zum Leuchtturm*. Wiederholt heißt es, es sei ihr bislang bestes Buch. Sogar die *Times* spart zum ersten Mal nicht mit Lob. Obwohl die Kritiker natürlich keine Ahnung haben. Sie loben die Darstellung ihrer handelnden Personen – »geschliffen wie altes venezianisches Glas« –, obwohl die Figuren doch ineinander übergehen wie … ja, wie was? Wie Wellen natürlich.

Sie bleibt in der geöffneten Tür stehen und schaut ihren Mann an, der über die Zeitung gebeugt an seiner Kaffeetasse nippt. Er hat sie nicht hereinkommen hören; wie immer ist er in seine Morgenlektüre vertieft. Seine dunkle Gestalt hängt steif über dem weißen Tischtuch. Die scharfen Linien des Alters und der Erschöpfung um seinen

Mund sind sogar aus dieser Entfernung gut zu sehen. Er liest die Zeitung nicht, denkt sie bei sich, er frisst sie. Er hat etwas von einer Amsel an sich, die den ganzen Tag mit dem Schnabel Würmer aufpickt.

Würmer mehr als reichlich übrigens. Jeden Tag hält er ihr ausführliche Vorträge über die bedrückende politische Lage in Europa. Über Hitler, der gut hundert Sitze im Reichstag erobert hat. Über den Völkerbund, der die Waffenarsenale auf dem jetzigen Stand einfrieren will. Als könnte man mit eingefrorenen Gewehren nicht schießen! Ach, die Menschheit ist ohnehin verdammt. Sie möchte über etwas anderes reden, möchte Erinnerungen an früher auffrischen, über ihre Liebe zur Literatur sprechen. Doch Leo wird ungeduldig, wenn sie die Kunst erwähnt.

Diese Zeit verlange nach aktivem Handeln, nicht nach Fantasie, pflegt er zu sagen. Sie ist anderer Meinung. Sie kämpft mit ihrer Feder, während er immer öfter irgendwelche Sitzungen der Labour Party besucht. Außerdem findet sein Buch nur wenig Anklang. Jahrelang hat er an *Nach der Sintflut* gearbeitet, doch niemand hat auf seine Erkenntnisse gewartet.

Sie seufzt. Das leichte Gefühl in ihren Beinen ist verschwunden. Sie legt die Zeitung zusammen und steckt sie in die Tasche ihres Morgenrocks. Langsam, ein wenig schüchtern, geht sie auf den Frühstückstisch zu.

Leonard wirft ihr einen kurzen Blick zu.

»Gut geschlafen?«, fragt er, während er ihr Kaffee einschenkt.

Sie nickt.

»Einen Toast?«

»Nein, danke.«

Er zieht die Augenbrauen hoch. »Du musst etwas essen.«

»Vielleicht nachher.«
Sie trinken schweigend ihren Kaffee.
»Hast du den *Manchester* gelesen?«
Er hatte ihr die Zeitung nach langem Drängen von John Lehmann, dem neuen Leiter ihres Verlages, am Vorabend neben das Bett gelegt.
Sie nickt, sagt aber nichts. Sie zögert noch, wagt es im Grunde genommen nicht, darüber zu reden. Sie fürchtet, sie könnte ihn verletzen. Aber wenn sie die Freude eines Morgens nicht mehr mit ihm teilen kann, was hat sie hier dann noch länger zu suchen? Sie tastet in ihrem Morgenrock nach dem Tabaksbeutel und dreht sich eine Zigarette.
»Iss doch erst ein wenig, bevor du dir wieder eine ansteckst.«
Sie nickt brav, legt die Zigarette neben den Teller und nimmt einen Schluck von ihrem Kaffee. Sie denkt an die ersten Jahre ihrer Ehe zurück. Sie waren jung, unbekannt und wollten sich der Schriftstellerei widmen. Jeden Tag redeten sie an einem Stück über die Literatur. Wenn sie etwas geschrieben hatte, las sie es ihm vor. Genau wie er ihr aus seinen Arbeiten vorlas. Ohne Hintergedanken, ohne diplomatische Schachzüge. Warum ist das mittlerweile so schwierig geworden?
»War es ein langer Artikel?«, murmelt Leo.
»Drei Spalten.«
Er pfeift durch die Zähne und stellt seine Kaffeetasse mit einem lauten Schlag auf den Tisch.
»Drei Spalten! Gut?«
»Ja, sehr gut«, erwidert sie unschlüssig. Warum darf sie nicht jubeln, die Rezension laut und in spöttischem Ton vortragen, so wie früher? Warum können sie sich nicht mehr gemeinsam über etwas freuen?

»Natürlich, natürlich. Auf einmal traut sich niemand mehr, etwas Negatives zu schreiben.«

Sie wirft ihrem Gatten einen scheuen Blick zu. Er hängt vornübergebeugt auf dem Stuhl; mit zusammengebissenen Kiefern dreht er dauernd die leere Tasse in den Händen. Um seine Lippen spielt ein gezwungenes Lächeln.

»Und du? Hast du heute Morgen noch etwas geerntet?«

Sie versucht, die Frage möglichst beiläufig zu stellen, und tippt spielerisch auf den Stapel mit den Zeitungen, der auf dem Tisch liegt.

»Nein. Nichts. Kein Wort. Noch nicht einmal eine kurze Erwähnung. Ach, die Leute suchen nach Ablenkung. Sie haben keine Lust auf Politik, flüchten sich lieber in eine Fantasiewelt. Wer will es ihnen übel nehmen?«

»Du«, erwidert sie, spitzer als beabsichtigt.

Sie erschrickt über ihren gereizten Tonfall. Lass das, denkt sie. Einem bereits bestraften Kind versetzt man keinen Eselstritt, sondern man versucht, es zu trösten. Aber das schafft sie nicht. Sie hat keine Lust, die Mutter eines untröstlichen Kindes zu spielen. Er könnte sich wenigstens ein wenig für sie freuen.

»Ja, ich. Aber wer hört schon auf mich?«

Niemand, denkt sie verbittert bei sich. Niemand hört auf dich. Und nicht, weil sie Angst vor dir haben, sondern weil du es nicht verstehst, sie zu berühren. Weil du ihnen ihre Gefühle abnimmst und sie mit deinen theoretischen Bespiegelungen abstrahierst. Die Leute mögen es nicht, wenn ihnen in einem Buch belehrende Vorträge gehalten werden. Das machen sie im Alltag schon zur Genüge mit. Sie wollen, dass ein Buch sie in unergründliche Schichten entführt, zur Quelle der Schmerzen. Du aber mimst den Lehrer, der mit seinen weisen Lehren angeblich nur ihr Bestes will, dabei selbst aber kein Risiko eingeht. Das finden sie nicht fair.

Schweigend schenkt sie Kaffee nach.
Bedrückt schaut Leonard zu, wie Virginia ihre Zigarette anzündet. Er weiß, wie unfair es von ihm ist, seine Enttäuschung an ihr abzureagieren. Er verachtet sich selbst dafür, kann aber nichts dagegen tun. Seine ganze Arbeit war vergeblich. Zehn Jahre Blut, Schweiß und Tränen werden im Handumdrehen der Vergessenheit anheim fallen. Niemand will die Bücher eines *miserable jew* lesen. Sogar seine Frau treibt ihren Spott mit seiner Abstammung. »Ich bin verheiratet mit einem mittellosen Juden«, hat sie jedem, der es hören wollte, verkündet. Und dann noch ihr Desinteresse an den Vorgängen auf der Welt. Es macht ihm immer mehr zu schaffen. Für den in Mitteleuropa aufkommenden Antisemitismus hat sie nur ein Achselzucken übrig. Einen gelangweilten Blick, das ist alles, was sie sich abringen kann, mehr nicht.

Virginia starrt aus dem Fenster. In einiger Entfernung sieht sie, wie die Baumwipfel auf dem Tavistock Square sanft im Wind hin und her wiegen. Vielleicht noch zwei, höchstens drei Wochen, dann haben sie gar keine Blätter mehr. Die Vögel werden in den Süden aufbrechen, die Insekten im Boden verschwinden. Im Park wird monatelang kein Schmetterling zu sehen sein. So verstreicht es also, denkt sie bei sich, unser Leben. Und unterdessen verrichtet auch sie ständig die gleichen Handgriffe. Sie atmet, isst, raucht, schläft und streicht Worte durch. Nicht mehr lange, dann wird sie fünfzig. Mal hat sie das Gefühl, dass sie schon seit fünfhundert Jahren lebt, mal, dass sie noch ein sechsjähriges Mädchen ist, das in einem vollen Bus verlegen einen Sitzplatz sucht. Doch ehe man es merkt, ist alles vorbei; und dann wird auch sie wie ein verdorrtes Blatt vom Baum fallen.

Mit einem Seufzer drückt sie die Zigarette im Aschenbecher aus. Sie will weitere zehn, fünfzehn Jahre, um noch ein paar Bücher zu schreiben. Das ist alles, was sie sich wünscht. Um ihr Experiment noch eine Weile fortsetzen zu können. Ihren Versuch, dem Tod ein Schnippchen zu schlagen. Sie schaut ihren Ehemann an. Wie er schweigend die Zeitung zur Hand nimmt und so tut, als läse er sie aufmerksam. Wie er damit eine unüberbrückbare Kluft zwischen ihnen schafft. Er will mich nicht mehr, überlegt sie. Ohne es zu merken, hat sie ihn überwuchert. Er weiß nicht mehr, womit er sie bekämpfen soll. Er versucht es mit Schweigen und Fürsorge, aber vergeblich. Sie wächst immer weiter, schießt wie Unkraut zwischen seinen Fingern in die Höhe.
Warum sollte sie noch mehr Bücher schreiben? Wozu all die Mühe, wenn es sie doch nur von den Menschen entfremdet, die sie liebt? Nessa ist eifersüchtig, Clive lässt keine Gelegenheit aus, sie mit ihrem Erfolg aufzuziehen, und Leo läuft tagelang schmollend durch die Gegend. Soll sie etwa Apfelkuchen backen? Ob sie das glücklich machte? Seit fast zwanzig Jahren sind sie jetzt verheiratet. Ihre Ehe plätschert so vor sich hin. Ohne Leidenschaft, dafür aber mit gegenseitigem Respekt. Aber auch der lässt nun nach. Zu viel Lob von Dritten ist der Hochachtung vor dem anderen offenbar nicht gerade förderlich. Nachdenklich starrt Virginia ihren lesenden Gatten an.

»Hast du schon einmal etwas mit einer anderen Frau gehabt?«
Leonard fährt hoch.
»Wovon redest du?«
»Ach, das würde mich einfach interessieren.«
»Nur so?«

»Ja, nur so.«
»Nein«, brummt Leonard. »Na ja, vor zwanzig Jahren mal, wie du weißt, aber seither nicht mehr.«
»Vermisst du es nicht?«
»Nein, nicht mehr. Früher schon.«
»Wir werden alt«, sagt sie lächelnd.
»Ja, das wird es sein.«
»Trotzdem stehe ich morgens manchmal auf und denke: Ich könnte einen Mord begehen für einen Liebhaber.«
Überrascht zieht er die Augenbrauen hoch.
»Auch heute Morgen?«, fragt er zögernd.
»Nein, heute Morgen nicht.«
Heute Morgen hat sie sich nicht nach einem Liebhaber gesehnt. Das liegt an der Zeitung. Die kann zuweilen auch ein Liebhaber sein. Unwillkürlich muss sie an Vita denken. Sie vermisst ihren draufgängerischen Mut, ihr entschlossenes Auftreten. Sie vermisst ihre Hände, die ihre eigene Angst und Unsicherheit durchbrochen haben. Sie vermisst ihr Lachen.

Leonard tritt an seinen Sekretär, greift nach einem Brief und legt ihn ihr neben den Teller. Neugierig betrachtet Virginia die seltsame Briefmarke auf dem weißen Umschlag. »Wir haben einen Brief von Charlotte aus Amsterdam bekommen, du weißt schon, der Nichte meiner Mutter«, sagt Leonard. »Sie schreibt, dass ihr ältester Sohn in drei Wochen England besucht. Er hat letztes Jahr seine Abschlussprüfung bestanden, weiß nicht recht, was er will, und wird zunächst einmal für ein Jahr nach Cambridge gehen, um dort zu studieren. Sie fragt an, ob wir uns nicht ein wenig um ihn kümmern könnten. Ihm London zeigen, ihn ein paar Leuten vorstellen, na ja, was man halt so macht.«

»Wir wollten doch nach Rodmell fahren!«
»Das könnten wir ja verschieben.«
»Ich habe mich so darauf gefreut. Können wir nicht jemand anderen dafür finden?«
»Ich verstehe nicht, warum du dich immer so anstellst, wenn es um Verwandte von mir geht. Wenn auf einmal eine ferne Cousine von dir auftaucht, lässt du gleich alles stehen und liegen.«
»Es geht nicht um Verwandte von dir!«
»Ach nein?«
»Also gut!«, sagt sie beschwichtigend. »Aber können wir wirklich nicht jemand anderen finden, der das für uns übernimmt? Wir haben keine Zeit, tagelang mit einem jungen Mann aus den Niederlanden die Stadt zu durchstreifen. Wäre das nicht etwas für Julian?«
»Vielleicht«, sagt Leonard, den Mund voller Toast. »Oder die junge Frau, die unsere Druckfahnen korrigiert, wäre die nicht die bessere Wahl? Sie kommt schließlich auch aus den Niederlanden. Jacob spricht kaum ein Wort Englisch.«
»Martha ist keine junge Frau, Leo. Sie ist fast dreißig.«
»Wirklich? Na ja, spielt doch keine Rolle. Wir könnten ihr sogar einen kleinen Unkostenbeitrag anbieten. Sie sucht schließlich eine Stelle.«
»Als bezahlter Anstandswauwau?«
»Warum nicht?«
»Red keinen Unsinn. Aber wie du willst, ich werde sie fragen, sobald sie wieder da ist. Tom hat mir gesagt, sie sei nach Cornwall gefahren. Unter der Voraussetzung, dass du eine anständige Korrekturarbeit für sie hast. Sie liegt mir schon seit Monaten deswegen in den Ohren.«
»Gut, was haben wir denn diesen Winter?«
»Frag das lieber John. Der hat den Laden ohnehin übernommen.«

»Ganz so ist es nun auch wieder nicht.«
»Ich mach mich an die Arbeit«, sagt sie erschöpft, »sehen wir uns beim Lunch?«
»Du hast noch nichts gegessen!«
»Heute Mittag, heute Mittag«, murmelt sie, während sie an ihm vorbei aus dem Zimmer geht.

Elf

»Hier ist es, Tom, schau!«
Vivien deutet auf das Namensschild neben der Tür: »Dr. A. Stephen«. Sie betrachtet das Kupferschild genau, als müsste sie sich selbst von der schlichten Tatsache überzeugen, dass sie die Arztpraxis gefunden hat.
Es bereitet Tom offensichtlich Mühe, sich damit abzufinden; er ist erstaunt, dass seine Frau es trotz ihrer chaotischen Art geschafft hat, die in aller Eile hingekritzelte Adresse zu finden. Damit hatte er nicht gerechnet. Er hatte sie begleitet, weil er davon überzeugt war, dass sie nach spätestens einer Stunde wieder nach Hause zurückkehren würden. Aber nein, jetzt stehen sie hier, und nichts kann Vivien noch davon abhalten, zu klingeln und ihn durch die dunkelbraune Tür ins Innere zu schieben. Geschlagen starrt er seine Frau und ihre absurde Kopfbedeckung an. Es ist bereits November, doch Vivien trägt einen riesigen blauen Sonnenhut, der ihr halb über die Ohren rutscht. Als er sich umdrehen will, zieht Vivien ihn am Ärmel seines Mantels mit hinein.
»Komm schon. Wir sind auf die Minute pünktlich.«
Er spricht sich Mut zu, als sie den dunklen Korridor zum Wartezimmer entlanggehen. Das ist das erste und zugleich letzte Mal. Vorgestern hat er die Einladung bekommen; er soll in Boston Gastvorlesungen halten. Nur noch ein paar Monate, dann sitzt er auf dem Dampfer nach Amerika.

Allerdings weiß Vivien es noch nicht. Er hat noch nicht den Mut aufgebracht, es ihr zu sagen. Er ist heute mit ihr gegangen, damit sie den Eindruck hat, dass auch er alles Mögliche tut, um ihre Ehe zu retten. Es ist das einzige Mittel gegen dieses nagende Schuldgefühl. Wenn es bei dem Arzt unerträglich werden sollte, dann wird er einfach den Hut nehmen und gehen.

—

»Setzen Sie sich.«
Dr. Stephen, ein hoch gewachsener, grauhaariger Mann von unauffälligem Äußeren, deutet mit einer kurzen nervösen Handbewegung auf die zwei Ledersessel, die vor seinem Schreibtisch stehen.
Ist das ein Arzt?, fragt sich Vivien, während sie den Mann vor sich unauffällig mustert. Er sieht eher aus wie ein Büroangestellter.
Dr. Stephen räuspert sich und blättert ein wenig in den Papieren, die vor ihm auf dem Tisch liegen.
»Was kann ich für Sie tun?«
Vivien schaut scheu zu ihrem Mann hinüber. Die Beine von sich gestreckt, hängt Tom mit einem mürrischen Gesichtsausdruck gleichgültig in seinem Stuhl.
»Wir sind zum Reden hierher gekommen«, sagt sie einleitend. »Das ist doch der Sinn des Ganzen, oder? Ihre Schwester, Mrs. Woolf, hat uns Ihren Namen genannt und uns versichert, Ihre Therapie bestehe nicht aus Arzneimitteln, sondern einzig und allein aus Worten. Das hat mir gefallen. Sie müssen wissen, ich nehme schon mein ganzes Leben Medikamente, die nicht die Spur helfen, im Gegenteil: Sie haben alles nur noch schlimmer gemacht. Und als Ihre Schwester von Ihnen erzählte und die guten Ergebnisse erwähnte, die bei dieser Analyse erzielt worden

seien, dachten wir, besser gesagt, dachte ich – mein Mann hat nämlich am Sinn dieser Konsultation so seine Zweifel –, dass das Ganze vielleicht auch etwas für uns, oder jedenfalls für mich, sein könnte.«

Dr. Stephen wirft ihr einen scheuen Blick zu. Er macht einen verkrampften, ängstlichen Eindruck, als wäre nicht sie, sondern er der Patient. Er reagiert kaum auf ihre Worte. Kein freundliches Nicken, noch nicht einmal ein verständnisvolles Lächeln auf den Lippen. Vivien, die praktisch schon jeden Londoner Arzt aufgesucht hat, fühlt sich zunehmend unwohler in ihrer Haut. Sie ist an steif und aufrecht vor ihr sitzende Herren gewöhnt, die mit strenger, überlegener Haltung von Anfang an klar zum Ausdruck bringen, wer das Sagen hat, aber dieser Dr. Stephen sieht nicht gerade sehr vertrauenswürdig aus. Und Tom sagt auch keinen Ton.

»Haben Sie Einwände gegen die Therapie?«, murmelt Dr. Stephen nach einer kurzen Pause.

»Dazu habe ich keine Meinung«, brummt Tom.

»Möchten Sie, dass ich ein paar Worte darüber sage?«

»Mir sind die Ausgangspunkte bekannt, ich habe nur keine Meinung dazu.«

»Verstehe.«

Wieder tritt ein kurzer Moment der Stille ein.

»Lassen Sie sich nicht in die Irre führen, Dr. Stephen«, sagt Vivien kühl. »Mein Mann hat zu allem eine Meinung, zieht es aber häufig vor, sich in Schweigen zu hüllen. Er ist lieber eine Sphinx als Cassandra, wenn Sie verstehen, was ich meine.«

Dr. Stephen schaut schnell zwischen den beiden hin und her. Das wird kein einfaches Gespräch. Virginia hatte Recht. Er wird sich äußerste Zurückhaltung auferlegen müssen, wenn er diese Mauer des Widerwillens niederreißen will.

»Ich für meinen Teil bin der Meinung«, fährt Vivien fort, da keiner der Herren das Wort ergreift, »dass es nicht schaden kann, diese Therapie einmal auszuprobieren. Obwohl mich – das muss ich zugeben – die Behandlungsmethode ziemlich überrascht. Wie soll man mit Worten etwas heilen können? Doch wie gesagt, es kann sicher auch nicht schaden. Sie müssen wissen, dass Tom und ich uns bis vor wenigen Jahren beinahe bewusstlos geredet haben. Wenn jemand dann eine Gesprächstherapie vorschlägt, können Sie wohl verstehen, dass wir uns nicht sofort sehr viel davon versprechen.«

»Ihre Beschwerden sind neurasthenischer Natur?«

»So sagt man, ja. Häufig Migräne, Ohnmachtsanfälle, aber auch allerlei andere Leiden, die wahrscheinlich eine Folge der Arzneimittel sind.«

»Mir liegt die Liste der verordneten Medikamente vor.«

»Die ist zu lang, Herr Doktor, das sieht sogar ein Laie.«

»Hmm.«

Wieder ist es lange still. Vivien schaut nervös von Tom zu Dr. Stephen. Was jetzt? Die beiden Männer schauen schweigend vor sich hin. Wird vielleicht von ihr noch mehr erwartet? Warum sagt Tom nichts? Sie rutscht unruhig auf ihrem Stuhl hin und her.

»Womit möchten Sie anfangen?«, fragt Dr. Stephen schließlich.

»Ich? Womit ich anfangen möchte?«, stößt sie erstaunt hervor. »Ich weiß nicht. Sagen Sie es. Sie werden doch wohl am besten wissen, worüber wir reden müssen.«

»Das ist nicht gesagt.«

»Wieso nicht? Sie sind doch der Arzt!«

»Wir gehen davon aus, dass nicht der Arzt, sondern der Patient selbst den Schlüssel zur Ursache seiner Leiden bei sich trägt.«
»Bitte entschuldigen Sie, Dr. Stephen, aber das verstehe ich nicht. Wenn ich den Schlüssel, wie Sie so schön sagen, in der Tasche hätte, dann wäre ich doch nicht hier.«
»Es geht darum, Ihnen zu helfen, diesen Schlüssel zu finden.«
»Nun ja, äh ... Ich bin mir nicht sicher«, sagt sie zögernd. Sie wirft ihrem Mann einen Blick zu, der mürrisch den Kopf zur Seite dreht. Da beschließt sie, das Beste aus der Situation zu machen.
»Wie ich schon sagte, Tom und ich haben früher immer sehr viel miteinander geredet. An manchen Tagen stundenlang. Doch in den letzten Jahren geht es nicht mehr. Als wenn wir das Reden verlernt hätten. Ich sage etwas, irgendetwas Albernes, und sofort ist Tom verärgert, schüttelt den Kopf, presst die Zähne fest aufeinander und brummt etwas Unverständliches zurück.«
Wieder wirft sie ihrem Gatten einen kurzen Blick zu, doch der verzieht keine Miene.
»Es sind ständig dieselben Dinge, über die wir uns streiten. Seine Arbeit, meine Krankheit. Schon seit Jahren wiederholen wir immer dasselbe, und nun hat es den Anschein, als wäre es genau diese Wiederholung, die uns die Kehle zuschnürt. Als drohten uns jedes Mal, wenn wir diese Worte erneut verwenden, die schrecklichsten Martern. Mir nimmt das den Atem, verstehen Sie; wenn ich keine Worte mehr verwenden darf, was bleibt mir denn dann noch? Meine Fäuste, gut, aber dafür sind wir natürlich viel zu zivilisiert.«
»Finden Sie das auch?«, fragt Dr. Stephen Tom ruhig.
Dieser nickt. »Als Diagnose unserer Ehe halte ich das, was

sie gesagt hat, für zutreffend, aber ob diese Diagnose auch die Ursache von Viviens gesundheitlichen Problemen ist, ist eine andere Sache.«
»Sie denken, dass es nichts miteinander zu tun hat?«
»Ich glaube, dass es sich um zwei unterschiedliche Dinge handelt.«
»Könnten sie nicht doch miteinander verknüpft sein?«
»Wenn Sie das sagen.«
»Der dieser Therapie zugrunde liegende Gedanke ist der, dass ich möglichst wenig sage, Mr. Eliot«, erwidert Dr. Stephen in liebenswürdigem Ton.
Stille.

Hier ist es noch schlimmer als zu Hause, denkt Vivien bei sich, während sie sich nervös umschaut. Er müsste mal lüften, der Herr Doktor. Man hält es hier kaum aus. Herrgott, was für eine schlechte Idee. Warum musste sie auch unbedingt darauf bestehen? Erneut schaut sie verzweifelt ihren Mann an, aber Tom starrt noch immer gelangweilt vor sich hin.
»Was genau erwarten Sie eigentlich von uns?«, fragt sie kühl.
»Ich erwarte nichts von Ihnen. Ich glaube lediglich, dass es helfen könnte, wenn Sie redeten.«
»Aber worüber denn?«, ruft Vivien.
»Über alles, was Ihnen nicht gefällt.«
»Ganz allgemein, oder wie? Nun, dann sitzen wir noch eine Weile hier.«
»Über Ihre Ehe.«
»Über unsere Ehe? Was wollen Sie denn hören? Dass es die Hölle auf Erden ist? Dass wir mal am liebsten einander den Hals umdrehen würden, um dann wieder einem Sprung in die Themse den Vorzug zu geben?«

»Zum Beispiel.«
Ihr Unterkiefer klappt herunter. Dieser Mann ist doch verrückt; so etwas nennt sich Arzt, dabei fordert er uns in seinem Sprechzimmer nur dazu auf, uns gegenseitig zu beschimpfen, was wir zu Hause auch schon den lieben langen Tag tun. Wenn er das will, kann er es haben.
»Also gut, wie Sie wollen, Herr Doktor«, sagt sie kämpferisch.
»Mein Mann lässt beispielsweise keine Gelegenheit aus, mir seine Überlegenheit zu demonstrieren. Außerdem behandelt er mich, als wäre ich ein altes Marktweib: zu schmutzig, um sie zu berühren, zu dumm, um sich mit ihr zu unterhalten. Früher haben wir mal zusammengearbeitet, müssen Sie wissen, aber das ist lange her. Als er merkte, dass meine Beiträge Hand und Fuß hatten, fing er an, mich zu verachten. Nicht offen, nein, ganz subtil. Indem er beispielsweise alles verbesserte, was ich sagte oder schrieb. Indem er mir in Gesellschaft nie beipflichtete, sondern mich der Lächerlichkeit preisgab. Indem er mich nie berührte, nicht ein einziges Mal, sodass ich mich zu guter Letzt selbst auch für abscheulich hielt. Er hat mich auch nie geschlagen. Das wäre mir viel lieber gewesen als die tägliche Portion geistigen Terrors, die er über mir ausschüttet.«

Sie hält kurz inne und schaut Dr. Stephen an.
»Soll ich fortfahren?«
Der Arzt nickt kurz, sagt aber nichts. Tom starrt, ohne eine Miene zu verziehen, düster vor sich hin.
»Also gut. Ich habe mich natürlich häufig gefragt, womit ich das verdient haben könnte, aber ich kann es beim besten Willen nicht sagen. Ich weiß selbst auch, dass ich nicht mehr so attraktiv bin wie früher, aber an meinen Hirnzellen liegt es nicht. Warum ist es nur so schwierig, zu zweit zu-

sammenzuleben, etwas gemeinsam zu unternehmen? Wir brauchen einander, um bei unserer Arbeit fruchtbar zu sein. Unsere Stimmen sind jede für sich zu dürftig, zu eindeutig; gerade in der Verschmelzung kommen sie zur vollen Geltung. Aber Tom legt sich quer. Er kann sich nicht vorstellen, von einer *Frau* abhängig zu sein.«

Sie holt tief Luft, wirft Tom einen kurzen Blick zu, der erregt mit den Fingern auf die Stuhllehne trommelt, und fährt fort.

»Meinen Ehemann, müssen Sie wissen, widert nämlich alles Weibliche an. Das können Sie in seinen Veröffentlichungen nachlesen. Die Frauen darin sind entweder abstoßende, medusenhafte Biester oder sterile, frigide Prinzessinnen. Und ich bin leider weder das eine noch das andere. Er kann es trotz seiner pornographischen Obsessionen nicht über sich bringen, sich mit einer Frau einzulassen. Ich würde vor Glück laut schreien, wenn ich das noch miterleben dürfte. Ich kümmere mich darum, dass er die attraktivsten Assistentinnen bekommt, aber es hilft alles nichts. Das Einzige, woran er denkt, ist, sich in ein Kloster zurückzuziehen. Und das alles hat mich krank gemacht. Wundert Sie das? Bestimmt nicht. Aber was kann man dagegen tun? Ich habe keine Ahnung. Ich kann mich leider nicht zu einem Priester ummodeln lassen. Soll ich immer noch fortfahren?«

»Ich habe alle Zeit der Welt«, erwidert Dr. Stephen leise.

»Aber ich leider nicht«, sagt Tom kurz. »Wenn Sie mich bitte entschuldigen? Meine Frau kann ruhig noch ein wenig bleiben, aber ich habe noch einen dringenden Termin.«

»Wie Sie wollen«, sagt Dr. Stephen ruhig, während er aufsteht und Eliot die Hand schüttelt.

Vivien erhebt sich halb von ihrem Stuhl. Ihr Mund ist verzerrt, ihr Blick verschleiert.

»Tom!«
Er reagiert nicht, hat bereits die Tür erreicht.
»Tom!«, ruft sie noch einmal.
Er drückt die Klinke hinunter und verschwindet, ohne sich umzuschauen, in den Flur.
Vivien richtet sich auf und wirft ihre Tasche an die Tür, die hinter Tom ins Schloss gefallen ist. Sie wankt, verliert das Gleichgewicht und rutscht von ihrem Stuhl auf den weißen Teppichboden. Dort bleibt sie liegen, bis Dr. Stephen sich über sie beugt, sie sanft aufrichtet und ihr wieder auf den Stuhl hilft.

Zwölf

Hoch über den Felsen schlängelt sich ein Weg parallel zur Küste um die Spitze der Halbinsel. Er bildet die Grenze zwischen Land und Wasser, hoch und tief, fest und flüssig. Ein Schritt zu weit nach links, und man stürzt mit einem schwindelerregenden Tempo hinunter, entweder in das weiß schäumende Wasser oder gerade noch auf die spitzen Kanten der Granitfelsen. Hier, am äußersten Zipfel Englands, kann man noch von der Erde herunterfallen.

Im Pub vom »The Ship Inn«, der am Rande des kleinen, von zwei steinernen Anlegestellen umschlossenen Hafens von Mousehole liegt, sitzen Martha und Bep über eine Wanderkarte von Südwest-Cornwall gebeugt. Sie sind gerade von einer langen Wanderung zur Lamorna Bay zurückgekehrt. Über den üppig bewachsenen Küstenweg hin und über die Wiesen und kärglichen Äcker zurück.

»Sieht genauso aus wie der Kopf eines Cockerspaniels«, sagt Martha. »Schau, seine feuchte Nasenspitze springt hier bei Land's End ein wenig nach oben. Und dort ist sein Auge«, sagt sie und deutet auf das etwas nördlicher gelegene Dorf Key Nack. »Seine Ohren beginnen in Pendeen und enden in den grünen Hügeln rund um Madron.«

»Hmm«, murmelt Bep, der der Wind, das aufstiebende Wasser und der atemberaubende Ausblick über das grünblaue Meer endlich auch ein wenig rote Farbe auf die Wan-

gen gezaubert haben. In Gedanken versunken betrachtet sie die Karte.
»Na, fällt dir die Ähnlichkeit auch auf?«, wiederholt Martha. »Wir sind jetzt hier, in Mousehole, wo der Unterkiefer in den weichen, hellbraunen Hals des Hundes übergeht, die Stelle, wo sich ein Hund am liebsten streicheln lässt.«
»Ja, ja«, antwortet Bep, »und das hier ist dann wohl sein Halsband.« Sie zieht mit dem Finger eine gerade Linie von Penzance nach St. Ives.
»Wie kommst du denn darauf? Dieser Hund trägt kein Halsband. Er rennt frei über die Felsen und Hügel. Er schnappt ausgelassen nach dem Wind, der ihm um die Ohren pfeift, und jagt waghalsig hinter den schnell aufsteigenden Möwen her. Das ist kein englischer Hund. Dieser Hund kommt aus dem verlorenen Land hinter dem River Tamar, dem ungastlichen, mystischen Land der Kelten. Die haben ihren Hunden bestimmt kein Halsband umgelegt.«
»Du romantische Seele.«
»Nix da Romantik. Das harte Leben, Bep. Stürme, die monatelang die Küsten und die einsamen Ebenen heimsuchen, unfruchtbares Land, in dem so gut wie nichts wachsen will und wo man nichts anderes tun kann, als Kirchen zu bauen und Steine aufeinander zu häufen, um sich irgendwie abzulenken und sich die Götter geneigt zu machen. Schau dir mal die Gesichter der Menschen von hier an. Verschlossene, harte Mienen. Der Sturm hat sich in ihre Haut gegraben. Sie fragen sich ständig, warum sie hier bleiben und sich auf dem kleinen Stückchen Land, für die paar Schafe und die tägliche Portion *fish and chips* abrackern, *freshly cooked*, das schon.«
»Ich kriege auch so langsam Hunger. Wann sind wir mit deinen Freundinnen verabredet?«
»Um sechs. Sie müssen jeden Moment kommen.«

Am Vorabend waren Bep und Martha nach einer langen Zugfahrt in Penzance angekommen und von dort mit einem Taxi nach Mousehole gefahren. Die Inhaberin des einzigen, aus Granitsteinen errichteten Gasthofes hatte zuerst ein wenig schlecht gelaunt auf ihre späte Ankunft reagiert, ihnen dann aber doch noch, wenn auch erst nach einigem Drängen, Suppe mit Fisch und weißen Bohnen serviert. Von ihrem Zimmer aus konnten sie die blauen und weißen Fischerboote in dem hufeisenförmigen Hafen, die mit grünem Moos überwucherten Kabel und Taue sowie die Holzschleuse sehen, die gleich einem schwarzen Galgen den Zugang zum Meer bewachte. Ungeachtet des nicht enden wollenden Kreischens und Schreiens der Möwen waren sie bald eingeschlafen, um am nächsten Morgen von einem strahlend blauen Himmel geweckt zu werden.
Marlow und Netty haben sie noch nicht gesehen. Die beiden waren vor ein paar Tagen ins Landesinnere gezogen, auf der Suche nach einem geeigneten Atelier für Marlow. An diesem Tag um sechs Uhr wollten sie ins »Ship Inn« kommen. Mittlerweile ist es bereits halb sieben, aber sie sind noch immer nicht da.
»Wollen wir nicht schon mal etwas bestellen?«, fragt Bep. »Notfalls *chips*. Ich sterbe vor Hunger.«
»Und ein *lager* dazu?«
Martha geht an die Theke, wo sich ein paar Fischer hinter ihren hohen Biergläsern mit dem braunen Inhalt verstecken, sie dabei aber, ohne ein Wort miteinander zu wechseln, aus den Augenwinkeln ständig beobachten.
Schweigsames Völkchen, denkt Martha bei sich, während sie sich – wenn auch vergeblich – in der kleinen Küche links neben der Theke nach Mrs. Townshend umsieht.
»Hallo?«, ruft sie leise.

Die Männer starren sie nun offen an.
»Mrs. Townshend?«
Die Männer stecken die Köpfe zusammen und tuscheln miteinander. Der älteste der drei – ein Mann mit einem grauen Stoppelbart auf dem tief durchfurchten Kinn – dreht sich zu ihr um.
»Sie ist nicht da«, murmelt er. »Sie hilft ihrer Schwester. Die ist *in labour*, wenn Sie wissen, was ich meine.« Er schaut Martha geringschätzig an, davon überzeugt, dass sie ganz und gar nicht weiß, was es heißt, *in labour* zu sein. Und dass sie von dieser Gegend, den Menschen, die hier leben, und von ihrem Alltag ebenso wenig weiß. Sie ist eine Fremde, sie hat hier nichts zu suchen. Mit einem einzigen verschlagenen und zugleich misstrauischen Blick lässt er sie das spüren und dreht sich dann wieder zu seinen Kumpeln um.
»Es ist grad keine Bedienung da«, sagt sie zu Bep. »Mrs. Townshend hilft ihrer Schwester beim Entbinden.«
»Gibt 's hier kein anderes Lokal?«
»Ich weiß nicht. Marlow wird wohl gleich hier sein.«
Sie starren schweigend vor sich hin. Ein unbestimmter Schmerz schleicht sich in Marthas Kopf. Er darf nicht misslingen, dieser Ausflug. Doch sie hat ständig das Gefühl, dass sie am Rand eines Abgrundes balanciert, dass sie eine Freundschaft zu retten versucht, die keine mehr ist.
»Komm, gehen wir in den Hafen, um uns dort ein wenig umzuschauen«, sagt sie.
Sie gehen die Steintreppe hinab. Es ist gerade Ebbe, die Fischer sind aufs Meer hinausgefahren. Die Möwen beherrschen den Hafen; sie waschen sich in dem kleinen Bach oder picken im Sand und zwischen den Steinen nach Nahrung. Der Weg, der unten am Wasser entlangführt, ist durch Moos und lange Seetangsträhnen ganz glitschig. Quer über

den Weg liegen dicke Stahlkabel und grünlich angeschimmelte Taue, über die Martha und Bep vorsichtig hinwegsteigen. Am Strand klettern sie zwischen den Fässern, Kisten und Fischernetzen hindurch wieder auf die Kaimauer und gehen dann weiter zur Holzschleuse. Unter ihnen schlägt das dunkle Wasser an die Steine. Ab und zu jagt der Wind die Wellen sogar über den Rand der Kaimauer. Erschrocken machen sie einen Schritt zurück.
Bep hat keine Lust mehr. Sie dreht sich um.
»Wir gehen zurück. Mal sehen, ob wir jetzt etwas zu essen bekommen.«
Sie verlassen den Hafen und biegen neben ein paar Fischerhäusern in einen schmalen Seitenweg, der schräg nach oben führt. Vom anderen Ende des Weges kommen ihnen zwei Schemen entgegen: ein kleiner in hellen und ein großer in dunklen Kleidern.
Don Quichotte und Sancho Panza, denkt Martha bei sich. Kein Irrtum möglich. Sie tippt Bep auf den Ellbogen.
»Da sind sie«, flüstert sie.

Die Teller mit den Resten des Kabeljaus, des Kohlrabis und der Möhren sind bereits vor einer Weile abgetragen worden. Sie sind die einzigen noch anwesenden Gäste des »Ship Inn«. Die Stimmung am Tisch ist gedrückt. Das Gespräch kommt einfach nicht in Gang. Je freundlicher Netty sich zeigt, desto förmlicher wird Bep. Martha versteht nicht, wieso. Sie wirft Netty einen beiläufigen Blick zu. Ihr ein wenig grob geschnittenes Gesicht wird durch den freundlichen Blick in ihren Augen und die Strähnen dunkelblonden Haars gemildert, das sie kranzförmig um den Kopf trägt. Sie strahlt Ruhe aus, im Gegensatz zu Marlow, die sich eine Zigarette nach der anderen ansteckt.

»Ich bin schon sehr lange nicht mehr in den Niederlanden gewesen«, sagt Netty in dem neuerlichen Versuch, das Gespräch etwas flotter zu gestalten. »Kannst du mir sagen, Bep, was dort gerade so geschieht?«
»Was möchtest du wissen?«
»Ach, das ist mir gleich. Die letzten Neuigkeiten, zum Beispiel aus der Politik.«
»Da gibt 's nicht viel Erfreuliches zu melden. Mussert hat die Gründung seiner National-Sozialistischen Bewegung angekündigt. Außerdem ist da dieser schauderhafte Kaufmann aus Amsterdam namens Jan Baars, der sich zum Führer des Allgemeinen Niederländischen Faschistenbundes aufgeschwungen hat. Weil die Regierung sich von ihrer feigen Seite zeigt, nutzen die rechten Kräfte die Chance, sich zu profilieren. Es war schon vernünftig von dir, dich in Frankreich niederzulassen. Mein Verlobter und ich haben das auch vor.«
Marlow schaut sie erstaunt an und gibt ihr einen neckischen Schlag auf den Arm.
»Was, gehörst du etwa noch dieser prähistorischen Art an?«, fragt sie.
»Wieso prähistorisch?«
»Ganz einfach: Wir stehen am Beginn einer neuen Geschichte – der Geschichte der Frauen. Alles, was davor geschehen ist, gehört zur Prähistorie. Hast du das noch nicht gewusst?«
»Nein«, erwidert Bep, »aber ich frage mich, wie lange diese neue Geschichte dauern wird. Oder ist dir vielleicht auch schon eine Antwort auf die Frage eingefallen, wie Frauen sich untereinander vervielfältigen sollen?«
»Da sehe ich kein Problem. Aus früheren Zeiten sind dafür Beispiele in reichlicher Zahl überliefert. Wir könnten uns beispielsweise ein paar Männer in einem Reservat

halten und einmal im Jahr ein Fruchtbarkeitsfest organisieren, wie die Amazonen es getan haben. Ein paar junge Frauen – selbstverständlich auf freiwilliger Basis – werden auserwählt, um sich während eines großen Tanzfestes befruchten zu lassen. In der Zeit ihrer Schwangerschaft sind sie Ehrenbürgerinnen der Stadt. Danach werden die Kinder von allen Frauen gemeinsam erzogen. Damit schaffen wir uns auch gleich all die Probleme vom Hals, die die solitäre Mutterschaft mit sich bringt.«

»Und die kleinen Jungs?«, fragt Martha. »Was machst du mit denen?«

»Die dürfen bis zu ihrem zwölften Lebensjahr bei ihrer Mutter bleiben. Am ›Tag des Abschieds‹ wird für sie ebenfalls ein großes Fest organisiert, nach dem sie zu ihren Vätern gebracht werden. Dort können sie den ganzen Tag jagen, rudern, Eisstock schießen und Stratego spielen. All die unnützen Dinge, mit denen Männer sich so gern beschäftigen. Vielleicht richten wir sogar Schulen für die paar Ausnahmefälle ein, die keine Schlägertypen sind. Einmal im Jahr dürfen diese gelehrten Knaben in unserer Akademie ihre Kenntnisse von sich geben, selbstverständlich nur unter strengen Voraussetzungen. Wenn sie wieder Kriegsgerät oder andere unerwünschte Dinge entwickeln, werden sie bestraft. Dann müssen sie zum Beispiel ein Jahr lang für die kleinen Kinder sorgen.«

»Glaubst du wirklich, dass die menschliche Rasse bei solch einer strengen Trennung fortbestehen will?«, fragt Bep erstaunt.

»Liebes, es ist nie anders gewesen. Der einzige Unterschied ist, dass in meinem Plan nicht sie, sondern wir das Sagen haben. Wenn wir die Herren noch länger gewähren lassen, wird die Menschheit im Laufe weniger Generationen ausgestorben sein.«

Martha muss lachen, als sie Beps verblüfften Gesichtsausdruck sieht. Höchste Zeit, ihr beizustehen.

»Wie willst du diese Utopie verwirklichen?«, fragt sie. »Die Männer werden ihre Macht nie freiwillig aufgeben.«

»Das ist noch ein lästiges Detail«, sagt Netty lachend. »Dafür hat Marlow noch keine definitive Lösung. Aber das wird nicht mehr lange dauern. Dafür ist sie zu einfallsreich.«

»Das müssen wir alle sein«, sagt Marlow, »sonst wird es nie was.«

»Davon halte ich nichts, von einem Gemeinwesen, das nur aus Frauen besteht«, sagt Bep. »Auf mich könnt ihr nicht zählen.«

»Marlow fantasiert nur etwas zusammen«, sagt Netty beschwichtigend, »aber sie hat nicht ganz Unrecht. Seit wie vielen Jahrhunderten versuchen wir jetzt schon, mit den Männern zusammenzuleben? Und mit welchem Ergebnis? Dass die Frau noch immer als Erste Kaffee einschenkt, den Frühstückstisch abräumt und das Kind ins Bett bringt. Ich erinnere mich noch gut an das tiefe Gefühl der Glückseligkeit, das mich überkam, als ich zum ersten Mal mit einer Frau zusammenlebte. Die kleinen Aufmerksamkeiten, mit denen sie mich den ganzen Tag verwöhnte: wenn sie an die Tür zu meinem Arbeitszimmer klopfte und mir unaufgefordert eine Tasse Tee brachte; wenn sie einfach so einen Strauß frisch gepflückter Blumen auf den Tisch stellte; wenn sie ohne mein Zutun die schmutzige Kleidung aufräumte und ein herrliches Essen zubereitete. Mit Männern kann man nur auf gleicher Augenhöhe zusammenleben, wenn man genug Personal hat.«

»Liebe kommt in deiner Aufzählung nur ganz am Rande vor«, widerspricht Bep. »Nicht dass ich etwas dagegen einzuwenden hätte, gegen einen Lebensgefährten als Dienstboten, meine ich, aber von meinem Ehemann erwarte ich doch ein wenig mehr als das. Einen Hauch Geist und Witz, Kameradschaft. Ich liebe meinen Verlobten, sein leidenschaftliches Gemüt und seine wohl überlegte Ausdrucksweise. Bei Frauen ist mir das alles noch nicht so oft begegnet.«

»Liebst du auch seine wohl überlegte Art des Unterdrückens und Demütigens?«, fragt Marlow kühl.

»Du kennst meinen Verlobten nicht. Er ist ganz anders.«

»Haben wir das nicht schon einmal gehört?«, sagt Marlow lächelnd zu Netty.

Martha schaut erschrocken von der einen zur anderen. Gibt es eine Möglichkeit, dieses Gespräch noch zu retten? Sie sucht in Gedanken eifrig nach einem anderen Thema, doch es will ihr einfach nichts einfallen.

»Sei mir nicht böse, aber ich halte deine angebliche Utopie schlicht für einen gruseligen Einfall«, sagt Bep. »Ich prophezeie dir, dass du bald nicht mehr genug Amazonen haben wirst, die die Grenzen deines Frauenlandes bewachen sollen. Die Sehnsucht ist nun einmal stärker als die Ideologie. Du wirst hohe Mauern errichten müssen, mit Stacheldraht und Wachtürmen drumherum. Und bevor du es merkst, verfällst auch du in dieselben alten Kriegsschablonen.«

»Können wir die Männer nicht verändern?«, schlägt Martha vor. »Einfach, indem wir sie umerziehen?«

»Ich will die Männer überhaupt nicht verändern«, sagt Bep dickköpfig. »Ich liebe sie so, wie sie sind. Kräftig, stark, tapfer. Sowohl geistig als auch körperlich. Und du magst das doch auch, wenn ich mich nicht irre.« Sie wendet sich Marlow zu. »Sonst würdest du dich nicht so kleiden.«

»Wie ich mich kleide, ist meine Angelegenheit«, antwortet Marlow trotzig. »Ich finde diese Kleider praktisch.«

»Ich verstehe nicht, was an einem Herrenschal praktisch sein soll.«

»Ich finde ihn schön, jetzt zufrieden?«

»Eben. Aber mir sind richtige Männer lieber als Frauen, die sich als Männer verkleiden.«

Marlow stellt ihr Glas mit einem lauten Knall auf den Tisch.

Martha beißt sich vor Nervosität auf die Lippen. Wie ist das nur möglich? Sie spürt nur Ablehnung und Misstrauen um sich her. Eine überzeugendere Bestätigung der Unmöglichkeit von Marlows Utopie ist kaum vorstellbar, denkt sie bei sich. Es ist immer dasselbe. Wir können träumen, was wir wollen, Züge nach Cornwall nehmen, Abende, Lektüregruppen, Ausflüge organisieren bis zum Gehtnichtmehr, doch letzten Endes verfällt wieder jede in ihre eigene, lärmende Einsamkeit, und alle fangen an zu krakeelen. Bestürzt starrt sie die Frauen am Tisch an.

Netty schaut mit ihrer ganzen Fülle noch immer lächelnd in die Runde, als wäre ihr der giftige Ton des Gesprächs gar nicht aufgefallen. Über Marlows Miene hingegen hängt eine dunkle Wolke unterdrückter Wut. Ihre ohnehin maskulinen Gesichtszüge sind noch schärfer und härter geworden, und ihre Augen haben sich zu Schlitzen verengt.

Bep sitzt lässig zurückgelehnt auf ihrem Stuhl. Ein leichtes Lächeln umspielt ihre Lippen.

»Ich denke, dass ich so langsam zu Bett gehen sollte«, sagt Bep, während sie aufsteht. »Es war mir ein wahres Vergnügen, aber ich will morgen früh raus, um den ersten Zug zurück nach London zu erwischen.«

»Fährst du morgen schon?«, fragt Martha.

»Ja. Ich glaube, dass ihr ganz gut ohne mich zurechtkommt.« Sie schüttelt Netty die Hand.

»*Zwei Mädchen und ich*, nicht wahr?«

Netty zieht fragend die Augenbrauen hoch.

»Die Ich-Figur in meinem Buch ist ein Mann.«
»Ja, ja. Und das soll ich dir glauben«, erwidert Bep. Sie winkt Marlow kurz zu, die jedoch hartnäckig weiter woandershin schaut.
»Noch einen schönen Aufenthalt.«
»Warte! Ich komme mit«, sagt Martha und läuft hinter Bep her die Treppe zu den Zimmern hinauf.

»Und wer darf wieder bezahlen?«, brummt eine blass aussehende Marlow.
»Du, *darling*«, erwidert Netty. »Du bist schließlich der einzige Gentleman hier.«

Dreizehn

Tom knipst die Lampe über seinem Schreibtisch an. Es ist erst vier Uhr nachmittags, doch die Tage schrumpfen immer schneller zusammen und hüllen sich schon früh ins Halbdunkel. Sorgfältig schreibt er oben auf das Blatt Papier Dantes Motto: »Hier ist die Ros', in der das ew'ge Wort zum Fleische ward«.

Er hält inne, legt den Stift aus der Hand und steckt sich eine Zigarette an. Der Essay muss eine wahre *confessio* werden, mit der er die Verächter des christlichen Glaubens überzeugen wird. Für ihn ist das Ganze klar: Der moderne Künstler muss sich entscheiden – entweder folgt er dem Weg der gewaltsamen Zerstörung oder dem der Beseelung und Erlösung durch den Glauben. Tom will die Unumgänglichkeit des zweiten Weges beweisen, indem er die dafür notwendige religiöse Komponente der Kunst in Worte fasst.

Er reibt sich mit der linken Hand unter dem Kinn. Es gibt keine Kunst ohne religiöses Element, überlegt er sich. Allzu lange hat man das absichtlich ignoriert. Nicht dass er ein Plädoyer für eine bewusst christliche Kunst halten will – das führte nur zu Kitsch und Klischees –, aber die gegenseitige Abhängigkeit zwischen Religion und Literatur, die will er schon aufzeigen. Diese Verknüpfung ist in seinen Augen auf das Unpersönliche zurückzuführen. Sowohl der Künstler als auch der Gläubige werden aus dem

Kerker ihres Ichs befreit und in den zeitlosen Raum eines göttlichen Universums geführt. Nur dort können sie von den niedrigen Instinkten befreit werden, die ihr tägliches Leben bestimmen. Er ist davon überzeugt, dass die Transgression der Persönlichkeit die einzige Antwort auf den auf Geld und Gewinn fixierten Materialismus des modernen Menschen ist. Nur die Kunst und die Religion gewähren im wahrsten Sinne des Wortes Erlösung: Erlösung von der Habgier. Er nimmt den Stift wieder zur Hand.
»Das christliche Denkschema ist für den Künstler das einzig mögliche, um jenen Werten Raum zu bieten, die er in Ehren halten muss, will er nicht zugrunde gehen. Beispielsweise dem Glauben an ein heiliges Leben, ein heiliges Sterben, an Demut, Keuschheit und Mäßigung. Das katholische Christentum ist für die Welt, insbesondere die moralische Welt des Menschen, die akzeptabelste Erklärung. Weder das Individuum noch das Gemeinwesen, das sich vom Glauben abwendet, kann ein sinnvolles Leben führen. Wer wie Babbitt tiefen Abscheu vor dem Materialismus empfindet, der die heutige Zivilisation kennzeichnet, kann sich vielleicht eine Zeit lang zum Humanismus bekennen; früher oder später aber wird er diesen in Richtung Glauben überschreiten müssen.«

Er liest die Sätze noch einmal. Obwohl genau das dasteht, was er sagen will, spürt er, wie eine gewisse Gereiztheit von ihm Besitz ergreift. Das passiert ihm jedes Mal, wenn er über seinen Glauben spricht. Warum ist es nur so schwer, aufrichtig darüber zu schreiben? Warum macht es ihn derart ärgerlich? Hätte er statt »Glauben« beispielsweise »Kunst« geschrieben, regte sich niemand über diese Stelle auf, im Gegenteil: Man würde jubeln, ihm Applaus spenden und ihn als Retter der Kultur willkommen heißen.

Doch jetzt, da er »Glauben« geschrieben hat, spürt er bereits die schnaubende Verachtung im Nacken.
Beides sind identische Erfahrungen; gleichwohl wird die eine abgelehnt und mit Füßen getreten und die andere kritiklos hingenommen. Wenn er das Wort »Christ« nur ausspricht, stellen sich seine Kollegen gleich auf die Hinterbeine. Dennoch muss er ihnen die Übereinstimmung von Kunst und Religion nahe bringen. Es gibt keinen anderen Weg.
»Die Literatur hat, ebenso wie der Glauben, mit geistigen Werten zu tun; sie entdeckt in der wahrnehmbaren sinnlichen Wirklichkeit eine geistige Wirklichkeit. Die Aufgabe des Dichters ist es, das Bewusstsein mit den immateriellen Wirklichkeiten zu erfüllen. Er kann dies bewerkstelligen, indem er das Bild zu seiner ersten Intensität erhebt und es mehr sein lässt als sich selbst.«

Aber was ist dieses »Mehr«? Nachdenklich starrt er zum Fenster seines Arbeitszimmers. Wie kann er dieses »Mehr« in Worte kleiden? Die schwarze Fläche des Fensters zieht ihn an. Er spürt, dass dieses Übermaß, nach dem er sucht, sich inmitten dieser schwarzen Fläche befindet. Es kann nur aus dem Nichts zu ihm kommen. Die Dunkelheit als Voraussetzung für das Licht. Für das mystische Licht, das *sub specie aeternitatis*, das das Ding aus der Ewigkeit bestrahlt.
Ja, diesen Gedanken muss er weiter verfolgen. Die Kunst will immer mehr sein, als sie ist. In ihrem ganzen Wesen ist sie auf dieses Übermaß an Wirklichkeit ausgerichtet. Nur dann kann sie sich von der Wirklichkeit befreien und diese verändern. Ohne Distanz, ohne Loslösung von diesem irdischen Dasein können keine neuen Töne erklingen. So wie der Maler ein paar Schritte zurück machen muss, um

sein Gemälde im Ganzen sehen zu können, so muss sich der Schriftsteller neben die Wirklichkeit stellen, um sie korrekt auf Papier zu bannen.
Er fährt sich mit der Hand durch die Haare. Er muss versuchen, dieses Bild noch zu verschärfen. In der jetzigen Fassung ist es zu abstrakt; so wird man ihm vorwerfen, ein vager Mystiker zu sein. Die Kunst ist im Grunde genommen ein Diamant, denkt er bei sich. Nicht der Stein an sich versetzt den Beobachter in Erstaunen, sondern das Funkeln des Lichtes, das der Stein zurückstrahlt. Dieses Funkeln wird zwar von dem Stein hervorgebracht, erscheint aber nur dann, wenn ein anderes Licht auf ihn fällt, ein Licht aus der Ewigkeit. Das versetzt ihn in die Lage, sich über sich selbst zu erheben, weiter zu scheinen als er selbst.
Ja, mit dieser Metapher ist er zufrieden. Er spürt, dass sie ein wenig schief ist, aber so ist das nun einmal mit Metaphern. Sie sind wie kleine Kinder, die nicht hören wollen. Er greift wieder zu seinem Stift, doch gerade als er die ersten Worte zu Papier gebracht hat, klopft jemand dreimal kurz an die Tür. Viviens überreizter Trommelwirbel. Er schaut irritiert auf. Nicht jetzt. Nicht jetzt, da er gerade ein wenig in Schwung gekommen ist. Er gibt keine Antwort, hofft im Stillen, dass sie wieder geht. Doch die Tür öffnet sich, und Vivien betritt lächelnd den Raum, gefolgt von einer schweifwedelnden Polly. Vivien trägt ihren braunen Morgenrock. In den vergangenen Wochen hat er sie selten in einem anderen Kleidungsstück gesehen. Sie kommt mit hastigen Schritten auf ihn zu. Polly springt an ihm hoch. Verwirrt schiebt er das weiße Hündchen weg.

»Du hast doch hoffentlich nicht deine Verabredung vergessen?«, fragt Vivien, während sie an ihn herantritt und ihm eine Hand auf die Schulter legt. Der säuerliche Geruch, der

sie umgibt, lässt ihn erschaudern. Wird dieser Morgenrock nie gewaschen?
»Welche Verabredung?«, brummt er, ohne von dem Blatt Papier aufzuschauen.
»Ja, mein Schatz, um sechs. Ich habe dich heute Morgen schon einmal daran erinnert.«
Er weiß genau, dass sie das nicht getan hat. Er hat sie beim Frühstück nur ganz kurz gesehen und ist danach sofort in den Verlag gegangen. Sie hatte kein Wort über was für eine Verabredung auch immer gesagt.
»Ich weiß von nichts.«
»Beatrice steht unten und wartet. Soll ich sie nach oben schicken?«
»Wovon sprichst du, Vivien? Ich kenne keine Beatrice.«
Er dreht sich ärgerlich zu ihr um und sieht den spöttischen Blick in ihren Augen. Er weiß, was dieser Blick zu bedeuten hat: Ärger. Vivien wackelt ein wenig mit dem Kopf und lacht schrill.
»Komm, komm, Tom. Du willst Beatrice nicht kennen? Was ist das für ein Unsinn? Na, bist du so weit? Dann werde ich sie holen.«
»Vivien, kannst du mir endlich sagen, was das zu bedeuten hat? Ich habe heute Nachmittag keine Verabredung.«
Sie tut so, als hörte sie ihn nicht, beugt sich über das Blatt Papier, das auf seinem Schreibtisch liegt, murmelt etwas Unverständliches und geht zurück an die Tür.
»Sei bitte nett zu ihr, ja? Komm, Polly, komm.«

Er will aufstehen und ihr hinterhergehen, schafft es jedoch nicht. Das Einzige, wozu er in der Lage ist, ist, ihr verblüfft hinterherzustarren. Er ist mit einem Mal so müde, so fürchterlich müde. Beatrice, murmelt er. Wer um Himmels willen soll das sein? Er stützt den Kopf auf die Handflä-

chen. Woher kommt diese Müdigkeit? Vor nicht ganz einer Minute hat er sich stärker gefühlt als je zuvor. Er muss etwas trinken, etwas, das ihn aufmuntert. Mühsam drückt er sich aus dem Schreibtischstuhl in die Höhe und geht langsam zu dem Beistelltisch mit den Karaffen.
Er weiß nicht, ob Vivien ihn belügt oder ob sein Gedächtnis ihn im Stich lässt. Im Verlag haben sie sich auch schon deswegen beschwert. Er schenkt sich einen Whisky ein, nimmt ein paar ordentliche Schlucke und setzt sich auf das kleine Sofa. So ist es besser. Er schließt die Augen. Sich kurz ausruhen. Ganz kurz nur.

»Mr. Eliot?«
Von weit weg dringt eine Stimme in sein Bewusstsein. Ihr süßer, tiefer Klang hallt lange in seinen Ohren nach. Er versucht, die Stimme einzufangen, doch seine Hände verfangen sich in langen, dünnen Stricken, die im Wasser schweben.
»Mr. Eliot?«
Er streckt die Hände nach oben, um die Worte zu ergreifen und sich daran in die Höhe zu ziehen, auf den hellen Fleck zu, der über seinem Kopf tanzt, fällt aber immer wieder zurück in die wirbelnde Tiefe. Seine Beine scheuern über den Sand. Er stößt mit dem Knie an etwas Spitzes, kann jedoch nicht erkennen, was es ist; dafür ist es zu dunkel. Er rudert mit den Armen durchs Wasser, umklammert dann etwas Festes, das dennoch nachgibt, und kneift hinein.
»Au«, schreit die Stimme hoch über seinem Kopf auf. »Immer mit der Ruhe.«
Er schreckt auf. Das Erste, das er sieht, ist ein glänzender Rock aus schwarzer Seide, in den goldene Sterne gestickt sind. Dann gleitet sein Blick nach oben und bleibt an einer jungen Frau mit heller Gesichtshaut und hoch aufgesteck-

ten dunklen Locken hängen. Sie lächelt und reicht ihm die Hand.
»Ich bin Beatrice.«
Er antwortet nicht, sondern mustert die schlanke Gestalt vor sich mit zusammengekniffenen Augen. Eine goldfarbene Schärpe umgürtet ihre schmale Taille. Ihr tief ausgeschnittenes Dekolleté gibt den Blick auf perlweiße Haut frei, auf der eine goldene, diamantbesetzte Kette prangt. Sein Blick bleibt kurz an ihrem vollen, rosigen Mund hängen – ihre Lippen sind leicht geschürzt – und kreuzt dann den ihren. Zwei dunkelgrüne Katzenaugen starren ihn herausfordernd an.
»Bleiben Sie ruhig sitzen«, sagt die Frau. »Ich schenke mir selbst etwas ein.«
Mit wiegenden Hüften geht sie zu dem Beistelltisch hinüber und greift nach der Karaffe mit dem Whisky. Nachdem sie sich eingeschenkt hat, dreht sie sich zu ihm um. »Möchten Sie auch noch einen?«
Er starrt sie verblüfft an. Was will diese Frau hier? Er weiß genau, dass er ihr noch nie begegnet ist. Sie ist weder eine Schriftstellerin noch eine Journalistin. Dafür ist ihr Körper zu präsent. Vielleicht eine Tänzerin oder Schauspielerin. Jede Bewegung von ihr ist inszeniert. Sie ist sich ihrer Wirkung auf ihn vollkommen bewusst. Verwirrt schüttelt er den Kopf.

Die Frau tritt anmutig mit dem Glas in der Hand an das blaue Sofa heran. Sie nimmt ein paar Schlucke und setzt sich direkt neben ihn. Er schaut starr vor sich, traut sich nicht, sich zu bewegen. Er spürt eine große Spannung zwischen sich und der Frau, die nur noch wenige Zentimeter von ihm entfernt ist. Er strengt sich an, um sich irgendeine Einzelheit dieser Verabredung in Erinnerung zu rufen, doch sein Gehirn funktioniert nicht mehr. Wie ein Haufen toter Regenwürmer liegt es unter seiner Schädeldecke. Als die Frau seine Hand nimmt und ihm über die Finger streicht, überläuft ihn ein Schauder.

»Nur keine Angst«, flüstert ihm die Frau ins Ohr. »Sie brauchen sich nur zu entspannen.«

Sie beugt sich zu ihm vor und zieht ihm geschickt das Sakko von den Schultern. Dann macht sie sich seelenruhig daran, die Knöpfe seines Hemdes zu öffnen. Er atmet den Geruch ihres süßen, würzigen Parfüms ein, den Geruch des Südens, der Länder am Mittelmeer. Er sieht die toskanischen Hügel vor sich, die Weinreben unter dem strahlend blauen Himmel. Er versucht, sich zu bewegen, doch seine Arme hängen steif und unnütz neben dem Körper.

Die Frau schaut lächelnd zu ihm auf. Dann fährt sie mit den Händen unter sein Hemd und streichelt sanft über seine verkrampfte Brust.

»*Just relax*«, flüstert sie.

Er fragt sich nichts mehr, nicht, wer diese Frau ist, nicht, was sie hier will. Seine Atemzüge werden tief und schwer. Sein Brustkorb hebt und senkt sich.

Die Hände der Frau gleiten langsam nach unten. Sie berühren seinen Bauch, der unter ihren zärtlichen Berührungen zu beben beginnt. Die Frau fährt mit den Fingern unter den Gürtel seiner Hose und drückt dann fest auf seine Schamgegend. Tom stöhnt. Sein Körper spannt sich wie ein Bogen. Er wirft den Kopf zurück und streckt die Arme auf der Rückenlehne des Sofas aus.

»*Good boy*«, murmelt die Frau und streift ihm geschickt die Hose über die Hüften.

Tom hört das Rauschen des Schilfs am Ufer des Mississippi. Er sieht die kleinen Eisvögel, die über der Wasseroberfläche

hin und her schießen, und spürt das Klopfen der gleißenden Sonne in den Schläfen.
»Thomas! Nicht zu nah ans Wasser!«
Seine Mutter rennt zu ihm herüber. Sie zieht ihn von dem schlammigen Ufer weg. Auf seinem Gesicht erscheint ein albernes Lächeln.
Die Frau ist vor ihm in die Knie gegangen. Sie streichelt ihm über die Hüften, den Bauch und beugt dann ihren Kopf weit vornüber.
Ihm wird ganz schwindlig im Kopf. Er sitzt auf der hohen Schaukel hinten im Garten. Seine Mutter stößt ihn an. Immer höher hinauf. Sein Bauch ist ein süßer Strudel. Trompetengeschmetter, das lauter und wieder leiser wird. »Höher«, ruft er. »Höher!«
Er nähert sich dem gleißenden Licht. Er spürt, dass die Grenze nicht mehr weit entfernt ist. Nur noch ein einziger Stoß, und er wird sie durchbrechen. Er macht die Beine noch länger, streckt die Zehenspitzen dem Himmel entgegen und spürt, wie ein letzter Stoß ihn von der Welt herunterbefördert. Sein Kopf ist voller goldener Sterne.

Auf dem Gang kniet Vivien vor der Tür. Sie schaut durchs Schlüsselloch und zupft nervös an ihrem Taschentuch. Polly liegt neben ihr auf dem Läufer. Der Hund schaut dann und wann zu ihr auf, legt anschließend aber wieder die Schnauze auf die Pfoten. Viviens Gesicht ist noch blasser als das zerknitterte Taschentuch, dessen eine Ecke sie sich gerade in den Mund gesteckt hat. Sie beißt und saugt an dem weichen Stoff, der vom Speichel ganz nass ist. Ihr Blick ist leer. Ihre Augen scheinen mal vor Wut aufzuflackern, dann werden sie wieder weich und feucht. Schwerfällig richtet sie sich auf.
»Komm, Polly«, flüstert sie. »Komm, wir gehen.«

Vierzehn

Endlich wieder ein Halt in diesem durchgedrehten London. Nachts sind ganze Viertel verdunkelt, tagsüber drängen sich die Obdachlosen um die Mülleimer – sie aber hat wieder Arbeit gefunden. Gerade noch rechtzeitig haben die Woolfs angerufen und gefragt, ob sie etwas für sie tun könnte.
Martha betritt den Tavistock Square und bleibt am Eingang des Parks stehen. Sie hat noch ein paar Minuten bis zu dem vereinbarten Termin. Zögernd schaut sie sich um, bevor sie sich auf eine Bank setzt. Die Stelle bei Faber hat sie praktisch schon aufgegeben. Mit Eliot kann man kein normales Wort mehr wechseln. Als sie ihn nach dem Abend in Russells Haus gefragt hatte, an dem auch ihr Vater dort gewesen war, und ob er sich vielleicht noch daran erinnern könne, hatte er sie angestarrt, als hätte sie sich in ein abscheuliches Insekt verwandelt. In letzter Zeit verdrückt er sich jedes Mal, kaum dass sie das Büro betritt. Alles, was mit ihrer Arbeit zusammenhängt, läuft über Marjorie, doch diese weiß auch nicht recht, was sie ihr geben soll.
Mit Louise trifft sie sich so gut wie gar nicht. Sie hat sich den Kommunisten angeschlossen, organisiert insgeheim Versammlungen und druckt und verbreitet Pamphlete mit einer Entschiedenheit und Verwegenheit, die Martha Angst einjagt. Nicht mehr lange, und ihre Cousine wird verhaftet. Dann muss sie sie hinter Gittern besuchen. London wird

immer ungastlicher, feindseliger und schmutziger. Die Häuser sind rußverschmiert. Es ist kein Geld da, um die Straßen kehren zu lassen. In ihrem Viertel werden nicht einmal mehr die Laternen angezündet. Die Gesichter der Menschen sind vor Hunger ganz grau. Niemand macht mehr Scherze oder pfeift ihr hinterher, wenn sie vorbeigeht. In der vergangenen Woche hätte sie beinahe ihre Koffer gepackt. Drei Monate ist sie mit der Miete im Verzug. Wenn sie bis spätestens Ende Januar nicht alles bezahlt hat, wird Mr. Graves sie aus ihrem Zimmer werfen. Ihr bleiben noch zehn Tage.
Sie betrachtet die kahlen, glänzenden Äste der Bäume, die wie stille Zeugen der Verzweiflung mit erhobenen Armen in den dunklen Himmel über dem Park weisen. Dann schweift ihr Blick zu den hohen Fenstern der Häuser am Rande des Parks. In diesem Viertel brennen die Laternen noch. Ihr schwaches Licht fällt auf die Möbel, die Bilder und Gemälde an den Wänden. Es ist die einzige Tageszeit, zu der sie einen Blick hinter die Kulissen des häuslichen Londoner Lebens erhaschen kann.

Seit sieben Jahren ist sie bereits hier, und noch immer ist sie eine Fremde. Sieben Jahre lang hat sie versucht, ins Herz der Stadt vorzudringen – vergeblich. Als zögen all die nicht enden wollenden Ströme der Fußgänger, Kutschen und Taxis Kreise um den geheimen Kern der Stadt, zu dem sie keinen Zugang hat. Warum öffnet sich nie eine Tür? Warum lädt sie nie jemand in die Zimmer voller Ledermöbel, hoher Bücherregale und Blumenvasen ein?
Die meisten Menschen, denen sie in den vergangenen Jahren begegnet ist, waren Ausländer wie sie. Touristen, Studenten, Kaufleute auf der Durchreise. Zu Tausenden durchstreifen sie die Stadt. Mit einigen von ihnen hatte

sie eine gewisse Zeit verbracht, doch dann waren sie wieder verschwunden, zurück nach Hause, wie Bep. Nur sie nicht – sie ist geblieben.

Und warum? Sie steht von der Bank auf und überquert die Straße. Weil es so ungemein interessant ist, für einen verrückten Dichter zu arbeiten? Nein, weil sie noch immer die vage Hoffnung hegt, etwas mehr über ihren Vater in Erfahrung zu bringen. Sie ist ganz nahe dran, kann aber das letzte Stückchen des Puzzles nicht finden. Außerdem, wo sollte sie denn hin? In Amsterdam herrschen auch nur Kummer und Sorge, hatte Bep ihr gesagt. Was hat sie da also zu suchen? Von Eva hat sie schon seit Jahren nichts mehr gehört. Nein, nirgendwo anders wartet etwas auf sie. Sie gehört hierher, dies ist ihr Leben.

Nervös klingelt sie an der Tür des Hauses mit der Nummer 46. Der Pförtner nickt ihr geringschätzig zu, als sie zum Treppenhaus geht. Im zweiten Stock angekommen, sieht sie, dass die Tür zum Apartment der Woolfs einen Spaltbreit geöffnet ist. Sie will klingeln, zögert aber, als sie aus der Diele laute Stimmen hört.

»Nein, Leo, ich tu es nicht. Ich weigere mich einfach.«

Die sonst immer so ruhige Stimme von Mrs. Woolf überschlägt sich vor Wut.

»Man zahlt seinen Leuten einfach nicht zu wenig Lohn, Krise oder keine Krise.«

»Liest du manchmal die Zeitung, Virginia? Und weißt du, wie viel Außenstände wir noch haben?«

»Nein.«

»Aber ich!«

Martha schaut sich unschlüssig um. Was soll sie tun? Weggehen und später wiederkommen?

»Es ist auch mein Geld. Ich habe es selbst verdient.«

»Das brauchst du mir nicht jedes Mal unter die Nase zu reiben«, schreit Mr. Woolf.

»Es stimmt aber, Leo.«

»Du willst mich lediglich deine Überlegenheit spüren lassen.«

»Wenn du so darüber denkst …«

»Ja, so denke ich darüber. Aber dafür habe ich jetzt keine Zeit. Die Arbeit ruft.«

Seine erregten Schritte kommen Richtung Treppenhaus. Martha rennt die Treppe hinunter. Auf der letzten Stufe bleibt sie stehen, atmet tief durch und steigt dann möglichst ruhig die beiden Treppenabsätze wieder hinauf.

Auf halbem Wege begegnet sie Mr. Woolf.

»Guten Abend«, sagt Martha schüchtern.

Gedankenverloren schaut er sie an.

»Ah, Miss Thompson«, murmelt er dann. »Meine Frau erwartet Sie bereits. Sie ist heute in einer sehr freigebigen Stimmung, nutzen Sie also die Gunst der Stunde.«

—

»Wir hätten die Druckfahnen gern in drei Wochen zurück. Schaffst du das?«

Martha nickt und wirft ihrer Auftraggeberin einen schnellen Blick zu; Mrs. Woolf starrt, eine Tasse Tee in der Hand, nachdenklich vor sich hin. Sie ist alt geworden, denkt Martha bei sich. Nicht dass ihre Schönheit verschwunden wäre, doch sie scheint sich durch die eingefallenen Wangen einen Weg ins Innere gebahnt zu haben und nur noch über den Blick in ihren Augen hervorkommen zu wollen.

»Ich habe sonst nichts zu tun. Das ist also kein Problem.«

»Ich habe mit Leo vereinbart, dass du ein großzügiges Honorar bekommst«, sagt Mrs. Woolf. »Wir wollen dich nämlich auch noch um einen anderen Gefallen bitten.«

»Oh?«
Martha schaut sie neugierig an.
»Ja, es geht um Folgendes: Mein Mann hat Besuch bekommen von einem Großneffen aus Amsterdam, der demnächst ein Studium in Cambridge aufnehmen wird. Wir haben uns überlegt, ob du eventuell Zeit und Lust hast, ihm die Stadt zu zeigen. Du weißt ohne Zweifel besser als wir, wofür sich ein junger Mann interessiert. Aber fühl dich nicht verpflichtet; sag nur zu, wenn du es für eine gute Idee hältst, ein paar Tage mit einem Landsmann zu verbringen.«
Mrs. Woolf hält kurz inne und reibt sich erschöpft mit der linken Hand über die Stirn.
»Wir wollen selbstverständlich nicht, dass du umsonst die Fremdenführerin für ihn spielst, wissen aber auch nicht genau, was wir dir dafür geben sollen. Wir haben an das Doppelte des Honorars für die Korrekturarbeiten gedacht. Wenn du meinst, das sei zu wenig, kann ich meinen Mann noch einmal darauf ansprechen.«
»Nein, nein«, sagt Martha hastig. »Das ist genug.«
»Schön«, sagt Mrs. Woolf lächelnd. »Er kommt gleich herauf, dann werde ich ihn dir vorstellen. Er sitzt gerade bei uns im Souterrain und bewundert unsere Press. Ihr werdet euch gut verstehen. Er hat uns gestern Abend lauter interessante Dinge über die Niederlande erzählt. Ein netter junger Mann, du wirst schon sehen.«
»Es gibt nur ein einziges Problem«, sagt Martha. »Ich kann nicht korrigieren und zugleich Führungen machen. Wenn Sie die Druckfahnen also schon in drei Wochen brauchen, wird sich der Neffe Ihres Mannes noch ein wenig gedulden müssen.«
»Mach dir keine Sorgen wegen der Korrekturbögen. Wenn wir sie ein paar Tage später bekommen, geht das auch in Ordnung. Sogar falls wir sie nie bekommen sollten, wird

sich die Welt davon nicht um den Schlaf bringen lassen. Es wird kein Hahn danach krähen, wenn ein paar Bücher weniger veröffentlicht werden. Ich werde unseren Neffen mal aus dem Souterrain locken. Nimm dir noch ein wenig Tee, wenn du magst. Ich bin gleich wieder da.«

Martha schaut ihr nach, als sie mit steifen Bewegungen den Raum verlässt. Um das Alter einer bestimmten Person zu erraten, braucht man nicht das Gesicht zu sehen, sagt sie sich. Der Rücken, die Körperhaltung, die Art, wie der Kopf auf dem Hals getragen wird, verraten mehr als Runzeln und Falten. Sie steht auf und tritt ans Fenster. Nebliger Dunst umkreist die Baumwipfel. Jemanden durch diese trostlose Stadt zu führen, hat sie dazu überhaupt Lust? Ach, warum nicht. Einem anderen jeden versteckt daliegenden Platz, jeden verborgenen Seitenweg, den sie in den letzten Jahren entdeckt hat, zu zeigen, das ist mal etwas anderes, als immer nur Kommata und Punkte zu kontrollieren. Die bekannten Sehenswürdigkeiten wird sie sich für später aufheben. Sie wird von außen nach innen vorgehen. Zuerst die erbärmlichen Ruinen der Außenbezirke und dann langsam auf das weitläufige, auch jetzt noch illuminierte Zentrum zu.
Sie hört Schritte auf dem Flur. Neugierig schaut sie zur Tür. Sie hört eine Stimme und einen schweren, unverkennbar niederländischen Akzent. Mrs. Woolf betritt mit einem großen, schlanken jungen Mann das Zimmer. Im Halbdunkel kann Martha das Gesicht des entfernten Verwandten nicht richtig erkennen. Schwarzer Lockenkopf, kantige Gesichtszüge. Schüchtern kommt er ihr entgegen. Mrs. Woolf ergeht sich währenddessen in übertriebenen Lobreden auf sie. Als die beiden direkt vor ihr stehen, sagt Mrs. Woolf mit leichtem Triumph in der Stimme: »Nun, Jacob, habe ich übertrieben?«

Der junge Mann lächelt und schüttelt den Kopf. Zögernd hält er Martha die Hand hin.
Mit einem Mal setzt Marthas Wahrnehmungsvermögen aus. Als würde all ihren bisherigen Beobachtungen mit einem Schlag der Boden entzogen. Diese grauen Augen, diese ausgeprägten Wangenknochen, diese lange, gerade Nase. Aus weiter Ferne schiebt sich ein anderes Bild über das Gesicht des jungen Mannes. Erst ein paar Sekunden später gehen die beiden Bilder ineinander über. Ein Irrtum ist ausgeschlossen. Sie spürt, wie ihr das Blut in die Wangen steigt.
»Jacob«, stammelt sie. »Jacob!«
Der junge Mann vor ihr nickt verlegen.
»Ist mir etwas entgangen?«, fragt Mrs. Woolf erstaunt.
Sie halten einander noch immer an den Händen. Jacob dreht sich zu seiner Tante um.
»Tante Virginia, darf ich dir meine ehemalige Gouvernante vorstellen?«
»Deine was?«
»Ja, bis sie uns vor sieben Jahren von einem auf den anderen Tag im Stich ließ.«
Schweigend stehen sie in dem dunklen Zimmer beieinander. Drei Schemen, die nicht richtig wissen, wie sie sich verhalten sollen. Martha kann die Augen nicht von Jacob abwenden. Er ist es, und er ist es nicht. Sein Gesicht unter den schweren Augenbrauen ist gröber als früher. Sie weiß nicht, was sie sagen soll. Sie will in Entschuldigungen ausbrechen, die ganze Geschichte von vorn erzählen, kommt aber nicht weiter als bis zu einem unbestimmten Lächeln und Nicken.
Mrs. Woolf tritt an die Stehlampe neben dem Fenster heran und schaltet sie ein.
»Und das hast du uns die ganze Zeit verschwiegen?«, fragt sie vorwurfsvoll.

»Nur eine einzige Nacht, Tante. Als du gestern Abend ihren Namen erwähnt hast, wollte ich es erst gar nicht glauben.«
Mrs. Woolf wirft Martha, die mit glänzenden Augen neben ihr steht, einen prüfenden Blick zu.
»Manchmal hat die Vorsehung auch eine angenehme Überraschung für uns in petto«, sagt sie.
Martha nickt. Sie sieht das hohe Herrenhaus an der Gracht vor sich, die schneebedeckten Bäume des Vondelparks im Winter, die kleinen Lederstiefel auf den blauweißen Fliesen in der Küche. Jacob, der am Tisch über seine Hausaufgaben gebeugt dasitzt und auf seinem Bleistift herumkaut. Am liebsten nähme sie ihn wie den kleinen Jungen von früher in die Arme, stattdessen aber setzt sie sich brav neben ihn auf das Sofa.
Mrs. Woolf kommt mit einer Karaffe Portwein und drei Gläsern und schaut sie schelmisch an.
»Das müssen wir feiern!«

Fünfter Teil

1935–1936

Eins

Steinkohlengraues Morgenlicht fällt durch das hohe Dachfenster ins Zimmer, scheint auf die schrägen Wände und erreicht schließlich zögernd die hinterste Ecke des Raums. Die Gegenstände lösen sich widerwillig aus der Dunkelheit; die Stühle umschweben noch wie zarte Silhouetten den Tisch, auf dem sie aber bereits die drei vorwitzig aufragenden weißen Aronstäbe erkennen kann.

Martha zieht sich die Bettdecke übers Gesicht. Sie will noch nicht mit offenen Augen dem Tag entgegensehen, im Takt der torkelnden Welt mitschaukeln. Sie will noch ein paar Minuten länger dem Geruch von Haut und Haaren und Grübchen und Vertiefungen nahe sein. Darum durchwühlt sie so lange das Bett, bis es wieder Nacht um sie wird, und murmelt leise seinen Namen vor sich hin. Aber er ist nicht mehr da. Er hat sich in aller Eile angezogen, vielleicht noch einen letzten Blick auf sie geworfen und ist wie ein Dieb in den anbrechenden Morgen hinausgegangen. Das Einzige, das er zurückgelassen hat, sind die drei Blumen in der Vase auf dem Tisch und den Geruch seiner Haut an ihren Händen.

Sie dreht sich auf den Rücken und öffnet die Augen. Sie hätte es nicht so weit kommen lassen dürfen. Von Anfang an war ihr klar gewesen, dass es ein Fehler war. In den ersten Monaten hatte sie ihn noch lachend hinhalten können, hatte sie versucht, wieder in ihre Rolle als Gouvernante zu schlüpfen, bis der unausweichliche Augenblick kam, in dem sie der Versuchung, die von seinem Körper ausging, nicht länger widerstehen konnte. Sie ist süchtig geworden nach der Dunkelheit, die sich über sie beugt, sie streichelt und umarmt und alle Hindernisse aus dem Weg räumt. Doch sobald die Nacht vergeht, nimmt sie auch die Leidenschaft mit sich. Denn das Tageslicht erträgt den Unterschied in Alter, Herkunft und Träumen nicht.

In nicht allzu ferner Zukunft wird Jacob nach Amsterdam zurückfahren. Es ist eine Frage von Wochen, höchstens Monaten. Sie hat versucht, ihn auf andere Gedanken zu bringen. Selbst die besorgniserregende Lage in Deutschland hat sie als Argument angeführt: die Massenentlassungen jüdischer Beamter, die Berichte über Geschäfte, die beschmiert und geschlossen werden. Aber Pa de Jongh will ihn trotz allem unbedingt bei seinem Onkel in Hamburg arbeiten lassen. Als sie letzte Woche Hitlers Ansprache im Radio und das Kreischen der Menschenmasse gehört hatten, hatte sie ihm »Warum nicht nach Amerika?« ins Ohr geflüstert, aber er hatte nichts erwidert. Gegen die gebieterische Stimme seines Vaters hat sie keine Chance.

Sie legt die Hände auf die Bettdecke und bleibt reglos liegen. Sie fühlt sich plötzlich, als wäre sie ihre eigene Mutter, die jahrelang genauso wie sie jetzt in ihrem hohen Bett im Wohnzimmer gelegen hatte, mit diesem erschöpften Gesichtsausdruck und den grauen Haarsträhnen, dem silbernen Medaillon an dem dünnen, runzligen Hals. Dieses Medaillon hatte sie als Kind immerzu öffnen und schließen wollen. Auf, zu, auf, zu. Endlos konnte sie damit fortfahren, bis ihre Mutter sie ungeduldig von den Knien herunternahm.

Martha seufzt. Noch immer versucht sie, die Erinnerung an

ihre Mutter zu vertreiben, die in ihrem Bett dahinsiechte, zusammenschrumpfte und jeden Tag durchsichtiger und grauer wurde, während sie zur Schule oder zum Einkaufen ging, kochte und ihre Hausaufgaben machte. Im Grunde genommen war ihre Mutter mit ihrem Vater gestorben, aber gezwungen worden, weiterzuleben. Grausamer als das Sterben an sich. Denn es bedeutete, dass es kein Ende gab, keine Erlösung.
Die Erinnerungen an ihre Mutter werden jedes Mal von diesem quälend langsamen Dahinsiechen überschattet. Von der Zeit davor weiß Martha kaum noch etwas. Ganz vage erinnert sie sich noch an eines der Kleider ihrer Mutter, ein weißes mit schwarzen Tupfen, an ihre Arme, weich und rund, ihr Lachen, hoch und schrill, aber es ist, als handelte es sich um eine andere Frau als die, die sie jahrelang gepflegt hatte. Ich habe zwei Mütter, denkt sie bei sich, eine, bevor ich vierzehn war, und eine danach. Es gelingt ihr nicht, die beiden miteinander in Verbindung zu bringen. Für Erstere empfindet sie kaum zu ergründende Gefühle der Zuneigung, des Schutzes und der Nähe. Bei dem Gedanken an ihre zweite Mutter empfindet sie nur Bitterkeit und Wut.

In einiger Entfernung schlägt die Glocke von Whitechapel achtmal. Jacob wird wohl den Zug um 07.35 Uhr nach Cambridge genommen haben. Sie steht auf, schlüpft in ihren Morgenrock und nimmt Brot und Marmelade aus dem Schrank. Sie stellt einen Kessel mit Wasser auf den Ölbrenner und wartet am Dachfenster, bis das Teewasser kocht. Das war es dann wohl, sagt sie sich, als sie auf die Stadt hinausblickt, die sie in den vergangenen zehn Jahren durchstreift hat – mit welchem Ergebnis? Ein Vater, der noch immer verschwunden ist, ein aussichtsloses Liebesverhältnis mit dem jungen Mann, dessen Gouvernante sie

einmal war, und eine armselige Bodenkammer in einem Außenbezirk Londons, für die sie kaum die Miete aufbringt. Ärgerlich wendet sie sich vom Fenster ab, gießt das kochende Wasser in die Teekanne und setzt sich an den Tisch. Komm, beklag dich nicht, tu was. Bisher hat sie es jedes Mal geschafft, zu überleben. Warum sollte ihr das in den nächsten Jahren nicht auch wieder gelingen? Aber genau das ist der Punkt: Sie will nicht mehr nur überleben, sie will nicht mehr nur zuschauen, wie um sie herum alles zerfällt, sie will etwas tun, ihr Leben in die Hand nehmen, selbst die Voraussetzungen dafür schaffen.
Sie zieht einen Papierstapel zu sich heran. Sie arbeitet an drei Artikeln zugleich. Der kürzeste Beitrag ist eine Rezension von Eliots Essayband *Nach fremden Göttern*, in dem die Vorträge, die er in Amerika gehalten hat, abgedruckt sind. Die Zeitschrift *Athenaeum* möchte ihre Rezension gern veröffentlichen, obwohl die Redaktion der Meinung ist, ihre Beobachtungen könnten noch ein wenig schärfer formuliert werden. Noch schärfer? Dabei entlarvt sie ihren Arbeitgeber doch schon als fragwürdigen Nationalisten, der das amerikanische Volk dazu aufruft, die Gesellschaft vor dem Einfluss fremder Rassen, insbesondere des jüdischen Volkes, zu schützen, das »in großer Zahl höchst unerwünscht« sei. Sie seufzt. Sie kann mit Eliot nicht mehr zusammenarbeiten. Wenn er diese Rezension liest, wird er sie anschließend feuern. Damit wird sie ihre letzte feste Einnahmequelle verlieren.
Sie blättert in ihren Notizen. Warum sollte sie ihn eigentlich nicht noch ein wenig mehr in die Zange nehmen? Von der Stelle allein kann sie ohnehin nicht leben. Außerdem hat sie sich entschlossen, sich nicht länger aus der Politik herauszuhalten. Diese Form der Passivität ist in Zeiten wie diesen gefährlich. Louise hat Recht, man muss sich auch

die kulturellen *highbrows* ordentlich vorknöpfen, wenn sie sich zu antisemitischen Äußerungen hinreißen lassen. Sie wird ihren Anteil beitragen und sich an Louise ein Beispiel nehmen, die ein Anti-Faschisten-Treffen nach dem anderen organisiert. Sie nimmt ihren Stift und streicht die höfliche Einleitung, in der sie Eliot für seinen klaren Stil lobt. Von wegen klarer Stil! Krank ist es – und genau das wird sie auch schreiben. Und was den Rauswurf betrifft: Sie wird von sich aus kündigen, noch diese Woche.

Sie steckt sich eine Zigarette an. Dann fällt ihr Blick auf die Ausgabe der *Times*, die Jacob ihr auf den Tisch gelegt hat. Mit rotem Stift hat er eine Kleinanzeige eingekreist. Voller Verwunderung liest sie die Annonce, in der Vivien Eliot ihren Mann bittet, nach Hause zu kommen: *»Will T. S. Eliot please return to his home 68, Clarence Gate Gardens which he abandoned Sept. 17th 1932. Keys with wlj.«*

Zwei

Vivien hat ihr Bett in den Salon geschleppt. Von hier aus kann sie die Geräusche auf dem Flur gut hören. Wenn die Klingel ertönt oder in der Diele Schritte zu hören sind, heißt das, dass er wieder da ist. Beim leisesten Klappern der Schlüssel im Schloss wird sie zur Tür rennen und ihn willkommen heißen. Wie es sich für eine gute Ehefrau gehört. Jetzt wird es sicher nicht mehr lange dauern. Er hat die Anzeige ganz bestimmt gelesen und weiß nun, dass das Ganze ein Missverständnis war. Dass er ruhig nach Hause kommen kann. Dass sie ihm keine Vorwürfe mehr machen wird. Dass sie ihm sein langes Versteckspiel vergeben hat.

Ihre Ohren sind so gut trainiert, dass sie sogar noch hören kann, wie die Türen in den Nachbarhäusern sich öffnen und wieder schließen. Ihr Kopf ist voller Spinngewebe. Ist ja auch kein Wunder, nach all diesen Nächten ohne Schlaf. Manchmal kann sie kaum noch denken. Aber eines weiß sie genau: Er kommt zurück. Er lässt sie nicht sitzen. Nicht jetzt, da er sogar in der Zeitung lesen kann, dass er zu Hause noch willkommen ist. Nicht jetzt, da er weiß, dass sie diese Papiere doch nicht unterschreiben wird. Entweder man ist verheiratet oder nicht.

Sie drückt die Kissen ein wenig höher. Hat sie da etwas gehört? Sie spitzt die Ohren: die klirrenden Flaschen des Milchmannes auf der Straße, der Verkehr, der allmählich in

Gang kommt, aber nein, keine Schritte in der Diele. Es ist noch zu früh, denkt sie bei sich, so früh am Morgen will er mich bestimmt noch nicht stören.

Überall hat sie ihn gesucht: bei seinen Freunden, in seinem Büro. Aber bei Faber lässt man sie – seine Gattin wohlgemerkt! – nicht mehr herein. Jedes Mal hat seine neue Sekretärin eine andere Ausrede. Sogar letzte Woche, als sie, Vivien, schachtelweise Pralinen bei sich hatte, hatte sie ihr den Durchgang versperrt. Die beste belgische Schokolade, die es gibt! Auf die ist er ganz verrückt. Das hätte sie doch wissen müssen! Aber nein, ihr Mann sei angeblich nicht da. Die Tür war vor ihrer Nase ins Schloss gefallen. Daraufhin hatte sie all die Pralinenschachteln einfach in den Briefkasten geschoben. Auch ihre Geduld kennt Grenzen.
In den ersten Monaten nach seiner vermutlichen Rückkehr aus Amerika hatte sie, als er einfach nicht nach Hause kam, noch gedacht, ihm wäre etwas Furchtbares zugestoßen. Dass sein Dampfer auf eine Tiefseemine gelaufen wäre, so etwas passiert schon einmal, das liest man ja hin und wieder in der Zeitung. Aber George Faber hatte ihr versichert, Tom sei gesund und wohlbehalten zurückgekehrt. Warum kam er dann nicht nach Hause? Sie haben die Papiere doch bekommen? Ja, ja, diesen merkwürdigen Brief von seinem Anwalt hatte sie bekommen, aber sofort zerrissen. Was wissen diese Juristen denn schon von ihrer Ehe? Tom hat sich einfach etwas einreden lassen, er selbst wäre nie auf die Idee gekommen, die Scheidung zu beantragen. Was für ein Unsinn. Das sind nur seine Freunde aus der Kirche, die ihn gegen sie aufhetzen, die ihn ihr wegnehmen wollen. Aber sie vergessen dabei ganz, dass er sie braucht, dass er ohne sie nicht leben, nicht schreiben kann.
Sie schreckt hoch. Sind das Schritte, die sie da hört? Ja, und

die Klingel. Schau an, die Klingel ertönt! Sie springt in die Höhe, zieht ihren Morgenrock an und tritt auf den Flur hinaus. Schnell wirft sie einen Blick in den Spiegel, schiebt die Haare ein wenig nach hinten, kneift sich in die Wangen und geht zur Tür.

»Guten Morgen, Mrs. Eliot.«
Zwei Männer in Polizeiuniform tippen höflich an ihre hohen, runden Mützen. Der Ältere der beiden zieht ein Stück Papier aus der Manteltasche und hält es ihr vor das überraschte Gesicht.
»Wir haben hier die schriftliche Genehmigung, ein paar Besitztümer Ihres Mann abzuholen. Dinge, die er dringend für seine Arbeit braucht. Wenn Sie so freundlich wären, uns den Weg zu zeigen. Es dauert nur ein paar Minuten.«
»Sie haben was?«, ruft sie.
Der Angesprochene räuspert sich, zwirbelt seine Schnurrbartspitzen und hält das Schriftstück erneut in die Höhe.
»Die offizielle gerichtliche Verfügung, ein paar Besitztümer Ihres Mannes abzuholen. Wenn Sie das hier lesen möchten«, sagt er und überreicht ihr das Dokument.
Sie nimmt es ihm aus der Hand und steckt es ungelesen in die Tasche ihres Morgenrocks.
»Sagen Sie meinem Mann, dass ich diese Angelegenheiten nur mit ihm persönlich bespreche.«
»Bitte, Mrs. Eliot, machen Sie uns keine Schwierigkeiten. Es geht lediglich um ein paar Bücher und Papiere.«
»Worüber Sie sich hier so geringschätzig äußern – ein paar Bücher und Papiere –, daraus besteht unser ganzes Leben. Und dieses Leben lasse ich mir nicht eins, zwei, drei wegnehmen. Sie haben gehört, was ich gesagt habe. Sagen Sie meinem Mann, dass ich jederzeit bereit bin, ihn hier zu empfangen. Noch einen schönen Tag.«

Sie will die Tür wieder schließen, doch einer der beiden Polizisten schiebt einen Fuß in die Türöffnung.
»Bitte entschuldigen Sie, gnädige Frau. Wir haben genaue Anweisungen erhalten. Sie brauchen nicht mit uns zusammenarbeiten. Wir finden auch allein, was wir suchen.«

Die beiden Polizisten drängen sich in die Diele und gehen sofort weiter in Richtung von Toms Arbeitszimmer. Vivien ist so perplex über die Männer, die anscheinend genau wissen, wo sie hinmüssen, dass sie ihnen ein paar Sekunden lang erstaunt hinterherstarrt. Ihre schweren Stiefel quietschen auf dem Parkettboden. Polly rennt aus der Küche herbei und kläfft die beiden fremden Männer im Flur an. Vivien wirft die Tür ins Schloss und stellt sich mit gespreizten Armen vor Toms Arbeitszimmer. Ihr cremefarbener Morgenrock fällt auseinander und gibt den Blick auf ihren schmuddeligen Schlafanzug frei. Die zwei Polizisten schauen betreten zur Seite. Kurz zögert sie, dann schließt sie den Morgenrock schnell wieder und verschränkt die Arme vor der Brust.
»Wie können Sie es wagen, gegen meinen Willen hier hereinzustürmen? Das sind Privaträume. Ich werde die Polizei rufen.«
»*Please*, Mrs. Eliot«, murmelt der jüngere der beiden Polizisten, während er sie verlegen lächelnd anschaut. »Wir sind die Polizei. Lassen Sie uns nun ruhig unsere Arbeit machen. Ihr Mann hat ein Recht auf seine persönlichen Sachen.«
»Alles in diesem Haus gehört uns beiden«, ruft sie. »Mir und ihm, hören Sie! Das alles hier haben wir zusammen aufgebaut, siebzehn Jahre lang. Sie haben nicht das Recht, es zu entwenden.«
Der ältere Mann schiebt sie sanft beiseite und öffnet die Tür zum Arbeitszimmer. Polly knurrt. Vivien nimmt Polly auf

den Arm und schaut ergeben zu, wie die beiden Männer das Zimmer in Augenschein nehmen. Alles liegt noch genauso da wie am Tag seiner Abfahrt vor fast drei Jahren. Sie hat Rose lediglich erlaubt, ab und zu ein wenig abzustauben und seine persönliche Post – die mittlerweile zu einem ansehnlichen Stapel angewachsen ist – auf den Schreibtisch zu legen. Jede Woche betritt sie mindestens einmal diesen Raum. Sie sieht die Post durch, fragt sich zum wiederholten Mal, was sie damit soll, und setzt sich dann in den Sessel gegenüber seinem Schreibtisch. Auf dem Kaminsims steht ein Foto seiner Mutter. Ihr Foto hat doch früher immer daneben gestanden; wo mag es nur geblieben sein?
»Nur seine persönlichen Sachen, gnädige Frau«, brummt der ältere Polizist, »das ist alles.«
»Ich kann Ihren Worten entnehmen, dass Sie seine Bücher nicht gelesen haben«, sagt sie höhnisch, während sie sich in den Ledersessel fallen lässt. »Sonst wüssten Sie, dass das Wort ›persönlich‹ nicht in seinem Vokabular vorkommt. Mein Mann strebt nach Unpersönlichkeit. Was Sie da sagen, ergibt demnach keinen Sinn.«
Polly versucht, sich aus ihren Armen zu befreien. Ihr furchterregendes Knurren geht in ein schrilles, lautes Bellen über.
»Ja, Mrs. Eliot, das mag ja alles so sein, aber wir haben die Weisung, seine geschäftlichen Unterlagen abzuholen. Persönlich oder nicht.«
»Aha!«, sagt sie triumphierend. »Da sagen Sie es selbst. Und wenn es nicht persönlich ist, dann ist es von uns beiden. Was Ihnen das Recht nimmt, unsere Sachen mitzunehmen.«
Polly springt auf den Boden und schnappt kläffend nach dem Hosenbein des älteren Polizisten. Der Mann versucht, sich den Hund mit Tritten vom Leib zu halten.

»Wenn Sie jetzt endlich ruhig sitzen bleiben und den Hund festhalten würden, dann sind wir im Nu fertig. Medley, hast du die Liste?«

Der jüngere Polizist sucht nervös in seinen Manteltaschen.

»Äh, hast du sie denn nicht?«, fragt er.

»Nein, die hast du. Sie steckt hinter der Mitteilung des Gerichtes.«

Die Männer schauen sich erschrocken an und drehen sich dann zu Vivien um.

Diese aber hat bereits die Hände in die Taschen ihres Morgenrockes gesteckt.

»Tut mir Leid, meine Herren«, sagt sie, »aber es ist höchste Zeit, dass ich mich umziehe. Wenn Sie mich bitte entschuldigen würden. Sie wissen, wo der Ausgang ist. Komm, Polly, es reicht.«

Lächelnd verlässt sie das Zimmer. Der kleine weiße Hund trippelt hinter ihr her.

Drei

»Hast du das hier schon gelesen?«
Leonard winkt mit der Zeitung seiner Frau zu, die gerade das Zimmer betritt.
»Was?«, murmelt Virginia. »Ich bin eben erst aufgewacht, genauer gesagt, ich habe mich eben erst entschlossen, meine horizontale Position zugunsten der vertikalen aufzugeben.«
Sie lässt sich in einen der Korbstühle fallen.
»Wieder nicht gut geschlafen?«
»Nein«, murmelt sie, »nicht wirklich.«
»Das geht so nicht weiter.«
Sie seufzt.
»Ich verbiete dir, noch länger an diesem Buch zu arbeiten. Du nimmst dir ein paar Wochen frei. Nicht schreiben, kein Wort mehr. Du musst zur Ruhe kommen.«
»Hmm. Was wolltest du mir zeigen?«
Er legt ihr die Zeitung neben den Teller.
»Hier, schau dir das an. Die gestrige Ausgabe der *Times*. Vivien fordert Tom in aller Öffentlichkeit auf, nach Hause zu kommen. Es ist nicht zu glauben.«
Sie liest die zweizeilige Anzeige.
»Ihre Ehe wird einer Kurzgeschichte von Dostojewski immer ähnlicher«, sagt sie, »aber leider geschrieben von Middleton Murry. Ottoline hat mir erzählt, Vivien habe sich sechs Aufführungen von *The Rock* angesehen, und

Tom sei jedes Mal durch den Künstlerausgang geflohen. Noch nicht einmal ein Beaumarchais hätte sich solch einen Schwank einfallen lassen können.«
»Misch dich lieber nicht ein.«
Sie schaut kurz zu ihrem Mann hinüber, der sich schmollend eine Scheibe Toast schmiert. Das ist jetzt schon das zweite Mal in nicht ganz drei Minuten, denkt sie. Noch einmal dieser paternalistische Ton, und ich lege mich wieder ins Bett. Sie mischt sich ohnehin nie mehr in irgendetwas ein. Sie sieht ihre eigenen Freunde kaum noch. Alle scheinen in letzter Zeit Streit mit ihr zu suchen: Clive, Vita, Ethel, Nessa. Sie kassiert einen Seitenhieb nach dem anderen. Er braucht sich wirklich keine Sorgen zu machen. Sie wird einfach die ganze Zeit in ihrem Zimmer bleiben und sich nicht mehr blicken lassen.
Leo ärgert sich über Vivien und folglich über Ehefrauen im Allgemeinen, denkt sie bei sich. Das ist es. Er hat Angst, sie könnte ihm irgendwann auch so einen Streich spielen. Das will er verhindern. Vielleicht wäre das gar nicht mal so eine schlechte Idee. *Will Mr. L. Woolf please stop to patronize his wife?* Sie kichert leise.
»Was ist daran so witzig?«
»Nichts, mein Schatz, nichts.«
»Ich muss langsam nach unten«, sagt Leonard. »Viel zu tun. Kommst du nachher?«

Sie nickt und murmelt einen Abschiedsgruß. Sie schenkt sich Kaffee ein. Erst einmal viel Kaffee trinken. Zum Schreiben braucht man nur zwei Dinge: Zigaretten und einen klaren Kopf. Noch nie hat ihr ein Kapitel so viele Probleme bereitet wie dieses. Alles hängt von dem Schlusskapitel ab. Es muss so abwechslungsreich sein, dass es alles Vorausgehende an Intensität übertrifft. Es muss dessen Kehrseite,

dessen versunkene Kraft veranschaulichen. Der erzählende Teil ist fertig, alle Linien sind gezogen, das Dekor ist gemalt, die handelnden Personen purzeln ungezwungen zwischen den Kulissen herum – nun braucht sie das Ganze nur noch zu stabilisieren und auszubauen.
Aber genau das will ihr einfach nicht gelingen. Bisweilen glaubt sie, dass sie kein Wort mehr schreiben kann. Sie wartet so gespannt auf dieses Ende, dass jeder Schönheitsfehler – ein später Abend, ein Streit mit Vanessa, ein anstrengender Tag – jeden Schwung, jede Verschmelzung zunichte macht. Sie schafft es nicht.
Ärgerlich nimmt sie die Zeitung zur Hand. Liest die Anzeige noch einmal. Wie Tom wohl darauf reagieren wird? Verärgert und böse. Wenn es um seinen Namen und seinen Ruf geht, ist er überempfindlich. Genau genommen handelt ihr Buch von Männern wie Tom. Und von dem Elend, das sie immer wieder verursachen. Aber wie soll sie das zum Ausdruck bringen, ohne ein politisches Pamphlet zu schreiben? Kunst verträgt keine politische Empörung. Und doch war es genau diese Empörung gewesen, die sie zur Niederschrift dieses Buches bewegt hatte. Aber es klappt nicht. Sie muss Abstand nehmen, nicht maßlos weitermachen, bis ihr der Schaum auf die Lippen tritt, sondern sich entspannt zurücklehnen und den Mut aufbringen, mitten in einem Ansturm von Worten einfach aufzuhören.

Plötzlich steht Nelly neben dem Frühstückstisch und macht sich daran, die Teller abzuräumen, ohne ihr einen Guten Morgen zu wünschen. Wie die immer unhörbar ins Zimmer geschlichen kommt! Mit schrägen Blicken betrachtet Virginia die spröde Gestalt ihres Dienstmädchens, das die Tassen scheppernd auf das Tablett stellt. Im Grunde genommen hat sie Angst vor ihr. Von Anfang an war zwischen ihnen etwas falsch gelaufen. Nelly hat das Sagen, und sie, Virginia, darf höchstens mal vorsichtig einen Vorschlag machen. Sie hält es nicht mehr aus. In den nächsten Tagen wird sie mit ihr reden. Aber nicht heute. Nicht jetzt, da sie so schlecht geschlafen hat.

Nelly verschwindet in die Küche. Virginia atmet erleichtert auf. Sie gäbe wer weiß was dafür, wenn sie ohne Personal leben könnte. Im eigenen Haus endlich richtig frei sein. Nicht dieser ständige versteckte Kampf. Der Gedanke, dass sie sich für den Rest ihres Lebens jedes Mal einen Ruck geben muss, um die Küche zu betreten und mit ihr den Lunch zu besprechen, ist unerträglich.

Sie erhebt sich, bleibt dann aber zögerlich am Fenster stehen. Erst noch ein paar Stunden schlafen. Danach wird es ihr besser gehen. Die Lösung wird sich von selbst einstellen. Sie wird die magische Welt wieder auferstehen lassen und sich mit Leichtigkeit, mit wahrer Lust sogar, in ihr bewegen können. Sie wird endlich die Verbindungen zwischen den verschiedenen Ebenen herstellen können, sich zu einer ganzen Reihe schneller und schriller Übergänge hinreißen lassen. Alle Stimmen gleichzeitig heraufbeschwören und um ein einziges, scheinbar unbedeutendes Ereignis zusammenballen. Und dann wieder auseinander – und wieder aufeinander zu. Sie muss an Musik denken. An Opern. Keine Streichquartette diesmal, sondern eine Oper. Mit Arien, Duetten und Chorpassagen, die ein wahrer Ohrenschmaus sind. Dieser Gedanke begeistert sie. Sie spürt, wie sich die Erregung wieder einstellt, die zum Schreiben erforderlich ist, die leichte Nervosität, die spannungsgeladene Erwartung.

Gerade als sie sich umdreht, um in ihr Arbeitszimmer zu gehen, kommt Nelly zur Tür herein.

»Mrs. Eliot ist draußen, gnä' Frau.«

»Vivien? Um diese Uhrzeit?«
»Es ist schon nach elf, gnä' Frau.«
»Sag ihr bitte, ich sei krank. Oder weg. Irgendetwas. Ich kann sie unter gar keinen Umständen empfangen.«
»Sie sieht schrecklich aus.«
»Ja, ja, ich weiß. Es tut mir Leid, aber ich kann nichts für sie tun.«
»Wie Sie wünschen, gnä' Frau.«
Virginia lässt sich auf das Sofa am Fenster fallen. Sie lauscht mit gespitzten Ohren den Geräuschen in der Diele. Sie hört Viviens hohe, sich überschlagende Stimme und Nellys beschwichtigendes Brummen. Virginia kauert sich zusammen. *Please, Nelly*, denkt sie bei sich, hilf mir. Halt sie auf, schaff sie mir vom Hals. In Gottes Namen. Ich kann nichts für sie tun. Lass sie bitte nicht hereinkommen.

Vier

Tadam. Tadam. *Taedium vitae.* Er ist auf der Flucht. Tom geht nicht, er rennt. Durch die Straßen von London, durch den hellgelben Nebel der Morgenröte, die an den Häusern klebt. Die Melone ist ihm über die Ohren gerutscht. Der graue Trenchcoat flattert im Wind. Vorwärts getrieben wird er, Gottes keuchenden Atem in den Ohren. Ruhig sitzen bleiben ist nicht mehr möglich. Sich verkriechen auch nicht. Er ist auf der Flucht vor neuen Verschwörungen und gebrochenen Verträgen. Huuiii, pfeift es durch die Straße.

Tom sieht die flatternden Zeitungen in den überfüllten Mülleimern. Überall Zeitungen. Wo ist die versprochene Stille? Wo die ersehnte Hingabe? Wo der Ruhepunkt, der sich nicht bewegt? Nirgends ist er zu finden. Die Luft ist schwer und dick; sie hat ihn, den Propheten, vom dunklen Berg in die Tiefe gestoßen. Straßenabfall ist er geworden. Nichts anderes als eine zusammengeknüllte Zeitung, die der Wind vor sich herjagt.

Tom schaut sich unschlüssig um; nirgendwo ist er sicher. Er hat den Eindruck, dass er in tausende Stückchen zersplittert ist, während er zugleich die Bruchstücke auf der Straße genau betrachtet und sich fragt, was für eine Maschine dabei herauskäme, wenn er sämtliche Teile wieder zusammensetzte. Er lässt diesen Gedanken wieder fallen und überquert, ohne auf den Verkehr zu achten, die Straße, die rechte Hand auf der Melone und mit der linken, die den emporgehobenen Spazierstock umklammert, wild gestikulierend. Ein paar Taxis hupen empört, doch er hört sie nicht. Ein Tänzer wollte er sein, doch jetzt wird ihm Schmach zuteil. Am Boden liegt er. Verhöhnt von den Zeitungen. Von Lewis als pseudogläubig angeklagt. Von seiner Frau in aller Öffentlichkeit aufgefordert, nach Hause zurückzukehren.

Dies ist nicht sein Herbst. Dies ist der Herbst der Rachegöttinnen. Dies ist der Herbst der Aasgeier. Er ist Prometheus. Und jede Nacht wächst seine Leber wieder nach. Genährt von Schuld. Das Einzige, wonach er verlangt hatte, war, von der Sehnsucht nach etwas, das er nicht finden konnte, von der vergeblichen Suche danach, geheilt zu werden; doch er ist nur kränker als krank geworden. Die Kälte kriecht von seinem Fuß hinauf ins Knie, Fieber singt in seinem Hirn. Er hat Wärme gesucht und muss durch Eis. Er hat sich nach Erlösung gesehnt und wird gekreuzigt.

Er bleibt plötzlich stehen, am Eingang eines kleinen Parks, weil er dort seine Mutter zu erkennen glaubt. Er dreht sich um und ergreift einfach so die Hand einer älteren Frau, die neben einem grünen Mülleimer steht; eine braune Einkaufstasche voller Brotreste und anderem Abfall hängt an ihrem Arm.

»Können Sie mir vielleicht helfen?«, fragt er.

Die Frau schaut ihn an, mit Augen voller Angst, murmelt undeutlich etwas von einer kranken Tochter, einem verstorbenen Mann und macht sich eiligst aus dem Staub. Sie dreht sich noch zwei, drei Mal um, bevor sie um die Straßenecke verschwindet. Er starrt ihr hinterher. Jeder neue Beginn ist ein neuer Fehlschlag. Wo soll er nur hin? Wo kann er sich verstecken?

Er geht weiter. Seit seiner Rückkehr aus Amerika vor rund zwanzig Monaten hat er auf der Flucht vor Vivien die Stadt durchstreift, von einem Ort zum anderen. Er hat bei Freunden gewohnt, bei Kollegen Unterschlupf gesucht, bis er in Father Cheethams Presbyterium endlich ein sicheres Dach über dem Kopf gefunden zu haben glaubte. Doch wohin er auch kommt, immer schleppt er die schwere Last mit sich. Hochschwanger ist er, vor Schuld. Büßen hilft nicht mehr, beichten auch nicht. Er muss gebären, er muss von dem von Schuld gesäugten Monster erlöst werden. Diese Marter muss ein Ende finden. Er muss etwas tun, seine Gedanken ordnen. Er betritt ein Café und bestellt seinen bevorzugten Morgentrunk.

An die Theke gelehnt, schlürft er ein Glas starken Irish Coffee. Er steckt sich eine Zigarette an. Für einen kurzen Augenblick entspannt er sich, dann aber spürt er ihren Blick wieder, der sich ihm in den Rücken bohrt, und erstarrt. Wagt nicht, sich zu bewegen. Die Zigarette verglüht zwischen seinen Fingern. Er steht reglos da. Ihr Blick durchbohrt sein Schulterblatt, verursacht einen tiefen, stechenden Schmerz in seinem Brustkasten. Er stöhnt auf. Überallhin verfolgt sie ihn. Sie wird ihn nicht in Ruhe lassen. Sie wird ihm auf den Fersen bleiben, näher als sein Schatten. Sie ist seine verwundete Seele, die dicht hinter ihm herschwebt, ihn an den Haaren fasst, ihm in die Ohren zischt: »Komm, komm nach Hause.« Er schaudert. Er muss etwas tun. Sie darf ihm nicht länger Schande machen.

Die Spitze seiner Zigarette brennt sich in die Haut seines Mittelfingers. Er flucht, drückt die Zigarette aus und dreht sich um. Eine Frau mit weiß gepudertem Gesicht und violett gefärbten Lippen sitzt ein paar Meter hinter ihm und schaut ihn amüsiert an. Mit einem kurzen, kaum sichtbaren Nicken lädt sie ihn ein, sich an ihr Tischchen zu setzen. Er erschrickt. Nirgendwo ist er sicher. Überall lauert das Böse.

Er legt ein paar Münzen auf die Theke, schaut noch einmal kurz zu der Frau hinüber und macht sich dann aus dem Staub. Schnell, bevor es zu spät ist. Er zieht einen Zettel aus der Tasche. Liest die Adresse: *Mr. Nelson. Private detective. 29, Chesterfield Road.* Er schaut sich um und hält ein Taxi an. Schnell, nun heißt es: Jetzt oder nie.

—

»Absolut kein Problem, Sir. Damit kenne ich mich bestens aus, müssen Sie wissen. Sie brauchen zwei Ärzte. Die kann ich Ihnen besorgen. Ich habe schon mehrmals mit ihnen zusammengearbeitet. Zuverlässige Leute. Sehr kooperativ. Zwei Ärzte und die Gewissheit, dass Ihre Frau die Fragen nicht beantworten kann. Ihre Aufgabe, Mr. Eliot, ist es, den richtigen Zeitpunkt zu bestimmen, an dem wir bei ihr aufkreuzen können. Ein einziger Anruf, das ist alles. Ein einziger Anruf, wenn es ihr mal wieder nicht gut geht. Ich kann sie auch persönlich beobachten, wenn Ihnen das lieber ist. Aber Sie kennen Ihre Frau natürlich besser und können am besten einschätzen, wann sie Fehler macht.«

»Was sagen Sie? Nein, die Fragen sind meistens ein wenig mathematischer Natur. A geht von B nach C, muss aber zuerst in D noch ein Paket nach E schicken, na ja, Sie kennen das sicher. Ziemlich kompliziert, aber man weiß ja nie. Sie sollte schon ein wenig verwirrt sein, wenn Sie verstehen, was ich meine. Wir dürfen nicht riskieren, dass sie alles richtig beantwortet. Denn dann ist der Zug abgefahren, sehen Sie. Beim zweiten Mal wird es schwieriger, wie ich aus eigener Erfahrung weiß. Es geht um den Überraschungseffekt. Sie darf nicht merken, was los ist. Ein ordentlicher Streit vorher ist manchmal ganz nützlich.«

»Sie sprechen nicht mehr miteinander? Tja, in diesem Fall müssen wir uns unserer Sache allerdings ganz sicher sein. Dann wäre es wohl angebracht, dass ich sie zuerst selbst eine Weile beobachte. Wird dadurch natürlich etwas teurer, das Ganze. Kein Problem? Dann hätten wir ja alles. Sie hören von mir. Ich erstatte Ihnen einen um den anderen Tag persönlich Bericht. Oh ja, noch ein Detail. Wir brauchen außerdem die schriftliche Zustimmung eines weiteren Familienangehörigen. Können Sie das für mich in Ordnung bringen? Sonst haben wir vor Gericht keine Chance. Zwei Antragsteller müssen das Einweisungsgesuch unterschreiben. Sie und noch jemand. Geht das? Gut. Schicken Sie mir diese Erklärung so bald wie möglich. Wir müssen das Eisen schmieden, solange es heiß ist.«

»Haben Sie noch Fragen? Sie brauchen sich absolut keine Sorgen zu machen. Wir deichseln das für Sie. Bald können Sie wieder beruhigt schlafen. In Ihrem eigenen Haus, Sir. Oh ja, bevor ich es vergesse: Es ist besser, wenn Sie sich jetzt schon um einen Platz in einer Anstalt kümmern. Damit wir Ihre Frau sofort dorthin bringen lassen können, verstehen Sie? Wir wollen das Ganze doch nicht unnötig verkomplizieren. Ich kann Ihnen ein paar Adressen nennen. Northumberland House hat einen guten Ruf. Viel Grün. Schöne Bäume und so. Erkundigen Sie sich mal. Strenge Leitung, hoher Zaun, ja, das auch. Gut, dann mache ich mich an die Arbeit. Haben Sie vielleicht noch ein paar Haustürschlüssel übrig? Das macht die Sache viel einfacher. Dann kann ich mich mal vor Ort umsehen. Ich brauche die Schlüssel ohnehin für den Besuch mit den Ärzten.«

»Ihre eigenen Schlüssel? Sind Sie sich sicher? Sie bekommen sie natürlich wieder, wenn alles überstanden ist. Wird nicht lange dauern. Höchstens sechs Wochen. Oh ja, bevor ich es vergesse: Wohin soll ich die Berichte eigentlich schicken? Was sagen Sie? Ins Kloster St. Stephen. Das ist ja furchtbar. Dass ein Mann heutzutage Zuflucht bei einem Haufen Priester suchen muss … Aber nicht mehr lange, Mr. Eliot. Da können Sie ganz beruhigt sein. Wir werden das Kind für Sie schon schaukeln. Ja, ja, selbstverständlich mit äußerster Diskretion. Was dachten Sie denn? Niemand wird es herausbekommen. Und schon gar nicht die Presse. Überlassen Sie das ruhig uns. Nun, wir machen uns an die Arbeit. Sie hören von uns. Schönen Tag noch.«

Fünf

Der kleine, eiserne Aufzug kommt quietschend herunter. Martha schiebt die Gittertüren zur Seite und betritt die Kabine. Ruckartig setzt sich der Aufzug wieder in Bewegung. Jetzt Rückgrat zeigen. Sie darf nicht weich werden, sich vor allem nicht von ihm überreden lassen. Sie wird fristlos kündigen, noch ehe ihre Rezension erscheint. Das ist nicht mehr als fair. Die Kündigung wird ihr erster Schritt in ein neues Leben sein. Sie wird dicke Schlussstriche ziehen. Zuallererst einen unter ihre Arbeit für Eliot.

Sie wirft beiläufig einen Blick in den Spiegel an der Holzwand. Ihre Augen haben keinen Glanz. Schnell fährt sie sich ein paarmal mit der Hand durch die Haare. Warum sollte sie Angst haben müssen? Sie hat ihn schon seit Monaten nicht mehr gesehen. Er war die ganze Zeit weg. Auf Reisen oder in Chichester. Mit einem lauten Kreischen kommt der Aufzug zum Stillstand. Sie schiebt die Gittertüren zur Seite und steigt aus. Rechts die Tür seiner Sekretärin, links seine eigene Bürotür mit dem Namensschild aus Kupfer, das seinem Opa gehört hatte, Thomas Stearns. Sie atmet ein paarmal tief ein und klopft dann an die Tür. Kein Geräusch, keine knirschenden Dielen, kein Hustenanfall. Nichts. Sie erschrickt, als sich die Tür unvermittelt öffnet und Eliot sich in der Türöffnung verbeugt.

»Miss Thompson. *Quelle honneur!*«

Er führt sie am Arm zu dem Stuhl vor seinem Schreibtisch,

dabei noch ein paar französische Begrüßungsfloskeln plappernd. Sie muss die Zähne zusammenbeißen, um seinem Charme nicht zu erliegen. Wut, redet sie sich ein, nur mit Wut hat sie hier eine Chance. Eliot nimmt hinter seinem Schreibtisch Platz. Wie sicher er sich seiner Sache ist, denkt sie bei sich, wie er so in seinem Stuhl zurückgelehnt dasitzt, den Füllfederhalter durch die Finger gleiten lässt und sich für das Durcheinander in seinem Büro entschuldigt. Ein richtiger Gentleman. Charmant, zuvorkommend, ganz für seine Besucherin da. Sie muss kurz und sachlich bleiben, einen kühlen Kopf bewahren.

»Tee?«

»Gern.«

Eine Galgenfrist, denkt sie bei sich, als er aufsteht und auf den Gang hinausgeht. Ein paar Minuten Galgenfrist. Wenn er wieder da ist, wird sie es ihm sagen. Sie wird nicht länger drum herumreden. Ihr Blick huscht über die Papierstapel auf dem Tisch. In der Mitte liegt ein faustdickes Manuskript. Der Titel ist durchgestrichen und ein anderer darunter geschrieben worden. Sie erkennt Eliots Handschrift: *The Life of Dr. Matthew O'Connor*.

Eliot kommt zurück mit einem Holztablett und versucht linkisch, ein wenig Platz auf seinem Schreibtisch freizuräumen. Die Tassen stoßen klirrend aneinander. Gleich wird sich noch der heiße Tee über sie ergießen! Sie steht auf und legt ein paar Manuskripte beiseite.

»Danke.«

Er stellt eine Tasse vor ihr ab und hält ihr eine Glasschale mit Pralinen hin.

»In England kann das keiner, gute Pralinen machen. Die hier kommen aus Brüssel. Die beste Schokolade, die es gibt.«

Sie nimmt eine weiße Praline und legt sie neben ihre Tasse.

»Nehmen Sie ruhig noch eine. Hier, diese müssen Sie auch unbedingt probieren. Mit Haselnussfüllung.«
Er legt eine runde, hellbraune Praline neben die weiße. Er selbst sucht sich eine mit einer halben Walnuss aus und steckt sie sich in den Mund.
»Köstlich, finden Sie nicht? Solange es Schokolade gibt, ist noch Hoffnung.«
Martha starrt die beiden unterschiedlichen Pralinen vor sich auf dem Tisch geistesabwesend an. Sie ist doch nicht hierher gekommen, um über Schokolade zu reden. Aber wie soll sie dem Gespräch die Wende geben, die sie braucht, um ihre Kündigung loszuwerden? Sie nimmt zögernd einen Schluck von ihrem Tee.
»Sehr gut. Bevor wir die Zähne in die guten Dinge des Lebens setzen, müssen wir erst den Mund ausspülen.«
Sie nimmt die weiße Praline und beißt ein Stück davon ab.
»Nein, ganz. Sie müssen sich die ganze Praline auf einmal in den Mund stecken. Gerade die geballte Ladung Schokolade ist es, die den Genuss verursacht. Nicht so ein winzig kleines holländisches Stückchen.«
Sie steckt sich den Rest der Praline in den Mund.
»Good girl.«
Amüsiert schaut er sie an.
Zögernd mustert sie die andere Praline. Ob sie die nicht lieber auch gleich essen sollte? Dann wäre dieses Kapitel wenigstens erledigt. Ach du lieber Gott, sie ist noch nicht einmal fünf Minuten hier, und schon kommt sie wieder brav den Weisungen ihres Chefs nach. Sie lässt die Praline liegen und schaut ihn an.
»Ich muss Ihnen etwas Wichtiges sagen.«
»Sie haben Recht, es ist viel zu lange her, dass wir uns das letzte Mal unterhalten haben. Ich habe das *Criterion* schrecklich vernachlässigt. Ich war viel zu häufig unter-

wegs und habe alles Ihnen überlassen. Es tut mir Leid. Ich werde mein Leben bessern.«

»Darum geht es nicht. Ich …«

»Es gab da ein paar Probleme, aber die sind so gut wie beseitigt. Ich habe große Pläne mit unserer Zeitschrift. Ich habe die Sache ein wenig schleifen lassen, aber das wird sich ändern. Das verspreche ich Ihnen. Heute Morgen war in der Post ein wunderbarer Essay von Charles Maurras. Kennen Sie vielleicht noch einen guten Übersetzer?«

Maurras. Das ist das Stichwort, auf das sie gewartet hat. Jetzt, redet sie sich zu. So eine Überleitung bietet sich so schnell nicht mehr.

»Genau darüber wollte ich mit Ihnen reden«, sagt sie. »Ich halte weder diese Artikel von Maurras noch die anderen politischen Essays, die wir in den vergangenen Jahren im *Criterion* veröffentlicht haben, für interessant.«

»Was höre ich da: Haben Sie die Politik entdeckt?«

»Sagen wir lieber so: Ich lehne die politische Tendenz der meisten Artikel ab und finde, dass dies nicht länger mit meiner Mitarbeit vereinbar ist.«

»Martha!«, ruft Eliot erstaunt. »In was für einem extremen Lager sind Sie denn auf einmal gelandet? Hat Ihre fanatische Cousine Sie aufgehetzt? Haben Sie sich den Kommunisten angeschlossen? Das ist ein gefährliches Umfeld für eine junge Dame. Denen sollten Sie lieber aus dem Weg gehen.«

»Machen Sie sich keine Sorgen. Ich bin keiner einzigen Partei beigetreten. Ich sage nur, dass ich Ihre Standpunkte ablehne, wie Sie sie noch vor kurzem in *Nach fremden Göttern* zum Ausdruck gebracht haben. Ihre Ansichten widern mich dermaßen an, dass ich nicht mehr für Sie arbeiten kann.«

Das Lachen ist aus Eliots Gesicht verschwunden. Sein Blick ist ernst geworden, und sein Mund hat sich zu einem schmalen, geraden Strich verzogen. Er beugt sich zu ihr vor.
»So, so, was gefällt Ihnen denn nicht an meinen *Standpunkten*, wenn ich fragen darf? Oder sind die vielleicht so verrückt, dass man nicht darüber reden kann?«
Sie weicht seinem Blick aus, zieht eine Zigarette aus ihrer Tasche, sucht ihr Feuerzeug, doch da tanzt bereits eine kleine gelbe Flamme vor ihren Augen. Sie schreckt zurück, hält ihre Zigarette dann aber doch über Eliots Feuerzeug.
»Zum Beispiel Ihre nationalistischen Äußerungen während der Virginia-Lesungen«, hebt sie zögernd an.
»Was stimmt denn daran nicht?«
»Vielleicht sind Sie sich dessen nur noch nicht bewusst, aber es ist sehr wahrscheinlich, dass bald wieder ein Krieg ausbricht. Die Zeitungen sind voll davon. Jeder, der zu Nationalismus und Judenhass aufruft, gießt schlichtweg Öl ins Feuer, während wir doch alles tun sollten, um einen neuen Krieg zu verhindern. Milne hat kürzlich geschrieben …«
»Sie sollten nicht zu viel von Milnes pazifistischem Schwachsinn lesen. Er hätte bei seinem *Pu der Bär* bleiben sollen, das sind wenigstens noch witzige Geschichten. Mit *Peace with Honour* macht er sich völlig lächerlich.«
»Ich verstehe nicht, was Sie gegen den Pazifismus haben«, sagt sie scharf.
»Es ist eine feige, naive Einstellung.«
»Sie haben sich selbst auch nicht gerade durch Tapferkeit ausgezeichnet.«
»Ich wurde für untauglich erklärt, mein Bandscheibenvorfall, aber darum geht es jetzt nicht.«
Martha zögert. Sie würde ihm am liebsten über den Mund fahren, dass er dafür andere mit seinem heroischen Gerede in den Tod getrieben hat, unterlässt es aber. Sie gönnt ihm

die Mitverantwortung am Tod ihres Vaters nicht. Das wäre eine zu große Ehre. Ihr Vater wäre ohnehin gegangen.
»Wenn es jetzt zu einem Krieg kommt, bedeutet dies das Ende von Europa«, sagt sie.
»Ende und Neubeginn.«
»Mein Entschluss steht fest. Ich wollte ihn Ihnen nur gern persönlich mitteilen.«
»Welcher Entschluss?«, fragt Eliot mürrisch.
Sie sollte ihm das Kündigungsschreiben auf den Tisch legen und gehen, das wäre das Vernünftigste. Aber sie bleibt sitzen. Sie möchte es ihm nicht zu einfach machen.
»Ich kündige«, sagt sie kühl, »weil ich nicht mit einem Antisemiten zusammenarbeiten will.«
»Was für eine Blasphemie«, ruft er laut. »Es geht mir um die Kultur, um die angelsächsische Kultur, die ich nicht von fremden Rassen mit einer Religion ohne Glauben besudelt sehen möchte. Die jüdische Moral ist unserer wesensfremd, folglich halte ich einen zu großen Einfluss für nicht wünschenswert. Das ist alles.«
»Und was soll dann mit ihnen passieren?«
»Ganz einfach: Wir schicken sie dorthin zurück, wo sie herkommen.«
»Das ist das Gleiche, wie sie zu ermorden.«
»Reine Propaganda. Dafür gibt es keine Beweise.«
»Lesen Sie *Mein Kampf*. Da steht alles wörtlich drin. Lesen Sie die Zeitungen.«
»Propaganda, sage ich Ihnen. Alles Propaganda dieser laschen Liberalen und Sozialisten. Die westliche Kultur liegt in den letzten Zügen. Es gibt nichts mehr, keine Tradition, kein Erbe, keinen Glauben, der das Ganze noch ein bisschen zusammenhalten könnte. In solch einer Situation fangen die Hunde an zu bellen, und die Masse läuft ihnen nach. Das ist nicht meine Schuld. Es gibt keine Rettung

mehr. Höchstens noch in Amerika. Jedenfalls, wenn die sich vernünftiger verhalten als wir. Das ist alles, was ich in Virginia gesagt habe.«

»Sie haben ganz nett mitgebellt.«

Er schaut sie grimmig an.

»Sie haben überhaupt nichts kapiert.«

»Genug, Mr. Eliot.«

Martha erhebt sich. Jedes weitere Wort ist sinnlos. Er sieht es wirklich nicht ein. Unglaublich, wie er sich von einem Augenblick zum anderen verändern kann. Ein Mann mit zwei Gesichtern – das eine freundlich und äußerst charmant, das andere vom Gift grünlich verfärbt. Sie zieht den Umschlag mit dem Kündigungsschreiben aus der Tasche und legt ihn vor ihn auf den Schreibtisch. Eliot hat die Hände hinter dem Kopf verschränkt; ein spöttisches Grinsen umspielt seine Lippen.

»Hat Ihnen Ihr jüdischer Freund etwa den Kopf verdreht?«

Nichts wie weg hier. Sie will sich umdrehen und zur Tür gehen, kann sich aber nicht beherrschen.

»Sie sind ja krank.«

»*Surprise me.*«

Amüsiert zurückgelehnt hängt er in seinem Stuhl. Geh schon, sagt sie sich, sag einfach Auf Wiedersehen und geh. Doch weil er so unberührt grinsend dasitzt und das Ganze für einen großen Scherz zu halten scheint, fügt sie noch hinzu: »Sie sind besessen vom Tod.«

»So, so«, sagt er grinsend. »Und woher haben Sie diese Weisheit?«

»Sie sind besessen vom Bösen, vom Tod, vom Untergang, vom Diabolischen. Davon können Sie nicht genug bekommen. Bei Ihnen dreht es sich nie um das Leben, um Liebe oder um Freundschaft. Sie können diese Worte nicht über die Lippen bringen.«

Sie hält kurz inne, schaut ihn an. Er trommelt gelangweilt mit den Fingern auf die Schreibtischplatte. Diese gespielte Gleichgültigkeit regt sie auf.
»Weil Sie nur Groll auf das Leben empfinden, wälzen Sie sich im Hass; Hass gegen Frauen, gegen Juden, gegen Progressive, gegen alle, die anders sind als Sie. Aber das hilft nicht. Es erleichtert nicht, es heilt nicht. Es macht alles nur noch schlimmer, weil Sie der Einzige sind, den Sie wirklich aus tiefster Seele hassen. Darum möchten Sie so gern von sich selbst erlöst werden; doch bis es so weit ist, hängen Sie am Tod, an der Sünde, an der Schuld und nennen das Glauben. Ich kann mit solch einem Pseudoglauben nichts anfangen. Es ist gefährlicher Schwachsinn.«
Sie zittert am ganzen Körper. Eliot sitzt unberührt hinter seinem Schreibtisch, sagt nichts, reagiert nicht, ja scheint angesichts ihres Wutausbruches noch nicht einmal überrascht zu sein. Sie muss weg. Sie ist zu weit gegangen.
»Noch eine Praline, Martha?«
Verwirrt starrt sie ihn an. Er nimmt keine Praline von der Glasschale, sondern öffnet die oberste Schreibtischschublade und zieht eine Papiertüte hervor.
»Diese sind ganz besonders, die müssen Sie probieren.«
Er hält ihr die Tüte hin.
»Nehmen Sie eine, zum Abschied.«
Sie zögert. Sie kann nach so einer Tirade wohl kaum Pralinen von ihm annehmen, oder? Aber um es hinter sich zu bringen, nimmt sie eine runde Praline aus der Tüte und steckt sie sich in den Mund.
»Auf Wiedersehen«, murmelt sie, während der süße Kakao in ihrem Mund schmilzt. Er schaut sie neugierig an, während sie ihm eine Hand hinhält, in die er nicht einschlägt. Er schaut sie unverwandt an; ihre Hand bleibt irgendwo zwischen ihnen beiden in der Luft hängen. Zwischen

dem Kakaogeschmack hindurch trifft ein scharfer, bitterer Geschmack auf ihre Zunge. Ihr Mund füllt sich mit einer dünnen Reinigungsflüssigkeit, die in Kehle und Mund fürchterlich beißt. Sie will etwas sagen, doch sobald sie den Mund öffnet, bilden sich runde Seifenblasen auf ihren Lippen. Eine Seifenschaumpraline! Wütend schaut sie Eliot an, der sie breit angrinst, spuckt die ganze Masse auf das vor ihm liegende Manuskript und rennt aus seinem Büro.

»Immer nur lachen, Martha!«, ruft er, während er die ausgespuckte Praline in den Papierkorb wirft. *»Practical joke«*, murmelt er, doch dann erhebt sich ein lautes Pfeifen in seinem Kopf. Er presst die Hände auf die Ohren, aber es hilft nicht. Das schrille Pfeifen wird nur lauter. Mit einer heftigen Armbewegung mäht er alles von seinem Schreibtisch. Die Tassen und die Glasschale mit den belgischen Pralinen fallen klirrend auf den Boden. Er setzt sich gerade hin und starrt die leere Schreibtischplatte an. Dann lässt er sich von seinem Stuhl gleiten, kriecht unter den Schreibtisch und fischt die Pralinen zwischen den Scherben hervor. Er legt sie auf die Hand und steckt sich eine nach der anderen in den Mund. Die Schokolade läuft ihm über die Lippen.
»Jolly good«, murmelt er. *»Absolutely delicious.«*

Sechs

Unter einem tiefen, regnerischen Himmel verliert sogar das British Museum ein wenig von seinem Glanz. Weder die imposante ionische Säulenhalle noch die breite Freitreppe können verhindern, dass die Passanten an diesem Tag nicht aufschauen, sondern den Blick gesenkt halten und sich nicht dafür interessieren, was ihnen der massive Bau von Robert Smirke zu bieten hat: die voll gestopfte Schatzkammer Londons. Auch Virginia würdigt den britischen Tempel der Erinnerung keines Blickes. Zornigen Schrittes geht sie die Stufen hinauf und schimpft leise vor sich hin: »Unmögliche Briefe. Unmögliche Fragen.«

Woher soll *sie* denn wissen, wie Frauen den Krieg verhindern können? Sie durchquert die Säulengalerie in Richtung Bibliothek. Mit derartigen Fragen wird sie belästigt. Dabei hat sie im Moment ganz andere Sorgen. Sie muss ein Buch abschließen, besser gesagt, neu schreiben; als sie gestern das eine oder andere Kapitel gelesen hatte, konnte sie nicht glauben, dass dieser Mist von ihr sein sollte. Da steht ihr ja noch einiges bevor, wenn sie aus den neunhundert Seiten, den zweihunderttausend Wörtern, etwas Ordentliches machen will. Zehn Seiten am Tag, neunzig Tage lang. Da kann sie sich beim besten Willen keine Gedanken machen über unmögliche Fragen von unmöglichen Herren aus noch unmöglicheren Institutionen, die jeden Tag mit der Post bei ihr eingehen.

»Wie können Frauen den Krieg verhindern?« Ja, wie sollen sie das anstellen? Ohne Diplom, ohne Uniform, ohne je auch nur einen einzigen Schuss in die Luft abgefeuert zu haben. Heer und Flotte sind ihnen verwehrt. Sie dürfen nicht an die Börse oder an eine Universität. Weder Waffen noch Geld oder Kenntnisse können sie als Druckmittel einsetzen. Das Einzige, das ihnen bleibt, ist, Artikel oder Leserbriefe zu schreiben. Aber es sind Männer, die entscheiden, was und was nicht veröffentlicht wird. Wie Frauen demnach den Krieg verhindern können – sie weiß es wirklich nicht. Sie verachtet Wells, der sich erdreistet hat, in der Zeitung zu schreiben, dass »Frauen sich der aktiven Vernichtung ihrer Freiheit durch Faschisten und Nazis nicht spürbar widersetzt haben«. Hört ihr das, ihr Frauen? Ihr seid viel zu faul und zu schlaff, um euch den Faschisten richtig zu widersetzen. Gebt euer Wahlrecht, das man euch gerade erst gewährt hat, gleich wieder zurück, es ist doch dasselbe, wie Perlen vor die Säue zu werfen. Verhindert lieber den Krieg, statt so herumzutrödeln!
Beruhig dich, Virginia, denkt sie bei sich. Lass dich doch von solch einem unbedeutenden Brief nicht gleich so verrückt machen. Sie atmet ein paarmal tief durch und öffnet die Tür zur Bibliothek.

Wie immer wundert sie sich auch diesmal über das seltsame, verschleierte Licht, das in dem Kuppelsaal herrscht. Sie nimmt den starken, stockigen Geruch der Abertausende von Büchern wahr und schaut nach oben, zu den mattgläsernen Fenstern, durch die schmutziges Licht hereinfällt. Sie betritt den runden Saal und bleibt stehen. In nicht ganz zehn Metern Entfernung sieht sie Morgan, der sich mit einem der Bibliothekare unterhält. Darauf hat sie jetzt ganz und gar keine Lust, auf ein Gespräch mit Morgan.

Auf der Suche nach einem Fluchtweg schaut sie sich blitzschnell um.
Warum geht ausgerechnet mir das immer so, fragt sie sich, während sie sich mühevoll überwinden muss, nicht auf der Stelle kehrtzumachen. Schau ihn dir doch an, diesen unauffälligen, ein wenig langweiligen Mann mit seinem Schnurrbart, seinen glatt zurückgekämmten Haaren und seinem dunkelgrauen Anzug. Zögernd geht sie auf ihn zu. Keine Umstände, Virginia, du sagst ihm einfach freundlich Guten Tag. Er will ganz bestimmt nichts von dir, redet sie sich wider besseres Wissen ein. Jeder Schritt kostet sie große Mühe, weil er eben doch etwas von ihr will: Freundschaft, Zustimmung und vielleicht – da sei Gott vor – Liebe. Und um das ganze Ritual schlaffer Zuvorkommenheit nicht durcheinander zu bringen, muss sie ein weißes Taschentuch schwenkend aus ihrem Versteck hervorkommen. Warum kann sie nicht einfach mit einem kurzen Nicken oder einem angedeuteten Lächeln auf den Lippen an ihm vorbeigehen und ihre eigene Welt damit schützen?
Das kommt daher, überlegt sie sich, während sie nur noch ein paar Meter von ihm entfernt ist, dass auf seinem Gesicht, sobald er das ihrige erkennt, ein großes Fragezeichen auftaucht, das sich nicht mit einem Lächeln zufrieden gibt, sondern Worte und Aufmerksamkeit will. Und damit fängt das ganze gesellschaftliche Elend an, das ihre Innenwelt innerhalb weniger Sekunden zum Einsturz bringt. Noch hat er sie nicht entdeckt. Noch kann sie umkehren. Sie seufzt. Nicht länger klagen. Zum Angriff!

»Morgan!«
Mit ausgestreckten Armen geht sie auf ihn zu.
Morgan Forster dreht sich um und schaut sie erstaunt an, als

wäre auch er über ihr plötzliches Auftauchen erschrocken. Aber er fängt sich sofort wieder, ergreift ihre Hände und drückt sie leicht.

»Hast du einen Augenblick Zeit?«, fragt er. »Ich muss mit dir reden. Können wir hinausgehen?«

Er nimmt sie am Arm. An den Lesetischen vorbei gehen sie zum Ausgang. Auf der Galerie bleiben sie stehen. Morgans Gesichtsausdruck verrät Besorgnis. Er legt seine Bücher auf eine Bank und steckt sich eine Zigarette an.

»Hör zu, Virginia«, sagt er ernst. »Wie du weißt, gehöre ich dem Verwaltungsrat der Bibliothek an. Den ganzen Morgen haben wir über die Frage debattiert ...«, er zögert kurz, »äh, über die Frage debattiert, ob wir auch weibliche Mitglieder in den Vorstand aufnehmen können.«

Sie schaut ihn forschend an. Soll das heißen, dass man ihr die Aufnahme anbieten will? Sie fühlt sich geschmeichelt, obwohl sie mit Sicherheit ablehnen würde. In solch einem konservativen Haufen würde sie sich völlig lächerlich machen. Aber wieso »debattiert«?

»Das wäre doch nicht das erste Mal. Mrs. Green war doch auch schon einmal Mitglied des Verwaltungsrates.«

»Ja, ja. Das stimmt. Aber dein Vater hat damals gesagt: einmal und nie wieder. Nie mehr eine Frau in den Vorstand. Sie war furchtbar lästig, musst du wissen. Und da habe ich gesagt: Haben sich die Frauen mittlerweile denn nicht weiterentwickelt? Aber die anderen haben nicht nachgegeben. Nein, nein, Frauen, das sei ausgeschlossen. Sie wollen nichts davon hören. Tut mir Leid.«

Er schaut sie ein wenig abschätzig an.

»Ich habe mein Bestes getan, glaub mir.«

Ihre Hände zittern. Sie kann nicht mehr klar denken. Die Wut steigt ihr in den Kopf. Morgan tritt von einem Fuß auf den anderen und sucht sein Heil bei seiner Taschenuhr.

»Ach herrje. Ist es schon so spät? Ich muss weg. Wir reden ein anderes Mal darüber. Grüß Leo von mir.«
Er macht sich schnell aus dem Staub, wobei er sogar vergisst, die Bücher mitzunehmen. Wirf sie doch in die Themse, denkt sie bei sich. Ihr eigener Vater! Hat Mrs. Green für zu lästig gehalten, aber Abend um Abend bei ihr verbracht. Wie kann er es wagen, aus dem Grab heraus zu regieren: »Nein. Ausgeschlossen! Keine Frauen!« Doch sie wird es dabei nicht bewenden lassen. Weg mit diesem Roman, Pamphlete schreiben, Briefe. Sie wird die Arbeit an ihrem Essay abschließen. Sie kann den Krieg zwar nicht verhindern, dafür aber erklären. Mit dem unsichtbaren, doch allgegenwärtigen Feind. Den Titel hat sie auch schon: *On being despised.* Er wird davon handeln, was es heißt, verachtet zu werden. In erster Linie vom eigenen Vater, gleich darauf gefolgt von den eigenen Freunden. Auch tausend Bücher können daran nichts ändern. Man kann schreiben, bis man tot umfällt, doch diese eitlen Gockel werden immer dasselbe Lied krähen. Zu lange hat sie mit *the boys* mitgesungen. Zu oft hat sie geglaubt, mit ihr mache man eine Ausnahme. Aber dem ist nicht so: Sie wird genauso verachtet wie alle anderen auch. Folglich wird sie den Krieg analysieren und zeigen, dass es hier genauso schlimm ist wie in Deutschland oder Italien.
Sie rennt die Stufen der Freitreppe hinunter, einen grimmigen, entschlossenen Zug um den Mund.

Sieben

Vivien steht unter ihrem Regenschirm und wartet ungeduldig auf Polly, die einen auf dem Bürgersteig umgefallenen Mülleimer beschnüffelt. Immer wieder steckt der Hund die weiße Schnauze tief in die nassen Haufen von Kohlblättern, Möhren- und Kartoffelschalen. Was will sie bloß mit diesen scheußlichen Gemüseresten, fragt sie sich. Sie ist doch nicht etwa Vegetarierin geworden? Vivien wirft einen nervösen Blick auf ihre Armbanduhr. Sie darf auf keinen Fall zu spät kommen. »Komm, Polly, komm«, ruft sie, »wir müssen gehen«, und sie schleift den weißen Hund an der Leine hinter sich her.

Vor einer Stunde erst war ihr Blick auf die *Sunday Times Book Exhibition* gefallen. Beinahe hätte sie die Ankündigung übersehen. Sie hätte sich ohrfeigen können. Normalerweise verfolgt sie alle Neuerscheinungen und den Veranstaltungskalender der Theater mit größter Aufmerksamkeit, doch ausgerechnet heute, an dem Tag, an dem Tom zum ersten Mal seit Monaten wieder in der Öffentlichkeit eine Lesung halten und sein neues Buch signieren wird, wäre ihr die Ankündigung beinahe nicht aufgefallen. Wie konnte sie nur so unaufmerksam sein! Doch es ist noch nicht zu spät.

Sie biegt nach links in die Lower Regent Street und bleibt vor Dorland Hall stehen. Kommt sie ohne eine offizielle Einladung überhaupt hinein? Das gesamte literarische

London hat sich in diesen Tagen in Dorland Hall versammelt. Warum hat man sie vergessen? Sie mag die *Sunday Times* ohnehin nicht besonders. Ihre Mutter pflegte diese Zeitung beim Frühstück zu lesen und laut die Familienanzeigen daraus vorzutragen. »Stell dir vor! Dieser oder jener hat sich mit der oder der verlobt!« Grund genug, die Zeitung nie mehr aufzuschlagen.
Ein wenig unsicher tritt sie mit Polly durch die Glastüren und fragt den Pförtner, ob er vielleicht wisse, wo *ihr* Mann, Mr. T. S. Eliot, seine Lesung hält. Das wird ihn hoffentlich davon abhalten, sie nach ihrer Einladung zu fragen!
»Im großen Saal, aber er hat bereits angefangen«, brummt der Pförtner, ohne von seinem Kreuzworträtsel aufzuschauen.
»Hunde sind nicht erlaubt, Miss.« Sie tut, als hörte sie nicht, da sie genau weiß, dass Tom es fabelhaft finden wird, Polly wiederzusehen. Die Tür zum großen Saal ist geöffnet. Sie schaut neugierig hinein. Der Saal ist riesig groß und hat Raum für Hunderte von Stühlen; dennoch haben viele Besucher keinen Platz gefunden und stehen nun dicht gedrängt neben den Tischen mit den ausgelegten Büchern. Sie sieht die Enkelin von Queen Victoria, die auf dem Podium neben dem Chefredakteur der *Sunday Times* und seiner Sekretärin sitzt, einer etwas blassen Frau, der sie vor langer Zeit während eines Empfangs bei Faber & Faber begegnet war. Im Saal sitzen Schriftsteller, Politiker und Verleger sowie zahlreiche *upper-class*-Damen von fünfzig Jahren an aufwärts. Vivien nimmt Polly auf den Arm und drängt sich durch die Menge nach vorn.

Endlich wird sie ihn sehen. Als er angekündigt wird, stellt sie sich auf die Zehenspitzen, um einen ersten Blick von ihm zu erhaschen. Noch bevor sie ihn sieht, hört sie seine

Stimme. Monoton, ruhig, doch für sie kaum zu verstehen. Polly hat damit weniger Probleme. Kaum vernimmt sie die Stimme ihres Herrchens, fängt sie auch schon an, mit dem Schwanz zu wedeln. Sie versucht, sich aus Viviens Armen zu befreien. Diese drückt den Hund noch fester gegen ihre Brust, flüstert ihm beruhigende Worte ins Ohr und versucht, noch näher heranzukommen.

Vor ihr steht eine beleibte Dame, die eine Boa aus Pfauenfedern um den Hals trägt. Warum müssen manche Frauen sich nur so furchtbar aufdonnern, fragt sie sich, das ist doch die Büchershow der *Sunday Times* und nicht das *bloody* Glyndebourne Festival. Hat sie etwa auch einen Picknickkorb dabei? Polly knurrt die Dame an, als diese sie mit spürbarem Widerwillen vorbeilässt. Gut zwanzig Meter vor sich sieht Vivien ihren Ehemann auf einem kleinen Podest hinter einem hölzernen Rednerpult stehen. Er trägt den dunkelgrauen Anzug, den sie vor ein paar Jahren in Paris für ihn hat anfertigen lassen. Sie kann nichts dagegen tun, dass ihr die Tränen in die Augen treten. Wie aufmerksam von ihm, gerade an diesem Tag den Anzug anzuziehen. Aber so ist er nun einmal. Mit feuchten Augen starrt sie ihren Mann an.

Wie gut er aussieht, denkt sie bei sich. Nicht so grau und steif wie bei seiner Abreise nach Boston, sondern entspannt und selbstsicher. Er hat abgenommen. Ja, er ist sogar recht mager. Bei diesen Priestern bekommt er natürlich nichts Ordentliches zu essen. Doch ansonsten, ja, sie muss es zugeben, hat er schon lange nicht mehr so gut ausgesehen. Das Publikum lacht laut auf. Offenbar hat er gerade etwas Witziges gesagt, obwohl sie es aus der Entfernung nicht richtig verstanden hat. Tom ist ein begnadeter Redner. Er hätte mindestens *dean* in Cambridge werden können. Es ist eine Schande, dass er nie einen Ruf bekommen hat. Gut,

dafür hätte er natürlich seine Dissertation fertig stellen müssen. Doch es ist noch nicht zu spät. Sie wird ihm dabei behilflich sein. Sie wird das Ganze für ihn tippen, die Bibliographie zusammenstellen, die Fußnoten überprüfen, vielleicht sogar die Einleitung schreiben. Gemeinsam werden sie es bestimmt schaffen. Es wird wieder so sein wie früher. Und dann werden sie nach Cambridge oder Oxford umziehen; auch für Polly wäre das viel besser.
Es ertönt Applaus. Tom wird von der Sekretärin zu einem kleinen Tisch neben dem Podium geführt. Auf dem weißen Tischtuch steht ein prachtvoller Strauß roter Rosen; daneben warten mehrere Bücherstapel darauf, von ihm signiert zu werden. Schnell bildet sich eine lange Schlange vor dem Tisch. Vivien schaut gespannt zu, wie Tom ein Buch nach dem anderen herunternimmt, ein freundliches Wort an den Käufer richtet, mit seinem goldenen Füller einmal schnell über das Buch kratzt und es dem Käufer mit einem leicht spöttischen Lächeln auf den Lippen reicht. Es sind überwiegend ältere Damen, die sich ein Exemplar signieren lassen. Sie nehmen es mit einem dankbaren Nicken in Empfang und gehen dann mit vor Bewunderung strahlenden Augen an Vivien vorbei zur anderen Seite des Saales. Sie empfindet einen gewissen Stolz, wenn sie sich mit einem, manchmal sogar zwei Exemplaren an ihr vorbeidrängen, und versucht, ihren Blick im Vorbeigehen zu kreuzen. Sehen sie ihr an, dass sie Mrs. T. S. Eliot ist? Aber nur Polly wird ab und zu eines zärtlichen Blickes für würdig befunden.
Was soll sie nun tun? Wird vielleicht auch von ihr erwartet, dass sie sich der langen Reihe der Bewunderer anschließt? Dann kann es noch eine halbe Stunde dauern, bis sie dran ist. Nein, das wäre zu verrückt. Kommt gar nicht in Frage. Sie ist schließlich seine Frau.

»Komm, Polly«, sagt sie, während sie den zappelnden Hund auf den Boden setzt, »es ist Zeit, deinem Herrchen Guten Tag zu sagen.«

Polly rennt laut kläffend an der Reihe der Wartenden vorbei nach vorn. Vivien hält den Blick unentwegt auf ihren Ehemann gerichtet, während sie wie eine Braut auf dem Weg zum Altar langsam und würdevoll an den wartenden Gästen vorbeischreitet. Tom reicht gerade einer Dame mit dunkelblauem Hütchen und ebensolcher Feder auf den grauen Haaren ein signiertes Buch, als er das Kläffen des Hundes wahrnimmt. Mit einem nervösen Blick in den Augen späht er durch den Saal. Polly hat den Tisch jedoch bereits erreicht und springt fröhlich schwanzwedelnd an ihm hoch. Sie leckt ihrem Herrchen die Hände und schaut ihn erwartungsvoll an, sogar noch, als dieser sie erschrocken wegschiebt und ruft: »Platz, Polly, Platz!«

Vivien legt die letzten Schritte bis zum Tisch zurück. Endlich, endlich steht sie ihrem Mann wieder Auge in Auge gegenüber. Eine warme Röte steigt ihr in die Wangen. Sie fühlt sich leicht im Kopf, als hätte sie gerade ein paar Gläser Champagner hinuntergekippt. Alles wird gut, denkt sie bei sich, während sie gleich drei Exemplare von *After Strange Gods* vom Stapel nimmt. Sie ist sich ganz sicher. Er sieht toll aus. *Dear Tom.* Er wird mit ihr nach Hause gehen. Mit einem erhabenen Lächeln auf den Lippen reicht sie ihrem Mann den kleinen Stapel Bücher.

»Oh Tom«, sagt sie und schaut zu ihm auf. Sanft beißt sie sich auf die Unterlippe.

Er starrt sie verblüfft an und nimmt ihr die Bücher aus der Hand.

»*How do you do?*«, fragt er laut.

»Oh Tom«, wiederholt sie seufzend.

Sein Gesicht ist wie erstarrt. Nervös blinzelt er. Über seiner linken Augenbraue schwillt eine blaue Ader. Schnell signiert er die drei Exemplare, bläst die Tinte trocken und gibt Vivien die Bände zurück, ohne sie anzuschauen.
Als Vivien die Bücher entgegennimmt, berühren ihre Finger für einen Sekundenbruchteil die weiche Innenseite seiner Hand.
»Kommst du mit nach Hause, Tom?«
»Ich kann jetzt nicht mit dir reden.«
»*Please*, Tom. Lass uns gehen.«
»Ich kann nicht, Vivien, ich …«
Er dreht sich abrupt um, sagt etwas zu der Sekretärin und eilt zum Ausgang des Saales. Polly hüpft zwar fröhlich hinter ihm her, kommt aber zu spät, um mit ihm durch die Tür zu schlüpfen. Sie legt sich vor die Tür und jault. Vivien ist, die drei signierten Bücher in der Hand, konsterniert am Tisch stehen geblieben.

Mit zitternden Händen schlägt sie das Titelblatt des zuoberst liegenden Exemplars auf. T. S. Eliot. Danach auch die beiden anderen Bücher. T. S. Eliot. Nur seine Unterschrift, mehr nicht. Kein Datum, keine Widmung, noch nicht einmal ein *Dear Vivie*. Ihre Schultern zucken. Sie spürt, wie ihr die Tränen in die Augen steigen. Sie versucht, sie hinunterzuschlucken. In der Schlange der wartenden Damen erhebt sich lautes Murmeln. »Was ist denn los?«, hört man jemanden flüstern. »Kommt er noch mal wieder?« »Er hat mein Exemplar für Aunt Peggy noch gar nicht signiert!«
Alle Blicke sind auf Vivien gerichtet. Die Dame von der *Sunday Times* weiß nicht recht, was sie tun soll, und macht sich daran, die übrig gebliebenen Bücher neu zu ordnen. Vivien starrt das weiße Tischtuch, die roten Rosen, die Hände der Sekretärin an, die die Bücher zu immer schöneren, gleich-

mäßigen Stapeln auftürmt. Auf allen Umschlägen prangt der Name ihres Mannes in schwarzen Lettern. T. S. Eliot. Die Buchstaben beginnen allmählich vor ihren Augen zu tanzen.

»T. S., Thomas, oh, *my dear.*«

Sie hört das Wasser des Flusses Isis an die hölzerne Wand des Ruderbootes schlagen und Lucys Kichern in dem anderen Boot. Sie sieht die Sonne, die wie ein großer Lichtfleck auf der grünen Wasseroberfläche glänzt. Sie hört seine Stimme, die Prufrocks ersten Vers zitiert: *Komm, wir gehen, du und ich.* Die kleine Kirche, ihre Tante Lucy als Zeugin. Ihr einfaches Kleid. Der linkische Pfarrer und, später, die erschrockenen Gesichter ihrer Eltern. Ihre Mutter, die etwas von Ärzten stammelt. Vor ihrem geistigen Auge sieht sie das Hotel in Eastbourne, die Felsen an der Küste, Tom, der, auf dem Bauch liegend, über den Rand des Kliffs schaut, während sie ihn an den Füßen festhält und der Wind ihnen um die Köpfe pfeift. Dann aber auch die blutbefleckten Laken in den voll gestopften Koffern, die Scham und die Niedergeschlagenheit in seinen Augen, als er dem Personal versichert, er werde die Laken demnächst zurückbringen lassen. Ihr erstes Apartment in Clarence Gate Gardens. Die Bücher, die Hefte, ihr Stift, der über das Papier rollt und vom Tisch hinunterfällt, von Tom aber geschickt aufgefangen wird. Sein lachendes Gesicht, als sie zum wiederholten Mal für ihn die Putzfrau imitiert. Doch auch die Angst, die seine Kiefer erstarren lässt, wenn sie im Schlafzimmer die Nachttischlampe ausmacht und sich an ihn schmiegt.

»Ich bin an allem schuld«, flüstert sie.

Sie beugt sich vornüber und zieht eine der Rosen aus der Vase.

»Er ist mein Ehemann, wissen Sie«, sagt sie zu der Sekretärin.

»Natürlich«, sagt die Frau, »nehmen Sie bitte noch ein paar.«
»Eine reicht, danke schön.«
Sie dreht sich um, in einer Hand die drei Bücher, in der anderen die Rose, an die Brust gedrückt. Ihr Kopf fühlt sich an, als würde er gleich platzen, Tränen füllen die Vertiefungen in ihrem Gesicht. Sie macht die ersten Schritte. Nur mühsam hält sie sich aufrecht. Immer wieder scheint ihr irgendetwas von hinten in die Kniekehlen zu treten, sodass sie einknicken und sie beinahe das Gleichgewicht verliert. Doch sie geht weiter. Schritt für Schritt geht sie an der langen Reihe der Besucher vorbei, die einander mit den Ellbogen anstoßen und sich leise etwas zuflüstern. Sie sieht die Frauen in ihren Brokatkleidern, die Männer mit ihren gestärkten Hemdkragen, sie sieht die gläsernen Kronleuchter, die über ihren Köpfen hängen, sie sieht alles mit ihren tränenden Augen. Sie erkennt eine Großtante ihrer Mutter, die sie erstaunt anstarrt, doch sie konzentriert sich aufs Gehen. Jeder einzelne Schritt, den sie Richtung Ausgang macht, wird von ihr sorgfältig ausgeführt. Sanft hebt sie einen Fuß und stellt ihn wieder zurück. Polly geht winselnd neben ihr her, den flauschigen Schwanz zwischen die Beine geklemmt.
Das gelbe Licht der Kerzen flackert gegen die dunkle Holzdecke. Sie sieht die Kleider aus roter Seide oder cremefarbener, glänzender Baumwolle und den goldenen Schmuck, der in den runzligen Dekolletés hängt. Sie sieht die gezwirbelten Schnurrbärte, die murmelnden Münder, die Blicke, die auf sie gerichtet sind, und spürt, wie sie langsam in ihrer Rolle aufgeht. Auftritt und Abgang sind das Entscheidende, denkt sie bei sich. Was dazwischen liegt, ist halb so wichtig. Sie ist eine berühmte Tänzerin, die gerade ihre letzte Vorstellung gegeben hat und nun vor den Augen des

mit angehaltenem Atem dasitzenden Publikums von der Bühne verschwindet. Sie spürt, dass sie die Zuschauer in der Hand hat. Sie kann sie zum Lachen bringen, sie kann sie zu Tränen rühren. Wie weiches Wachs liegen sie ihr zu Füßen. Sie braucht nur die Arme zu heben – schon geht eine Welle der Erregung durch den Saal. Doch sie tut es nicht. Ruhig und erhobenen Hauptes legt sie auch die letzten Meter bis zur Tür zurück. Als sie die Schwelle überschreitet und den Gang betritt, vergisst das Publikum zu klatschen.

Vivien steht allein in der Halle. Polly springt an ihr hoch. Vor Schreck lässt Vivien die Bücher auf den Boden fallen. Der Hund rennt jaulend zwischen ihr und der geöffneten Tür zum Saal hin und her. Mit großen Augen verfolgt sie das Gerenne und spürt mit einem Mal, wie ihr von der Hüfte aus etwas Kaltes den Rücken hinaufkriecht, das ihren Körper erzittern lässt. Sie hält sich die Rose vors Gesicht und ballt die Hand mit dem dornigen Stiel darin, so fest es geht. Dann kniet sie sich hin und rafft die Bücher zusammen. Es ist vorbei, denkt sie bei sich, als auf dem Umschlag des obersten Buches rote Flecken auftauchen. Egal, was ich tue, es ist vorbei. Sanft streicht sie mit blutigen Fingerspitzen über Pollys weißes, flauschiges Fell.

»Ganz ruhig«, sagt sie. »Ganz ruhig. Dein Herrchen hat noch etwas Wichtiges zu erledigen. Morgen, morgen kommt er nach Hause.«

Acht

Die Straßen von Notting Hill sind von Blättern übersät. Martha stapft eilig darüber hinweg. Sie ist spät dran, muss jedoch trotzdem ab und zu stehen bleiben und sich an einem Zaun festhalten. Sie presst sich eine Hand auf den Mund und atmet schnell und flach ein und aus. Der Inhalt ihres Magens schickt sich an, durch ihre Kehle herauszuschwappen. Mit vorgebeugtem Kopf wartet sie, bis es vorbei ist. Dann geht sie weiter.

Den ganzen Nachmittag und Abend hat sie versucht, Jacob anzurufen, ihn aber nicht erreicht. Zwar hat sie seinen Mitbewohner, Richard Browning, gesprochen, der aber auch nicht wusste, wo er steckt. Oder es ihr nicht sagen wollte. Alles sehr höflich natürlich, *awfully sorry* und so weiter, doch was hatte sie davon? Warum ist er am Mittag nicht gekommen? Sie muss mit ihm reden. Von einer Praline mit Seifenfüllung kann einem doch nicht noch ein paar Tage danach derartig schlecht werden. Um vier waren sie bei ihr zu Hause verabredet gewesen. Um halb sechs war er immer noch nicht da gewesen. Kein Telegramm, kein Zettel, keine Nachricht, nichts. Sie hatte sich aufs Bett fallen lassen, betend, flehend, dass es nicht wahr sein dürfe. Sie hatte die Hände auf den Bauch gepresst, geknufft, geflucht. Aber nichts war geschehen.

Sie angelt den zerknüllten Papierfetzen aus der Tasche, auf dem Louise notiert hat, wo die Zusammenkunft stattfindet, und schaut sich um. Hier irgendwo muss es sein. Die Reden hat sie verpasst, aber vielleicht kommt sie noch rechtzeitig zu der Diskussion nach der Pause. Zwei Schriftstellerinnen hielten eine Rede, hatte Louise erzählt, Mrs. Woolf und eine Amerikanerin. Vor allem Mrs. Woolf träfe sie gern wieder einmal. Sie hat schon seit Monaten nichts mehr von sich hören lassen. Jacob hatte ihr unter allen Umständen verboten, seiner Tante zu verraten, dass sie beide etwas miteinander haben. Als wenn das ihre Absicht gewesen wäre. Aber jetzt? Mein Gott, was soll sie tun? Wieder diese Panik, die in ihrem Kopf aufblitzt, gefolgt von einer Welle der Übelkeit.

Nervös liest sie die Hausnummern und bleibt vor einem baufälligen Gebäude stehen, das dem Firmenschild zufolge einmal eine Druckerei war. Vielleicht ist es falscher Alarm, redet sie sich ein. Vielleicht bildest du dir das alles nur ein. Vielleicht ist alles in Ordnung. Denk an etwas anderes. Dann erledigt es sich von selbst. Du denkst zu viel daran. Wenn du so viel grübelst, wird deine Regel nicht einsetzen.

In dem überfüllten, verrauchten Raum findet sie ganz hinten noch einen Platz. Sie drängt sich an einer Gruppe älterer Damen vorbei, die sie murrend durchlassen, und setzt sich auf einen Klappstuhl aus Holz. Auf dem schmalen Podium stehen ein paar zusammengeschobene Tische, hinter denen sieben Frauen sitzen. In der Mitte präsidiert Louise, Mrs. Woolf zu ihrer linken und vermutlich die amerikanische Schriftstellerin zu ihrer rechten Seite. Von den übrigen vier Frauen häkelt eine, während eine andere mürrisch ins Publikum schaut und die dritte alle Wortmeldungen eifrig mitschreibt. Über dem Podium hängt ein Transparent mit der Aufschrift: *Women against Fascism!*

Mit fester Stimme fasst Louise die Position der Frauengilde

angesichts der drohenden Kriegsgefahr zusammen. Mrs. Woolf schaut ab und zu neugierig ins Publikum; die Amerikanerin starrt unbewegt vor sich hin. Ihr Gesicht wird von einem grauen Hut überschattet, den sie sich tief in die Stirn gezogen hat. Um ihre Schultern hängt ein schwarzes, zirkusähnliches Cape. Wo hat sie das nur schon einmal gesehen?

»Es ist die Frage, ob wir überhaupt noch einen radikalen Pazifismus wollen, der uns dem Risiko aussetzt, von Deutschland oder Italien einverleibt zu werden«, sagt Louise, »oder ob wir uns doch für die Wiederaufrüstung aussprechen sollten, um dem Aggressor so gut wie möglich Widerstand leisten zu können. Unsere Freiheit und Kultur stehen auf dem Spiel, insbesondere die von uns Frauen. Wir wissen, dass sowohl Hitler als auch Mussolini den Frauen ihre gerade erst erworbenen Rechte aberkennen wollen. Dabei stellt sich die Frage, ob wir uns passiv verhalten können oder ob wir zielgerichtete Maßnahmen ergreifen und uns mit den deutschen und italienischen Frauen solidarisch erklären sollten.«

Bei ihren letzten Worten wird zustimmendes Murmeln unter den Zuhörerinnen laut. An die hundert Frauen unterschiedlichen Alters und unterschiedlicher Herkunft hören aufmerksam zu. Wie viele dieser Frauen haben dieselben Sorgen wie ich, fragt sich Martha. Wie viele stellen jede halbe Stunde dieselben verfluchten Berechnungen an? Wie viele legen sich in diesem Augenblick die Hände auf den Bauch? Sie würde sie gern fragen, was sie diesbezüglich vorhaben, welche Möglichkeiten es hier in London gibt. Sie kennt niemanden, mit dem sie ihre Angst teilen könnte. Außer Louise natürlich. Schon dreimal hätte sie sie beinahe angerufen, doch jedes Mal hatte sie sich gedacht: Vielleicht hat es sich morgen schon erledigt.

»Wie denken Sie darüber, Mrs. Woolf?«
Mrs. Woolf schaut kurz zu Louise hinüber und wendet sich dann den Frauen im Raum zu.
»Ich weiß nicht recht, wie ich Ihre Frage verstehen soll«, erwidert sie ausweichend. »Das geht mir immer so, wenn im Namen unserer Freiheit und Kultur etwas von Frauen verlangt wird. Von welcher Kultur und wessen Freiheit sprechen wir eigentlich? Die unserer Regierungen, unserer Universitäten, unserer Banken, unserer Marine? Was hat das mit mir zu tun? Es ist mir noch nie gelungen, eine dieser Institutionen zu infiltrieren, und somit tappe ich bezüglich der Frage, welche Kultur oder welche Form der Freiheit dort herrscht, völlig im Dunkeln. Und die soll ich retten müssen? Ich gehe von der einfachen Tatsache aus, dass ich mir zunächst selbst Kultur und Freiheit erwerben muss, bevor ich weiß, welche Mittel sich zu ihrer Verteidigung eignen.«
»Aber haben Sie denn keine Angst davor, dass Hitler unser Land überfällt und Ihnen verbieten wird, Ihre Bücher zu publizieren?«
»Man kann niemandem verbieten, in seinem eigenen Zimmer den Stift zur Hand zu nehmen und etwas auf einen Zettel zu kritzeln. Schlimmstenfalls wird die Zensur verschärft. Denn Sie dürfen eines nicht vergessen: Verlage, Zeitungen, Buchhandlungen – all das ist bereits in den Händen der Männer. Darum verstehe ich auch nicht recht, was Sie mit ›unserem Land‹ meinen. Wir Frauen haben hier so gut wie keine Rechte, geschweige denn irgendeine Form politischer, gesellschaftlicher oder ökonomischer Macht. Dieses Land ist ganz und gar nicht ›unser‹ Land. Also was genau sollen wir eigentlich verteidigen?«
Empörtes Stimmengewirr wird unter den Zuhörerinnen laut. Ein paar Frauen im vorderen Bereich stehen auf und

heben die Hand. Louise macht eine beschwichtigende Geste. Doch im Publikum bleibt es unruhig. Mehrere Frauen rufen irgendetwas dazwischen. Mein Gott, da sieht man 's mal wieder, sagt Martha zu sich, es gibt viel Schlimmeres. Krieg, Tote, Gewalt. Worüber regt sie sich eigentlich auf?
»Bitte Ruhe«, ruft Louise. »Ich möchte zunächst unseren anderen Gast um seine Meinung bitten. Danach haben Sie Gelegenheit, Fragen zu stellen.«
Sie dreht sich zu der rechts neben ihr sitzenden Frau um. »Sie sind aus Amerika, halten sich aber oft in Europa und in den vergangenen Jahren auch regelmäßig in London auf. Wie sehen Sie als mehr oder weniger Außenstehende die Lage der Frauen hierzulande? Und sollte diese Lage ihrer Meinung nach unsere Einstellung zur Kriegsgefahr bestimmen?«
»Die Lage der Frauen hierzulande ist genauso erbärmlich wie im Rest der Welt«, erwidert die Schriftstellerin kühl, »das ändert jedoch nichts an der Tatsache, dass ich meiner Vorrednerin nicht zustimmen kann, was ihr Plädoyer betrifft, wir sollten uns aus allem heraushalten. Ich finde es recht naiv, davon auszugehen, dass man unter einer Nazi-Regierung in aller Ruhe weiterschreiben kann. Wie mir meine Informanten – ein paar gute deutsche Freunde, die inzwischen vor der Hitler-Clique geflüchtet sind – mitteilen, verfügen die deutschen Straflager, in die Schriftsteller und andere Intellektuelle ohne irgendeine Form von Prozess gebracht werden, nicht über Stifte und Papier, geschweige denn über Einzelzimmer.«
Gelächter unter den Zuhörerinnen. Diese Stimme, denkt Martha bei sich, scharf und leicht nasal. Wo habe ich die schon einmal gehört? Angespannt schaut sie aufs Podium, um einen Blick auf das Gesicht der Amerikanerin zu erhaschen.

»Außerdem halte ich die Annahme für recht anmaßend, es seien lediglich kriegslüsterne Männer gewesen, die Hitler an die Macht geholfen haben«, fährt die Schriftstellerin fort. »Über die Hälfte seiner Wähler sind Frauen. Seine besten Propagandafilme werden von Frauen gemacht. Und glauben Sie nur nicht, Leni Riefenstahl hätte ›Triumph des Willens‹ gegen ihren Willen gedreht, mit einem Hitler, der wie der Messias in seinem Flugzeug aus den Wolken zu der Menschenmasse herabsinkt. Darum zögere ich, was die von Ihnen geforderte Solidarität mit den deutschen Frauen angeht. Mit diesem konservativen Club um Gertrud Bäumer will ich lieber nichts zu tun haben. Der nächste Krieg wird, im Gegensatz zu dem vergangenen, keine reine Herrenangelegenheit sein. Damit ist für meine Begriffe das Argument meiner Kollegin entkräftet, wir dürften uns im Namen der Frau nicht mit der Kriegsgefahr beschäftigen.«
»Bravo!«, wird in den ersten Reihen gerufen.

Die Rednerin schaut nun direkt ins Publikum, mit einer ausdruckslosen, beinahe neutralen Miene, als hätte nicht sie, sondern jemand anders gesprochen. Martha reckt sich, um sie besser sehen zu können, und erkennt in ihr die Frau, die sie in Barneys Salon kennen gelernt und später in der englischen Buchhandlung »Shakespeare & Co.« wiedergesehen hatte, an dem Abend, an dem Eliot so fürchterlich betrunken gewesen war. Sie hat nie mehr ein Buch von ihr gesehen, obwohl sie in der ersten Zeit nach ihrer Rückkehr nach London doch eigens darauf geachtet hat. Aber nichts – keine Novelle, kein Roman.
Mrs. Woolf sitzt gelangweilt und irgendwie bedrückt daneben. Ihr Gesicht ist ruhig, obwohl ihr Blick bisweilen grimmig über die Anwesenden huscht. Sie steckt sich eine Zigarette an.

»Möchten Sie vielleicht auf das Gesagte reagieren?«, fragt Louise.
Mrs. Woolf winkt ab.
»Nein. Ach, vielleicht das noch: Ich finde es ziemlich einfach, Hitlers Sieg den Frauen in die Schuhe zu schieben. Seit wann haben Frauen in Deutschland denn überhaupt Wahlrecht? Seit wann entscheiden sie auf politischer und behördlicher Ebene mit? Konnten sie ihre Stimme auch einer Frau geben? Außerdem werden viele Frauen beinahe gezwungen, dem Wahlverhalten ihrer Männer oder Väter zu folgen. Und vergessen Sie nicht, dass die Nazis in Bezug auf Frauen eine gewiefte Propaganda betreiben. Einerseits werden sie überschwänglich gelobt und von ihnen zum Symbol des neuen Deutschland gekürt, andererseits beschränken sie sie auf alle möglichen Arten in ihrer Freiheit. Dieser Trick ist so alt wie die Welt, wird aber nur von wenigen Frauen durchschaut. Wie können sie ihn auch durchschauen, wenn sie den ganzen Tag Socken stopfen und Rotznasen putzen? Die politische Macht liegt noch immer in den Händen der Männer. Die Nazis wollen einen Männerbund als Führung. Das sagt doch wohl genug, oder? Ich verstehe also nicht, wovon Miss Barnes spricht, wenn sie uns dazu aufruft, gegen die Frauen auf der anderen Kanalseite in den Kampf zu ziehen. Die Tage von Penthesilea sind, wenn es nach mir geht, vorbei. Das Einzige, was wir tun können, ist, uns zu entwickeln, damit wir irgendwann in einer fernen Zukunft wirklich mitregieren, unsere eigenen Bücher veröffentlichen, Dekan an einer Universität, vielleicht sogar Minister werden und damit möglicherweise Kriege verhindern können.«
Der Lärm auf den Sitzen nimmt zu.
»Sie haben natürlich genug Geld, um Ihre eigene Haut zu retten, wenn die Deutschen über England herfallen«, ruft

eine junge, mollige Frau in der ersten Reihe, »aber wir, die Arbeiterklasse, werden die Dummen sein. Genau wie im letzten Krieg.«

»Mein Haus ist genauso den Bomben ausgesetzt wie Ihres«, antwortet Mrs. Woolf herablassend. »Und Giftgas achtet auch nicht auf Klasse oder Person, das können Sie mir glauben.«

»Die Frage ist nur«, sagt Louise, »wie wir diese Angriffe verhindern können. Können wir davon ausgehen, dass ein Aggressor ein Land, das keinen Widerstand leistet und eine pazifistische Politik betreibt, nicht in Schutt und Asche legt?«

»Ich denke in der Tat, dass sie ihre Munition in diesem Fall für ein Land aufheben werden, das kämpfen will.«

»Aber das bedeutet Kapitulation vor dem Feind!«, ruft eine der Besucherinnen.

»Nicht unbedingt. Deutschland ist momentan anscheinend mehr an Mitteleuropa als an unserer verregneten Insel interessiert.«

»Lieber tot als deutsch!«, ruft jemand in den Reihen unmittelbar vor Martha.

Mrs. Woolf schüttelt den Kopf. Was hat sie hier noch verloren? Wenn doch niemand auf sie hören will? Das Ganze ist ärgerlich, höchst ärgerlich. Wahrscheinlich ist sogar eine Nacht mit Hugh Walpole spannender als das hier. Sie lächelt bei dem Gedanken. Ja, wie das wohl sein mag, eine Nacht mit Hugh?

»Mrs. Woolf scheint merkwürdigerweise davon auszugehen, dass ein Leben unter den Nazis nicht unbedingt unangenehmer oder schlechter ist als ein Leben unter der eigenen Regierung«, wirft Miss Barnes ein. »Viel Schubert und Beethoven. Aber ich fürchte, dass sie nicht ganz auf dem Laufenden ist, was den Terror und die Gewalt angeht,

unter denen große Teile der deutschen Bevölkerung jetzt schon zu leiden haben, nur weil sie dem Nazi-Ideal nicht entsprechen.«
»Sie brauchen mich keinesfalls davon zu überzeugen, dass die Nazis brutale Monster sind, das wissen wir«, erwidert Mrs. Woolf kurz. »Ich sage nur, dass es nicht mein Krieg ist, ebenso wenig wie der letzte meiner war. Es ist der soundsovielte Krieg europäischer Männerbünde, die es nicht lassen können, sich gegenseitig das Leben so sauer zu machen, dass ein Krieg der letzte Ausweg ist. Wir alle wissen schließlich, dass Deutschland durch den Vertrag von Versailles so in die Enge getrieben wird, dass ein neuer Krieg unvermeidlich ist. Und jetzt, da es beinahe so weit ist, jetzt, da die Herren in Europa es beinahe wieder geschafft haben, dürfen wir erneut die Munitionsfabriken bevölkern, unsere Söhne und Ehemänner opfern, Sammelaktionen organisieren, Suppe kochen und winkend auf der Hafenmauer stehen. Nein, vielen Dank, genug der Ehre, wenn es Ihnen nichts ausmacht.«
»Verräterin!«, klingt es aus der ersten Reihe.

Martha schaut sich erschrocken um. Sie zögert. Darf man jemanden wie Hitler auf der anderen Seite des Kanals einfach machen lassen, was er will, und nichts dagegen unternehmen, sich noch nicht einmal für die eigene Verteidigung einsetzen? In ihren Augen ist das ein unmöglicher und unhaltbarer Standpunkt. Und doch hat Mrs. Woolf irgendwo auch Recht.
»Hat jemand der Anwesenden noch eine Frage?«, überschreit Louise den Lärm.
Ein paar Frauen erheben sich, doch bevor sie etwas sagen können, wird hinten im Raum ein Chor von Stimmen laut, der immer wieder dieselben drei Worte skandiert:

»No more war«. Ein paar Stühle von Martha entfernt hat eine Gruppe junger Frauen ein Transparent entrollt, das sie hoch über ihre Köpfe halten. *»No more war«,* rufen sie immer lauter und schneller. Dann stimmen auch ein paar Frauen in der Mitte des Raums mit ein.

»Bitte Ruhe!«, ruft Louise.

Doch es hat keinen Sinn. Die Frauen erheben sich. Die drei Worte wogen durch den Raum. Auch die Frauen in den ersten Reihen stehen wütend auf. Mrs. Woolf beratschlagt sich kurz mit Louise, um dann zu einer Tür hinter dem Podium zu gehen. Miss Barnes starrt erschöpft in den Raum. Einige Frauen im vorderen Bereich versuchen mit dem Ruf »Lieber tot als deutsch« den Chor zu überschreien, doch die meisten verlassen mit funkelnden Augen den Raum. Louise beugt sich zu Miss Barnes vor. Diese nickt und schiebt ihren Stuhl zurück.

Louise schlägt mit einem Holzhammer auf den Tisch und ruft: »Die Zusammenkunft ist hiermit beendet. Nächste Woche findet wieder ein Treffen statt, gleiche Uhrzeit, gleicher Ort. Die Vortragenden sind ...«

Sie kann sich nicht länger verständlich machen. Unvermittelt steckt sie die Papiere und den Hammer in die Aktentasche und verlässt in Gesellschaft von Miss Barnes den Raum durch den Hinterausgang. Martha steht ebenfalls auf und schließt sich der Flut der Frauen an, die *»No more war«* skandierend aus dem Raum strömt. Jetzt nach Hause und nachschauen, ob Jacob etwas von sich hat hören lassen.

Neun

Im Souterrain der Hogarth Press dämmert es. Die ohnehin karge Einrichtung – ein paar Tische, Stühle und Aktenschränke – wirkt im Dämmerlicht noch kahler und abweisender. Normalerweise schätzt Virginia diese Tageszeit sehr. Sie mag das Zwielicht, den sanft verstreichenden Übergang von hell zu dunkel, das langsame Verhallen des Straßenlärms. Manchmal bleibt sie stundenlang in ihrem Stuhl am Fenster sitzen, bis es Nacht ist. Hier aber, in dem feuchten, klammen Keller des Verlagsgebäudes, erträgt sie die Dämmerung kaum. Sie braucht Licht, viel Licht. Sie knipst die Deckenlampe an.

Auf dem Tisch liegt ein Stapel Kontoauszüge und Rechnungen. Sie kann gar nicht glauben, dass sie dieses Jahr zu wenig verdient haben soll, um ihren Beitrag zum gemeinsamen Haushalt zu leisten. Was hat Leo da nur erzählt? Sie schreibt ein paar Zahlen untereinander und rechnet das Ganze nach, wird aber nicht schlau daraus. Was soll 's! Sie wird den Fehlbetrag – knapp siebzig Pfund – einfach von ihrem Sparkonto überweisen lassen, dann braucht sie sich wenigstens sein Geschwätz nicht länger anzuhören. Mit einer trägen Handbewegung stapelt sie die Kontoauszüge wieder aufeinander. Sie hat keine Zeit, ihre Einnahmen und Ausgaben zu addieren und zu subtrahieren. Wenn sie nächstes Jahr nicht noch weiter in die Miesen kommen will, muss sie dieses Kopfschmerzbuch endlich abschließen.

Sie stopft die Kontoauszüge zurück in den Ordner, pflückt ein wenig Tabak aus der Dose und dreht sich eine Zigarette. Sie weiß nicht, was an *Die Jahre* nicht stimmt. Die Struktur, die handelnden Personen, der Stil, alles zusammen? Warum kostet sie das Ganze diesmal so viel Mühe? Sie hat das Gefühl, dass sie einen großen Kreis von Säulen errichten muss, aber nicht über das Herumschleppen der Bauklötze hinauskommt. Sie hat den Überblick verloren. Siebenhundert Seiten sind es noch; wie soll sie die nur zusammenhalten?
Seufzend nimmt sie das Feuerzeug – ein Abschiedsgeschenk von Vita – vom Tisch und steckt ihre dick gerollte Zigarette an. Schon die vierte an diesem Abend, doch zum Glück sitzt Leo oben und braucht sich erst gar nicht deswegen aufzuregen. Wenn sie mit diesem Buch fertig ist, wird sie auch aufhören zu rauchen. Dann wird sie sich ans Ufer setzen und Steinchen auf die Fische und Lilien werfen. Eine wahre Wohltat wird das sein. Als hätte man ihr eine riesige Hirngeschwulst herausgeschnitten. Sie legt das Manuskript vor sich auf den Tisch und liest die letzten Seiten noch einmal. Was für ein Durcheinander. Sie muss kürzen, feilen, streichen, alles an die richtige Stelle schieben. Sie muss das Ganze ruhiger angehen, Augenblicke der Stille einbauen, das Hauptthema in den Griff bekommen. Sie muss den Pausen höheres Gewicht verleihen, Wiederholungen einfügen, die Kontinuität verstärken. Sie muss alle Ideen locker auf sich zukommen und flexibel auf sich wirken lassen, es nicht übertreiben. Doch woher soll sie den Mut dazu nehmen?
Erschöpft, das Kinn auf die linke Hand gestützt, durchblättert sie den dicken Papierstapel. Warum hat sie dieses Buch eigentlich geschrieben? Bleibt zu hoffen, dass kein unverschämter Journalist jemals auf den Gedanken kommen

wird, ihr diese Frage zu stellen, da sie ihm eine Antwort schuldig bleiben müsste. Die essayistischen Passagen hat sie bereits aus dem Buch herausgenommen; sie warten nun brav darauf, zu einer Abhandlung umgearbeitet zu werden. Das war ihr ursprünglicher Plan gewesen: fiktionale und nichtfiktionale Teile in einem Band zu vereinen. Eine Mischung unterschiedlicher Genres und Stile, Fantasie im Wechsel mit Reflexion. Aber es hat nicht funktioniert; es ist zu schwer geworden. Dennoch bewegen sie gerade die politischen Passagen, im Gegensatz zu der Geschichte, die nun noch übrig geblieben ist. Was soll sie nun damit anfangen? Ob sie den Roman beendet oder nicht – die Welt wird sich deswegen nicht verändern; sie wird keinen Deut besser werden.

»Geh hinauf, Virginia«, sagt sie laut zu sich selbst, »unterhalte dich ein wenig mit Leo.«

Sie steht auf, mit glühenden Wangen und einem drückenden Schmerz hinter den Augen. Das ist der Anfang des Verfalls, denkt sie bei sich, als sie auf den Flur hinaustritt. Warum sollte sie darauf warten? Warum sollte sie warten, bis ihr Ruhm zerronnen ist? Sie ist noch nicht einmal bei den ersten Penguin-Ausgaben berücksichtigt worden, die Allen Lane in diesem Herbst für das große Publikum auf den Markt bringen will. Hemingway ist natürlich dabei, ebenso wie Dorothy Sayers. Aber sie nicht. Damit hätte sich ihre finanzielle Lage zumindest ein wenig verbessert. Noch nicht einmal bei *Orlando*, der doch für die Press ein Kassenerfolg gewesen war, hat es zu einer Taschenbuchausgabe gereicht. Niemand hat auf ihre Bücher gewartet. Warum also die ganze Mühe? Sie ist die Treppe bereits halb hinaufgestiegen, als sie die Klingel hört. Wer könnte das sein? Sie zögert. Sie erwartet niemanden. Soll sie selbst an die Tür gehen, oder ist es besser, Leo zu rufen?

Bah, immer diese Angst. Sie geht zurück in die Diele und schiebt die Sicherheitskette mit einer schroffen Bewegung zurück.

In der Dämmerung steht eine junge Frau an den Türpfosten gelehnt. Als sie zu Virginia aufblickt, erschrickt diese über die mageren, eingefallenen Wangen und den verzweifelten Ausdruck in ihren Augen.
»Haben Sie Wasser für mich?«, stöhnt die Frau kaum hörbar, »einen Becher Wasser?«
Wasser?, fragt Virginia sich überrascht. Wir sind doch nicht in Abessinien. Wasser fällt hier doch eimerweise vom Himmel. Man braucht doch nur den Mund zu öffnen, um seinen Durst zu löschen. Doch als die Frau in sich zusammensinkt und zu ihren Füßen sitzen bleibt, beugt sie sich zu ihr vor.
»Aber natürlich«, sagt sie, während sie der Frau auf die Beine hilft, »kommen Sie herein.«
Langsam gehen sie die beiden Treppen nach oben. Virginia fühlt den spindeldürren Körper der Frau unter ihren Händen. Sie riecht die alten, feuchten Kleider, sie sieht die zerschlissenen Schuhe. Doch am meisten entsetzt sie der Ausdruck auf ihrem Gesicht. Sie sieht ein Gesicht, aus dem jede Farbe, jede Regung verschwunden ist. Sogar die Augen der Frau, die sich tief in die Höhlen zurückgezogen haben, sind ohne Farbe; zwei zusammengekniffene graue Flecken, mehr nicht. Wie alt mag sie sein?, fragt Virginia sich, als sie oben angekommen sind. Zwanzig? Dreißig?
Schritt für Schritt gehen sie den Gang entlang zum Wohnzimmer. Schau an, denkt Virginia bei sich, wie ich hier mit einer mir völlig unbekannten Frau am Arm an unseren Bücherschränken, unseren Fotos und Nessas Paneelen vorbeischlurfe. Man könnte meinen, ich führe jeden Tag halb

bewusstlose Menschen am Arm, so normal kommt mir das Ganze vor. Ich helfe natürlich schon mal einer älteren Dame in den Bus, aber damit hat es sich dann auch. Ob dieses vertraute Gefühl daher rührt, dass bereits Tausende und Abertausende vor mir dasselbe getan haben und ich diese Bewegung erst jetzt wieder erkenne?

Vorsichtig begleitet sie die Frau ins Wohnzimmer und hilft ihr, sich in den Sessel am Fenster zu setzen. Leo schaut erstaunt von seiner Zeitung auf.

»Sitzen Sie bequem so? Möchten Sie vielleicht auch ein wenig Suppe?«

Die Frau nuschelt undeutlich »Ja«.

Virginia nickt Leo bedeutungsvoll zu. Gemeinsam gehen sie in die Küche.

»Einfach so bei uns geklingelt?«, fragt Leo erstaunt.

»Ja, sie kann kaum reden.«

»Wie ist es nur möglich ...«, sagt er, während er einen Teller aus dem Schrank nimmt und auf die Anrichte stellt.

Virginia rührt die Hühnersuppe um. Das ist die Welt, die wir nicht kennen, denkt sie bei sich. Das ist die Welt, von der wir keine Ahnung haben, auch wenn wir in der Zeitung darüber lesen, auch wenn wir andere davon erzählen hören. Nachmittags fragen wir uns: Rebhuhn oder Lachs zum Dinner? Wir zanken uns mit dem Personal, wir bestellen zu viel aus Angst, wir könnten nicht genug für unsere Gäste haben, aber niemandem fällt er auf, dieser Überfluss, niemand sagt etwas dazu. Auch wenn wir allesamt Labour wählen, auch wenn wir bei den Parlamentswahlen höchstpersönlich die Leute von der Straße holen, damit sie ihre Stimme abgeben, auch wenn wir uns noch so solidarisch mit dieser Welt erklären – wir kennen sie nicht. Wir wissen nicht, was es bedeutet, ein Leben in Armut und Mangel, ein

Leben, wenn man überhaupt nichts hat. Noch nicht einmal ein Glas Wasser.
Leo schneidet ein paar Scheiben Brot ab und beschmiert sie mit Butter. Er füllt eine Karaffe mit Wasser.
»Sonst noch etwas, was meinst du?«
»Das müsste reichen«, erwidert sie. »Sie darf auch nicht zu viel auf einmal essen.«
»Natürlich nicht«, murmelt Leo, während er Mitzi, die auf seiner Schulter sitzt, gedankenverloren übers Fell streicht und ihr eine Brotkruste gibt.
»Soll ich Mitzi ins Schlafzimmer bringen? Vielleicht hat die Frau Angst vor ihr.«
»Glaube ich nicht«, sagt Virginia. »Sie merkt kaum, was um sie herum vorgeht. Aber bring dieses Äffchen trotzdem lieber weg, bevor es wieder Unfug treibt.«
Leo nimmt das Pinseläffchen von seiner Schulter und verlässt damit die Küche.
»Brav, Mitzi. Nachher darfst du wieder bei mir sitzen. Jetzt musst du dich ruhig verhalten. In Ordnung?«

Bruchstückweise bricht es aus ihr hervor, immer zwischen zwei Bissen.
Zwanzig Jahre jung, Näherin, aber entlassen wegen einer Nervenentzündung. Kein Geld für einen Arzt. Nach jeweils zwei, drei Worten hält sie inne, wie um ihre Kräfte für das nächste Wort zu sammeln. Sie erzählt unzusammenhängend und springt von einem Punkt zum anderen. Musste ihr Zimmer aufgeben. Bekommt manchmal Brot von der *welfare*. Läuft den ganzen Tag nur herum. Auf der Suche nach Arbeit. Bei einer Wäscherei, egal, was. Man lässt sie noch nicht einmal hinein.
Virginia mustert den zerbrechlichen Körper vor sich im Lehnstuhl. So geht das also, denkt sie bei sich. Du hast

einen Arbeitsplatz, du wirst krank – und du bist verloren. Du hast nichts mehr. Plötzlich hebt die Frau den Kopf. »Seid ihr Geschwister?«, fragt sie verlegen. »Ich meine, ihr ähnelt euch … das Gesicht, die lange Nase.«
Fällt das Wildfremden auch schon auf, fragt Virginia sich erstaunt. Fast hätte sie Leo zärtlich die Hand hingestreckt, wie um zu unterstreichen, dass sie verheiratet sind, doch als dieser trübsinnig vor sich hinstarrt und auf die Frage der Frau in keiner Weise reagiert, lässt sie die Hände lieber im Schoß liegen.
»Nein«, antwortet sie, »wir sind verheiratet.«
»Ich nicht«, sagt die Frau. »Ich bin Jüdin.«
»Oh«, sagt Virginia, »er auch.« Womit sie eigentlich nur sagen will, dass dieser Umstand einer Eheschließung nicht im Weg zu stehen braucht.
Die Frau schaut Leonard erwartungsvoll an, doch der starrt nach wie vor in Gedanken versunken auf den Perserteppich.
»Können wir noch etwas tun?«, fragt Virginia.
Die junge Frau schüttelt den Kopf, überlegt es sich dann jedoch anders.
»Ein wenig Brot, für morgen Früh?«
»Natürlich, natürlich.«

In der Küche stopft Virginia Brot, Eier, eine frische Zunge und fünf Shilling in eine Papiertüte. Eine Scheibe Brot, um am Leben zu bleiben. Und sie gerät schon wegen eines Satzes, wegen ein paar Worten auf einem Blatt Papier in Verzweiflung! Die Frau steht im Gang und wartet auf sie. Virginia gibt ihr die Tüte. Schweigend gehen sie nebeneinander die Treppe hinunter. Virginia spürt, wie die Distanz zwischen ihr und der Frau größer wird. Das ist, weil ich sie jetzt nicht mehr stütze, denkt sie bei sich. Offenbar kann

man die intime Nähe zu Unbekannten nur ertragen, wenn diese halb bewusstlos sind.
Auf dem Bürgersteig verabschieden sie sich voneinander. Die Frau bedankt sich bei ihr.
»Nicht der Rede wert«, sagt Virginia. »Kommen Sie ruhig noch einmal vorbei, wenn wir Ihnen irgendwie helfen können.«
Sie blickt der Frau hinterher, als diese den Tavistock Square betritt und im schwachen, gelben Licht der Laternen die Straße überquert. Nichts können wir tun, denkt sie bei sich. Überhaupt nichts. Du gibst eine Scheibe Brot, die morgen schon weg ist. Du verschenkst eine frische Zunge, auf die du dich richtig gefreut hast, du hörst dir eine Geschichte an, mit der du absolut nichts anfangen kannst, aber es ist nicht genug. Bei weitem nicht genug.

Zehn

Die Schauspieler sind geschminkt und kostümiert nach oben gegangen. Tom hat die Garderobe des Mercury Theatre zehn Minuten für sich allein. Geistesabwesend starrt er in die flackernden Kerzen neben dem Spiegel. Hier beginnt die Illusion bereits, sagt er sich, keine normale Lampe über dem Spiegel, sondern Kerzenlicht, das einen alten Kopf wie eine fröhliche Jungfrau wirken lässt. Die jedoch kommen in seinem Stück Gott sei Dank nicht vor. Die Frauen hat er in einem einförmigen Chor untergebracht, alle tragen die gleichen Lumpen am Körper, die gleichen Tücher auf dem Kopf. Kerzen werden da nicht gebraucht. Er nimmt einen Schluck Whisky und steckt sich eine Zigarette an.

Seit langer Zeit ist er nicht mehr so nervös gewesen. Noch nicht einmal der Premierenerfolg in Canterbury kann ihn beruhigen. Das hier ist London und nicht die Provinz. Diese Dörfler schlucken alles, solange es ihren Glauben an die Kirche nicht antastet. Ein Stück, das im Auftrag von niemand Geringerem als dem Bischof geschrieben wurde, kann nicht verkehrt sein. Aber hier in London kann er sich nicht auf so viel Goodwill verlassen. Ohne Zweifel wird der religiöse Hintergrund für den Mord an dem Erzbischof von Canterbury aus dem 12. Jahrhundert den Unmut des Londoner Publikums erregen. Misstrauen und Widerwillen dominieren, noch bevor sich der Vorhang hebt. Und dann die Namensgleichheit; ohne auch nur einen Blick in den Saal geworfen zu haben, weiß er, dass die Zuschauer schmunzelnd das Programmheft zu *Mord im Dom* lesen, sich gegenseitig anstoßen und einander ins Ohr flüstern: »Schau dir das an, Tom identifiziert sich mit dem alten Erzbischof.« Thomas Becket war so orthodox gewesen, dass er sich mit jedem angelegt hatte, einschließlich Papst Alexander und König Heinrich II. Tom hört sie schon verschmitzt lachen und zueinander sagen: »Jetzt wissen wir es genau, Eliot spinnt.«

Trotz allem zieht er das den begeisterten Reaktionen, die ihm in Canterbury zuteil geworden sind, vor. Er mag es überhaupt nicht, schweißige Hände schütteln zu müssen. »Brillant, Mr. Eliot, wirklich brillant, wie Sie unseren heiligen Thomas zum Leben erweckt haben.« Blinde Augen, taube Ohren. Voll gestopft mit dem lauen Wachs der Bekehrung. Jede Nuance, jeder seiner Versuche, aus Becket keinen Märtyrer, sondern einen eitlen, von Ehrgeiz und Sünde zerfressenen Paria zu machen, dessen religiöse Besessenheit vor allem darauf abzielt, die eigenen Hände in Unschuld zu waschen, war ihnen entgangen. Er hätte die Schauspieler genauso gut einige Psalmen singen lassen können.

In Gedanken versunken spielt er mit den Tuben und Schminkfläschchen, die vor ihm auf der Frisierkommode stehen. Wie ihn diese leise vor sich hinmurmelnden Münder anwidern, aus denen ein Klischee nach dem anderen rollt. Nicht in der Lage, selbst nachzudenken, geschweige denn selbst zu reden; Glauben als Zirkus der Selbstverleugnung. Trotzdem sucht er immer wieder ihre Gesellschaft, als wollte er sich absichtlich von ihrer Pseudosprache quälen lassen, er, der nur noch für Worte etwas empfinden kann, der die Worte schonen und vor Missbrauch und Ver-

gewaltigung in Schutz nehmen will. Wie ist er nur in diese Lage geraten?
Er trinkt sein Glas in einem Zug aus.
Er wollte ein Theaterstück schreiben, um keine Selbstgespräche mehr führen zu müssen. Er wollte die Worte nicht mehr eintopfen, sondern endlich den anderen geben, am liebsten einem vollen Saal. Aber in Canterbury waren die Worte wie das Echo in einem Brunnen zu ihm zurückgeworfen worden. Niemand, der auch nur einen Satz verstanden hätte. Als der Saal von Beifall dröhnte, steckte ihm jedes Wort wieder im Hals.
Er wühlt zwischen Lippenstiften und Puderdosen, tunkt einen Pinsel in den braunen Puder und fährt sich damit über die Wange. Am liebsten schmierte er sich das ganze Gesicht damit voll und nähme den Applaus wie ein bunter Nachtfalter mit dicken, roten Lippen und mit Augen, die so blau sind wie Delfter Fayencen, entgegen. Natürlich wird er nichts dergleichen tun. Stattdessen gönnt er sich noch einen Whisky und kippt auch den auf einmal hinunter. Er muss nach oben, den Schauspielern noch einmal aufmunternd zunicken, bevor sie die Bühne betreten. Es interessiert ihn nicht mehr, wie London reagieren wird. Der Saal ist ausverkauft, Ashley Dukes kann also zufrieden sein. Bevor er aufsteht, schaut er in den Spiegel, wischt den Puder ab und rückt die Krawatte gerade.
Just an ordinary face, denkt er bei sich, kein Grund, sich Sorgen zu machen.

Elf

Noch nie zuvor hat Martha das Mercury Theatre derartig voll erlebt. Es war nicht einfach gewesen, Karten zu bekommen, doch sie wollte das Stück unbedingt sehen. Vielleicht hilft es ihr, den Mann ein wenig besser zu verstehen, den sie früher so sehr bewundert hat. Vielleicht erscheint ihr absurder Abschied, der jetzt schon ein paar Wochen zurückliegt, ihr danach in einem anderen Licht. Doch als es dunkel wird, die Vorhänge sich heben und im Saal – eine letzte Hustensalve ausgenommen – kein Laut mehr zu hören ist, glaubt sie nicht mehr daran. Warum ist sie ausgerechnet an diesem Abend mit Jacob in das Stück gegangen? Morgen wird er abreisen. Noch immer hat sie ihm nichts gesagt. Warum zögert sie so lange?

In Gedanken versunken schaut sie auf die Bühne, die als die Halle des bischöflichen Palastes eingerichtet ist, einschließlich der Glasmalereifenster, der bronzenen Kruzifixe und der Holzkanzel. Links stehen die Frauen von Canterbury, in dunklen Kleidern und mit weißen Kopftüchern, rechts die drei Priester und im Hintergrund der Bote und die vier Versucher. Thomas Becket, der gerade erst aus Frankreich zurückgekehrte Erzbischof, trägt eine weiße Toga mit violettem Beffchen.

Die Frauen deklamieren in feierlichem, getragenem Ton die Anfangsstrophen.

Seit Gold-Oktober zum finstren November entartete,
Seit Äpfel gelesen wurden und aufbewahrt,
und das Land zu braunen, kantigen Totengerippen ward
in der Wüste von Wasser und Schlamm ...

Martha schaut zur Seite, in Jacobs spähendes Gesicht. Sie weiß, dass er aus dieser Entfernung kaum etwas sieht, jedoch zu eitel ist, eine Brille zu tragen. Morgen Abend wird er die Nachtfähre von Dover nach Ostende nehmen. Sie legt sich die Hände auf den Bauch. Fünf Wochen über die Zeit.

Jetzt fürcht ich Verstörung der stillen Gezeiten,
Winter wird kommen mit Tod aus der See,
Verderblicher Frühling wird pochen ans Tor,
Schoß und Spross uns fressen mit Haut und Haar,
Unheilssommer das Bett unsrer Bäche verbrennen,
Und der Arme wird warten auf nächsten Oktobers
Verwesung.

Was soll ich mit diesem Elend?, fragt sie sich ärgerlich. Aus Protest schließt sie die Augen und träumt sich im Rhythmus der klagenden, monotonen Stimmen des Frauenchors über das Meer. Sie sieht ein Holzhaus vor sich, mit einer Veranda und einem Schaukelstuhl, auf der ein Kind mit einem Kreisel spielt. Das Haus ist voller Bücher und Blumen. Sie spielt Klavier, während das Sonnenlicht durch das große Fenster hereinfällt. Sie schüttelt den Kopf und schaut wieder auf die Bühne. Die Frauenstimmen erheben sich jäh. Ihre Verse rasen immer schriller durch den totenstillen Saal.

Wir sind bang in Furcht, die keiner erkennt,
der keiner ins Aug sieht, die keiner begreift,

Und unser Herz ist uns ausgerissen,
enthülst unser Hirn wie die Schalen der Zwiebel,
wir selbst sind verloren,
verloren in Furcht des Endes, die keiner begreift …

Sie hat den bitteren Geschmack von Galle auf der Zunge. Erschrocken presst sie die Zähne aufeinander, als eine Welle der Übelkeit aus dem Magen blitzschnell in ihr aufsteigt. Stell dir nur vor, sie würde hier, mitten im Theater … während Jacob keine Ahnung hat und sie es nicht erklären kann. Sie hört nicht, dass der Erzbischof hinter der Kanzel das Wort ergriffen hat und leise von Frieden und Ergebenheit spricht. Sie muss sich anstrengen, um die Übelkeit in den Griff zu bekommen. Sie klammert sich mit den Händen an den Armlehnen fest und fleht, dass es vorbeigehen möge. Schweißtropfen stehen auf ihrer Stirn. Die Menschen unten im Saal werden zu Schemen, die sanft hin und her wogen. Sie hört den Klagegesang der Frauen.

Wir sind nie glücklich gewesen, o Herr,
wir waren nie zu glücklich,
Wir sind keine törichten Frauen, wir wissen, was unsereins
erwarten muss und wiederum nicht erwarten.
Wir wissen von Zwang und Folter,
Wir kennen Erpressung und Notzucht,
Mangel, Verlassenheit, Siechtum.
Ohn Feur im Winter der Alte,
Ohn Milch im Sommer das Kind,
Arbeit uns fortgenommen,
Sünden uns schwerer gemacht.

Sie will nicht, dass Jacob … Was hat er eigentlich damit zu tun? Sie muss selbst … Ihr wird schwindlig. Die Schweißtropfen laufen ihr nun über die Schläfen. Sie muss selbst eine Entscheidung treffen. Es ist ihres. Doch nicht nur. Sie muss ihm doch irgendetwas sagen, bevor er geht. Aber wie? Sie muss hinaus. Hier auf dem Balkon ist es viel zu stickig.

Jacob stößt sie an.

»Was hast du?«, flüstert er. »Du zitterst ja am ganzen Körper.«

»Das kommt von der Hitze. Es ist gleich vorbei.«

Auf der Bühne wird Thomas von den Priestern weggeschleift, in einem letzten Versuch, ihn nicht in die Hände der Ritter fallen zu lassen. In einiger Entfernung erklingt die Musik des *Dies Irae*. In immer kläglicherem Ton leiern die Frauen ihre Verse herunter.

Gott gab uns stets einen Grund, eine Hoffnung;
doch nun hat neues Graun uns besudelt,
das keiner wendet, dem keiner entgeht,
kriecht unterm Fuß, kriecht über den Himmel,
Unter der Tür, zum Rauchfang hinein,
kriecht ins Ohr, in den Mund, ins Aug
Gott verlässt uns, Gott verlässt uns,
neue Pein, neue Pön, ärger denn Geburt und Tod!

»Ich glaube, ich bin schwanger«, flüstert sie halb vor sich hin, als wäre dies eine Mitteilung, die an niemand Bestimmten gerichtet ist.

»Was?«

Sie schaut ihn an und sieht ihre eigene Angst in seinen Augen verdoppelt.

»Ich bin schwanger«, flüstert sie noch leiser.

»Nein.«

»Doch.«

Sie versucht aufzustehen, aber Beine und Rücken verweigern ihr den Dienst.
»Was machst du? Wo willst du hin?«
Hinter ihnen wird um Ruhe gezischt. Sie lässt sich auf ihren Platz zurückfallen.

—

Pause. Die Menge drängt sich durch die schmalen Gänge ins Vestibül, wo Getränke serviert werden. Jacob und Martha gehen schweigend die Treppe hinunter. Sie möchte keinen Wein, sie will weg, ins Freie, mit ihm reden, doch Jacob stellt sich in die lange Schlange vor die Bar. Sie steckt sich eine Zigarette an. Die Übelkeit ist ebenso abrupt verschwunden, wie sie gekommen ist. Manchmal macht ihr die ganze Schwangerschaft nichts mehr aus – wenn nur diese Übelkeit nicht wäre. Sie stellt sich neben die geöffneten Ausgangstüren, um ein bisschen frische Luft zu schnappen, und schaut sich um. Das Publikum ist eine seltsame Mischung aus *upper-class*-London, Priestern und Kirchgängern. Direkt hinter sich hört sie eine bekannte Stimme.
»Ehrlich gesagt«, singt diese ein wenig hoch und heiser hinter ihr, »habe ich den Geschmack von einer toten Katze in stark verwestem Zustand im Mund. Leo hätte ich vorhin beinahe aus dem Saal tragen müssen. Er weigert sich, zum zweiten Akt zurückzugehen. Wer will es ihm verübeln?«
Mrs. Woolf! Martha macht schnell ein paar Schritte zur Seite und verschwindet hinter einer Gruppe von Priestern. Unter keinen Umständen will sie, dass Jacobs Großonkel und -tante sie beide jetzt zusammen sehen. Aus sicherer Entfernung beobachtet sie das Schriftstellerehepaar, das sich mit einer kernigen, sehr schick gekleideten Dame unterhält, die lachend den Kopf in den Nacken wirft. Eliot

selbst ist nicht zu sehen. Sitzt wahrscheinlich in der Garderobe und lässt sich voll laufen. Sie geht langsam in Richtung Bar. Ein paar Satzfetzen aus dem ersten Akt gehen ihr durch den Kopf. Mrs. Woolf hat Recht. Martha hat selten eine derart große Portion Morbidität auf einmal gehört.
Mit einem Mal erhebt sich in der Menge ein lautes Stimmengewirr. Alle Köpfe drehen sich in dieselbe Richtung. Sie kann nicht erkennen, weshalb, und geht an einer Gruppe von Leuten vorbei, die kopfschüttelnd miteinander tuscheln. Da erst sieht sie, was vor sich geht.

In der Mitte des Vestibüls geht Vivien entlang einer imaginären geraden Linie würdevoll auf und ab. Über den Schultern trägt sie ein weißes Sandwichplakat, auf dem in großen schwarzen Buchstaben *I am the wife he deserted* steht. Die Menge weicht auseinander, um »die verlassene Ehefrau« durchzulassen. Viviens Gesicht ist vollkommen ausdruckslos. Auch ihre Art zu gehen – zehn Schritte vor, umdrehen, zehn Schritte zurück – erinnert an eine Holzpuppe oder an einen der *guards*, die vor dem Buckingham Palace steif auf und ab marschieren. Martha kann jetzt auch den Text auf der Rückseite des Plakates lesen: Wer tötet wen?
Jacob kommt, eine Zigarette lässig im linken Mundwinkel, mit zwei Gläsern Wein auf Martha zu. Sie schauen zu Vivien hinüber, die mit steifen Schritten unermüdlich das Vestibül durchkreuzt.
»Vollkommen verrückt«, sagt Jacob. »Zuerst diese Anzeige und jetzt das.«
Martha erschrickt. Warum sagt er das? Und in diesem Ton? Natürlich ist Vivien verrückt, aber es wäre doch nicht nötig gewesen, das derart missbilligend zu sagen. Ein wenig Mitgefühl mit ihr ist durchaus angebracht. Sie kann den Blick nicht von Vivien lösen. Ohne sich an der allgemeinen

Geringschätzung zu stören, marschiert sie ohne Unterlass einfältig lächelnd im Vestibül auf und ab. Niemand, der sie anspricht, niemand, der auf sie zugeht.
Ich ja auch nicht, denkt Martha bei sich. Wenn doch nur der Gong käme, dann wären alle von diesem erniedrigenden Schauspiel erlöst. Doch ist es überhaupt eine Erniedrigung, wenn jemand seine Verzweiflung ohne Scham in aller Öffentlichkeit zeigt? Aus ihrer Darbietung spricht auch eine gewisse Portion Mut. Eliot braucht einen Chor und ein Podium, um seinem Ekel und seiner Verachtung Ausdruck zu verleihen. Vivien tut es persönlich, im direkten Kontakt mit den Leuten. Wer ist denn nun der wahre Künstler?
Jacob dreht sich verärgert um.
»Kommst du mit nach oben? Ich habe genug von diesem Spektakel.«
Sie schaut ihn erstaunt an. Ihr ist, als würde sie mehrere Meter weit von ihm weg in die Halle geschleudert. Erst jetzt fällt ihr auf, dass er in den vergangenen zwei Jahren allmählich in die Haut seines Vaters geschlüpft ist. Wie er in die Rolle zurückfällt, die schon seit Jahrhunderten für ihn bereitliegt. Jacob legt ihr eine Hand auf die Schulter, die Liebe, die er früher in diese Geste zu legen pflegte, hat er allerdings durch Autorität ersetzt. Er schiebt sie auf die Treppe zu. Der kleine Junge, denkt sie empört bei sich. Sie versucht, sich frei zu machen, etwas zu ihm zu sagen, aber ständig muss sie jemanden vorbeilassen. Schweigend suchen sie ihre Plätze auf dem Balkon auf. Das Licht erlischt.
»Jacob, wir müssen miteinander reden.«
Er schiebt ihre Worte beiseite.
»Nachher«, flüstert er.
»Excuse me, p-p-please«, klingt es über ihren Köpfen.
Ein Mann steht neben Jacob, der offenbar noch an ihnen

vorüber will. Als er sich an Martha vorbeischiebt und sein Gesicht direkt vor dem ihren ist, erkennt sie ihn.
»Billy?«
Der Mann wendet sich ihr erschrocken zu. Er will etwas sagen, doch sein Mund macht nur wilde, unkontrollierte Bewegungen.
»Billy?«
Er starrt sie mit großen, hohlen Augen an, dreht sich dann abrupt um und drängt sich an Jacob vorbei, der sich bereits wieder hingesetzt hat. Er fällt über die Beine von dessen Nebenmann und verlässt die Balkonloge auf der gegenüberliegenden Seite.
»Wer war das?«, fragt Jacob.
»Ein alter Freund«, sagt sie. »Ich habe ihn seit Jahren nicht mehr gesehen.«
Der Vorhang hebt sich, und die Frauen stimmen an:

Singt der Vogel im Süden?
Nur der Meervogel schreit, den der Sturm landeinwärts gescheucht.
Was deutet auf Jahres Geburt?
Nur der Tod des alten; kein Ruck, kein Spross, kein Hauch.

Zwölf

Siebenmal ist sie zum Mercury Theatre gegangen. Siebenmal hat sie es zögernd umkreist, um es dann doch siebenmal zu betreten. Siebenmal hat sie in der Pause das Plakat hervorgeholt, siebenmal hat sie nach dem Ende der Vorstellung am Künstlerausgang auf ihn gewartet, siebenmal hat sie ihn verpasst. Sie weiß nicht mehr, wie sie seine Aufmerksamkeit erregen, wie sie ihm klar machen soll, dass er einen Fehler begeht.

Vivien sitzt am Sekretär im Wohnzimmer und zupft sich nervös an den Haaren. Vor ihr liegt ein hoher Stapel mit Weihnachtskarten. Sie massiert sich die Finger der rechten Hand und nimmt den nächsten sandfarbenen Umschlag. Sie schreibt die Adresse auf den Umschlag, nimmt die dazugehörende Karte mit der schlichten Aufschrift *Happy Christmas Greetings* und kalligraphiert in ihrer schwungvollen Handschrift ihrer beider Namen darunter: *Mr. and Mrs. T. S. Eliot.* Ein letzter Schnörkel – und fertig. Noch elf.

Ihre Mutter hat sie eingeladen, Weihnachten gemeinsam mit Tante Emily und deren zurückgebliebenem Sohn bei sich zu Hause zu feiern. Darauf wird sie sich natürlich nicht einlassen. Da bleibt sie lieber allein zu Hause. Sich den ganzen Abend das Geschwätz ihrer Mutter und ihrer Tante anzuhören und das sabbernde Gesicht ihres Cousins anzuschauen, entspricht nicht gerade ihrer Vorstellung

vom Weihnachtsfest. Seufzend nimmt sie den nächsten Umschlag vom Stapel.
Früher fuhren sie an Weihnachten immer nach Eastbourne. Ihr Hotel machte den besten *Christmas pie* von ganz Sussex. Ihr lag er zwar immer zu schwer im Magen, Tom aber konnte nicht genug davon bekommen. Warum nimmt er sie dieses Jahr nicht dorthin mit? Für sie beide fände sich bestimmt noch ein freies Zimmer. Er weiß doch, dass das, was von Gottes Hand verbunden wurde, nicht von Menschenhand getrennt werden darf. Manchmal kommt einem die Religion doch sehr gelegen, sagt sie sich, als sie ihrer beider Namen auf eine weitere Karte schreibt. Gleich hat sie es geschafft. Jeder wird denken, dass alles wieder in Ordnung ist. Ihre Freunde werden zu Tom sagen: Schön, dass ihr wieder zusammen seid. Meinen Glückwunsch, *old chap*. Und er wird ihnen zustimmen müssen und zur Einsicht kommen. Geniale Idee, Vivie, diese Karten!

Sie lächelt, nimmt den Stapel mit den Umschlägen und zählt nach, wie viele Briefmarken sie dafür braucht. Sie erschrickt angesichts des Betrags und zieht ihre Brieftasche aus der Schublade, um nachzuschauen, ob überhaupt noch etwas darin ist. Warum nur darf sie ihr Geld aus dem Fonds ihres Vaters nicht selbst verwalten? Sie hasst diese Sparsamkeit, die genau abgezählten Beträge, die Tom ihr allmonatlich schickt. Als wäre sie ein Kind, das Taschengeld bekommt. Geizig, er ist einfach geizig – und das noch nicht einmal mit seinem eigenen Geld, sondern mit ihrem. Na ja, dem ihres Vaters. Wie gern ginge sie einmal zur Bank und höbe mit ihrer eigenen Unterschrift eine stolze Summe ab. Um sie dann natürlich sofort auszugeben. Verprassen, sich etwas Schönes kaufen. Ein paar neue Kleider, die goldene Halskette, die sie nie bekommen hat, die Schuhe mit den

Bleistiftabsätzen, die Tom immer für zu protzig hielt. Doch Geld erhält sie nur mit seiner Unterschrift. Und warum? »Weil er die Scheidung nicht als definitiv ansieht«, sagt sie laut zu sich selbst. Außerdem hat er ein starkes Verantwortungsbewusstsein. Doch es ist schon irgendwie seltsam, dass sie in den letzten zwei Monaten keinen Scheck mehr bekommen hat. Auch darüber muss sie mit ihm reden. Wahrscheinlich hat er furchtbar viel zu tun. Aber sie muss auch leben und Karten schicken. Nachher wird sie bei ihm im Büro anrufen und sich nach dem Stand der Dinge erkundigen. Vielleicht sollte sie diesmal sagen, dass sie Emily Hale sei, eine alte Freundin von ihm und so weiter. Leicht zickig den Tonfall Neu-Englands nachahmen. Für sie ist das kein Problem; im Imitieren von Akzenten war sie schon immer ein Ass. Sie wird ganz bestimmt sofort mit ihm verbunden.

Sie nimmt die Karten eine nach der anderen und steckt sie in die Umschläge. Ganz vorsichtig. Nur keine hässlichen Eselsohren. Jedes Mal glättet sie den Umschlag mit den Händen und drückt ihn sich kurz an die Brust. Es sind sehr schöne Karten. Schlicht, aber gerade deswegen sehr vornehm. Tom wird zufrieden sein.

Ihr Blick gleitet durch das dämmrige Zimmer. Sie sollte vielleicht die Lampe anzünden. Sie schreibt fast im Dunkeln. So geht es, wenn man derart konzentriert beschäftigt ist. Als sie den Stuhl zurückstößt und aufstehen will, hört sie die Klingel in der Diele. Erstaunt blickt sie auf. Freitagnachmittag, vier Uhr. Louise wollte erst am Abend vorbeischauen. Vivien starrt den hohen Stapel mit den Karten vor sich an. Hat Tom vielleicht gespürt, wie oft sie heute Nachmittag seinen und ihren Namen auf die Karten geschrieben hat?

»Guten Tag, Mrs. Eliot.«
Drei Herren in schwarzen Wintermänteln und mit tropfenden Regenschirmen lüften höflich ihre Melonen und nicken steif.
»Dr. Miller?«, fragt Vivien erstaunt. »Dr. Cyriax?«
»Macht es Ihnen etwas aus, wenn wir kurz hineinkommen?«, fragt der dritte Mann, der einen Kopf kleiner ist als die beiden Ärzte.
»Wer sind Sie?«
»Mein Name ist William Nelson. Meine Anwesenheit ist eine reine Formsache. Ich begleite Ihre beiden Ärzte lediglich.«
Vivien wendet sich den beiden anderen Herren zu und schüttelt ihnen nachdenklich die Hand.
»Hat Tom Sie geschickt? Macht er sich Sorgen?«
»In der Tat, wir sind auf seine Bitte hin hierher gekommen«, erwidert Dr. Cyriax, ein korpulenter Herr mit kugelrundem Kopf und rosigen Wangen, »aber glauben Sie mir, es wird nicht lange dauern.«
»Ich bin letzte Woche doch noch bei Ihnen gewesen.«
»Gewiss, gewiss, doch jetzt geht es um eine kleine Untersuchung, die uns möglicherweise in die Lage versetzt, Ihnen noch besser zu helfen.«
»Eine Untersuchung?«
»Könnten wir unser Gespräch nicht drinnen fortsetzen?«, unterbricht sie Dr. Miller, der größte der drei Besucher. »Das wäre vielleicht angenehmer.« Kerzengerade ragt er vor ihr auf. Sein schmales Gesicht, das wegen der langen, scharf geschnittenen Koteletten besonders eckig wirkt, ist wie gemeißelt. Selbst wenn er redet, verzieht sich der Rest seines Gesichtes nicht im Geringsten.
»Kommen Sie herein.«

Die Herren nehmen im Salon Platz. Vivien geht nervös vor ihnen auf und ab, setzt sich dann aber in den kleinen Sessel am Fenster.
»Möchten Sie vielleicht eine Tasse Tee?«
»Nein, danke, Mrs. Eliot«, antwortet Dr. Miller, der ein Formular aus der Tasche zieht. »Wie mein Kollege bereits sagte, werden wir Ihre Zeit nicht sehr lange in Anspruch nehmen.«
»Warum ist Tom denn so besorgt? Haben Sie vor kurzem noch mit ihm gesprochen?«
»Ja, sicher, und wir teilen seine Besorgnis, Mrs. Eliot. Wir sind gemeinsam zu der Schlussfolgerung gelangt, dass es nicht vernünftig ist, Ihnen noch länger so viele alkoholhaltige Medikamente zu verschreiben. Ihr Körper hält das nach all den Jahren nicht mehr aus. Wir sind also auf der Suche nach einer Alternativtherapie.«
Irgendetwas stimmt nicht mit seiner Stimme, denkt sie bei sich. Sie ist anders als sonst. Und er übertreibt mit seinem ständigen Mrs. Eliot hier, Mrs. Eliot da. Sie kennen sich doch schon seit vielen Jahren.
»Meiner Meinung nach geht es mir gerade in letzter Zeit viel besser. Ich schlucke viel weniger Pillen als früher und muss manchmal erst gegen Abend etwas einnehmen. Beim letzten Mal haben Sie mir beigepflichtet.«
»Leider sind wir nun nicht mehr so optimistisch«, antwortet Dr. Miller steif. »Wir sind der Meinung, Sie sollten sich lieber anderswo behandeln lassen.«
»Oh, aber ich will nirgendwo anders hin. Ich will hier bleiben, in meinem eigenen Haus. Das geht bestens. Außerdem bekomme ich regelmäßig Besuch von Louise Purdon.«
»Miss Purdon ist Apothekerassistentin und Nachtschwester. Sie verfügt nicht über die erforderlichen medizinischen Kenntnisse, um Sie behandeln zu können. Lassen Sie uns

zur Sache kommen. Sie brauchen nur zwei Fragen zu beantworten.«

»Wie meinen Sie das? Zwei Fragen beantworten?«

Sie schaut die drei Männer misstrauisch an.

»Was für Fragen denn? Sie wissen doch selbst, wie es um mich bestellt ist.«

Die beiden Ärzte schauen sich bedeutungsvoll an. Daraufhin ergreift Nelson das Wort. Er klemmt die Daumen in die Westentasche und brummt:

»Machen Sie sich keine Sorgen, Mrs. Eliot. Es ist eine reine Formalität. Ihr Mann hat uns darum gebeten. Er hält es für die beste Lösung. Ihre Ärzte auch. Wenn Sie also bitte genau zuhören würden, dann kann Dr. Cyriax Ihnen die Fragen vorlesen.«

Was für ein Idiot, denkt sie bei sich, für was hält er mich denn? Für ein kleines Kind? Was will dieser Mann hier eigentlich? Warum hat er Cyriax und Miller begleitet?

»Hier ist es recht dunkel, finden Sie nicht?«, erwidert sie matt, woraufhin sie aufsteht, zum Sekretär geht und dort die Lampe anzündet. Wovon reden sie nur? Was wollen sie von ihr? Ob Tom sie wirklich hergeschickt hat?

»So ist es besser«, sagt sie und setzt sich wieder hin, die Hände brav im Schoß gefaltet. Sie ist gelassen, ruhig und sehr gefasst. Mit ihr stimmt alles. Sie setzt sich noch aufrechter hin und glättet die Falten in ihrem Rock. So. Ganz gefasst. Sie zwingt sich, zu lächeln.

»Ähem, die erste Frage lautet folgendermaßen«, sagt Dr. Cyriax, während er sie kurz anschaut, den Blick aber gleich wieder abwendet. Dr. Miller lässt unterdessen die Kappen seiner Schuhe nicht aus den Augen.

»Stellen Sie sich vor«, fährt Cyriax zögernd fort, »dass im Zoo eine Eiche steht, die zehn Meter hoch ist. Ein kleiner Affe ist aus seinem Käfig entwischt und will auf den

Baum klettern. Tagsüber klettert er drei Meter in die Höhe, rutscht aber nachts wieder zwei Meter herunter. Nach wie vielen Tagen hat der Affe den Baumwipfel erreicht?«

Viviens Unterkiefer klappt vor Erstaunen herunter. Sie starrt Dr. Cyriax ungläubig an, doch als der Arzt ihren Blick ungerührt erwidert, ohne seiner albernen Frage ein Wort der Erklärung hinzuzufügen, und auch Dr. Miller sie anschaut, ohne mit der Wimper zu zucken, dämmert es ihr allmählich. Das Ganze ist ein Test, sagt sie sich, ein blöder Test.

»Können Sie die Frage wiederholen?«

Der Arzt wiederholt seine Frage. Währenddessen arbeitet ihr Hirn auf Hochtouren. Sind es jetzt sieben oder acht Tage? Jeden Tag drei dazu, jede Nacht zwei weniger. Ergibt folglich einen Meter pro Tag. Heißt also sieben Tage für sieben Meter. Und dann am achten Tag …

»Acht«, sagt sie triumphierend.

»Ausgezeichnet.«

»Können Sie mir jetzt sagen, warum Sie es für erforderlich halten, mir diese blödsinnige Frage zu stellen?«

Dr. Cyriax räuspert sich unbehaglich. Sein ohnehin rosiges Gesicht wird noch röter.

»Wir möchten lediglich untersuchen, ob Sie …«

»So will es das Gesetz, Mrs. Eliot«, unterbricht ihn Dr. Miller. »Das Gesetz über die Zwangseinweisung, Abschnitt IV, wie es im Lunacy Act aus dem Jahre 1890 verankert ist, verlangt, dass zwei Ärzte nachweisen können, dass der betreffende Patient aufgrund seiner mentalen Labilität nicht länger in der Lage ist, seine Pflichten zu erfüllen. Deswegen diese Fragen. Das ist alles.«

»Das ist alles?«, ruft Vivien wütend.

»Ja. Die zweite Frage lautet …«

»Bitte entschuldigen Sie, Dr. Miller, aber ich habe Ihnen

eben erst gesagt, dass ich ganz und gar nicht eingewiesen zu werden wünsche und dass an meinen Geisteskräften nichts auszusetzen ist.«

»Das haben wir zur Kenntnis genommen, Mrs. Eliot. Wir handeln lediglich auf Bitte Ihres Ehemannes.«

»Hat Tom Sie darum gebeten? Das meinen Sie doch nicht im Ernst.«

»Oh doch, Mrs. Eliot«, sagt Nelson laut.

Es wird höchste Zeit, dass er sich der Sache annimmt. Ein bisschen verunsichern, ein bisschen Öl auf die ohnehin überhitzten Nerven gießen. Das ist seine Taktik. Einfach, aber effektiv, funktioniert immer.

»Er hat sich vor ein paar Monaten höchstpersönlich mit dieser Bitte an mich gewandt. Er hält es für die letzte Möglichkeit. Die Situation ist in seinen Augen unhaltbar geworden. Ihre Mutter und Ihr Bruder sehen das genauso. Den Worten Ihrer Frau Mutter zufolge sind Sie *morally insane*, schon seit Ihrer Kindheit. Sie halten es für nicht länger vertretbar, Sie nicht der ständigen Kontrolle durch entsprechend ausgebildetes medizinisches Personal zu übergeben. Sie glauben, dass Sie für sich selbst und für Ihre Umgebung eine Gefahr darstellen, und dafür haben sie triftige Gründe.«

»Ich glaube Ihnen kein Wort. Das würden sie nie tun.«

»Ich fürchte, doch.«

»Dr. Miller, dieser Mann lügt. Tom ließe mich nie gegen meinen Willen einweisen. In moralischer Hinsicht bin ich genauso gesund wie Sie auch, das wissen Sie. Ich habe ein körperliches Problem, das ist alles.«

Nelson zieht ein Blatt Papier aus seiner Manteltasche und macht sich daran, die Anklageschrift vorzulesen.

»Bedrohung von mindestens vier Personen mit einem Messer. Allwöchentliche Obstruktion des Briefkastens der Firma Faber & Faber mit Pralinenschachteln. Verleumdung

Ihres Ehemannes während einer Aufführung von *Mord im Dom* im Mercury Theatre.«

»Ein Spielzeugmesser, Dr. Miller. Eine Attrappe! Ein Witz. Wenn Sie jeden Briten, der sich einen Scherz erlaubt, zwangseinweisen wollen, dann sitzt ganz England demnächst in einer Anstalt. Darüber hinaus ist mein Gatte selbst ein Experte auf diesem Gebiet. Wenn ich Ihnen all die Streiche aufzählen wollte, die er mir in letzter Zeit gespielt hat, dann säßen wir noch eine Weile hier.«

»Die zweite Frage lautet«, fährt Dr. Cyriax mit zittriger Stimme fort. Er schwitzt wie ein Tier. Der Schweiß läuft ihm in kleinen Bächen übers Gesicht. Mit einer nervösen Handbewegung zieht er ein weißes Taschentuch aus der Brusttasche und wischt sich damit die Stirn ab.

»Jetzt machen Sie schon mit Ihren Fragen«, ruft Vivien. »Ich werde sie doch alle richtig beantworten. Und das nennt sich Doktor. Es ist eine Schande, hören Sie? Eine Schande!«

»Rupert sitzt mit ein paar Freunden in einer Loge in Covent Garden«, murmelt Cyriax kaum hörbar vor sich hin. »Er sitzt links neben Charles. Clarissa, Ruperts Schwester, sitzt neben Daphne. Daphne, Ruperts Verlobte, sitzt rechts neben Charles. Setzen Sie diese Personen jetzt von links nach rechts in die richtige Reihenfolge.«

»Diese Frage ist wirklich ein guter Witz. Seit wann sitzen Verlobte im Theater nicht mehr nebeneinander? Sind Sie noch nicht einmal in der Lage, Ihre Fragen korrekt zu formulieren? Was glauben Sie denn, wen Sie vor sich haben?« Ungläubig schüttelt sie den Kopf.

»Die Antwort bitte.«

»Erst kommt Rupert, dann Charles, dann Daphne und zu guter Letzt Clarissa.«

»Sehr gut, danke«, murmelt Dr. Cyriax. Er liest seine Unterlagen von der Tischplatte auf, steckt sie in seine lederne

Aktentasche und schaut geschlagen zu seinem Kollegen Miller hinüber, der noch immer unbeirrt vor sich hinstarrt; allein sein rechter Fuß schlägt mehrmals vor unterdrücktem Zorn aus.
»Gut, meine Herren«, brummt Nelson sichtlich enttäuscht. Er erhebt sich und zieht sein Sakko gerade. »Unsere Untersuchung ist hiermit beendet. Wir gehen.«

Die beiden anderen Männer stehen eilends auf und treten mit gesenktem Kopf auf den Flur. Nur Dr. Cyriax murmelt von der Tür her einen unbestimmten Abschiedsgruß.
Vivien antwortet mit keiner Silbe. Sie bleibt auf ihrem Stuhl am Fenster sitzen und schaut sich in dem leeren Zimmer um. Das Sofa, auf dem die beiden Ärzte gesessen haben, die Stühle, Toms Foto auf dem Kamin, der hohe Stapel mit den Umschlägen auf dem Sekretär – alles verschwindet hinter einem feuchten Schleier. In einiger Entfernung hört sie die Kirchenglocke fünfmal schlagen. Sie schüttelt langsam den Kopf. Nein, nein, nein, nein, nein.

Dreizehn

Der Hyde Park liegt verlassen da. Die Einwohner Londons bummeln an diesem rauen Wintertag lieber an den weihnachtlich dekorierten Fensterscheiben entlang oder halten sich in den Cafés auf, in denen Weihnachtsgrußbotschaften aus der ganzen Welt ohne Unterlass aus den Radioapparaten dröhnen: »Der Leuchtturmwärter auf den Hebriden wünscht Ihnen, dass Sie das Licht sehen …« Dazwischen erklingt in den mit Rauch und Konfetti gefüllten Bars immer wieder das *Auld Lang Syne.* Oder sie bleiben zu Hause, putzen das Silber, schmücken die Gemälde mit frischen Stechpalmenzweigen und besprechen zum wiederholten Mal das weihnachtliche Festmahl. Nur an der Nordseite des Parks stehen ein paar auffällig gekleidete Frauen mit geschminkten Lippen und warten auf die wenigen, die zu Hause nicht willkommen sind. Und auf dem gegenüberliegenden Ufer des Serpentine, der mit einer dünnen Eisschicht bedeckt ist, liegt ein Obdachloser auf einer Bank und schläft.

»Tuppence please.«
Billy wird zitternd vor Kälte wach. Ein Parkwächter zieht ihn am Ärmel und befiehlt ihm, sich gerade aufzusetzen. Billy schaut den Ordnungshüter überrascht an, fingert dann aber ein paar Münzen aus seiner Manteltasche und legt sie ihm in die schmutzige Hand. Der Parkwächter

murmelt etwas Unverständliches und geht weiter zu einer älteren Frau, die sich gerade erst auf die Nachbarbank gesetzt hat. Benommen schaut Billy sich um. Wie spät ist es? Wie ist er auf dieser Bank gelandet? Er kann sich nur daran erinnern, am Morgen in aller Frühe seine Wohnung in der Bond Street verlassen zu haben. Und dass seine Wirtin ihn gefragt hat, ob er am Abend zum Essen wieder da sei. Sonst weiß er nichts mehr. Nicht, wo er den ganzen Tag verbracht, nicht, wie es ihn in diesen Park verschlagen hat. Alles tut ihm weh. Seine Arme und Beine sind vor Kälte ganz steif. Er zieht eine Zigarette heraus und steckt sie sich an. Seit er in Dartmoor im Princetown-Gefängnis gewesen ist und in den dortigen Archiven endlich gefunden hat, wonach er schon so lange sucht, sind die Blackouts wieder da. An manchen Tagen hat er höchstens drei oder vier klare Stunden. Was er in der restlichen Zeit alles anstellt – er hat keinen blassen Schimmer. Nicht mehr lange, und er ist nur noch ein Schatten seiner selbst. Er muss Rivers anrufen.

»Dich trifft keine Schuld«, murmelt er leise vor sich hin. »Es war die übliche Vorgehensweise.« Er schüttelt den Kopf und bläst Rauchringe in die nasskalte Luft. Wäre er nur nicht nach Dartmoor gefahren. Hätte er nur die Finger von dieser Angelegenheit gelassen. Martha bekommt er damit doch nicht zurück. Und jetzt schon gar nicht mehr. Jemanden todkrank ins berüchtigtste Arbeitslager Englands zu schicken! Seine Schuld? Unsinn. Es war seine Aufgabe. Ein Zittern überläuft ihn. Er zwingt sich, die Frau neben sich anzuschauen. Sie trägt einen langen schwarzen Wintermantel, der ihr weit über die schmalen Schultern fällt. In der linken Hand hält sie einen Spazierstock. Neben ihr auf der Bank steht eine große Papiertüte mit Brotkrümeln. Ein Stückchen entfernt hocken ein paar Tauben abwartend im Gras. Sie kommen nicht näher heran.

Er traut sich nicht, Rivers anzurufen. Keine Hypnosetherapie mehr. Wer weiß, was dabei noch alles heraufbeschworen wird. Er hat am ganzen Körper blaue Flecken. In der vergangenen Woche war er mit einer blutenden Stirn nach Hause gekommen. Keine Ahnung, wo und wie er sich die zugezogen hatte. Seine Wirtin fand kein Ende mit ihren Vorwürfen, so könne es doch nicht weitergehen. Sie hat Recht. Er schläft kaum noch. Seit er herausgefunden hat, dass er selbst daran beteiligt war, sind die Albträume wieder da, schlimmer als vorher. Nachts verdoppelt sich die Dunkelheit in seinem Kopf. Er trudelt durch ein leeres Universum, in dem ab und zu – wie eine Leuchtreklame, die ständig an- und ausgeht – grelle Bilder aufblitzen. Das Meer, ein Steinberg, ein weißes Formular, das seine Unterschrift trägt, Marthas Gesicht, das ihn wie übergeschnappt anschreit. Außerirdische Wesen, mit blutunterlaufenen Augen. Ein ausgestreckter Finger und ein Mund, der sich bewegt, ohne dass Worte entweichen. Dann wieder der unermessliche schwarze Raum, in dem er umherschwebt wie eine Feder im Wind.

Letzte Woche war er mitten in der Nacht in der Fensteröffnung seines Zimmers wach geworden. Unter ihm glänzten die weißen Fliesen der kleinen Terrasse im Vorgarten. Er konnte alles ganz scharf sehen. Die Fliesen, die schwarze Erde am Rande der Terrasse, die Pflanzen, die sich am Gitterzaun in die Höhe ranken. Es war, als sähe er alles zum ersten Mal in seinem Leben. Sein Blick blieb an den weißen Fliesen hängen. Er machte sich daran, sie zu zählen. Dreiunddreißig waren es. Das Rattern einer Kutsche hatte ihn gerade noch rechtzeitig abgelenkt. Er war wieder hineingegangen und hatte sich gezwungen, den Rest der Nacht wach zu bleiben.

Die ältere Frau auf der Nachbarbank nimmt eine Hand voll Krümel aus der Tüte und streut sie unmittelbar vor ihren Füßen auf den Boden. Die Tauben hüpfen eine nach der anderen vorsichtig herbei und picken die Brotkrümel rasend schnell auf. Gebannt verfolgt er die flinken, nahezu mechanischen Bewegungen ihrer Köpfe, die sich blitzschnell hin und her bewegenden, glänzenden Knopfaugen. Bis auf ein paar weiße Exemplare sind es allesamt graue Stadttauben.
Als sich die Tauben zu Füßen der Frau versammelt haben, um die letzten Krümel aufzupicken, hebt diese ganz langsam ihren schwarzen Spazierstock, lässt ihn kurz über den Vögeln schweben und holt dann weit aus. Ein graue Taube erhält einen Schlag und bleibt kurz betäubt sitzen. Doch noch ehe die Frau ihr einen zweiten Schlag versetzen kann, ist die Taube schon zu den anderen zurückgehüpft, die sich in einiger Entfernung auf dem Weg niedergelassen haben. Die Vögel behalten die Frau ängstlich im Auge.
Billy rutscht unruhig auf der Holzbank hin und her. Er will sich auf den Weg machen, schafft es aber nicht, den Blick von der neben ihm sitzenden Frau zu lösen. Die Frau streut erneut eine Hand voll Krümel direkt vor sich auf den Boden. Die Tauben trippeln unruhig im Gras auf und ab, kommen aber noch nicht näher heran. Komm schon, denkt er bei sich, nimm dir noch einen Krümel, lass dich noch ein einziges Mal reinlegen. Die Vögel zögern. Dann wagt sich eine dicke graue Taube in die Gefahrenzone und trippelt zu den am weitesten von der Bank entfernt liegenden Brotkrümeln. Alles bestens, also läuft sie weiter nach vorn, direkt gefolgt von den anderen Tauben. Als sie alle unmittelbar vor der Bank in den Boden picken, geht der schwarze Stock wieder langsam in die Höhe. Diesmal bekommt eine kleine weiße Taube eins übergezogen. Die anderen Vögel flattern

weg, der weiße aber bleibt verwundet auf dem Weg liegen. Am Hals läuft Blut herunter. Er schlägt zwar noch leicht mit den Flügeln, kann sich aber nicht mehr aufrichten.
Die Frau hebt ihren Spazierstock ein weiteres Mal und lässt ihn über der verwundeten Taube schweben. Billy starrt sie voller Entsetzen an. Er will von der Bank aufspringen, ihr in den Arm fallen, sie daran hindern, der Taube noch einen Schlag zu versetzen, doch der Stock hat den Weg zu dem weißen Köpfchen bereits gefunden. Der Schnabel öffnet sich. Die Taube bewegt sich nicht mehr.

Er kneift die Augen zusammen. Dichter Nebel durchzieht sein Gehirn. Er spürt, wie seine Arme und Beine erschlaffen, und presst die Hände krampfhaft auf die Bank, um nicht umzufallen. Der Nebel verwandelt sich in Schnee. Frisch gefallenen Schnee, der den Schlamm bedeckt, die heruntergefallenen Helme, die toten Körper. Er sieht die kahlen, kaputtgeschossenen Bäume, die auf einer Seite weiß geworden sind; die andere Seite bleibt schwarz. Silhouetten in einem russischen Ballett. Er stampft mit den Füßen auf den Boden. Der Schnee fällt stärker. In den Kratern bildet sich ein dicker Teppich von weißen Flocken. Erstaunt starrt er auf die sonderbare Polarlandschaft. Hier und dort ragen weiße Stöcke aus dem Boden. Er geht zum Ende des Schützengrabens, hört den Schnee, der unter seinen Stiefeln knirscht. Ein Stück entfernt, zwischen den Bäumen, schleppt sich ein schneebedeckter Körper mühevoll vorwärts. Direkt über den Beinen verfärbt sich die Uniform rot.
Er stöhnt. Presst die Hände fest auf die Bank. Sein Körper schaukelt langsam hin und her. Er öffnet die Augen wieder und starrt in das alte, runzlige Gesicht der Frau auf der Bank neben sich. Sie schaut ungerührt vor sich hin, den Spazier-

stock fest in den Boden gepflanzt. Neben dem Stock liegt der tote Vogel. In der Mitte des Weges spähen drei graue Tauben zu den Krümeln. Sie kommen bereits wieder ein wenig näher. Die Frau steckt eine Hand in die Tasche. Die Vögel fliegen erschrocken auf und lassen sich ein Stückchen entfernt wieder nieder. Dann verstreut die Frau gleich zwei Hände voller Brotkrümel auf dem Weg.

Vierzehn

Es dauert einen Augenblick, ehe Louises Kopf im Fenster über der Apotheke erscheint. Gott sei Dank, sie ist zu Hause. Dann hat sie die ganze Strecke von East End bis in die Finley Road wenigstens nicht vergeblich zurückgelegt. Louise muss ihr helfen. Martha will nicht einen Tag länger warten. Sie ist schon sieben Wochen über der Zeit. Die Übelkeit hat sich etwas gelegt, nicht aber ihre Angst. Etwas Unbestimmtes ist dabei, von ihrem Körper Besitz zu ergreifen. Das macht sie fügsam und unbesonnen zugleich. Sie hat schon ein paarmal oben an der Treppe gestanden, um sich hinunterzustürzen. Jedes Mal, wenn sie die Stufen normal hinunterging, wurde das Gefühl der Machtlosigkeit größer. Louise kennt alles und jeden in der Welt des Gesundheitswesens. Sie weiß bestimmt, was in diesen Fällen zu tun ist.

Nach Jacobs Abreise hat Martha kurz mit dem Gedanken gespielt, das Kind zur Welt zu bringen. Was für ein Schwachsinn! Sie hat kein Geld, keine Arbeit, kein Haus, keinen Vater. Also hat sie auch keine Wahl. Jacob hatte genau so reagiert, wie sie erwartet hatte: ängstlich und ausweichend. Hatte irgendetwas von Ärzten und »einer Lösung« gemurmelt. Sie hatte ihn nicht weiter gedrängt. Am Gleis hatte sie schlaff eine Hand gehoben und nicht gewartet, bis der Zug den Bahnhof verlassen hatte. Es war vorbei, zu Ende.

»Was willst du denn hier?«

Louise hält die Tür neben der Apotheke auf und lässt sie vorgehen.
»Du hättest vorher anrufen sollen. Ich habe Besuch. Vivien.«
»Bleibt sie noch lange?«, fragt Martha, die die Enttäuschung in ihrer Stimme nicht unterdrücken kann.
»Tom hat versucht, sie gegen ihren Willen einweisen zu lassen. Sie fühlt sich nirgendwo mehr sicher. Sie will sogar nach Paris fliehen, das halte ich jedoch nicht für vernünftig. Komm rein. Mir fällt schon was ein.«

Vivien sitzt zusammengekauert an dem runden Tisch am Fenster. Sie schaut nicht auf, als Martha und Louise hereinkommen, sondern zupft nervös an ihrem Taschentuch. Polly liegt auf ihren Knien und schläft.
»Vivien?«, fragt Louise. »Martha ist da. Bleib ruhig sitzen. Sie weiß Bescheid.«
Martha geht auf sie zu und streckt ihr eine Hand hin. Als Vivien nicht reagiert und weiter nur an ihrem Taschentuch zupft, setzt sie sich ihr gegenüber an den Tisch. Nachdem Louise in die Küche gegangen ist, um Teewasser aufzusetzen, wirft sie Vivien, die ihrem Hund durch das lockige Fell streicht, einen beiläufigen Blick zu. Sie ist noch nicht in der Lage, alle Hindernisse niederzureißen und ein Gespräch mit ihr zu führen, und starrt ungeduldig aus dem Fenster. Über den Dächern hängt ein hellgrauer Himmel, hier und dort durchzogen von rosafarbenen und violetten Streifen. Sie muss wieder an den kleinen Laden in East End denken und bedauert, dass sie dort nicht gleich etwas gekauft hat. Die Adresse war ihr in der *Women's World* aufgefallen. Eine unter vielen Anzeigen von Geschäften mit Pillen und Tropfen, die einem wieder »in die Gänge helfen«. Vor allem *Dr. Reynold's lightning pills* und *Widow Welch's female pills*

sollen angeblich sehr effektiv sein. Außerdem wurde die Anwendung von Apiol und Kininen empfohlen, »falls in hoher Dosis eingenommen«. Aber wie hoch? Sie hat keine Ahnung.

Sie spürt, dass jemand sie anschaut, und hebt den Blick. Vivien wendet das Gesicht wieder ab. Sollte sie nicht lieber zu diesem Laden zurückgehen? Sie hatte dort Fläschchen mit *internal showers* aus grüner Seife, Metalllösung und Borax stehen sehen. Oder eventuell diesen Flakon mit Essiglösung, die Schmiedewasser und Wacholderbeere enthält und »täglich eingespritzt« werden soll. Wegen dieses Verkäufers mit dem dreckigen Kittel hat sie nichts gekauft. Wie er sie grinsend gemustert hat! Sie hatte rasch eine Rolle Klebeband von dem Stapel auf der Theke genommen – aufgrund der anhaltenden Gerüchte über eventuelle deutsche Gasangriffe hamstert ganz London Klebeband –, fünf Pennys bezahlt und schnell den Laden verlassen.

»Tee für alle?«

Louise schenkt drei Tassen ein und setzt sich zu ihnen. Viviens Hände zittern, als sie ihre Tasse hochnimmt. Ihr Gesicht besteht nur noch aus Vertiefungen und Erhebungen, denkt Martha bei sich. Sie hat keine Wangen mehr, nicht eine runde Stelle am Kinn. Ihr Gesicht sieht aus wie ein Haus, in dem ein heftiges Feuer gewütet hat.

»Also, Vivien«, sagt Louise, »ich glaube, es ist das Beste, wenn du dich an Dr. Laura Sanders wendest. Sie ist eine gute Freundin von Dora Russell. Sehr zuverlässig. Sie hat in Sussex eine Privatklinik.«

»Sie werden die Adresse ausfindig machen und mich von dort wegholen. Sie haben überall Beziehungen«, sagt Vivien.

»Das glaube ich nicht. Es ist nämlich, wie soll ich sagen, eine Geheimklinik.«

Zum ersten Mal hebt Vivien den Kopf.

»Wie meinst du das?«

»Es ist eine illegale Klinik, wenn du verstehst, was ich meine. Die Adresse ist geheim.«

»Ich verstehe nicht, wovon du sprichst.«

»Es ist eine Klinik, in der Frauen geholfen wird. Darum ist die Adresse geheim.«

»Geholfen? Wobei?«

»Dort ist man sicher, Vivien.«

Martha, die bisher kaum auf das Gespräch geachtet hat, fährt aus ihren Gedanken hoch. Erstaunt hört sie Vivien zu, die Polly von den Knien nimmt und Louise spöttisch anschaut.

»Dora Russell gibt sich also momentan mit derartigen illegalen Dingen ab?«, fragt sie leutselig. »Hat sie etwa die Nase voll von ihrem Abenteuer mit Bertie und ihrer alternativen Schule? Stopft sie das Kleingemüse jetzt lieber gleich in den Mülleimer?«

»Dora leistet gute Arbeit«, sagt Louise streng. »Sie ist Mitglied der ALRA und setzt sich schon seit Jahren für Geburtenkontrolle und Sexualaufklärung ein.«

»Man sollte doch meinen, dass sie nach einer Ehe mit Bertie nichts mehr mit diesem Unsinn zu tun haben will. Dass sie dieses Wort nach dem sexuellen Expansionsbedürfnis ihres Ex-Mannes nicht einmal mehr in den Mund nehmen mag. Jetzt ist er doch wieder mit einer vierzig Jahre jüngeren Frau durchgebrannt, hast du das schon gehört?«

»Nein, aber lass jetzt diesen Quatsch und hör mir zu.«

»Und wie geht das, diese Sexualaufklärung?«, hakt Vivien nach.

»Danach steht mir jetzt wirklich nicht der Sinn, Vivien. Die ›Abortion Law Reform Association‹ ist eine wertvolle, feministische Organisation, die …«

»Sie treiben es miteinander, meinst du? Das habe ich noch nie ausprobiert. Hast du Erfahrungen darin?« Mit dieser Frage richtet sie sich plötzlich an Martha.
»Ich hole deinen Mantel«, sagt Louise kurz. Sie steht auf und geht in die Diele.
Vivien hebt Polly vom Boden auf und legt sie sich wieder auf die Knie.
»So geht es jedes Mal. Alle erzählen den größten Blödsinn, aber ich bin immer diejenige, die gehen muss.«
Sie schauen schweigend vor sich hin. Marthas Gedanken überschlagen sich. Louise kennt also die Adresse solch einer Geheimklinik. Sie hat schon einmal davon gehört. Für Frauen so gut wie kein Risiko, im Gegensatz zu anderen Abtreibungskliniken in der Stadt. Wie viel das wohl kosten mag?
»Ich halte Louises Idee für gar nicht so schlecht. Du bist dann doch an einem sicheren Ort, oder nicht?«
»Glaubst du wirklich? Und wer soll das bezahlen? Du glaubst doch wohl nicht, dass die Saunders ihre kriminellen Handgriffe gratis verrichtet? Diese Liegeadressen sind teuer, Kleines, sehr, sehr teuer, und von Tom bekomme ich schon seit drei Monaten kein Geld mehr.«
»Wie viel kostet das denn, so eine Privatklinik?«
Vivien schaut sie aufmerksam an.
»Höre ich da so etwas wie persönliches Interesse aus deinen Worten heraus? Erzähl schon, warum willst du dorthin?«
Martha erschrickt. Sie hat sich doch nur nach dem Preis erkundigt. Gerade als sie sich eine Ausrede einfallen lassen will, legt Vivien ihr eine Hand auf den Arm.
»Mach dir keine Sorgen, Liebes. Ich könnte mir vorstellen, dass Louise noch viel billigere Möglichkeiten kennt. Deswegen brauchst du wirklich nicht aufs Land. Eine Ballonspritze soll bereits Wunder wirken. Nicht dass ich mich

damit auskenne. Bei mir hat noch nie jemand etwas entfernen müssen, das versichere ich dir. Die letzte unbefleckte Empfängnis liegt bereits eine Weile zurück.«
Louise steht mit Viviens Mantel in der Türöffnung.
»Wovon redet ihr?«
»Ich glaube, ich bin schwanger«, sagt Martha aufs Geratewohl.
Dieses Eingeständnis erleichtert sie nicht. Die Sorgen und Ängste der vergangenen Wochen schlagen ihr wie ein Bumerang wieder in den Magen. Tief in ihrer Kehle ballt sich eine Tränenfaust zusammen. Sie schnappt nach Luft.
»Von Jacob?«
Sie nickt.
»Auch das noch«, sagt Louise. Nachdenklich schaut sie Martha an, die, im Gesicht kreidebleich, auf dem Stuhl sitzt.
»Kopf hoch«, sagt sie, »uns fällt schon etwas ein.«
»Was meinst du«, fragt Vivien, »ob die Saunders uns einen Rabatt gewährt, wenn wir zu zweit kommen?«

Fünfzehn

Sie kann sich nicht konzentrieren. Nicht mit diesem Geschnatter von Leo und seinen politischen Freunden im Zimmer direkt nebenan. Hitler steht mit seinen Truppen am Rhein, Europa ist in heller Aufregung, zwischen Frankreich und England findet ein regelmäßiger Austausch von Politikern und Intellektuellen statt, um Klarheit hinsichtlich der neuen Situation zu schaffen – und sie sitzt hier, Stunde um Stunde, und knabbert wie eine ausgehungerte Maus an ihrem vermaledeiten Manuskript herum. Gerade hat sie zum dreizehnten Mal die Luftangriffsszene und Eleanors Analyse der britischen Gesellschaft überarbeitet. Rennies Verteidigung des Pazifismus hat sie gestrichen. Sie darf in einem Roman nicht predigen. Sie darf nicht die gleichen Worte verwenden wie die Männer im Nebenraum.

Aber was bleibt ihr nun? Sie hat keinen Helden mehr, keine Geschichte, keine Handlung. Sie will über den Krieg schreiben, jedoch ohne ihn zu erwähnen. Niemand darf »Ich finde, ich meine, ich verurteile« sagen. Keine Speaker's-Corner-Sprache oder politischen Losungen, denn gerade damit fängt das ganze Elend immer an. Nur Unbestimmtheit und Andeutungen. Aber funktioniert das auch? Wer wird verstehen, dass sie zwischen den Zeilen gegen die Gewalt schreibt?

Sie seufzt und steht von ihrem Arbeitstisch auf. Träge wischt sie den Beschlag an der Fensterscheibe mit dem

Ärmel ab und starrt in den verregneten Garten von Monks House hinaus. Am Morgen hatten Leo und sie eine Schlange gesehen, die eine große Kröte verschlang. Halb ragte sie noch aus dem Maul der Schlange und zappelte wild mit den Hinterbeinen. Ganz langsam rutschte die Kröte dann Stück für Stück weiter hinein. Es dauerte eine Ewigkeit, bis sie völlig in dem weit aufgerissenen Maul verschwunden war. Leo hatte der Schlange mit dem Spazierstock ein paarmal triezend auf den Schwanz getippt.

»Die Schlange, das sind die Nazis«, hatte er feierlich erklärt, da er in letzter Zeit in allem Symbole für den drohenden Krieg zu erkennen glaubt. »Aber die Frage ist: Wen verkörpert die Kröte?«

»Uns natürlich«, hatte sie ihm zur Antwort gegeben. Denn sie hält die Briten im Moment für sehr glitschig.

»Genau, und aus diesem Grund müssen wir etwas unternehmen. Europa steht kurz davor, den größten Schlag seit sechshundert Jahren einzustecken. England und Frankreich müssen den Schulterschluss suchen, bevor es zu spät ist. Warum wollen diese beiden Dickschädel Baldwin und Chamberlain das nur nicht einsehen? Wir können nicht länger warten. Wir müssen jetzt handeln. Diese so genannten Friedensverhandlungen mit Deutschland sind ein Witz, eine gefährliche und irreführende Zirkusnummer, sonst nichts.«

Er weiß immer alles so genau, denkt sie bei sich, während sie sich wieder an den Tisch setzt. Er ist sich seiner Sache völlig sicher, schreibt einen Brief nach dem anderen, sitzt in allen möglichen Ausschüssen, kleidet Standpunkte in Worte – doch ob all das etwas bringt? Die Regierung wird ihren Kurs doch nicht ändern und sich erneut irgendwie mit den Deutschen arrangieren.

Doch was weiß sie schon von Politik? Sie hat keine einzige Ausbildung erhalten. Dennoch wird sie Partei ergreifen müssen. Sogar Nessa und Duncan bedrängen Leo bereits mit törichten Fragen wie: »Glaubst du wirklich, dass dieser, na, wie heißt er gleich wieder, gefährlich wird?« Nein, nur Tom bleibt noch bei seiner Überzeugung, dass *a few men of letters* – zu denen selbstredend auch er gehört – sich aus allem heraushalten können. Aber er hat sich getäuscht. Die Zeit des Elfenbeinturms ist vorbei; sie kann die Kanonen und Bomben über Rodmell praktisch schon hören. Leonard sagt, dass verschiedene europäische Länder kostenlos Gasmasken an die Bevölkerung verteilen wollen, während die englische Regierung damit noch wartet. Obwohl doch jeder weiß, dass die Deutschen mit Gasbomben angreifen werden. Mehrere Kilometer Klebeband hat Leo sich besorgt, um die Garage abzudichten, sodass kein bisschen Gas eindringen kann. Sie sieht sie beide schon dort sitzen, in der eiskalten Garage, mit einem Sack Kartoffeln, einer Regentonne voller Wasser und sonst nichts. Diese Aussicht ist noch nicht einmal so unangenehm, jedenfalls im Vergleich mit der Quälerei jetzt.

Sie streicht erneut einige Sätze und liest die vor ihr liegende Seite noch einmal. Die einzigen Worte, die sie noch nicht durchgestrichen hat, sind ein kurzer unvollständiger Satz Eleanors: »Lass uns das hier so schnell wie möglich beenden, und dann …« Sie liest den Satz mehrere Male. Und dann, und dann … Ja, was dann? Der Satz kann auch weg. Oh Gott, sie ist mit ihrem Latein am Ende. Sie legt den Stift aus der Hand und reibt sich mit beiden Händen die Schläfen. Irgendwie hofft sie, dass der bohrende Schmerz hinter ihren Augen nachlässt. Leo auf der anderen Seite der Wand klingt verärgert. Die Diskussion läuft offensichtlich nicht so, wie er es sich vorgestellt hat. Ob sie ihre Petition noch immer nicht fertig haben? Oder soll es diesmal ein Schreiben mit Ratschlägen und Empfehlungen an den Premierminister werden? Eine Epistel nach der anderen wird von ihrem Haus aus an die Öffentlichkeit geschickt, während sie sich in ihren Manuskripten verirrt und sich den Kopf über Eleanors unvollständigen Satz zerbricht, der nichts bedeutet, nichts aussagt.

Am liebsten begänne sie ganz von vorn. Es gibt nichts Grausameres, als ein misslungenes Buch überarbeiten zu müssen. Dennoch gibt es immer noch Momente, in denen sie insgeheim hofft, dass es ihr bestes Buch wird. Leo war mit der ersten Fassung recht zufrieden. Sie muss den Mut haben, sich auf sein Urteilsvermögen zu verlassen. Er hat ihr bestimmt nichts vorgemacht. Sie darf nicht aufgeben. Aber wenn sie nicht in der Lage ist, ihre eigene Arbeit zu beurteilen, wie soll sie dann diesen Papierstapel überarbeiten?

Sie dreht sich eine Zigarette. Natürlich könnte sie auch eine Schachtel Players kaufen, doch sie mag die trägen Bewegungen beim Zusammendrücken und Rollen des Tabaks in dem dünnen Papierstreifen. Außerdem ist es keine leichte Sache, den ganzen Tag die fett gedruckte Aufschrift *the finest virginia* vor Augen zu haben. Dann schon lieber einen ehrlichen Beutel mit Carter-Hall-Tabak oder der noch besseren Sunday Mixture. Sich eine Zigarette zu drehen fördert das Nachdenken. Aber nicht an diesem Tag. Ihr Geist steckt in einer Sackgasse. Sie reißt ein Streichholz an und hält es an die dicke Zigarette. Ihre Kopfschmerzen werden noch schlimmer werden, doch wenn sie nicht raucht, kann sie auch nicht schreiben. Nur so kann sie länger als eine halbe Stunde an ihrem Schreibtisch sitzen bleiben. Sie inhaliert den Rauch des frischen Tabaks und stößt ihn hustend aus.

»Alles in Ordnung?«
Leos Kopf in der geöffneten Tür. »Machen wir nicht zu viel Lärm?«
»Nein, nein, es geht schon.«
»Wir sind gleich fertig.«
»Gut, gut.«
Er zögert kurz, kann sich aber nicht beherrschen.
»Rauch nicht zu viel. Du weißt, du bekommst davon Kopfschmerzen.«
Als sie nicht reagiert, zieht er den Kopf zurück und schließt leise die Tür.
Nicht zu viel rauchen, doch wie soll sie dann das Buch abschließen? Sie muss einfach jedem zeigen, dass sie trotz allem eine richtige Schriftstellerin ist. Dreimal hat sie im vergangenen Jahr eins aufs Dach bekommen. Zuerst von Wyndham Lewis, dann von Mirsky und schließlich von Swinnerton. Über Bloomsbury macht man sich lustig, und sie wird zusammen mit dem ganzen Haufen in einem Aufwasch vom Tisch gefegt. Wie soll sie zum Schreiben kommen, wenn sie den Dauerkanonaden der Außenwelt ausgesetzt ist? Dann lies diesen Mist doch einfach nicht, sagt Leo. Aber haben sie nicht doch Recht? Ist sie nicht dabei, sich zu einem unglaubwürdigen Snob zu entwickeln? Ist sie nicht noch immer das kleine Mädchen, das für nett und intelligent gehalten werden will? Das heimlich auf ein Kompliment ihres Vaters wartet?
Sie seufzt, nimmt ihren Stift zur Hand und schlägt die Seite um.
»Du bist überhaupt keine Schriftstellerin«, flüstert eine Stimme in ihrem Kopf. »Schau nur hin, lies, was da steht, das ist das Geplapper alter Damen bei einem Kaffeekränzchen. Und du willst eine Schriftstellerin sein?«
Sie streicht den zuoberst stehenden Satz auf der Seite durch

und auch den nächsten. Dann entladen sich die ersten vorsichtigen Blitze in ihrem Kopf. Zunächst ist es noch ein vages Flackern wie von einer Kerze, doch schon bald nimmt der Druck an ihren Schläfen zu, und die Lichtblitze werden greller. Als bräche ein lang erwartetes Gewitter, das schon seit ein paar Stunden in ihrem Kopf vor sich hingrummelt, endlich herein und begänne in ihrem Hirn zu krachen. Der dumpfe Schmerz hinter den Augen, den sie schon den ganzen Morgen über spürt, saugt sich tiefer ins Innere.
Lass es nicht schon wieder anfangen, fleht sie bei sich, als sie stöhnend die Zigarette im Aschenbecher ausdrückt. Ergeben starrt sie ins Zimmer. Lass es aufhören. Doch je heller es in ihrem Kopf wird, desto dunkler wird es draußen. Es ist erst früher Nachmittag, aber sie kann kaum noch etwas erkennen. Ihr Zimmer hüllt sich in einen tiefgrünen Schleier, als hätte eine unsichtbare Hand ihren Tisch in einen afrikanischen Urwald gestellt, in dem kein Sonnenstrahl das dichte Blätterdach der Bäume durchdringen kann. Hell und dunkel, warm und kalt. Sie zittert vor Kälte, während ihr der Schweiß über die Stirn läuft.
Sie presst die Finger gegen die Schläfen und versucht, das grelle Licht herauszumassieren, doch jedes Mal, wenn sie die Augen für ein paar Sekunden schließt, taucht eine helle Glut hinter den Lidern auf. Sie öffnet die Augen wieder und starrt geistesabwesend in den dunklen Raum. Auf einmal schreckt sie hoch. Ihr ist, als stünde jemand am Fenster und beobachtete sie. Sie strengt sich an, um den Schemen zu erkennen, sieht aber nur die vagen Umrisse eines Körpers.

»Leo?«
Die Schattengestalt kommt näher. Sie geht nicht, sondern kommt, ein Stückchen über dem Boden schwebend, langsam auf sie zu. Die Umrisse ihres Körpers sind wie mit

einem hauchdünnen, grauen Strich gezogen. Die Gestalt schaukelt, den Kopf gesenkt, sanft hin und her, wie eine junge Birke im Wind. Ein graues Tuch hängt ihr über Haaren und Schultern. Virginias Herz beginnt wie wild zu schlagen. Sie fühlt das Klopfen bis zu den Handgelenken. Mit den Händen klammert sie sich an der Tischplatte fest.
»Mutter?«
Die Schattengestalt hält das Gesicht von ihr abgewandt. Das Blitzen lässt ein wenig nach. Nur der Druck an ihren Schläfen bleibt gleich, als wäre ihr Gesicht in einer Schraubzwinge eingeklemmt, die langsam festgezogen wird. Sie schließt die Augen. Ihr Vater kniet neben dem Bett. Zwei Krankenschwestern machen sich um ihn herum zu schaffen. Dr. Seton steht steif und aufrecht am Fußende, die Hände hinter dem Rücken verschränkt. Stella öffnet den obersten Knopf am Nachthemd ihrer Mutter. Und sie selbst, ein kaum dreizehnjähriges Mädchen, steht reglos in der geöffneten Tür und schaut zu.
»Mutter?«
Sie verbirgt das Gesicht in den Händen.
»Es tut mir Leid«, murmelt sie leise vor sich hin, »aber es war so komisch, die Krankenschwestern weinen zu sehen, dass ich fast in Lachen ausgebrochen wäre. Sie boten einen furchtbar albernen Anblick. Sie haben dich doch gar nicht gekannt! Ich kam mir undankbar vor, du bist immer so lieb zu mir gewesen. Ich habe es wirklich versucht und mir heftig die Augen gerieben, doch es hat nicht geholfen. Ich konnte einfach nicht. Ich wollte mich verstecken, damit niemand sehen konnte, wie schlecht ich war. Doch da kam Vater aus dem Zimmer gerannt und stürzte sich schreiend in meine Arme. Ich fühlte seine Tränen im Gesicht und dachte bei mir: Jetzt sind meine Wangen auch nass.«
Sie lugt durch die Finger, um die Schattengestalt ihrer Mut-

ter im Dunkeln erneut zu betrachten. Nichts. Sie sieht sie nicht mehr. Sie sieht nur die Flächen der Fenster, die leicht glänzen. Sie drückt sich aus ihrem Stuhl hoch und hält sich an der Tischplatte fest.

»Mutter?«

War es im Regen oder im Sonnenschein? Sie kann sich nicht genau erinnern. Nein, es hat geregnet. Sie sieht wieder die Tropfen vor dem kleinen Fenster fallen. Leuchtend spritzen sie vom Boden wieder in die Höhe, als hätte gleichzeitig auch die Sonne geschienen.

»Mutter!«

Sie steht mitten im Zimmer und dreht den Kopf von links nach rechts. Ein harter Schlag trifft sie zwischen den Schulterblättern. Sie krümmt sich. Der Schmerz erstreckt sich bis in ihren Kopf, wo das Gewitter erneut hereinbricht. Sie beugt sich tief vornüber und schlingt die Arme um die Beine.

»Mutter«, stöhnt sie. »Wo bist du? Später habe ich dann doch noch geweint, wirklich. All die Tränen habe ich aufgeschrieben, eine nach der anderen. War das denn auch schlecht?«

Sie richtet sich mühselig wieder auf und drückt die Hände an den Kopf, während sie vorsichtig einige Schritte nach links macht. Dort muss ihr Bett stehen. Sie muss sich hin legen. Sie muss sich ausruhen. Leo darf sie nicht so finden. Er wird ihr untersagen, auch nur eine Minute länger zu arbeiten. Sie bietet ihre ganze Kraft auf, aber ihr Körper ist gelähmt. Sie spürt weder Arme noch Beine. Ihre Wangen, ihr Mund, ihre Stirn werden steif, als legte jemand eine Gipsmaske darüber, die auf ihrer Haut hart wird.

»Sag endlich was! Ich weiß, ich bin dir nicht gefolgt. Mein ganzes Leben versuche ich schon, mich möglichst weit von dir fern zu halten. Eine Philomena in der Familie reicht schließlich. Außerdem habe ich nie Griechisch gelernt. Das einzige Mal, als ich mich aus eigenem Ansporn über die Lehrbücher für griechische Grammatik beugte, hat George mir einen Streich gespielt. In meinen Träumen habe ich die griechischen Nachtigallen singen hören. Und King Edward. Die derbsten Ausdrücke, die man sich vorstellen kann, hat er in den Mund genommen. Also nichts wie weg, habe ich mir gesagt. Weg von dieser Ergebenheit, diesem Mitleid. Liegt es an Großvater? An Vater? Mir wäre auch lieber gewesen, sie wären zum Fischen gegangen, statt neurotisch ein Buch nach dem anderen zu veröffentlichen. Kinder? Ist das so? Hätte ich solch ein Engel werden sollen wie du? Wie Nessa? Das geht nicht mehr, Mutter, aber das macht nichts. Mein nächstes Buch, du wirst schon sehen …«

Sie taumelt in Richtung ihres Bettes, die Hände wie eine Blinde ausgestreckt. Aufs Geratewohl macht sie einen Schritt nach vorn, bleibt jedoch mit einem Fuß am Teppich hängen. Direkt vor ihrem Bett fällt sie hin und schlägt mit dem Kopf auf dem Boden auf. Sofort wird es still. Das Blitzen hat aufgehört. Die weiße Glut in ihrem Kopf erstickt in einer schwarzen, summenden Stille.

»Draußen blühen die Akazien«, flüstert sie, bevor sie mit sanftem Flügelschlag in die Finsternis gleitet.

Sechzehn

Eine unangenehme gespannte Atmosphäre erfüllt sein Zimmer. Lang gezogene Rauchschwaden steigen gekräuselt zur Decke. Die elegante Frau mit den ausgeprägten Gesichtszügen und den hellgrünen Augen vor ihm lässt ein tiefes Unbehagen in ihm aufkommen. Das liegt nicht nur an ihrer reservierten, ja arroganten Haltung, sondern auch an ihrer Freundin, die letzte Woche unangekündigt in sein Büro gestürmt war und dieses Gespräch arrangiert hatte.

»Die Begegnung mit Miss Coleman war recht unangenehm«, nimmt er das nur schwer und stockend in Fahrt kommende Gespräch wieder auf.

»Ach?«

Gespieltes Erstaunen auf der anderen Seite des Tisches.

»Ja. Sie hat mich mehr oder weniger gezwungen, Ihr Buch zu publizieren. Wenn nicht, dann ...«

»Dann was?«

»Das würde ich gern von Ihnen hören. Ich habe keine Ahnung, wozu Ihre Freundin imstande ist.«

»Emily? Oh, genau genommen zu allem.«

»Das habe ich bereits befürchtet.«

Nervös trommelt Tom mit den Fingern auf die Schreibtischplatte. Engländer geben sich wenigstens alle Mühe, ein Gespräch aus Höflichkeit fortzusetzen, aber diese Amerikanerin sitzt, eine Zigarette in einem langen schwarzen

Mundstück zwischen den geschminkten Lippen, lässig zurückgelehnt auf ihrem Stuhl. Sie sagt kein Wort zu viel, überlässt ihm die Initiative und schaut ihn nur ab und zu mit einem spöttischen Lächeln in dem stolzen Gesicht an, als wäre sie die Königin von Saba. Dabei ist sie es doch, die sich in einer misslichen Lage befindet. Schon seit Jahren bemüht sie sich, ihr Buch bei einem Verlag unterzubringen, doch niemand hat bisher den Mut aufgebracht, es zu publizieren. Ihr Stil mag ja virtuos sein – das Thema ihres Buches ist viel zu umstritten. Ganz gewiss für den englischen Markt.

»Es wird nicht einfach sein, die anderen Redakteure zu überreden, das hier zu publizieren. Sie versprechen sich nicht viel davon. Sie denken, nicht einmal eine kleine Erstauflage verkaufen zu können. Außerdem stellen sie bestimmte Bedingungen.«

Die Frau vor ihm mit dem schwarzen, glockenförmigen Cape und der runden Pelzmütze auf den rotblonden Haaren beugt sich zu ihm vor.

»Mir geht es um *Ihre* Meinung.«

Er zögert. Nicht zu galant sein. Er muss sie an der kurzen Leine halten, sonst wird er seinen Willen nicht durchsetzen können.

»Es gibt ein paar starke Passagen darin, das schon, nur die Zusammenhänge, wo finde ich die? Der Arzt ist freilich gelungen, das ist eine starke Figur.«

»Weil er ein Mann ist, meinen Sie?«

»Ich sage, was ich meine, Miss Barnes. Dieser Matthew O'Connor kann das Buch tragen, die beiden Frauen nicht.«

Miss Barnes drückt ihre Zigarette in dem runden Aschenbecher aus.

»Noch mehr Vorschläge?«

»Es muss kürzer werden.«
Sie steckt eine weitere Zigarette in das Mundstück und wartet in aller Ruhe darauf, dass Eliot ihr Feuer gibt.
»Warum reden Verleger immer vom Kürzen? Ein Lektor, der sagt ›Mehr, mehr! Miss Barnes, wenn ich Sie wäre, würde ich das Ganze stark erweitern‹, ist mir noch nicht begegnet.«
»Vergessen Sie die Zensur nicht. Worte wie Tunte und Schwuler dürfen Sie nicht verwenden, und die McClusky-Szenen und andere obszöne Passagen müssen ganz raus.«
»Dann bleibt nicht mehr viel übrig.«
Er blättert in dem Manuskript.
»Mit Sätzen wie ›*and the finger of our own right hand placed where it best pleases*‹ kriegen wir Probleme. Davon hat niemand etwas.«
Er wirft der Schriftstellerin einen scheuen Blick zu, die keine Antwort gibt, sondern ihn nur herausfordernd anschaut. Er räuspert sich.
»Und warum muss diese Robin nachts Kerzen mit in die Kapelle nehmen?«
»Das überlasse ich gern der Fantasie der Leser.«
Unbehaglich rutscht er auf seinem Stuhl hin und her. Sie erinnert ihn an Ezra. Dieselbe Kraft, derselbe Fatalismus. Alles oder nichts. Keine Spur von Angst. Aber er muss zusehen, dass er das Buch verkauft, und einen Prozess kann Faber nicht brauchen.
»Der Titel muss auch geändert werden.«
»Was muss denn nicht geändert werden?«, fragt sie erschöpft.
»*Anatomy of night* ist zu kompliziert. Das wird nicht funktionieren. Außerdem ähnelt es dem Titel von Burtons Buch zu sehr. Was halten Sie von *The Life of Matthew*?«
Ein hohes Lachen gurgelt durchs Zimmer.

»Das ist kein apokryphes Buch, Mr. Eliot. Dieser Titel ist absurd.«
»Und *Nightwood*?«
Sie schaut ihn nachdenklich an.
»Tyger, tyger, burning bright in the forests of the night.«
»Blake.«
»Nicht übel, aber mein Problem ist Wood; Thelma wird in die Luft gehen.«
»Sie können auch an *wod* denken, das im Altenglischen Irrsinn oder Wahnsinn bedeutete.«
»Nightwood«, wiederholt sie langsam.
Das wäre also geklärt. Kurz, ausdrucksvoll und mysteriös. So, wie er es will. Ein paar Sekunden lang betrachtet er prüfend ihr Gesicht, bevor er fortfährt. Sie ist ohne Zweifel außerordentlich begabt, diese Frau. Aus ihr wird bestimmt einmal etwas werden. Und dann ist er der Erste, der sie verlegt hat. Aber seine Kollegen bei Faber lehnen das Buch ab. Er muss einen Weg finden, das Risiko des Verlages zu minimieren.
»Dann noch die Frage der Rechte. Ich fürchte, dass wir Ihnen keinen Vorschuss gewähren können und dass Faber vorläufig auch noch die Rechte der amerikanischen Ausgabe für sich beanspruchen muss, um eventuelle Verluste zu kompensieren. Außerdem keine Anzeigen. Wir wollen nicht bewusst die Aufmerksamkeit der Zensur auf uns lenken.«
»Das ist lächerlich. Darauf lasse ich mich nicht ein.«
»Sie haben keine andere Wahl.«
»Ich kann das Buch auch in die Themse schmeißen.«

Es klopft, und die Tür geht auf. Bridget tritt ein, einen Stapel Briefe in der Hand. Sie legt sie ihm schweigend auf den Schreibtisch und verlässt das Zimmer wieder. Miss Barnes hat die Beine übereinander geschlagen und schaut ihn herausfordernd an.

»Vielleicht kann ich ja fünfzig Prozent für die amerikanische Ausgabe herausschlagen«, sagt er beschwichtigend, »aber mehr ist nicht drin. Und die Redaktion besteht darauf, dass ich ein Vorwort schreibe. Das ist nicht meine Idee, aber meine Kollegen glauben, damit den Verkauf zu stimulieren.«

»Glauben Sie, dass Sie eine Empfehlung aussprechen können?«

»Kein Problem, Miss Barnes, sollten Sie meine Vorschläge akzeptieren. Ich schreibe schon seit zehn Jahren Anzeigentexte für dieses Haus. Gut, das wäre von meiner Seite alles. Denken Sie in aller Ruhe über mein Angebot nach. Es eilt nicht. Wir können das Buch frühestens im nächsten Jahr herausbringen.«

Er steht auf und schüttelt ihr die Hand.

»Wenn Sie mich nun entschuldigen, Sie wissen ja, wie das ist, Berge von Arbeit.«

»Nein, ich habe keinen blassen Schimmer, Mr. Eliot, aber machen Sie sich keine Sorgen, ich bin schon weg. Wir haben schönes Wetter. Ich glaube, ich werde einen ordentlichen Spaziergang den Fluss entlang machen.«

»Tun Sie das. Aber das Manuskript bleibt hier. Ich werde es Ihnen mit der Post zurückschicken.«

»Und warum, wenn ich fragen darf?«

»Manche Bücher müssen nun einmal publiziert werden – und Ihr Buch ist eins davon. Ich wünsche Ihnen einen angenehmen Spaziergang.«

Er beugt sich über den Stapel mit der Post. Nicht schlecht gelaufen. Mit diesem Buch kann man Lorbeeren ernten. Nur diese vagen Frauengeschichten, von denen müssen

möglichst viele raus. Die Redaktion von Faber wird zufrieden sein. Jetzt nur noch das Vorwort. Er wird schreiben, dass sich der Leser von dem komplexen Stil nicht entmutigen lassen darf, dass es ein poetisches Buch ist und so weiter. Aber er muss auch seine Vorbehalte anklingen lassen. Ja, so ungefähr.
Er reißt den obersten Umschlag auf. Er kann gerade noch die Post durchsehen, bevor er zum British Council of Churches muss. Allmählich spürt er, wie seine alte Energie und Tatkraft zurückkehren. Wenn man ihn nur in Ruhe lässt, dann schafft er auch etwas.

London, den 18. März 1936
Sehr geehrter Mr. Eliot,
ich schreibe Ihnen diesen Brief im Namen Ihrer Frau, die gestern nach Amerika abgereist ist, um sich dort, wie sie hofft, von den Strapazen der letzten Zeit erholen zu können. Ich bin ihre neue Sekretärin. Jeder künftige Briefwechsel hat über mich zu erfolgen. Ihre Frau ersucht Sie freundlich, aber inständig, nachts nicht mehr bei ihr einzubrechen und die Sachen, die letzte Woche aus ihrer Wohnung entfremdet wurden, unverzüglich zurückbringen zu lassen. Eine Liste der verschwundenen Sachen hat sie mittlerweile Herrn Faber zukommen lassen, um auch ihn von dem Diebstahl von Büchern, Silberwaren und sämtlicher Jahrgänge des Criterion in Kenntnis zu setzen. Er wird seiner Verantwortung für diese Angelegenheit nicht länger aus dem Weg gehen können.
Außerdem teilt sie Ihnen mit, dass sie in den vergangenen vier Monaten keine Schecks von Ihnen bekommen hat und dass sie diese auf gerichtlichem Weg einklagen wird. Ihr die monatliche Zuwendung aus dem Fonds ihres eigenen Erbes vorzuenthalten kann strafrechtliche Folgen für Sie haben.

Sie sind gehalten, die Rückstände so schnell wie möglich anzuweisen. Abschließend ersucht Ihre Frau Sie, keine Ärzte mit unlauteren Absichten mehr zu ihr zu schicken, da das angesichts der Tatsache, dass sie sich nun im Ausland aufhält, doch keinen Sinn hat. Sie wohnt in 83, Brattle Street, in Boston, einer Ihnen wohl bekannten Adresse. Sie wird so lange dort bleiben, wie Miss Emily Hale, die Eigentümerin, sich in Ihrer Gegenwart aufhält. Diese Tatsache hat sie übrigens bereits ihren Anwälten mitgeteilt. Ihre Absicht, sich von ihr scheiden zu lassen, können Sie aus diesem Grund wohl aufgeben. Sollten Sie noch Fragen haben, können Sie mich unter nachstehender Adresse erreichen.
Hochachtungsvoll
Daisy Miller, Sekretärin von Mrs. T. S. Eliot
68, Clarence Gate Gardens
London

»Nelson anrufen«, durchzuckt es ihn.

Siebzehn

Durch das Mattglasfenster des »Lower Thames Inn« fällt eine breite Bahn fahlbraunes Licht. Der Café-Bereich mit den dunklen Holzbänken an den weiß getünchten Wänden und den runden Tischen in der Mitte ist so gut wie leer; an der Theke lehnen ein paar Arbeiter in blauen Overalls. Martha ist die Einzige, die sich an einen Tisch am Fenster gesetzt hat. Ein leerer Bierkrug steht vor ihr. Nervös nimmt sie die Geldscheine aus ihrer Brieftasche und zählt sie sorgfältig nach. Achtundsechzig Pfund. Das ist nicht genug. Ihr fehlen noch zwanzig Pfund.

In den vergangenen Tagen hat sie ihre beiden Koffer – voll gestopft mit Büchern, Kleidung, Schmuck und Geschirr – mit sich herumgeschleift. Sie hat alles für einen Pappenstiel verkauft. Anfangs hatte sie noch gegen die lächerlich niedrigen Beträge protestiert, die ihr die Trödler angeboten hatten, aber nach einer Weile hatte sie es aufgegeben, mit ihnen zu feilschen; es hatte doch keinen Sinn.

»Das Geschäft ist gleich null, junge Frau, alle warten ab und kaufen nichts.« Sie hat das Gefühl, dass sie ihr Leben im Ausverkauf anbietet und dass niemand sich dafür interessiert – noch nicht einmal bei absoluten Tiefpreisen. Zwanzig Pfund. Woher soll sie die nur nehmen? Niedergeschlagen schaut sie sich um, als könnte sich unter den Café-Besuchern ein potenzieller Geldgeber befinden. Doch die wenigen Männer, die zu dieser frühen Nachmittagsstunde an der Theke sitzen, sehen alles andere als wohlhabend aus. Ihre Overalls sind mit schwarzen Streifen beschmutzt. Dockarbeiter wahrscheinlich. Sie steckt sich eine Zigarette an. Niemals hätte sie gedacht, dass es so viel Mühe kosten würde, ihre Sachen zu verkaufen. Zunächst hatte sie sich voller Zuversicht an die Arbeit gemacht; das Sortieren und Aufräumen hatte sie sogar ein wenig aufgemuntert. Sie war froh, dass sie endlich eine Mission hatte. Als jedoch nach einer Woche ihr Zimmer halb leer gewesen war und sie noch immer viel zu wenig Geld hatte, begann sie es zu bereuen. So viele Dinge verkaufen zu müssen, ihr gesamtes Leben der vergangenen zehn Jahre, nur um etwas so Kleines entfernen zu lassen – das steht in keinem Verhältnis zueinander.

Ein paar Bücher, einige Kleidungsstücke und das silberne Medaillon ihrer Mutter hat sie behalten. Das Letztere könnte sie ins Pfandhaus bringen, doch wie viel würde sie schon dafür bekommen? Ein oder zwei Pfund, mehr nicht. Die runde Uhr über dem Eingang zeigt halb drei. Sie sitzt hier schon seit fast einer Stunde. Wo bleibt Billy? Am Vorabend hatte sie seine Nachricht gefunden. Dem Gekritzel hatte sie nur mit Mühe entnehmen können, dass er sich heute um zwei Uhr in diesem Pub in der Lower Thames Street mit ihr treffen wollte. Warum, stand nicht dabei. Noch nicht einmal eine vage Andeutung über neue Entwicklungen in der Angelegenheit ihres Vaters, die er sonst immer als Vorwand herangezogen hatte. Sie weiß wirklich nicht, wieso er sie nach so langer Zeit wiedersehen möchte. Er hatte schrecklich ausgesehen, als sie ihm vor kurzem im Theater begegnet war. Sie hatte ihn am darauf folgenden Tag eigentlich anrufen wollen, um ihn zu fragen, wie es ihm gehe, ob er vielleicht noch etwas herausbekommen habe, obwohl sie schon lange nicht mehr daran glaubt. Sie

hat andere Sorgen. Sorgen, die er nicht verstünde. Oder die ihn vielleicht wieder zu einem Heiratsantrag verleiten könnten.
Zwanzig Pfund. In fünf Tagen muss sie das Geld haben. Für Montag hat Louise für sie ein Zimmer in der Klinik der Saunders reserviert. Es steht noch nicht fest, ob Vivien sie begleiten wird. Sie hat angeblich andere Pläne. Will nach Paris oder so etwas. Mithilfe einer vorgeblichen Sekretärin versucht sie, Eliot unter Druck zu setzen. Denke sogar an ein Gerichtsverfahren, weil er in letzter Zeit häufiger in Gesellschaft einer anderen Frau gesehen werde. Sie gibt nie auf, diese Vivien. Ihren Mann zurückzubekommen ist zu ihrem Lebensziel geworden. Aber sie sollte auf der Hut sein. Eliot hat schon einmal versucht, sie aus seinem Leben zu verbannen; er wird nicht zögern, es noch einmal zu tun, wenn sie ihm weiterhin auf die Pelle rückt.
Martha seufzt. Louise hatte ihr angeboten, einen Teil des Betrages auszulegen. Aber wie soll sie ihr das Geld jemals zurückzahlen? Und was wird sie nach der Behandlung tun? Sie kann nicht länger hier bleiben. In dieser schmutzigen Stadt, in der die Armut an den Häusern nagt und die Zähne in die flatternde Wäsche schlägt. Es reicht. Vielleicht geht sie nach Frankreich. Besucht Marlow in der Normandie, in deren mittelalterlichem Schlösschen in Gauciel. Manchmal spielt sie mit dem Gedanken, nach Amerika zu gehen. Doch bald wird sie für die Überfahrt kein Geld mehr haben. Nach Amsterdam zurückkehren kann sie nicht. Jacob ist schon seit fast einem Monat weg. Keine Nachricht, kein Brief, noch nicht einmal eine Karte.
Sie fährt aus ihrer Grübelei hoch, als der Barmann ein zweites Glas Bier mit einem Knall vor ihr auf den Tisch stellt. »Von den Herrn an der Theke«, murmelt er und schlurft weg.

Einer der Männer dreht sich grinsend zu ihr um. Eine blaue Mütze sitzt schräg auf seinem Kopf. Er kratzt sich hinterm Ohr und prostet ihr mit dem Glas zu.
Zögernd erwidert sie die Geste. Hoffentlich setzt er sich nicht zu ihr an den Tisch. Aber der Mann dreht sich wieder um und plaudert weiter mit seinen Freunden. Sie nimmt einen Schluck von dem dünnen Bier. Warum will Billy sie sprechen? Sie ist in England geblieben, um herauszufinden, was ihrem Vater zugestoßen ist, doch noch immer laufen die Spuren aus der Vergangenheit ins Leere. Nichts deutet in eine betimmte Richtung. Nicht eine einzige Linie führt weiter. Das Heute ist leer, jeglichen Inhalts beraubt, die Zukunft ein unwirkliches brachliegendes Land. Es sei denn, sie ... Sie schüttelt den Kopf. Es sei nichts.
Viertel vor drei. Wie lange soll sie noch warten? Sie hat sich doch nicht etwa verlesen? Sie nimmt ihre Tasche und zieht den Zettel heraus. *Dear Martha.* Dann ein unleserlicher Satz. *Muss dich sprechen* oder so ähnlich. Dann der Name des Pubs, dreimal unterstrichen. *Tomorrow.* Und die Uhrzeit. *2.00 P. M.* Das stimmt also. Ein letzter Satz, der schräg wegkippt, die Buchstaben gehen beinahe ineinander über, mit großen Schleifen nach oben, fängt mit *I am* an, aber dann? Sie hält sich den Zettel vor die Nase, dreht ihn nach links und rechts, wird aber nicht schlau daraus. Was soll's. Die Verabredung stimmt. Sie faltet den Zettel wieder zusammen, als die Buchstaben des letzten Wortes auf einmal einen Sinn ergeben: *guilty.* Schuldig? Aber woran? Sie zuckt mit den Schultern. Schuldig sind wir alle.

»Miss Thompson?«
Der Barmann winkt ihr mit einem Telefonhörer in der Hand zu.

»Für mich?«
Sie schaut ihn überrascht an. Das muss ein Irrtum sein. Als der Barmann noch mal mit dem Hörer winkt, steht sie auf und geht zur Theke.
»Hallo?«
»Miss Thompson?«
Die heisere Stimme einer älteren Dame krächzt auf der anderen Seite der Verbindung.
»Ja?«
»Hier ist Clarence Prior, Billys Mutter. Mein Sohn hat darauf bestanden, dass ich Sie anrufe, um Ihnen auszurichten, dass er heute Nachmittag nicht kommen kann. Ihm ist letzte Nacht etwas zugestoßen. Es geht ihm ziemlich schlecht.«
»Was ist denn passiert?«
Die Frau antwortet nicht sofort. Es knackt in der Leitung, und Martha wiederholt ihre Frage.
»Ein Unfall. Er ist äh … aus dem Fenster gefallen«, sagt die Frau zögernd. »Seine Wirtin hat ihn heute Morgen gefunden.«
»Das ist ja schrecklich«, stammelt Martha.
»Ja.«
Wieder dieses Knacken, ab und zu unterbrochen von einem pfeifenden Summen.
»In welchem Krankenhaus liegt er denn?«
»Tut mir Leid, aber es dürfte wenig Sinn haben, ihn zu besuchen. Er kann kaum reden.«
»Das macht nichts. Ich will ihn nur …«
»Unmöglich.«
Doch mit einem Mal weiß Martha genau, dass sie ihn aufsuchen muss. Die Begegnung im Theater, der Zettel, sein Unfall, dieser letzte Satz. All diese Bruchstücke schwirren in ihrem Kopf und verschmelzen dann zu einem einzigen Gedanken, einer einzigen Frage.

»Ich bitte Sie, Mrs. Prior, ich bin eine gute Freundin von ihm.«

»Ich weiß«, erwidert die Frau kühl, »aber das spielt keine Rolle. Sie würden das Ganze nur noch schlimmer machen.«

»Schlimmer? Wieso?«

»Das wissen Sie genau. Es war bei ihm zu einer fixen Idee geworden. Der arme Billy. Es war nicht sein Fehler. Er hat nur einen Befehl befolgt. Es war Krieg.«

»Wieso einen Befehl? Ich verstehe Sie nicht.«

Wieder das Pfeifen und Knacken in der Leitung, dann nichts mehr.

»Mrs. Prior?«

Keine Antwort. Die Verbindung ist unterbrochen.

Achtzehn

Noch ein paar Schritte, dann steht sie genau in der Mitte zwischen den beiden Hügeln. Sie muss gut aufpassen, wenn sie keine nassen Füße bekommen will. Auf dem sumpfigen Stück Weideland bleibt Virginia neben einem Tümpel stehen, aus dem gerade noch langhaarige Schafe getrunken haben. Als sie näher gekommen war, waren sie von Panik ergriffen weggerannt, als sei sie der berüchtigte Wolf von Dartmoor, der es auf die perlweißen Lämmer abgesehen hat. Vor ihr erhebt sich Great Staple Tor, eine beeindruckende Masse aufeinander gestapelter Steine, von denen manche so platt wie ein Pfannkuchen und andere hoch und viereckig sind. Links neben ihr liegt der breite Lauf des Baches, der die grün gepolsterten Hügel sanft durchschneidet. Auf dem kurzen Gras tanzen die weißen Tupfen der Schafe und die grauen Punkte der Findlingsblöcke umeinander herum. Hier und da zeigt sich ein erster Gelbschimmer auf den niedrigen Ginstern.

Sie dreht sich zum Cox Tor um und versucht, Leo zwischen den Steinhaufen auszumachen, ist aber zu weit entfernt. Er liegt wahrscheinlich wieder auf den Knien, um die Flora der *moors* eingehend zu betrachten. So wie sie es sieht, wachsen hier nur Gras, Moos und Ginster und hier und da ein wenig kümmerliches Heidekraut; doch Leo zufolge lässt sich an diesem Ort ein wahrer Schatz an außergewöhnlichen Pflanzen und Disteln finden. Er möchte sie benen-

nen, in sein Heft eintragen, während für sie das Erlebnis des endlosen Raumes, das Spiel zwischen den grünen und blauen Flächen und die Verwunderung über die steinernen Figurengruppen vollkommen ausreichen.
Warum liegen diese Steinhaufen ausnahmslos ganz oben auf den Hügeln?, fragt sie sich, während sie weitergeht und den Blick auf Great Staple Tor gerichtet hält. Warum nicht mitten auf der Böschung oder im Tal? Kommt das, weil der Wind jahrhundertelang an den Hügelkuppen entlanggerieben und den Boden ganz allmählich abgetragen hat? Oder sind es doch wieder Menschenhände gewesen, die es nicht lassen konnten, in dieser rauen Gegend Zeichen zu errichten?
Immer steiler wird der Hügel, sodass sie in regelmäßigen Abständen stehen bleiben muss, um wieder zu Atem zu kommen. Sie wirft einen Blick zurück, um festzustellen, wie weit sie vorangekommen ist, und staunt, wie schnell sich die Aussicht verändert hat. Das Gebiet hinter Cox Tor ist jetzt auch zu sehen. Noch mehr runde Hügel und noch mehr Tors, es nimmt kein Ende, so weit sie sehen kann. Eine beinahe abstrakte Landschaft, ohne einen einzigen Baum oder eine einzige Hecke, ein blauer Himmel mit kugelförmigen Wolken, die schwarze Schattenflecken ins Tal werfen.

Leo hatte darauf bestanden, »wegen ihrer Gesundheit« zu verreisen. Ein paar Tage ausspannen, das werde ihr bestimmt gut tun. Sie waren in ihrem blauen Singer nach Westen gefahren und hatten die Landschaft immer kahler werden sehen. Weit hinter ihr liegt das liebliche Sussex mit den geharkten Gärten und zurückgeschnittenen Hecken. Das Land hier kommt ohne Gärtner aus. Es ist sich selbst genug. *Back to basics:* Steine, Gras, Hügel,

Himmel. Ein raues und unwirtliches Land, jedoch nicht feindselig.
Die höchste Steingruppe von Great Staple Tor ist ein grob geratener Bär, der auf den Hinterpfoten über das Land blickt. Die Steinstapel dahinter ähneln am ehesten prähistorischen Dörfern, die die ehemaligen Bewohner der *moors* gegen zu viel Wind und zu wenig Verheißungen schützen mussten. Sie kneift die Augen zusammen und sucht die Böschung ab. Bewegt sich dort nun ein schwarzer Fleck oder nicht? Ist das Leo oder ein aufrecht stehender Stein? Da, er bewegt sich. Sie winkt ihm zu, kann aber nicht erkennen, ob er zurückwinkt, und klettert folglich wieder von dem Stein hinunter, um sich auf die Suche nach einer Stelle zu machen, an der sie sich ausruhen kann.
Hinter einer Gruppe steinerner Pfannkuchen findet sie eine ebene Stelle mit graugrünem Moos und ein paar steifen Grashalmen, der der Wind kaum etwas anhaben kann. Sie breitet ihren Trenchcoat aus und lässt den Blick über die Landschaft schweifen. Die rundlichen, lang gestreckten Hügel auf beiden Seiten des schmalen Wasserlaufes erinnern sie irgendwie an die Downs, auch wenn sie auf ihre extremste, reinste Form reduziert sind, wie Kinder es tun, wenn sie einen Hügel zeichnen.
Das hier ist nicht England, denkt sie bei sich, das ist eher die Mongolei oder Russland. Es ist ein unverletzliches Land; ihm etwas anzutun ist unmöglich. Es ruht derart in sich selbst, dass niemand herankommt. Diese Immunität gefällt ihr. Sie beneidet das Land um diese Unantastbarkeit. Einfach da sein zu können wie in der ersten Stunde und diese Geburt ewig wiederholen zu dürfen – ohne brutale Eingriffe von außen. Wenn sie über diese Hügel läuft, geht sie in der Zeit zurück, schaut sie auf das Land, in dem sie einst gelebt hat. Die Hügel schließen sie ein wie die Nacht-

felder ihrer Träume, murmeln leise die Grundtöne ihres Daseins.
Doch zugleich ist sie auch ein Eindringling, eine Fremde, die dieser Landschaft mit ihren Blicken die Ewigkeit nimmt. Früher hat sie die Hügel gespürt, ist wie von selbst in ihnen aufgegangen. Jetzt zerbricht sie sie mit ihrer Wahrnehmung. Sie schaut und schaut, kommt aber nicht mehr an sie heran. Wie gern würde sie sich über diese Hügel legen, wie ein Riese, der mit der Landschaft eins wird. Ihr Kopf würde links auf der schrägen Böschung von Cox Tor ruhen, ihr Bauch unten im Tal, ihre Beine dort rechts den Hügel hinauf, während ihre Zehen mit den Steinen von Great Miss Tor spielten. Zwischen ihren Fingern die herumspringenden weißen Lämmer mit ihren schwarzen Schnauzen. Sie könnte bis zu sieben gleichzeitig festhalten und das Kitzeln ihrer sanften Wolle in der Handfläche spüren.
Aber es gelingt ihr nicht. Sie muss sich zu sehr anstrengen, um es zu spüren. Sie verschränkt die Hände hinter dem Kopf und legt sich ausgestreckt ins Gras. Sie spürt die stechende Sonne auf den Wangen, sieht, wie die Wolken sich wild über den Himmel bewegen. Sie schließt die Augen. Ein paar Minuten ausruhen, ehe Leo kommt und sie zum Lunch in den »Merrivale Inn« hinuntersteigen werden.

Das Gras auf dem Hügel verwandelt sich in das gelbgrüne Wasser eines Flusses, in dem sie schwerelos umherschwebt. Sie schwimmt zwischen den gelblichen Schilfrohren und den dunkelgrünen Algensträhnen hindurch, behände wie ein Fisch. Der Boden unter ihr ist mit grau getupften Steinen übersät. Die Wasseroberfläche über ihr wird abwechselnd hell und dunkel. Ein Lichtstrahl schießt direkt neben ihr durchs Wasser. Sie streckt eine Hand danach aus. Das Licht schlüpft ihr durch die Finger. Sie lässt die Hände

durch den gelblichen Schlamm gleiten, versucht sich an der schräg ansteigenden Uferwand festzuhalten, doch sie rutschen immer wieder ab, zurück ins Wasser. Mit einem Mal hört sie hinter sich schrilles Geschrei.
Zuerst kann sie nur ein paar dunkle braune Flecken erkennen, dann aber sieht sie in dem trüben Wasser Körper, die sich ineinander verknäult herumwälzen. Manche tragen einen Helm auf den nassen Haaren, andere sind halb nackt und völlig schlammbedeckt. Sie sieht den leblosen Blick in ihren Augen, die geöffneten Münder, die halb vermoderten Uniformen. Sie will von ihnen wegschwimmen, doch sie kommen immer näher. Eine Hand greift nach ihren offenen Haaren. Sie taucht weg und versucht, ans andere Ufer zu gelangen. Aber sie ist zu leicht geworden. Wie ein Blatt wird sie von der Strömung in die andere Richtung mitgerissen und schabt mit dem Kopf an einem der Körper entlang. Mit beiden Händen drückt sie den schweren Körper nach unten und stößt sich dann mit beiden Füßen von seinem Bauch ab, um nach oben zu kommen. Ihre Fingerspitzen berühren beinahe schon den wogenden Spiegel der Wasseroberfläche, als eine eiskalte Hand sie mit einem gemeinen Ruck am Knöchel wieder in die Tiefe zieht. Sie schreit. Ihr Mund füllt sich mit Wasser.

Kkkrraaaah. Drei schwarze Krähen fliegen unter lautem Krächzen ins Tal. Virginia öffnet die Augen und sieht große graue Wolken, die über den Hügeln hängen. Sie zittert vor Kälte. Was hat sie geträumt? Irgendetwas von Soldaten. Und Wasser. Sie reibt sich mit einer Hand über die Stirn, setzt sich auf und starrt auf die Ebene hinaus. Die Krähen haben sich unten am Bach niedergelassen und hüpfen nervös von einem Stein auf den anderen. Wo bleibt Leo? Nur mit Mühe steht sie auf und klopft ihren Trenchcoat aus.

Es muss doch möglich sein, denkt sie bei sich, als sie zu den Steinen oben auf der Hügelkuppe hinaufgeht, diesen Punkt der Einsamkeit hinter sich zu lassen und einfach so, entspannt und ungezwungen wie diese Hügel dort, ineinander überzugehen. Sie legt eine Hand über die Augen und späht die Böschung hinunter. Offenbar ist es nicht möglich. Jeder steht auf seinem eigenen Felsen, winkt und ruft, und nur dann und wann wird auf der gegenüberliegenden Seite ein Signal aufgefangen.

Zwischen den spitzen grauen Steinen hindurch, die der Boden ausgespuckt hat und die halb im Gras verborgen liegen, halb daraus hervorlugen, sieht sie die gebeugte Gestalt ihres Mannes nach oben steigen. Da kommt er. Gleich werden sie sagen, wie schön es hier ist, wie beeindruckend. Ein Hügel nach dem anderen wird sich hinter ihre Worte zurückziehen, als hätte es sie nie gegeben. Über das raue Gras werden sie hinuntersteigen, sich im Inn etwas bestellen, ihre Suppe essen und weiter westwärts gehen.

Sie hebt eine Hand und winkt, doch er sieht sie nicht. Sie legt eine Hand an den Mund und ruft:

»Leo!«

Neunzehn

Ein gotisches, achteckiges Marktkreuz wacht mitten auf der Kreuzung der vier Hauptstraßen über das alte Zentrum. In Auftrag gegeben von Edward Story, der im fünfzehnten Jahrhundert Bischof von Chichester gewesen war und der seine Macht gern in klingende Münze umgesetzt hatte. Tom tritt, die Reisetasche in der linken, den schwarzen Spazierstock in der rechten Hand, kopfschüttelnd an das pompöse Bauwerk heran, das in der untergehenden Sonne zart orangefarben leuchtet. Die goldenen Fahnen auf den sandburghaften Turmspitzen flattern ihm ungebührlich fröhlich entgegen. Nicht übel, eine richtige Minikathedrale mitten auf dem Markt, denkt er bei sich, aus der Zeit, als Gott und Geld noch auf demselben Stuhl saßen.

Er schaut nach rechts, wo das blaue Aushängeschild des »White Heart Inn« ihn einladend anstarrt. Er zögert, beschließt dann aber, weiterzugehen. Heute nicht. Heute will er nüchtern bleiben, soll heißen, erfahren, ob Entleerung auch ohne Alkohol möglich ist. Als er um die Ecke biegt und einen ersten Blick von der eigentlichen Kathedrale erhascht, hat er wie immer das Bedürfnis, kurz stehen zu bleiben, um von diesem Wunder aus Basalt, Marmor und Kupfer nicht erschlagen zu werden. Er stellt die Reisetasche neben sich und lehnt sich mit beiden Händen auf den Spazierstock. Schau, deswegen ist er hierher gekommen. Wegen dieser riesigen Bake im Meer. Wegen dieses gemeißelten

Wahnsinns, wegen der Kupferdächer, die wie unwirkliche blaugrüne Meere auf den sandfarbenen Gewölben treiben. Wegen der hohen Turmspitze, die wie ein messerscharfer Pfriem in den Himmel deutet – beinahe spöttisch.
Die Prachtentfaltung der Kathedrale wird durch das winzige kleinbürgerliche Städtchen zu ihren Füßen, das nie richtig verstanden hat, welchem Umstand es dieses unbeugsame Statement Gottes zu danken hat, noch betont. In London ertrinken die Kirchen zwischen den Banken, müssen sie sich gegen die Paläste und Parlamentsgebäude behaupten. Hier jedoch kann eine Kirche die Bürger noch in die Knie zwingen, ohne auf einen MacDonald oder einen Churchill angewiesen zu sein. Autonom, gebieterisch, ohne dass sie Mitspracherecht oder anderen liberalen Unsinn duldet.

Er setzt sich auf eine Bank gegenüber der Kathedrale. Es ist kurz vor sechs. In einer Stunde wird er mit seinem Freund, dem Bischof Georg Bell, zu Abend essen. Es ist ein warmer Frühjahrsabend, der erste in diesem Jahr. Die Luft ist von einer seltsamen vollen Schwüle. Sie flirrt vor leichter Spannung, als stünden die Wolken unter Schwachstrom, der die Spaziergänger dazu ermuntert, im Freien zu bleiben und auf das Wunder zu warten. Er erwartet keine Wunder. Nur Ruhe. Sich eine Woche in den geräumigen Gemächern des bischöflichen Palastes zu erholen. Seine Gefühle zu ordnen, die ihm jetzt, nachdem er Nelson zum zweiten Mal den Auftrag erteilt hat, Vivien einweisen zu lassen, wie ein unentwirrbares Knäuel von Schiffstauen aufs Herz drücken, ihn nachts um den Schlaf bringen und tagsüber aufhetzen und durch die Stadt treiben. Er weiß nicht mehr, was gut oder schlecht ist. Er seufzt. Intellektuelle Freiheit ist so viel einfacher zu erreichen als geistige Freiheit. Er wird alt. Nicht nur sein Geist und sein Körper werden in den

Händen der Zeit schlaffer und hässlicher – auch seine Seele. Bisweilen stellt er sich diese als einen überreifen Apfel vor: voller Beulen und gelber Flecke.
Fühlt er überhaupt noch etwas? Was hätte sein können und was ist gewesen? Nein, er fühlt nichts mehr. Alles weist auf dasselbe Ende. Schritte hört er noch, auf dem Gang, den sie nie betreten haben, vor der Tür, die sie nie geöffnet haben, doch sie sind nur ein vages Echo, sonst nichts. Wo soll er jetzt hin? Wie immer an den unbeweglichen Punkt der rotierenden Welt; in die niedrigen mittelalterlichen Gänge der Kirche, zu den gemeißelten Steinreliefs von Lazarus, zu seiner geliebten Marienkapelle, die wie ein keusches, verschlossenes Verlängerungsstück hinter dem Altar verborgen liegt.
Er hat sein Gefühl verloren und muss sich mit dem dünnen Draht des Glaubens zufrieden geben, der in seinem Blut vibriert, der unter seinen mürben Wunden singt. Er will keine Begegnungen mehr, keine Liebe, keine Hoffnung auf Ehen oder Verbindungen mit dem Irdischen. Liebe ist immer Liebe zu dem Falschen. Warten wird er, ohne Hoffnung. Sein Gott ist kein Liebesgott, sondern ein unbewegter Beweger, ein Gott von vorchristlicher Strenge. Er verlangt keine Antwort, keine tröstende Hand auf dem Kopf, noch nicht einmal Beseelung. Nur nach Entleerung strebt er. Nach Ausschüttung des Geistes ins Nichts. Jenseits von Haut, Flüssigkeit, Blut. Purgatorio. Aber kein Paradiso.
Er muss gehen. Er muss ihn festhalten, den Willen zur Säuberung. Schnell nimmt er seine Reisetasche und eilt über den Rasen zum Eingang der Kathedrale. Bevor er sie durch das hölzerne Tor betritt, wirft er einen flüchtigen Blick auf die kleinen, dunklen Palastfenster. Ob Bell noch in der Kirche ist oder schon in seinen Zimmern? Er hofft Letzteres. Er will sein Allerheiligstes ungestört betreten.

Unter den gotischen Bögen hindurch geht er in den hinteren Bereich der Kirche, an den langen Reihen mit den Holzbänken vorüber, am Grab des Grafen Arundel vorbei, den Blick nach oben auf die Dreierreihe mit Fenstern und die weiß gestrichene Decke gerichtet. In der Mitte der Kirche wirft er einen Blick auf das Chorgestühl vor dem Altar und ärgert sich wie immer über die weißen Lämpchen, die auf beinahe spielerische Weise das strenge Schwarz des dunklen Holzes unterbrechen. Vor ihm liegt die Kapelle von Johannes dem Täufer und das Glasmalereifenster, das alle Blumen darstellt, die an dessen Namenstag, dem 24. Juni, in Sussex blühen. In der verlassenen Kirche klingen seine Schritte hohl. Zwei alte Frauen hat er auf der gegenüberliegenden Seite gesehen, die sich um die Blumen für die morgige Messe kümmern; von ihnen abgesehen ist er allein – genau wie er es gewollt hat.
Vor dem schmiedeeisernen Gitter der kleinen, aus dem zwölften Jahrhundert stammenden Marienkapelle, die wie eine dunkle Ausstülpung hinten an der Kathedrale hängt, bleibt er stehen. Ein kupferner Kronleuchter wirft ein sanftes Licht in den kleinen, dunklen Raum. Die Lampe brennt immer, damit die Heilige Kommunion für die Kranken und Sterbenden zu jeder Tageszeit abgehalten werden kann. So hat es irgendwann einmal angefangen, denkt er bei sich, als er zu der niedrigen, halbrunden Decke hinaufschaut, mit einer in den Fels geschlagenen Grotte, einem Feuer und einem grobzackigen, flachen Findling. Mehr nicht. Er drückt das Gitter auf und setzt sich auf eine Bank in der mittleren Reihe.

Nicht einmal hier, denkt er bei sich, in diesem beseelten Raum, ist Gott anwesend. Wenn wir überhaupt etwas empfinden, dann ist es diese Leere. Beten heißt nicht, mit

Gott in Kontakt zu treten, sondern in seine Leere hineinzutaumeln. Er legt das Betkissen auf den Boden, kniet sich hin und faltet die Hände. Er spürt, wie er von Ruhe und Erhabenheit erfüllt wird. Wenn Gott jetzt hier wäre, würde er sich trauen, mit ihm zu sprechen. Aber er ist nicht da. Das göttliche Mysterium ist eines der Verlassenheit, nicht der Erfüllung. Trotzdem faltet er die Hände vor dem Mund und murmelt einige Worte in die Stille.

»Nur hier herrscht Dunkelheit, die sich in Licht verwandeln kann. Bring mir darum bei, in die Welt der Loslösung hinabzusteigen. Säubere mein Herz von allem Zeitlichen, vom Verlangen nach Rache oder Lust oder Wahn. Bring mir bei, das zu werden, das ich nicht bin, und den Weg zu gehen, den ich nicht gehen kann. Wenn sich die Krähen flügelschlagend aus dem Feld erheben, höre ich sie nicht. Wenn im Weizenfeld der Klatschmohn blüht, sehe ich ihn nicht. Wenn der Honig seinen süßen Dufthauch verbreitet, rieche ich ihn nicht. Ob die Sonne auf- oder untergeht, ich merke es nicht. Nichts kann mich abbringen von dem Weg hinab, der derselbe ist wie der Weg hinauf. Leer ist der Boden und leer der Himmel. Alles Sinnliche ist Betrug an demjenigen, der dich sucht, denn du bist das Dunkel, das von allem Entblößte, das immer Fehlende. Wir irren durch die von dir im Stich gelassene Welt, klammern uns an das Sichtbare, das Hörbare, das Tastbare, verstehen jedoch nicht, dass uns das immer mehr von dir entfremdet. Bring mir bei, leer zu werden. Nimm meine Knochen, nimm mein Herz. Zieh mir die Haut ab, betäub mein Gehirn, lösch das Licht in meinen Augen. Ich bin nur da, indem ich nichts bin.«

Doch so weit ist es leider noch nicht. Er will es im Grunde genommen nicht zugeben, aber seine Knie sind trotz des Kissens ziemlich steif geworden. Außerdem spürt er einen immer stärker werdenden stechenden Schmerz im Rücken.

Er muss sich aufrichten und sich wieder auf die Bank setzen. Die Intensität seines Gebetserlebnisses gleitet von ihm ab wie eine Decke, die ihm jemand von den nackten Schultern zieht. Er schaudert und blickt sich verloren um. Warum ist es so schwer? Er spürt das kalte Metallfläschchen an seinem Oberschenkel. Zögert. Er schaut heimlich hinter sich, in die Kirche. Niemand zu sehen. Warum sollte er sich schämen? Wein und Gebet gehören zusammen. Schnell nimmt er das Fläschchen und setzt es an die Lippen. Die kalte Flüssigkeit brennt ihm in der Kehle. Ist das nicht lächerlich, fragt er sich, diese erbärmliche, leere Zeit, die sich vor und hinter mir einfach nur ausstreckt? Ist das denn genug, das leere Haus, die leere Allee, der ausgelaufene Fluss, die kahlen Rosenstöcke, die schweigende Musik? Ist das denn genug?

»I wonder«, murmelt er verstört, während er den Flachmann wegsteckt und die Kapelle mit gesenktem Kopf verlässt. Durch das linke Seitenschiff geht er zum Klostereingang. Vor dem Relief von Lazarus bleibt er stehen. Links die gebeugt hinter Jesus stehenden Figuren von Martha und Maria, rechts die Apostel und in der Mitte ein entkräfteter, gerade erst auferstandener Lazarus. Warum die Toten auferstehen lassen, warum wird Lazarus nicht die ewige Ruhe gegönnt? Was für einen Sinn soll das Ganze haben? Er geht weiter, wobei er den Spazierstock immer wieder auf die Marmorplatten ticken lässt. Er schüttelt den Kopf.

»I wonder, I wonder.«

Zwanzig

Die drei Leuchttürme von Dover, weiße Tupfen über einem azurblauen Meer, lösen sich allmählich im Weiß der Kreidefelsen und in dem dünnen Nebelstreifen auf, der über dem Land hängt. Vor knapp zwanzig Minuten hat das Schiff abgelegt. Martha steht auf dem Achterdeck und schaut, eine Hand über den Augen, bis auch das letzte Stückchen England hinter dem Horizont verschwunden ist. Zuerst werden Braun und Grün aus der Landschaft gespült. Dann sind die weißen Felsen dran. Innerhalb weniger Minuten lassen sie sich vom graublauen Himmel aufwischen.
Sie stützt sich mit den Armen auf die Reling und schaut hinaus aufs Meer, das in der Mitte von einem weißen Gischtstreifen aus schäumendem Wasser zerschnitten wird. Die Möwen, die dem Boot in wenigen Metern Entfernung folgen, stürzen sich aufs Geratewohl nach unten. Manchmal glitzert ein silberner Fisch in einem der Schnäbel. Die Vögel, die noch nichts erbeutet haben, fliegen unter lautem Kreischen hinter dem Glücklichen her. Es ist früher Nachmittag. Links neben dem Boot glänzt eine hellgelbe Frühlingssonne am wolkenlosen Himmel. Diesmal kann sie während der Überfahrt ruhig draußen bleiben.
Der Horizont biegt sanft nach unten ab. Früher müssen die Seeleute doch gespürt haben, dass die Erde rund ist, denkt sie bei sich. Wohin sie auch schaut – sie kann nicht eine gerade Linie entdecken. Alles fällt nach unten ab. Es

ist nicht besonders viel Genialität nötig, um auf den Einfall zu kommen, dass es etwas Rundes sein muss, auf dem man da gerade schaukelt. Ihr Blick schweift zwischen dem schäumenden Wasser vor ihr und der Weite des Meeres drumherum hin und her, als wolle sie den exakten Rundungsgrad der Erde ermitteln. In den vergangenen Jahren ist sie sich oft wie ein Zirkusmädchen vorgekommen, das versucht, beim Trippeln auf einem riesigen Ball sein Gleichgewicht zu bewahren.
Erst jetzt, da sie weggeht und diesen Ball zum ersten Mal wirklich unter sich fühlt, hat sie das Gefühl, allmählich begriffen zu haben, wie es funktioniert. Immer nur vorwärts, das ist es, und dabei keine allzu großen Schritte nach vorn oder hinten machen und schon gar nicht stehen bleiben, sondern gleichmäßig vorwärts, genau wie der verrostete Dampfer hier. Dann ist die Unfallgefahr am geringsten. Und im Kreis gehen, dem Hufschlag der Piste folgen, nicht versuchen, das Zelt linea recta so schnell wie möglich wieder zu verlassen, sondern sich eine Weile mitdrehen, Kreise im Sand ziehen. Und vor allem darauf achten, dass man nicht ins Rutschen kommt.
Bereits jetzt, nach knapp einer halben Stunde auf der Fähre, scheint sich ihr Herz aus einem Tümpel mit stehendem Wasser in eine vorsichtig sprudelnde Fontäne verwandelt zu haben. Sie wendet sich von der Reling ab und setzt sich in einen der Liegestühle, die nebeneinander an der Kabinenwand stehen. Sie wirft einen Blick auf ihren lesenden Sitznachbarn und verschränkt die Hände hinter dem Kopf.

Zwei Telefongespräche hatten den Ausschlag für ihre Abreise gegeben. Das erste hatte sie mit Mrs. Prior geführt. Ein paar Tage nach ihrem Gespräch hatte sie die Nummer von Billys Mutter auf dem Postamt herausgefunden, nachdem ihr wieder eingefallen war, dass Billy ihr irgendwann einmal gesagt hatte, seine Mutter lebe in Manchester. Während sie fieberhaft im Telefonbuch geblättert hatte, hatte sie sich auch wieder daran erinnert, wie er seine Mutter kritisiert hatte. Dass er sich über ihre passive, ergebene Einstellung ärgere. Dass sie sich nie gewehrt habe, wenn sein Vater sternhagelvoll aus dem Pub zurückgekommen sei und sie wieder einmal zusammengeschlagen habe. Als Junge habe er oben an der Treppe gesessen und wütend, Todesängste ausstehend dem Geschrei und den Schlägen gelauscht. Damals schon, lange vor dem Krieg, habe er damit begonnen, einen Panzer um sich zu legen, eine zweite Haut, an der die Gefühle abprallen konnten. Mit zitternden Fingern hatte sie die Nummer gewählt.

Mrs. Prior hatte bestürzt und abwehrend reagiert. »Warum rufen Sie mich an? Was wollen Sie von mir?« Erst nach Marthas behutsamem Drängen hatte sie erzählt, dass Billy zwei Tage zuvor gestorben sei. Trotz seiner schweren Verletzungen sei er aufgestanden und habe mitten in der Nacht das Krankenhaus verlassen. Am nächsten Morgen habe man seinen Körper in den Docklands gefunden.

»Er hat sich angetan, was er Ihrem Vater angetan hat«, hatte sie vorwurfsvoll hinzugefügt. »Wieso? Was meinen Sie damit?«, hatte Martha darauf gefragt. Am anderen Ende der Verbindung war es lange still geblieben. »Es geht um meinen Vater«, hatte sie schließlich gesagt, »schon seit zehn Jahren versuche ich herauszufinden, was ihm zugestoßen ist.« »Dieser Krieg, noch immer dieser schreckliche Krieg«, war zunächst die einzige Antwort gewesen, doch dann war Mrs. Prior nach und nach mit der ganzen Geschichte herausgerückt. Billy habe im Princetown-Gefängnis in Dartmoor ein Dokument gefunden, das von ihm selbst unterzeichnet gewesen sei. Diesem Papier sei zu entnehmen gewesen, dass er ihren Vater trotz seiner kritischen Verfassung mit dem Zug nach Okehampton geschickt habe, in Englands berüchtigtstes Arbeitslager. Das strenge Regime dort habe er nur ein paar Tage überlebt. Die Sterbeurkunde habe sich die ganze Zeit über in den Verwaltungsakten des Gefängnisses befunden. Sie sei dem War Office in London nie übermittelt worden. »Ein Irrtum. Dieses Dokument hat er Ihnen geschickt«, waren Mrs. Priors letzte Worte gewesen.

Sie hatte die Urkunde noch am selben Nachmittag mit der Post bekommen. Auf dem Umschlag hatte sie Billys Handschrift erkannt. Es war kein Zettel dabei gewesen, keine Karte, nichts, nur die Urkunde, darauf das Datum: 28. November 1917. Sie kann die Augen nicht länger davor verschließen: Der Mann, der sie zunächst mit seinem arroganten Lächeln und später mit seiner Liebe überrumpelt hatte, hatte den Tod ihres Vaters auf dem Gewissen. Wollte er deswegen sterben wie ein Landstreicher? Oder war er wie ein Soldat gefallen, für den der Krieg nie zu Ende gegangen war?

Nach dem Gespräch mit Mrs. Prior war sie eine Zeit lang neben der Telefonzelle in dem Postamt stehen geblieben. Ihr war klar gewesen, dass sie irgendetwas tun musste, und zwar sofort. Dass sie jemanden anrufen musste. Dass ihre einzige Chance in etwas Neuem lag. Dass es keinen Grund mehr gab, noch länger in England zu bleiben. Marlow war die einzige Person gewesen, die ihr eingefallen war.

Ihre schwere, verrauchte Stimme klingt noch in ihrem Ohr nach. »Kommt gar nicht in Frage«, hatte sie gesagt, »du kommst hierher, und damit basta. Die Normandie ist *the place to be*. Bep de Roos hat sich auch in dieser Gegend niedergelassen, falls dich das noch interessieren sollte. Mit

Kind, das schon, gezeugt von einem verwöhnten niederländischen Intellektuellen, der Fürsorge und Erziehung ruhigen Herzens ihr überlässt. Vorläufig ist das die *condition féminine*. Du bist da also keineswegs eine Ausnahme.«
So hatte sie noch eine Weile weitergeredet. Beim Verlassen des Postamtes hatten die hellgrünen Knospen in der Sonne geglänzt. Offene Droschken waren über das Kopfsteinpflaster gerattert. Die Welt hatte sich während der halben Stunde, die sie drinnen verbracht hatte, um hundertachtzig Grad gedreht. Sie konnte weg. Sie hatte nicht gezögert. Sich telefonisch in der Klinik abzumelden, sich um die Überfahrt zu kümmern – es waren logische Schritte gewesen.

In einiger Entfernung hört sie das Rufen und Kreischen der Möwen, das immer schwächer wird. Sie fliegen zu den Dächern der Häuser zurück, um ihre grauen Jungen zu füttern, die piepsend über die Dachziegel hüpfen. Nicht mehr lange, dann werden andere Möwen auftauchen, von der anderen Seite des Kanals, aber genauso eifrig auf der Suche nach Nahrung für all die weit aufgerissenen Schnäbel. Sie wird dasselbe tun, aber es flößt ihr keine Angst mehr ein. Sie hat knapp hundert Pfund in der Tasche. Louise wollte das Geld, das sie ihr für die Klinik geliehen hatte, nicht wiederhaben und hatte sich selbst sofort zur Pflegetante ernannt.
Martha streckt sich noch etwas in dem Liegestuhl, lugt durch die Wimpern in die fahle Sonne. Endlich wird sie sich vom Leben fortziehen lassen, statt sich einer trüben Vergangenheit auszusetzen, die sie ständig aus dem Gleichgewicht bringt. Zuerst aber noch einen faulen Sommer allein. Sie wird lange Spaziergänge an der Küste machen, sie wird Marlow bei der Ernte helfen, sie wird Bep besuchen, sie wird eine Stelle finden, sie wird … Sie nickt ein.

»Er hat es wirklich getan!«
Martha schreckt hoch und schaut zu dem Mann im Liegestuhl neben sich hinüber, der zornig die Zeitung senkt.
»Wer? Wovon sprichst du, Henri?«
Seine Gattin, eine zarte Dame in einem schicken blauen Kostüm mit einem schwarzen Pudel auf den Knien, legt gelangweilt eine Hand auf den Arm ihres Mannes, der nach wie vor mürrisch vor sich hinstarrt.
»Ich habe es dir ja gesagt! Die beiden hören auf niemanden. Machen einfach, was sie wollen. Das kann noch was geben. Merk dir meine Worte!«
»Reg dich nicht auf, mein Schatz«, sagt seine Frau erschöpft.
»Dieser Mussolini ist zu allem fähig.« Wütend schlägt er auf die Zeitung. »Was der Völkerbund sagt, ist ihm egal. Er nimmt Addis Abeba ein, als gehöre es ihm, und erklärt dann mit diesem falschen Stolz in der Stimme, dass Italien von nun an ein Kaiserreich sei. Der Duce in Abessinien, Hitler am Rhein und Franco, der es in Spanien kaum erwarten kann, über die Volksfront herzufallen. *This means trouble*, Catherine. Merk dir meine Worte. Diese drei werden sich bestimmt noch einig. Und bei den schlappen Franzosen weiß man nie. Aber du musst ja unbedingt wieder nach Paris zum Einkaufen. Ehe man sich versieht, stehen da ein paar Fritzis vor der Tür. Und dann sind wir die Dummen.«
»So schlimm wird das Ganze bestimmt nicht werden«, beschwichtigt seine Frau, »du denkst immer gleich das Schlimmste. Lord Chamberlain hat erst gestern im Radio gesagt, dass der Frieden …«
»Lord Chamberlain hat keine Ahnung von Außenpolitik! Er ist ein Schlappschwanz, der sich von jedem übers Ohr hauen lässt!«

»Henri! Nicht so laut! Komm, wir gehen hinein und essen eine Kleinigkeit.«
Sie stößt ihren Pudel von den Knien und betritt verstimmt die Kabine; ihr Mann geht schmollend hinter ihr her.
Martha erhebt sich von ihrem Liegestuhl und rutscht zum Vorderdeck. Sie muss sich an der Reling festhalten, weil das Schiff auf offenem Meer heftiger auf den Wellen schaukelt. Die Worte des Mannes hallen noch in ihr nach. Hat er Recht? Kommt es zu einem neuen Krieg, obwohl der letzte für sie gerade erst zu Ende gegangen ist? Der Wind hat zugenommen und pfeift ihr um den Kopf. Auf dem Vorderdeck steht niemand. Die leeren Stühle werden von den Böen ergriffen. Sie stellt sich an die Reling, legt eine Hand über die Augen und versucht, die Küste zu entdecken. Noch nichts. Auf der dunkelgrauen Wasseroberfläche bilden sich weiße Köpfe über den gischtenden Wellen. Ein paar Wolken haben das Blau am Himmel vertrieben. Wohin fährt sie eigentlich?
In einiger Entfernung sieht sie ein Fischerboot, das in die andere Richtung fährt. Sie hält sich mit beiden Händen an der Reling fest, um nicht zu fallen. Sie fühlt die Dünung in den Beinen und im Bauch, stemmt sich ihr jedoch nicht entgegen, sondern passt sich ihr vorsichtig an. Nach vorn, nach hinten. So geht es. Die Haare schlagen ihr ins Gesicht, aber sie spürt, dass sie festen Halt hat, dass ihr der Wind und die Wellen nichts anhaben können. Eine Zeit lang verfolgt sie den das Wasser durchschneidenden Vorsteven des Schiffes. Dann versucht sie, die aufspritzenden Gischtflocken mit dem Blick so lange festzuhalten, bis sie wieder in die Wellen zurückfallen. Sie beugt sich leicht vornüber, atmet die salzige Luft tief ein, bis ihr schwindlig wird.
Eine Welle Meerwasser zerstiebt über ihrem Kopf und strömt über das Vorderdeck zurück ins Meer. Kurz schwankt

sie, dann aber presst sie die Absätze auf den Stahl, klammert sich mit beiden Händen an die Reling und wiegt wieder mit, nach vorn, nach hinten. Sie schmeckt das Salz auf den Lippen und streicht sich schnell die nassen Haare aus dem Gesicht. Den Blick hält sie fest auf den Horizont gerichtet. Das Boot taucht erneut tief in die Wellen und kommt mit einem Ruck wieder nach oben. Rechts neben ihr fliegt eine Möwe vorbei, die, den Kopf gestreckt, mit ihren weißen Flügeln auf dem Wind segelt. Das rote Pünktchen unter dem Schnabel ist gut zu erkennen. Zwei andere Möwen folgen ihr in einem Abstand von ein paar Metern. Jetzt kann es nicht mehr lange dauern. Sie kneift die Augen zusammen und sieht in einiger Entfernung die verschwommenen Konturen der französischen Küste.

Amsterdam, 24. Oktober 2000

Epilog

1936. Martha zieht zu Marlow nach Gauciel und bekommt im August eine Tochter, der sie den Namen Lisa Michèle gibt.

1937. Vivien Eliot wird gegen ihren Willen in Northumberland House eingeliefert. Virginia Woolf veröffentlicht *The Years.* Sie selbst hält das Buch für einen Fehlschlag, doch es sollte sich zu ihrem größten Kassenerfolg entwickeln. Im Juli kommt ihr Neffe Julian Bell im spanischen Bürgerkrieg ums Leben.

1938. Martha zieht mit Lisa nach Etretat in die Normandie. Sie widmet sich fortan der Übersetzung englischer und französischer Literatur.

1939. Am 15. März werden nach dem Anschluss Österreichs auch Böhmen und Mähren von deutschen Truppen besetzt. Eine Woche später hat im Londoner Westminster Theatre Eliots *The Family Reunion* Premiere. Die Hauptperson ist Lord Monchensey, der nach längerer Abwesenheit auf das elterliche Gut zurückkehrt und dort des Mordes an seiner Frau bezichtigt wird. Am 3. September erklären Frankreich und Großbritannien Deutschland den Krieg.

1940. Deutsche Truppen überschreiten am 10. Mai die niederländische und die belgische Grenze. Am selben Tag wird

Winston Churchill zum neuen britischen Premierminister ernannt. Virginia Woolfs Haus am Tavistock Square wird wenige Monate später bei einem deutschen Bombenangriff auf London zerstört.

1941. Am 28. März nimmt sich Virginia Woolf das Leben, indem sie in die in der Nähe von Monks House in Rodmell vorbeifließende Ouse geht. Erst drei Wochen später wird sie von spielenden Kindern gefunden.

1943. Das Schlösschen von Marlow Moss in Gauciel wird von Bomben zerstört. All ihre Gemälde gehen dabei verloren. Zusammen mit Netty Nijhoff flieht sie nach England. Martha Thompson bleibt in der Normandie und nimmt einige jüdische Kinder bei sich auf, die Paris verlassen mussten. Eliot veröffentlicht den Gedichtzyklus *Four Quartets*.

1944. Am 6. Juni (»D-day«) beginnt mit der groß angelegten Invasion der westlichen Alliierten in der Normandie die Befreiung Westeuropas.

1945. Martha fährt im Sommer mit ihrer Tochter nach Amsterdam, um Jacob zu suchen. Sie findet heraus, dass er nicht aus Birkenau zurückgekehrt ist, wohl aber seine Frau und ihr sechsjähriger Sohn. Martha zieht nach einigen Zwischenstationen mit ihrer Tochter nach Hilversum, wo sie eine Arbeitsstelle als Übersetzerin und Bibliothekarin findet.

1947. Am 22. Januar stirbt Vivien im Alter von achtundfünfzig Jahren in Northumberland House. Ihr Bruder Maurice übermittelt Tom Eliot die Nachricht von ihrem Tod. Obwohl dieser sie in den vergangenen zehn Jahren nicht ein einziges Mal besucht hat, wird er Freunden zufolge »von Verzweiflung und Kummer überwältigt«. Er bestattet Vivien in Pinner, Middlesex.

1948. Im November wird Tom Eliot der Literaturnobelpreis verliehen.

Erläuterungen

Dem vorliegenden Roman habe ich nicht nur die Werke von Virginia Woolf und T. S. Eliot zugrunde gelegt, sondern bei meiner Arbeit auch dankbar die folgenden Biografien herangezogen: Hermione Lee, *Virginia Woolf* (London 1996), Peter Ackroyd, *T. S. Eliot* (London 1993) und Phillip Herring, *Djuna. The Life and Work of Djuna Barnes* (London 1995). Außerdem habe ich mich von Pat Barkers eindrucksvoller *Regeneration Trilogy* (London 1996) inspirieren lassen; einer ihrer Hauptpersonen, Billy Prior, habe ich in dem vorliegenden Roman ein zweites Leben gegeben. Michael Hastings' Theaterstück *Tom & Viv* (London 1985) stellt die dritte wichtige Inspirationsquelle für diesen Roman dar.

Darüber hinaus habe ich mich u.a. auf die Werke der folgenden Verfasser gestützt; in alphabetischer Reihenfolge: Richard Aldington, *Stepping Heavenward* (Florenz 1931); Djuna Barnes, *Ladys' Almanack* (Paris 1928) und *Nightwood* (1936); Quentin Bell, *Virginia Woolf: A Biography* (London 1972); Shari Benstock, *Women of the Left Bank* (Austin 1986); Bernard Bergonzi, *T. S. Eliot* (London 1972); M. ter Braak, *Hampton Court* (1931) und *Briefwisseling 1930-1940 met E. du Perron*; W. Bronzwaer (Hrsg.), *T. S. Eliot, een Amerikaan in Europa* (Baarn 1988); Mary Ann Caws, *Women of Bloomsbury* (London 1990); Thomas Caramagno, *The Flight of the Mind: Virginia Woolf's Art and*

Manic-Depressive Illness (Berkeley 1992); Florette Dijkstra, *Marlow Moss: Constructivist* (Arnheim 1996); Vivien Eliot, »Rive Gauche«, »Letters of the Moment« und »Thé dansant«, in: *The Criterion* (1924 – 1925); Helen Gardner, *T. S. Eliot and the English Poetic Tradition* (Nottingham 1966); Angelica Garnett, *Deceived with Kindness* (London 1984); Lyndall Gordon, *Eliot's Early Years* (Oxford 1977); Hein Groen, *De ruimte van Virginia Woolf* (Utrecht 1988); James King, *Virginia Woolf* (London 1994); John Laffin, *British Butchers and Bunglers of World War One* (London 1997); Mitchell A. Leaska, *The Novels of Virginia Woolf* (New York 1977); Eric Leed, *No Man's Land: Combat and Identity in World War I* (Cambridge 1979); T. S. Matthews, *Great Tom* (London 1974); Marja Pruis, *De Nijhoffs, of de gevolgen van een huwelijk* (Amsterdam 1999); Bertrand Russell, *The Autobiography of Bertrand Russell* (London 1982); Robert Sencourt, *T. S. Eliot: A Memoir* (London 1974); Angela Smith, *Katherine Mansfield & Virginia Woolf: A Public of Two* (London 1999); Diana Souhami, *The Trials of Radclyffe Hall* (London 1999); Frances Spalding, *Vanessa Bell* (London 1983); Andrea Weiss, *Paris was a woman* (London 1995); Leon Wolff, *In Flanders Fields* (London 1958); Leonard Woolf, *Autobiography* (London 1980), Band II, *Downhill all the way*.

An dieser Stelle möchte ich mich bei Ank Ridderbeks und Irene Groothedde für die sorgfältige Lektüre des niederländischen Manuskripts und bei Peter Nijssen vom Verlag *De Arbeiderspers* für seine begeisterte Begleitung bedanken. Am meisten zu Dank verpflichtet bin ich Henk van der Waal, der sämtliche Versionen dieses Romans gelesen und kommentiert hat.

Joke J. Hermsen

C.S. MAHRENDORFF
DAS DUNKLE SPIEL / Roman

512 Seiten, gebunden in Leinen mit Schutzumschlag
ISBN 3-7857-1541-2

Eine Melange aus Liebesgeschichte, brillantem Epos des Fin de Siècle und Kriminalerzählung um die Machenschaften einer Geheimloge, um politische und musikalische Leidenschaften – und um Gustav Mahler. Doch die düsteren Intrigen ziehen schließlich nicht nur den Hofoperndirektor in einen tödlichen Strudel – sie wirken wie ein Fanal des Untergangs ...

Auf einen neuen deutschen Autor wie C.S. Mahrendorff haben wir seit langem gewartet.
DIE WELT

ARTO PAASILINNA
NÖRDLICH DES WELTUNTERGANGS / Roman

Aus dem Finnischen von Regine Pirschel
320 Seiten, gebunden in Leinen mit Schutzumschlag
ISBN 3-7857-1543-9

Es ist das Jahr 2014, und die Weltsituation gestaltet sich nicht wirklich erheiternd. Die europäische Einheitswährung verfällt, der Dritte Weltkrieg droht, Versorgungsengpässe, ja, Hunger bestimmen den Alltag der Menschen. Überall? Nein, denn in einem kleinen Dorf im entferntesten Norden Europas freuen sich ein paar lustige Finnen ihres Lebens und scheren sich nicht die Spur darum, was im Rest der Welt passiert. Doch dann taucht ein riesiger Meteorit am Himmel auf, der sich unaufhaltsam der Erde nähert und das Paradies im Land der Mücken und Saunen zu zerstören droht ...

Der Meister aberwitziger Komik.
DER SPIEGEL

ANDREA CAMILLERI
DER ZWEITE KUSS DES JUDAS / *Historischer Roman*

Aus dem Italienischen von Christiane v. Bechtolsheim
256 Seiten, gebunden in Leinen mit Schutzumschlag
ISBN 3-7857-1536-6

Vigàta 1890. Ein mysteriöses Geschehen hält die Bewohner des sizilianischen Küstenstädtchens in Atem: Am Karfreitag, während der Aufführung des Passionsspiels, verschwand auf rätselhafte Weise der den Judas verkörpernde Direktor der örtlichen Bankfiliale. Hat ein Verrückter im religiösen Wahn den Verrat an Jesus Christus gerächt? Oder hat ein verschuldeter Bankkunde die Gelegenheit genutzt, sich des Gläubigers zu entledigen? An phantasievollen Theorien mangelt es nicht, doch als sich die Wahrheit herausstellt, sorgt diese für eine gewaltige Überraschung.

Andrea Camilleri, der Shooting Star
der italienischen Literaturszene der neunziger Jahre.
LITERATUREN

ANDREA CAMILLERI
DER KAVALIER DER SPÄTEN STUNDE / *Roman*
Commissario Montalbano wundert sich

Aus dem Italienischen von Christiane v. Bechtolsheim
256 Seiten, gebunden in Leinen mit Schutzumschlag
ISBN 3-7857-1533-1

Auch im entlegenen Sizilien hofft man auf das große Geld. Und genau das scheint Emanuele Gargano, der »Magier der Finanzen«, zu versprechen. Doch nachdem beinahe die gesamte Bevölkerung der Provinz Montelusa ihm ihre Ersparnisse anvertraut hat, ist er plötzlich spurlos verschwunden. Alles macht Jagd auf den hinterhältigen Dieb, und nur Commissario Montalbano ahnt, dass hinter dem scheinbar simplen Betrug ein viel düstereres Verbrechen steckt.

Sizilien, der Sommer, die Mafia und Commissario Montalbano:
eine unschlagbare Kombination mit viel Humor.
FÜR SIE

ALICIA GIMÉNEZ-BARTLETT
TOTE AUS PAPIER
Ein Petra-Delicado-Roman

Aus dem Spanischen von Sybille Martin
352 Seiten, gebunden in Leinen mit Schutzumschlag
ISBN 3-7857-1538-2

Spaniens bekanntester Skandaljournalist wird ermordet aufgefunden. Die Liste der Verdächtigen erstreckt sich ins Undendliche – Wen hat der Tote zu Lebzeiten nicht mit Dreck beworfen? – und führt Inspectora Petra Delicado und Subinspector Fermín Garzón auf bisher unentdecktes Gelände: in die Welt des Show-Business und des Jetset. Ein rutschiges Parkett, auf dem das ungleiche Ermittlerpaar mit Treffsicherheit für Fettnäpfchen so manches Mal ins Stolpern gerät.

Das Ermittlerduo Delicado und Garzón ... vermag – so ganz nebenbei – mit herrlichen Dialogen und kauzigen Eigenheiten für eine niveauvolle Unterhaltung zu sorgen.
SCHWEIZER FERNSEHEN

LAURA ESQUIVEL
DAS ZÄRTLICHE ALPHABET DES DON JÚBILO / *Roman*

Aus dem mexikanischen Spanisch von Petra Strien
256 Seiten, gebunden in Leinen mit Schutzumschlag
ISBN 3-7857-1530-7

In der unvergesslich sinnlich-poetischen Tradition ihres Welterfolges *Bittersüße Schokolade* erzählt die mexikanische Autorin Laura Esquivel die Geschichte des Telegraphisten Júbilo, der selbst schweigende Stimmen versteht und dank seiner Maya-Vorfahren weiß, dass *Worte, vom Klopfen Tausender Herzen angestoßen, durch die Luft reisen, um Liebe zu vermitteln.*

Laura Esquivel – eine über die Grenzen Mexikos bekannt gewordene Schriftstellerin. Bewundert und beneidet. Eine neue Bannerträgerin der lateinamerikanischen Frauen.
DIE WELT
